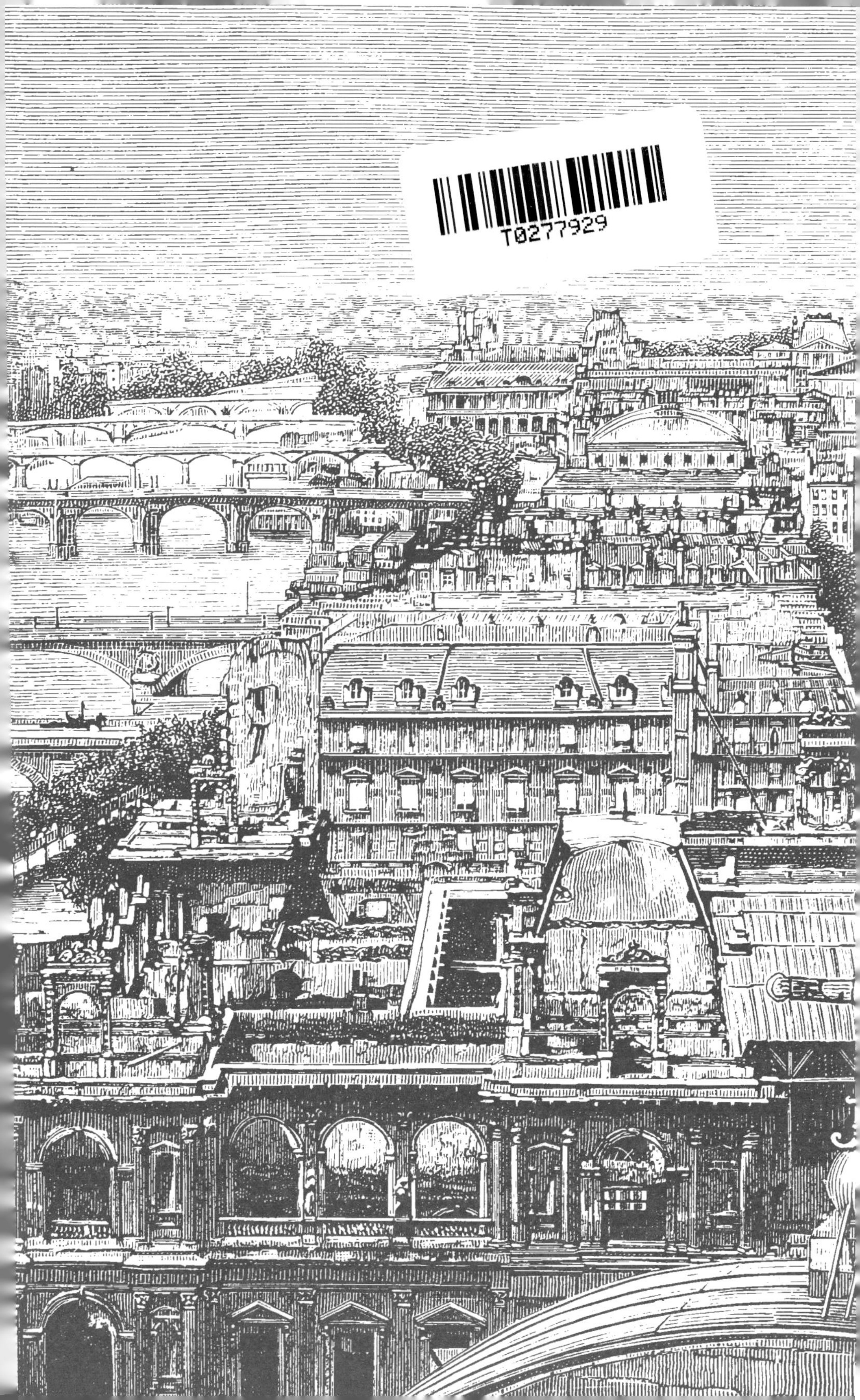

EL HIJO DEL TIEMPO

Deborah Harkness

EL HIJO DEL TIEMPO

Traducción de
Noemí Jiménez Furquet

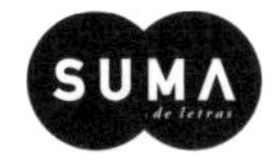

Papel certificado por el Forest Stewardship Council®

Título original: *Time's Convert*
Primera edición: noviembre de 2022

Todas las citas de Thomas Paine están extraídas de *Sentido común*
(traducción de Gonzalo del Puerto Gil, Madrid, Alianza, 2020), excepto en página 449
(*Los derechos del hombre,* Ciudad de México, Fondo de Cultura Económica, 2017).
Pág 440: William Shakespeare, «La tempestad», acto IV, escena I, traducción de Marcelo Cohen
y Graciela Speranza, en *Romances. Obras completas 4,* Barcelona,
Penguin Random House, 2016

Printed in Spain – Impreso en España

ISBN: 978-84-9129-793-2
Depósito legal: B-16.650-2022

Compuesto por Blue Action
Impreso en Rotoprint by Domingo, S. L.

SL 9 7 9 3 2

El hábito inveterado de no pensar que algo es *erróneo* le confiere la apariencia superficial de ser *correcto* y suscita en un primer momento un clamor formidable en defensa de la costumbre. Pero el tumulto remite pronto. El tiempo engendra más conversos que la razón.

THOMAS PAINE

1

Nada

12 DE MAYO

En su última noche como ser de sangre caliente, Phoebe Taylor había sido una buena hija. Freyja había insistido en ello.

—Tampoco hay que hacer una montaña de la cuestión —había protestado Phoebe, como si tan solo fuera a marcharse unos días de vacaciones, con la esperanza de que bastase una despedida informal en el hotel en el que estaba alojada su familia.

—En absoluto —respondió Freyja, observándola desde lo alto de su larga nariz—. Los De Clermont no eluden sus responsabilidades; a menos que se trate de Matthew, claro está. Lo haremos como mandan los cánones. Durante la cena. Es tu deber.

La velada que Freyja había organizado para los Taylor era sencilla, elegante y perfecta: desde el tiempo (una noche de mayo sin tacha), la música (¿es que todos los vampiros de París sabían tocar el chelo?) o las flores (se habían subido del jardín suficientes rosas Madame Hardy como para perfumar la ciudad entera), hasta el vino (Freyja adoraba el champán Cristal).

El padre, la madre y la hermana de Phoebe aparecieron a las ocho y media, como se les había pedido. Él vestía de etiqueta, la madre llevaba un *lehenga choli* turquesa y oro, Stella iba de Chanel de la cabeza a los pies. Phoebe, como siempre, de negro, con los pendientes de esmeraldas que Marcus le había regalado antes de dejar París y unos zapatos de tacón vertiginoso que le gustaban especialmente, y a Marcus también.

La concurrencia formada por seres de sangre caliente y vampiros comenzó por los aperitivos en el jardín que había tras la suntuosa vivienda de Freyja en el distrito 8, un edén privado como no había vuelto a verse desde hacía un siglo en un París donde el espacio escaseaba cada vez más. La familia Taylor estaba acostumbrada a los entornos palaciegos —el padre de Phoebe era diplomático de carrera y la madre provenía del tipo de familia india que llevaba casándose con funcionarios británicos desde los tiempos del Raj—, pero el privilegio del que disfrutaban los De Clermont estaba a otro nivel.

Se sentaron a cenar a una mesa repleta de cristal y porcelana, en un salón de ventanas altas que daban a un jardín y dejaban entrar el sol estival. A Charles, el lacónico chef que empleaban los De Clermont en sus viviendas parisinas cuando invitaban a cenar a seres de sangre caliente, le caía bien Phoebe, por lo que no había escatimado esfuerzos ni reparado en gastos.

—Las ostras crudas son señal de que Dios ama a los vampiros y quiere que sean felices —anunció Freyja, alzando la copa al principio de la cena. Phoebe se fijó en que usaba la palabra «vampiro» con suma frecuencia, como si su mera repetición normalizase lo que la joven estaba a punto de hacer—. Por Phoebe. Felicidad y larga vida.

Tras semejante brindis, la familia mostró poco apetito. Aun consciente de que aquella sería su última comida como tal, Phoebe tuvo problemas para tragar bocado. Se obligó a tomar las ostras y el champán que las acompañaba; apenas picoteó el resto del festín. Freyja animó la conversación durante los entremeses, la sopa, el pescado, el pato y los postres («¡Tu última oportunidad, Phoebe querida!»), pasando del francés al inglés y al hindi entre sorbitos de vino.

—No, Edward, no creo que *exista* un solo lugar que no haya visitado. ¿Sabes? Diría que mi padre bien pudo ser el primer diplomático. —Freyja aprovechó aquella declaración sorprendente para invitar al padre de Phoebe, circunspecto, a hablar de sus comienzos al servicio de la reina. Fueran o no correctas las nociones de historia de la vampira, era evidente que Philippe de Clermont había enseñado a su hija algún que otro truco para limar asperezas durante cualquier conversación—. ¿Richard Mayhew, dices? Creo que lo conocí. Françoise, ¿no conocí a un Richard Mayhew cuando estuvimos en la India?

La sirvienta, ojo avizor, había aparecido misteriosamente en el momento en que su señora la necesitaba, capaz de captar alguna frecuencia vampírica inaudible para los simples mortales.

—Probablemente. —Françoise era mujer de pocas palabras, pero cada una de ellas estaba repleta de significado.

—Sí, creo que lo conocí. ¿Alto? ¿Cabello pajizo? ¿Atractivo, con cierto aire de colegial? —Freyja no se dejó cohibir por la respuesta glacial de Françoise ni por estar describiendo más o menos a la mitad del cuerpo diplomático británico.

Phoebe aún no había descubierto nada que empañara la jovial resolución de la vampira.

—Adiós, por el momento —se despidió alegre la anfitriona al terminar la velada, besando a cada uno de los Taylor con sus fríos labios en una mejilla y luego en la otra—. Padma, siempre serás bienvenida. Avísame cuando vuelvas a pasarte por París. Stella, quédate a dormir aquí durante los desfiles de invierno. Está a un paso de las casas de modas y Françoise y Charles cuidarán estupendamente de ti. El George V es excelente, por supuesto, pero es *tan* popular entre los turistas... Edward, seguiremos en contacto.

La madre, como de costumbre, se había mostrado estoica y serena, aunque abrazó a Phoebe un poco más fuerte de lo habitual al despedirse.

—Has tomado la decisión correcta —susurró Padma Taylor al oído de su hija antes de soltarla. Entendía lo que significaba amar a alguien tanto como para renunciar a la vida propia a cambio de la promesa de lo que estaba por venir.

—Asegúrate de que el contrato prenupcial sea tan generoso como afirman —le murmuró Stella a Phoebe al atravesar el umbral—. Nunca se sabe. Esta casa vale una puñetera fortuna.

Stella no era capaz de contemplar la decisión de Phoebe sino según su propio marco de referencia, que en ese momento se limitaba al glamour, el estilo y el corte irreprochable del vestido *vintage* rojo de Freyja.

—¿Esto? —Freyja se había reído cuando Stella había mostrado su admiración, posando un instante y ladeando el moño rubio para lucir mejor el vestido y su propia figura—. Balenciaga. Lo tengo desde hace una eternidad. ¡Ese hombre sí que sabía cómo construir una silueta!

Fue su padre, normalmente tan reservado, quien lo pasó mal durante la despedida, cuando sus ojos anegados de lágrimas buscaron en los de su hija (tan parecidos a los suyos, Freyja había advertido ya durante la velada) señales de que su resolución se tambaleaba. Una vez que su madre y Stella estuvieron fuera, el señor Taylor alejó a Phoebe de los escalones delanteros en los que esperaba Freyja.

—No será por mucho tiempo, papá —trató de reconfortarlo Phoebe, aunque ambos sabían que pasarían meses antes de que le dieran permiso para volver a ver a su familia: por su protección y por la de ella.

—¿Estás segura, Phoebe? ¿De verdad? —le preguntó—. Aún estás a tiempo de pensártelo mejor.

—Estoy segura.

—Sé razonable por un momento —insistió Edward Taylor, con una nota de súplica en su voz. Estaba familiarizado con las negociaciones delicadas y no le dolían prendas por usar la culpabilidad para inclinar la balanza a su favor—. ¿Por qué no esperas unos años más? No es necesario precipitarse con una decisión tan trascendental.

—No voy a cambiar de idea —respondió Phoebe con dulzura, pero firme—. No es una cuestión de cabeza, papá, sino de corazón.

Su familia biológica ya se había marchado. Phoebe se encontraba sola con Charles y Françoise, los leales criados de la familia De Clermont, y Freyja, hermanastra del hacedor de su prometido y, por lo tanto, pariente cercana en términos vampíricos.

En cuanto los Taylor se hubieron ido, Phoebe le dio las gracias a Charles por la deliciosa cena y a Françoise por ocuparse de todos durante la velada. Luego se sentó en el salón con Freyja, que estaba leyendo su correo electrónico antes de responder a mano en tarjetones de color crema con ribete lavanda que introducía en sobres gruesos.

—No hay necesidad de sumarse a esta condenada preferencia por la comunicación instantánea —le explicó a Phoebe cuando esta le preguntó por qué no hacía clic en Responder, como todo el mundo—. Pronto descubrirás, Phoebe querida, que la rapidez no es algo que necesite un vampiro. Resulta de lo más humano y vulgar apresurarse como si a uno le faltase el tiempo.

Después de pasar una hora con la tía de Marcus, Phoebe sintió que había cumplido con su deber de cortesía.

—Creo que iré al piso de arriba —anunció, fingiendo un bostezo. En realidad, dormir era lo último que se le pasaba por la cabeza.

—Dale recuerdos a Marcus —respondió Freyja antes de lamer delicadamente el adhesivo del sobre para cerrarlo.

—Pero ¿cómo...? —Phoebe miró a Freyja con sorpresa—. Quiero decir, ¿qué has...?

—Esta es mi casa. Sé todo lo que pasa en ella. —Freyja pegó un sello en la esquina del sobre, asegurándose de que quedase correctamente alineado con los bordes—. Por ejemplo, sé que Stella te ha traído esta noche tres de esos horribles telefonitos y que los cogiste cuando fuiste al baño. Supongo que los habrás escondido en tu cuarto. No entre la ropa interior (eres demasiado original para hacer eso, ¿verdad, Phoebe?), ni bajo el colchón. No. Creo que estarán en la lata de sales de baño del alféizar. O dentro de los zapatos, los de suela de goma que usas para pasear. ¿O puede que en lo alto del armario, en la bolsa de plástico azul y blanca que guardaste después de hacer la compra el miércoles?

Freyja había acertado a la tercera, incluso en lo de la bolsa de plástico, que aún olía ligeramente al ajo que Charles había empleado en su triunfal bullabesa. Phoebe ya se había imaginado que el plan de Marcus de saltarse las normas y seguir en contacto no sería una buena idea.

—Vas a romper el acuerdo —señaló Freyja llanamente—, pero eres una mujer adulta, con voluntad propia, capaz de tomar sus decisiones.

Técnicamente, Marcus y Phoebe tenían prohibido comunicarse hasta que ella cumpliera noventa días como vampira. Se habían preguntado cómo podrían saltarse tal norma. Por desgracia, el único teléfono de Freyja se encontraba en el vestíbulo, donde cualquiera podía oír las conversaciones, y, de todos modos, no solía funcionar bien. De vez en cuando emitía un timbrazo metálico y la fuerza de las campanillas del interior del aparato hacía vibrar el auricular sobre la base de latón. En cuanto se descolgaba, la línea solía cortarse. Freyja lo atribuía a un cableado defectuoso cortesía de un miembro del círculo íntimo de Hitler durante la última guerra; no estaba interesada en repararlo.

Tras considerar las dificultades de la situación, Marcus, con ayuda de Stella y de su amigo Nathaniel, había optado por un medio de comunicación más discreto: teléfonos móviles baratos, de usar y tirar. Utilizados normalmente por ladrones internacionales y terroristas —o eso les había asegurado Nathaniel—, serían imposibles de rastrear si Baldwin o cualquier otro vampiro decidía espiarlos. Phoebe y Marcus los compraron en una tienda de electrónica de dudosa reputación situada en una de las calles más comerciales del distrito 10.

—Dadas las circunstancias, estoy segura de que vuestras conversaciones serán breves —continuó Freyja. Echó un vistazo a la pantalla de su ordenador y escribió una dirección en otro de los sobres—. No querréis que Miriam os pille.

Esta había salido a cazar por los alrededores del Sacré-Coeur y en principio no regresaría hasta la madrugada. Phoebe levantó la vista al reloj de la chimenea, una extravagancia en mármol y dorados en el que unos hombres desnudos sostenían un reloj redondo como si de un balón de playa se tratase. Faltaba un minuto para la medianoche.

—Buenas noches, entonces —dijo Phoebe, agradecida por que Freyja no solo fuese tres pasos por delante de Marcus y ella, sino también uno por delante de Miriam, como mínimo.

—Mmm —respondió Freyja, ensimismada en la hoja que tenía delante.

Phoebe escapó escaleras arriba. Su dormitorio se encontraba al final de un largo pasillo decorado con antiguos paisajes franceses. Una gruesa alfombra amortiguaba sus pasos. Tras cerrar la puerta de la habitación, pasó la mano por encima del armario (de estilo Imperio, alrededor de 1815) y recuperó la bolsa de plástico. Sacó uno de los teléfonos y lo encendió. Estaba cargado y listo para usarse.

Aferrando el aparato contra el corazón, se adentró en el cuarto de baño contiguo y se encerró en él. Dos puertas cerradas y una estancia amplia alicatada en porcelana blanca era toda la intimidad que ofrecía aquel hogar vampírico. Se descalzó tirando de los zapatos con las puntas de los pies y se introdujo completamente vestida en la bañera fría y vacía antes de marcar el número de Marcus.

—Hola, cariño. —La voz de Marcus, normalmente cálida y desenfadada, sonaba áspera de preocupación, aunque hiciera todo lo posible por disimularlo—. ¿Qué tal la cena?

—Deliciosa —mintió Phoebe mientras se recostaba en la bañera, eduardiana, con un magnífico respaldo alto y una curva para apoyar el cuello.

La risa queda de Marcus le reveló que no se lo creía del todo.

—¿Dos bocados del postre y un mordisquito aquí y allá? —bromeó Marcus.

—Un bocado del postre. Con todas las molestias que Charles se ha tomado.

Phoebe frunció el ceño. Tendría que compensar al cocinero de algún modo. Como la mayoría de los genios de la gastronomía, Charles se ofendía con facilidad cuando los platos no volvían a la cocina vacíos.

—Nadie esperaba que comieras demasiado. La cena era para tu familia, no para ti.

—Sobró mucha comida. Freyja se la ha hecho llegar a casa a mamá.

—¿Qué tal Edward? —Marcus sabía de las reservas de su futuro suegro.

—Papá intentó convencerme para que no siguiera adelante. Otra vez. —Se produjo un silencio prolongado—. No le sirvió de nada —añadió Phoebe, por si a Marcus le quedaban dudas.

—Tu padre solo quiere que estés completamente segura —dijo él en voz baja.

—Lo estoy. ¿Por qué siguen dudándolo todos? —Phoebe fue incapaz de disimular su impaciencia.

—Te quieren —se limitó a responder Marcus.

—Entonces deberían escucharme. Estar contigo: eso es lo que deseo.

Era evidente que no era lo único que deseaba. Desde que Phoebe conociera a Ysabeau en Sept-Tours, envidiaba las reservas inagotables de tiempo de las que disfrutaban los vampiros.

Phoebe había observado hasta qué punto Ysabeau parecía consagrarse por entero a cada tarea. No hacía nada con prisas ni para quitárselo de encima y borrarlo de una lista interminable de cosas que hacer. Por el contrario, en cada uno de sus gestos había una suerte de reverencia: en la forma en que olfateaba las flores de su jardín, en el sigilo felino de sus pasos, en la breve pausa que hacía al acabar un capítulo de un libro antes de continuar con el siguiente. Ysabeau no sentía que el tiempo se le acabaría antes de haber exprimido la esencia de cualquier experiencia que viviera. Para Phoebe, nunca parecía haber tiempo suficiente para respirar, ella, que se apresuraba del mercado al trabajo y luego de la farmacia en busca de un anticatarral al zapatero para que le reparase los tacones antes de volver al trabajo.

Sin embargo, eso no se lo había contado a Marcus. Pronto lo sabría, cuando volvieran a reunirse. Entonces bebería de su vena del corazón, el fino río azul que atravesaba su seno izquierdo, y descubriría sus secretos más profundos, sus miedos más oscuros y sus deseos más vehementes. La sangre de esa vena contenía todo lo que podría ocultar un amante y beber de ella simbolizaba la sinceridad y confianza que su relación necesitaría para prosperar.

—Íbamos a ir paso a paso, ¿recuerdas? —La pregunta de Marcus reclamó su atención—. Primero te conviertes en vampira y luego, si aún deseas estar conmigo...

—Lo desearé. —Phoebe estaba completamente segura.

—*Si* aún deseas estar conmigo —repitió Marcus—, nos casaremos y te verás atada a mí. En la riqueza y en la pobreza.

Aquel era uno de sus pequeños rituales como pareja: ensayar los votos. En ciertas ocasiones se centraban en una línea y fingían que sería difícil de cumplir. En otras, se reían de todos ellos y de la mezquindad de los asuntos que abordaban en comparación con la inmensidad de sus sentimientos.

—En la salud y en la enfermedad. —Phoebe se arrellanó en la bañera. El esmalte frío le recordaba a Marcus y la solidez de sus curvas le hacía desear que estuviera allí, tras ella, rodeándola con sus brazos y sus piernas—. Renunciando a todos los demás. Para siempre.

—Para siempre es mucho tiempo —le advirtió Marcus.

—Renunciando *a todos* los demás —insistió Phoebe.

—No puedes saberlo con certeza. No podrás hasta que no me conozcas sangre a sangre.

Sus raras disputas surgían justo después de este tipo de diálogo, cuando las palabras de Marcus sugerían que había perdido la confianza en ella y Phoebe se ponía a la defensiva. Solían dirimirse en la cama de Marcus, donde cada uno demostraba para satisfacción del otro que, aunque (aún) no lo supieran *todo*, ya dominaban ciertos campos de conocimiento.

Pero Phoebe estaba en París y Marcus en Auvernia. Por el momento no era posible un acercamiento físico. Una persona más sabia y experimentada habría dejado el tema, pero Phoebe tenía veintitrés años y estaba irritada e inquieta por lo que iba a pasar.

—No sé por qué crees que soy yo quien cambiará de idea y no tú. —Su intención era hacer una broma intrascendente, pero, para su horror, sus palabras sonaron a acusación—. Al fin y al cabo, yo solo te he conocido como vampiro, pero tú te enamoraste de mí como humana.

—Te seguiré amando —respondió Marcus con una rapidez reconfortante—. Eso no cambiará aunque tú lo hagas.

—Puede que detestes mi sabor. Debería haber hecho que me probaras antes —dijo Phoebe con ganas de pelea. Tal vez Marcus no la amara tanto como creía. Su mente racional sabía que era una estupidez, pero la parte irracional (que en ese momento había tomado el control) no estaba convencida.

—Quiero que compartamos la experiencia, como iguales. Nunca he compartido mi sangre con mi pareja, y tú tampoco. Es algo que podemos hacer juntos por primera vez —replicó Marcus con voz suave, si bien teñida de frustración.

Era una cuestión de la que ya habían hablado largo y tendido. La igualdad era de gran importancia para Marcus. Una mujer mendigando con su hijo, un insulto racista oído en el metro, un anciano con dificultades para cruzar la calle mientras los jóvenes a su alrededor se apresuraban con sus auriculares y teléfonos móviles: todo ello lo enfurecía.

—Deberíamos habernos fugado y ya —se lamentó—. Deberíamos haber hecho las cosas a nuestra manera, sin preocuparnos por todas estas tradiciones y ceremoniales antiguos.

Pero hacerlo así, lentamente y paso a paso, también había sido una decisión conjunta.

Ysabeau de Clermont, la matriarca y abuela de Marcus, les había presentado con su lucidez habitual los pros y contras de renunciar a las costumbres de los vampiros. Empezó por los escándalos familiares más recientes. El padre de Marcus, Matthew, se había casado con una bruja, contraviniendo casi mil años de prohibición de relaciones entre individuos de especies diferentes. Después había estado a punto de morir a manos de uno de sus otros hijos, Benjamin, que estaba mentalmente trastornado. Así, a Phoebe y Marcus les quedaban dos opciones: mantener en secreto la transformación de esta y su matrimonio todo el tiempo posible antes de enfrentarse a una eternidad de chismes y especulaciones sobre lo sucedido entre bambalinas, o bien convertir a Phoebe en vampiro antes de su apareamiento con Marcus con toda la pompa debida... y toda la transparencia. De elegir esta última, Phoebe y Marcus probablemente sufrirían un año de incomodidades, además de una década o dos de notoriedad, pero luego serían libres de disfrutar de una vida interminable de paz y tranquilidad relativas.

La reputación de Marcus también había influido en la decisión de Phoebe. Era conocido entre los vampiros por su impetuosidad y por lanzarse a luchar contra todos los males del mundo sin preocuparse por lo que otras criaturas pudieran pensar. Phoebe esperaba que, si seguían la tradición en lo relativo a su enlace, Marcus ingresaría en las filas de la respetabilidad y su idealismo se vería bajo una luz más favorable.

—La tradición tiene un propósito de utilidad, ¿recuerdas? —replicó Phoebe con firmeza—. Además, no vamos a cumplir *todas* las normas. Y tu plan secreto con los teléfonos ya no es tal, por cierto. Freyja lo sabe.

—Siempre fue una apuesta arriesgada. —Marcus suspiró—. Juro por Dios que Freyja tiene parte de sabueso. No se le escapa nada. Pero no te preocupes; en realidad a ella no le importa que hablemos, es Miriam quien sigue las normas a pies juntillas.

—Miriam está en Montmartre —dijo Phoebe, echando una mirada al reloj. Ya pasaban treinta minutos de la medianoche. Pronto regresaría. Más le valía ir colgando.

—Hay buena caza en los alrededores de Sacré-Coeur —señaló Marcus.

—Es lo que comentó Freyja.

Se hizo un silencio cada vez más pesado con todas las cosas que no podían decir, que no dirían o que querían decir, pero no sabían cómo. Al final, no quedaban sino dos palabras lo bastante importantes como para pronunciarlas.

—Te quiero, Marcus Whitmore.

—Te quiero, Phoebe Taylor —respondió este—. Da igual qué decidas dentro de noventa días, ya eres mi pareja. Te llevo dentro, en mi sangre, en mis sueños. Y no te preocupes: vas a ser una vampira excelente.

Phoebe no tenía ninguna duda en cuanto al éxito de la transformación y muy pocas de lo que disfrutaría siendo inmortal y poderosa. Pero ¿Marcus y ella serían capaces de construir una relación duradera, como la que la abuela de este había tenido con su pareja, Philippe?

—Estaré pensando en ti en todo momento —añadió Marcus.

Entonces colgó y la línea quedó en silencio.

Phoebe dejó el auricular pegado al oído hasta que el servicio de telefonía desconectó la llamada. Salió de la bañera, rompió el aparato de un golpe con la lata de sales de baño, abrió la ventana y lanzó el amasijo de plástico y circuitos lo más lejos posible. Destruir las pruebas de su transgresión formaba parte del plan inicial de Marcus, y Phoebe iba a seguirlo al pie de la letra aunque Freyja ya estuviera al corriente de los teléfonos prohibidos. Lo que quedaba del teléfono cayó en el pequeño estanque del jardín con un satisfactorio plop.

Tras librarse de la prueba del delito, Phoebe se quitó el vestido y lo colgó en el armario, asegurándose de que la bolsa de plástico a rayas en lo alto quedase una vez más fuera de la vista. A continuación se puso el sencillo camisón de seda blanca que Françoise le había dejado encima de la cama.

Luego se sentó en el borde del colchón, inmóvil y en silencio, a encarar su futuro con resolución y esperar a que el tiempo la encontrara.

PRIMERA PARTE

El tiempo nos ha encontrado

Depende de nosotros volver a comenzar el mundo.

THOMAS PAINE

2

Menos que nada

13 DE MAYO

Phoebe se subió a la báscula.

—Madre mía, eres minúscula —exclamó Freyja antes de leerle los números a Miriam, quien los registró en algo que parecía un expediente médico—. Cincuenta y dos kilogramos.

—Te advertí que ganaras tres kilos, Phoebe —dijo Miriam—. La báscula muestra una subida de tan solo dos.

—Lo he intentado. —Phoebe no veía el motivo de disculparse ante aquellas dos, que vivían a base del equivalente de una dieta crudívora y líquidos—. ¿Qué más da un kilo más o menos?

—Es por el volumen de sangre —respondió Miriam, tratando de mostrarse paciente—. Cuanto más peses, más sangre tendrás.

—Y cuanta más sangre tengas, más necesitarás recibir de Miriam —prosiguió Freyja—. Queremos asegurarnos de que te proporcione tanta como ingiera. El riesgo de rechazo es menor cuando el intercambio de sangre humana y sangre vampírica está equilibrado. Y queremos que recibas el máximo volumen posible.

Llevaban meses haciendo cálculos. Volumen de sangre. Gasto cardiaco. Peso. Consumo de oxígeno. De no conocer el motivo, Phoebe habría pensado que le estaban haciendo pruebas para unirse al equipo nacional británico de esgrima, no a la familia De Clermont.

—¿Estás segura de lo del dolor? —preguntó Freyja—. Podemos darte un analgésico. No hay necesidad de experimentar incomodidad. El renacimiento no tiene que ser doloroso, como era antes.

Aquello también había sido tema de arduos debates. Freyja y Miriam le habían contado historias que ponían los pelos de punta sobre su propia transformación y lo espantoso que había sido llenarse con la sangre de una criatura sobrenatural. La sangre de vampiro era agresiva y acababa con cualquier trazo de humanidad en su esfuerzo por crear el depredador perfecto. Si la sangre se ingería despacio, el vampiro recién renacido podía adaptarse a la invasión de nuevo material genético sin dolor o con muy poco, pero había evidencias de que el cuerpo humano también tenía más posibilidades de rechazar la sangre de su hacedor, prefiriendo morir antes que convertirse en otro ser. La transfusión rápida de sangre vampírica tenía el efecto opuesto: el dolor era atroz, pero el cuerpo humano debilitado no tenía tiempo ni recursos para preparar un contraataque.

—No me preocupa la perspectiva del dolor. Solo quiero hacerlo ya. —El tono de Phoebe indicaba que esperaba acabar de una vez por todas con aquella discusión.

Freyja y Miriam intercambiaron una mirada.

—¿Y algo de anestesia para el mordisco? —preguntó Miriam, poniéndose clínica una vez más.

—Por el amor de Dios, Miriam. —Cuando no se sentía como una candidata a las Olimpiadas, Phoebe estaba convencida de estar sometiéndose a la consulta preoperatoria más exhaustiva jamás realizada—. No quiero anestesia. Quiero sentir el mordisco. Quiero sentir el dolor. Es el único proceso de nacimiento al que me voy a someter jamás. No quiero perdérmelo. —Phoebe tenía las cosas bastante claras a ese respecto—. Ningún acto de creación ha sido nunca indoloro. Los milagros deberían dejar marca para que podamos recordar lo preciosos que son.

—Pues muy bien —dijo Freyja, rápida y eficiente—. Las puertas están cerradas con llave. Las ventanas también. Françoise y Charles están cerca, por si acaso.

—Sigo pensando que deberíamos haberlo hecho en Dinamarca. —Incluso en ese momento, Miriam no podía dejar de reevaluar el procedimiento—. En París hay demasiados corazones latiendo.

—Lejre tiene casi quince horas de luz diurna en esta época del año. Phoebe no sería capaz de soportar tanta luz solar tan rápido —argumentó Freyja.

—Sí, pero la caza... —comenzó a decir Miriam.

Phoebe sabía que procederían a comparar en detalle la fauna francesa y la danesa, teniendo en cuenta los beneficios nutritivos de ambas, la variabilidad del tamaño, la frescura, el número de individuos salvajes frente a los de cría y los apetitos imprevisibles del vampiro reciente.

—Se acabó —las cortó Phoebe, encaminándose a la puerta—. Tal vez me transforme Charles. Me niego a volver a abordar este tema ni una vez más.

—¡Está lista! —exclamaron Miriam y Freyja al unísono.

Phoebe tiró del escote amplio del camisón blanco que llevaba, dejando expuestas sus generosas venas y arterias.

—Pues adelante.

Las palabras apenas habían escapado de su boca cuando sintió una fuerte sensación.

Entumecimiento.

Hormigueo.

Succión.

Le flaquearon las rodillas y la cabeza comenzó a darle vueltas cuando el shock por la rápida pérdida de sangre se apoderó de ella. Su cerebro registró que algo la atacaba y se encontraba en peligro mortal, por lo que su nivel de adrenalina aumentó.

Su campo de visión se estrechó y la estancia perdió nitidez.

Unos brazos fuertes la atraparon.

Phoebe flotaba en una oscuridad aterciopelada y se sumergió entre los pliegues del silencio.

Paz.

Un frío penetrante hizo que recobrara la consciencia.

Phoebe se congelaba, se abrasaba.

Abrió la boca en un grito aterrorizado mientras su cuerpo se incendiaba desde dentro.

Alguien ofreció una muñeca, húmeda con algo que olía... delicioso.

Cobre y hierro.

Salado y dulce.

Era el aroma de la vida. *Vida.*

Phoebe olfateó la muñeca como un bebé que buscase el seno materno, la carne tentadoramente cerca de su boca, pero sin tocar sus labios.

—Elige —dijo su hacedora—. ¿Vida... o muerte?

Phoebe hizo acopio de todas sus energías para acercarse a la promesa de vitalidad. En la distancia, alguien daba golpes, bajos y rítmicos. Enseguida entendió.

Latidos.

Pulso.

Sangre.

Phoebe besó con reverencia la fría piel de la muñeca de su hacedora, maravillada al tomar conciencia del regalo que se le ofrecía.

—Vida —susurró antes de tomar su primer trago de sangre vampírica.

Cuando la poderosa sustancia comenzó a fluir por sus venas, el cuerpo de Phoebe explotó de dolor y anhelo: por lo que había perdido, por lo que estaba por llegar, por todo lo que jamás sería y por todo aquello en lo que iba a convertirse.

Su corazón comenzó a latir con una nueva música, una música lenta y deliberada.

Soy, cantó el corazón de Phoebe.

La nada.

Y, sin embargo,

ahora

para siempre.

3

El regreso del hijo pródigo

13 DE MAYO

—Como sean los fantasmas los que montan tal barullo, voy a matarlos —murmuré, aferrándome a la desorientación que provocaba el sueño con la esperanza de prolongarlo unos instantes. Seguía bajo los efectos del desfase horario tras nuestro vuelo de Estados Unidos a Francia y tenía un montón de exámenes y trabajos que calificar una vez acabado el semestre de primavera en Yale. Tiré de las mantas para subírmelas hasta la barbilla, me di la vuelta y rogué por que se hiciera el silencio.

Una serie de golpes fuertes reverberaron por la casa, rebotando en los gruesos muros y suelos de piedra.

—Hay alguien a la puerta. —Matthew, que dormía muy poco, se había asomado a la ventana abierta y olisqueaba el aire nocturno en busca de señales de su identidad—. Es Ysabeau.

—¡Son las tres de la madrugada! —gruñí mientras introducía los pies en las zapatillas. Estábamos familiarizados con las crisis, pero, con todo y con eso, una visita tan tardía era algo fuera de lo común.

Matthew se desplazó como un rayo de la ventana del dormitorio a las escaleras y comenzó a bajarlas a toda prisa.

—¡Mamá! —Becca gimió desde el cercano cuarto infantil, atrayendo mi atención—. ¡Ay! Alto. Alto.

—Ya voy, mi amor. —Mi hija había heredado la agudeza auditiva de su padre. Su primera palabra había sido «mamá»; la segunda, «papá», y la tercera «Pip», por su hermano Philip. Poco después habían llegado «sangre», «alto» y «perro».

—Luciérnaga, luciérnaga, que se haga la luz.

En lugar de encender las lámparas, iluminé suavemente la punta del índice con un hechizo sencillo inspirado por la canción de un viejo álbum que había encontrado en un armario. Mi gramaria —la habilidad de poner en palabras mis nudos mágicos— iba mejorando.

En el cuarto infantil, Becca estaba sentada, tapándose los oídos con las manitas y con una mueca angustiada en el rostro. Cuthbert, el elefante de peluche que Marcus le había regalado, así como una cebra de madera llamada Zee, daban vueltas alrededor de su sólida cuna medieval. Philip estaba de pie, agarrándose a los barrotes y mirando a su hermana con preocupación.

Durante las horas de sueño, la magia de la sangre mitad brujo mitad vampiro de los gemelos salía a la superficie y perturbaba su sueño ligero. Aunque sus actividades nocturnas me inquietaban un poco, Sarah decía que podía dar gracias a la diosa de que hasta el momento la magia de los niños se hubiera visto limitada a mover el mobiliario del cuarto, formar nubes blancas de polvos de talco y construir móviles improvisados con los peluches.

—Pupa —dijo Philip, señalando a su hermana.

Ya seguía los pasos de Matthew en su vocación médica y examinaba atentamente a todas las criaturas de Les Revenants —de dos piernas o cuatro patas, con alas o aletas— en busca de rasguños, ronchas o picaduras.

—Gracias, Philip. —Esquivé a Cuthbert por poco y me acerqué a Becca—. ¿Quieres mimos, Becca?

—Cuthbert también.

Becca ya se había convertido en una hábil negociadora debido al tiempo que pasaba con sus abuelas. Mucho me temía que Ysabeau y Sarah fueran una mala influencia.

—Solo tú y, si quiere unirse, también Philip —respondí con firmeza, acariciándole la espalda.

Cuthbert y Zee cayeron al suelo con un golpe malhumorado. Era imposible saber cuál de los niños era el responsable de que volaran los animales o por qué la magia había parado. ¿Era Becca quien los había hecho flotar y mis caricias la habían reconfortado lo suficiente como para no necesitar más a los dos animales? ¿O era Philip, que se había calmado una vez que su hermana ya no lo estaba pasando mal? ¿O era porque yo había dicho que no?

En la distancia, los golpes cesaron. Ysabeau estaba en la casa.

—Abu... —comenzó a decir Becca antes de verse interrumpida por el hipo.

—... ela —concluyó Philip, cuyo rostro se iluminó.

Se me formó un nudo de angustia en el estómago. De pronto me di cuenta de que tenía que haber sucedido algo grave para que Ysabeau se presentase en mitad de la noche sin llamar antes.

Los suaves murmullos del piso inferior eran demasiado bajos para que mis oídos de bruja entendieran nada, aunque la cabeza ladeada de los gemelos indicaba que ellos sí eran capaces de seguir la conversación entre su padre y su abuela. Por desgracia, eran demasiado pequeños para revelarme nada sustancial.

Lancé un vistazo a la escalera mientras cogía a Becca en un brazo y a Philip en el otro. Normalmente me habría agarrado a la soga que Matthew había tendido por el muro curvo para evitar que se cayesen los seres de sangre caliente. Había estado limitando la magia que usaba en presencia de los niños por miedo a que tratasen de imitarme. Esa noche sería una excepción.

Ven conmigo —susurró el viento, enroscándose en mis tobillos como la caricia de un amante— *y cumpliré tu deseo.*

Aquella llamada elemental era desesperantemente clara. Así que ¿por qué no me traía las palabras de Ysabeau? ¿Por qué quería que me uniera a Matthew y a ella?

Pero el poder era enigmático en ocasiones. Si no formulabas la pregunta correcta, simplemente se negaba a responder.

Aferré a los niños y me rendí al encanto del aire, por lo que mis pies se separaron del suelo. Recé por que no se percataran de que flotábamos a varios centímetros de las baldosas de piedra, pero una chispa antigua y sabia se iluminó en los ojos verde grisáceo de Philip.

Un rayo plateado de luna se posó sobre el muro, abriéndose paso desde una de las ventanas altas y estrechas. Captó la atención de Becca mientras descendíamos las escaleras.

—Bonito —canturreó mientras trataba de alcanzar el haz de luz—. Bebés bonitos.

Por un instante, la luz se curvó hacia ella, desafiando las leyes de la física tal y como las entendían los humanos. Se me puso la carne de gallina y descollaron las letras que brillaban bajo mi piel en rojo y dorado. En la luz de la luna había magia, pero, aunque era bruja y tejedora, no siempre veía aquello que mis hijos de sangre mixta eran capaces de apreciar.

Feliz de haber dejado atrás el rayo de luna, dejé que el aire me transportara escaleras abajo. Una vez en tierra firme, mis pies de sangre caliente recorrieron la distancia que quedaba hasta la puerta delantera.

Un toque de escarcha en la mejilla, que señalaba la mirada de un vampiro, me dijo que Matthew nos había visto llegar. Estaba de pie, en el umbral, con Ysabeau. El juego de plata y sombra hacía resaltar sus pómulos y su cabello parecía aún más oscuro, mientras que, por alguna extraña alquimia, esa misma luz hacía que el de Ysabeau pareciera más dorado. Llevaba las mallas beis cubiertas de tierra y la camisa blanca rasgada por el enganchón de una rama. Me saludó con un gesto de la cabeza, su respiración entrecortada. Ysabeau había llegado corriendo a toda velocidad.

Los niños notaron lo extraño del momento. En lugar de saludar a su abuela con el entusiasmo habitual, se pegaron a mí y hundieron la cabecita en la curva de mi cuello, como para esconderse de la oscuridad misteriosa que impregnaba la casa.

—Estaba hablando con Freyja. Antes de que acabáramos, Marcus dijo que se iba al pueblo —explicó Ysabeau con la voz teñida de pánico—. Sin embargo, Alain estaba preocupado, así que lo seguimos. Al principio parecía que Marcus estaba bien, pero entonces escapó.

—¿Marcus ha huido de Sept-Tours?

Parecía imposible. Marcus adoraba a Ysabeau y esta le había pedido específicamente que se quedara con ella todo el verano.

—Tomó un camino hacia el oeste y supusimos que vendría hacia aquí, pero algo me dijo que me quedara con él. —Ysabeau volvió a inhalar aire con dificultad—. Entonces Marcus viró hacia el norte, hacia Montluçon.

—¿Querrá ver a Baldwin? —pregunté.

Mi cuñado tenía una casa allí, construida largo tiempo atrás, cuando la zona era conocida simplemente como el Monte de Lucius.

—No, no se dirigía a casa de Baldwin, sino a París. —Los ojos de Matthew se oscurecieron.

Ysabeau asintió.

—No huía, sino que volvía... con Phoebe.

—Algo ha ido mal —dije con asombro.

Todos me habían asegurado que Phoebe haría la transición de humana a vampira sin problemas. Se había planeado cuidadosamente y se habían hecho todo tipo de preparativos.

Al sentir cómo aumentaba mi preocupación, Philip se revolvió para que lo bajara.

—Freyja me comentó que todo había salido según lo previsto. Phoebe ya es vampira. —Matthew cogió a Philip de mis brazos y lo dejó en el suelo a mi lado—. Quédate con Diana y los niños, *maman*. Iré tras Marcus y averiguaré qué ha pasado.

—Alain está fuera —anunció Ysabeau—. Llévalo contigo. Tu padre creía que en una situación así era bueno contar con otro par de ojos.

Matthew me besó. Como en casi cada una de sus despedidas, su beso contenía una nota de ferocidad, como si me advirtiera que no bajase la guardia en su ausencia. Le acarició el pelo a Becca y le besó la frente con mucha más suavidad que a mí.

—Ten cuidado —murmuré, más por costumbre que por verdadera preocupación.

—Siempre —respondió Matthew dirigiéndome una última mirada intensa antes de darse la vuelta para marcharse.

Tras la emoción que supuso la llegada de su abuela, los niños tardaron casi una hora en relajarse y dormirse de nuevo. Yo, completamente despierta por los nervios y la falta de respuestas, bajé a la cocina. Allí, como era de esperar, encontré a Marthe y a Ysabeau.

Aquel conjunto de estancias interconectadas solía ser uno de mis lugares favoritos. Resultaba infaliblemente cálido y acogedor, con la cocina de hierro esmaltado encendida y lista para hornear algo delicioso, y fruteros con productos frescos esperando a que Marthe los convirtiera en un festín para sibaritas. Esa mañana, sin embargo, la pieza resultaba oscura y fría a pesar de los apliques encendidos y los coloridos azulejos holandeses que decoraban las paredes.

—De todas las cosas que me disgustan de estar casada y apareada con un vampiro, esperar en casa la llegada de noticias debe de ser la peor. —Me dejé caer en uno de los taburetes que rodeaban la enorme mesa de madera ajada que constituía el centro de gravedad de aquella esfera doméstica—. Gracias a Dios por los teléfonos móviles. No quiero ni imaginar cómo sería cuando solo existían las notas manuscritas.

—A nadie nos gustaba —respondió Marthe mientras me ponía delante una taza de té humeante junto a un cruasán relleno de pasta de almendras y espolvoreado de azúcar glas.

—Gloria bendita —dije al inhalar el aroma a hojas oscuras y el dulzor de frutos secos que emanaba de la taza.

—Debería haber ido con ellos. —Ysabeau no se preocupó por recogerse el cabello ni limpiarse la mancha de barro de la mejilla. Normalmente no concebía ofrecer un aspecto que no fuera impecable.

—Matthew quería que te quedases aquí —repuso Marthe, espolvoreando harina sobre la mesa con gesto experto. Sacó una bola de masa de un cuenco cercano y comenzó a amasarla con el pulpejo de las manos.

—Uno no siempre consigue lo que quiere —replicó Ysabeau, sin rastro de la ironía que desprendía la canción de los Rolling Stones.

—¿Alguien me puede explicar exactamente qué ha pasado para que Marcus se haya marchado tan de repente? —pregunté antes de darle un sorbo al té, sintiendo que se me estaba escapando algún detalle crucial.

—Nada. —Ysabeau, al igual que su hijo, podía ser parca con la información.

—Algo ha tenido que ser.

—De verdad, no ha pasado nada. Celebraron una cena con la familia de Phoebe —aclaró Ysabeau—. Freyja me aseguró que todo había ido muy bien.

—¿Qué preparó Charles? —La boca se me hizo agua—. Algo delicioso, seguro.

Las manos de Marthe se detuvieron y me miró con el ceño fruncido antes de echarse a reír.

—¿Por qué te ríes? —pregunté, dándole un mordisco al crujiente cruasán. Tenía tanta mantequilla que se me deshacía en la boca.

—Porque acaban de convertir a Phoebe en vampira y tú quieres saber qué tomó en su última cena —explicó Ysabeau—. Para una *manjasang*, es un detalle peculiar en el que fijarse tratándose de un momento tan trascendental.

—Claro que sí. Eso es que nunca habéis probado los pollos asados de Charles —repliqué—. Todo ese ajo. Y el limón. Divino.

—Pues cenaron pato —señaló Marthe—. Y salmón. Y ternera.

—¿Les preparó Charles *seigle d'Auvergne*? —pregunté mientras veía trabajar a Marthe, pues el pan de centeno era una de las especialidades de Charles... y uno de los favoritos de Phoebe—. Y de postre ¿hubo *pompe aux pommes*?

Phoebe adoraba el dulce y la única vez que la había visto dudar ante la perspectiva de convertirse en vampira fue cuando Marcus la llevó a la panadería de Saint-Lucien y le explicó que la tarta de manzana del escaparate le resultaría repulsiva si seguía adelante con el plan.

—Las dos cosas —respondió Marthe.

—Phoebe estaría encantada —dije, impresionada por el nivel del menú.

—Según Freyja, últimamente no ha estado comiendo demasiado. —Ysabeau se mordió el labio inferior.

—¿Habrá sido por eso por lo que Marcus se ha marchado?

Dado que Phoebe, una vez convertida, no volvería a disfrutar de comida humana, parecía una reacción exagerada.

—No. Marcus se ha ido porque Phoebe le llamó para despedirse de él por última vez. —Ysabeau negó con la cabeza—. Qué impulsivos son los dos.

—Son modernos, eso es todo —repliqué.

No me sorprendía que Phoebe y Marcus se hubieran impacientado ante el laberinto bizantino de rituales, normas y prohibiciones de los vampiros. Primero habían pedido a Baldwin, como cabeza del clan De Clermont, que aprobara formalmente el compromiso entre Marcus y Phoebe, así como el deseo de esta de convertirse en vampira. Se consideraba un paso esencial, dado el pasado agitado de Marcus y la escandalosa decisión de Matthew de aparearse conmigo, una bruja. Su matrimonio y apareamiento solo se consideraría legítimo si contaba con el respaldo total de Baldwin.

A continuación, Marcus y Phoebe eligieron un hacedor de una lista cortísima de posibles candidatos. No podía ser de la familia, pues Philippe de Clermont se había opuesto tajantemente a cualquier atisbo de incesto entre los miembros de su clan. A los hijos se los trataba como a hijos. A las parejas se las debía buscar fuera de la familia. Pero también había otras consideraciones. El hacedor de Phoebe debía ser un vampiro antiguo, con suficiente fuerza genética para engendrar hijos saludables. Y, como el elegido quedaría unido para siempre a la familia De Clermont, su reputación y antecedentes habían de ser irreprochables.

En cuanto Phoebe y Marcus hubieron decidido quién la convertiría en vampiro, la hacedora de Phoebe y Baldwin acordaron los preparativos para hacerlo en la fecha adecuada e Ysabeau supervisó las cuestiones prácticas, como el alojamiento, las finanzas y el empleo, con ayuda de Hamish Osborne, el amigo daimón de Matthew. Dejar la vida como ser de sangre caliente constituía un asunto complicado. Había que organizar muertes y desapariciones, así como excedencias laborales por motivos personales que, al cabo de seis meses, se convertirían en renuncias definitivas.

Una vez convertida Phoebe en una vampira, Baldwin estaría entre los primeros visitantes masculinos. Dada la estrecha relación entre hambre física y deseo sexual, el contacto de Phoebe con el sexo opuesto estaría limitado. Y, para reprimir cualquier posible decisión precipitada por la primera oleada de hormonas vampíricas, Marcus no podría volver a ver a Phoebe hasta que Baldwin la considerase capaz de tomar una decisión prudente sobre su futuro juntos. Tradicionalmente, los vampiros esperaban al menos noventa días —el plazo medio necesario para que el vampiro recién nacido se desarrollase y pasase a la fase de alevín, capaz de cierto grado de independencia— antes de reunirse con su potencial pareja.

Para sorpresa de todos, Marcus había aceptado los intrincados planes de Ysabeau. Y eso que era el revolucionario de la familia. Yo había esperado que protestase, pero él no había abierto la boca.

—Hace dos días, todo el mundo confiaba plenamente en la conversión de Phoebe —apunté—. ¿Por qué estáis tan preocupados ahora?

—No es Phoebe quien nos preocupa —contestó Ysabeau—, sino Marcus. Nunca se le ha dado bien esperar ni obedecer normas impuestas por los demás. Se apresura demasiado a seguir su corazón y siempre lo mete en líos.

Alguien abrió de golpe la puerta de la cocina, moviéndose por la casa como una mancha de azul y blanco. Pocas eran las ocasiones en que veía vampiros moverse a una velocidad no regulada y resultó sorprendente cuando la mancha se transformó en una camiseta blanca, tejanos gastados, ojos azules y una mata espesa de cabello rubio.

—¡Debería estar con ella! —vociferó Marcus—. Me he pasado la mayor parte de mi vida anhelando un sentimiento de pertenencia, deseando tener una familia propia. Y, ahora que la tengo a ella, le he dado la espalda.

Matthew entró tras Marcus como la sombra que sigue al sol. Alain Le Merle, antiguo escudero de Philippe, cerraba la comitiva.

—Tradicionalmente, como ya sabes... —comenzó a decir Matthew.

—¡¿Desde cuándo me importa a mí la tradición?!

La tensión en el aire se intensificó. Como cabeza de la familia, Matthew esperaba obediencia y respeto de su hijo, no oposición.

—¿Todo bien? —intervine.

En mi carrera como profesora había aprendido lo útiles que resultaban las preguntas retóricas, al ofrecer a todos una oportunidad de pararse a reflexionar. Mis palabras aligeraron la atmósfera, aunque solo fuera porque resultaba de lo más obvio que *nada* estaba bien.

—No esperábamos encontrarte todavía despierta, *mon cœur* —dijo Matthew, que vino hasta mi lado y me dio un beso. Olía a aire fresco, a pino y a heno, como si hubiera estado corriendo entre campos abiertos y bosques espesos—. Marcus está preocupado por el bienestar de Phoebe, eso es todo.

—¿Preocupado? —Marcus frunció el ceño—. Me muero de angustia. No puedo verla. No puedo ayudarla...

—Debes confiar en Miriam. —El tono de Matthew era suave, pero le temblaba un músculo en el mentón.

—Nunca debería haber aceptado todo este protocolo medieval. —Marcus se mostraba cada vez más agitado—. Ahora que estamos separados y que no tiene a nadie en quien confiar salvo Freyja...

—A quien pediste específicamente que atendiera el proceso —observó Matthew con calma—. Cualquiera de la familia se habría prestado a permanecer al lado de Phoebe durante la conversión. La elección fue tuya.

—Por Dios, Matthew. ¿Es que siempre tienes que ser tan puñeteramente razonable? —Marcus le dio la espalda a su padre.

—Es exasperante, ¿verdad? —tercié conciliadora, posando una mano en la muñeca de mi marido para que no se apartase de mí.

—Sí, desde luego que lo es —repuso Marcus, acercándose a zancadas hasta el frigorífico y abriendo la pesada puerta de golpe—. Llevo aguantándolo mucho más tiempo que tú. Madre mía, Marthe. ¿Qué has estado haciendo todo el día? No hay ni una gota de sangre en la casa.

Habría sido imposible decidir quién estaba más asombrado por la crítica a la venerada Marthe, que se ocupaba de las necesidades de cada miembro de la familia antes de que nadie se diese cuenta siquiera. No obstante, era evidente quién estaba más furioso: Alain. Marthe era su progenitora.

Matthew y él intercambiaron una mirada. Este inclinó la cabeza un par de centímetros, reconociendo que la necesidad de Matthew de disciplinar a su hijo antecedía a su derecho a defender a su madre. Matthew apartó mi mano con suavidad.

Acto seguido, atravesó la cocina y empujó a Marcus contra la pared. El solo movimiento habría bastado para romperle las costillas a una criatura normal.

—Ya basta, Marcus. Esperaba que las circunstancias de Phoebe te despertaran recuerdos de tu propio renacimiento —dijo Matthew, sujetando a su hijo con mano firme—, pero debes practicar cierta moderación. No vas a conseguir nada por andar merodeando por el campo y plantarte en casa de Freyja.

Matthew miró fijamente a los ojos de su hijo, esperó y no lo soltó hasta que este los bajó. Marcus se deslizó varios centímetros pared abajo, tomó una bocanada de aire entrecortado y, al fin, pareció reconocer dónde se encontraba y qué había hecho.

—Lo siento, Diana —se excusó Marcus lanzándome una mirada breve antes de volverse hacia Marthe—. Dios mío, Marthe, no era mi intención...

—Sí, sí que lo era. —Marthe le propinó un cachete, y no precisamente flojo—. La sangre está en la despensa, donde siempre. Sírvete tú mismo.

—Intenta no preocuparte, Marcus. Nadie podría cuidar de Phoebe mejor que Freyja. —Ysabeau posó la mano en el hombro de su nieto con ademán tranquilizador.

—*Yo* sí —espetó Marcus, desasiéndose de la mano de su abuela para desaparecer en la despensa.

Marthe alzó los ojos al cielo como rogando que alguien la librara de los vampiros enamorados. Ysabeau levantó un dedo a modo de advertencia, lo que impidió que Matthew hiciera comentario alguno. No obstante, dado que era la única persona presente que no se hallaba sujeta a las reglas de la manada de los De Clermont, hice caso omiso de la orden de mi suegra.

—De hecho, Marcus, no creo que eso sea cierto —afirmé en voz alta para que se oyera desde la pieza contigua, al tiempo que me servía más té.

—¿Cómo? —Marcus reapareció súbitamente con semblante indignado y un vaso para julepe de plata que, bien lo sabía, no contenía bourbon, azúcar, agua ni menta—. Por supuesto que soy la persona que mejor la cuidaría. La quiero. Phoebe es mi pareja. Sé mejor que nadie lo que necesita.

—¿Mejor que ella misma? —repliqué.

—A veces —respondió Marcus levantando el mentón con aire desafiante.

—Tonterías. —Sonaba igual que Sarah, brusca e impaciente, y lo atribuí a la hora temprana y no a algún tipo de predisposición genética a la franqueza en las mujeres Bishop—. Todos los vampiros sois iguales, creéis saber lo que los pobres seres de sangre caliente queremos *en realidad*, y especialmente las mujeres. Pues bien, *esto* es lo que Phoebe quería: que la convirtieran en vampira de la manera tradicional. Tu deber es garantizar que se cumplan sus deseos y que su plan salga adelante.

—Phoebe no entendía lo que iba a aceptar. No del todo —afirmó Marcus, negándose a ceder—. Podría enfermar de mal de sangre. Podría tener problemas para matar por primera vez. Y yo estaría allí para ayudarla, para brindarle mi apoyo.

«¿Mal de sangre?». A punto estuve de atragantarme con el té. ¿Qué demonios era eso?

—Nunca he visto a nadie tan bien preparado para convertirse en *manjasang* como Phoebe —trató de convencerlo Ysabeau.

—Pero no hay garantías. —Marcus no conseguía desprenderse de la inquietud.

—En esta vida no las hay, hijo mío.

El semblante de Ysabeau se tiñó de dolor al recordar el tiempo en que la vida aún prometía un final feliz.

—Es tarde. Seguiremos hablando después de amanecer. —Matthew le tocó el hombro a su hijo al pasar a su lado—. No vas a dormir, Marcus, pero intenta descansar.

—Mejor salgo a correr. Voy a tratar de cansarme un poco. —Marcus contempló la luz que empezaba a despuntar por las ventanas—. A estas horas no habrá nadie despierto salvo los agricultores.

—Efectivamente, no deberías llamar la atención —señaló Matthew—. ¿Quieres que vaya contigo?

—No hay necesidad —respondió—. Me cambiaré y me iré. Puede que tome la carretera que lleva a Saint-Priest-sous-Aixe. El trayecto tiene unas buenas subidas.

—¿Te esperamos para desayunar? —El tono de Matthew sonaba demasiado despreocupado—. Los niños madrugan. Querrán disfrutar de la oportunidad de mangonear a su hermano mayor.

—No te preocupes, Matthew. —Un atisbo de sonrisa asomó en los labios de Marcus—. Tus piernas son más largas que las mías. No voy a huir de nuevo. Solo necesito despejar la cabeza.

Dejamos la puerta de nuestra habitación entreabierta por si Philip o Becca se despertaban y volvimos a la cama. Me deslicé bajo las sábanas, agradecida en esa cálida mañana de mayo por que mi marido fuera un vampiro, y me arrimé a su frescor. Supe cuándo Marcus salió a correr porque los hombros de Matthew se relajaron completamente en el colchón. Hasta entonces había permanecido ligeramente tenso, listo para levantarse y acudir en ayuda de su hijo.

—¿Quieres ir tras él? —pregunté.

Matthew tenía las piernas bastante más largas que las de Marcus y era más rápido. Tendría tiempo para alcanzarlo.

—Alain va a seguirlo, por si acaso —respondió mi marido.

—Ysabeau ha comentado que estaba más preocupada por Marcus que por Phoebe. —Me eché hacia atrás para mirar a Matthew a la luz del alba—. ¿Por qué?

—Marcus aún es muy joven —suspiró Matthew.

—¿Lo dices en serio?

Marcus había renacido como vampiro en 1781. Más de doscientos años me parecía una edad adulta de sobra.

—Sé lo que estás pensando, Diana, pero, cuando un humano se convierte en vampiro, tiene que madurar de nuevo desde el principio. Podemos tardar mucho tiempo en estar listos para desenvolvernos solos —me explicó—. Nuestro juicio puede verse mermado por las primeras ingestas de sangre vampírica.

—Pero Marcus ya había superado su fase más alocada.

La familia no tenía empacho en contar anécdotas de los primeros años de Marcus en Estados Unidos, los líos y escándalos en los que se había metido, los problemas de los que los miembros mayores de la familia De Clermont habían tenido que sacarlo.

—Ese es precisamente el motivo por el que no le podemos permitir que supervise la transformación de Phoebe. Marcus está a punto de tomar como pareja a una vampira recién renacida. Sería un paso importante en cualquier circunstancia, pero dada su juventud... —Matthew se interrumpió—. Espero estar haciendo lo correcto al permitírselo.

—*La familia* está haciendo lo que Marcus y Phoebe querían —insistí—. Vampiro de sangre fría o humana de sangre caliente, los dos son mayorcitos para saber lo que desean.

—¿Tú crees? —Matthew cambió de posición para poder mirarme a los ojos—. Es una concepción moderna la que posees si piensas que un hombre de veinte y cuatro años recién cumplidos y una mujer de la misma edad o poco menos poseen experiencia suficiente para fijar el curso de su existencia futura.

Aunque bromeaba, sus cejas fruncidas indicaban que una parte de él creía lo que acababa de decir.

—Estamos en el siglo XXI, no en el XVIII —observé—. Además, Marcus no es un hombre de « veinte y cuatro años», como afirmas de ese modo encantador, sino de doscientos cincuenta y pico.

—Marcus siempre será hijo de aquel tiempo lejano —señaló Matthew—. Si estuviéramos en 1781 y quien experimentase su primer día como vampiro fuera Marcus y no Phoebe, se le juzgaría necesitado de sabio consejo y mano dura.

—Tu hijo le ha pedido consejo a cada miembro de esta familia, y a la de Phoebe también —le recordé—. Es hora de dejar que Marcus decida su propio futuro, Matthew.

Permaneció callado mientras recorría con la mano las tenues cicatrices que había dejado en mi espalda la bruja Satu Järvinen, líneas de remordimiento que le recordaban todos y cada uno de los momentos en que habría fracasado a la hora de proteger a quienes amaba.

—Todo saldrá bien —le aseguré, acurrucándome entre sus brazos.

Matthew suspiró.

—Espero que tengas razón.

Más tarde, ese mismo día, una maravillosa atmósfera de quietud descendió sobre Les Revenants. Anhelaba esos raros momentos de paz —a menudo de tan solo veinte minutos, aunque en ocasiones se prolongaban hasta alcanzar una hora o más— desde que despertaba.

Los niños estaban en su cuarto, durmiendo la siesta. Matthew se hallaba en la biblioteca, trabajando en un artículo que estaba coescribiendo con Chris Roberts, nuestro colega de Yale. Tenían previsto revelar parte de los hallazgos de su investigación en conferencias ese mismo otoño y se estaban preparando para enviar un artículo a una revista científica de prestigio. En la cocina, Marthe preparaba tarros de judías frescas en salmuera picante mientras veía *Plus belle la vie* en el televisor que Matthew había instalado allí. Había insistido en que no le interesaban semejantes artilugios tecnológicos, pero pronto se había enganchado a las peripecias de los residentes de Le Mistral. En cuanto a mí, retrasaba el momento de poner notas sumergiéndome en una nueva investigación sobre las relaciones entre la cocina de la Edad Moderna y las técnicas de laboratorio. Pero no pude permanecer mucho tiempo concentrada en los grabados de manuscritos alquímicos del siglo XVII.

Al cabo de una hora de trabajo, cedí a la llamada de aquella deliciosa tarde de mayo. Me preparé una bebida fría y subí hasta la azotea de madera que Matthew había construido en lo alto de una de las torres almenadas de Les Revenants. En apariencia, había sido erigida con el fin de ofrecer una panorámica del paisaje de los alrededores, pero todo el mundo sabía que su primer objetivo era defensivo. Constituía una atalaya excelente y permitía otear con antelación suficiente a cualquiera que se aproximase. Entre nuestro nuevo nido de águilas y el foso recién limpiado y llenado, el castillo no podría ser más seguro.

Fue allí donde encontré a Marcus, ataviado con gafas oscuras y tumbado al calor del mediodía bajo un sol que le acariciaba el cabello rubio.

—Hola, Diana —dijo, dejando a un lado su libro. Era un ejemplar fino, con la cubierta de cuero marrón manchada y agrietada por el tiempo.

—Me parece que necesitas esto más que yo. —Le tendí el vaso de té helado—. Lleva un montón de menta, sin limón ni azúcar.

—Gracias —respondió antes de tomar un sorbo degustativo—. Delicioso.

—¿Puedo sentarme contigo o has venido para aislarte de todos?

Los vampiros eran animales de manada, pero también valoraban los momentos de soledad.

—Esta es tu casa, Diana. —Marcus levantó los talones del asiento de la silla de madera cercana que estaba utilizando como reposapiés improvisado.

—Es la casa familiar, por lo que siempre eres bienvenido —me apresuré a corregirlo. La separación de Phoebe ya iba a ser bastante dura; no hacía falta que Marcus se sintiera un intruso—. ¿Hay nuevas noticias de París?

—No. *Grand-mère* me dijo que no esperase nueva llamada de Freyja durante al menos tres días —contestó, acariciando una y otra vez con la punta de los dedos la humedad que se condensaba en el exterior del vaso helado.

—¿Por qué tres días?

Tal vez se tratase de algún tipo de test de Apgar vampírico.

—Porque es el tiempo que hay que esperar antes de que un vampiro recién convertido pueda ingerir sangre de unas venas distintas a las de su progenitor. Desacostumbrar a un vampiro de alimentarse de su hacedor puede entrañar dificultades. Si ingiere demasiada sangre ajena demasiado pronto, pueden producirse mutaciones genéticas mortales. En ocasiones, el vampiro recién renacido muere. También será la primera prueba psicológica de Phoebe para garantizar que puede sobrevivir ingiriendo sangre de otra criatura. Comenzarán con algo pequeño, por supuesto: un pájaro o un gato.

—Ajá —respondí, tratando de mostrar aprobación a pesar de que el estómago se me había encogido.

—Ya me he asegurado de que Phoebe pueda matar algo. —Marcus se quedó con la mirada perdida en la distancia —. A veces es más difícil acabar con una vida cuando no tienes elección.

—Habría imaginado lo contrario.

Marcus negó con la cabeza.

—Es extraño, pero, cuando no se hace por gusto, uno puede acobardarse. Sea instintivo o no, sobrevivir a costa de otra criatura es un acto egoísta —respondió mientras se daba golpecitos nerviosos con el libro en la pierna.

—¿Qué estás leyendo? —pregunté, tratando de cambiar de tema.

—Un viejo favorito —respondió, arrojándome el ejemplar.

Si bien la actitud descuidada de la familia con los libros les valía algún que otro sermón por mi parte, era evidente que este había sufrido un trato aún peor. Algo le había roído una esquina. El cuero estaba aún más manchado de lo que parecía a simple vista y la cubierta presentaba la huella circular que dejaban vasos, jarras y tazas. Quedaban restos de dorado de los grabados decorativos y, por el estilo, había sido encuadernado en algún momento a principios del siglo XIX. Marcus lo había leído con tanta frecuencia que el lomo se había roto y había sido reparado en múltiples ocasiones, una de ellas con una cinta adhesiva transparente que amarilleaba.

Un objeto tan querido poseía una magia específica que no tenía nada que ver con su valor ni con su estado, sino con todo lo que significaba. Abrí cuidadosamente la cubierta maltratada. Para mi sorpresa, el libro que protegía era varias décadas más antiguo que lo que su encuadernación dejaba entrever.

—*Sentido común*.

Se trataba de un texto fundacional de la Revolución de Estados Unidos. Me habría esperado que Marcus leyera a Byron o una novela, no filosofía política.

—¿Serviste en el Ejército de Nueva Inglaterra en 1776? —pregunté, al percatarme de la fecha de publicación en Boston. Marcus había sido soldado y después cirujano en el ejército continental. Eso era todo lo que sabía.

—No. Seguía en casa. —Marcus me quitó el libro—. Creo que voy a dar un paseo. Gracias por el té.

Por lo visto, no estaba de humor para compartir nuevas confidencias.

Desapareció escaleras abajo, dejando un rastro de hilos discordantes brillando a su paso: rojo e índigo entremezclados con negro y blanco. Como tejedora, yo era capaz de percibir los hilos entrecruzados del pasado, del presente y del futuro que forman la textura del universo. Normalmente se veían los hilos azules y ámbar pálido que componían la sólida urdimbre, mientras que las hebras de color de la experiencia individual incorporaban notas vivas e intermitentes a la trama.

Pero no era lo que sucedía ese día. Los recuerdos de Marcus eran tan potentes y lo anunciaban de tal manera que estaban distorsionando el tejido del tiempo, horadando su estructura para dejar que emergiera algún monstruo olvidado de su pasado.

Las nubes que se agolpaban en el horizonte y el hormigueo de los pulgares me advirtieron que se avecinaban tiempos tumultuosos. Para todos.

4

Uno

13 DE MAYO

Phoebe estaba sentada ante las ventanas cerradas de su dormitorio, con las cortinas de color ciruela completamente abiertas a la panorámica de París. Saciada de la sangre de su hacedora, devoraba la ciudad con los ojos, hambrienta únicamente de la siguiente revelación que le pudiera ofrecer su nuevo sentido de la vista.

Había descubierto que la noche no era solo negra, sino que contenía miles de tonos y texturas de oscuridad, algunos tenues y otros aterciopelados, desde el más profundo de los violetas y azules hasta el más pálido de los grises.

La vida no siempre sería así de fácil. Por el momento, llamaban a su puerta antes de que el hambre comenzara a roerle el vientre. Pero en algún momento acabaría por sentirla de verdad y comprendería lo que es ansiar el fluido vital de otro ser vivo y controlar la urgencia por beberlo.

En ese momento, no obstante, lo único que ansiaba era pintar. Llevaba años sin hacerlo, desde que el comentario fortuito de un profesor, cáustico y despectivo, la había llevado a estudiar la historia del arte en lugar de a su práctica. Los dedos le hormigueaban por agarrar un pincel e impregnarlo de densa pintura al óleo o delicados pigmentos para acuarela y aplicarlos sobre un lienzo o papel.

¿Podría capturar el color preciso del tejado de pizarra al otro lado del jardín, grisáceo azulado con toques de plata? ¿Sería posible representar la negrura de tinta en lo alto del cielo y su agudo brillo metálico en el horizonte?

Phoebe ahora comprendía por qué Jack, el bisnieto de Matthew, cubría cualquier superficie que encontraba con el claroscuro de sus recuerdos y experiencias. El juego de luces y sombras era infinito, y podría pasarse horas contemplándolo sin aburrirse nunca.

Era algo que había aprendido de la única vela que Freyja había dejado encendida en una palmatoria de plata sobre la mesilla. La luz ondulante y la oscuridad en el corazón de la llama resultaban hipnóticos. Phoebe había rogado que le proporcionaran más velas para rodearse de aquellos alfileres embriagadores de luz titilante.

—Con una basta —respondió Freyja—. No queremos que sufras un golpe de luz el primer día.

Siempre que Phoebe recibiese alimento regularmente, la sobrecarga de sus sentidos constituía el mayor peligro como vampira recién convertida. Para evitar problemas, Freyja y Miriam controlaban cuidadosamente el entorno de Phoebe, minimizando las posibilidades de que se viera abrumada por las sensaciones.

Inmediatamente tras su transformación, por ejemplo, Phoebe había querido darse una ducha. Freyja consideró que el pinchazo de las gotas de agua sería demasiado agudo, por lo que Françoise le preparó un baño, perfectamente cronometrado para que a la renacida no la apabullara el suave tacto del agua sobre la piel. Y se cerraron todas las ventanas de la casa, no solo las del dormitorio de Phoebe, para evitar la llegada de los aromas tentadores de los seres de sangre caliente, las mascotas de los vecinos y la contaminación.

—Lo siento, Phoebe, pero el año pasado un vampiro reciente se volvió loco en el metro de París —le explicó Freyja al preguntarle si podía entreabrir la ventana para que entrase la brisa—. Los humos del viejo sistema de frenado se le hicieron irresistibles y lo perdimos a lo largo de la línea 8. Provocó un sinfín de retrasos a los trabajadores matutinos y enojó considerablemente al alcalde. Y a Baldwin también.

Phoebe sabía que podría romper fácilmente el cristal, además del marco de la ventana, y que, si fuera necesario, incluso podría practicar un agujero en la pared de un puñetazo. Pero resistir a tales tentaciones era una prueba de su autocontrol, obediencia e idoneidad como pareja para Marcus. Estaba resuelta a superarla, por lo que se sentó en la habitación sin aire y se dedicó a observar cómo oscilaban y parpadeaban los colores a medida que las nubes pasaban por delante de la luna, cómo moría una estrella distante en el firmamento o cómo la rotación de la Tierra iba acercándola cada vez más al Sol.

—Me gustaría contar con pinturas —musitó, aunque el sonido reverberó en sus oídos—. Y pinceles.

—Se los pediré a Miriam —se oyó decir a Freyja desde lejos.

Por el rasgueo incesante que le irritaba imperceptiblemente los nervios a Phoebe, la vampira debía de estar escribiendo en su diario con una pluma estilográfica. De vez en cuando, en su corazón resonaba un latido sordo.

Aún más lejos, en las cocinas, Charles fumaba un puro mientras leía el periódico. Un crujido de papel. Una bocanada de humo. Silencio. Un latido. Un crujido. Una bocanada. Silencio. Igual que la noche parisina poseía su propia paleta de colores, cada criatura tenía su propio acompañamiento rítmico, como el canto que el corazón de Phoebe había emitido al beber por primera vez de Miriam.

—¿Necesitas algo más, Phoebe?

La pluma de Freyja se detuvo. En la cocina, Charles apagó el puro en un cenicero metálico. Los dos esperaron con atención la respuesta de la joven. Tardaría algún tiempo en acostumbrarse a mantener conversaciones con personas en otros cuartos y hasta en plantas distintas de una mansión.

—Solo a Marcus —respondió Phoebe, melancólica.

Se había acostumbrado a pensar en sí misma como parte de un *nosotros*, no de un solitario *yo*. Tenía muchas cosas que decirle, muchas cosas que contarle sobre su primer día de renacida. En cambio, estaban separados por cientos de kilómetros.

—¿Por qué no pruebas a caminar? —le propuso Freyja, tapando la pluma. Al cabo de un momento, la tía de Marcus se hallaba delante de la puerta y la llave giraba con suavidad en la cerradura—. Deja que te ayude.

Phoebe parpadeó ante el cambio de atmósfera en el dormitorio cuando el agradable brillo de las velas que iluminaban la casa penetró por el umbral.

—La luz es algo vivo —exclamó con asombro.

—Es onda y partícula. Sorprende lo mucho que tardaron los seres de sangre caliente en percatarse de ello. —Freyja se quedó de pie delante de Phoebe, con las manos extendidas en ademán cooperador—. Ahora, recuerda no empujar la silla con las manos ni el suelo con los pies. Para un *draugr*, levantarse no consiste más que en desplegarse. No exige esfuerzo alguno.

Hacía menos de veinticuatro horas que Phoebe era una vampira y ya había roto varias sillas y abollado considerablemente la bañera.

—Flota. Piensa sin más en un movimiento ascendente y levántate. Con cuidado. Bien.

Freyja corregía constantemente a Phoebe tal y como hiciera su profesora de ballet cuando era niña, una figura igualmente draconiana, aunque ni por asomo tan alta como aquella valquiria. Había sido madame Olga quien le había enseñado que el tamaño no tenía nada que ver con la estatura.

El recuerdo de madame Olga le atravesó la columna como un latigazo, por lo que instintivamente se agarró a las manos de Freyja como si fueran una barra de madera. Oyó un crujido y sintió cómo algo cedía.

—Cielos, eso ha sido mi dedo. —Freyja le soltó la mano. El índice de la izquierda pendía formando un ángulo extraño. Lo alineó de un rápido tirón—. Ya está. Como nuevo. Es probable que se rompa algún hueso más de aquí a finales del verano. —Enlazó su brazo con el de Phoebe—. Caminemos por el cuarto. Despacio.

Era evidente por qué los seres de sangre caliente creían que los vampiros podían volar. Lo único que tenía que hacer Phoebe era pensar en el destino y aparecía allí en un abrir y cerrar de ojos, sin sensación de haber hecho esfuerzo alguno por desplazarse.

Se sentía como la recién nacida que era; daba un paso tambaleante y se detenía a recobrar el equilibrio. Aparte de todo lo demás, su centro de gravedad parecía haberse desplazado. Ya no se encontraba en la pelvis, sino a la altura del corazón, lo que hacía que se sintiera mareada y extraña, como si hubiera bebido demasiado champán.

—Marcus me dijo que había aprendido rápido todo lo relacionado con ser un vampiro.

Phoebe comenzó a relajarse y a seguir el ritmo pausado de Freyja, que se parecía más a ejecutar un paso de vals que a caminar.

—No le quedó otro remedio —respondió Freyja con un atisbo de remordimiento.

—¿Por qué? —Phoebe frunció el ceño y giró tan rápido la cabeza para observar el semblante de su tía que cayó encima de ella.

—Es mejor que no preguntes, Phoebe querida. —Freyja la enderezó con suavidad—. Debes guardar tus preguntas para Marcus. Una *draugr* no anda por ahí contando chismes.

—¿Los vampiros tienen mil nombres para denominarse, igual que los sami los tienen para llamar a los renos? —se preguntó Phoebe, tomando nota mental del último vocablo en su léxico cada vez más extenso.

—Más, creo —replicó Freyja con el ceño fruncido—. Incluso tenemos una forma de llamar al vampiro correveidile que le cuenta a la pareja de alguien cosas sobre su pasado sin permiso.

—¿Sí? —Phoebe estaba deseando conocerla.

—Por supuesto —respondió Freyja con solemnidad—: Vampiro muerto.

Phoebe estaba agotada del esfuerzo que exigía moverse con la lentitud de un ser de sangre caliente sin partir ninguna tabla del suelo ni romper hueso alguno, después de lograr dar dos vueltas al perímetro del cuarto. Freyja la dejó recuperarse en paz y regresó a su salita, donde continuó escribiendo en su diario hasta el alba.

Phoebe apagó la vela para ver mejor cómo la noche daba paso al día, sin que sus dedos fríos notasen apenas el calor del pábilo ardiente, y se metió en la cama, más por costumbre que con la esperanza de dormir. Se subió la colcha hasta la barbilla, deleitándose en la suavidad del tejido y el acabado impecable.

Tumbada en su cama mullida contempló el pasar de la noche, escuchando la música de la estilográfica de Freyja, los sonidos amortiguados del jardín y el rumor de la calle más allá de los muros.

Soy.

Para siempre.

El canto del corazón de Phoebe había cambiado. Sonaba más lento y regular, una vez desprovisto de todos los esfuerzos extrínsecos de su corazón humano y convertido en algo más simple y perfecto.

Soy.

Para siempre.

Se preguntó cómo sonaría el canto del corazón de Marcus. Estaba segura de que sería melódico y agradable. Ardía en deseos de oírlo y guardarlo en su memoria.

—Pronto —se dijo en un susurro, recordándose que Marcus y ella tendrían todo el tiempo del mundo—. Pronto.

5

Los pecados de los padres

14 DE MAYO

Me encontraba a última hora de la mañana transcribiendo la receta de lady Montague de un bálsamo sanador —un remedio que podía usarse para la «angostura de pecho en hombre o caballo»— a partir de una imagen del manuscrito custodiado en la biblioteca Wellcome. Aun sin tener el texto como tal ante mí, me encantaba repasar los lazos y volutas aparentemente absurdos trazados con las plumas en el siglo XVII. Conforme el manuscrito aparecía en mi ordenador portátil, iba revelando un patrón de pruebas que demostraban vínculos profundos entre la cocina y la química en la Edad Moderna que deseaba abordar en mi nuevo libro.

Sin avisar, mi espacio de trabajo se vio invadido por una videollamada de Venecia que redujo la página del manuscrito a una esquina de la pantalla. Gerbert de Aurillac y Domenico Michele, los otros dos representantes vampiros en la Congregación, querían hablar conmigo.

A pesar de ser una bruja, ocupaba el escaño del tercer vampiro, el que pertenecía por costumbre a un miembro de la familia De Clermont. Aunque era hija por juramento de sangre de Philippe de Clermont, la decisión de mi cuñado Baldwin de cederme el lugar seguía siendo objeto de controversia.

—Ahí estás, Diana —dijo Gerbert una vez que acepté la llamada—. Te hemos dejado mensajes. ¿Por qué no has respondido?

Reprimí un suspiro de frustración.

—¿No sería posible que resolvieseis la situación, sea la que sea, sin mí?

—Si lo fuera, ya lo habríamos hecho —respondió Gerbert con tono hosco—. Debemos consultarte asuntos que afectan a nuestra gente, aunque seas bruja y de sangre caliente.

«Nuestra gente». Ese era el quid del problema que enfrentaba a daimones, humanos, vampiros y brujas. El trabajo de Matthew con Chris y los equipos de investigadores reunidos en Oxford y Yale había demostrado que, a nivel genético, las cuatro especies de homínidos presentaban más similitudes que diferencias. Pero iba a hacer falta algo más que evidencias científicas para cambiar las actitudes, especialmente entre los vampiros antiguos y más tradicionalistas.

—Los clanes húngaros y rumanos llevan siglos en guerra en la región de Crisana —explicó Domenico—. Siempre se han disputado la tierra, pero el último estallido de violencia ya ha terminado en las noticias. Nos hemos asegurado de que la prensa lo interpretase simplemente como una nueva escalada del crimen organizado.

—Recordadme quién filtró esa historia, por favor —les pedí mientras buscaba mi cuaderno para la Congregación en el escritorio atestado. Hojeándolo, no encontré mención de nadie a cargo de los medios. Una vez más, Gerbert y Domenico no me habían informado de decisiones clave.

—Andrea Popescu. Es de los nuestros y su actual marido, humano, por desgracia, es reportero político para el *Evenimentul Zilei*. —A Gerbert le brillaron los ojos—. Será un placer viajar a Debrecen y supervisar las negociaciones, si os parece bien.

Lo último que necesitábamos era que Gerbert viajara a Hungría y diera rienda suelta a sus ambiciones en una situación de por sí volátil.

—¿Por qué no enviamos de vuelta a la mesa de negociaciones a Albrecht y a Eliezer? —propuse, señalando a dos de los líderes vampíricos más progresistas en aquella zona del planeta—. Los clanes Corvinus y Székely no van a tener más remedio que dar con una solución razonable. De no hacerlo, la Congregación tendrá que tomar posesión del castillo en cuestión hasta que lo logren.

Por qué alguien deseaba aquel montón de ruinas era algo que escapaba a mi comprensión. Nadie podía adentrarse tras sus muros huecos por miedo a acabar aplastado bajo la mampostería desmoronada. Había estado allí de misión diplomática en marzo, durante las vacaciones de primavera de Yale. Me esperaba algo palaciego y grandioso, no un puñado de escombros cubiertos de musgo.

—No se trata de un litigio inmobiliario que resolver según tus estándares modernos de justicia y equidad —replicó Gerbert con tono condescendiente—. Se ha derramado demasiada sangre y se han perdido demasiadas vidas de vampiros. El castillo de Holló es tierra sagrada para esos clanes y sus señores están dispuestos a morir por él. Careces de una adecuada comprensión de lo que hay en juego.

—Debes intentar al menos pensar como un vampiro —dijo Domenico—. Nuestras tradiciones han de respetarse. El compromiso no es la vía para nosotros.

—Aniquilarse en las calles de Debrecen tampoco ha funcionado —puntualicé—. Probemos a mi manera, para variar. Hablaré con Albrecht y Eliezer, y os mantendré informados.

Gerbert abrió la boca para protestar. Sin aviso previo, desconecté el enlace de vídeo. La pantalla de mi ordenador se oscureció. Me recliné en la silla con un gruñido exasperado.

—¿Un mal día en la oficina? —Marcus estaba apoyado en la jamba, con su libro aún en la mano.

—¿Los vampiros se saltaron la Ilustración? —le pregunté—. Es como si estuviera atrapada en una fantasía de venganza medieval, en la que no hay oportunidad de solución que no implique la total destrucción del oponente. ¿Por qué los vampiros prefieren matarse entre sí en lugar de tener una conversación civilizada?

—Porque no es tan divertida, por supuesto. —Matthew entró en mi despacho y me besó con dulzura y parsimonia—. Por el momento, deja que Domenico y Gerbert se ocupen de las guerras entre clanes, *mon cœur*. Sus problemas seguirán ahí mañana, y al día siguiente también. En lo que se refiere a los vampiros, es algo que puedes dar por seguro.

Después de comer, llevé a los gemelos a la biblioteca y los dejé delante de la chimenea vacía con juguetes suficientes para tenerlos ocupados unos minutos mientras investigaba un poco. Tenía una transcripción provisional de la receta de lady Montague ante mí e iba apuntando qué ingredientes usaba (aceite de trementina, flor de azufre, heno), qué equipamiento se necesitaba (un orinal de cristal, una sartén honda, una jarra) y los procesos empleados (mezcla, hervor, espumado) para poder establecer referencias cruzadas con otros textos de la Edad Moderna.

La biblioteca de Les Revenants era una de mis estancias favoritas. Construida en una de las torres, estaba rodeada de oscuras librerías de madera de nogal que iban del suelo al techo. A intervalos irregulares se encontraban distintos tipos de escaleras, lo que le confería la apariencia delirante de un dibujo de Escher. Libros, documentos, fotografías y otros recuerdos que Philippe e Ysabeau habían coleccionado a lo largo de los siglos atestaban cada centímetro de espacio. Apenas había rascado la superficie de lo que contenía. Matthew había construido algunos archivadores de madera en los que guardar las pilas de papeles —algún día, cuando tuviera tiempo, los clasificaría— y yo había empezado a peinar los títulos de los libros en busca de grupos temáticos claros, como mitología o geografía.

No obstante, a la mayoría de la familia, la atmósfera de la biblioteca le resultaba opresiva, con su madera oscura y los recuerdos de Philippe. Las únicas criaturas que pasaban gran parte del tiempo allí éramos yo y algunos de los fantasmas del castillo. En ese momento, dos de ellos estaban desbaratando mis esfuerzos por organizar la recién creada sección de mitología, reorganizando los libros con aire de desconcertada desaprobación.

Marcus entró a grandes zancadas, con su ejemplar de *Sentido común* bajo el brazo.

—¡Mira! —Becca le mostró una figurita de un caballero.

—Guau. Un caballero de brillante armadura. Estoy impresionado —exclamó Marcus al tiempo que se sentaba con los gemelos en el suelo.

A fin de evitar que su hermana acaparase la atención de Marcus, Philip empujó su torre de bloques para que se derrumbara con estruendo. A los gemelos les encantaban sus cubos pulidos, que Matthew había tallado para ellos a partir de madera recuperada en las distintas casas de la familia. Había bloques fabricados en madera de manzano y carpe de las inmediaciones de la casa de las Bishop en Madison, de roble francés y tilo de Sept-Tours, y de haya y olmo de Old Lodge. Había hasta algunos bloques con pintas fabricados a partir de las ramas de un plátano de sombra que crecía cerca de Clairmont House en Londres, recogidas cuando el ayuntamiento las había cortado para dejar pasar a los autobuses de dos pisos. Cada bloque presentaba sutiles diferencias de grano y tonalidad, cosa que fascinaba a Philip y Becca. Los colores primarios que atraían a la mayoría de los niños no interesaban a nuestros dos nacidos iluminados, que poseían la agudeza visual de su padre. En cambio, adoraban trazar las vetas de la madera con sus minúsculos deditos, como si aprendieran así la historia del árbol.

—Se diría que tu caballero va a necesitar un nuevo castillo, Becca —observó Marcus, riendo ante la pila de bloques—. ¿Qué te parece, muchachote? ¿Construimos uno juntos?

—Vale —accedió Philip de buen grado, al tiempo que levantaba un bloque.

Pero al hermano mayor de Philip lo distrajeron momentáneamente los libros que seguían deslizándose por los estantes, movidos por manos espectrales que ni siquiera los vampiros podían ver.

—Vaya, los fantasmas vuelven a hacer de las suyas —rio Marcus, observando cómo los libros se desplazaban a la izquierda, luego a la derecha y nuevamente a la izquierda—. Pero no parecen avanzar en absoluto. ¿No se aburren?

—Diría que no. Y podemos darle gracias a la diosa por ello —respondí, con tono ácido como el vinagre—. Para ser fantasmas, estos dos no son demasiado fuertes; no como los que merodean la cámara contigua al salón principal.

Los dos hombres ataviados con cota de malla que deambulaban por aquel espacio exiguo y oscuro eran una pesadilla: hacían volar el mobiliario y hurtaban objetos de las estancias cercanas para redecorar su espacio. La pareja insustancial de la biblioteca era tan vaporosa que ni siquiera tenía claro qué o quiénes eran.

—Siempre parecen elegir el mismo estante. ¿Qué hay en él?

—Mitología —contesté, levantando la vista de mis notas—. A tu abuelo le entusiasmaba el tema.

—El abuelo solía decir que le gustaba leer sobre las aventuras de sus viejos amigos —rememoró Marcus con un atisbo de sonrisa.

Philip me tendió un bloque con la esperanza de que me uniera a la diversión. Jugar con los niños era mucho más apetecible que lady Montague. Dejé mis notas a un lado y me acuclillé junto a ellos.

—Casa —dijo Philip, feliz ante la idea de construir algo.

—De tal palo, tal astilla —afirmó Marcus con sequedad—. Ándate con cuidado, Diana, o en pocos años te verás inmersa en una reforma a gran escala.

Me reí. Philip siempre estaba erigiendo torres. Becca, por su parte, había abandonado al caballero y estaba construyendo algo a su alrededor que parecía una fortificación. Marcus les fue proporcionando bloques a ambos, dispuesto como siempre a ejercer de asistente cuando de diversión y juegos se trataba.

Philip me puso un bloque en la mano.

—Manzana.

—Sí, eme de manzana. Muy bien —dije.

—Parece que estuvieras leyendo de una de las cartillas que usaba de pequeño. —Marcus le tendió un bloque a Becca—. Es extraño que aún enseñemos el abecedario a los niños del mismo modo cuando todo lo demás ha cambiado tanto.

—¿Por ejemplo? —le pregunté, con ganas de saber más.

—La disciplina, la ropa, las canciones infantiles. «Qué glorioso nuestro rey celestial / que desde lo alto nos gobierna —comenzó a cantar Marcus en voz baja—. ¿Cómo se atreverá su hijo a cantar / ante su aterradora majestad?». Ese era el único himno en mi primera cartilla.

—No tiene mucho que ver con *Soy una tetera* —convine con una sonrisa—. ¿Dónde naciste, Marcus?

Mi pregunta constituía una falta de etiqueta vampírica imperdonable, pero esperaba que Marcus la excusase al provenir de una bruja, e historiadora, además.

—En 1757. Agosto. —Su voz sonó plana y fríamente objetiva—. Un día después de que Fort William Henry cayera en manos de los franceses.

—¿Dónde? —inquirí, aunque sabía que estaba tentando a la suerte con mi interés.

—Hadley. Una pequeña localidad del oeste de Massachusetts, a orillas del río Connecticut. —Marcus comenzó a juguetear con un hilo suelto en la rodilla de sus tejanos—. Nací y me crie allí.

Philip se subió a su regazo y le ofreció un nuevo bloque.

—¿Me hablarías de ello? —le pedí—. No sé demasiado de tu pasado y podría ayudarte a matar el tiempo mientras esperas noticias de Phoebe.

Lo que era más importante, recordar su propia vida podría ayudar a Marcus. Por la desconcertante maraña de tiempo que lo rodeaba, sabía que lo estaba pasando mal.

Y no era la única que podía ver los hilos enredados. Antes de que me diera tiempo a detenerlo, Philip agarró un manojo rojo que salía de su antebrazo con una manita regordeta y uno blanco con la otra. Sus labios curvados se movían como si estuviera recitando un encantamiento silencioso.

«Mis hijos no son tejedores», me había dicho una y otra vez en momentos de ansiedad en lo profundo de la noche, mientras dormían quedamente en sus cunas, y en instantes de absoluta desesperación, cuando el ajetreo de la vida diaria me agobiaba tanto que apenas podía tomar aliento.

No obstante, si fuera verdad, ¿cómo había visto Philip los hilos enojados que rodeaban a Marcus? ¿Y cómo podía haberlos atrapado con tanta facilidad?

—Pero ¿qué demonios? —El semblante de Marcus se quedó petrificado al tiempo que se detenían las manecillas del viejo reloj, una monstruosidad dorada que marcaba un tictac ensordecedor.

Philip se llevó las manos hacia la barriguita, tirando del tiempo con ellas. Los hilos azules y ámbar rechinaron a modo de protesta conforme el tejido del mundo se estiraba.

—Adiós, pupita —dijo Philip, besándose las manos y, con ellas, los hilos que sostenían—. Adiós.

«Mis hijos son mitad brujos mitad vampiros —me recordé—. Mis hijos no son tejedores». Eso quería decir que no eran capaces de...

El aire a mi alrededor vibró y se tensó conforme el tiempo seguía resistiéndose al hechizo que Philip había tejido para tratar de calmar la angustia de Marcus.

—Philip Michael Addison Sorley Bishop-Clairmont. Suelta ahora mismo el tiempo. —Mi voz sonó dura y el niño soltó los hilos. Al cabo de otro vertiginoso instante de inactividad, las manecillas del reloj reanudaron el movimiento. A Philip le tembló el labio—. No se juega con el tiempo. Nunca. ¿Me oyes?

Lo cogí del regazo de Marcus y lo miré a los ojos, en los que el saber ancestral se mezclaba con la inocencia infantil. Philip, asustado por mi tono, rompió a llorar. Aunque no la tenía en absoluto cerca, la torre que había estado construyendo se derrumbó con estrépito.

—¿Qué ha pasado? —Marcus parecía algo mareado.

Rebecca, que no soportaba ver llorar a su hermano, gateó por encima de los bloques caídos para ofrecerle consuelo. Le tendió el pulgar derecho. El izquierdo lo tenía firmemente sujeto en su propia boca. Se lo sacó antes de hablar.

—Brilla, Pip. —Un hilo violeta de energía mágica brotaba del pulgar de Becca. Ya había visto trazos rudimentarios de magia pendiendo de mis hijos, pero había supuesto que no tenían función alguna en su vida.

Mis hijos no eran tejedores.

—Mierda. —La palabra salió de mi boca antes de poder reprimirla.

—Guau. Ha sido rarísimo. Podía veros, pero no os oía. Y no parecía capaz de hablar —explicó Marcus, digiriendo todavía la experiencia reciente—. Todo ha comenzado a difuminarse. Entonces me has quitado a Philip del regazo y ha vuelto la normalidad. ¿He viajado en el tiempo?

—No exactamente —respondí.

—Mierda —repitió Becca con solemnidad, antes de tocar a su hermano en la frente—. Brilla.

Examiné la frente de Philip. ¿Lo que tenía entre los ojos era una mancha de *chatoiement*, el brillo característico de los tejedores?

—Ay, Dios. Ya verás cuando tu padre se entere.

—¿Cuando su padre se entere de qué? —Matthew estaba en la puerta, con los ojos brillantes y aire relajado tras reparar las tuberías de cobre tendidas por encima de la puerta de la cocina. Sonrió a Becca, que le estaba lanzando besitos—. Hola, tesoro.

—Creo que Philip acaba de lanzar, o más bien tejer, su primer hechizo —le expliqué—. Trató de suavizar los recuerdos de Marcus para que no le molestaran.

—¿Mis recuerdos? —Marcus frunció el entrecejo—. ¿Y qué quieres decir con que Philip ha tejido un hechizo? Si ni siquiera es capaz de hablar con frases completas.

—Pupa —le explicó Philip a Matthew con un minúsculo sollozo tembloroso—. Ya está.

El semblante de Matthew acusó la sorpresa.

—Mierda —dijo Becca al advertir el cambio de expresión de su padre.

Philip lo entendió como confirmación de la gravedad de la situación y su frágil compostura se desintegró una vez más en un mar de lágrimas.

—Pero eso significa... —Marcus miró a Becca y a Philip con alarma y, acto seguido, con asombro.

—Que le debo cincuenta dólares a Chris —dije—. Tenía razón, Matthew. Los gemelos *son* tejedores.

—¿Qué vas a hacer al respecto? —preguntó apremiante Matthew.

Matthew, los niños y yo nos habíamos retirado a los aposentos que usábamos como dormitorio, cuarto de baño y sala de estar privada para la familia. Un castillo medieval no se prestaba demasiado a mostrarse acogedor, pero esas estancias resultaban todo lo cálidas y confortables posible. La gran sala principal estaba dividida en varias áreas distintas: una estaba dominada por nuestra cama con dosel del siglo XVII; otra tenía butacas y sofás para descansar frente a la chimenea; una tercera estaba equipada con un escritorio, en el que Matthew podía adelantar trabajo mientras yo dormía. Las pequeñas alcobas a derecha e izquierda se habían remodelado para convertirlas en vestidores y cuarto de baño. Sólidos candelabros de hierro electrificados pendían del artesonado, contribuyendo a reducir la sensación cavernosa de las estancias en las oscuras noches de invierno. Las ventanas altas, algunas de las cuales todavía presentaban vidrieras medievales, dejaban entrar el sol estival.

—No lo sé, Matthew. Me dejé la bola de cristal en New Haven —contesté. La situación en la biblioteca me había dejado anonadada y atribuía mi lentitud de respuesta al tiempo detenido en lugar de al pánico cegador.

Cerré la puerta del dormitorio. La madera era sólida y había un gran número de gruesos muros de piedra entre nosotros y el resto de los habitantes. Aun así, encendí el equipo de música como protección extra contra el agudo oído vampírico.

—¿Y qué vamos a hacer con Rebecca cuando muestre signos de talento mágico? —continuó Matthew, pasándose los dedos por el cabello con frustración.

—*Si* llega a mostrar signos.

—*Cuando* los muestre —insistió Matthew.

—¿Qué crees que deberíamos hacer? —pregunté, dejando la pelota en el tejado de mi marido.

—¡Tú eres la bruja!

—¡Ah, así que es culpa mía! —Me puse en jarras, furiosa—. Y yo que creía que también eran *tus* hijos.

—No es eso lo que dicho. —Matthew apretó los dientes—. Pero necesitan que su madre les dé ejemplo, eso es todo.

—No puedes hablar en serio. —Estaba consternada—. Son demasiado pequeños para aprender magia.

—Pero no son demasiado pequeños para hacerla, por lo que se ve. ¿Recuerdas que dijimos que no íbamos a ocultarles quiénes somos? Yo estoy cumpliendo. He llevado a los niños a cazar. Me han visto alimentarme.

—Son demasiado pequeños para entender qué es la magia —respondí—. Cuando vi a mi madre lanzar un hechizo, fue terrorífico.

—Y ese es el motivo por el que no has estado trabajando tanto en tu propia magia. —Matthew respiró hondo, comprendiendo al fin lo que sucedía—. Estás intentando proteger a Rebecca y a Philip.

De hecho, *sí* que había estado haciendo magia, solo que donde y cuando nadie pudiera verla: sola, bajo la oscuridad de la luna, lejos de ojos curiosos e impresionables, cuando Matthew pensaba que estaba trabajando.

—No estás siendo tú misma, Diana —prosiguió Matthew—. Lo notamos todos.

—No quiero que Becca y Philip acaben inmersos en una situación que no pueden controlar.

Por la noche me asaltaban visiones de todos los problemas que podrían surgir: los incendios que podrían provocar, el caos que podría desatarse, la posibilidad de que se perdieran en el tiempo y yo no fuera capaz de encontrarlos. Mi ansiedad con los niños, siempre presente como una olla a fuego lento, de repente bullía.

—Los niños deben conocerte como bruja además de como madre —afirmó Matthew, con tono suave—. Es parte de quien eres y es parte de quienes son ellos también.

—Lo sé —respondí—. Es solo que no esperaba que Philip o Becca mostrasen inclinación por la magia tan pronto.

—¿Qué fue lo que hizo que Philip tratase de arreglarle los recuerdos a Marcus? —preguntó Matthew.

—Marcus me dijo dónde y cuándo había nacido —respondí—. Desde que huyó en busca de Phoebe, se encuentra rodeado por una nube espesa de recuerdos. El tiempo está atrapado en su interior y está estirando tanto el mundo que está perdiendo su forma. Es imposible no percibirlo si eres un tejedor.

—No soy tejedor ni físico, pero no parece posible que los recuerdos individuales de una persona puedan tener un efecto tan grave en el continuo espacio-tiempo —dijo Matthew, con tono de catedrático.

—Ah, ¿no? —Caminé hasta él, agarré un cabo especialmente tornasolado de recuerdos verdes que le colgaba desde hacía días y tiré con fuerza—. ¿Y ahora qué te parece?

Matthew abrió los ojos como platos cuando volví a tensar el hilo.

—No tengo ni idea de qué pasó o cuándo, pero esto lleva ondeando a tu alrededor desde hace días y está empezando a molestarme. —Solté el hilo—. Así que no te atrevas a darme lecciones de física. La ciencia no es la respuesta para todo.

La boca de Matthew tembló.

—Ya lo sé, ya lo sé. Adelante. Ríete. No te creas que no capto la ironía. —Me senté y suspiré—. Por cierto, ¿qué es lo que te preocupa?

—Me preguntaba qué pudo suceder con un caballo que perdí en la batalla de Bosworth —respondió Matthew con aire pensativo.

—¿Un caballo? ¿Eso es todo? —Levanté las manos, exasperada. Habida cuenta de lo brillante que era el hilo, me esperaba un secreto inconfesable o una antigua amante—. Bueno, que Philip no te pille preocupado por él o te verás en 1485 intentando desembarazarte de alguna zarza.

—Era un caballo muy bueno —trató de explicarse Matthew, sentado en el reposabrazos de mi butaca—. Y no me estaba riendo de ti, *mon cœur*. Simplemente me divierte ver cuánto hemos cambiado desde los días en que yo creía odiar a las brujas y tú creías odiar la magia.

—La vida era más sencilla entonces —respondí, aunque aquella me había parecido bastante complicada.

—Y mucho menos interesante. —Matthew me besó—. Tal vez no deberías seguir removiendo las emociones de Marcus hasta que Phoebe y él vuelvan a estar juntos. No a todos los vampiros les gusta revisitar sus vidas pasadas.

—Puede que no de forma consciente, pero es evidente que hay algo que le preocupa —respondí—, algo sin resolver.

Lo que fuera que molestaba a Marcus podía haber sucedido hacía mucho tiempo, pero todavía le producía un nudo en el estómago.

—Los recuerdos de los vampiros no se disponen en una línea temporal racional —explicó Matthew—. Son una maraña, un batiburrillo de alegría y tristeza, luz y oscuridad. Puede que no logres aislar la causa de la infelicidad de Marcus, y mucho menos encontrarle sentido.

—Soy historiadora, Matthew —repliqué—. Me paso el día encontrándole sentido al pasado.

—¿Y Philip? —preguntó mi marido, enarcando una ceja.

—Llamaré a Sarah. Agatha y ella están en la Provenza. Seguro que tendrán algún consejo que darme sobre cómo criar a unos pequeños brujos.

Cenamos en la terraza de la azotea para poder disfrutar del buen tiempo. Había acabado con el pollo asado de Marthe, acompañado de verduras recién cogidas del jardín —lechuga tierna, rábanos picantes y las zanahorias más dulces imaginables— mientras Matthew abría una segunda botella de vino que Marcus y él beberían durante el resto de la velada. Nos retiramos de la vieja mesa de comedor a las butacas dispuestas alrededor de un caldero lleno de troncos. Una vez encendida la hoguera, la madera disparaba chispas y lenguas de luz hacia el cielo. Les Revenants se convirtió en un faro en la oscuridad, visible a kilómetros.

Me arrellané en el asiento con un suspiro de satisfacción mientras Matthew y Marcus debatían sobre su trabajo conjunto acerca de la genética de las criaturas de un modo lento y relajado, muy distinto del habitual entre los competitivos investigadores actuales. Los vampiros gozaban de todo el tiempo del mundo para reflexionar sobre sus hallazgos. Tenían pocos motivos para precipitarse a extraer conclusiones y el intercambio franco de opiniones resultante era inspirador.

No obstante, a medida que la luz decaía parecía evidente que Marcus sentía la ausencia de Phoebe con renovado ardor. Los hilos rojos que lo ataban al mundo se habían vuelto rosados y brillaban con notas cobrizas siempre que pensaba en su pareja. Normalmente, yo era capaz de obviar las imperfecciones momentáneas en el tejido del tiempo, pero esta vez eran imposibles de ignorar. Marcus estaba preocupado por lo que podría pasar en París. En un esfuerzo por distraerlo, le sugerí que me contase cómo fue su propia transformación en vampiro.

—Solo si quieres —insistí—, pero, si crees que hablar del pasado puede ayudarte, será un placer escucharte.

—No sabría por dónde empezar —respondió.

—Hamish siempre dice que uno debe empezar por el final —observó Matthew, tomando un sorbo de vino.

—O puedes empezar por tus orígenes —tercié, señalando la alternativa más obvia.

—¿Como Dickens en *David Copperfield*? —Marcus emitió un sonido divertido—. ¿«Capítulo I. Nazco»?

Había que admitir que el patrón biográfico habitual de nacimiento, niñez, matrimonio y muerte tal vez fuera demasiado estrecho y convencional para un vampiro.

—Capítulo II. Muero. Capítulo III. Renazco. —Marcus negó con la cabeza—. Me temo que no es una historia tan sencilla, Diana. Elementos extraños y de naturaleza menor destacan tan claramente en mi mente que apenas recuerdo las fechas de los grandes acontecimientos.

—Matthew me advirtió que la memoria de los vampiros puede ser complicada. ¿Por qué no empezamos por algo sencillo, como tu nombre?

En ese momento se hacía llamar Marcus Whitmore, pero no sabía cuál habría sido en principio. El semblante cada vez más sombrío de Marcus me dio a entender que no había una respuesta sencilla para mi sencilla pregunta.

—Los vampiros no suelen divulgar esa información. Los nombres son importantes, *mon cœur* —me recordó Matthew.

Y para los historiadores igual que para los vampiros: ese era el motivo por el que le había preguntado. Con un nombre, sería posible rastrear el pasado de Marcus en archivos y bibliotecas.

Este cogió aire para serenarse y los hilos negros que lo rodeaban se agitaron inquietos. Intercambié una mirada de preocupación con Matthew.

«Te lo advertí», me dijo su expresión.

—Marcus MacNeil —soltó de sopetón.

«Marcus MacNeil, de Hadley, nacido en agosto de 1757». Un nombre, una fecha, un lugar: los pilares que constituían la base de la mayoría de las investigaciones históricas. Aunque no continuase, era probable que pudiera averiguar más sobre él.

—Mi madre era Catherine Chauncey, de Boston, y mi padre... —A Marcus se le cerró la garganta, incapaz de articular las palabras. Carraspeó y comenzó de nuevo—. Mi padre era Obadiah MacNeil, de la localidad cercana de Pelham.

—¿Tuviste hermanos o hermanas? —le pregunté.

—Una hermana. Se llamaba Patience.

El rostro de Marcus se tornó ceniciento. Matthew le sirvió un poco más de vino.

—¿Mayor o menor que tú? —Quería sonsacarle todos los datos posibles por si era mi única oportunidad de obtener información de él.

—Menor.

—¿Dónde vivíais en Hadley? —Desvié la conversación lejos de su familia, pues era evidente que se trataba de un tema doloroso.

—Una casa en la carretera que partía del pueblo hacia el oeste.

—¿Qué recuerdas de la casa?

—Poca cosa. —Marcus parecía sorprendido de que me interesase algo así—. La puerta era roja. Fuera había un lilo y el aroma entraba por las ventanas abiertas en mayo. Cuanto menos lo atendía mi madre, más florecía. Y había un reloj de color negro en la repisa de la chimenea. En la sala. Era herencia de la familia Chauncey y no dejaba que nadie lo tocase.

Conforme Marcus recordaba detallitos de su pasado, su memoria —que se había vuelto sepia y oxidada por la falta de uso— comenzó a funcionar con mayor fluidez.

—Había gansos por todas partes en Hadley —continuó Marcus—. Eran muy agresivos y deambulaban por todo el pueblo, asustando a los niños. Y me acuerdo de que había un gallo de latón en lo alto del campanario de la casa de reuniones. Zeb lo había instalado allí arriba. Dios, llevaba siglos sin pensar en ese gallo.

—¿Zeb? —pregunté, sin interés por la veleta del municipio.

—Zeb Pruitt. Mi amigo. Mi héroe, en realidad —afirmó Marcus lentamente.

El tiempo rechinaba a modo de advertencia; el ruido resonaba en mis oídos.

—¿Cuál es el primer recuerdo que tienes de él? —lo invité a continuar.

—Me enseñó a marchar como un soldado —musitó Marcus—. En el granero. Tendría cinco o seis años. Mi padre lo pilló. Después no me dejó pasar demasiado tiempo con Zeb.

Una puerta roja.

Un lilo.

Una bandada de gansos díscolos.

Un gallo en el campanario de la casa de reuniones.

Un amigo que jugaba a los soldados con él.

Aquellos fragmentos amenos formaban parte del mosaico mayor de la vida de Marcus, pero no bastaban para componer una panorámica coherente de su pasado ni para revelar parte de la verdad histórica mayor.

Abrí la boca para hacerle otra pregunta. Matthew negó con la cabeza, advirtiéndome que no interfiriera en la historia y que dejase a Marcus llevarla en la dirección que necesitase.

—Mi padre era soldado. Estuvo en la milicia y luchó en Fort William Henry. No me conoció hasta meses después de que hubiera nacido —dijo Marcus en voz cada vez más baja—. Siempre me pregunté hasta qué punto las cosas habrían sido distintas si hubiera vuelto antes de la guerra o si nunca hubiera luchado en ella. —Se estremeció y yo sentí una punzada de inquietud—. La guerra lo cambió. Cambia a todo el mundo, claro. Pero mi padre creía en Dios y la patria por encima de todo, y en las normas y la disciplina después. —Ladeó la cabeza como si cavilase—. Supongo que ese es uno de los motivos por los que no tengo demasiada fe en las normas. No siempre te mantienen a salvo, como creía mi padre.

—Suena a que era un hombre de su época —señalé. Las reglas y las normas formaban parte integrante de la vida en la Norteamérica primitiva.

—Si te refieres a que parece un patriarca, tienes razón —concedió Marcus—. Siempre con el fuego y el azufre, con Dios y el rey de su parte por muy estúpida que fuese la postura que adoptase. Obadiah MacNeil gobernaba nuestra casa y a todos sus habitantes. Ese era su reino. —Los ojos azules de Marcus se velaron bajo el peso de los recuerdos—. Teníamos un sacabotas de hierro en forma de diablo. Colocabas el tacón entre los cuernos, pisabas el corazón del diablo con el otro y sacabas la pierna. Cuando mi padre agarraba el sacabotas, hasta el gato sabía que era hora de esfumarse.

Palabras de una sílaba

The New England Primer, 1762*

Age	all	ape	are
Babe	beef	best	bold
Cat	cake	crown	cup
Deaf	dead	dry	dull
Eat	ear	eggs	eyes
Face	feet	fish	fowl
Gate	good	grass	great
Hand	hat	head	heart
Ice	ink	isle	job
Kick	kind	kneel	know
Lamb	lame	land	long
Made	mole	moon	mouth
Name	night	noise	noon
Oak	once	one	ounce
Pain	pair	pence	pound
Quart	queen	quick	quilt
Rain	raise	rose	run
Saint	sage	salt	said
Take	talk	time	throat
Vaine	vice	vile	view
Way	wait	waste	would

* *The New England Primer*, publicado por primera vez en Boston en 1690, fue la primera cartilla concebida para las colonias americanas y combinaba el aprendizaje de la lectura con el catecismo cristiano. *(N. de la T.)*.

6

Tiempo

Marzo de 1762

El reloj negro de la repisa pulida dio las doce del mediodía, marcando así el paso de las horas. Destacaba contra las paredes encaladas de la sala, pues era la única decoración de la estancia. La Biblia de la familia y el almanaque que su padre usaba para anotar los acontecimientos de importancia, así como los cambios de tiempo, estaban colocados junto a él.

Su timbre penetrante era uno de los sonidos acostumbrados del hogar: la voz queda de su madre, los gansos que graznaban en la carretera, el balbuceo de su hermanita.

El reloj calló, a la espera de la siguiente oportunidad de erigirse protagonista.

—¿Cuándo vuelve padre? —preguntó Marcus, levantando la vista de la cartilla.

Obadiah no había presidido el desayuno. Debía de estar muy hambriento, pensó, tras perderse la comida a base de gachas, huevos, beicon, pan y mermelada. Al niño le rugieron las tripas por solidaridad y se preguntó si tendrían que esperar a que su padre regresase para poder almorzar a mediodía.

—Cuando haya acabado. —El tono de su madre sonó inusualmente seco en su rostro surcado de arrugas por la preocupación bajo la cofia de lino almidonada—. Venga, léeme la siguiente palabra.

—Soy. —Marcus formó lentamente la sílaba—. Yo soy Marcus MacNeil.

—En efecto —respondió su madre—. ¿Y la siguiente?

—Noz-z-z-he. —Marcus frunció el ceño. Aquella palabra era nueva—. ¿Nozhe?

—¿Te acuerdas de lo que te dije de la ce y la hache juntas? —le preguntó su madre al tiempo que levantaba a Patience del suelo de tablas anchas y se acercaba a la ventana con un frufrú de sus faldas marrones. Al caminar, la arena se filtraba por las rendijas entre la madera.

Marcus se acordaba... más o menos.

—«Noche». —Marcus alzó la vista—. Fue cuando se marchó padre. Llovía. Y no había luz.

—¿Sabrías buscar la palabra «luz» en tu libro? —le pidió la madre mientras echaba un vistazo entre los postigos. Les quitaba el polvo a diario pasando una pluma de ganso por cada rendija. Era muy maniática con ese tipo de cosas y no permitía que nadie más se ocupara de la sala delantera, ni siquiera la vieja Ellie Pruit, que acudía una mañana a la semana para ayudar con el resto de las tareas.

—Fe, fiel, flor, hoy, hoz, lar, luz. ¡La he encontrado, madre! —exclamó Marcus con ilusión.

—Muy bien, mi niño. Algún día serás profesor en Harvard, como los demás hombres de la familia Chauncey.

Su madre estaba sumamente orgullosa de sus primos, tíos y hermanos, todos los cuales habían estudiado durante años. A Marcus, la sola perspectiva le resultaba más sombría que el tiempo.

—No. Voy a ser soldado, como padre —respondió Marcus, dándole una patada a las patas de su silla a modo de confirmación de su compromiso. El sonido le gustó tanto que les propinó otra más.

—Basta de tonterías. ¿Qué es un hijo necio?

Su madre cogió a Patience y empezó a hacer el caballito con ella sobre el regazo. A la niña le estaban saliendo los dientes, por lo que salivaba y estaba de lo más irritable.

—Tristeza de su madre —respondió Marcus, abriendo la página de versículos ordenados alfabéticamente. Allí estaba el proverbio: «El hijo sabio alegra al padre; el hijo necio es tristeza de su madre». Esta se lo repetía todo el rato.

—Recítame el resto del alfabeto —le ordenó su madre, caminando de una esquina a la otra de la sala para distraer a Patience de su incomodidad—. Y sin farfullar. A los chicos que farfullan no los dejan entrar en Harvard College.

Marcus subió hasta la a.

—«A todos los mentirosos, su parte será en el lago ardiendo con fuego y azufre» —recitó su madre con él cuando titubeó al leer la frase.

En ese momento se abrió la cancela de madera que protegía el jardín delantero de los gansos y el tráfico. La mujer se quedó petrificada.

Marcus se giró en la silla y pegó los ojos a los dos orificios practicados en el listón superior. Servían para colgar la silla de los ganchos junto a la puerta de la cocina, pero el niño había descubierto que eran perfectos para mirar por ellos. Se sentía como un bandido o un explorador indio cuando lo hacía. A veces, cuando su madre y su padre estaban ocupados y él debía estar estudiando o cuidando de Patience, arrastraba la silla hasta la ventana y veía pasar el mundo, imaginando que iba en busca de infieles o que era un capitán de navío y miraba por su catalejo, o un salteador de caminos que columbraba entre los árboles a su próxima víctima.

La puerta delantera se abrió con un crujido y dejó entrar el viento y la lluvia. Un sombrero negro de lana, de ala ancha y empapado, voló por el aire y aterrizó en lo alto del poste de la escalera. El padre de Marcus usaba la bola de madera en forma de globo que lo coronaba para enseñarle geografía. Había trazado la costa este de Norteamérica con tinta negra que penetraba en la madera, así como una mancha irregular que mostraba lo lejos que se encontraba el rey, al otro lado del océano. Aun así, según afirmaba, su majestad cuidaba de su pueblo en las colonias. Ellie pulía el poste cada vez que iba por casa, pero la tinta no se borraba nunca.

—¿Catherine? —bramó el hombre antes de tropezar con algo en el vestíbulo y proferir un exabrupto.

—Aquí, padre —lo llamó Marcus antes de que su madre tuviera oportunidad de responder.

Había aprendido a no lanzarse a los brazos de su progenitor en cuanto llegaba a casa. Al hombre no le gustaba que lo cogieran desprevenido, ni siquiera si se trataba de alguien tan pequeño y conocido como Marcus.

Obadiah MacNeil entró en la sala, tambaleándose ligeramente. Dejaba tras de sí un aroma a humo y a algo dulce y pegajoso. Sostenía el pesado sacabotas de hierro que normalmente descansaba junto a la puerta delantera.

A través de los agujeros de la silla, Marcus vio que su padre no llevaba al cuello su bufanda de lana habitual. Era de un rojo vivaz que destacaba como el color de los frutos que quedaban en el rosal cuando caía la primera nevada. Ese día, llevaba la camisa de lino abierta por el cuello y la sencilla corbata torcida y manchada.

—Las sillas son para las posaderas, no para las rodillas. —Obadiah se pasó la mano mugrienta bajo la nariz larga y afilada. Dejó un rastro de tierra amarillenta—. ¿Me has oído, chico?

Marcus se dio la vuelta y deslizó los pies sobre el asiento, con las mejillas encendidas. Su padre se lo había dicho docenas de veces. Una mano tosca empujó el respaldo y envió a Marcus hacia la mesa. Cuando el borde lo golpeó en el pecho, se quedó sin respiración.

—Te he hecho una pregunta. —Obadiah apoyó los brazos en la mesa, rodeando a Marcus con la lana mojada y aquel olor dulzón.

El sacabotas seguía en su mano. Tenía forma de diablo; las protuberancias de su cabeza cornuda servían de apoyo para el talón, mientras que su cuerpo alargado ejercía de apoyo. Los ojos del diablo le hacían guiños a Marcus, dos agujeros negros por encima de una boca lasciva.

—Lo siento, padre. —Marcus reprimió las lágrimas. Los soldados no lloraban.

—Que no te lo tenga que repetir —le advirtió Obadiah, enderezándose. El aliento le olía a manzanas.

—¿Dónde has estado, Obadiah? —La madre de Marcus dejó a Patience en su cuna junto a la lumbre.

—No es asunto tuyo, Catherine.

—En West Street, seguro. —Obadiah se quedó callado, por lo que su madre le preguntó—: ¿Estabas con Josiah?

A Marcus no le gustaba demasiado su primo Josiah, cuyos ojos se desviaban al hablar y cuya voz reverberaba contra las vigas.

—Déjalo ya, mujer. —La voz de Obadiah sonó cansada—. Me voy al granero. Zeb está atendiendo a los animales.

—¡Yo os ayudaré!

Marcus se bajó precipitadamente de la silla. A diferencia del primo Josiah, Zeb Pruitt era una de sus personas favoritas. Había enseñado a Marcus a ponerle el sedal a una caña de pescar, a cazar ratones en el granero y a trepar al manzano. También se había asegurado de que Marcus comprendiera que los gansos del pueblo eran más peligrosos que los perros y que podían darle un picotazo brutal.

—Zeb no necesita tu ayuda —dijo su madre—. Quédate donde estás y acaba la lección.

El rostro de Marcus se ensombreció. No le apetecía leer. Quería ir al granero y marchar por el pasillo central bajo las órdenes de Zeb, jugando a los soldados y escondiéndose tras el abrevadero cuando el enemigo lo persiguiera.

Su madre salió en pos de su padre, que había dejado la puerta delantera abierta a los elementos.

—Ten cuidado de que Patience no se caiga de la cuna —advirtió a Marcus al tiempo que agarraba la toquilla de un gancho y salía de la casa.

Marcus miró a su hermana con pesadumbre. Patience se chupaba el puñito, brillante de saliva y rojizo de mordisqueárselo sin parar. Su hermana sería una soldado terrible. Marcus tuvo una idea.

—¿Quieres ser mi prisionera? —musitó, arrodillándose junto a la cuna. Patience asintió balbuciente—. Muy bien. Quédate donde estás. No te muevas y no te quejes o te mandaré azotar.

Marcus meció suavemente la cuna, olvidándose de las lecciones, y se imaginó en una cueva en mitad del bosque, esperando a que el oficial al mando llegase y lo felicitara por su valor.

—Debes de haberte pasado la noche en vela con el alboroto y el tráfico entre el pueblo y el cementerio —dijo la anciana señora Porter mientras dejaba en la mesa una taza y su platillo junto al codo de la madre de Marcus. Este podía ver el papel pintado de la pared, azul como el cielo de primavera, a través de la pared de la taza, fina como una cáscara de huevo.

La casa de la señora Porter era una de las mejores de Hadley. Además de papel pintado, en las paredes había paneles de madera pulida y pintura de colores brillantes. Las sillas estaban talladas y tapizadas para ofrecer comodidad. Las ventanas se abrían a la manera moderna, no como las viejas batientes de su casa. Al niño le encantaba ir de visita, y no solo porque normalmente servían pastel de Madeira salpicado de grosellas y untado de mermelada.

Marcus contó hasta cinco antes de que su madre alargase la mano al té. Los Chauncey no devoraban los alimentos ni se comportaban como si no recordasen cuándo fue la última vez que comieron.

Algo pinchó a Marcus en las costillas.

Era un molinete de madera y la señorita Anna Porter era quien lo sostenía. La nieta de la señora Porter jamás dejaba que Marcus olvidase que tenía un año y un mes más que él. La niña puso los ojos en blanco y, sacudiendo la cabellera pelirroja, lo invitó a dejar a las adultas con su conversación y buscar diversión en otra parte.

Sin embargo, Marcus quería quedarse para oír qué había sucedido en el cementerio. Era algo malo, algo de lo que nadie hablaría delante de Anna y de él. Ojalá se tratase de un fantasma. Le gustaban las buenas historias de fantasmas.

—Me pidieron ayuda y no tenía a quien enviar sino a Zeb. —La señora Porter se sentó con un hondo suspiro—. En las noches tormentosas, cuando llaman a golpes a la puerta, es cuando echo de menos tener marido.

La madre de Marcus emitió un ruido de asentimiento y dio un sorbo al té.

El marido de la señora Porter había caído heroicamente en el campo de batalla. No obstante, Zeb había contado historias sobre el amo Porter que a Marcus le habían hecho preguntarse si habría sido un hombre bueno.

—La verdad, Catherine, deberíais alquilar una casa en el pueblo. Vivir junto al camposanto no puede ser saludable —dijo la señora Porter, cambiando de tema, mientras cogía la labor de aguja y empezaba a bordar un motivo colorido en la tela.

—Mi abuela ha dicho que tu padre es un borracho —susurró Anna, los pecosos párpados entrecerrados sobre sus ojos pálidos. Agitaba el molinete, haciendo que sus brazos se movieran en círculos lentos. La cara que lo decoraba, con su cabello negro rizado y la piel oscura, parecía la de Zeb Pruitt.

—No lo es —replicó Marcus, agarrando el molinete.

—Sí que lo es —lo provocó Anna, sin levantar la voz.

—¡Retíralo! —Marcus forcejeó con la niña para quitarle el molinete.

La señora Porter y su madre se dieron la vuelta, sorprendidas por semejante arrebato.

—¡Ay! —Anna se agarró uno de los largos tirabuzones rojizos, con el labio tembloroso—. Me ha tirado del pelo.

—No es verdad —protestó Marcus—. No te he tocado.

—Y me ha quitado mi juguete —añadió con los ojos empañados y las lágrimas mojándole las mejillas.

Marcus resopló con incredulidad.

—Marcus MacNeil. —La voz de su madre sonó baja pero intensa—. Los caballeros no roban a mujeres indefensas. No es así como se te ha educado. —Anna tenía unos brazos fuertes, corría más rápido que un gato escaldado y tenía un montón de primos corpulentos. No estaba en absoluto indefensa—. Y tampoco atormentan a las señoritas pellizcándolas y tirándoles del pelo —añadió, acabando con toda esperanza de indulto que Marcus pudiera albergar—. Dado que no eres capaz de comportarte en compañía civilizada, pídele perdón a Anna y a la señora Porter, y espérame en el granero. Cuando lleguemos a casa, ya se lo diré a tu padre.

Este se enfadaría. A Marcus le tembló el labio.

—Lo siento, señora —se disculpó Marcus, haciéndole una leve reverencia a la señora Porter, con los puños apretados en la espalda—. Perdóname, Anna, por favor.

—Una disculpa de lo más apropiada —respondió la señora Porter, asintiendo con aprobación.

Marcus huyó al granero sin esperar la respuesta de Anna, tragándose los miedos por lo que le esperaba en casa y las lágrimas por la reprimenda de su madre.

—¿Se encuentra bien, amo Marcus? —preguntó Zeb Pruitt, apoyado en su horquilla, desde uno de los establos. A su lado, largo de brazos y ancho de hombros, se hallaba Joshua Boston.

—¿Ha habido algún problema en casa? —preguntó este, lanzando un delgado escupitajo de líquido marrón. A diferencia de Zeb, ataviado con ropa de trabajo manchada, Joshua llevaba un gabán de lana de botones pulidos.

Marcus, hipando, negó con la cabeza.

—Hum, me da que la señorita Anna ha estado haciendo trastadas —señaló Zeb.

—Ha dicho que mi padre es un borracho —respondió Marcus—. No es verdad. Va a la iglesia todos los domingos. Dios responde a tus oraciones; mi padre no para de repetirlo. Y ahora tengo que contarle lo que ha pasado con Anna y va a enfadarse conmigo. Otra vez.

Zeb y Joshua intercambiaron una mirada prolongada.

—Que un hombre vaya a la taberna de Smith una noche lluviosa a secarse al fuego no significa que sea un borracho. —Zeb clavó la horquilla en un montón de heno cercano y se acuclilló para quedar al nivel de los ojos de Marcus—. ¿Qué es eso de que el señor MacNeil se enfadará otra vez?

—Padre pasó toda la noche fuera y, cuando volvió, yo estaba arrodillado en la silla. Me ha dicho cientos de veces que no lo haga. —Marcus se estremeció con solo pensarlo—. Me dijo que no volviera a desobedecerlo o me daría otra paliza.

Joshua masculló algo que Marcus no llegó a entender. Zeb asintió.

—Asegúrese de mantenerse alejado de su padre cuando esté de mal humor —le aconsejó Zeb—. Escóndase en el gallinero o bajo el sauce junto al río hasta que crea seguro volver a salir.

—¿Y cómo sabré cuándo es seguro? —preguntó Marcus, preocupado por perderse la cena.

—Lo aprenderá —respondió Zeb.

Aquella noche, Marcus cogió su almohada y la dispuso en lo alto de las escaleras. La aflicción en las piernas y el trasero había pasado del fuego abrasador a un dolor sordo. Su padre le había propinado la paliza prometida y esa vez había usado una correa de cuero del granero en lugar de su mano para que Marcus no olvidase la lección.

Sus padres discutían en la cocina. Marcus no distinguía el motivo, pero sospechaba que tenía que ver con él. El estómago le rugía de hambre, pues no había habido comida suficiente para cenar y a su madre se le había quemado el pan con el que iba a acompañarla.

—Recuerda cuál es tu lugar, Catherine —dijo su padre, saliendo disparado de la cocina y agarrando el sombrero del poste de la escalera. El fieltro de lana ya estaba seco, pero el borde se había arrugado y ya no tenía la forma triangular habitual.

Marcus abrió la boca, listo para volver a disculparse en un intento de que terminase el griterío. Pero tenía prohibido interrumpir a su padre y a su madre cuando hablaban, por lo que aguardó con la esperanza de que este se diera la vuelta y, al verlo sentado, le preguntase qué hacía despierto.

—Mi deber es evitar que esta familia se arruine —replicó su madre—. Apenas tenemos suficiente para comer. ¿Cómo vamos a arreglarnos si sigues bebiéndote el dinero que nos queda?

El padre se giró a toda prisa con la mano levantada.

Catherine se agazapó contra la pared, protegiéndose la cara.

—No me obligues a zurrarte a ti también —dijo Obadiah con voz suave mientras se encaminaba a la puerta.

No llegó a mirar atrás.

7

Dos

14 DE MAYO

El segundo día de Phoebe como vampira careció de las experiencias arrebatadas y embriagadoras del primero. Mientras su cuerpo aprendía a permanecer inmóvil, su mente era incapaz de estarse quieta. Los recuerdos, las imágenes de los años que pasó estudiando Historia del Arte, la letra de sus canciones favoritas..., todo eso y más recorría su mente como una película inquietante en la que interpretase el papel principal y constituyese la totalidad del público. Desde que se había convertido en vampira, sus recuerdos eran confusos y extremadamente claros.

Su primera bicicleta era azul marino con rayas blancas en los guardabarros.

«¿Dónde estará ahora?», se preguntó Phoebe. Creía recordar haberla montado por última vez en su casa de Hampstead.

Había un pub en Hampstead perfecto para parar a comer tras un paseo dominical.

Se dio cuenta de que nunca volvería a comer un domingo. ¿A qué dedicaría los domingos en los próximos años? ¿Cómo recibiría a sus amigos? Ni ella ni Marcus iban a la iglesia. Una vez casados, tendrían que crear nuevas costumbres dominicales que no girasen en torno a una comilona.

La iglesia de Devon en la que se casó su mejor amiga tenía una preciosa ventana con fragmentos de vidrio azul y rosa. Phoebe se había pasado todo el servicio contemplando sus colores y motivos intrincados, maravillada por su belleza.

¿Qué antigüedad tendría la ventana? Phoebe no era experta en vidrieras, pero sospechaba que era victoriana, no demasiado antigua.

La jarra de cristal verde celadón del piso de abajo lo era mucho más.

¿Podría ser romana, tal vez del siglo III? En tal caso, su valor era enorme. Freyja no debería guardarla donde pudiera romperse.

Phoebe había pasado un verano en Roma, excavando las ruinas y aprendiendo sobre teselas. Hacía tanto calor y tan seco que el aire le abrasaba los vellitos de la nariz y cada respiración le quemaba en los pulmones.

¿Habría cambiado su nariz? Phoebe se puso en pie y se miró en el espejo enturbiado por el tiempo. A su espalda se veía reflejado el cuarto: las elegantes curvas de la cama del Segundo Imperio, el pequeño dosel suspendido del techo que convertía el lecho en un acogedor cubículo, el elegante armario ropero y un sillón lo bastante amplio como para acurrucarse a leer en él con los pies en alto.

Había vuelto a aparecer una arruga en el cobertor.

Phoebe frunció el ceño. Ya había alisado aquella arruga. Se acordaba de haberlo hecho.

Antes de poder completar el siguiente pensamiento, ya estaba de rodillas sobre el colchón. Sus manos repasaron el tejido una y otra vez. Cada fibra de las sábanas era palpable y áspera al tacto.

—No es de extrañar que no pueda dormir. Son demasiado bastas.

Phoebe rasgó las sábanas al intentar quitarlas del colchón para poder sustituirlas con algo más adecuado, algo que no le rascara la piel y le impidiera dormir.

Sin embargo, las hizo trizas, destrozándolas con uñas que tenían la afilada ferocidad de unas garras de águila.

—Veo que hemos llegado a los terribles dos —dijo Freyja al entrar en el cuarto, con los ojos azules destilando frialdad sobre sus altos pómulos al observar los daños que Phoebe había infligido en la habitación.

A Phoebe ya le habían avisado sobre su segundo día, que parecía emular las desventuras y tribulaciones del segundo año de edad humana, pero no tenía cómo contextualizar la advertencia, ya que nunca había sido madre. No recordaba cómo había sido de pequeña y ninguna de sus amigas había tenido hijos aún.

—¿Estás haciéndote un nido? —preguntó Françoise, cuya omnipresencia antaño milagrosa también se había convertido en una nueva fuente de irritación, al contemplar el destrozo que Phoebe había provocado.

—Las sábanas rascan. No puedo dormir —respondió Phoebe, incapaz de borrar la petulancia de su voz.

—Ya habíamos hablado de esto, Phoebe querida. —Freyja sonaba razonable, compasiva. No obstante, su expresión de cariño irritó los nervios a flor de piel de Phoebe—. Tardarás meses en echarte la primera siesta. Y te quedan años antes de poder dormir profundamente.

—Pero estoy cansada —se quejó la joven, como un niño conflictivo.

—No, estás aburrida y tienes hambre. Una *draugr* ha de ser muy precisa al describir sus emociones y estado mental para no enredarse en sentimientos imaginarios. Tu sangre corre demasiado fuerte y agitada para necesitar dormir. —Freyja advirtió algo en la ventana, una minúscula imperfección. Uno de los paneles se había agrietado. Concentró toda su atención en él—. ¿Qué ha pasado aquí?

—Un pájaro —respondió Phoebe, bajando la vista. Había un corte en el suelo. ¿O sería el grano de la madera? Podría seguir la línea hasta el infinito...

—Esta grieta se ha abierto por dentro —indicó Freyja, inspeccionándola más de cerca—. Te lo voy a preguntar una vez más, Phoebe: ¿qué ha pasado aquí?

—¡Ya te lo dicho! —repuso Phoebe a la defensiva—. Un pájaro. Estaba fuera, en el árbol. Quería llamar su atención, así que le di un toquecito al cristal. No tenía intención de romper nada. Solo quería que me mirase.

El pájaro no dejaba de cantar. Al principio, a Phoebe su canto le había parecido delicioso, su oído vampírico afinado como nunca a los gorjeos y trinos. Pero, conforme seguía y seguía, le fueron entrando ganas de retorcerle el cuello.

Si ella bebiera sangre de un pájaro, ¿entendería por qué cantan sin parar?

El estómago le rugió.

—Soy demasiado vieja para ser madre, diantres. Había olvidado por completo lo insoportables que son los críos —se quejó Miriam, que llegaba en ese instante. Puso los brazos en jarras sobre sus estrechas caderas y adoptó su postura preferida: las piernas ligeramente separadas, normalmente embutidas en algún tipo de botas (ese día, eran de ante y de tacón), y los codos apuntando al espacio a su alrededor en un ángulo agudo, retando a cualquiera a que la desdeñase por su tamaño.

La oleada de orgullo por su hacedora que envolvió a Phoebe fue instantánea y sorprendente. La sangre de Miriam fluía por sus venas, fuerte y poderosa. Puede que en ese momento fuera pequeña e insignificante, pero con el tiempo ella también se convertiría en una vampira digna de admiración.

La decepción le cayó como un jarro de agua fría y se le formó un nudo en la garganta.

—¿Qué pasa? —preguntó Freyja, preocupada—. ¿La luz es demasiado intensa? Françoise, cierra esas cortinas de inmediato.

—No es la luz del sol. Es que solo he crecido un par de centímetros.

Phoebe llevaba marcando su evolución cada diez minutos o así en el marco de la puerta que conducía al cuarto de baño. La señal no había cambiado durante las últimas ocho horas. Phoebe había arañado con la uña tantos trazos en el mismo punto que la pintura se había estropeado.

—Si lo que deseabas era ganar altura, deberías haberle pedido a Freyja que fuera tu progenitora —repuso Miriam con aspereza, sorteando a la danesa de un metro ochenta para adentrarse en el cuarto. Lanzó un rápido vistazo a lo que había hecho Phoebe, confirmó que el cristal realmente estaba quebrado y miró fijamente a su hija—. ¿Y bien?

No había forma de malinterpretar la exigencia de explicación en el tono de su hacedora.

—Me aburro —musitó Phoebe, avergonzada por su confesión pueril.

—Excelente. Bien hecho. —Freyja asintió con aprobación—. Ese es un logro tremendo, Phoebe.

Miriam achicó los ojos.

—Y... —añadió Phoebe, su voz cada vez más quejosa— tengo hambre.

—Este es el motivo por el que no se debería convertir a nadie de menos de treinta años —le dijo Miriam a Freyja—. Los recursos internos son insuficientes.

—¡Tú tenías veinticinco! —replicó Phoebe enardecida, sus defensas levantándose ante el insulto.

—En aquella época, veinticinco años era casi la vejez. —Miriam negó con la cabeza—. No podemos acudir corriendo cada vez que te sientas inquieta, Phoebe. Vas a tener que imaginar cómo ocupar tu tiempo.

—¿Juegas al ajedrez? ¿Bordas? ¿Cocinas? ¿Elaboras perfumes? —Freyja comenzó a enumerar las labores propias de una princesa medieval danesa—. ¿Compones poemas?

—¿Cocinar? —repitió Phoebe, desconcertada ante la perspectiva; la sola idea le revolvió el estómago. No le había gustado cocinar ni cuando era humana; ahora que era vampira, estaba completamente descartado.

—Puede ser un pasatiempo de lo más satisfactorio. Conocí a una vampira que se pasó una década perfeccionando su suflé. Decía que la relajaba sobremanera —contestó Freyja—. Claro que, en aquel tiempo, Veronique tenía un marido humano. Él estaba encantado con sus esfuerzos, aunque acabaron por matarlo. Tenía el corazón tan taponado a base de azúcar y huevos que murió a los cincuenta y tres.

—¿Te refieres a la Veronique de Marcus, que trabaja en Londres? —Phoebe no sabía que Freyja y la antigua amante de Marcus se conocían.

«Marcus».

Solo pensar en él ya era electrizante.

Cuando Phoebe era de sangre caliente, el tacto de Marcus le convertía las venas en fuego y las extremidades humanas en líquido. Una vez convertida en vampira... La mente inquieta de Phoebe comenzó a pensar en las posibilidades. Sus labios se curvaron en una sonrisa lenta y seductora.

—Cielos —dijo Freyja, algo alarmada al detectar el rumbo que estaba tomando la atención cambiante de Phoebe—. ¿Y un instrumento musical? ¿Tocas alguno? ¿Sabes cantar?

—Nada de música. —La voz cadenciosa de soprano de Miriam se tornó atronadora, como solo podía hacerlo la de un vampiro—. Cuando Jason descubrió la percusión, casi nos volvió locos a su padre y a mí.

Phoebe aún no había conocido a Jason, el único hijo que sobrevivía de la antigua pareja de Miriam, muerto largo tiempo atrás.

Comenzó a tamborilear con los dedos en la mesa expectante. Nunca había tenido hermanos, solo a Stella. Las hermanas eran distintas, y más las menores. ¿Qué haría con un hermano mayor?, se preguntó.

—Nada. De. Percusión. —La mano de Miriam se cerró sobre la suya, apretándole los huesos de forma dolorosa.

Aburrida, hambrienta e inquieta, encerrada por Freyja y Miriam, ¿cómo iba a soportarlo? Phoebe quería salir corriendo al exterior y respirar aire fresco. Quería perseguir algo que no fuera un pensamiento, derribarlo y luego...

—Quiero cazar —dijo Phoebe, sorprendida ante la sola idea. La cuestión la preocupaba desde semanas antes de convertirse en vampira y, durante las últimas seis horas, había apartado el pensamiento de su mente con resolución. Y es que, después de la caza, llegaría el momento de alimentarse de un humano vivo y Phoebe no estaba segura de estar preparada para ello.

Todavía.

Phoebe entendía de forma instintiva que, al cazar, dejaría en un segundo plano sus pensamientos desasosegados. La actividad alimentaría una parte de ella que estaba vacía y anhelante. Cazar le traería paz.

—Por supuesto —repuso Freyja—. ¿No te parece que Phoebe está progresando maravillosamente, Miriam?

—No estás lista —sentenció Miriam, acabando con sus ilusiones.

—Pero tengo hambre. —Phoebe se removió inquieta en la silla, la mirada fija en la muñeca de Miriam.

Alimentarse de su hacedora era como recibir comida y escuchar un cuento a la vez. Con cada gota de sangre que ingería, su mente y su imaginación se llenaban de recuerdos de Miriam. Había aprendido más sobre ella en los últimos dos días que en los quince meses desde que la conocía.

Parte de lo que Phoebe sabía parecía intuitivo, un flujo de episodios inconexos de la larga vida de Miriam en los que el placer y el dolor eran compañeros inseparables.

En las tomas posteriores, Phoebe fue capaz de centrarse en las impresiones más fuertes de la sangre de Miriam en lugar de verse abrumada por oleadas de recuerdos difusos.

Entendió que el hombre alto y fornido, de ojos sabios y tristes y sonrisa amplia y sencilla había sido la pareja de Miriam y que solo ella lo llamaba Ori, aunque otros lo conocían como Bertrand y Wendalin, Ludo y Randolf, mientras que su madre lo había llamado Gund.

Miriam había transformado a más hombres que mujeres en los siglos anteriores a la conversión de Phoebe. Había tenido que hacerlo para sobrevivir, en un tiempo en el que rodearse de hombres era una medida de protección contra robos y violaciones. Los hijos podían hacerse pasar por hermanos, o hasta maridos en caso de emergencia, y disuadían tanto a humanos avariciosos, con su incesante necesidad de amasar riqueza, como a vampiros, con su deseo de ampliar su territorio. Sus hijos, al igual que su pareja, Ori, ya no estaban en este mundo, habían caído durante la violenta guerra que recorría los recuerdos de Miriam como una oscura cinta de dolor.

Luego estaban las hijas. La primera había sido Taderfit, asesinada por su compañero vampiro durante un ataque de celos. Lalla, la segunda, había sido atacada, aplastada y desgarrada hasta morir por sus propios hijos en su lucha por ver quién dirigiría el clan una vez desaparecida ella. En cuanto Miriam se deshizo de los hijos de Lalla, dejó de convertir a mujeres durante un tiempo.

Pero en su sangre no solo aparecía historia antigua. También traslucían acontecimientos más recientes. Matthew de Clermont, el progenitor de Marcus, protagonizaba muchos de sus recuerdos. En la populosa ciudad de Jerusalén, Matthew y Ori habían atraído las miradas y abierto caminos, el uno moreno como el azabache y el otro rubio como el oro. Los dos hombres habían sido amigos incondicionales.

Hasta que llegó Eleanor. En la sangre de Miriam, Phoebe vio que la inglesa había sido una gran belleza, con piel de porcelana y cabello trigueño, testimonio de su herencia sajona. Pero había sido su entusiasmo irrefrenable por la vida lo que había atraído a los vampiros en masa hacia ella. La sangre vampírica perfeccionaba huesos y músculos hasta que alcanzaban su máximo potencial, por lo que no faltaban los especímenes agraciados. La vitalidad, no obstante, era otra cuestión.

Miriam se había visto atraída por la alegría de Eleanor igual que la mayoría de las demás criaturas de la ciudad: daimones, humanos, vampiros y brujos. Había entablado amistad con Eleanor Saint Leger cuando llegó a Tierra Santa con su familia y una de las oleadas de cruzados. Y había sido Miriam quien presentó a Eleanor a Matthew de Clermont. Al hacerlo, había plantado sin saberlo las semillas de la futura destrucción de su pareja.

Bertrand había sacrificado su vida para salvar la de Matthew, lo que daba fe de unos lazos de amistad tan profundos que rozaban lo fraternal. La mayor parte de los vampiros, no obstante, vieron la muerte del guerrero como un daño colateral en el ascenso de la familia De Clermont hacia la grandeza.

«Prométeme que cuidarás de él», le había pedido Ori a Miriam con su bendición una hora antes de amanecer el día de su ejecución, mientras se ceñía la túnica de color vivo y desenvainaba su espada de caballero por última vez.

Miriam había accedido. La petición de Ori y su propia promesa reverberaban en su sangre.

Incluso en ese momento unía a Miriam y a Matthew. Este tenía a Diana para cuidarlo, además de a su madre Ysabeau, a Marcus y al resto de los miembros del vástago Bishop-Clairmont, al cual Phoebe pronto se uniría. Pero eso no afectaba al compromiso de Miriam: jamás incumpliría el último deseo de su pareja.

Phoebe estaba tan ensimismada en lo que había extraído de los recuerdos de su hacedora que apenas se percató de que la puerta se cerraba cuando Freyja y Françoise se marcharon. En cambio, sí olió acercarse a Miriam, por lo que alargó la mano y le atrapó la muñeca.

—No —espetó esta con voz glacial.

La mano de Phoebe cayó.

Miriam esperó a que el hambre de Phoebe se incrementara un punto más, tan cerca de su hija que los dos corazones vampíricos comenzaron a latir lentamente como uno solo. Al cabo, Miriam le dio de comer.

—Mañana podrás alimentarte a tu antojo. Pero de mí no. De mí nunca.

Phoebe asintió levemente, sus labios pegados a la muñeca de Miriam ahora que se la había ofrecido. De rostro en rostro, bebió la historia que le contaba su sangre con la maestría de una Scheherezade.

Lalla.

Ori.

Lalla.

Taderfit.

Ori.

Eleanor.

Ori.

Matthew.

Marcus.

Los nombres afloraban hacia la superficie junto con los rostros, que emergían a través del mar de experiencias de Miriam.

Phoebe.

Ella también estaba allí. Se vio a través de los ojos de Miriam, con la cabeza inclinada a un lado y una expresión interrogante en la cara, mientras escuchaba algo que Marcus le estaba diciendo.

Igual que Miriam era parte de Phoebe, ella ahora era parte de Miriam.

Una vez que esta se hubo ido, Phoebe caviló sobre aquella conexión sobrenatural y reparó en que ya no se sentía aburrida ni inquieta. Organizó sus pensamientos alrededor de la verdad fundamental que suponía el vínculo que ahora compartía con Miriam, aferrándose a ella como si se tratase del centro de gravedad de un sistema solar recién descubierto.

Si hubiera sido un ser de sangre caliente y no una vampira, la confortable seguridad que proporciona la sensación de pertenencia le habría bastado para hacerla dormir con toda tranquilidad.

En cambio, Phoebe se quedó sentada, silenciosa e inmóvil, y dejó que aquella certeza sosegase su mente inquieta.

No era tan agradable como dormir, pero casi.

8

La sepultura

15 DE MAYO

Matthew me encontró en la biblioteca, encaramada a una escalera y rebuscando entre los estantes.

—¿Crees que Philippe tendría algún libro sobre historia de Estados Unidos? —pregunté—. No me parece ver ninguno.

—Lo dudo —respondió—. Para informarse sobre la actualidad prefería los periódicos. Voy a llevar a los niños a los establos. ¿Por qué no vienes con nosotros?

Me bajé, con una mano en la barandilla y la otra sujetando un viejo atlas y un ejemplar de 1784 de las *Lettres d'un cultivateur américain* firmado por el autor.

—Como no tengas cuidado, te vas a partir la crisma. —Matthew, atento, se colocó al pie de la escalera mientras yo descendía—. Si necesitas algo, no tienes más que pedirlo. Será un placer bajártelo.

—Si hubiera un catálogo, o al menos un índice topográfico, podría imaginarme que estoy en la Bodleiana, rellenar una solicitud y mandarte a buscarme los libros —bromeé—. Pero como no tengo ni idea de lo que hay por aquí, me temo que por el momento deberé ser yo quien se suba a las escaleras.

Uno de los fantasmas movió dos libros del estante que estaban reordenando y me ofreció un tercero.

—Hay un libro flotando junto a tu codo izquierdo —mencionó Matthew. Aunque fuese incapaz de ver al fantasma, era imposible pasar por alto el libro que parecía pender del aire.

—Es un fantasma. —Cogí el libro y eché un vistazo al título estampado en el lomo en letras doradas—. *Cartas persas.* No busco novela epistolar, busco libros sobre Estados Unidos. Pero gracias por intentarlo.

—Déjame esos a mí —dijo Matthew, tomando los que llevaba en los brazos.

Sin ellos, avancé mucho más rápido —el atlas era bastante voluminoso— y pronto me vi en tierra firme. Le di un beso a mi marido.

—¿Para qué quieres libros sobre Estados Unidos? —me preguntó al observar los títulos.

—Intento desarrollar una narrativa histórica a partir de lo que Marcus nos contó anoche. —Se los quité de las manos y los dejé encima de la mesa. Ya había un batiburrillo de notas junto a un ejemplar de *The New England Primer* de 1762 y la pantalla de mi ordenador mostraba una crónica de la batalla de Fort William Henry—. No estoy muy puesta en el siglo XVIII, más allá de lo que recuerdo de *El último mohicano* y de una asignatura de pregrado que tuve sobre la Ilustración.

—¿Y crees que un atlas y la crónica de Crèvecoeur de la vida en Nueva York te van a servir de ayuda? —Matthew parecía escéptico.

—Son un comienzo —repuse—. De lo contrario, no podría poner la historia de Marcus en contexto.

—Creía que el objetivo era ayudarlo a sobrellevar sus recuerdos, no escribir la crónica definitiva de la Norteamérica dieciochesca.

—Soy historiadora, Matthew. No puedo evitarlo —le confesé—. Sé que los pequeños detalles de la vida son importantes, pero Marcus vivió durante una época emocionante. No hago daño a nadie si trato de ver cómo sus experiencias la esclarecen.

—Podrías llevarte una decepción al descubrir lo poco que Marcus recuerda de aquello que los historiadores consideráis importante —me advirtió—. Aún era un adolescente cuando comenzó la guerra.

—Sí, pero se trata de la Revolución de las Trece Colonias —protesté—. Seguro que de eso sí se acuerda, ¿no?

—¿Qué recuerdas tú de la invasión de Panamá o de la primera guerra del Golfo? —Matthew negó con la cabeza—. Apuesto a que muy poco.

—Yo no participé en ninguno de esos conflictos, Marcus sí.

—Y, bien mirado, Matthew también—. Un momento, ¿le escribiste a Philippe mientras estabas en América con Lafayette?

—Sí —respondió receloso.

—¿Crees que las cartas estarán aquí? Podría usarlas para ampliar los detalles que Marcus no recuerde.

La idea de examinar fuentes primarias avivó aún más mi curiosidad de historiadora. Estaba especializada en un periodo anterior y un país distinto, y no era historiadora militar o política, pero volver a ser estudiante me parecía apasionante. Había mucho que aprender.

—Puedo echar un vistazo, pero es más probable que estén en Sept-Tours, junto con los registros de la hermandad. Me encontraba en las colonias en misión oficial.

Los Caballeros de Lázaro, la organización supuestamente secreta de carácter militar y caritativo de la familia De Clermont, parecía tener huevos en cada cesto político, a pesar de que la intervención de las criaturas en la política y la religión humanas estaba estrictamente prohibida por la Congregación.

—Sería fantástico. Si están aquí, las localizarás mucho más rápido que yo. —Observé un instante la pantalla del ordenador antes de cerrar la tapa—. La caída de Fort William Henry suena terrorífica. Obadiah debió de sufrir durante años por lo que vivió allí.

—La guerra siempre es terrible, pero lo que le sucedió al ejército británico cuando dejó el fuerte fue una tragedia —reconoció Matthew—. La falta de entendimiento, así como los errores de comunicación y la frustración subsecuentes condujeron a una violencia inenarrable.

La crónica que había leído dejaba claro que los nativos norteamericanos que habían atacado al ejército británico y a sus seguidores esperaban regresar a sus hogares con el botín de guerra —armas de fuego y armas blancas— como símbolos de su valor. Pero sus aliados franceses obedecían a normas distintas y permitieron que los británicos conservaran sus mosquetes siempre y cuando rindieran la munición. Sin acceso a las armas de fuego, los nativos se llevaron otro botín: cautivos y vidas humanas.

—Y Obadiah lo vio todo. —Negué con la cabeza—. No es de extrañar que se diera a la bebida.

—Las batallas no siempre acaban cuando alguien negocia una tregua —afirmó Matthew—. Para ciertos soldados, la lucha continúa el resto de su vida y afecta a todo lo que les sucede después.

—¿Fue Obadiah uno de esos soldados? —pregunté pensando en el sacabotas y la mirada triste de Marcus al hablar de su padre, aunque ya fuera un hombre hecho y derecho, no un chiquillo, y aunque se refiriera a acontecimientos acaecidos siglos atrás.

—Eso creo.

No era de extrañar que los recuerdos de Marcus fueran tan airados y furiosos. No eran la puerta roja y el lilo los que le causaban dolor, sino la severidad de su padre.

—En cuanto al panorama histórico —prosiguió Matthew, tomándome la mano—, creo que vas a tener que excavar mucho más antes de descubrir cuál es, por no hablar de su importancia.

—Cuando viajamos en el tiempo, me sorprendió cómo era la vida en realidad —reconocí, recordando nuestra estancia en el siglo XVI—. Aun así, conseguí encajar lo que descubrí en el contexto de lo que ya sabía. Supongo que pensé que podría hacer lo mismo con la historia de Marcus.

—Pero recordar el pasado no es lo mismo que viajar hasta él —apuntó Matthew.

—No. Son tipos de magia totalmente distintos —musité.

Iba a tener que ser muy cautelosa cuando le pidiese a Marcus que se adentrase en determinados aspectos de su vida pasada.

Sarah y Agatha llegaron alrededor del mediodía.

—No os esperábamos hasta última hora de la tarde —dijo Matthew antes de darle un beso a Sarah y luego a Agatha.

—Diana dijo que era una emergencia, así que Agatha llamó a Baldwin —explicó Sarah—. Por lo visto, tiene un helicóptero a su disposición en Mónaco y nos lo mandó.

—Nunca dije que fuera una *emergencia*, Sarah —la corregí.

—Dijiste que era urgente, así que aquí estamos. —Sarah tomó a Philip de brazos de Matthew—. ¿A qué viene todo este barullo, jovencito? ¿Qué has liado ahora?

—Caballito. —Philip le tendió una zanahoria.

—Zanahoria —lo corregí. En ocasiones, los gemelos confundían lo que comían los animales con el nombre del propio animal.

Becca se había olvidado de los caballos y estaba absorta en saludar a Agatha. Le había agarrado el pelo con los puñitos y le examinaba los rizos con fascinación.

—Ten cuidado, Agatha. A veces se emociona y tira —le advertí—. Y es más fuerte de lo que parece.

—Ay, estoy acostumbrada —respondió—. Margaret siempre intenta trenzármelo y acaba lleno de nudos. ¿Dónde está Marcus?

—¡Detrás de ti! —exclamó este, antes de recibirla con un abrazo—. ¿No me diréis que habéis venido las dos a ver cómo estoy?

—Esta vez no —respondió Sarah con una carcajada—. ¿Por qué? ¿Necesitas que te examinemos?

—Probablemente —respondió con alegría, aunque su sonrisa presentaba un puntito de ansiedad.

—¿Qué se sabe de París? —preguntó Agatha—. ¿Cómo está Phoebe?

—Por ahora, bien —respondió Marcus—; pero es un día importante.

—Hoy Miriam va a empezar a desacostumbrar a Phoebe —explicó Matthew con intención de divulgar la cultura vampírica entre sus invitados brujos y daimones. Si todo salía de acuerdo con lo previsto, ese día Phoebe probaría por primera vez sangre no procedente de su hacedora.

—Según lo cuentas, se diría que Phoebe es un bebé —señaló Sarah frunciendo el ceño.

—Porque lo es —replicó Matthew.

—Phoebe es una mujer adulta, Matthew. Tal vez podríamos decir: «Hoy Phoebe va a probar alimentos nuevos», o bien: «Hoy Phoebe va a empezar una dieta nueva» —sugirió Sarah.

El semblante de Matthew ya mostraba perplejidad y agotamiento, y eso que Sarah y Agatha apenas acababan de llegar.

—¿Por qué no vamos al solárium? —propuse, al tiempo que conducía a Sarah y Agatha hacia la puerta de la cocina—. Marthe ha preparado un *shortbread* buenísimo; así me ponéis al día mientras Matthew da de comer a los gemelos.

Como sospechaba, la perspectiva de las galletas de mantequilla les resultó irresistible, y Agatha y Sarah se acomodaron en las confortables butacas con café, té y dulces.

—Entonces, ¿cuál es la crisis? —preguntó Sarah tras darle un mordisquito a una galleta.

—Creo que Philip ha tejido su primer hechizo —respondí—. No entendí sus palabras, así que no estoy segura. Se puso a jugar con el tiempo; eso como mínimo.

—No sé qué crees que podemos hacer al respecto, Diana. —Fuera cual fuese la situación, una podía confiar en la absoluta franqueza de Sarah—. Nunca he tenido hijos de los que ocuparme, ni brujos ni de ningún otro tipo. Matthew y tú vais a tener que ingeniároslas solos.

—He pensado que tal vez recordaras las reglas que papá y mamá establecieron para mí cuando era pequeña —señalé.

Pensó un momento antes de responder:

—Pues no.

—¿No recuerdas *nada* de mi niñez? —La irritación y la preocupación hicieron que mi tono sonase especialmente seco.

—No demasiado. Yo estaba en Madison con la abuela; vosotros en Cambridge. No estabais tan cerca como para dejarme caer por allí sin más. —Sarah resopló con desaprobación—. Además, Rebecca no se mostraba especialmente hospitalaria.

—Mamá intentaba guardar el secreto de papá... y el mío. No habría sido capaz de mentirte —respondí, indignada por la crítica. Los brujos eran capaces de oler la falsedad de sus congéneres con la misma facilidad con que los perros de Matthew podían detectar la presencia de ciervos—. ¿Cómo hacía la abuela contigo y con mamá cuando erais pequeñas?

—Ay, ella era seguidora del doctor Spock. A mamá no le preocupaba demasiado lo que hiciéramos, siempre y cuando no le prendiéramos fuego a la casa —respondió Sarah. Eso no era lo que yo quería oír—. No hay necesidad de preocuparse por si tus hijos desarrollan su talento mágico, Diana —trató de tranquilizarme—. Los Bishop llevan haciéndolo siglos. Deberías estar encantada de que hayan mostrado signos de aptitud a una edad tan temprana.

—Pero Philip y Becca no son brujos normales —repliqué—. Son nacidos iluminados. Tienen parte de vampiros.

—La magia aparecerá, con sangre de vampiro o sin ella. —Sarah le dio otro mordisco al *shortbread*—. Sigo sin ver por qué has interrumpido nuestras vacaciones solo porque Philip haya deformado un poquitín el tiempo. Estoy segura de que fue inocuo.

—Porque Diana está inquieta, Sarah, y quería que la hicieras sentir mejor —terció Agatha, dando a entender con su voz que era algo de lo más obvio.

—Que la diosa nos guarde, otra vez no —se lamentó Sarah, levantando las manos al aire con frustración—. Pensaba que ya habías superado el miedo a la magia.

—En mi caso sí, pero no en el de los niños —respondí.

—¡Son bebés! —exclamó Sarah, como si fuera motivo suficiente para dejar de preocuparse—. Además, tenéis un montón de espacio y demasiados muebles. Romperán alguna cosa, ¿y qué?

—¿Que romperán alguna cosa? —No me lo podía creer—. Me dan igual las *cosas*. Lo que me preocupa es su seguridad. Tengo miedo de que Philip pueda ver el tiempo y manipularlo cuando aún no es capaz de caminar en línea recta. Tengo miedo de que desaparezca y yo no sea capaz de encontrarlo. Tengo miedo de que Becca trate de seguirlo y acaben en lugares y tiempos completamente distintos. Tengo miedo de que Satu Järvinen, o alguno de sus amigos, se entere y exija que los brujos investiguen esta manifestación precoz de magia en mis hijos como una forma de represalia contra mí por haberla hechizado. Tengo miedo de que Gerbert descubra que Philip y Becca son aún más interesantes de lo que él creía y se obsesione con ellos. —Con cada nuevo miedo, mi voz iba elevándose cada vez más hasta que, al final, prácticamente gritaba—. ¡Y me muero de miedo por que esto solo sea el comienzo! —concluí.

—Bienvenida a la maternidad —dijo Agatha con tono sereno antes de tenderme un pedazo de *shortbread*—. Toma una galleta. Te sentirás mejor. Confía en mí.

Era una firme defensora del poder de los carbohidratos, pero ni siquiera las galletas de mantequilla de Marthe, por muy espectaculares que fueran, iban a resolver el problema.

Aquella misma tarde, los gemelos y yo estábamos jugando encima de una manta bajo el sauce llorón escondido en el recodo donde el foso se curvaba alrededor de Les Revenants. Habíamos recogido palos, flores y piedras, y los disponíamos en grupos sobre la lana suave.

Observaba fascinada cómo Philip seleccionaba los objetos según su textura y forma, mientras que Becca prefería clasificar sus tesoros por colores. Incluso a tan tierna edad, los mellizos ya estaban desarrollando sus propios gustos y aversiones.

—Rojo —le dije a Becca, señalando la hoja brillante de un arce japonés que cultivábamos en una maceta en el patio, un capullo de rosa firmemente cerrado y una ramita de cardenala encarnada.

La niña asintió con el rostro fruncido por la concentración.

—¿Puedes buscar más cosas rojas? —le pregunté. También había una piedra rojiza y unas monardas de un rosa tan oscuro que frisaba el escarlata.

Becca me tendió una hoja de roble verde.

—Verde —dije, colocándola al lado de la rosa. Becca la movió de inmediato y empezó a formar otro montón.

Mientras veía a los niños jugar bajo el cielo azul, con las ramas del sauce al viento murmurando suavemente por encima de nuestras cabezas y la hierba formando un brillante colchón bajo la manta, el futuro parecía menos sombrío que durante la conversación previa con Sarah y Agatha dentro de casa. Me alegraba de que los gemelos fueran a criarse en una época en la que el juego se veía como una forma de aprendizaje. Las lecciones que Marcus había recibido en *The New England Primer* tenían más que ver con el control que con la libertad.

Aun así, necesitaba ayuda para encontrar el equilibrio, no solo entre el juego y la disciplina, sino también entre el resto de las tendencias opuestas en su sangre. La magia necesitaba formar parte de su vida, pero no quería que se criasen pensando que la brujería era un instrumento para ahorrarles esfuerzo. Tampoco quería que la considerasen una herramienta de venganza o de sometimiento contra sus semejantes. Por el contrario, quería que relacionasen la magia con momentos normales, como estos.

Cogí un tallo de *muguet de bois*. El perfume del lirio de los valles siempre me recordaba a mi madre, y sus campanillas blancas y rosadas parecían capotas cuyos volantes acaso ocultasen un rostro sonriente en su interior.

La brisa hizo que las florecillas bailasen en sus tallos delicados.

Le susurré al viento y se oyó un tenue sonido de campanillas. Era un pedacito de magia elemental, tan pequeño que ni siquiera agitó el poder que había absorbido junto a *El libro de la vida*.

Philip levantó la vista, atraído por el sonido mágico.

Soplé sobre las flores y el sonido de las campanillas aumentó.

—¡Otra vez, mamá! —exclamó Becca, dando palmas.

—Te toca a ti —respondí, sosteniendo el tallo entre sus labios y los míos. Becca los frunció y sopló con todas sus fuerzas. Me reí y el sonido de campanillas se hinchó y creció.

—Yo. Yo. —Philip agarró las flores, pero yo no las solté.

Esta vez, el soplido de tres brujos sobre las campanillas hizo que su tañido fuese aún más fuerte.

Preocupada por que llegase hasta seres de sangre caliente, que se preguntarían cómo era posible oír las campanas de la iglesia estando tan lejos del pueblo, clavé el tallo en el suelo.

—*Floreto* —pronuncié al tiempo que esparcía algo de tierra sobre el tallo. Las flores crecieron en altura y tamaño. Dentro de cada una de las campanillas, los estambres verde pálido parecían formar ojos y una boca alrededor del pistilo alargado, que constituía la nariz.

Para entonces, los niños estaban encandilados y miraban boquiabiertos la criatura floral que sacudía las hojas a modo de saludo. Becca se lo devolvió agitando la mano.

En ese instante apareció Matthew, con mirada de preocupación. Cuando vio cómo el lirio del valle movía las hojas, su expresión se tornó de sorpresa y, acto seguido, de orgullo.

—Me había parecido oler magia —bisbiseó, sentándose junto a nosotros sobre la manta.

—Y la oliste.

El tallo empezaba a marchitarse. Decidí que era hora de que el lirio del valle hiciese una reverencia y mi espectáculo de magia improvisada acabase.

Matthew aplaudió en reconocimiento y los niños se le unieron. Eran pocas las ocasiones en que hacer magia me inspiraba alegría, pero así fue en ese momento.

Philip se volvió a sus cantos rodados y rosas aterciopeladas, mientras que Becca continuó recopilando todo lo verde que encontraba, correteando sobre la hierba densa con sus piernecitas inestables. Ninguno de los dos parecía pensar que lo que acababa de hacer fuese motivo de preocupación.

—Eso ha sido un gran paso —dijo Matthew, acercándome a él.

—Siempre me preocuparé cuando hagan magia —respondí, acurrucándome entre sus brazos mientras veía cómo jugaban los gemelos.

—Por supuesto. Y yo me preocuparé cada vez que corran tras un ciervo. —Matthew presionó sus labios contra los míos—. Pero una de las responsabilidades de los padres es modelar el buen comportamiento de sus hijos. Y eso es lo que has hecho hoy.

—Solo confío en que Becca espere antes de lanzarse a inventar hechizos y jugar con el tiempo —señalé—. Con un brujo incipiente me basta por el momento.

—Puede que Rebecca no espere demasiado —indicó Matthew mientras observaba a su hija lanzar besitos a un capullo de rosa con semblante concentrado.

—Lo que es hoy, no voy a tentar a la suerte. Ninguno de los dos ha hecho nada alarmante desde hace casi seis horas, cuando Philip metió a Cuthbert en la escudilla del perro. Ojalá pudiera detener este momento y conservarlo para siempre —deseé, alzando la vista a las nubes blancas que se desplazaban por un cielo que brillaba azul y lleno de posibilidades.

—Tal vez lo hayas hecho..., al menos en su memoria.

Me reconfortó pensar que, al cabo de cien años, Philip y Becca tal vez recordasen el día en que su madre hizo magia porque sí, por diversión, porque era un bello día de mayo y había lugar para la maravilla y el deleite que proporcionaba.

—Ojalá ser padres siempre fuera así de sencillo —concluí con un suspiro.

—Cierto, *mon cœur*. —Matthew rio por lo bajo—. Muy cierto.

—Espera, ¿acabas de animar un lirio del valle delante de los gemelos? —Sarah rio—. ¿Sin avisar? ¿Sin normas? Simplemente... ¡zas!

Estábamos sentadas a la larga mesa de la cocina, cerca de los agradables fogones. Los días del calendario dedicados a *les saints de glace*, que en esa parte del mundo marcaban el comienzo de la primavera, habían terminado oficialmente la víspera, pero, por lo que se veía, nadie había avisado a los santos Mamerto, Pancracio y Servacio de que el aire seguía un poquitín helado. Una jarra con *muguet de bois* en mitad de la mesa nos recordaba el tiempo cálido que estaba por venir.

—Yo jamás diría «zas», Sarah. Lo que hice en el hechizo fue usar la palabra «florecer» en latín. Empiezo a sospechar que el motivo por el que tantos hechizos están escritos en una lengua antigua es para que a los niños les cueste pronunciarlos.

—Los niños estaban encantados, literal y figuradamente —añadió Matthew, al tiempo que me dirigía una sonrisa franca y poco común, que le salía directa del corazón. Me tomó la mano y me besó los nudillos.

—Así que ¿habéis decidido abandonar la ilusión de control? —Agatha asintió—. Me alegro por vosotros.

—No exactamente —me apresuré a responder—. Pero Matthew y yo acordamos hace mucho que no íbamos a ocultarles a los niños quiénes éramos. No quiero que aprendan lo que es la magia de la televisión y las películas.

—No lo quiera la diosa. —Sarah se estremeció—. Todas esas varitas.

—Más me preocupa que la magia a menudo se muestra como un atajo para no tener que hacer algo aburrido, lento o las dos cosas.

Me había criado viendo reposiciones de *Embrujada* y, a pesar de que mi madre, profesora universitaria, a veces pronunciaba un hechizo para doblar la colada mientras revisaba las notas de sus clases, no era en absoluto algo que hiciera a diario.

—Siempre que establezcamos normas claras para hacer magia, creo que no habrá problemas —continué antes de tomar un sorbo de vino y picotear algo de la bandeja de verduras dispuesta en el centro de la mesa.

—Cuantas menos normas, mejor —intervino Marcus. Contemplaba la llama de la vela y comprobaba el teléfono cada cinco minutos por si llegaban noticias de París—. Mi niñez estaba tan llena de normas que no podía dar ni un paso sin toparme con una. Normas sobre ir a la iglesia y decir palabrotas. Normas sobre cómo tratar a mi padre, a mis mayores y a mis superiores en la sociedad. Normas sobre qué comer, cómo hablar y cómo saludar a la gente en la calle, sobre cómo tratar a las mujeres como si fuesen de porcelana fina y cómo cuidar de los animales. Normas para plantar y para recolectar, y normas para guardar la comida y no morir de hambre en invierno.

»Las normas pueden enseñarte a obedecer ciegamente, pero no te protegen de verdad contra el mundo —prosiguió—. Porque un día acabarás chocando de pleno con una de ellas y la romperás..., y entonces nada se interpondrá entre tu persona y el desastre. Lo descubrí cuando hui de Hadley para unirme a las primeras luchas en Boston en 1775.

—¿Participaste en las batallas de Lexington y Concord? —pregunté, pues sabía que Marcus era un patriota por su ejemplar de

Sentido común. Tal vez hubiera respondido a la llamada a las armas cuando sonaron los primeros disparos de la guerra.

—No. En abril todavía obedecía a mi padre, quien me había prohibido ir a la guerra —respondió Marcus—. Me escapé en junio.

Matthew hizo girar sobre la mesa un pedazo informe de metal. Era oscuro y parecía casi chamuscado en algunos puntos.

—Una bala de mosquete..., antigua. —Marcus la cogió y alzó la vista con expresión interrogante—. ¿De dónde la has sacado?

—Estaba en la biblioteca, entre los libros y papeles de Philippe. Buscaba otra cosa, pero encontré una carta de Gallowglass —respondió Matthew al tiempo que se llevaba la mano al bolsillo de los tejanos y extraía un fajo de papeles doblados. La letra del exterior era apresurada y subía y bajaba como las olas.

No solíamos hablar sobre el gigante gaélico que había desaparecido hacía más de un año. Echaba de menos su encanto sencillo y su retorcido sentido del humor, pero entendía por qué se le haría difícil ver como Matthew y yo criábamos a nuestros hijos y nos habituábamos a la vida familiar. Gallowglass sabía que sus sentimientos por mí no eran correspondidos, pero hasta que Matthew y yo volvimos al presente, donde pertenecíamos, se había consagrado a la tarea que Philippe le había encomendado, que era garantizar mi seguridad.

—No sabía que Gallowglass había estado en Nueva Inglaterra cuando yo era un chiquillo —dijo Marcus.

—Estaba trabajando para Philippe —respondió Matthew, entregándole la carta.

—«Mi señor abuelo —comenzó a leer Marcus en voz alta—: Me hallaba esta mañana en la Casa de Reuniones del Sur cuando el doctor Joseph Warren alzó la voz en conmemoración por el quinto aniversario de la masacre que tuvo lugar en Boston. Había una gran muchedumbre y el doctor se envolvió en una toga blanca al estilo romano. Los Hijos de la Libertad acogieron el espectáculo con vítores».

Marcus levantó la vista de la página con una sonrisa en el rostro.

—Recuerdo a la gente de Northampton hablando de la alocución del doctor Warren. Por aquel entonces, todavía creíamos que la masacre había supuesto el momento más bajo de nuestros problemas con el rey y que seríamos capaces de zanjar nuestras diferencias. No había forma de saber que se produciría una ruptura permanente con Inglaterra.

Allí estaba por fin una mención histórica que podía utilizar para enmarcar adecuadamente la crónica de la vida de Marcus.

—¿Puedo? —pregunté, tendiéndole la mano, deseosa de ver la carta por mí misma.

Marcus me la entregó a regañadientes.

—«... los numerosos vínculos entre los acontecimientos grandes y los pequeños, que conforman la cadena de la que pende el destino de reyes y naciones» —leí en una de las líneas de la carta. Me recordó lo que Matthew había comentado sobre la memoria de los vampiros y cómo a menudo eran los hechos cotidianos los que se preservaban en ella. Rememoré la tarde que había pasado jugando con los gemelos y me pregunté nuevamente si habría plantado algún recuerdo futuro en ellos.

—Quién iba a imaginar que, poco después de un mes desde que Gallowglass escribiera esta carta, un disparo en un puente en una pequeña localidad en las afueras de Boston se convertiría en el disparo que «se escuchó en el mundo entero» de Emerson* —reflexionó Marcus—. El día en que decidimos que el rey Jorge ya nos había maltratado bastante comenzó como cualquier otro día de abril. Volvía a casa de Northampton. Aquella primavera había hecho calor y el suelo estaba blando. No obstante, ese día los vientos del este soplaban fríos.

La mirada de Marcus estaba perdida y su tono sonaba casi ensoñador al recordar aquel tiempo tan lejano.

—Y con ellos llegó un jinete.

---

* Verso del poema *Concord Hymn*, de Ralph Waldo Emerson, para conmemorar la batalla de Concord de 1775, precursora del estallido de la Revolución estadounidense. *(N. de la T.)*.

Les Revenants, cartas y documentos de las Américas, N.º 1
Carta de Gallowglass a Philippe de Clermont
Cambridge, Massachusetts
6 de marzo de 1775

Mi señor abuelo:
Me hallaba esta mañana en la Casa de Reuniones del Sur cuando el doctor Joseph Warren alzó la voz en conmemoración por el quinto aniversario de la masacre que tuvo lugar en Boston. Había una gran muchedumbre y el doctor se envolvió en una toga blanca al estilo romano. Los Hijos de la Libertad acogieron el espectáculo con vítores.

El doctor Warren agitó a la asamblea al mencionar cómo su país se desangraba y llamarla a levantarse frente al poder del tirano. Para evitar la guerra, dijo, el ejército británico debía retirarse de Boston.

Apenas hará falta una chispa para que prenda la revolución. «Los mortales miopes no ven los numerosos vínculos entre los acontecimientos grandes y los pequeños, que conforman la cadena de la que pende el destino de reyes y naciones», dijo el doctor Warren. Tomé nota de ello al momento, pues me parecieron sabias palabras.

He puesto esta carta en manos de Davy Hancock, quien la hará llegar por la vía más rápida y segura. He regresado a Cambridge para ocuparme del otro asunto de usted. Aguardo sus deseos con respecto a los Hijos de la Libertad, mas preveo que su respuesta no llegará a tiempo para que pueda yo alterar lo que ya parece inevitable: el roble y la hiedra no crecerán juntos en fuerza, sino que se desgajarán.

Escrito con premura desde la ciudad de Cambridge por su humilde servidor,

Eric

Posdata: Adjunto un curioso objeto que me fuera entregado como recuerdo por uno de los Hijos de la Libertad. Dijo que eran los restos de una bala de mosquete disparada por los británicos en una casa de King Street cuando se atacó a los ciudadanos en 1770. Abundan las historias sobre aquel día aciago entre aquellos que asistieron a la oración del doctor Warren, la cual inflamó aún más las pasiones de quienes desean la libertad.

9

Corona

ABRIL-JUNIO DE 1775

Marcus se cambió de mano el balde de peces y empujó la puerta del consultorio que Thomas Buckland poseía en Northampton. Buckland era uno de los escasos cirujanos al oeste de Worcester y, a pesar de no ser el más próspero ni el mejor educado, era con diferencia la opción más segura si uno quería sobrevivir a una visita al médico. La campana de metal que colgaba por encima de la puerta tintineó alegre anunciando la llegada de Marcus.

La esposa del cirujano trabajaba en la sala delantera, donde el instrumental de Buckland —fórceps, sacamuelas y hierros cauterizadores— descansaba en una fila reluciente sobre una toalla limpia. Frascos de hierbas, medicinas y pomadas se exhibían en los anaqueles. Las ventanas de la consulta daban a la calle principal de Northampton, por lo que los viandantes interesados podían ser testigos del dolor y el sufrimiento en el interior del establecimiento cuando Buckland recomponía huesos, examinaba bocas y oídos, extraía dientes y estudiaba órganos doloridos.

—Marcus MacNeil, ¿qué haces aquí? —preguntó Mercy Buckland al levantar la vista de la mesa sobre la que vertía un ungüento en un tarro de piedra.

—Esperaba intercambiar algo de pescado por un poco de esa tisana que le dio usted a mi madre el mes pasado. —Marcus levantó el balde—. Es sábalo. Recién pescado en las cascadas al sur de Hadley.

—¿Sabe tu padre dónde estás?

La señora Buckland había presenciado la discusión que se produjo meses atrás, cuando Obadiah había pillado a Marcus hablando con Tom sobre cómo preparar un bálsamo para curar los cardenales. Después de aquello, su padre le había prohibido ir a Northampton en busca de remedios. Obadiah insistía en que la familia acudiese al médico de Hadley, que estaba cegato, era la mitad de bueno y el doble de caro, pero cuya edad y tendencia a excederse con el licor hacía que fuera menos propenso a interferir en los asuntos familiares de los MacNeil.

—De nada sirve preguntar, Mercy. Marcus no va a responder. Se ha convertido en un hombre de pocas palabras. —Tom Buckland se situó junto a su esposa, su cabeza calva brillante a la luz primaveral—. En lo que a mí respecta, echo de menos al chiquillo que no paraba de hablar.

Marcus sintió los ojos de la señora Buckland sobre él mientras examinaba sus brazos escuálidos, el pedazo de cuerda que le sujetaba el calzón a la cintura estrecha, el agujero en la punta del zapato izquierdo, los parches en la camisa de cuadros azul y blanca confeccionada en tela basta que su hermana Patience había tejido con el lino cultivado en su granja.

Sin embargo, no quería la piedad de los Buckland. No quería nada..., salvo una tisana. La madre de Marcus era capaz de conciliar el sueño tras tomar un poco del famoso brebaje de la señora Buckland. La esposa del cirujano le había enseñado qué llevaba —valeriana, lúpulo y escutelaria—, pero esas plantas no crecían en el jardín familiar de los MacNeil.

—¿Hay noticias de Boston? —preguntó Marcus, tratando de cambiar de tema.

—Los Hijos de la Libertad se están enfrentando a los casacas rojas —respondió Tom mientras miraba los anaqueles a través de sus anteojos en busca de la mezcla de hierbas apropiada—. Todo el mundo anda exaltado gracias al doctor Warren. Alguien que venía de Springfield ha dicho que es de esperar que haya más problemas, aunque quiera Dios que no sea una nueva masacre.

—He oído lo mismo por las cascadas —respondió Marcus. Era así como viajaban las noticias hasta las pequeñas localidades como aquella: de rumor en rumor.

Tom Buckland le puso un paquete en la mano.

—Para tu madre.

—Gracias, doctor Buckland —dijo Marcus, depositando el balde en el mostrador—. Estos son para ustedes. Les saldrá una buena cena.

—No, Marcus. Son demasiados —protestó Mercy—. La mitad de ese cubo es más que suficiente para nosotros dos. Llévate el resto a casa. Este invierno ya he tenido que moverle los botones del calzón a Thomas dos veces para ensanchárselo.

Marcus negó con la cabeza, rechazando la oferta.

—Gracias, doctor Buckland, señora Buckland. Quédenselos. Tengo que volver a casa.

Tom le arrojó un tarrito.

—Ungüento. Por el pescado extra. Aquí nos gusta llevar las cuentas al día. Puedes ponerte un poco en el ojo.

Tom se había percatado del pómulo amoratado de Marcus. El muchacho creía que se había desvanecido lo suficiente para aventurarse hasta Northampton sin despertar las habladurías de nadie. Pero Tom tenía buen ojo y pocas cosas se le escapaban.

—Me tropecé con un rastrillo y el mango me dio de lleno en la cara. Ya sabe lo torpe que soy, doctor Buckland. —Marcus abrió la puerta de la tienda y se levantó el sombrero apolillado ante la pareja—. Gracias por la tisana.

En lugar de tomar el ferry, Marcus usó una balsa destartalada que le habían prestado para cruzar el río y ya iba de camino por la carretera encharcada cuando evitó por poco que lo atropellara un jinete que se dirigía al galope hacia el centro de Hadley.

—¿Qué ha pasado? —Marcus agarró las riendas del caballo en un intento vano por tranquilizar al animal.

—Nuestra milicia se enfrentó a los regulares en Lexington. Ha habido derramamiento de sangre —exclamó el jinete, sus pulmones agitados por el esfuerzo. Hizo girar la testa al caballo, arrancándole las riendas de las manos a Marcus, y salió disparado en dirección a la casa de reuniones.

Marcus corrió hasta la granja de los MacNeil. Necesitaría comida y un arma si iba a unirse a la milicia en su marcha hacia el este. Atravesó la hierba húmeda delante de la cancela del jardín y evitó a duras penas al ganso furioso que le picoteó el calzón al pasar.

—Maldito ganso —musitó Marcus entre dientes; de no ser por los huevos que proporcionaba, ya haría mucho tiempo que le habría retorcido el cuello.

Entró a hurtadillas por la puerta delantera con su pintura roja deslucida. La anciana viuda Noble decía que el corte en el panel superior era el recuerdo de una escaramuza india que había tenido lugar el siglo pasado; claro que la mujer también creía en brujas, fantasmas y jinetes decapitados. En el interior reinaba el silencio, solo interrumpido por el tictac del viejo reloj de su madre en la repisa de la chimenea de la sala.

—He oído la campana —dijo Catherine MacNeil mientras llegaba a toda prisa desde la cocina, la única otra pieza en la planta inferior de la casa, secándose las manos en un paño ajado.

Estaba pálida y ojerosa por la falta de sueño. La granja no prosperaba, su padre siempre andaba por ahí, bebiendo con sus amigos, y el invierno había sido largo y duro.

—El ejército ha atacado en Lexington —respondió Marcus—. Están llamando a la milicia.

—¿Y Boston? ¿Está a salvo? —Para Catherine, la ciudad de su niñez era el centro del mundo y todo lo que fuera grande o bueno venía de allí.

En ese momento, a Marcus le preocupaba menos la amenaza a la que se enfrentaba Boston que la que compartían su casa y su hogar.

—¿Dónde está padre? —preguntó.

—En Amherst. Ha ido a ver al primo Josiah. —Su madre frunció los labios—. Tu padre tardará en volver.

En ocasiones, Obadiah pasaba días fuera y volvía con la ropa hecha jirones y lleno de cardenales, los nudillos ensangrentados y el aliento apestando a ron. Si Marcus tenía suerte, podría irse a Lexington y regresar antes de que a su padre se le espabilase la borrachera y se percatase de que su hijo no estaba.

El muchacho entró en la sala y sacó el viejo trabuco de los ganchos que lo sostenían sobre la chimenea.

—Esa arma perteneció a tu abuelo MacNeil —dijo su madre—. Ya la tenía cuando llegó desde Irlanda.

—Lo recuerdo.

Marcus recorrió con los dedos la vieja culata de madera. El abuelo MacNeil le había contado historias de sus aventuras con aquella arma: la primera vez que había abatido un ciervo cuando la familia no tenía suficiente para comer, cómo la llevaba consigo al salir a cazar lobos cuando Pelham y Amherst no eran más que unos minúsculos asentamientos.

—¿Qué le diré a tu padre cuando vuelva? —Su madre parecía afligida—. Ya sabes que le preocupa lo que podría pasar si hay otra guerra.

Obadiah había luchado en la última guerra contra los franceses. Hubo un tiempo en que había sido un soldado ejemplar de la milicia local, fuerte y arrojado. El padre de Marcus y su madre estaban recién casados, y Obadiah tenía grandes planes para mejorar la granja que había comprado, o así lo recordaba Catherine. Pero el hombre había regresado de las campañas débil de cuerpo y quebrantado de mente, atrapado entre las lealtades opuestas al rey y a los suyos.

Por un lado, Obadiah creía de corazón en la inviolabilidad de la monarquía británica y en el amor del rey por sus súbditos. Sin embargo, había sido testigo de atrocidades en la frontera que le habían hecho cuestionarse si Gran Bretaña realmente velaba por los intereses de sus colonias. Al igual que la mayoría de los miembros de la milicia que lucharon en la guerra, había encontrado poco que admirar en el ejército británico. Creía que los oficiales lo habían puesto en peligro deliberadamente al obedecer a ciegas las órdenes que llegaban de Londres con semanas, si no meses, de retraso y ya no servían de nada.

Entre las lealtades divididas, las intensas pesadillas de la guerra que lo aquejaban y su gusto por la bebida, Obadiah no era capaz de decidir si la actual lucha con el rey era legítima o no. Lentamente, aquel rompecabezas lo estaba volviendo loco.

—Dígale que no me ha visto, que al llegar del gallinero se encontró con que el arma había desaparecido. —Marcus no quería que su madre ni su hermana pagasen el precio de su desobediencia.

—Tu padre no es un necio, Marcus —respondió su madre—. Habrá oído las campanas.

Estas seguían tañendo... en Hadley, en Northampton y probablemente en cada casa de reuniones de Massachusetts.

—Estaré de vuelta antes de que se dé usted cuenta —le aseguró Marcus a su madre. Le besó la mejilla, se echó el arma al hombro y se dirigió al pueblo.

Se encontró con Joshua Boston y Zeb Pruitt a las puertas del cementerio del pueblo, donde este trabajaba cavando una sepultura. Estaba rodeado de árboles altos y las lápidas descollaban del suelo formando los ángulos más dispares, cubiertas de musgo y maltratadas por la intemperie.

—Hola, Marcus —dijo Joshua—. ¿Vas a unirte a la lucha?

—Pensaba hacerlo —respondió el joven—. Es hora de que el rey Jorge deje de tratarnos como niños. La libertad es nuestro derecho natural como ciudadanos británicos. Nadie debería arrebatárnosla y no deberíamos tener que luchar por ella.

—O morir por ella —musitó Zeb.

Marcus frunció el ceño.

—¿No quieres decir «matar» por ella?

—He dicho lo que quería decir —fue la rápida respuesta de Zeb—. Si un hombre bebe suficiente ron o alguien siembra en su corazón miedo y odio suficientes, sin duda matará. Pero ese mismo hombre huirá del campo de batalla a la primera oportunidad si no cree en cuerpo y alma en aquello por lo que lucha.

—Piénsate bien si posees ese tipo de patriotismo, Marcus, antes de marchar a Lexington con la milicia —dijo Joshua.

—Demasiado tarde. —Zeb miró en la distancia con los ojos entrecerrados—. Ahí llega el señor MacNeil y trae a Josiah con él.

—¿Marcus? —Obadiah se detuvo en mitad de la calle, observándolo con los ojos inyectados en sangre—. ¿Adónde vas con mi arma, muchacho?

El arma no era suya, pero Marcus estaba seguro de que no era el momento adecuado para discutir sobre ello.

—Te he hecho una pregunta. —Obadiah avanzó hacia ellos, sus pasos irregulares pero igualmente amenazantes.

—Al pueblo. Han convocado a la milicia —respondió Marcus con firmeza.

—No vas a ir a una guerra contra tu rey —le advirtió Obadiah, agarrando el trabuco—. Desafiarlo va en contra del orden sagrado de Dios. Además, no eres más que un niño.

—Tengo dieciocho años —replicó Marcus, aferrando el arma.

—No, todavía no. —Obadiah entrecerró los ojos y tensó la boca.

Normalmente ese era el momento en el que Marcus capitulaba, deseoso de mantener la paz para que su madre no interviniese y se viese atrapada entre el marido y el hijo.

Ese día, sin embargo, con las palabras de Zeb y Joshua resonando en sus oídos, Marcus sintió que tenía algo que demostrar: a sí mismo, a su padre y a sus amigos. Así que se mantuvo erguido, listo para luchar.

Su padre le propinó una bofetón en una mejilla y luego en la otra. No era el golpe que se asestaría a un hombre, sino a una mujer o a un niño. Aun airado, Obadiah estaba resuelto a recordarle a Marcus cuál era su lugar. Luego le arrancó el arma de las manos.

—Vete a casa con tu madre —siseó Obadiah con desprecio—. Te veré allí. Primero he de decirles algo a Zeb y a Joshua.

Su padre le daría una paliza cuando regresase a la granja. Por la expresión de sus ojos, era posible que Zeb y Joshua recibieran el mismo castigo.

—Ellos no han tenido nada que ver —aseveró Marcus, las mejillas enrojecidas por las bofetadas.

—Basta de desobediencia, muchacho —rugió Obadiah.

Joshua ladeó la cabeza en dirección a la granja. Era una petición silenciosa para que Marcus se marchase antes de que las cosas empeorasen aún más.

Les dio la espalda a sus amigos, a la guerra y a su padre, y encaminó sus pasos a la granja MacNeil.

Marcus se prometió que sería la última vez que su padre le decía qué hacer.

En junio, Marcus cumplió su palabra y se escapó a Boston. Desde la alarma de Lexington había recibido varias palizas. La violencia solía desatarse en cuanto le preguntaba a su padre por algo minúsculo e inocuo: si había que ordeñar las vacas o si el pozo se estaba secando. Obadiah se tomaban sus preguntas como nuevos signos de rebelión.

Cada azote que su padre le propinaba con las riendas de cuero dobladas parecía calmarlo y hacía que sus ojos se viesen menos desorbitados y sus palabras sonasen menos airadas. Marcus había aprendido a no llorar cuando su padre lo golpeaba, ni siquiera cuando sus piernas quedaban cubiertas de verdugones insoportables. Las lágrimas no hacían sino provocar en su padre más desesperación por exorcizar los demonios de Marcus. Normalmente, Obadiah no paraba hasta que el chico se derrumbaba de dolor. Entonces el hombre se daba a la bebida, recorriendo una taberna tras otra hasta que él también se derrumbaba por la borrachera.

Fue después de una de esas palizas, mientras Obadiah aún ahogaba sus penas en alcohol, cuando Marcus cogió una cesta de comida y el almanaque familiar en el que aparecían las localidades de camino hasta Boston, para marcar su avance, y puso rumbo al este.

Para cuando llegó a Cambridge, Harvard Yard bullía como un avispero. La facultad se había vaciado de estudiantes y ahora ocupaban sus habitaciones milicianos procedentes de toda Nueva Inglaterra. Cuando los pabellones se llenaron, los soldados levantaron tiendas en el exterior sin preocuparse demasiado de su relación entre sí, de las calles empedradas, de las farolas ni de las aguas residuales. El resultado fue un campamento improvisado, repleto de senderos estrechos como las grietas de un cacharro viejo que serpenteaban entre las telas ondeantes de lona, lino y arpillera.

Marcus entró en la ciudad de tiendas y lo que había sido un zumbido constante de actividad se convirtió en un estruendo que rivalizaría con el fragor de la artillería británica. Los músicos del regimiento enardecían a los soldados noveles ante la próxima batalla con el tañido continuo de sus tambores. Perros, caballos y alguna que otra mula ladraban, relinchaban y rebuznaban. Hombres recién llegados de localidades tan lejanas como New Haven al sur y Portsmouth al norte disparaban sus armas a la menor provocación, a veces deliberadamente y, con mayor frecuencia, sin querer.

Marcus seguía el aroma del café quemado y la carne asada en busca de algo que comer cuando un rostro familiar se volvió hacia él.

—Maldita sea —farfulló. Había sido descubierto por alguien de su pueblo.

Los ojos astutos de Seth Pomeroy se posaron en él, oscuros y hundidos sobre unos pómulos prominentes, separados por una nariz afilada. La expresión amenazadora del armero de Northampton proclamaba que no era un hombre con el que bromear.

—MacNeil, ¿dónde está tu arma? —preguntó Pomeroy con un aliento repugnante. Tenía un diente picado en el centro de la boca que le bailaba cuando estaba enfadado. Tom Buckland había querido sacárselo, pero Pomeroy se oponía firmemente a la odontología, por lo que el diente estaba destinado a pudrirse en su lugar.

—La tiene mi padre —respondió Marcus.

Pomeroy le lanzó uno de sus mosquetes, mucho mejor que el viejo trabuco del abuelo MacNeil.

—¿Y tu padre sabe que estás aquí? —le preguntó. Al igual que la señora Buckland, Pomeroy sabía que Obadiah gobernaba a su familia con mano de hierro. Nadie hacía nada sin su permiso, al menos si valoraba sus posaderas.

—No —contestó Marcus, procurando limitar sus respuestas al mínimo.

—A Obadiah no le va a gustar cuando lo descubra.

—¿Qué va a hacer? ¿Desheredarme? —Marcus soltó una carcajada. Todo el mundo sabía que los MacNeil no poseían ni un miserable penique.

—¿Y tu madre? —inquirió Pomeroy, entornando los ojos.

En lugar de mirar, Marcus apartó la vista. No hacía falta meter a su madre en el asunto. Su padre la había apartado de un empujón cuando intentó intervenir en su última discusión y, al caerse, se había lesionado el brazo. Aún no estaba curado a pesar del ungüento de Tom Buckland y de los cuidados del médico de Hadley.

—Uno de estos días, Marcus MacNeil, vas a encontrarte con alguien de cuya autoridad no podrás escabullirte —le advirtió Pomeroy—, pero hoy no será ese día. Eres el mejor tirador del condado de Hampshire y necesito cuanta arma pueda conseguir.

Marcus se unió a una fila de soldados. Se colocó junto a un tipo larguirucho de aproximadamente su edad que llevaba una camisa de cuadros rojos y blancos y un calzón azul marino que había visto días mejores.

—¿De dónde eres? —preguntó su compañero en un momento de calma en mitad de la acción.

—Del oeste —respondió Marcus, sin querer proporcionarle demasiada información.

—Entonces los dos somos pueblerinos —replicó el soldado—. Aaron Lyon; soy uno de los hombres del coronel Woodbridge. Los muchachos de Boston se ríen de cualquiera que viva al oeste de Worcester. Me han llamado «yanqui» más veces de las que pueda contar. ¿Cómo te llamas?

—Marcus MacNeil.

—¿Con quién estás, Marcus? —Lyon se puso a rebuscar en una bolsa que llevaba atada a la cintura.

—Con él —respondió, apuntando a Seth Pomeroy.

—Todo el mundo dice que Pomeroy es uno de los mejores armeros de Massachusetts. —Sacó un puñado de rodajas de manzana deshidratada y le ofreció unas cuantas—. Las cogí el año pasado de nuestro huerto en Ashfield. No las hay mejores.

Marcus devoró las manzanas y murmuró un agradecimiento.

La conversación se desvaneció al llegar al estrechamiento de tierra que conectaba Cambridge con Charlestown. Era allí donde comenzaba a vislumbrarse el alcance de lo que les esperaba. Lyon silbó a través de los dientes al ver bien por primera vez el humo distante que provenía de Breed's Hill y Bunker Hill.

La fila se detuvo cuando Seth Pomeroy se paró a conversar con un hombre orondo a caballo, que llevaba una peluca empolvada y un tricornio, ladeados hacia ángulos opuestos sobre su cabeza calva. Marcus reconoció el perfil inconfundible del doctor Woodbridge, de South Hadley.

—Me parece que vas a unirte a nosotros —dijo Aaron, observando el intercambio de opiniones entre Pomeroy y Woodbridge.

Este recorrió la fila, estudiando con calma a los soldados.

—MacNeil, ¿eres tú? —Woodbridge entornó los ojos—. Dios santo, sí. Ve con Pomeroy. Si eres capaz de meter un perdigón entre los ojos de un pavo en el prado de detrás de mi casa, sin duda podrás atinarle a un casaca roja. Tú también, Lyon.

—Sí, señor —respondió Lyon, las eses silbando entre los incisivos, cuyo hueco dejaba entrar tanta luz como los postes de la valla de la señora Porter.

—¿Hacia dónde nos dirigimos? —le preguntó Marcus a Woodbridge, separando un poco las piernas y acunando el arma entre los brazos.

—En el ejército no se hacen preguntas —replicó Woodbridge.

—¿Ejército? —A Marcus le hormiguearon las orejas ante tal información—. Yo lucho por Massachusetts... en la milicia.

—Eso es lo que tú te crees, MacNeil. El Congreso, en su sabiduría, ha decidido que las trece milicias coloniales eran demasiadas. Ahora somos un alegre ejército continental. Cierto caballero de Virginia, un tipo alto y buen jinete, va a venir desde Filadelfia a ocuparse de todo. —Woodbridge escupió al suelo, dando a entender la baja opinión que le merecían los terratenientes sureños, los tipos altos, los jinetes y la gente de ciudad en general—. Haz lo que te dicen o te mandarán de vuelta a Hadley, donde perteneces.

Marcus llegó junto al armero de Northampton justo a tiempo para oírlo dirigirse a la variopinta compañía de soldados.

—No tenemos demasiada munición —explicó Pomeroy al tiempo que les entregaba unas bolsitas de cuero—, así que nada de practicar tiro al blanco a menos que tenga dos piernas y lleve uniforme británico.

—¿Cuál es nuestra misión, capitán? —preguntó un hombre alto con chaqueta de gamuza, cabello pajizo y la mirada aguda de un lobo mientras sopesaba la bolsita en su mano.

—Relevar al coronel Prescott en Breed's Hill. Está allí varado —respondió Pomeroy.

Se oyeron gruñidos de decepción. Al igual que Marcus, la mayoría de los hombres quería disparar contra el ejército británico, no ayudar a los compañeros colonos que se habían metido en problemas.

Los hombres de Pomeroy comenzaron a marchar en silencio, mientras el bombardeo de los cañones británicos sacudía el suelo y hacía temblar los edificios cercanos hasta los cimientos. Las tropas del rey trataban de hacer volar por los aires la frágil franja de tierra sobre la que caminaban, cortando así las comunicaciones entre Charlestown y Cambridge. El suelo ondulaba bajo los pies de Marcus. Instintivamente, apretó el paso.

—Hasta las putas abandonaron Charlestown cuando vieron lo que se les venía encima —comentó Lyon por encima del hombro.

«Lo que se les venía encima» parecía ser el Armagedón, o al menos esa fue la conclusión a la que llegó Marcus en cuanto vio el número de navíos británicos en el río Charles, la intensidad de los disparos al otro lado del agua y las densas columnas de humo.

Entonces advirtió en la distancia las masas rojas de soldados británicos que marchaban a buen paso hacia ellos y los intestinos se le revolvieron.

Cuando las tropas de Pomeroy terminaron por sumarse al resto de los voluntarios coloniales, Marcus se sorprendió al descubrir que algunos de los soldados eran aún más jóvenes que él, como el pecoso Jimmy Hutchinson, de Salem. Solo unos pocos eran tan viejos como Seth Pomeroy. La mayoría de los hombres tenía la edad de Obadiah, incluido el capitán de expresión hostil a cuyas órdenes se encontraba Marcus en ese momento: John Stark, de New Hampshire.

—Stark fue uno de los primeros *rangers* —le susurró Jimmy a Marcus mientras se agachaban tras la protección de un baluarte improvisado.

Los Rangers de Rogers eran legendarios por su ojo alerta y su mano firme, así como por sus largos rifles, precisos a distancias mucho mayores que los mosquetes que la mayoría de los hombres portaban.

—Una palabra más, muchacho, y te estrangulo. —Stark había reptado hasta la primera fila, silencioso como una serpiente. Llevaba envuelta en la mano una bandera enroscada, roja con un pino verde. En ese momento se fijó en Marcus—. ¿Quién demonios eres tú?

—Marcus MacNeil. —Marcus reprimió la urgencia por levantarse de un salto y ponerse firme—. De Hadley.

—Tú eres quien dice Pomeroy que sabe disparar.

—Sí, señor. —Marcus no podía ocultar las ganas de demostrarlo.

—¿Ves aquel poste?

Marcus miró a través de una rendija en el heno con el que habían rellenado los huecos entre los listones apilados en lo alto del viejo muro para ofrecer mejor cobertura. Asintió.

—Cuando los británicos lleguen a él, te pones de pie y disparas. Dispara al uniforme más elegante que veas. Cuanto más dorado y más galones, mejor —dijo Stark—. Que todos los hombres de esta valla hagan lo mismo.

—¿A los ojos o al corazón?

La pregunta de Marcus hizo que aquel serio tirador de primera sonriese.

—No importa —respondió Stark—, siempre y cuando el disparo baste para que el inglés hinque las rodillas. Cuando hayas descargado el arma, te tiras al suelo y mantienes la cabeza baja. Una vez que estés cuerpo a tierra, Cole disparará desde la segunda fila.

Stark señaló al hombre de ojos vivos con la chaqueta de gamuza. El soldado asintió y se llevó la mano al sombrero.

—Cuando Cole esté cuerpo a tierra —continuó Stark—, será el turno de Hutchinson y la última fila.

Como estrategia era brillante. Había que contar hasta veinte para volver a cargar un mosquete, más o menos. El plan de Stark preveía que no se produjeran tiempos muertos en el ataque a pesar del número relativamente bajo de soldados coloniales tras la valla. Los británicos iban a meterse de cabeza en una cortina de fuego.

—¿Y luego? —preguntó Jimmy.

Cole y Stark intercambiaron una mirada prolongada. La sangre de Marcus, que corría agitada, se paró de repente. Había sopesado la bolsita de pólvora que Pomeroy le había entregado y sospechaba que solo contenía cantidad suficiente para un disparo. Aquella mirada lo confirmó.

—Tú espera a mi lado, Jimmy —respondió Cole, dándole una palmadita en la espalda.

La guerra implicaba mucha más espera que disparos. Había pasado casi medio día antes de que los británicos se dejaran ver. No obstante, en cuanto los casacas rojas comenzaron a aproximarse al poste, todo pareció suceder al mismo tiempo.

El pífano y los tambores arrancaron a tocar una melodía. Marcus vio que el tamborilero era un niño de apenas doce años, no mayor que Patience.

Uno de los soldados británicos comenzó a silbarla. El resto de la línea de casacas rojas acogió la canción con entusiasmo, berreando la letra con burlas y abucheos.

Yankee Doodle vino a la ciudad,
a comprar una llave de chispa,
de brea y plumas lo llenaremos
*y con John Hancock igual haremos.**

—Malnacidos —musitó Marcus, a quien le tembló el dedo en el gatillo ante el insulto a uno de sus héroes, el presidente del Congreso Continental recientemente convocado.

—No dispares —le susurró Cole por detrás, recordándole así las órdenes de Stark.

---

* La letra altera el texto de la canción *Yankee Doodle*, que el ejército británico empleaba para reírse de los soldados coloniales. A pesar de su origen burlesco, pronto fue adoptada por los estadounidenses, que la convirtieron en un popular himno patriótico. Hancock fue una figura destacada de la Revolución y uno de los firmantes de la Declaración de Independencia de Estados Unidos. *(N. de la T.)*.

En ese momento, el primero de los soldados británicos dio un paso más allá del poste, el uniforme rojo y dorado ondeando en la neblina.

—¡Fuego! —vociferó Stark.

Marcus se levantó de un salto al tiempo que la primera línea de hombres apostada a lo largo de la valla.

Un muchacho británico, de la edad de Marcus y tan parecido a él que podrían haber sido primos, lo miró fijamente con la boca abierta por el asombro. Marcus apuntó.

—¡No disparéis hasta que no les veáis el blanco de los ojos! —gritó Stark.

El joven británico abrió los ojos como platos.

Marcus apretó el gatillo.

En la cuenca del ojo del soldado se abrió un agujero oscuro. Brotó un hilo de sangre que pronto se convirtió en un chorro.

Marcus se quedó estupefacto, incapaz de moverse.

—¡Abajo! —Cole tiró de él hacia el suelo.

Marcus dejó caer el arma al tumbarse, con el estómago revuelto. Estaba mareado, los oídos le pitaban y los ojos le ardían.

Los británicos fijaron las bayonetas con un fuerte chasquido. Los soldados bramaban mientras corrían hacia el muro entre una lluvia de balas, precipitándose sobre los soldados coloniales desde la línea británica.

Stark ondeó la bandera roja y verde. Cole se colocó junto a la segunda línea de hombres.

Tumbado boca arriba sobre el suelo, Marcus siguió con la mirada una bala que voló por encima de su cabeza. Vio con estupefacción cómo impactaba a Cole en el pecho justo cuando el hombre apuntaba con su rifle. Emitió un gruñido y cayó, aunque no antes de descargar el arma.

La línea británica gritó sorprendida. Los soldados no se esperaban una segunda andanada de disparos tan pronto. Los gritos se convirtieron en alaridos conforme las balas coloniales daban en el blanco.

Marcus se arrastró hasta Cole.

—¿Está muerto? —preguntó Jimmy con los ojos desmesuradamente abiertos—. Ay, Dios mío, ¿está muerto?

Los ojos de Cole miraban hacia el cielo sin ver. Marcus se arrodilló con la esperanza de sentir la respiración en sus pulmones.

Nada.

Le cerró los ojos.

Stark agitó la bandera en el aire, atrayendo a propósito el fuego británico.

Jimmy y los colonos que quedaban se pusieron en pie, apuntaron y dispararon.

Los gritos y chillidos continuaron al otro lado del muro.

—¡Retroceded! ¡Retroceded!

El viento transportaba la orden del oficial británico.

—Que me aspen —musitó Stark al tiempo que se incorporaba apoyándose en el muro de piedra, mientras los granjeros, leñadores y cazadores de Nueva Inglaterra, en ese momento soldados del nuevo «ejército continental», se miraban entre sí con incredulidad—. Bueno, muchachos —prosiguió, limpiándose la frente con la manga—, ha sido una tarde bien aprovechada. Por lo que parece, habéis hecho retroceder al gran ejército británico.

Una ovación se elevó de entre las filas, pero Marcus no se sintió con fuerzas de unirse a ella. El arma de Cole yacía en un charco de sangre. Marcus la recogió y limpió la empuñadura. Era aún mejor que la que Pomeroy le había prestado y tal vez necesitase otra arma antes de terminar el día.

Bien sabía Dios que el hombre de New Hampshire no la necesitaba. Ya no.

El resto de la batalla pasó como en un torbellino de sangre, perdigones y caos. No hubo agua, ni comida ni descanso en la lucha.

Stark y sus hombres volvieron a repeler a los británicos.

Cuando estos atacaron por tercera vez, los colonos, agotados, carecían de munición para responder.

Los hombres más valientes y los de mayor edad se prestaron a quedarse junto a la valla mientras los demás retrocedían.

Casi habían cruzado el istmo de la península y estaban de vuelta en Cambridge cuando Jimmy Hutchinson cayó de súbito con un pedazo de metralla clavado en el cuello. Las salpicaduras de sangre se mezclaban con las pecas en el rostro del muchacho.

—¿Voy a morir como el señor Cole? —preguntó con voz débil.

Marcus rasgó un pedazo de manga ensangrentada de su propia camisa y trató de taponar la herida.

—Hoy no —respondió. ¿A quién haría daño si le proporcionaba a Jimmy un hilo de esperanza, a pesar de que sabía que el chico maldeciría su sino antes de que el suplicio hubiera acabado?

Marcus cogió la casaca de un soldado británico muerto. Con ayuda de Aaron Lyon, hizo con ella una camilla improvisada. Juntos acarrearon a Jimmy hacia el hospital de campaña levantado en Harvard Yard.

El lugar olía como un matadero, el aire cargado del hedor de la sangre y la carne quemada. Los sonidos eran aún peores. Entre gruñidos y súplicas de agua se oían los gritos de los soldados agonizantes.

—Dios nos asista, ¿ese es Jimmy Hutchinson? —exclamó una mujer fornida de cabello pelirrojo y con una pipa entre los dientes que apareció en mitad del crepúsculo humeante, impidiéndoles el paso.

—¿Señora Bishop? —preguntó este con voz débil, parpadeando para intentar verla—. ¿Es usted?

—¿Quién si no? —respondió la mujer con aspereza—. Pero ¿quién es el necio que te ha dejado venir aquí a que te disparen? No tienes ni quince años.

—Madre no lo sabe —explicó Jimmy, a quien se le cerraban los ojos.

—Ya lo supongo. Deberías haberte quedado en Salem, que es donde tienes que estar. —La señora Bishop le hizo un gesto a Marcus—. No os quedéis ahí parados. Traedlo aquí.

«Aquí» no era la dirección hacia la que llevaban a la mayoría de los heridos. «Aquí» era una pequeña hoguera con un grupo de camas improvisadas alrededor. «Aquí» era un lugar silencioso, a diferencia de «allí», donde los gritos y los alaridos y la locura desatada anunciaban la presencia de los cirujanos.

Marcus miró a la mujer con desconfianza.

—Si quieres, puedes llevárselo al doctor Warren, pero las posibilidades de que Jimmy sobreviva son más altas conmigo —le advirtió la señora Bishop, cambiándose la pipa del lado izquierdo al derecho de la boca.

—El doctor Warren se quedó en Breed's Hill —replicó Marcus, congratulándose de desenmascarar a una mentirosa.

—Ese doctor Warren no, mentecato. El otro —lo corrigió la señora Bishop, igualmente encantada de hacerle saber a Marcus que era un necio engreído—. Veo que estoy más familiarizada con los médicos de Boston que tú.

—Quiero quedarme con la señora Bishop —musitó Jimmy—. Es una curandera.

—Esa es la manera elegante de llamarlo, Jimmy —dijo la señora Bishop—. Y ahora, par de granujas, ¿vais a acercarme al paciente al fuego o debo hacerlo yo?

—Tiene un pedazo de metralla en el cuello —se apresuró a explicar Marcus mientras recorrían con Jimmy las últimas yardas—. Creo que le ha atravesado las venas. Aunque podría estar alojado en la arteria. Parte de la carne alrededor está negra, pero podría deberse a una quemadura. Le he atado la manga alrededor del cuello lo más prieta que me he atrevido.

—Ya veo. —La señora Bishop cogió unas pinzas con una vela de junco entre las puntas y echó un vistazo a la herida—. ¿Cómo te llamas?

—Marcus MacNeil. Tome.

Marcus rebuscó en su bolsillo y extrajo una mecha de madera que había traído de casa. La astilla resinosa de pino daría una luz más viva que la débil fibra vegetal. Acercó el extremo a la llama. La madera prendió de inmediato.

—Gracias. —La señora Bishop cogió la mecha con las pinzas—. Sabes manejarte con el cuerpo humano. ¿Eres uno de esos mocitos de Harvard?

Su mirada desdeñosa habría sido motivo suficiente para negarlo. Estaba claro que a la mujer no le impresionaban los universitarios.

—No, señora. Soy de Hadley —respondió Marcus, con los ojos fijos en la cara pálida de Jimmy y sus labios azulados—. Creo que no tiene suficiente aire.

—Ni ninguno de nosotros. Imposible con todo este humo. —La señora Bishop contribuyó a la humareda dando una calada a la pipa. Suspiró y, rodeada de una nube de tabaco, bajó la vista a Jimmy—. Ahora dormirá un poco.

Marcus prefirió no preguntarle cuándo despertaría.

—Tardé dieciocho horas en traer a este chiquillo al mundo y un idiota con un arma no ha tardado un minuto en arrebatárnoslo. —La señora Bishop se sacó una botellita de la faltriquera—. Menuda pérdida de tiempo para las mujeres que es la guerra.

Quitó el corcho de la botella con los dientes y lo escupió al fuego, donde hizo un ruido sordo y siseó antes de prenderse entre las llamas. Tras darle un trago generoso, se la ofreció a Marcus.

—Gracias, pero no.

Marcus aún sentía que el estómago se le podía revolver en cualquier momento. Los recuerdos de la batalla pugnaban por aflorar en su mente. «He matado a un hombre». En algún lugar de Inglaterra, una madre iba a despertar sin su hijo... y sería culpa suya.

—La próxima vez, piensa en esa madre llorosa *antes* de apretar el gatillo —dijo la señora Bishop, llevándose de nuevo la petaca a los labios.

De alguna manera, la mujer había adivinado el contenido de la conciencia culpable de Marcus. Alarmado y sobrecogido, se tapó la boca con la mano cuando las tripas se le revolvieron. La señora Bishop le clavó la mirada, atravesándolo con sus ojos color avellana.

—Ni se te ocurra ponerte melindroso conmigo, que no tengo tiempo para tus tonterías. Uno de los muchachos Proctor se ha roto la pierna al huir de las armas. Se cayó en un agujero. Es la primera historia sensata de la batalla que he oído hoy —dijo la señora Bishop antes de darle otro trago a la botella y ponerse en pie, haciéndole un ademán a Marcus para que la siguiera.

Este se quedó donde estaba hasta que se le recompusieron las tripas. Tardó bastante más de lo que la curandera pelirroja consideraba aceptable.

—¿Y bien? —demandó, de pie junto a un soldado tendido con los ojos velados por el dolor y el miedo—. ¿Vas a desmayarte o me vas a ayudar?

—Nunca he enderezado una pierna rota —reconoció Marcus, al intuir que la sinceridad era la mejor forma de tratar con la señora Bishop.

—Tampoco habías matado nunca a un hombre. Siempre hay una primera vez para todo —replicó esta con sequedad—. Además, no te estoy pidiendo que la endereces. Vas a sujetarlo mientras lo hago yo.

Marcus se colocó a la cabeza del hombre.

—No, ahí no. —La paciencia de la señora Bishop se había agotado—. Sujétale la cadera aquí y el muslo ahí —explicó, colocándole las manos a Marcus en la posición adecuada.

—¿Tienes algo de beber, Sarah? —preguntó el hombre con voz ronca.

Marcus pensó que esa sería una muy buena idea, habida cuenta del ángulo en que el hombre tenía el tobillo respecto a la rodilla. Parecía que la tibia se le hubiera partido en dos.

La mujer le puso la petaca en la palma de la mano a Marcus.

—Toma un sorbo tú primero y luego dale un trago a John. Te has vuelto a poner todo verde.

Esa vez, Marcus aceptó la oferta. El líquido le bajó ardiendo por la garganta. Luego le puso la botella en los labios al soldado.

—Gracias —musitó el hombre—. ¿Tienes algo más para el dolor, Sarah? Algo más fuerte, quiero decir.

El soldado y la curandera intercambiaron una mirada larga. Esta negó con la cabeza.

—Aquí no, John Proctor.

—Debía intentarlo. —Proctor suspiró y se tumbó—. Tendré que conformarme con el ron.

—¿Estás listo, MacNeil? —Sarah apretó la pipa entre los dientes.

Antes de que Marcus pudiera responder, o entender siquiera la pregunta, Sarah Bishop ya había recolocado los huesos en su lugar, los músculos de sus brazos tensos por el esfuerzo.

Proctor aulló de agonía antes de desmayarse por el shock.

—Ya, ya. Hemos terminado. —Sarah le dio una palmadita en la pierna al soldado—. No son tímidos a la hora de mostrar los sentimientos, los Proctor.

Marcus pensaba que el paciente se había comportado con un aplomo considerable teniendo en cuenta la gravedad de la lesión, pero no dijo nada.

Sarah señaló la petaca de ron.

—Toma un poco más. Y la próxima vez que ajustes un hueso, acuérdate de hacerlo igual que lo he hecho yo: inmoviliza la extremidad y luego pega un buen tirón haciendo fuerza con la espalda. De ese modo le harás menos daño. No tiene sentido andarse con tantos miramientos con los huesos si al final acabas desgarrando los músculos.

—Sí, señora. —Marcus había tenido dificultad para obedecer las órdenes de Woodbridge, pero con Sarah Bishop era distinto.

—Tengo más hombres a los que tratar —dijo Sarah. Su pipa se había apagado, pero seguía mordisqueándola, como si la sosegase.

—¿Quiere que me quede a ayudarla? —Marcus se preguntó si sanar al hijo de otra madre lo ayudaría a sentirse más en paz con el hecho de haber acabado con una vida.

—No. Vuélvete a Hadley.

—Pero la lucha no ha acabado. —Marcus miró a los hombres a su alrededor: fallecidos, mutilados, heridos de muerte—. Hacen falta todas las armas posibles. La libertad...

—Existen formas de servir a la causa de la libertad sin derramar sangre. El ejército va a necesitar más cirujanos que soldados. —La señora Bishop lo apuntó con el extremo de la pipa. Tenía los ojos oscuros, las pupilas dilatadas. Marcus se estremeció ante la visión. Debían de ser la bebida y el humo los que hacían que resultase tan extraña—. Tu hora todavía no ha llegado —prosiguió en un susurro—. Hasta entonces, vuélvete a casa, donde perteneces, Marcus MacNeil. Prepárate. Cuando el futuro te llame, lo sabrás.

10

Tres

15 de mayo

Miriam le soltó el gato a Phoebe a primera hora de la mañana de su tercer día como vampira. Era negro y corpulento, con la nariz, las cuatro patas y la punta de la cola blancas.

—Es hora de que te alimentes sola —dijo Miriam mientras depositaba el transportín junto a la cama. En el interior, el gato maullaba quejoso—. Necesito un descanso de esta maternidad inclemente. Freyja, Charles y Françoise seguirán aquí, pero no responderán a peticiones de comida ni bebida.

El estómago de Phoebe rugió ante las palabras de Miriam, pero fue más por hábito reactivo que por hambre. Donde ahora sentía una extraña sensación de deseo era en sus venas y en su corazón. Al igual que su centro de gravedad, su apetito se había desplazado desde el vientre de un modo que parecía imposible según la biología que había estudiado.

—Recuerda, Phoebe. Es mejor no hablar con la comida. No te encariñes. Déjalo en la jaula hasta que estés lista para alimentarte. —Miriam le daba instrucciones con el mismo tono de profesora sabelotodo que hacía volar a Marcus y a Matthew a las probetas y ordenadores cuando dirigía su laboratorio de bioquímica en Oxford. Phoebe asintió—. Y, por el amor de Dios —añadió mientras se encaminaba a la puerta—, no le pongas nombre.

Phoebe abrió la puerta de la jaula en cuanto oyó cerrarse la del cuarto. Los «terribles dos» se demoraban y su fase rebelde no mostraba signos de desaparecer.

—Ven, gatito —canturreó—. No quiero hacerte daño.

El gato, que no era tan tonto, se pegó a la pared trasera del transportín y bufó con el lomo arqueado y los dientes —blancos, afilados y en punta— expuestos.

Impresionada por la muestra de ferocidad del felino, Phoebe dio un paso atrás para observar su primera comida propiamente dicha. El animal, viendo una oportunidad de escapar, salió disparado de la jaula y se escondió detrás del armario.

Intrigada, Phoebe se acomodó en el suelo y esperó.

Dos horas más tarde, el gato decidió que Phoebe no suponía un peligro inmediato y se aventuró hasta la alfombra que había delante de la puerta cerrada que daba al pasillo, como si previera largarse en cuanto tuviera oportunidad.

Phoebe se había aburrido de esperar a que el gato se moviera y se había pasado el rato examinando sus propios dientes en el cristal quebrado de la ventana. Había descubierto que solo podía hacerse durante unas pocas horas, cuando la luz se reflejaba en el cristal de cierta manera. La noche anterior se habían llevado el resto de los objetos que brillaban por miedo a que Phoebe se quedase embelesada con su propio reflejo y, cual Narciso, se viera incapaz de vencer la fascinación.

Ansiaba volver a tener un espejo casi tanto como ansiaba la sangre de Miriam. El cristal de la ventana ofrecía cierto reflejo, pero habría querido estudiar sus dientes en detalle. ¿Se habrían vuelto tan afilados como para atravesar de un mordisco pelaje, piel, grasa y tendones hasta llegar a la fuente de vida del gato?

«¿Y si mis dientes no son capaces? —se preguntó Phoebe—. ¿Y si uno se rompe? ¿Los dientes de los vampiros se regeneran?».

El hiperactivo cerebro vampírico de Phoebe empezó a bullir, saltando de una pregunta a la siguiente.

«¿Los vampiros podrán alimentarse sin dientes?».

«¿Serán como los niños, que dependen de otros para su alimentación?».

«¿Sacarles los dientes será una sentencia de muerte, además de una marca de vergüenza, como cortarle la mano a un ladrón para que no pueda robar más?».

—Basta —dijo en voz alta.

El gato alzó la vista hacia ella y parpadeó impasible. Se estiró y amasó con las patas la superficie mullida de la alfombra antes de volver a ovillarse, desconfiado.

—Pero si sigues teniendo garras.

Por supuesto que Miriam no se habría rebajado a suministrarle un gato indefenso. Además de los dientes afilados que ya le había enseñado, las garras eran prueba de que no debía desdeñarlo.

—Eres un superviviente, como yo.

Al gato le faltaba la punta de una oreja, perdida sin duda en alguna pelea callejera. No era una gran belleza, pero algo en sus ojos conmovió el corazón de Phoebe: una lasitud que dejaba entrever una existencia ingrata y el deseo de encontrar un hogar.

Phoebe se preguntó si, el día en que Freyja y Miriam le permitieran de nuevo tener un espejo, vería esa misma mirada en sus ojos. ¿Habrían cambiado? ¿Seguirían haciéndolo, volviéndose cada vez más duros y atormentados, envejeciendo aunque el resto de su cuerpo se mantuviera intacto?

—Basta —repitió en voz lo bastante alta como para que resonara un poco en el cuarto escasamente amueblado.

Después de dos días en los que la gente corría a asistirla en cuanto soltaba un mero suspiro de decepción, la falta de respuesta del resto de la casa le pareció desconcertante y extrañamente liberadora.

Miriam y Marcus le habían asegurado semanas atrás que su primer intento de alimentarse de una criatura viva no sería limpio. También le habían advertido que el desafortunado ser no sobreviviría. Sufriría un trauma demasiado grave, no necesariamente físico, pero con certeza mental. El animal se debatiría entre sus manos y probablemente se moriría de miedo, su organismo hasta tal punto inundado de adrenalina que el corazón le explotaría.

Phoebe observó al gato. Tal vez no tuviera tanta hambre como creía.

Cuatro horas después de la llegada del gato, Phoebe consiguió ponérselo en el regazo mientras dormía. Lo cogió, las cuatro patas colgando como si carecieran de huesos, y se subió a la cama con él. Se sentó con las piernas cruzadas y depositó al animal en el hueco entre sus muslos.

Le acarició el pelaje suave con dedos leves como una pluma. No quería romper el encantamiento y que el gato huyese bufando a su escondrijo anterior, detrás del armario. Tenía miedo de que el hambre se apoderase de ella y, en un esfuerzo por llegar al corazón de la criatura, el armario volcase y lo aplastase antes de poder beber de él.

—¿Cuánto pesas? —murmuró Phoebe, sin dejar de acariciarle el espinazo. El gato comenzó a ronronear—. No demasiado, aunque se te ve bien alimentado.

El animal no podría tener demasiada sangre, advirtió Phoebe, y su hambre era considerable... y cada vez mayor. Sentía las venas secas y aplanadas, como si su cuerpo careciese de fluido vital suficiente para redondearlas hasta formar su circunferencia habitual.

El gato se arrellanó contra las piernas de Phoebe antes de relajar levemente su postura ovillada y suspirar, caliente y satisfecho. Sus gestos mostraban de forma instintiva que había encontrado su lugar.

Phoebe se recordó que el gato no sobreviviría a lo que estaba a punto de hacer.

«Y, por el amor de Dios, no le pongas nombre». La advertencia de Miriam resonó en la mente de Phoebe.

Llevaba sin alimentarse doce horas, dieciséis minutos y veinticuatro segundos. Lo había calculado y sabía que tendría que hacerlo pronto si no quería ponerse frenética y volverse cruel. Estaba decidida a no convertirse en ese tipo de vampiro: había oído a Ysabeau contar con entusiasmo suficientes anécdotas de los primeros días de Matthew como para querer evitar escenas tan desagradables.

El animal seguía durmiendo en su regazo. Durante las horas que habían pasado juntos, había aprendido mucho sobre él, incluido su sexo, que era femenino, su gusto por que le tirasen suavemente de la cola y lo mucho que le desagradaba que le tocasen las almohadillas.

Seguía sin confiar lo suficiente en ella como para dejarse acariciar la barriga. ¿Qué depredador lo permitiría? Cuando Phoebe lo había intentado, la gata la había arañado, pero las heridas se curaron casi de inmediato sin dejar marca.

Sus dedos continuaban deslizándose rítmicamente por el pelaje del animal, con la esperanza de detectar algún signo de aceptación, de amistad. «De permiso».

Pero el contrapunto de los latidos del corazón de la gata y el vacío en las venas de Phoebe había pasado de insistente a seductor y, después, a exasperante. Juntos, se entrelazaban formando un canto de deseo reprimido.

Sangre. Vida.

Sangre. Vida.

El canto palpitaba por el cuerpo de la gata con cada latido. Phoebe se mordió el labio, frustrada, haciendo que le sangrase una fracción de segundo antes de sanar. Llevaba una hora mordisqueándose los labios, saboreando la sal, sabedora de que no satisfaría su hambre, pero incapaz de evitarlo.

La gata entreabrió los ojos al percibir el rico aroma y su naricilla rosada se estremeció. Una vez que determinó que no se trataba de pescado ni de un pedazo de carne, volvió a caer dormida.

Phoebe se mordió de nuevo el labio, en esta ocasión con mayor fuerza y profundidad. El sabor de la sal inundó su boca, sabrosa, pero desprovista de nutrientes. Era una promesa de alimento, nada más. Se le hizo la boca agua ante la perspectiva de comer.

Una vez más, la gata levantó la cabeza y clavó sus ojos verdes en los de Phoebe.

—¿Quieres probar?

Phoebe se pasó el dedo por el labio y lo manchó con una gota de sangre. La piel cicatrizó de inmediato. La sangre en su dedo ya se había oscurecido hasta adoptar un profundo color violáceo. Con un gesto rápido, antes de que se secara y se volviera negra, se la ofreció a la gata.

La lengua rosada del animal lamió con curiosidad el dedo de Phoebe. Su textura rasposa hizo que se estremeciera de hambre y anhelo.

Entonces sucedió algo extraordinario.

Los ojos de la gata se cerraron lentamente con la puntita de la lengua asomando por la boca.

Phoebe le dio un suave empujón, pero la gata no se movió.

Recorrió con dedos leves su barriga.

Nada.

—¡Ay, Dios, que la he matado! —murmuró.

Volvió a darle un empujoncito, tratando de provocarle una reacción, y el pánico se apoderó de ella. Pasarían horas o días antes de que nadie acudiera a salvarla. Miriam, su hacedora, la mujer que había elegido para que le diera una nueva vida, se había asegurado de ello. Se desmayaría de hambre con la gata muerta en el regazo. No podía alimentarse de una criatura muerta. Era peor que la necrofilia, un sacrilegio para los vampiros.

Sangre. Vida. Sangre. Vida.

El ritmo del canto continuaba, aunque más lento.

Phoebe lo reconoció a duras penas.

El latido de un corazón. No el suyo.

La gata no estaba muerta.

Estaba dormida.

«No —se percató—, está drogada».

Bajó la vista al dedo, en el que aún quedaban restos morados.

Su sangre vampírica había puesto al animal en un estado de animación suspendida. Phoebe recordó que Marcus y Miriam habían hablado de ello y de cómo algunos vampiros abusaban de los efectos soporíferos de su sangre para hacerles cosas innombrables a seres de sangre caliente después de haberse alimentado de ellos.

Phoebe se acercó la gata a la nariz; el cuerpo del animal parecía aún más desarticulado y exánime que antes. No olía especialmente apetitosa. Tenía un aroma seco y almizcleño.

Sangre. Vida. Sangre. Vida. El lento latido del corazón de la gata cantaba en el cuarto silencioso. Su sonido tentador la atormentaba.

Phoebe oprimió los labios contra el cuello de la gata, buscando alimento de forma instintiva. Sin duda, en ese punto la sangre estaría más cerca de la superficie. Si no, ¿por qué tantas historias humanas sobre vampiros se centraban en el cuello? Freyja y Miriam habían repasado con ella el sistema circulatorio de los mamíferos, pero con el hambre que tenía en ese momento, Phoebe no estaba segura de recordar ningún dato útil.

La gata se revolvió en las manos de Phoebe. Aun bajo la influencia de la sangre vampírica, su instinto de supervivencia no se había visto mermado. Había presentido a un depredador, uno mucho más peligroso que ella.

La boca de Phoebe se movió por el hombro de la gata, notando la textura de su pelaje. Aprisionó entre sus dientes un pequeño pliegue de piel y lo mordió apenas, lo menos posible, esperando a que la sangre le llenase la boca.

Nada.

«No te preocupes si se mancha todo, Phoebe querida —le había dicho Freyja la noche anterior cuando había ido a verla, con voz casi jubilosa ante la perspectiva de un baño de sangre—. Luego lo limpiamos y listo».

«Después de aniquilar a esta gata —pensó Phoebe—. Después de alimentarte. Después de sobrevivir a costa de otra criatura».

La civilizada mente de Phoebe se rebeló ante tal perspectiva y lo mismo hizo su estómago, que se le revolvió en un esfuerzo inútil por expulsar su contenido, ya que estaba vacío.

Tenía que haber algo que comer aparte de la gata, reflexionó. Hacía horas que había vaciado la jarra y las dos botellas de Pellegrino que Françoise le había proporcionado cuando se quejó de que el agua sin gas tenía un desagradable sabor a metal. Phoebe no había sido capaz de tolerar el vino, ni siquiera el borgoña, que siempre había sido su favorito, por lo que Freyja se lo había llevado.

Se había acabado hasta el agua del jarrón en el alféizar de la ventana. Echó un vistazo a las flores esparcidas sobre el suelo, preguntándose si podría comerse los tallos como antaño hacía con el apio, pero la sola idea de ingerir tanto verde hizo que se le contrajera el estómago.

Se puso en pie, dejó a la gata encima de la cama y empezó a rebuscar en su bolso. Tenía que haber *algo* en su interior que pudiera comer: un chicle, una pastilla para la garganta, un pedazo de galleta rancia que se hubiera caído del envoltorio. Volcó el contenido sobre la cama alrededor del animal adormilado.

Pañuelos, arrugados.

Recibos, doblados por la mitad.

El carnet de conducir.

El pasaporte.

La libreta para anotar tareas.

Un caramelo de menta sucio, con una pelusa y una viruta de sacapuntas pegadas a él.

La mano de Phoebe se precipitó con la velocidad de una serpiente y agarró el caramelo. Desprendió una moneda de un centavo que tenía adherida en la parte posterior y se lo metió en la boca. Cerró los ojos, anticipando la oleada de sabor a menta y azúcar.

El caramelo sabía pastoso. Al escupirlo, salió volando por la habitación y golpeó la ventana con un ruido cristalino.

«Otra grieta», pensó Phoebe con pesadumbre.

La gata se estiró, suspiró y se dio la vuelta, con la panza y las patas hacia arriba, llenando el cuarto de un aroma almizcleño. Ya no resultaba seco y desagradable. Ahora que el hambre apremiaba, le olía a gloria.

Phoebe entendió la decisión de la gata de exponer su vientre suave como el signo de aceptación que tanto esperaba. Rápidamente, antes de volver a acobardarse, se inclinó sobre el animal y mordió con decisión el cuello. Su boca se llenó del sabor acre y cobrizo de la sangre. No era tan sabrosa como la de Miriam, pero era alimento y evitaría que se volviera loca.

Al cabo de tres tragos, la gata empezó a removerse. Phoebe se separó a regañadientes de la criatura, apretó los dedos en el punto del cuello del que había bebido su sangre y esperó a que muriera.

Pero la gata era una superviviente. Contempló a Phoebe con ojos vidriosos. Esta se llevó el pulgar a los dientes con ademán deliberado y lo mordió. Con fuerza.

La gata lamió la sangre con la misma curiosidad que antes y se quedó nuevamente adormilada.

Phoebe bebió otros seis tragos de sangre antes de que la gata volviera a moverse. El líquido caliente había atenuado su hambre, pero Phoebe estaba lejos de sentirse saciada. Usó un poco más de su sangre para cerrar la herida en el cuello de la gata y así no arruinar otro juego de sábanas. No podía permitirse enfadar aún más a Françoise, suministradora de Pellegrino y revistas del corazón.

La gata despertó de su sueño inducido cuando los relojes de la casa marcaron la media hora. Phoebe quitó la borla con flecos del alzapaño que sujetaba una de las cortinas y se dedicó a jugar con la gata hasta que los relojes dieron la hora en punto.

Entonces supo que ya nada las separaría. Ni la muerte ni otro vampiro. Estaban hechas la una para la otra.

—¿Cómo voy a llamarte? —se preguntó Phoebe en voz alta.

Habían pasado veinticuatro horas desde que Phoebe se alimentara por última vez de Miriam.

Un suave golpe en la puerta anunció la llegada de sus visitantes. Las había oído subir las escaleras como una manada de elefantes y habían despertado a la gata.

—Adelante —dijo, su cuerpo curvado para proteger la bolita de pelo que ronroneaba a su lado. Para deleite de la gata, le tiró de la cola y le rascó la nariz.

—Te has desenvuelto notablemente bien, Phoebe —admitió Freyja, recorriendo rápidamente el cuarto con la vista. No se veía una gota de sangre por ninguna parte—. ¿Dónde está el cadáver?

—No hay ningún *cadáver* —respondió Phoebe—. Hay una gata y está justo aquí.

—No está muerta —dijo Miriam, algo impresionada.

—No, está *viva* y se llama Perséfone.

11

Libertad y moderación

18 DE MAYO

Hay un grifo en el rellano de la segunda planta.

Sarah entró en la biblioteca envuelta en una nube de bergamota y lavanda. Agatha había estado experimentando con aceites esenciales en el fragante obrador situado junto a la cocina. Inspirada por su reciente viaje a la Provenza, se estaba planteando lanzar una línea de perfumes exclusivos.

Levanté la vista del escritorio, donde trataba de poner en algún tipo de contexto lo que Marcus nos había contado la víspera. Lo que había encontrado en internet no servía de gran cosa. La mayoría de las crónicas sobre los primeros años de la Revolución estadounidense se centraban en estrategias de batallas o en la ocupación de Boston. Pocas hacían alusión al oeste de Massachusetts, los efectos socioeconómicos de las guerras franco-indígenas o los conflictos generacionales entre padres e hijos. Para saber más, necesitaba acceder a una biblioteca de investigación como era debido.

—Está bastante bien, ¿no? —dije con aire ausente, volviendo a centrar la atención en mis notas. El tapiz que colgaba de la pared tenía un vívido fondo rojo y la profusión de flores que rodeaban al grifo tejido en él alegraban lo que, de otro modo, habría sido un espacio oscuro—. Ysabeau lo compró en el siglo xv. Phoebe cree que proviene del mismo taller que elaboró los tapices de unicornios del Musée de Cluny en París —continué—. ¿Cómo se llamaba el armero que mencionó Marcus? ¿Saul? ¿Stephen? Quiero buscarlo en esta enciclopedia de soldados y marinos de Massachusetts que he encontrado online.

—Seth. Y no me refería al viejo tapiz de Ysabeau. —Sarah levantó el dedo índice, ensangrentado—. Me refiero a un grifo vivo. Es pequeño, pero el pico le funciona.

Me puse en pie a toda prisa y eché a correr hacia las escaleras.

El grifo que había mordido a Sarah estaba sentado delante del tapiz, zureando y gorjeando hacia su hermana tejida, mucho más grande. Del pico a la punta de la cola, mediría poco más de medio metro. Las patas delanteras, la cabeza y el cuello eran como los de un águila, mientras que los cuartos traseros y la cola eran de león. El pico y las garras le conferían un aspecto formidable a pesar de su tamaño relativamente pequeño.

Me aproximé con cautela a la bestia, que emitió un chillido de advertencia.

—Venga. Cógelo. —Sarah me empujó hacia el grifo.

—Me dijiste que nunca tocase un objeto mágico desconocido —respondí, resistiéndome a sus esfuerzos—. Creo que un grifo entra en la descripción.

—¿Objeto? —El grifo, indignado, emitió un graznido ronco.

—Oh, no. Ese bicho habla. —Sarah se colocó detrás de mí.

—¿Bicho? —El grifo sacudió el cuello emplumado.

—Deberíamos dejarlo tranquilo —observé—. Tal vez vuelva por donde ha venido.

—¿Cómo?

—¿No podrías tejerle una correa mágica como la que le hiciste a Philip para que no se cayera por las escaleras? —sugirió Sarah, mirando por encima de mi hombro.

—No deberías haberla notado.

Aunque había bautizado la correa mágica de mi hijo con el nombre moderno de «cable de dirección», su uso seguía incomodándome.

—Bueno, pues sí la he notado, y Philip también. —Sarah me empujó—. Date prisa. No querrás que se escape.

El minúsculo grifo abrió las alas, que eran sorprendentemente amplias y en las que se entremezclaban los magníficos tonos pardos del águila y el león. Sarah y yo corrimos a refugiarnos de vuelta en la biblioteca como dos remilgadas damas victorianas que hubieran visto un ratón.

—No creo que le guste la idea de estar encerrado —señalé.

—¿A quién le iba a gustar?

—Pero es que no podemos dejarlo revolotear dentro de casa. Recuerda todos los problemas que causó Corra. —Me armé de valor, respiré hondo y me encaminé con calma hacia la criatura. A tres metros de ella, levanté un dedo con autoridad y le dije—: Quieto.

El grifo se acercó a saltitos hacia mí. Hipnotizada por aquel espectáculo extraño, permanecí inmóvil. El animal estaba tan cerca que podría haberme inclinado para cogerlo en brazos si su pico afilado no me hubiese disuadido.

—Quieta tú. —El grifo plantó una de sus pesadas garras sobre mi pie, clavando apenas una de sus uñas en mi zapatilla a modo de advertencia.

—Yo no. ¡Tú! ¡Quieto! —exclamé, tratando en vano de liberarme.

Sin dejarse impresionar por mis esfuerzos para adiestrarlo, hinchó el pecho y comenzó a atusarse las plumas del ala.

Sarah y yo nos agachamos a mirar, fascinadas por la forma en que el ave se acicalaba.

—¿Crees que tendrá piojos? —bisbiseó Sarah.

—Espero que no —respondí—. ¿Por qué demonios has invocado a un grifo, Sarah?

—En el grimorio de los Bishop no hay hechizos para invocar bestias mitológicas. Si pasases más tiempo estudiando la herencia familiar y menos desdeñándola, lo sabrías —refunfuñó Sarah—. Eres tú la del dragón. Lo habrás llamado tú. El otro día andabas haciendo magia. Tal vez se te escapó algo.

—¡Solo animé una flor! —No era precisamente algo que sacudiera los cimientos del planeta—. Y yo jamás convoqué a Corra, que era una dragona escupefuego, por cierto. Simplemente apareció cuando hice mi primer hechizo.

—Oh, oh. —Sarah se quedó pálida.

Las dos giramos la cabeza en dirección al cuarto de los niños.

—Mierda —solté, mordiéndome el labio—. El grifo debe de ser de Philip.

—¿Qué vas a hacer? —preguntó Sarah.

—Atraparlo —respondí—. Y después..., la verdad es que no lo sé.

Hizo falta combinar los esfuerzos de dos brujas, una daimón y una vampira para capturar a la criatura, pequeña pero notablemente ágil.

Agatha atrajo al grifo hacia el maltrecho transportín de plástico de Tabitha con pedacitos de carne de pato. La lengua de la bestia, larga y rosada, se extendía como un látigo para quitarle de las manos los suculentos bocados.

—Ven aquí, chiquitín. —Agatha ya estaba medio enamorada de la bestia—. Pero qué grifo tan bonito. Qué plumaje tan espléndido.

El grifo, sintiéndose justamente apreciado, daba un paso cauteloso tras otro en dirección al tentempié.

—¿Lo has atrapado? —preguntó desde la planta inferior Marthe, quien constituía nuestra vigía y última línea de defensa en caso de que el animal escapara.

El grifo lanzó un graznido inquietante y agitó la cola. Marthe lo ponía nervioso. A pesar de que, sin duda, se trataba de un doble depredador por su herencia mixta de león y águila, un vampiro suponía un eslabón superior en la cadena alimenticia. Cada vez que Marthe hacía el más mínimo movimiento, la pequeña bestia extendía las alas y soltaba un chillido a modo de advertencia que helaba la sangre.

—Todavía no, Marthe —respondí alzando la voz junto a la puerta abierta de la jaula.

Sarah estaba al otro lado de la estructura de plástico, lista para cerrar la puerta de rejilla metálica. Tras años de llevar a Tabitha al veterinario, poseía una vasta experiencia a la hora de atrapar a animales desconfiados.

Agatha le mostró un nuevo pedazo de pato al grifo, que se lo arrebató antes de devorarlo con satisfacción.

—Lo estás haciendo fenomenal, Agatha. —Sarah le daba a Agatha tantos ánimos como esta al animal—. Es hipnótico.

—Pero qué bebé precioso. Me encanta el tono marrón de tu cola. Puede que para la colección del otoño que viene tome el grifo como tema —dijo Agatha con voz melodiosa mientras dejaba una fila de bocados de pato que llevaba directamente a la puerta del transportín de la gata—. ¿Qué te parece la idea, corazón?

—Sí —respondió encantado el grifo mientras picoteaba el pato.

El aroma de la comida despertó a Tabitha de su siesta. La gata atravesó el rellano siseando de indignación por que nadie la hubiera invitado al festín de Agatha. De pronto se detuvo con la mirada fija en el grifo.

—¿Las águilas comen gatos? —musité.

—¡Espero que no! —respondió alarmada Sarah.

No obstante, Tabitha no era una gata normal, sino una felina superior y más que una digna rival para nuestro recién llegado. Pasó junto al grifo sin dedicarle ni un vistazo, se frotó contra Agatha para darle a entender que era de su propiedad, cogió un pedazo de carne de pato entre sus afilados dientes y se metió en el transportín con la cola en alto como un estandarte. Dio un par de vueltas sobre el cojín lanoso, ovillándose en una bolita de pelaje gris antes de soltar un fuerte suspiro de satisfacción.

El grifo se acercó tranquilamente a la gata, saltando con las patas delanteras como un ave y caminando con las traseras como un león. Una vez dentro de la jaula de plástico, se tumbó, rodeó con la cola a Tabitha como protegiéndola y cerró los ojos.

Sarah cerró la puerta del transportín.

El grifo abrió uno de los ojos. Extendió las garras a través de la rejilla metálica igual que se estira un felino y se acomodó para echarse la siesta.

—¿Está... ronroneando? —preguntó Agatha, ladeando la cabeza para escuchar.

—Esa debe de ser Tabitha —respondí—. Seguro que los grifos no ronronean; con ese cuello de águila, no. La caja de resonancia es distinta.

Se oyó un ronquido gutural procedente del fondo del transportín.

—Pues no. *Esa* sí que es Tabitha —afirmó Sarah con una puntita de orgullo.

Una vez más, Matthew me encontró en la biblioteca. Esa vez rastreaba los libros de mitología en busca de información sobre el cuidado y alimentación de los grifos. Nuestros bibliotecarios fantasmas, empeñados en ayudarme, me tendían una y otra vez el mismo libro.

—Gracias de nuevo, pero lo único que dice Plinio es que el grifo es un animal imaginario —le comenté a una forma nebulosa antes de devolver el libro al anaquel—. Como tenemos uno en el piso de abajo, no voy a fiarme demasiado. Isidoro de Sevilla es mucho más útil. Y vosotros también lo seríais si fueseis y ordenaseis los diccionarios.

—Veo que hay bastante movimiento por aquí. —Matthew se encontraba debajo, con la mano apoyada en la barandilla que facilitaba el ascenso a los estantes superiores.

—Oh, vaya —murmuré al abrir el siguiente volumen del estante. Era antiguo—. Otro ejemplar del *Physiologus*, esta vez del siglo x, que se suma a los otros seis que he encontrado. ¿Cuántos necesitaba Philippe?

—Los autores no pueden resistirse a coleccionar varios ejemplares de sus libros, o eso tengo entendido —respondió Matthew, deslizándose por la barandilla arriba hasta aterrizar, como un gato, en lo alto de la escalera—. No podría asegurarlo, dado que nunca he publicado uno. Pero, que recuerde, tú tienes como mínimo dos ejemplares del tuyo.

—¿Sugieres que tu padre fue el autor del bestiario más influyente de la tradición occidental? —pregunté al tiempo que, confundida, me ponía en pie con el (por el momento, séptimo) ejemplar en las manos.

—Tu sabrás mejor que yo cuál es su importancia. Philippe, desde luego, estaba orgulloso de él. Compraba cada ejemplar que se encontraba. A decir verdad, creo que él fue el principal responsable de su éxito. —Matthew me quitó el libro—. ¿Quieres contarme por qué había un grifo en la despensa?

—Porque no podemos ponerlo en el establo. Los grifos no se llevan bien con los caballos. —Extraje otro libro del estante y lo hojeé—. Lambert de Saint-Omer. ¿Quién es?

—Un clérigo benedictino. Amigo de Gerbert, creo. Vivía en el norte. —Matthew también me quitó el libro de las manos.

—¿Es que todo el mundo en la Edad Media escribía enciclopedias de zoología? ¿Y por qué nadie aborda los temas importantes, como el tamaño medio que pueden alcanzar los grifos o cómo tenerlos alimentados y entretenidos? —pregunté mientras continuaba peinando los estantes, convencida, como siempre, de que las respuestas a mis preguntas podían encontrarse en los libros.

—Probablemente porque pocos habrían visto uno de cerca y aquellos que lo hubieran hecho no estarían dispuestos a considerarlos mascotas. —La vena oscura que Matthew tenía en la frente le tembló de irritación—. ¿Qué diantres se te ha pasado por la cabeza para invocar a un grifo, Diana? ¿Y por qué no te puedes librar de él?

—No es mío —respondí.

Podría haber seguido separando los bestiarios de los libros sobre tierras fabulosas, dioses y diosas antiguos, y crónicas sobre la vida de santos cristianos, pero Matthew se colocó entre mi cuerpo y los estantes con el ademán de alguien dispuesto a impedir todo progreso.

—Así que *realmente* es el espíritu familiar de Philip —concluyó Matthew—. No me lo creí cuando Sarah me lo dijo.

—Podría serlo. —Los espíritus familiares aparecían cuando un tejedor elaboraba su primer hechizo. Constituían una especie de ayuda que guiaba los talentos impredecibles del tejedor conforme se desarrollaban—. Salvo que nuestros hijos son nacidos iluminados, no tejedores.

—¿Y cuánto sabemos en realidad sobre los nacidos iluminados y sus habilidades? —inquirió Matthew, con una ceja enarcada.

—No demasiado —admití.

Los tejedores eran brujos con sangre de daimón en las venas. Los nacidos iluminados eran fruto de una madre tejedora y un padre vampiro aquejado de rabia de sangre, una enfermedad genética igualmente relacionada con la presencia de sangre de daimón. Eran tan inusuales como los unicornios.

—¿No es posible que Philip sea un nacido iluminado *y* un tejedor, o que los nacidos iluminados también tengan espíritus familiares?

Solo había una forma de averiguarlo.

—Ve despacio —le dijo Matthew a Philip—. Mantén la mano abierta, como haces con Balthasar.

Que Matthew dejase a nuestro hijo acercarse tanto a aquel semental enorme y caprichoso siempre me había preocupado, pero ese día tenía motivos para sentirme agradecida por ello.

El niño se nos acercó titubeante al grifo y a mí, con una mano agarrada a la de Matthew y un Cheerio en la palma de la otra. Becca estaba sentada entre Sarah y Agatha, observando el proceso con interés.

El grifo gorjeó con alegría, animando a Philip a acercarse, o puede que tan solo pidiendo el cereal.

Los libros de mitología de Philippe no habían servido para saber cómo cuidar o alimentar a un grifo. Habíamos tenido que averiguar qué le gustaba a la criatura a base de ensayo y error. Hasta el momento, el animal se había conformado con más pato, grandes cantidades de cereal y alguna que otra visita de Tabitha, que le había llevado un topillo cuando empezó a ponerse irritable.

—Madre mía, es enorme. —Marcus se quedó mirando las patas traseras del grifo—. Y, a juzgar por el tamaño de las zarpas, aún le queda bastante por crecer.

Conforme Philip se fue acercando al grifo, este empezó a dar saltitos de emoción, castañeteando con el pico y moviendo la cola.

—Sienta. Quieto. Tumba. Buen chico.

Philip, acostumbrado a vivir con perros y, por lo tanto, familiarizado con todas las tonterías que los adultos les decían en un esfuerzo por amoldar su comportamiento, iba soltando las órdenes a medida que avanzaba.

El grifo se sentó.

A continuación bajó el pecho hasta colocarlo entre las patas delanteras y esperó.

—Vaya, Diana, si necesitabas pruebas de que el grifo pertenece a Philip, creo que ya las tienes —dijo Sarah.

El niño le tendió el Cheerio al grifo. Todos los adultos del cuarto aguantaron la respiración mientras la criatura estudiaba el cereal.

—Premio —dijo Philip.

El grifo se incorporó hasta quedarse sentado y cogió el pequeño anillo de avena. Mientras se tragaba el cereal, yo conté los dedos de Philip para asegurarme de que aún los tenía todos en la mano. Por suerte, así era.

—¡Sí! —exclamó Philip abrazando al grifo con gran entusiasmo y orgullo.

El pico de la criatura quedó peligrosamente cerca de la delicada oreja de mi hijo. Me moví con intención de separarlos.

—Yo no interferiría, Diana —dijo Sarah con suavidad—. Estos dos tienen una relación especial.

—¿Cómo vas a llamarlo, Pip? —preguntó Agatha a nuestro hijo—. ¿Paco Pico?

—Creo que ese nombre ya está cogido —respondió Marcus con una carcajada—. ¿Qué te parece George, por George Washington? La criatura tiene parte de águila.

—George no —repuso Philip sin dejar de acariciarle la cabeza al grifo.

—¿Y entonces? —se preguntó Agatha en voz alta—. ¿Pico de Oro?

Philip negó con la cabeza.

—¿Piolín? —propuso Sarah—. Es un buen nombre para un pájaro.

—Pájaro no —Philip miró a Sarah con el ceño fruncido.

—¿Por qué no nos lo dices tú, Philip? —No me acababa de gustar la idea de que mi hijo y una criatura salida de las páginas de un cuento de hadas tuvieran tanta confianza.

—Secreto. —Philip se llevó el dedo regordete a los labios—. Chis.

El pulgar me hormigueó como si de una advertencia se tratara.

«Los nombres son importantes». Era lo que Ysabeau me había dicho al revelarme los numerosos nombres de Matthew.

«Puedes llamarme Corra». Mi espíritu familiar, una dragona escupefuego a quien había convocado al lanzar mi primer hechizo, había compartido uno de sus nombres conmigo, aunque el modo en que me lo había dicho me había llevado a preguntarme si aquel sería su verdadero nombre, el que tendría el poder de conjurarla desde el lugar que considerase su hogar.

—A papá —dijo Philip, concediéndole el favor a su padre. Matthew se arrodilló, dispuesto a escucharlo—. Polo —balbució el niño.

El grifo batió las alas una vez, dos, y se elevó del suelo como si hubiera estado esperando a que lo convocara.

Se oyó un sonido de metal contra la piedra y algo aterrizó con un repiqueteo, como anunciando que acababa de suceder un acontecimiento trascendental.

Miré al suelo en busca de lo que hubiera producido aquel ruido. A los pies de Philip yacía una punta de lanza plateada de bordes afilados.

Una vez en el aire, el grifo comenzó a volar alrededor de la cabeza de Philip, atento a la siguiente orden de su amo.

—¿«Polo»? —Sarah frunció el ceño—. ¿Como el helado?

—Apolo. —Matthew me miró alarmado—. El gemelo de la diosa Diana.

Becca y Philip jugaban sobre la mullida alfombra de piel de oveja de nuestro dormitorio, satisfechos por el momento con sus bloques, un camión y un rebaño de caballos de plástico.

El grifo estaba encerrado en la despensa.

—Creo que los fantasmas llevaban días tratando de advertirme sobre Apolo, porque no dejaban de enredar por la sección de mitología —dije, al tiempo que me servía una copa de vino. No solía beber alcohol de día, pero las circunstancias eran excepcionales.

—¿Cuánto sabes sobre el hermano de la diosa Diana? —preguntó Matthew.

—No demasiado —admití, mientras examinaba la pequeña punta de flecha de plata—. Había algo sobre él en uno de los libros de Philippe. Algo sobre tres poderes.

Una mancha luminosa, verde y dorada, tomó forma junto a la chimenea hasta convertirse en mi suegro.

—¡Elo! —exclamó Becca, mostrándole un caballo.

Philippe le sonrió a su nieta y agitó los dedos para saludarla antes de que su semblante se tornara grave.

«Constat secundum Porphyrii librum, quem Solem appellavit, triplicem esse potestatem, et eundem esse Solem apud superos, Liberum patrem in terris», dijo.

—«Según consta en el libro de Porfirio, donde lo llama Sol, su poder es triple y es por ello Sol en el cielo, Padre de la libertad en la tierra» —traduje del latín lo más rápido posible.

Por lo que se veía, había esquivado alguna ley mágica no escrita al no hacer una pregunta directa, por lo que iba a disfrutar de uno de los más raros privilegios: obtener información de un fantasma.

—¿Porfirio? —Matthew me miró impresionado—. ¿Cuándo memorizaste ese fragmento?

—No lo he hecho. Tu padre me ha ayudado. —Apunté a los niños con un gesto—. Le gusta cuidar de ellos.

«Et Apollinem apud inferos». Philippe tenía la atención fija en su nieto.

—«Y Apolo en el infierno» —repetí aturdida.

La punta de flecha brillaba al sol, iluminando los hilos negros y dorados que la ataban al mundo.

«Unde etiam tria insignia circa eius simulacrum videmus: lyram, quae nobis caelestis harmoniae imaginem monstrat; grypem, quae eum etiam terrenum numen ostendit», continuó Philippe.

—«Así, tres atributos pueden verse en sus representaciones: una lira, que nos muestra la imagen de la armonía celeste; un grifo, que revela su poder terrenal». —Mis palabras sonaban como un encantamiento mientras su antiguo significado resonaba en la estancia.

«Et sagittas, quibus infernus deus et noxius indicatur, unde etiam Apollo dictus est "apo tou apollein"», concluyó mi suegro.

—«Y flechas, que indican que se trata de un dios infernal y dañino, y es por ello por lo que se lo conoce como El Destructor» —traduje. Mis dedos se cerraron alrededor de la punta de flecha plateada que el grifo había entregado a Philip.

—Se acabó. —Matthew se levantó de golpe—. No me importa qué sea o cuánto le guste a Philip tenerlo como mascota. El grifo se va.

—¿Adónde va a irse? —Negué con la cabeza—. No creo que tengamos elección, Matthew. El grifo obedece a Philip, no a ti ni a mí. Apolo está aquí por una razón.

—Si esa razón tiene que ver con la destrucción o con la punta de flecha que dejó en el suelo, el grifo puede ir buscándose otra casa. Mi hijo no va a ser un juguete en manos de dioses ni diosas. Y esto es cosa de ella. Lo sé.

Matthew no aprobaba el trato que había hecho con la diosa para salvarle la vida a cambio de que pudiera usar la mía.

—Tal vez estemos exagerando —dije—. Quizá el grifo solo sea un regalo inofensivo.

—Nada de lo que hace es inofensivo. ¿Qué le regalará la diosa a Rebecca cuando le llegue el momento de hacer magia? ¿Una cierva de oro? ¿Un oso? —Los ojos de Matthew se estaban oscureciendo con la emoción. Negó con la cabeza—. No, Diana. No lo permitiré.

—Tú mismo has dicho que no podemos fingir que los gemelos no tienen magia en la sangre —traté de razonar.

—La magia es una cosa, los grifos y los dioses y el infierno y la destrucción son otra completamente distinta. —Matthew estaba cada vez más airado—. ¿Es eso lo que quieres para tu hijo?

«*Y el Padre de la libertad en la tierra.* —La voz de Philippe apenas era un susurro; su expresión, triste—. *¿Por qué con Matthew siempre es la oscuridad? Nunca la luz*».

Era una pregunta que Philippe ya me había hecho con anterioridad y que no era fácil de responder. La fe de Matthew, su rabia de sangre y su consciencia hiperactiva lo impregnaban todo. Por eso su alegría, sus sonrisas inesperadas y su perdón resultaban tanto más preciosos cuando era capaz de dominar sus sentimientos más oscuros.

—¿Me estás pidiendo que lo hechice? —le pregunté a Matthew, que me miró con asombro—. Porque eso es lo que haría falta para que Philippe crezca seguro si *realmente* es un tejedor y no puede contar con Apolo para protegerlo —expliqué—. El grifo podrá seguir a su lado cuando nosotros no estemos con él. Formarán un equipo.

—Philip no puede llevarse al grifo al colegio —replicó Matthew—. New Haven es una ciudad progresista, pero no tanto.

—Puede que no, pero sí podría llevar a un labrador... siempre y cuando estuviera debidamente entrenado y tuviera su certificado —repliqué, pensando en voz alta—. Con el hechizo de camuflaje adecuado, Apolo podría ser un perro de asistencia bastante convincente.

—Perrito no, mamá —dijo Philip, sin dejar de deslizar su caballo alrededor de la alfombra con algo parecido a un galope—. Grifo.

—Sí, Philip —le respondí, con una sonrisa débil.

Mi hijo tenía un grifo de mascota. A mi hija le chiflaba el sabor de la sangre.

Empezaba a entender por qué mis padres se habían planteado que hechizarme era una buena solución.

Cuando nos reunimos con el resto de la familia, estaban acomodados bajo una sombrilla de vivos colores en el patio, alrededor de una mesa cubierta de bebidas y tentempiés, en mitad de una conversación animadísima. Apolo se encontraba con ellos.

—No obstante, escuchaste a mi antepasada Sarah Bishop y regresaste a Hadley, como te había aconsejado —estaba diciendo Sarah—. Para eso hace falta valor: para renunciar a los sueños de gloria y cuidar de tu madre y tu hermana.

—En aquel momento no me pareció nada valiente. —Marcus abría pistachos a toda velocidad y arrojaba las cáscaras el suelo para que Apolo las picoteara—. Ciertas personas me acusaron de cobardía.

—Evidentemente, no vivían con tu padre. —Sarah acabó con cualquier tensión que Marcus pudiera sentir con su combinación habitual de sinceridad y compasión. Le di un apretón en los hombros antes de sentarme delante de la jarra de té helado. Mi tía me miró con sorpresa—. ¿Todo bien?

—Por supuesto. —Me serví un poco de té—. Matthew y yo hemos estado hablando de qué hacer con Apolo.

—No le ha gustado separarse de Philip —comentó Agatha.

—No es de extrañar. —Marcus se comió un puñado de pistachos—. El vínculo entre un espíritu familiar y un tejedor debe de ser potente. ¿Cómo se lo está tomando Becca?

—No parece en absoluto celosa —respondí reflexiva.

—Dale tiempo —contestó Marcus con una carcajada—. Imagino que será distinto cuando Philip prefiera jugar con Apolo y no con ella.

—¿Y si Apolo es el espíritu familiar de los dos? —preguntó Matthew ilusionado.

—No creo que sea así como funciona —repuse, arruinando sus esperanzas. Matthew parecía tan apesadumbrado que le di un beso—. Los espíritus familiares son como los ruedines de la bici, ¿recuerdas? Cada uno es distinto y está perfectamente adaptado a los talentos del tejedor.

—Así que, como Becca y Philip son mellizos, tendrían distintas habilidades y, en consecuencia, distintos espíritus familiares —resumió Marcus—. Lo entiendo.

—Por supuesto, aún no sabemos si Becca es una tejedora —les recordé. Todos me miraron con lástima, como si hubiera perdido el juicio. Suspiré—. Veamos las cosas por el lado bueno: al menos tendremos a alguien que los vigile.

Matthew ya se había acabado una copa entera de vino y empezaba a parecer menos asustado.

—Es cierto que Corra acudía presta a defenderte si te hallabas en peligro —dijo.

—Y aún más presta si necesitaba ayuda o una manita con la magia —añadí, tomándole la mano.

—¿No os parece fascinante que el poder que poseéis venga con su propio sistema de seguridad? —preguntó Agatha—. Y en forma de criatura mitológica, nada menos.

—Siempre me he preguntado cómo descubrirían los tejedores que eran distintos si no tenían otros cerca que los ayudasen y cómo afrontarían el problema de crear hechizos en lugar de aprender a lanzarlos de la manera tradicional, estudiando los grimorios y la práctica de otros brujos —reconoció Sarah—. Ahora lo sé.

—Papá tenía una garza —le recordé—. Cuando lo vi en el pasado, no se me ocurrió preguntarle qué edad tenía cuando apareció Bennu.

—Me da la impresión de que los espíritus familiares son en cierta medida como una inoculación —reflexionó Marcus—. Una pequeña magia que impide un daño mayor. Tiene todo el sentido del mundo.

—Ah, ¿sí? —pregunté. Estaba tan acostumbrada a pensar en Corra en términos ciclistas que me costaba cambiar de metáfora.

—Eso creo. Un espíritu familiar es como una vacuna en la niñez —explicó—. De tanto hablar de 1775, he estado pensando mucho sobre la inoculación. Más allá de la guerra, era el principal tema de conversación de las colonias. Al acordarme de la batalla de Bunker Hill, me ha venido todo a la memoria.

—Hasta que se firmase la Declaración de Independencia, claro. —Volví a sentir que, con la historia, pisaba terreno seguro—. Aquello tuvo que robarle el protagonismo a la medicina.

—Me temo que no, profesora Bishop. —Marcus rio—. ¿Sabes qué se celebró en Boston el 4 de julio de 1776? Nada que sucediera en la lejana Filadelfia, te lo puedo asegurar. La comidilla en la ciudad, y en toda la colonia, fue la decisión legislativa de Massachusetts de levantar la prohibición de las inoculaciones contra la viruela.

Incluso en el presente no existía un tratamiento efectivo para aquella terrible enfermedad. Una vez contraída, era sumamente contagiosa y potencialmente mortal. La infección provocaba fiebre alta y unas pústulas que dejaban cicatrices horribles. Matthew se había asegurado de que me vacunase antes de viajar en el tiempo. Recordaba bien la ampolla que me había salido en el lugar de la inyección. Llevaría la marca el resto de mis días.

—Aquel asesino silencioso nos daba más miedo que las armas británicas —prosiguió Marcus—. Corrían los rumores de que los casacas rojas habían abandonado mantas infectadas y personas enfermas al retirarse de Boston. Tu antepasada, Sarah Bishop, me advirtió de que los cirujanos iban a ser tan necesarios como los soldados si queríamos ganar la guerra. Tenía razón.

—¿Así que estudiaste para convertirte en cirujano después de Bunker Hill? —le pregunté.

—No. Primero volví a casa y me enfrenté a mi padre. Entonces llegó el invierno y, con él, la lucha amainó. Cuando se retomaron las batallas en verano y volvieron a reunirse soldados de todas las colonias, el número de casos de viruela aumentó hasta rozar la epidemia. No teníamos nada en nuestros botiquines con lo que plantarle cara y disponíamos de una sola esperanza de sobrevivir a ella.

Al girar la palma de la mano, reveló en la parte inferior del antebrazo una cicatriz blanca y redonda con un abultamiento en el centro.

—Para inmunizarnos, nos provocábamos de manera deliberada un caso leve de viruela. La muerte era casi segura si contraíamos la enfermedad por una exposición accidental —explicó—. Puede que en Filadelfia celebrasen nuestra independencia del rey, pero en Massachusetts simplemente nos alegrábamos de tener al fin una oportunidad de sobrevivir.

Massachusetts Historical Society, Mercy Otis Warren Papers
Carta de Hannah Winthrop a Mercy Otis
Cambridge, Massachusetts
8 de julio de 1776

(EXTRACTO DE LA PÁGINA 2)

El asunto más candente es la viruela. Boston ha abandonado sus miedos a una posible invasión y se ha volcado en contagiar la infección. A diario se transportan hasta la ciudad cunas y camas de paja. Esta pasión siempre dominante de seguir la moda persiste en esta época más que nunca.

Hombres, mujeres y niños acuden en manada a inocularse y, a mis ojos, no se trata sino de una moda, igual que el año pasado lo era huir de las tropas del bárbaro Jorge.

Mas, ah, amiga mía, aún no he mencionado la pérdida que he sufrido y que tan cercana es a mi corazón; la muerte de mi querida amiga, la buena señora Hancock. Es un poderoso vínculo con esta vida el que se ha roto; usted, que bien sabe de su valor, sabrá lamentar conmigo su partida. Ah, la incertidumbre de toda felicidad terrena.

El señor Winthrop se suma a mi sincero saludo al coronel Warren y a su persona, y espera que pronto tengamos el placer de su compañía, junto a la de usted y su hijo.

Afectuosamente suya,

HANNAH WINTHROP

12

Dolor

AGOSTO-SEPTIEMBRE DE 1776

Zeb Pruitt regresó a Hadley tras la desastrosa campaña de Quebec y trajo con él la viruela. La noticia de su infección se extendió por el pueblo con los bancos de niebla de agosto que se iban formando en el valle una vez pasado el calor estival.

Anna Porter revoloteaba por entre las mercancías de su padre como un altivo abejorro. Se deleitaba en el hervidero de actividad alrededor del mostrador, donde la gente se reunía para comprar periódicos, café y harina —los tres pilares de la dieta patriótica—, y para contarse chismes. Los anaqueles de la tienda no estaban tan llenos de ultramarinos como en el pasado. Los Porter aún encontraban proveedores locales de sobra para clavos de hierro y cazuelas, zapatos, sillas de montar y cepillos de cerdas de jabalí, pero no había té, había poca plata y ni rastro de porcelana. Apenas quedaba papel de escribir y los pocos libros disponibles venían de Boston y Filadelfia, no de Londres. Las especias y el tabaco ahora se guardaban tras el mostrador por miedo a que los compradores desesperados robasen las escasas existencias que los Porter podían adquirir.

Ese día, Marcus era uno de los pocos clientes en el establecimiento. Era época de cosecha y gran parte de la población masculina andaba fuera, luchando, por lo que las mujeres y los niños estaban en los campos. Marcus había ganado algo de dinero desempeñando labores de necesidad por el pueblo para echar una mano y las monedas le pesaban en el bolsillo. Se hallaba inclinado sobre el mostrador, un pie apoyado en la tapa de una mantequera, estudiando los libros y periódicos.

Se estaba planteando seriamente comprar un ejemplar de *Sentido común*. Esos días, todo el mundo hablaba de Thomas Paine. Marcus había participado en varias discusiones acaloradas sobre sus ideas en la taberna de Pomeroy y había leído fragmentos de su obra en los periódicos antes de que el padre de Anna lo echase del colmado, quejándose de que aquello era una tienda y no una biblioteca. Lo habían fascinado las palabras simples pero poderosas de Paine sobre la libertad, la independencia y las obligaciones del rey como padre de la nación. Abrió el capítulo sobre sucesión hereditaria que había estado estudiando la última vez que fue a la tienda.

> Pues siendo al principio todos iguales, ningún hombre podría *por nacimiento* haber tenido nunca el derecho de poner a perpetuidad y eternamente a su propia familia por encima de cualquier otra, y aun cuando en buena medida él mismo pueda merecer *algunos* honores de sus contemporáneos, sus descendientes bien podrían no ser en modo alguno dignos de heredarlos.

Marcus recorrió los anaqueles con la mirada. Incluso en mitad de una guerra, la tienda de Porter ofrecía suficientes comodidades materiales como para tener a los MacNeil satisfechos y contentos durante meses. El contraste entre toda aquella abundancia y las míseras reservas de comida, ropa y productos esenciales que lo esperaban en casa era llamativo.

—Zeb tiene una cara monstruosa —le dijo Anna Porter a Marcus con voz queda, tratando de distraerlo de la lectura—. Si no fuera por el color de su piel, no lo reconocerías.

Marcus levantó la vista con una protesta en los labios, pero esta murió antes de articularse, borrada de un plumazo por la expresión de superioridad de Anna. No todo el mundo en Hadley admiraba la energía y el ingenio incontenibles de Zeb como hacía Marcus.

—Ah, ¿sí? —Marcus volvió a concentrarse en el opúsculo del señor Paine.

—Sí. Noah Cook dice que la viruela está acabando con el ejército. Dice que no van a aceptar más soldados a menos que puedan demostrar que ya han pasado la enfermedad.

Marcus no había tenido viruela, y tampoco su padre ni Patience. Su madre era la única de la familia con inmunidad, dado que había sido inoculada en Boston antes de casarse con Obadiah.

—Se dice que Zeb está en Hatfield, en la vieja finca de los Marsh. —Se estremeció—. El fantasma de Zeb será el siguiente en rondar por el lugar.

—¿Su fantasma? —Marcus se carcajeó. Las historias de fantasmas ya no lo asustaban—. Y supongo que creerás que la vieja Mary Webster de verdad era una bruja.

—Mary la Medio Ahorcada deambula por la ribera las noches sin luna —afirmó Anna con la solemnidad de un juez—. Mi hermana la ha visto.

—Mary Webster no tuvo amigos ni suerte —replicó Marcus —, pero no creo que fuera inmortal. Dudo mucho que ande vagando por el embarcadero, esperando al ferry.

—¿Cómo lo sabes? —inquirió Anna.

—Porque he visto muertos de cerca.

Las experiencias de Marcus en Bunker Hill bastaron para acallar hasta a Anna, aunque no por demasiado tiempo.

—Estoy harta de Thomas Paine. —El labio inferior de Anna se extendió en un mohín—. Es lo único de lo que todo el mundo habla: de eso y de la viruela.

—Paine dice en voz alta lo que otros hombres piensan, pero tienen miedo de expresar —sentenció Marcus al tiempo que se acercaba al mostrador y le entregaba al mozo el precio del opúsculo.

—La mayoría de las personas solo compran un ejemplar por miedo a que alguien las acuse de *tories* —afirmó Anna. Sus ojos se entrecerraron mientras estudiaba cómo hacer más daño a Marcus con sus palabras—. Tu primo compró uno. Justo antes de huir.

Había sospechas de que el primo Josiah albergaba sentimientos lealistas y los ciudadanos de Amherst lo habían expulsado de la localidad. La madre de Marcus se había pasado casi una semana llorando por la deshonra familiar y se había negado a aparecer por la reunión.

—Yo no soy un *tory* —espetó Marcus, con las mejillas ardiendo de vergüenza al enfilar hacia la puerta.

—En tal caso es bueno que tengas el opúsculo del señor Paine. Ya sabes lo mucho que habla la gente —advirtió Anna con mirada de desaprobación, como si ella no fuera una de las mayores cotillas de Hadley.

—Que tengas buen día, Anna —se despidió Marcus, tomándose su tiempo en hacer una reverencia como era debido antes de adentrarse en la tarde de agosto.

Cuando Marcus dobló el recodo que lo llevaría a casa, sus pies se detuvieron. Su idea había sido ir a la granja y esconder su ejemplar de Thomas Paine en la tolva del grano. Él era quien se encargaba de alimentar al ganado y, desde hacía años, escondía sus tesoros allí donde su padre tendría menos posibilidades de encontrarlos. Sus posesiones más preciadas incluían el fusil que le había quitado al soldado de New Hampshire caído en Bunker Hill, su valiosa colección de periódicos, los libros de medicina que Tom Buckland le había prestado y un saquillo de monedas.

Cada uno de los objetos era una pieza de su futura libertad, o eso esperaba Marcus. Tenía previsto fugarse para unirse al ejército en cuanto surgiera la ocasión. Pero, si lo que Anna le había dicho era cierto y el ejército no iba a admitir a nadie que pudiera contagiarse de viruela, podrían rechazar a Marcus nada más llegar.

Al meter la mano en el bolsillo, encontró el carrete de hilo rojo que llevaba consigo desde que se había enterado de que Zeb había vuelto de la guerra. Sosteniéndolo, consideró sus opciones.

En ese momento no había trabajo que hacer en la granja. Pasarían varias semanas hasta que las siguientes cosechas estuvieran listas para la recolecta.

Su madre y Patience gozaban de buena salud y tenían comida de sobra en la despensa. Hacía dos días que su padre se había ido a Springfield con la carreta a vender madera. Nadie sabía lo que le había pasado, pero Marcus sospechaba que Obadiah se estaría gastando las ganancias en cada taberna que se encontrase de allí a Hadley. Podía tardar semanas en regresar.

Con el opúsculo en un bolsillo y el carrete de lino en el otro, Marcus cruzó el río camino de Hatfield.

La finca de los Marsh se hallaba al borde del derrumbe de puro destartalada, en mitad de unos campos que llevaban años sin ver un arado. En el interior, los rayos de sol entraban por las rendijas de las paredes de madera basta y los vanos vacíos de las ventanas. Hacía largo tiempo que los cristales habían desaparecido, al igual que el pestillo de la puerta y todo objeto de valor.

Marcus empujó la puerta y localizó a su amigo en la penumbra. Por la apariencia de la figura temblorosa sobre la cama, las probabilidades de que Zeb sobreviviera no eran elevadas.

—No tienes buen aspecto, Zeb.

—... verme, ... favor —balbució el hombre, que tenía la piel alrededor de la boca llena de pústulas que habían estallado antes de formar una costra, por lo que le costaba hablar.

Marcus sacó su cuchillo de caza y abrillantó la hoja contra el bajo de la camisa.

—¿Estás seguro?

Zeb asintió.

Marcus sostuvo el cuchillo frente a la cara de Zeb. Esperaba que fuera lo bastante pequeño como para impedir que su amigo viera hasta qué punto lo había desfigurado la viruela.

—Basta.

Se le había caído el pelo y tenía el cuero cabelludo cubierto de llagas. Sin embargo, eran las plantas de los pies lo que Marcus no soportaba mirar. Supurantes y en carne viva, los gusanos que las cubrían se estaban dando un festín con el tejido putrefacto.

La puerta se abrió y el cuarto se inundó de luz. Zeb emitió un sonido inhumano y apartó los ojos enfebrecidos.

—Buenos días, Zeb. Te he traído comida y agua, además de... ¿Qué demonios haces tú aquí? —Thomas Buckland miró a Marcus horrorizado.

Este sacó el carrete de hilo.

—He pensado que más me valdría inocularme.

—Ya sabes lo que la gente de Hadley piensa al respecto.

Los patriarcas del pueblo no aprobaban aquella nueva manía. Si Dios quería que uno se contagiase de viruela, este debía aceptarlo, sufrir y morir como un buen cristiano.

—No está penado por la ley. Ya no —respondió Marcus—. Se ha levantado la prohibición. Todo el mundo lo está haciendo.

—Puede que en Boston, pero no en Hadley. Y menos de un negro infectado.

Buckland extrajo unos polvos de su maletín y los mezcló con agua hasta formar una pasta.

—¿Crees que, si me contagio de Zeb, mi tez se oscurecerá? —preguntó Marcus divertido—. No recuerdo haber leído que la negrura fuera contagiosa en esos libros médicos que me diste.

—No puedes inocularte de buenas a primeras, Marcus. —Buckland aplicó con suavidad parte del ungüento en los pies de Zeb—. Debes seguir cierta dieta. Prepararte durante semanas.

—Llevo casi todo el verano comiendo únicamente gachas, manzanas y verduras.

Gracias a los libros de Tom y a lo que había leído en los periódicos, Marcus sabía lo que recomendaban los médicos: una dieta estricta sin nada de carne ni comidas pesadas, y daba la casualidad de que eso era precisamente lo único que se podía permitir su familia.

—Entiendo. —Buckland estudió el semblante de Marcus—. ¿Lo sabe tu padre?

El joven negó con la cabeza.

—¿Y tu madre? ¿Qué piensa ella de este plan tuyo?

—Ella se inoculó de niña.

—Conozco su historial médico, Marcus. Lo que te pregunto es si aprueba que vengas aquí y te encierres con Zeb las próximas tres semanas.

Marcus se quedó callado.

—No lo sabe. —Buckland suspiró—. Supongo que querrás que se lo diga yo.

—Lo apreciaría mucho, Tom. Gracias. —Marcus se sintió aliviado. No quería que su madre se preocupase. Volvería a casa en cuanto estuviera recuperado—. Si pudieras echarle un vistazo también a Patience, te lo agradecería.

Patience se mostraba melancólica y retraída. Pasaba demasiado tiempo sola y parecía asustarse de su propia sombra.

—Está bien, Marcus, haré lo que me pides. —Buckland levantó un dedo a modo de advertencia—. Pero has de jurarme que te quedarás aquí hasta que las costras se sequen y caigan. No saldrás a cazar ni irás a la tienda de los Porter. Tampoco irás a Northampton a por libros. Bastantes problemas tengo tratando a los soldados de regreso, como Zeb, como para enfrentarme a una epidemia en toda regla.

Dado que el curso de la enfermedad era mucho más leve cuando se contraía por inoculación que si uno se contagiaba, ciertas personas bajaban la guardia y seguían adelante con su vida sin percatarse de que estaban incubando la viruela en su interior como si fuera un polluelo.

—Te lo prometo. Además, tengo todo lo que necesito —dijo Marcus alzando su ejemplar manoseado de *Sentido común.*

—Más te vale que tu padre no te pille leyendo eso —le advirtió Buckland—. Sus llamamientos en favor de la igualdad no le gustan nada.

—Ser justos no tiene nada de malo —afirmó Marcus, sentándose en el suelo junto al catre hecho a base de mantas dobladas de Zeb. Se subió la manga de la camisa.

—Todo el mundo está a favor de la justicia hasta que ha de renunciar a algo de su propiedad en favor de otro —apostilló Buckland al tiempo que sacaba una lanceta de su maletín. El escalpelo, de doble filo, era estrecho y afilado como una cuchilla, y Zeb lo miró con angustia.

—No te preocupes, Zeb —dijo Marcus con falsa jovialidad—. La cuchilla es para mí.

Buckland cortó una hebra con los dientes y la pasó con cuidado por una de las llagas abiertas de Zeb. El pus blanco y amarillo impregnó la fibra de lino roja.

Marcus extendió el brazo izquierdo. Era el que quería inocular por si las cosas salían mal y perdía la sensibilidad debido a las cicatrices. Seguiría necesitando un índice firme para apretar el gatillo si quería ser soldado.

Buckland practicó varios cortes en el antebrazo de Marcus con la lanceta. El verano anterior, ambos habían analizado el método de variolización de Sutton una vez que Marcus había regresado de Bunker Hill y la viruela comenzó a extenderse por Boston. La nueva técnica suponía menos riesgos porque las incisiones eran menos profundas que en técnicas anteriores.

Marcus vio como su sangre brotaba en líneas entrecruzadas. Las marcas le recordaron las telas a cuadros que tejía su hermana.

—¿Estás seguro, Marcus? Zeb no tiene un caso leve de viruela y se contagió por exposición —quiso asegurarse Tom, quien habría preferido administrarle pus recogido de alguien que también hubiera sido inoculado. Pero ese era un riesgo que Marcus tendría que correr.

—Hazlo, Tom. —Marcus temblaba por dentro, pero su voz sonó firme.

Buckland pasó la hebra por las incisiones sobre la piel de Marcus hasta que el hilo rojo se oscureció por la sangre, indicando que el lino empapado de viruela había hecho su trabajo.

—Que Dios nos ayude a todos si esto sale mal —musitó Buckland con la frente brillante de transpiración.

A lo largo de los siete días siguientes, la viruela avanzó bajo la piel de Marcus con la misma deliberación que el ejército británico había mostrado en Boston, arrasándolo todo a su paso.

El primer signo de que la inoculación estaba funcionando había sido un dolor de cabeza aplastante. Acto seguido, comenzaron a molestarle los riñones y el dolor se le extendió por la espalda. Marcus había vomitado el cuscurro de pan y la jarra de cerveza que se había obligado a tomar a la hora del desayuno. Luego se apoderó de él la peor fiebre que jamás hubiera creído experimentar.

Sabía que esta remitiría temporalmente, quizá al cabo de un día o incluso de unas pocas horas. Estaba deseando disfrutar de esa breve calma en mitad de la tormenta de la infección, antes de que la enfermedad arreciara de nuevo y emergiera por su piel en forma de dolorosas pústulas. Hasta entonces, iba a tratar de distraerse con *Sentido común*.

—Esta es la parte de la que te hablé, Zeb —dijo, con la cabeza tan aturdida por la fiebre que tenía que concentrarse para evitar que las palabras danzaran por toda la página—. «En las edades tempranas del mundo, de acuerdo con la cronología de las escrituras, no había reyes». —El sudor le entraba en los ojos, que le ardían por la sal. Al limpiarse la nariz, los dedos se le mancharon de sangre—. Imagínatelo, Zeb. Un mundo sin reyes.

El agua se había acabado horas atrás. Normalmente era Marcus quien salía a coger los baldes de agua fresca que les dejaba Tom Buckland. La sola idea de agua fría y limpia hizo que Marcus se pasase la lengua seca por los labios agrietados. Sentía una dolorosa opresión en la garganta y, al tragar, notó un sabor desagradable en la boca.

Sediento y apesadumbrado, dejó caer el libro y se tumbó en el suelo. Le dolía todo y no tenía energía suficiente para buscar una postura más cómoda.

—Solo voy a descansar la vista unos minutos —dijo.

Lo siguiente que Marcus advirtió fue la cara oscura de Joshua Boston cerniéndose sobre él. Parpadeó.

—Gracias a Dios —dijo Joshua—. Menudo susto nos has dado, Marcus.

—Has estado inconsciente dos días —añadió Zeb. Sus pies se estaban curando y, a pesar de que las pústulas de la cara le habían dejado cicatrices, volvía a estar reconocible—. El doctor Buckland creía que íbamos a perderte.

Marcus trató de sentarse, reprimiendo la náusea que le provocó ese sencillo movimiento, y se observó el brazo izquierdo. Lo que había sido una trama entrecruzada de líneas rojas era en ese momento una llaga enorme y supurante. Nunca más tendría que temer a la viruela, pero la enfermedad casi había acabado con su vida. Marcus se sentía tan débil como uno de los gatitos de Patience.

Joshua le acercó un cazo a los labios. El agua hizo que le escociera la piel agrietada, pero el líquido fresco bajó por su garganta como maná del cielo.

—¿Alguna novedad? —preguntó con voz ronca.

—Tú eres la novedad. Todo el pueblo sabe que estás aquí —respondió Joshua—. Eres la comidilla.

Marcus sabía que tendrían que transcurrir otros cinco días, cuatro con suerte, antes de que se le cayera la escara. Recorrió con los ojos el cuarto apenas amueblado.

—¿Dónde está mi libro?

—Aquí. —Joshua le tendió el ejemplar de *Sentido común*—. Por lo que dice Zeb, parece que lo has leído de cabo a rabo.

—Era una forma de matar el rato —repuso Marcus, reconfortado por el tacto familiar del opúsculo en la mano. Era un recordatorio tangible del motivo por el que se había sometido a la inoculación y por el que se arriesgaba a sufrir la ira de su padre en aras de la causa de la libertad—. Además, Zeb tiene derecho a saber que ahora estamos en una democracia y que la gente quiere libertad e igualdad.

—Tal vez algunos, pero no creo que la mayoría de los ciudadanos de Hadley, patriotas o no, se sienten jamás a la mesa conmigo —rebatió Joshua.

—La declaración de independencia firmada en Filadelfia decía que *todos* los hombres son creados iguales, no *algunos* —replicó Marcus, a pesar de las sospechas que él mismo albergaba.

—Una declaración redactada por un hombre que posee cientos de esclavos —le advirtió Joshua—. Más te vale bajar la cabeza de las nubes, Marcus, o más dura será la caída.

Hubieron de transcurrir siete días hasta que la costra se cayó, siete días durante los cuales Marcus releyó una y otra vez *Sentido común*, debatió sobre política con Joshua y empezó a enseñar a leer a Zeb.

Al cabo, Tom Buckland declaró que ya estaba lo bastante sano como para volver a casa.

Era domingo y las campanas de la casa de reuniones repicaban a través de los campos. Marcus salió al aire fresco del otoño, desnudo como el día en que nació. Joshua y Zeb lo esperaban junto a la bañera con una muda limpia.

En el aire flotaba un olor acre de humo de madera, así como el suave aroma de las hojas en descomposición. Zeb le arrojó una manzana y Marcus se la comió de cuatro bocados. Después de semanas de gachas aguadas y cerveza, nada le había sabido tan limpio y fresco. Todo lo que veía, todo lo que sentía y todo lo que probaba le parecía un regalo después de las semanas que había pasado en las garras de la viruela. Ahora, el ejército lo aceptaría en cuanto huyese para sumarse a la lucha.

Por primera vez, Marcus sentía que la libertad estaba al alcance de la mano.

Tom salió de la casa con una cazuela tapada.

—Creo que esto es tuyo —le dijo a Marcus, tendiéndosela.

El aroma de papel tostado llenó el aire. Tom había querido quemar el ejemplar de *Sentido común*, pero Marcus no se lo permitió. Así que lo que hizo fue fumigarlo, llenando la vieja cazuela de musgo y agujas de pino antes de ponerla entre las brasas.

—Gracias, Tom —respondió Marcus al tiempo que se guardaba el opúsculo en el bolsillo. Las palabras de Paine lo mantendrían en calor durante el camino de vuelta a la granja igual que lo habían mantenido cuerdo durante la cuarentena.

Marcus dejó que Zeb y Joshua quemaran las mantas, las sábanas y las ropas antes de abandonar la finca de los Marsh para evitar que la viruela se contagiase a cualquiera que usase el lugar como refugio temporal durante las noches frías de otoño. Tom y Marcus cruzaron el río rumbo a Hadley y se separaron en West Street, al otro lado de la cancela de la granja de los MacNeil.

—Ten cuidado, Marcus —le advirtió Tom al despedirse—. Se dice que Obadiah ha vuelto al pueblo.

Marcus sintió cómo un reguero de preocupación entraba en su flujo sanguíneo.

—Gracias una vez más, Tom. Por todo —respondió Marcus mientras abría la cancela. La bisagra estaba rota, por lo que la puerta colgaba pesadamente del poste. Tendría que arreglarla ahora que estaba de vuelta en casa.

Rodeó la vivienda para echar un vistazo a las vacas guardadas en la parte trasera. Ya que estaba allí, pensó en llevar algunos huevos. Su madre los freiría en grasa de beicon tras regresar de la reunión y Marcus podría comérselos pringados en pan, si es que había en casa. El estómago le rugió ante la perspectiva.

Se oyó un estruendo procedente del cobertizo destartalado que su padre había construido en la parte trasera a modo de almacén cuando aún albergaba esperanzas de que la granja fuera próspera. O bien el cerdo de los Kellogg había vuelto a escaparse y se había metido en la cocina en busca de comida, o bien Obadiah estaba en casa buscando el licor que su madre escondía en los aleros. La puerta mal encajada estaba entreabierta y Marcus la empujó un poco más con la punta del pie. La sorpresa le proporcionaría ventaja, ya fuera el intruso cerdo o patriarca.

—¿Dónde está el ron? —La voz de su padre sonaba arrastrada y furiosa. Un nuevo cacharro de cerámica cayó al suelo.

—No queda ni una gota —respondió su madre en voz baja y temblorosa por el miedo.

—¡Mentirosa! —vociferó Obadiah.

La madre de Marcus chilló de dolor.

Este se dio la vuelta y echó a correr hacia el granero. Sacó de la tolva del grano el largo rifle de pedernal junto con la pólvora y las balas necesarias para dispararlo.

Un viejo olmo se levantaba a unas doscientas yardas de la puerta de la cocina. Marcus se escondió detrás de su enorme tronco y cargó el arma. Había estado practicando con ella en el bosque. Lo que había descubierto era que, a pesar de ser lenta de cargar, resultaba sorprendentemente precisa incluso a distancia.

—¡Padre! —gritó Marcus hacia la casa. Bajó la vista a lo largo del cañón y apuntó hacia la puerta—. ¡Salga!

Se hizo el silencio.

—¿Marcus? —Obadiah rio—. ¿Dónde te escondes, muchacho?

Alguien abrió la puerta de una patada.

Obadiah salió, agarrando a su madre con una mano y tirando del hombro de Patience con la otra.

—Pensábamos que esta vez había huido para siempre —dijo Marcus.

—Y tú ¿dónde andabas metido? —Los ojos de Obadiah lo buscaban, pero no lo encontraron—. En un buen lío, por lo que tengo oído: encerrado con Zeb Pruitt en la finca de los Marsh.

Los sollozos de Patience se tornaron más fuertes.

—Tú cierra la boca —advirtió Obadiah a su hija.

—Coge toda la comida que quieras y márchate, Obadiah. —A la madre de Marcus le tembló la voz—. No quiero más problemas.

—A mí no me digas nunca qué hacer, Catherine. —Obadiah la atrajo con fuerza hacia él y le gritó a la cara. Por un momento había olvidado a Marcus—. Jamás.

—¡Suéltela! —gritó Patience, al tiempo que se abalanzaba contra su padre, golpeándolo con los puños en la espalda en un intento vano por desviar su atención.

Obadiah se volvió hacia su hija con una carcajada despectiva. La sacudió antes de tirarla al suelo de un empujón. Esta gimió de dolor, con la pierna torcida bajo su cuerpo.

Marcus disparó.

El sonido de la pólvora al inflamarse le llegó a su padre antes que la bala. El rostro de Obadiah MacNeil reveló su sorpresa momentos antes de que el disparo lo alcanzara entre los ojos. El hombre cayó hacia atrás.

Marcus soltó el arma y corrió hacia su madre y su hermana. Esta estaba inconsciente. La mujer temblaba como un abedul.

—¿Está bien, madre? —preguntó Marcus, al tiempo que se arrodillaba junto a su hermana y le frotaba las manos—. Patience, ¿me oyes?

—Estoy b-bien —tartamudeó su madre, tambaleándose. Se quitó la capota salpicada de sangre—. Tu padre...

Marcus no sabía si el pedazo de metal había atravesado el cráneo de su padre o si seguiría alojado en su interior. En cualquier caso, el hombre estaba muerto.

Patience parpadeó levemente. Una vez despierta, giró la cabeza y se quedó mirando los ojos sin vida de Obadiah. Su boca se abrió sin emitir sonido alguno.

Marcus le tapó los labios antes de que gritara.

—Silencio, Patience —dijo Catherine. Tenía una marca rojiza bajo uno de los ojos. Obadiah debía de haberle golpeado durante su búsqueda frustrada de alcohol.

La niña asintió. Marcus retiró la mano de su boca.

—Has matado a padre. ¿Qué vas a hacer, Marcus? —preguntó su hermana en un susurro.

—Podemos enterrarlo —respondió Catherine con voz serena— bajo el olmo.

El árbol le había servido a Marcus de cobijo al disparar el tiro fatal. Cuando apretó el gatillo y mató a su padre, no había pensado en el futuro. Lo único en lo que había pensado era en su madre, en su hermana y en su seguridad.

—Que Dios nos asista. —Zeb estaba de pie junto a la esquina de la casa. Se fijó en el cadáver de Obadiah, en los ojos enrojecidos y el vestido hecho jirones de Patience y en el rostro magullado de Catherine—. Ve a esconderte en el bosque, Marcus. Joshua y yo iremos a buscarte después de anochecer.

Zeb y Joshua no consiguieron convencer a Marcus de que tenía que marcharse de Hadley hasta bien entrada la madrugada.

—No tengo adónde ir —decía este, aturdido. El shock por lo sucedido aquel día había empezado a afectarle. Sentía frío, temblores y ansiedad por momentos—. Este es mi hogar.

—Debes irte. Has disparado a tu padre un domingo por la mañana. Nadie sale de caza en el *sabbat*. Alguien habrá oído un arma descargarse. Y la gente recordará haber visto a Obadiah en el pueblo —explicó Zeb.

Tenía razón. Un disparo en su granja era algo que llamaría la atención. Y muchos de los residentes de Hadley habían pasado por allí camino de la reunión dominical. Hasta Tom Buckland había oído rumores del regreso de Obadiah.

—Si te quedas, te detendrán. Puede que hasta acusen a tu madre y a Patience de haber participado —añadió Joshua.

—Y, si huyo, admitiré mi propia culpabilidad y ellas se verán libres de toda responsabilidad —reconoció el muchacho, hundiendo la cabeza entre las manos.

El alba había despuntado clara y llena de promesas. Marcus había olido la libertad en el aire otoñal de Hatfield. Ahora, no solo podía perder su libertad, sino también su vida.

—Coge el arma y vete al sur, al ejército. Un hombre puede perderse en mitad de la guerra. Si sobrevives, puedes labrarte una nueva vida en otro lugar —dijo Joshua—. Un lugar lejos de Hadley.

—Pero ¿quién cuidará de madre? ¿Y de Patience?

Los inviernos siempre eran duros, pero, con la guerra y la mala cosecha, la supervivencia iba a ser aún más difícil.

—Nosotros —respondió Zeb—. Te lo prometo.

Marcus aceptó su plan a regañadientes. Joshua untó su cabello con grasa de ganso y vertió polvo para pelucas de color oscuro, que se adhirió a los mechones pringosos.

—Si empiezan a buscar a un chico rubio, no se fijarán en ti. Espera a llegar a Albany antes de cepillarte el pelo —le dijo Zeb—. Y nadie te ha visto la cara picada de viruela. Solo tienes unas pocas cicatrices pequeñas en una mejilla, pero en cualquier caso los guardias buscarán a alguien con el rostro liso.

Zeb ya había huido en el pasado antes y sabía alguna que otra cosa sobre cómo esconder la identidad real.

—Ve por las carreteras para avanzar a buen ritmo y luego, pasado Albany, toma caminos menos transitados hasta llegar a New Jersey y a las tropas de Washington —añadió Joshua—. Allí es donde se encuentra ahora el ejército. Una vez que hayas llegado tan al sur, si aún no has leído nada sobre ti en los periódicos ni te han atrapado, diría que estarás a salvo.

—¿A qué nombre responderás? —preguntó Zeb.

—¿Nombre? —Marcus frunció el ceño.

—No puedes decir por ahí que eres Marcus MacNeil —le advirtió Joshua—. Si lo haces, no dudes que te atraparán.

—Mi segundo nombre es Galen —musitó lentamente Marcus—, será ese el que use. Y Chauncey. Madre siempre ha dicho que tenía más de Chauncey que de MacNeil.

Joshua colocó su sombrero sobre la cabeza empolvada de Marcus.

—Mantén la cabeza baja y los sentidos alerta, Galen Chauncey. Y no mires atrás.

13

Nueve

21 DE MAYO

Decenas de recipientes para bebida cubrían la enorme mesa de caoba del comedor de Freyja: vasos de chupito con el nombre grabado de bares de todo el mundo; pesadas copas de cristal, de moda a finales del siglo XIX, con fustes tallados que proyectaban arcoíris en las paredes; un minúsculo tarrito de mermelada de Christine Ferber; un vaso de julepe de plata; una copa renacentista con tapa, de casi medio metro de alto, con el cuerpo de cuerno y el pie dorado.

Cada uno de ellos estaba lleno de un líquido rojo oscuro.

Françoise apartó los cortinones azul pálido para dejar entrar más luz, revelando unos visillos de seda que tamizaban el sol. Aun con tal velo protector, Phoebe parpadeó. El brillo era tan hipnótico como Freyja y Miriam le habían advertido y, por un momento, se ensimismó en la danza de las motas de polvo.

—Aquí, prueba esta.

Freyja, actuando de barman vampírico, agitó por última vez una coctelera labrada de Tiffany y sirvió el contenido en un cáliz de plata. Cerca descansaba una botella de vino tinto, con el corcho quitado, junto a una jarra de agua para diluir la sangre si fuera necesario. A su lado había varias cucharas de mango largo hechas de plata, cuerno e incluso oro. Françoise las recogió, las sustituyó por otras limpias y desapareció en los confines más oscuros de la casa.

Miriam sostenía un portapapeles y, como de costumbre, recopilaba información. Para la hacedora de Phoebe, la vida era una colección de datos esperando a ser recogidos, organizados, evaluados, analizados e incrementados regularmente con otros nuevos. El desarrollo del gusto vampírico de Phoebe era su último proyecto.

Esta no podía evitar preguntarse si así era como Miriam había mantenido la cordura a lo largo de los siglos sin Ori. Había visto en la sangre de su hacedora que había sido abadesa en Jerusalén. La abadía contaba con un amplio osario y Miriam había pasado gran parte de su tiempo contando una y otra vez los restos, organizándolos y reorganizándolos en grupos según el tipo. Un año los clasificó por la fecha de defunción; al siguiente, por tamaño. Después, conformó esqueletos enteros a partir de las partes disponibles, para luego volver a desmontarlos y empezar de nuevo según otro método de clasificación.

—Número treinta y dos. ¿Qué es? —preguntó Miriam mientras apuntaba una nueva entrada en sus notas.

—Esperemos a que Phoebe decida si le gusta o no —repuso Freyja, tendiéndole un vasito a la recién renacida—. No queremos que sus gustos naturales se vean afectados por las nociones preconcebidas del bien y el mal. Debe ser libre de experimentar y probar nuevas cosas.

Phoebe había vomitado la sangre de perro en cuanto le dijeron qué era y, aunque Freyja había tratado de hacerle beber un poco más, aun adulterada en gran medida con Châteauneuf-du-Pape y agua fría, la mera idea de consumirla le había dado náuseas.

—No tengo hambre —dijo Phoebe, quien solo quería cerrar los ojos y dormir. No quería ningún alimento nuevo; se conformaba con la sangre de Perséfone.

—Tienes quc comer. —El tono de Miriam no aceptaba negativa.

—Ya he comido —respondió. Esa mañana había tomado un sorbito de la gata.

Perséfone se encontraba ovillada en su cesta a los pies de Phoebe, profundamente dormida y, a juzgar por el movimiento de sus patitas, soñando feliz con cazar ratones. Esta, en cambio, estaba tan agotada mentalmente que apenas lograba encadenar una frase completa. Una aguda punzada de envidia por que la gata pudiera dormir tan plácida cuando ella no era capaz le subió por la garganta a una velocidad sorprendente. Se abalanzó sobre el animal.

Al instante, Freyja tenía a la gata agarrada por la cruz mientras que Miriam la sujetaba.

—Suéltame —gruñó, la reverberación de la palabra pronunciada casi ahogándola en lo profundo de la garganta.

—No se derrama sangre en casa ajena —le advirtió Miriam, apretándola con fuerza.

—Pero ya he derramado sangre aquí —dijo Phoebe, con la mirada fija en su hacedora—. Perséfone...

—La gata —la interrumpió, negándose a llamar al animal por su nombre— entró en esta casa para tu uso y con permiso de Freyja, para su consumo en tu cuarto, no allí donde te venga en gana. Desde luego, no se te ha entregado para que la mates por envidia o por pasatiempo.

Por un momento, Miriam y Phoebe se sostuvieron la mirada. Luego, esta la apartó. Era una señal de sumisión. Si había aprendido algo en los cuatro días que llevaba siendo vampira, era lo siguiente: una no desafía a sus mayores, y mucho menos a su hacedora, con una mirada directa.

—Discúlpate con Freyja. —Miriam soltó a Phoebe y se volvió a su portapapeles—. Se ha tomado muchas molestias por ti. A la mayoría de los recién convertidos no se los trata con tanta consideración. Se alimentan de lo que se les da, sin quejarse.

—Lo siento. —Phoebe se dejó caer en la silla con tanto descuido y tanta fuerza que las patas crujieron peligrosamente.

—No pas... —comenzó a decir Freyja.

—Claro que pasa. —Miriam volvió a dirigir una mirada gélida a Phoebe—. Levántate, Phoebe. Sin romper nada. Después, ve hasta Freyja y arrodíllate. Entonces te disculpas. Como es debido.

No era fácil saber a quién le sorprendieron más estas instrucciones, a Phoebe o a Freyja.

—¡No voy a hacerlo! —La sola idea de postrarse ante Freyja era espantosa, por mucho que fuera la tía de Marcus.

—No es necesario, Miriam —protestó Freyja con expresión alarmada. Dejó a Perséfone en el cesto.

—No estoy de acuerdo —replicó la vampira—. Es mejor que Phoebe aprenda que la falta de educación tiene consecuencias aquí en lugar de por las calles de París, donde el mero hecho de que va a casarse con un De Clermont hará que los alevines hagan cola para ver si pueden ser mejores que ella.

—Marcus jamás me perdonará si su compañera hinca las rodillas ante mí —replicó Freyja, negando con la cabeza.

—No creo demasiado en los métodos de crianza modernos —afirmó Miriam en voz baja, aunque el tono de advertencia era inconfundible—. Marcus lo sabía cuando me pidió que convirtiese a Phoebe. Y tú también. Si mi forma de criar a mi hija es un problema, trasladaré a Phoebe a mi casa.

Freyja se irguió cuan alta era y levantó la barbilla. Phoebe no tenía demasiada información sobre sus orígenes, pero el gesto confirmaba lo poco que sabía: que la tía de Marcus era de sangre real y había asesinado a sus tres hermanos menores para impedirles heredar las tierras de la familia.

—Le prometí a mi querido Marcus que no me separaría de Phoebe hasta que volviera a reunirse con él —señaló con frialdad—. Debía de tener un buen motivo para pedirme algo así.

Antes de que estallara la guerra en el distrito 8, Phoebe se levantó cautelosa de la silla, con cuidado de no ejercer presión alguna en los reposabrazos finamente tallados, y caminó hasta Freyja tan despacio como se lo permitía aquella fase de su desarrollo. A pesar de los esfuerzos por limitar su velocidad, apenas tardó un abrir y cerrar de ojos. Luego se arrodilló con elegancia.

De hecho, comenzó con elegancia pero terminó de manera bastante abrupta y sus rodillas abrieron unos surcos poco profundos en el suelo de madera.

Phoebe tendría que seguir trabajando en ello.

Al ver las rodillas de Freyja, desnudas y esculpidas por debajo del dobladillo del vestido de lino turquesa brillante, levemente salpicadas de pecas por la exposición al sol cuando cuidaba de sus amadas rosas en el jardín, hubo algo que hizo que Phoebe perdiera el juicio. Al igual que el resto de la mujer, las rodillas de Freyja eran perfectas, elegantes y poderosas. Una rodillas que jamás se verían obligadas a hincarse ante otra criatura.

—Lo siento, Freyja —comenzó a decir Phoebe, sonando realmente arrepentida—. Siento estar prisionera en tu casa contra mi voluntad. Siento que Marcus no mandase a los De Clermont a paseo para que pudiéramos hacer las cosas a nuestra manera.

Miriam gruñó.

Freyja miró a Phoebe con una mezcla de asombro y admiración.

—Siento no querer beber esta mezcla asquerosa de sangre fría que has presentado tan cuidadosamente ante mí para que pueda determinar si prefiero gato o perro, rata o ratón, mujeres caucásicas u hombres asiáticos. Y siento enormemente dejar en mal lugar a mi estimada hacedora, a quien le debo todo. No soy digna de compartir sangre con ella y, sin embargo, la compartimos.

—Ya basta —dijo Miriam.

Pero Phoebe no había acabado de convertir en una burla aquella disculpa obligada. Se volvió a la mesa y empezó a beberse a toda velocidad las muestras de sangre que quedaban.

—Repugnante —proclamó, reduciendo a polvo un vaso de cristal finísimo en sus manos antes de engullir la siguiente muestra—. Sabe a caza. —Un cáliz con fuste de plata se partió en dos, separándose la copa de la base—. Pútrido, como la muerte. —Escupió el líquido de vuelta en el vaso de chupito, que tenía grabada la advertencia «Las malas decisiones dan buenas historias»—. No está mal, pero preferiría beber sangre de gato. —Phoebe volteó la copa de vino, de modo que la sangre que quedaba cayó por los lados y formó un anillo pegajoso sobre la mesa.

Entonces fue rodeándola, bebiendo sangre y tirando a un lado la cristalería hasta haber consumido la última gota. Al final no quedaba más que un vaso de julepe plateado. Phoebe se limpió la boca con el dorso de la mano. Le temblaba y estaba moteada de salpicaduras de sangre.

—Eso sí que me lo bebería —afirmó señalando el vasito de paredes rectas con decoración de cuentas alrededor del borde (fabricado por un platero de Kentucky alrededor de 1850, si no se equivocaba)—. Pero solo si no hay un gato cerca.

—Creo que vamos progresando —exclamó alegre Freyja mientras contemplaba la masacre de su mesa de comedor.

Un grito ahogado anunció la llegada de Françoise, quien, por supuesto, debería limpiar el destrozo.

Pero fue la expresión sombría de Miriam la que atrajo la atención de Phoebe. Su semblante prometía castigo, y no en un plazo humanamente predecible.

Miriam desterró a Phoebe a la cocina, cual Cenicienta, para que ayudase Françoise. Solo para retirar los fragmentos hicieron falta varios viajes escaleras arriba y abajo. Phoebe dio gracias por su nuevo sistema cardiovascular mejorado, por no hablar de su velocidad vampírica.

Una vez vacía la mesa y limpia la superficie, frotado a mano el suelo con un cepillo y retirados los añicos de cristal de sus rodillas y espinillas, Phoebe y Françoise se afanaron en el fregadero. La sirvienta se hizo cargo de todos los vasos rompibles, por si acaso, y dejó a Phoebe los de metal.

—¿Por qué sigues con Freyja? —le preguntó Phoebe en voz alta.

—Porque es mi trabajo. Todas las criaturas necesitan uno. Sin trabajo, una no llega a respetarse. —La respuesta de Françoise fue sucinta, como siempre, pero realmente no respondía a la pregunta de Phoebe, por lo que lo intentó por otra vía.

—¿No preferirías hacer otra cosa?

A Phoebe, las tareas del hogar le parecían algo muy limitado. Le gustaba ir a la oficina, estar al día de los últimos avances en el mercado del arte y poner sus conocimientos a prueba al atribuir y autenticar piezas cuyo valor era desconocido o se había olvidado hacía mucho.

—No —respondió Françoise, doblando el paño de cocina de golpe en tres partes antes de colgarlo en el tirador. Luego se volvió hacia una cesta repleta de colada y encendió la plancha.

—¿No preferirías trabajar para ti misma? —Phoebe estaba dispuesta a considerar la posibilidad de que tanto la cocina como la limpieza ocultasen alguna recompensa, pero era incapaz de imaginar una vida al servicio de los demás.

—Esta es la vida que quiero. Es una buena vida. Me pagan bien, me respetan y me protegen.

Phoebe frunció el ceño. Françoise era una vampira y tenía unos brazos como pequeños jamones. No parecía necesitar protección.

—Pero podrías estudiar. Ir a la universidad. Dominar un tema. Hacer lo que quisieras, la verdad —trató de convencerla Phoebe, mientras intentaba doblar su paño húmedo.

La cosa acabó mal, con un lado más dado de sí que el otro tras tanto esfuerzo. Lo colgó de la barra junto al de Françoise. Esta lo sacó y lo desplegó de un golpe. Luego lo dobló bien y volvió a colgarlo del tirador. Hacía juego con el otro y, ahora, los dos ofrecían un aspecto de perfecta domesticidad, como en las fotografías de las revistas femeninas a las que su madre estaba suscrita: transmitían una sensación de calma y leve reproche al mismo tiempo.

—Sé lo suficiente —respondió Françoise. «Sé doblar un paño como es debido, que ya es más de lo que se puede decir de ti», dejaba traslucir su expresión.

—¿Nunca has querido... más? —preguntó Phoebe con cierta vacilación. No le apetecía enojar a otra vampira mayor, más rápida y más fuerte que ella.

—Quería algo más que una vida de sufrimiento en los campos de Borgoña, con el pelo y los dedos de los pies llenos de tierra, hasta caer muerta a los cuarenta años igual que mi madre —repuso Françoise—. Y lo obtuve.

Phoebe se sentó en un taburete cercano, con los dedos entrelazados. Se removió, nerviosa, en el asiento. Françoise nunca había pronunciado tantas palabras seguidas, al menos delante de ella. Esperaba no haber ofendido a la mujer con sus preguntas.

—Quería ropa de abrigo en invierno y una manta extra por la noche —prosiguió Françoise para asombro de Phoebe—. Quería más leña para el fuego. Quería irme a dormir sin hambre y no volver a preguntarme si habría comida suficiente para alimentar a mis seres queridos. Quería menos enfermedades, enfermedades que llegaban cada febrero y cada agosto, y que mataban a la gente.

Phoebe reconoció la cadencia de su propia exhibición de mal genio ante Freyja y Miriam. Por supuesto que Françoise lo había oído todo. La estaba imitando con sutileza..., como una declaración de intenciones. O una advertencia. Con los vampiros, resultaba muy difícil distinguirlas.

—Así que, como puedes ver, poseo todo lo que siempre quise —concluyó Françoise—. No querría ser como tú, con tus conocimientos inútiles y tu supuesta independencia, ni por todo el oro del mundo.

Era una afirmación desconcertante, pues Phoebe sentía que su vida ya era prácticamente perfecta y que solo mejoraría al disponer de una eternidad para hacer lo que le placiera con Marcus a su lado.

—¿Por qué no?

—Porque tengo algo que tú no volverás a poseer jamás —susurró Françoise, su voz queda como si fuera a hacerle una confidencia—, un tesoro que ni el dinero puede comprar ni garantizar el tiempo.

Phoebe se inclinó hacia delante, deseosa de saber cuál era. No podía tratarse de una vida larga: esa ya la tenía.

Françoise, como la mayoría de las personas taciturnas, disfrutaba de disponer de un público atento. También dominaba el arte de la pausa dramática. Cogió su frasco de agua de lavanda y roció con él una funda de almohada. Luego asió la plancha con la misma rapidez experta con que hacía todo lo demás en la casa.

Phoebe esperó con una paciencia tan inusual en ella como lo era la extraversión en Françoise.

—La libertad —terminó por decir Françoise. Cogió otra funda de almohada mientras dejaba que sus palabras surtieran efecto—. Nadie me presta atención. Puedo hacer lo que quiera. Vivir, morir, trabajar, descansar, enamorarme o desenamorarme. A ti todo el mundo te observa, esperando que fracases. Preguntándose si tendrás éxito. En cuanto llegue agosto, tendrás a milord Marcus de vuelta en tu cama, pero también tendrás encima los ojos de la Congregación. Una vez que se corra la voz de vuestro compromiso, cada vampiro sobre la faz de la tierra sentirá curiosidad por ti. No volverás a conocer un momento de paz ni de libertad en tu vida, que, Dios mediante, será larga.

Phoebe dejó de removerse, nerviosa, y se extendió por el cuarto un silencio tal que hasta un humano habría oído volar una mosca.

—Pero no te preocupes. —Françoise dobló la funda recién planchada formando un rectángulo de esquinas perfectas antes de sacar otra húmeda del cesto—. No tendrás libertad, pero tendrás éxito en tu trabajo..., porque yo estaré haciendo *el mío*, protegiéndote de aquellos que desean hacerte mal.

—¿Perdona? —Eso Phoebe no lo sabía.

—Todos los vampiros recién renacidos necesitan a alguien como yo que los cuide, y los mayores también, cuando están en sociedad. Vestí a madame Ysabeau y a miladies Freyja y Verin. —Françoise no se percató de la reacción asombrada de Phoebe—. Cuidé de milady Stasia en el invierno de 802 cuando enfermó de *ennui* y se negaba a salir de casa, siquiera para cazar.

Françoise terminó de planchar la funda de almohada y cogió una sábana. La plancha caliente siseaba contra la tela húmeda. Phoebe aguantó la respiración. Aquella historia de los De Clermont era más antigua que las que había oído hasta entonces y no deseaba interrumpirla.

—Atendí a madame cuando estuvo en el pasado con sieur Matthew y me aseguré de que no le pasara nada malo cuando andaba trajinando por la ciudad. Me ocupé de la casa de milady Johanna después de que milord Godfrey muriera en la guerra, cuando estaba poseída por la rabia y deseaba morir. He limpiado y cocinado para sieur Baldwin y ayudé a Alain a cuidar de sieur Philippe cuando volvió a casa con el espíritu roto tras estar preso de los nazis.

Françoise clavó su mirada oscura en los ojos de Phoebe.

—¿No te alegras ahora de que esta sea la vida que he elegido: cuidar de esta familia? Porque, sin mí, os comerían, os escupirían y estaríais a merced de cada vampiro con el que os cruzaseis, incluido milord Marcus.

No era que Phoebe *se alegrase* como tal, aunque, cuanto más hablaba Françoise, más le agradecía los consejos que le estaba brindando. Y seguía sin entender por qué nadie en plena posesión de sus facultades, y era evidente que ese era el caso de Françoise, fuera a *elegir* cuidar de otras personas. Phoebe suponía que no era tan distinto de la elección de Marcus por la medicina, pero este había pasado años y años formándose para ello y, de alguna manera, parecía que su elección era más encomiable que la de Françoise.

No obstante, cuanto más se planteaba la pregunta de Françoise, menos segura estaba de la respuesta.

La boca de Françoise comenzó a curvarse en una sonrisa lenta y deliberada.

Por primera vez desde que se convirtiera en vampira, Phoebe sintió un ramalazo inconfundible de orgullo. De alguna manera, simplemente por quedarse callada, se había ganado la aprobación de la sirvienta. Y esta le importaba mucho más de lo que habría esperado.

Phoebe le tendió la sábana arrugada que estaba en lo alto del cesto.

—¿Qué es el *ennui*? —le preguntó.

La sonrisa de Françoise se agrandó.

—Es un tipo de enfermedad, no tan peligrosa como la rabia de sangre de sieur Matthew, entiéndeme, pero puede ser mortal.

—¿Stasia todavía la padece? —preguntó Phoebe mientras volvía a sentarse en el taburete y observaba los movimientos de Françoise, percatándose del modo en que manejaba la larga tela húmeda sin dejar que arrastrase por el suelo. Las dos iban a pasar mucho tiempo juntas. Si las tareas del hogar eran importantes para la mujer, Phoebe debía al menos intentar descubrir por qué.

—Mujeres blancas de mediana edad —anunció Miriam al tiempo que se adentraba en el territorio de Françoise.

—¿Qué les pasa? —preguntó Phoebe, confundida.

—Se trata de la muestra ochenta y tres, la que afirmaste que te gustaba solo por detrás de la sangre de gato —explicó Miriam.

—Oh. —Phoebe parpadeó.

—Te traeremos más. Françoise la tendrá siempre a mano, pero habrás de pedírsela. Específicamente. A menos que lo hagas, no tendrás sino la sangre de la gata para alimentarte.

¿Y eso de qué va a servir?, se preguntó Phoebe. ¿Es que no podía decir simplemente: «Tengo hambre», y servirse del frigorífico?

Françoise, sin embargo, parecía entender lo que pasaba, por lo que asintió. Ya se enteraría Phoebe más tarde de por qué le imponían aquella norma ridícula.

—La gata me bastará por ahora; gracias, Miriam —repuso Phoebe con frialdad. Era incapaz de imaginar sentirse tan necesitada como para pronunciar las palabras: «Dame la sangre de una mujer blanca de mediana edad».

—Ya veremos —respondió Miriam con una sonrisa—. Vamos. Es hora de que aprendas a escribir.

—Ya sé escribir —protestó irritada.

—Sí, pero queremos que lo hagas sin prender fuego al papel por la fricción excesiva ni agujerear el escritorio —le advirtió Miriam antes de ordenarle que la siguiera con un gesto del índice que la hizo estremecer.

Por primera vez en su vida, abandonó la cocina a regañadientes. Ahora le parecía un lugar de confort, un puerto seguro, con Françoise y la colada, los vasos limpios y el siseo de la plancha. En el piso de arriba no había sino peligro y las nuevas pruebas que idearan sus sádicas maestras vampíricas.

Cuando la puerta que daba a la cocina, forrada de paño verde como era costumbre en las antiguas mansiones para diferenciar la zona del servicio y aislar de los ruidos, se cerró a su espalda, Phoebe finalmente dio con la respuesta a la pregunta de Françoise.

—Sí, me alegro —le dijo, de vuelta en la cocina incluso antes de haber decidido regresar de forma consciente. Miriam y Freyja tenían razón: pensar en el lugar al que quería ir bastaba para hacerlo.

—Eso me figuraba. Y ahora vete, no hagas esperar a tu hacedora —le aconsejó Françoise, apuntando hacia la puerta con la pesada plancha como si no pesase más que una pluma.

Phoebe volvió junto a Miriam. En el momento en que la puerta se cerraba de nuevo, oyó un sonido de lo más extraño, entre una tos y un jadeo.

Era Françoise... y se estaba riendo.

14

Una vida de problemas

25 DE MAYO

—Sienta. Quieto. Espera.

Por la ventana abierta entraba la voz cantarina de mi hijo mientras profería una retahíla de sinsentidos que imitaban con exactitud las instrucciones que yo les daba a Hector y Fallon cada vez que intentábamos entrar en casa sin que se nos echasen encima. La puerta de la cocina se abrió con un chirrido. Se produjo una pausa.

—Espera. Quieto. Muy bien.

Al entrar, Apolo parecía encantado consigo mismo, aunque ni por asomo tan orgulloso como Philip, que lo seguía con paso vacilante sujetando la correa de Fallon y de la mano de Matthew.

Me llamó la atención que dicha correa no estuviera enganchada al grifo.

—¡Mami! —Philip se abalanzó contra mis piernas. Apolo se unió al abrazo, envolviéndonos a los dos bajo sus alas y gorjeando de placer.

—¿Habéis disfrutado del paseo? —pregunté mientras le atusaba el cabello a Philip, que tendía a ponerse de punta con la más mínima brisa.

—Mucho. —Matthew me dio un beso prolongado—. Sabes a almendras.

—Hemos estado desayunando —respondí señalando a Becca, cuya cara estaba oculta parcialmente bajo una capa de mermelada y mantequilla de frutos secos, aunque la sonrisa de bienvenida que dirigió a su padre y a su hermano se abrió paso sin contratiempos—. Becca ha estado compartiendo.

Era un comportamiento poco común en nuestra hija. Becca era de lo más controladora con la comida y era preciso recordarle que no todo lo que había en la mesa estaba destinado únicamente a ella.

Apolo saltó sobre la silla de la niña. Se sentó con la lengua fuera, expectante, y los ojos redondos fijos en la mesa, donde yacían los restos del festín. Becca lo miró con los ojos entrecerrados a modo de advertencia.

—Veo que Rebecca y Apolo aún están trabajando en su relación —comentó Matthew al tiempo que se servía una taza de café humeante y se sentaba con el periódico.

—Ven. Sienta. Muy bien. —Philip seguía lanzándole órdenes al grifo mientras agitaba la correa con ademán de invitación—. Ven, Polo. Sienta.

—Vamos a prepararte el biberón para que tú también desayunes. —Cogí la correa y la puse en la mesa—. Marthe ha hecho gachas. ¡Tus favoritas!

El desayuno predilecto de Philip era una papilla rosa pálido: un chorrito de sangre de codorniz, copos de avena y algunos frutos del bosque, con un montón de leche. Lo llamábamos «gachas», aunque era posible que los críticos culinarios no conocieran la receta por ese nombre.

—¡Polo, aquí! —La paciencia de Philip se estaba acabando, por lo que su tono sonaba decididamente malhumorado—. ¡Aquí!

—Deja a Apolo con Becca —le dije, tratando de distraerlo cogiéndolo en brazos y poniéndolo boca abajo. Lo único que conseguí, sin embargo, fue alarmar al grifo.

Apolo chilló aterrorizado y, elevándose en el aire, comenzó a cloquear alrededor de Philip y a consolarlo con golpecitos con la cola. Hasta que el niño no estuvo erguido y en su trona, el grifo no se calmó y bajó al suelo.

—¿Has visto a Marcus esta mañana? —Matthew ladeó la cabeza, aguzando el oído por si sentía a su hijo adulto.

—Pasó por la cocina mientras estabais fuera. Dijo algo de salir a correr. —Le tendí una cuchara a Philip, que iba a usar más para catapultar las gachas que para comérselas, y cogí mi taza de té—. Parece nervioso.

—Espera noticias de París —explicó Matthew.

Freyja llamaba cada pocos días y hablaba con Ysabeau, quien luego le transmitía la información a su nieto. Hasta el momento, Phoebe lo estaba haciendo fenomenal. Freyja reconocía que había habido algún pequeño contratiempo, pero nada que no fuese de esperar durante las primeras semanas tras una conversión. La buena de Françoise estaba brindando su apoyo a Phoebe en cada paso del proceso y, por experiencia propia, yo sabía que no cejaría en su empeño hasta lograr el éxito con la recién renacida. Aun así, Marcus no podía evitar preocuparse.

—No ha sido el mismo desde que te contó lo de Obadiah —dijo Matthew, atribuyendo la angustia de su hijo a una causa distinta.

El violento fin de Obadiah había sido tema de numerosas conversaciones en voz baja entre Agatha, Sarah y yo. Durante los últimos días, Marcus había seguido rememorando lo sucedido en 1776, añadiendo nuevos detalles, y le daba vueltas a si habría habido alguna manera de no matar a su padre y proteger al mismo tiempo a su madre y a su hermana.

—Los hilos que lo unen al mundo han cambiado de color, pero siguen enredados y retorcidos —admití—. Me pregunto si un hechizo sencillo lo ayudaría, uno tejido con el segundo nudo. Estos días lo veo muy azul.

—El azul es el color de la depresión, pero no creo que sea su caso —respondió Matthew frunciendo el ceño.

—¡No, no en ese sentido! —exclamé—. Siempre que Marcus roza el pasado, parece recordarlo en tonos de azul: regio, pálido, púrpura, lavanda, índigo, incluso turquesa. Me gustaría ver más equilibrio. La semana pasada había algo de rojo, blanco y negro en la mezcla. No todos son colores felices, pero al menos había cierta variedad.

Matthew parecía fascinado. También preocupado.

—Los hechizos del segundo nudo reequilibran la energía. A menudo se usan en la magia amorosa, pero no es su único propósito. En este caso, podría tejer un hechizo para ayudar a Marcus a ordenar las emociones que lo atan a sus vidas pasadas.

—Para un vampiro, no hay trabajo más importante que reconciliarnos con nuestras vidas pasadas —comentó Matthew con cautela—. No creo que sea una buena idea introducir la magia, *mon cœur*.

—Pero Marcus intenta ignorar su pasado, no afrontarlo —repliqué—. Yo sé bien que es imposible.

Pasado. Presente. Futuro. Como historiadora, me intrigaba la relación entre ellos. Examinar uno exigía que se estudiasen todos.

—Ya se dará cuenta —concluyó Matthew, antes de volver a su periódico—. Con el tiempo.

Matthew y yo íbamos a dar un paseo con los niños cuando vimos un descapotable acercándose. Accedió a la entrada y serpenteó hasta la casa a paso de tortuga.

—Ysabeau —dijo Matthew—. Y Marcus.

Era una procesión extraña. Alain iba al volante. Ysabeau de Clermont, en el asiento del copiloto, llevaba gafas oscuras y un vestido sin mangas de color prímula pálido. Los extremos del pañuelo de Hermés que tenía atado a la cabeza ondeaban en la brisa. Parecía la estrella de una película de los años sesenta sobre una princesa europea de vacaciones de verano. Marcus corría a su lado, preguntando si había noticias de París.

—Por Dios, *grand-mère* —dijo Marcus cuando por fin llegaron al patio y Alain apagó el motor—. ¿Para qué quieres un coche con tanto motor si vas a dejar que Alain conduzca a diez kilómetros por hora, como un carrito de golf?

—Uno nunca sabe cuándo tendrá que darse a la fuga —respondió Ysabeau con malicia.

Los niños empezaron a alborotar para llamar su atención. Ella hizo oídos sordos, aunque le guiñó el ojo rápidamente a Rebecca.

—¿Cómo está Phoebe? —Marcus prácticamente bailaba, impaciente, esperando noticias.

Ysabeau no respondió a la pregunta de su nieto, sino que se dirigió a la parte trasera del automóvil.

—He traído champán decente. En esta casa nunca hay bastante.

—¿Y Phoebe? —insistió Marcus.

—¿Ya le ha salido el diente a Becca? —le preguntó Ysabeau a Matthew, ignorando a Marcus—. Hola, Diana. Te veo bien.

—Buenos días, *maman*. —Matthew se inclinó para besar a su madre.

Sarah y Agatha se nos unieron en el patio. La primera seguía en pijama y bata, mientras que la segunda llevaba un vestido de cóctel. Formaban una pareja extraña.

—Ya es por la tarde, Matthew. ¿Es que no tenéis relojes en casa? —Ysabeau buscó con la mirada su siguiente objetivo y lo encontró en mi tía—. Sarah, ¡qué atuendo tan extraño! Espero que no te saliera demasiado caro.

—Yo también me alegro de verte, Ysabeau. Me lo confeccionó Agatha. Estoy segura de que también te hará uno si se lo pides con amabilidad. —Sarah se arrebujó en el quimono de intensos colores.

Ysabeau miró la prenda de reojo antes de olfatear el aire.

—¿Tenéis un problema de pulgas? ¿Por qué apesta todo a lavanda?

—¿Por qué no vamos todos dentro? —propuse, pasándome a Becca a la otra cadera.

—Estaba esperando una invitación justo para hacerlo —replicó Ysabeau, con evidente irritación por la tardanza—. No puedo entrar sin más, ¿no?

—Deberías saberlo mejor que yo —respondí con dulzura, resuelta a no discutir con mi suegra—. Mis conocimientos de la etiqueta vampírica son bastante superficiales. Las brujas simplemente nos metemos hasta la cocina.

Confirmados sus peores miedos, Ysabeau se abrió paso entre nosotras, seres inferiores, y entró en la casa que antaño había sido su hogar.

Una vez acomodada en una confortable butaca de la sala, Ysabeau insistió en que todo el mundo bebiese algo; luego se puso a los gemelos en el regazo y se lanzó a una larga conversación con cada uno de ellos. La interrumpió el sonido del teléfono.

—*Oui?* —dijo tras extraer su teléfono móvil rojo chillón de una delgada cartera *vintage* con una llamativa asa de baquelita en forma de galgo en plena carrera.

Marcus se acercó para escuchar la conversación al otro lado de la línea, mientras que los seres de sangre caliente en la sala no oíamos sino un largo silencio.

—Ay, esa es una noticia excelente. —Ysabeau sonrió—. No esperaba menos de Phoebe.

El rostro de Matthew se relajó un poco y Marcus lanzó una exclamación de alegría.

—Bibííí. —Becca canturreó el apelativo cariñoso que le daba a Phoebe.

—¿Se está alimentando bien? —Ysabeau se detuvo mientras Freyja respondía—. ¿Perséfone? *Hein*, nunca me gustó esa muchacha, con sus quejas interminables.

Achiqué los ojos. En un futuro no demasiado distante, Ysabeau y yo íbamos a tener una charla sobre temas mitológicos. Quizá *ella* sí supiera la altura y peso medios que alcanzaba un grifo adulto.

—¿Ha preguntado Phoebe por mí? —le preguntó Marcus a su abuela.

La uña de Ysabeau se clavó en el pecho de su nieto en un gesto de advertencia. Había visto cómo esa misma uña se abría paso hasta el corazón de un vampiro. Marcus se quedó inmóvil.

—Puedes decirle a Phoebe que Marcus se encuentra estupendamente y que estamos hallando maneras de mantenerlo ocupado hasta que regrese con nosotros. —Ysabeau hizo que sonase como si Phoebe fuera un libro prestado—. Hasta el domingo, entonces —se despidió antes de cortar.

—¡Dos días enteros! —se quejó Marcus—. No puedo creer que me toque esperar otros dos días enteros para tener más noticias.

—Eres afortunado de hacer esto en una época en que existen los teléfonos, Marcus. Puedes estar seguro de que las noticias tardaban más de dos días en llegar a Jerusalén desde Antioquía cuando Louisa fue convertida —replicó Ysabeau, mirándolo con severidad—. Podrías ocuparte de los Caballeros de Lázaro en lugar de regodearte en la autocompasión. Ahora mismo son numerosísimos, bastante jóvenes e inexpertos. Anda a jugar.

—¿Qué me propones, *grand-mère*? ¿Que nos lancemos a una nueva cruzada por Tierra Santa? ¿Que organice un torneo de tiro con arco? ¿Una justa? —preguntó Marcus, con tono levemente burlón.

—No seas ridículo —replicó Ysabeau—. Odio las justas. Las mujeres no tenemos otra cosa que hacer que contemplar a los hombres con adoración y lucir nuestros encantos. Seguro que hay algún país que conquistar, algún gobierno en el que infiltrarse o alguna familia malévola que llevar ante la justicia. —Los ojos le brillaron ante tal perspectiva.

—Así fue precisamente como acabamos enfrentándonos a la Congregación —dijo Marcus, apuntándola con un dedo acusador—. Piensa en todos los problemas que *eso* causó. Ya no nos comportamos así, *grand-mère*.

—Entonces debe de resultar muy aburrido ser caballero —espetó Ysabeau—. Y yo no me preocuparía por causar problemas. Parece que esta familia los encuentra haga lo que haga. Ya pasará algo cualquier día de estos. Siempre es así.

Matthew y yo intercambiamos una mirada. Sarah ahogó una carcajada.

—¿Diana aún no te ha hablado del grifo? —preguntó mi tía.

Al cabo de una hora, Apolo estaba posado en el brazo de Ysabeau como si fuera una de las águilas del emperador Rodolfo. Aunque el grifo tendría la misma altura, me figuraba que sus cuartos traseros leoninos le añadirían bastante peso. Solo un vampiro podría haberlo sostenido con tanta elegancia. A pesar de su atuendo moderno, Ysabeau trataba a la criatura con la gracia de una dama medieval practicando la cetrería.

En vez de jugar con el grifo, Becca había preferido que Sarah y Agatha le leyeran un cuento. El resto estábamos con Ysabeau para presenciar el raro espectáculo de un grifo alzando el vuelo al aire libre.

Mi suegra tenía un ratón muerto en una mano y el grifo no le quitaba ojo de encima. Cuando levantó el brazo, la criatura se soltó y echó a volar por encima de ella. Rápidamente, lanzó el ratón al aire.

Apolo descendió en picado y lo atrapó con el pico, la cola ondeando a su espalda. Luego volvió hasta Ysabeau y dejó la presa a sus pies.

—¡Bien! —gritó Philip, dando palmas para subrayar su entusiasmo.

Apolo gorjeó algo en respuesta.

—Muy bien. —Philip parecía comprender lo que su grifo le había dicho, por lo que agarró el ratón y lo lanzó con todas sus fuerzas. Cayó a medio metro detrás de él.

Apolo recuperó el ratón en un par de brincos y una vez más lo dejó caer a los pies de Ysabeau.

—Me temo que Apolo no hace suficiente ejercicio, Matthew. Tienes que sacarlo a volar o buscará él solo la forma de divertirse —le advirtió Ysabeau, cogiendo una vez más el ratón. Lo lanzó al otro lado del foso—. No te gustarán las consecuencias.

Apolo salió disparado hasta el borde del agua, sobrevoló su superficie y encontró el ratón entre los carrizos del otro lado. Levantó el vuelo con él en el pico y describió varios círculos por encima de nuestras cabezas antes de que el silbido penetrante de Ysabeau lo trajera de vuelta al suelo.

—Pareces saber mucho de grifos, *grand-mère* —dijo Marcus con suspicacia.

—Un poco —respondió ella—. Nunca fueron demasiado comunes, no como los centauros y las dríades.

—¿Dríades? —repetí con voz ahogada.

—Cuando era niña, había que tener mucho cuidado al atravesar los bosques —explicó Ysabeau—. Las dríades parecían mujeres perfectamente normales, pero, si te detenías a hablar con una, antes de darte cuenta podías acabar rodeada de árboles y sin manera de escapar.

Eché un vistazo al espeso bosque que lindaba con la propiedad por el norte, incómoda al pensar que tal vez los árboles intentasen entablar conversación con Becca.

—En cuanto a los centauros, deberías alegrarte de que Philip no haya hecho aparecer a uno. Pueden ser taimados, por no hablar de que son imposibles de educar. —Ysabeau se acuclilló junto a su nieto—. Dale a Apolo este ratón. Se lo ha ganado.

Apolo sacó la lengua expectante. El niño agarró el ratón por la cola. El grifo abrió el pico y Philip le dejó caer el roedor en el buche.

—Ya está —dijo Philip, frotándose las palmas de las manos para confirmar sus palabras.

—¿Sigues pensando que puedes tejerle un hechizo de camuflaje? —me murmuró Matthew al oído.

No tenía ni idea, pero no me iba a quedar más remedio que replantearme los nudos para que incluyesen unas patas pesadas que anclasen a Apolo al suelo. A la criatura, desde luego, le gustaba volar.

—Siento que Rebecca no se haya quedado a ver el espectáculo de cetrería —dijo Ysabeau—. Habría disfrutado.

—Becca está un poco celosa —expliqué—. Ahora mismo, Philip y Apolo están recibiendo mucha atención.

Philip dejó escapar un enorme bostezo. El grifo lo imitó.

—Creo que es hora de que te eches una siesta. Hoy has tenido muchas emociones. —Matthew levantó a su hijo en el aire—. Ven, vamos a buscar a tu hermana.

—¿Polo también? —preguntó Philip con una sonrisa irresistible.

—Sí, Apolo puede dormir junto a la chimenea. —Matthew me dio un beso—. ¿Te vienes?

—Esta mañana había un cubo de cerezas sobre la encimera. Llevo horas pensando en ellas y preguntándome para qué las usará Marthe —confesé, enfilando hacia la cocina.

Marcus se rio y me abrió la puerta, tan caballeroso como siempre. Ahora sabía que había sido su madre quien le había inculcado tan buenos modales. Mi mente volvió a Hadley y a su historia. ¿Qué les habría sucedido a Catherine y a Patience después de que Marcus huyera?

—¿Diana? —me llamó Marcus, preocupado. Me había quedado parada.

—No pasa nada. Estaba pensando en tu madre, eso es todo. Se sentiría muy orgullosa de ti, Marcus.

Pareció avergonzado. Luego sonrió. Desde que lo conocía nunca había visto una alegría tan franca en su rostro.

—Gracias, Diana —dijo, haciéndome una pequeña reverencia.

En el interior, Marthe deshuesaba las cerezas introduciendo el meñique en cada una de ellas y dejando caer el hueso en un cuenco de acero inoxidable con un satisfactorio ruido metálico.

Extendí la mano hacia el cuenco. Algo me golpeó en los dedos.

—¡Ay!

—¡Las manos quietas! Así nadie saldrá herido —me advirtió Marthe con malicia. Estaba leyendo una nueva novela policiaca y aprendiendo un montón de expresiones.

Ysabeau se sirvió un poco de champán; yo me preparé una taza de té y corté un pedazo de bizcocho de limón recién horneado para consolarme hasta que Marthe declarase abierta la veda de la fruta. Sarah y Agatha se unieron a nosotras. Habían acabado de contarle a Becca el primer cuento —y el segundo— antes de dejarla en las manos expertas de Matthew, quien les cantaría a los gemelos nanas de su infancia hasta que se quedasen dormidos.

—La verdad es que Matthew tiene un don especial con los niños —reconoció Sarah mientras se acercaba a la cafetera. Como siempre, Marthe se había anticipado a su necesidad de cafeína y el café caliente olía de maravilla.

—Los mellizos tienen suerte —dijo Marcus—. No necesitan buscar un buen padre, un verdadero padre, como tuve que hacer yo.

—¿Así que todo el mundo sabe ya lo de Obadiah? —le preguntó Ysabeau a su nieto.

—Todo el mundo menos Phoebe —respondió.

—¿Cómo? —Agatha se quedó de piedra—. Marcus, ¿cómo has podido ocultárselo?

—He intentado contárselo. Un montón de veces. —Marcus sonaba apesadumbrado—. Pero Phoebe no quiere que le hable de mi pasado. Quiere descubrirlo por sí misma, por medio de mi sangre.

—La voz de la sangre es aún menos de fiar que la memoria de los vampiros —advirtió Ysabeau, negando con la cabeza—. No deberías haber aceptado, Marcus. Y deberías saberlo. Has seguido el dictado de tu corazón y no de tu cabeza.

—¡Estaba respetando sus deseos! —insistió Marcus—. Tú dijiste que la escuchara, *grand-mère*. Estaba siguiendo *tus* consejos.

—Parte de envejecer y madurar consiste en aprender qué consejos se deben seguir y cuáles ignorar.

Ysabeau dio un sorbo al champán con los ojos chispeantes. Mi suegra se traía algo entre manos, pero no iba a ser yo quien se lo sonsacara. Así pues, cambié de tema.

—¿Qué es «un verdadero padre», Marcus? —El vocabulario familiar de los vampiros podía resultar confuso y quería estar segura de entenderlo bien—. Acabas de mencionarlo. Obadiah fue tu padre biológico, ¿es lo mismo en términos vampíricos?

—No. —Los hilos de colores alrededor de Marcus empezaron a oscurecerse; el púrpura y el índigo se veían casi negros—. No tiene nada que ver con los vampiros. Un padre verdadero es el hombre que te enseña lo que necesitas saber sobre el mundo y cómo sobrevivir en él. Para mí, Joshua y Zeb fueron padres más verdaderos que Obadiah. Igual que Tom.

—He encontrado en internet algunas cartas relacionadas con el verano de 1776 y la derogación de la prohibición de inocularse en Massachusetts —dije, resuelta a encontrar un tema de conversación menos problemático que el de padres e hijos—. Todo lo que recuerdas encaja con lo que he descubierto. Washington y el Congreso tenían miedo a que una epidemia aniquilase al ejército entero.

—Sus miedos estaban justificados —respondió Marcus—. Cuando por fin encontré a Washington y sus hombres, era principios de noviembre. Las batallas iban a interrumpirse lo que quedaba de año, pero el número de víctimas estaba destinado a aumentar en cuanto cesaran los combates y el ejército se retirase a sus cuarteles de invierno. En aquella época, para los soldados la paz era más mortífera que la guerra.

—Por el contagio —musité—, por supuesto. La viruela se extendería como un reguero de pólvora en un campamento hacinado.

—También estaba el problema de la disciplina —admitió Marcus—. No todo el mundo seguía órdenes a menos que se las diese el mismísimo Washington. Y yo no era el único joven que había huido de casa en busca de aventuras. No obstante, por cada fugado que se alistaba, se diría que desertaran dos hombres. Había tantas idas y venidas que nadie llevaba un registro de los presentes y los ausentes, del origen de uno o del regimiento al que pertenecía.

—¿Fuiste a Albany, como te sugirió Joshua? —le pregunté.

—Sí, pero el ejército no estaba allí. Se había trasladado al este, a Manhattan y Long Island.

—Así que ahí fue cuando te uniste al cuerpo médico. —Estaba deseando juntar los fragmentos de lo que sabía.

—No exactamente. Primero me sumé a una compañía de artilleros. Llevaba más de un mes viajando por la noche. Estaba solo, con más miedo que un potrillo recién parido cada vez que alguien me hablaba y convencido de que me atraparían y me llevarían de vuelta a Massachusetts para responder por la muerte de mi padre —explicó Marcus—. Los Voluntarios de Filadelfia me aceptaron sin preguntas. Ese fue mi primer renacimiento.

Pero no el último.

—Tuve un nuevo padre, el teniente Cuthbert, y hermanos en lugar de hermanas. Hasta una madre, por así decirlo. —Marcus negó con la cabeza—. Gerty la Alemana. Madre mía, llevaba décadas sin pensar en ella. Y la señora Otto. Caray, era formidable. —Su expresión se volvió sombría—. Pero seguía habiendo demasiadas normas y demasiada muerte. Y poquísima libertad...

Marcus se quedó callado.

—Entonces, ¿qué pasó? —lo invité a proseguir.

—Entonces conocí a Matthew —contestó simplemente.

United States National Archives, *Washington Papers*
Carta de George Washington al doctor William Shippen Jr.
Morristown, New Jersey
6 de febrero de 1777

Estimado señor:

Tras descubrir que la viruela se extiende con suma celeridad y temiendo que ninguna precaución pueda evitar que afecte a la totalidad de nuestro ejército, he decidido que las tropas sean inoculadas. Es posible que esta medida se vea acompañada de ciertos inconvenientes y desventajas, mas confío en que sus consecuencias tendrán el más venturoso de los efectos. La necesidad no solo autoriza tal recurso, sino que lo torna necesario, pues si este mal infectase al ejército de la manera natural y lo atacase con su virulencia habitual, deberíamos temer más a la enfermedad que a la espada del enemigo.

[...]

Si nos damos a la tarea de inmediato y nos vemos favorecidos con un feliz éxito, me atrevo a esperar que nuestros soldados pronto se hallarán en condiciones de combatir y que, en breve, dispondremos de un ejército que no será víctima de la mayor de las calamidades que pudiera golpearlo de sobrevenirle la enfermedad de la manera natural.

15

Muerto

Enero-marzo de 1777

Marcus bajó la mirada a lo largo del cañón del rifle que se había llevado de Bunker Hill y apuntó a la cabeza de Jorge III. El retrato estaba clavado a un árbol distante con la punta de una bayoneta rota.

—¿A los ojos o al corazón? —preguntó Marcus a su público, mientras guiñaba un ojo para atinar mejor.

—Jamás acertarás —se carcajeó desdeñoso un soldado—. Está demasiado lejos.

Sin embargo, Marcus era aún mejor tirador que cuando había acabado con la vida de su padre.

El rostro del rey se transformó en el de su progenitor.

Marcus apretó el gatillo. El rifle cobró vida con un chasquido y la corteza salió volando. Cuando el humo se disipó, había un orificio justo entre los ojos del rey inglés.

—Demostrad de qué sois capaces, muchachos. —Adam Swift caminaba entre la muchedumbre agitando la gorra como un feriante. Era irlandés, astuto, inteligente y una fuente de diversión para la mitad del ejército colonial con sus canciones y sus bromas—. Por medio penique tendréis la oportunidad de matar al rey. Poned vuestro granito de pólvora por la libertad. Haced que el rey Georgie pague por lo que ha hecho.

—¡Me pido el siguiente! —gritó un artillero holandés de catorce años llamado Vanderslice, que había huido de un barco recién arribado a Filadelfia y poco después se había unido a los Voluntarios.

—No tienes arma —señaló Swift.

Marcus estaba a punto de prestarle la suya a Vanderslice cuando aparecieron dos oficiales uniformados.

—¡¿Qué significa todo esto?! —El capitán Moulder, responsable designado de los Voluntarios de Filadelfia, observó la escena con desaprobación. El teniente Cuthbert, un veinteañero huesudo de ascendencia escocesa, estaba a su lado.

—No es más que un poco de diversión inofensiva —respondió Cuthbert, fulminando con la mirada a Marcus y Swift.

Las disculpas de Cuthbert habrían satisfecho al capitán si Moulder no hubiera visto al rey Jorge.

—¿Se lo llevaron de un cuadro de Princeton? —exigió saber el capitán—. Porque, en ese caso, la universidad lo querría de vuelta.

Swift frunció los labios y Marcus se puso en guardia.

—El capitán Hamilton afirmó haber dañado el retrato, señor —dijo Cuthbert, tratando de desviar la culpa a alguien más capacitado para afrontarla—. Atravesó el lienzo con una bala de cañón.

—¡Hamilton! —se indignó Vanderslice—. Él no tuvo nada que ver, Cuthbert. Fuimos nosotros tres quienes lo sacamos del marco.

Eso era precisamente lo que Moulder se temía.

—A mi tienda. Ahora. ¡Los tres! —bramó.

Marcus esperaba delante del capitán Moulder, flanqueado por Swift y Vanderslice. El teniente Cuthbert, apostado a la entrada de la tienda, mantenía al resto del regimiento a buena distancia de la ira de su superior, aunque al alcance del oído. Cuthbert era muy apreciado. Se negaba a aguantarles tonterías a los hombres a su cargo, a la vez que ignoraba la mayoría de las instrucciones que le daban sus oficiales superiores. Era el estilo de liderazgo ideal para el ejército continental.

—Debería mandar que los azotaran —dijo el capitán Moulder. Levantó el pedazo de lienzo inerte con el rostro desfigurado de su antiguo soberano—. ¿Qué demonios se les pasó por la cabeza para llevárselo?

Vanderslice miró a Marcus. Swift miró al techo.

—Queríamos usarlo para practicar, señor —respondió Marcus, mirando a Moulder a los ojos. Le parecía un abusón y él tenía bastante experiencia con ese tipo de personas—. Fue culpa mía. Vanderslice y Swift trataron de detenerme.

El adolescente se quedó boquiabierto por el asombro. Eso no era en absoluto lo que había sucedido. En Princeton, Marcus se había subido a hombros de Swift y había usado una bayoneta británica recogida del campo de batalla para decapitar el retrato del rey. Vanderslice había estado animándolo todo el tiempo.

Swift lanzó a Marcus una mirada de aprobación.

—¿Y usted quién diablos es? —preguntó Moulder con los ojos entrecerrados.

—Mar... Galen Chauncey. —Marcus aún tendía a farfullar su nombre de pila cuando se sentía presionado.

—Lo llamamos Doc —añadió Vanderslice.

—¿Doc? Usted no es de Filadelfia. Y no recuerdo haberlo alistado —replicó Moulder.

—No. Fui yo, mi capitán —mintió Cuthbert con seguridad y despreocupación, las marcas de alguien acostumbrado a la mentira—. Es un primo lejano. De Delaware. Buen tirador. Pensé que sería útil manejando un mosquete en caso de que los británicos rebasaran nuestros cañones.

Aquel cuento de los orígenes de Marcus era completamente inventado, pero sirvió para aplacar al capitán, al menos en lo referente a cómo había entrado a formar parte de su regimiento.

Moulder extendió el lienzo. Quedaba poco del rostro de Jorge III. Habían desaparecido los ojos, la boca no era más que un agujero y la cabellera empolvada del monarca estaba salpicada de plomo.

—Bueno, al menos una cosa es cierta —admitió Moulder—. El muchacho es buen tirador.

—Doc me salvó la vida en Princeton —dijo Swift—. Le metió una bala por el ojo a un soldado británico. Y le curó la mano al teniente cuando se la quemó. Es útil tenerlo cerca, señor.

—¿Y estos? —Moulder levantó dos semicírculos de latón, finamente grabados, que había encontrado en el petate de Marcus mientras buscaba otros frutos del saqueo—. No me digan que es instrumental médico.

—Cuadrantes —respondió Swift—. O lo serán cuando hayamos terminado con ellos.

Además de la cabeza de Jorge III, Marcus se había llevado dos pedazos de la esfera armilar que había delante de la sala en la que habían encontrado el retrato del rey. Otros soldados habían roto el cristal y parte del delicado mecanismo que reproducía el desfile de los planetas por el firmamento. Marcus se había guardado los restos porque le recordaban a su madre y a su hogar.

—Tendré que informar al general Washington de estas prácticas suyas de tiro al blanco. —Moulder suspiró—. ¿Qué propone que le diga, Swift?

—Yo le diría que fue el capitán Hamilton —respondió este—. A ese pisaverde le gusta atribuirse el mérito de todo, sea responsable o no de ello.

Eso era innegable, así que el capitán Moulder ni siquiera intentó contradecirlo.

—Lárguense todos de mi vista —los despidió Moulder con voz cansada—. Le diré al general que el teniente Cuthbert ya los ha castigado. Y voy a suspenderlos de sueldo.

—¿Sueldo? —Swift soltó una carcajada—. ¿Qué sueldo?

—Gracias, mi capitán. Me ocuparé de que algo así no vuelva a suceder. —Cuthbert agarró a Swift del pescuezo—. Que disfrute del almuerzo, señor.

Fuera de la tienda, Vanderslice, Swift y Marcus fueron recibidos en silencio. Enseguida llegaron las palmadas en la espalda, las ofertas de tragos de ron y ginebra, y las sonrisas orgullosas.

—Gracias, Doc —dijo Vanderslice, aliviado por que no fueran a azotarlo.

—Mientes como un irlandés, Doc —añadió Adam Swift, propinándole un golpecito en la cabeza con su gorra—. Ya sabía yo que me gustabas.

—Los Voluntarios se guardan las espaldas —le murmuró Cuthbert al oído—. Ahora eres uno de los nuestros.

Por primera vez desde que dejara a Joshua y a Zeb en Hadley, Marcus sintió que pertenecía a un lugar.

Días después de que los llevaran ante Moulder, Marcus y Vanderslice compartían lo que se consideraba una hoguera en los cuarteles de invierno de Washington: una pila de troncos húmedos que humeaban y daban muy poco calor. Marcus no sentía los dedos de las manos ni los de los pies, y el aire estaba tan frío que quemaba la piel antes de descender como una llamarada hasta los pulmones.

Las temperaturas glaciales dificultaban la conversación, pero Vanderslice no se dejaba amedrentar. El único tema que el chiquillo se negaba a abordar era su vida antes de formar parte de la compañía de artilleros de Filadelfia. Ese era el motivo por el que había surgido su amistad con Marcus. Mientras que la mayoría de los soldados no hablaban más que de sus madres, las muchachas a las que habían dejado atrás y los allegados que luchaban para Washington en otros regimientos, se diría que Marcus y Vanderslice hubieran nacido en noviembre y solo recordasen la vida con los Voluntarios: su retirada de Manhattan después de perder el fuerte Washington, la batalla de Trenton en Navidad y la más reciente, cerca de la universidad de Princeton.

—«Dos ángeles llegaron del norte; / el uno llamado Fuego, el otro Hielo; / Hielo le dijo a Fuego: "Vete, vete; / en nombre de Jesús, vete"» —recitó Vanderslice antes de soplarse los dedos enrojecidos por el frío. Solo tenía un guante y no dejaba de cambiárselo de una mano a la otra.

—Me pregunto si, repitiéndolo de atrás adelante, podríamos expulsar el frío. —Marcus se embozó en la bufanda de lana que le había quitado a un soldado fallecido tras la batalla de Princeton.

—Probablemente. Las oraciones son poderosas —respondió Vanderslice—. ¿Te sabes otras?

—«Lo que en enero se hiela, en julio se amputa». —Era más una profecía que una oración, pero Marcus la recitó igualmente.

—A mí no me engañas, yanqui. Eso no lo aprendiste en la iglesia. —Vanderslice se llevó la mano al bolsillo y extrajo una pequeña petaca—. ¿Quieres un poco de ron? Lleva pólvora de cañón para darte valor.

Marcus lo olfateó por precaución.

—Te irás por las patas abajo si sigues bebiendo de eso —le advirtió, devolviéndole la petaca—. Es aceite de ricino.

El teniente Cuthbert se acercó a la lumbre, atrayendo la atención del resto de los Voluntarios, que se apiñaron alrededor para ver qué sucedía.

—Menuda prisa llevas —señaló Adam Swift con su marcado acento irlandés. Había sido uno de los primeros en alistarse cuando se crearon compañías de voluntarios y, a efectos prácticos, actuaba como brazo derecho de Cuthbert.

—Nos vamos a casa. —Cuthbert acalló rápidamente los gritos de alivio—. Lo ha dicho una de las putas, que se enteró por uno de los edecanes de Washington, que había oído al general hablando con otros oficiales.

Los miembros del regimiento se pusieron a discutir sobre sus planes para la vuelta. Marcus se estremeció del frío que se filtraba a través de su abrigo. Él no era de Filadelfia. Tendría que encontrar otro regimiento al que unirse, y pronto. Tal vez se viera obligado a volver a cambiar de nombre. Si Washington desmantelaba su cuartel de invierno y mandaba a todo el mundo a casa, Marcus necesitaría algún lugar al que ir.

—¿Vienes con nosotros, Doc? —Swift le dio un codazo amistoso en las costillas.

Marcus sonrió y asintió, pero sentía un nudo frío en el estómago. Carecía de habilidades que resultasen útiles en Filadelfia. No habría labores agrícolas hasta la primavera.

—Por supuesto que Doc se viene. Va a colgar un cartel a la puerta de donde Gerty la Alemana para vender sus servicios médicos —dijo Cuthbert, levantando el pulgar—. Yo me pondré delante para dar fe de tu talento.

—Déjame verlo —le pidió Marcus al tiempo que se ponía en pie. Sus articulaciones heladas protestaron por el cambio de postura. Qué no habría dado por un poco de linimento de Tom Buckland para aliviar el dolor de huesos.

Cuthbert, obediente, le tendió la mano. Marcus la miró de cerca, subiéndole la manga para examinarle también el brazo. En Princeton, Cuthbert había agarrado una grata por el lado incorrecto y algunos de los alambres se le habían clavado en el pulgar. Todavía lo tenía enrojecido, pero ya no estaba tan hinchado como antes.

—No hay marcas rojas. Eso es bueno. No está infectado. —Marcus palpó la piel alrededor de la herida. Había algo de supuración, pero no mucha—. Debes de tener la constitución de un buey, teniente.

—¡Eh! —Un hombre menudo y entrado en años, con una peluca que debía de haberse pasado de moda hacía por lo menos cuarenta, apuntó hacia Marcus—. ¿Quién es usted?

—Galen Chauncey —respondió Marcus con toda la confianza posible. Cuthbert lo miró de soslayo.

—¿Es el cirujano castrense de estos hombres? —Cuanto más largas eran sus frases, más evidente resultaba su acento alemán, cuyas erres sonaban extrañas.

Sintiendo que podía producirse una crisis, Cuthbert dio rienda suelta a sus considerables encantos.

—¿En qué puedo ayudarlo, señor...?

—Doctor Otto —respondió el hombre, plantando sus pies con seguridad—. Esta es la compañía de Pensilvania, *ja*?

—Sí —admitió Cuthbert.

—Soy el cirujano jefe de las compañías de Pensilvania y no conozco a este hombre. —Miró a Marcus de la cabeza a los pies—. No parece uno de los nuestros. Esa camisa es muy rara.

—Doc no es raro. Es un yanqui, eso es todo —lo defendió Swift.

Marcus le clavó la mirada. No era algo que quisiera que supiesen los oficiales.

—¿Doc? —La voz del doctor Otto se elevó.

—No soy doctor como tal —se apresuró a decir Marcus—. Aprendí algunos trucos para curar de un viejo amigo en mi pueblo, eso es todo.

—¿Trucos? —Las cejas de Otto se elevaron tanto como su voz.

—Habilidades —se corrigió Marcus.

—Si tantas habilidades tiene usted, dígame: ¿cuáles son las propiedades curativas del mercurio? —exigió saber el médico.

—Tratar lesiones cutáneas —respondió Marcus, feliz de recordar parte de lo que había aprendido en los libros de medicina de Tom.

—¿Y para qué administraría calomelanos y jalapa?

—Para purgar el vientre —respondió a toda prisa Marcus.

—Veo que conoce los métodos del doctor Rush. ¿Y qué sabe del doctor Sutton? —Los ojos oscuros del doctor Otto se clavaron con intensidad en Marcus.

—Sé que cobra demasiado a la gente normal como para que pueda permitirse sus servicios —dijo Marcus, cansado del interrogatorio. Se subió la manga. La cicatriz abultada de su propia inoculación aún se le veía en el brazo y posiblemente se le notase de por vida—. Y sé cómo funciona este método. ¿Alguna otra pregunta?

—No. —Otto parpadeó—. Venga conmigo.

—¿Por qué? —preguntó Marcus con preocupación.

—Porque, señor Doc, a partir de ahora va a trabajar para mí. No debería estar empuñando un arma, sino en el hospital.

—Pero pertenezco al regimiento. —Marcus miró a los hombres de su compañía buscando su apoyo, pero Cuthbert se limitó a negar con la cabeza.

—Pasarán meses antes de que volvamos al campo de batalla —dijo—. Puedes hacer más por la causa de la libertad acompañando al doctor que si te dedicas todo el invierno a beber con Vanderslice y Swift.

—¿A qué espera, herr Doc? —exigió el doctor Otto—. Le he dado una orden. Recoja sus cosas y traiga su manta. Las mías las tienen los soldados convalecientes.

Después de Hadley, el camino de la vida de Marcus había resultado tan tortuoso y sombrío como una senda por el bosque. Lo había llevado de Nueva Inglaterra a Nueva York, siempre al borde de la batalla y siempre con miedo a que lo capturasen por desertor, espía o asesino. Luego los Voluntarios le habían permitido sumarse a sus filas y la senda se había convertido en un camino despejado hasta diciembre y luego hasta enero.

Sin embargo, los Voluntarios iban a regresar al confort del hogar. La vida de Marcus iba a tomar un rumbo nuevo y extraño gracias a aquel menudo y estrafalario médico alemán dispuesto a sacarlo del campo humeante y superpoblado para lanzarlo al universo sangriento de los hospitales del ejército de Washington. Para Marcus, era la oportunidad de escapar aún más lejos de lo sucedido en su pasado. Recordó lo que Sarah Bishop le había dicho en Bunker Hill: el ejército iba a necesitar más cirujanos que soldados.

Aun así, dudó al verse en aquella encrucijada imprevista.

—Adelante —dijo Swift, arrojándole su pesada talega—. Además, si no te gusta, podrás encontrarnos casi a diario en la taberna de Gerty la Alemana. Está en los muelles de Filadelfia. Cualquiera podrá indicarte el camino.

Al abandonar la hoguera de los Voluntarios, el ejército de Washington por fin se desplegó ante Marcus en toda su miseria y confusión. Hasta ese momento no había explorado el resto del campamento por miedo a ver a alguien de Massachusetts, cosa poco probable, ya que poseía una población que rivalizaría con una gran ciudad y su topografía era igualmente desordenada. No obstante, el doctor Otto parecía conocer hasta el último callejón o atajo y se movía con seguridad entre las tropas, sus fogatas humeantes y las banderas rotas y manchadas que ondeaban con orgullo en el centro de cada compañía para identificar qué pedazo de tierra helada pertenecía a Connecticut y cuál a Virginia.

—Necios —murmuró Otto, apartando de un manotazo el estandarte de un regimiento de New Jersey, que tableteaba con el viento frío.

—¿Disculpe? —Marcus trataba de seguirle el paso al hombre maduro.

—Están tan ocupados peleando entre ellos que no es de extrañar que los británicos vayan ganando. —Otto reparó en un soldado sentado sobre un tronco caído con la pierna ennegrecida y supurante—. Eh, tú. Procura que tu cirujano te vea esa pierna o la perderás, *ja?*

Marcus le echó un vistazo rápido a la pierna. Jamás había visto nada tan espantoso. ¿Qué habría hecho aquel hombre para causarse semejante lesión?

—Se la quemó con pólvora y luego marchó en mitad del frío y con unas raciones escasísimas. ¡Y sin zapatos! —Otto prosiguió a través del campamento, su acento más fuerte con cada paso—. Es pura idiocia. Una locura. Dentro de poco, al Gran Hombre no le quedará ejército con el que luchar.

Marcus entendió que el Gran Hombre era Washington. Había visto al general tres veces: una a caballo, vigilando el río Hudson en tanto que el fuerte Washington caía ante las tropas de Hesse; otra vez en Trenton, mientras se subía a un bote para cruzar el Delaware, y la tercera en Princeton, cuando estuvo a punto de recibir un disparo de uno de sus propios cañones. A pie les sacaba más de una cabeza al resto de sus hombres; a caballo era como uno de los héroes de antaño.

—Un ejército. Un campamento. Un servicio médico. Esa es la manera de ganar una guerra —murmuró Otto—. Connecticut tiene botiquines, pero sin medicinas. Maryland tiene medicinas, pero no vendas. Virginia tiene vendas, pero ningún botiquín en que guardarlas, por lo que se han echado a perder. Suma y sigue. Una locura. —El médico se detuvo de repente y Marcus se chocó con él, por lo que estuvo a punto de derribarlo—. Voy a hacerle una pregunta: ¿cómo se supone que vamos a curar a estos hombres si Washington no escucha? —Suspiró, con la peluca inclinada hacia un lado, como si ella también cavilase sobre la cuestión. Marcus se encogió de hombros—. Exactamente. Tenemos que hacer lo que podamos a pesar de estos lunáticos.

—Esa ha sido mi experiencia, señor —dijo Marcus, esperando apaciguar al irascible alemán.

Otto parecía malhumorado, pero por fin habían llegado a su destino: una amplia tienda en los límites del campamento. Más allá se extendía Morristown. Marcus se había percatado de la prosperidad de la ciudad y su atmósfera febril, incluso en mitad de la guerra y del invierno.

Alrededor de la tienda, los hombres cargaban cajas en carros y descargaban otras de carretas procedentes del campo. Una tropa de muchachos de la zona cortaba una enorme pila de troncos para hacer leña para las hogueras. Un grupo de mujeres removían calderos de agua en los que hervían mantas.

Un hombre de aspecto cansado con un delantal manchado de sangre fumaba una pipa sentado en un cubo puesto del revés.

—Doctor Cochran, este es mi nuevo asistente —dijo el doctor Otto—. Se llama Margalen MacChauncey Doc. Suena escocés, *ja?*

—¿Escocés? No, no lo creo, Bodo —respondió el doctor Cochran, con un deje arrastrado que a Marcus le recordó a su abuelo MacNeil—. ¿De dónde eres, muchacho?

—De Mass... De Filadelfia. —Marcus se corrigió justo a tiempo. Un error que podría costarle la vida si lo oía alguien con una curiosidad malsana.

—A mí me suena extraño —añadió Otto con su fuerte acento—. Unos chicos de Filadelfia dijeron que era yanqui, pero no sé si creerlo.

—Bien podría serlo. —Cochran observó a Marcus de cerca—. Los yanquis tienen nombres de lo más peculiar. He oído llamar a alguno Submit o Endeavour o Fortitude. ¿Tiene experiencia? Parece demasiado joven para saber gran cosa, Bodo.

Marcus se sintió ofendido.

—Está familiarizado con los métodos del doctor Rush —dijo Otto— y sabe cómo evacuarle los intestinos a un hombre de la manera más expeditiva.

—Hum —respondió Cochran, chupando la pipa—. Para eso no necesitamos ayuda. En este ejército, no.

—El muchacho también ha oído hablar del doctor Sutton. —El doctor Otto parpadeó como las lechuzas que anidaban en el granero de Hadley.

—Ah, ¿sí? —Cochran sonó pensativo—. Bueno, en ese caso veamos si conoce algo más útil que las curas extremas del doctor Rush. Si tu paciente se quejase de reumatismo y dolor de articulaciones, ¿cómo le provocarías la sudación, muchacho?

Más preguntas. Marcus habría preferido volverse con los Voluntarios que soportar que los cirujanos castrenses lo examinasen y reprendiesen como a un colegial.

—Haría que lo examinase un comité de oficiales médicos, doctor Cochran —replicó Marcus—. Y me llamo Chauncey, si no le importa.

Cochran soltó una carcajada atronadora.

—¿Qué le parece, doctor Cochran? ¿Acaso no he encontrado un sustituto adecuado para aquel joven asustadizo que huyó en Princeton? —preguntó Otto.

—Sí. Nos servirá. —Cochran prensó el tabaco en la pipa y se la guardó en el bolsillo—. Bienvenido al cuerpo médico del ejército, Doc..., o como quiera que se llame usted.

Por segunda vez en su corta vida, Marcus se deshizo de una identidad para adoptar otra.

El tiempo transcurría en el cuerpo médico de forma distinta que en la granja de Hadley (donde nada parecía cambiar salvo las estaciones), en su vida como fugitivo (en la que cada día era distinto) o en el breve lapso en que permaneció con los Voluntarios de Filadelfia (cuando el tiempo pasaba tan rápido que uno no tenía la oportunidad de pensar). En el hospital temporal del ejército en Morristown, el tiempo iba pasando en un caudal interminable de heridas y enfermedades que corría entre mesas y camillas, entre cajas de vendas y paquetes de medicamentos. En cuanto entraba un paciente nuevo, otro salía. Algunos en cajas de pino, destinadas al cementerio excavado en las afueras del pueblo. A los más afortunados los mandaban a casa a recuperarse de fracturas, heridas de bala o casos de disentería. Otros languidecían en los pabellones, mal alimentados y peor alojados, incapaces de morir, pero igualmente incapaces de curarse.

Al ser el último en incorporarse, a Marcus al principio lo habían destinado a la parte del hospital reservada a hombres con lesiones y enfermedades leves. Las tareas allí eran humildes y no precisaban de conocimiento médico alguno. Aquello le permitió adaptarse al ritmo de su nuevo entorno y adquirir nuevas competencias. Marcus fue aprendiendo a diagnosticar a pacientes observando cuidadosamente sus miembros agitados, el ritmo de su respiración mientras dormían y las manchas de color que aparecían en mitad de la noche e indicaban que la infección se había instalado en el organismo.

Las horas nocturnas también ofrecían a Marcus la oportunidad de escuchar a hurtadillas a los oficiales médicos experimentados, quienes se reunían a charlar alrededor de una estufa vieja y poco eficiente cuando los pabellones estaban tranquilos, una vez que los pacientes se habían rendido al sueño agitado que sus lesiones permitían y apenas quedaba al cargo un reducido equipo de asistentes como Marcus.

Cochran estaba fumando en pipa, algo que hacía a la menor ocasión, incluso en mitad de una operación quirúrgica. Otto se balanceaba lentamente en una mecedora con los arcos desiguales, por lo que daba la impresión de montar un caballito de madera cojo.

—Si vamos a quedarnos en Morristown, habrá que disponer de alojamientos adecuados, con letrinas cavadas lejos de los soldados —comentó el doctor Otto—. La disentería y el tifus son más mortíferos que las balas de los ingleses.

—Las tripas flojas, al igual que la sarna, son gajes de la vida en el ejército. La viruela, en cambio... —Cochran se quedó callado. Le dio una chupada a la pipa y el humo le envolvió la cabeza—. Tendremos que inocularlos a todos, Bodo, hasta el último de ellos, o el ejército entero estará muerto antes de que llegue el deshielo de la primavera.

—No hay nada rápido en la vida de un ejército, salvo la retirada —observó el doctor Otto.

Marcus no pudo evitar una carcajada de aquiescencia, pero trató de taparla con un acceso de tos.

—Somos conscientes de que puede oírnos, señor Doc —dijo Otto con sequedad—. Es usted como uno de los perros del Gran Hombre, con el oído y el ojo siempre atentos. Pero, como son rasgos convenientes en un médico, se lo permitimos.

—Washington me ha dicho que pronto iré a Pensilvania a abrir un hospital. Pero si el general acepta inocular a todo el ejército, como esperamos, la tarea recaerá principalmente sobre tus hombros en Trenton, Bodo —señaló el doctor Cochran, retomando la conversación.

—*Das ist mir Wurst*, amigo mío —replicó Otto—. Tengo a mis hijos para ayudarme, a menos que quiera llevárselos con usted.

Los tres hijos del doctor Otto eran médicos, cuidadosamente formados por su padre para tratar toda una serie de enfermedades corrientes y llevar a cabo intervenciones quirúrgicas. Sabían preparar remedios, suturar heridas y diagnosticar las quejas de los pacientes. Marcus los había visto trabajar en las distintas salas, siguiendo a su padre como una bandada de devotos polluelos, y le habían sorprendido su competencia y sangre fría frente a los espectáculos más horripilantes.

—Gracias, Bodo, pero mi personal no abandonó a sus pacientes y se fue a casa como hicieron tantos otros. Estoy bien servido, por el momento. —Cochran ladeó la cabeza en dirección a Marcus—. ¿Qué vas a hacer con él?

—Llevármelo a Trenton, por supuesto, y ver si puedo hacer de él un médico de verdad, no solo de nombre —respondió el doctor Otto.

Marcus pensaba que no volvería a ver Trenton jamás. Casi había muerto por congelación en aquel lugar, esperando a cruzar el río Delaware con el resto de las tropas de Washington durante los días sombríos previos a la Navidad, cuando todo parecía perdido.

En ese momento, la ciudad era muy distinta. Allí, bajo el mayor de los secretos y las órdenes directas del general Washington, el doctor Otto y su equipo estaban inoculando a la totalidad del ejército continental.

Esos días, los bolsillos de Marcus portaban carretes de hilo y escalpelos en lugar de mechas y munición. El doctor Otto tenía unos principios estrictos en cuanto a la limpieza, por lo que los bisturís se hervían cada noche en una mezcla de vinagre y jabón. Una vez que una hebra había sido utilizada, se depositaba en una palangana cuyo contenido se arrojaba a las estufas y se quemaba al terminar cada jornada. Para evitar que la ropa transmitiese la infección, se desnudaba a todos los soldados y se los envolvía en mantas. La señora Dolly, miembro indispensable del personal del doctor Otto, se había trasladado a Trenton con los tres hijos del médico, su botiquín y los calderos de hierro para la colada, que parecían no tener fondo. Era ella quien se encargaba de lavar las prendas desgastadas de los soldados y, dado el caso, devolvérselas una vez curados de la viruela.

Los barracones de Trenton albergaban a hombres de todos los rincones de las colonias que seguían algún tipo de tratamiento. Sureños de suave acento descansaban junto a neoyorquinos de lengua veloz y yanquis de vocales arrastradas. En aquellas largas noches, Marcus oyó más de una historia soldadesca mientras limpiaba entre los hombres. Algunos muchachos no llegaban a los quince años y se habían alistado en lugar de un adulto que no quería ir a la guerra. Otros eran curtidos veteranos que contaban relatos desgarradores de campañas anteriores para pasar el rato mientras esperaban a que la inoculación les hiciese efecto.

Todos ellos, jóvenes y viejos, de los estados del sur o de Nueva Inglaterra, desconfiaban de la inoculación. El doctor Otto era un buen profesor y les explicaba pacientemente el proceso y por qué el general Washington había ordenado que todo el ejército se sometiera a él.

Tales explicaciones podían tener sentido desde el punto de vista médico, pero hacían poco por tranquilizar a los soldados. Conforme la viruela se extendía, crecía también el miedo. Aunque muchos de los soldados continentales conocían al menos a una persona que había sobrevivido a la inoculación, la mayoría también conocía a alguien que no había tenido tanta suerte. El doctor Otto llevaba un registro meticuloso de los soldados inoculados, en el que apuntaba especialmente el progreso de la fiebre en cada uno de ellos, la gravedad de sus síntomas y si sobrevivían o morían. Si un soldado se negaba a la inoculación, el médico le enseñaba los casos de éxito. Si eso tampoco convencía al soldado, vociferaba que él seguía las órdenes del general Washington.

Hasta el momento, el médico no había perdido ni un solo paciente por la inoculación, a pesar de que había hombres que *sí* morían en el hospital por la viruela de la que se habían contagiado en los campos.

A finales de febrero, ascendieron a Marcus: ya no se encargaba de tareas menores en los pabellones, sino que realizaba las inoculaciones él mismo. Aquella noche, después de una jornada larguísima, solo le quedaba un soldado al que ver antes de poder dejar el hospital y disfrutar de unas horas de sueño.

—¿Cómo te llamas? —preguntó Marcus al nuevo paciente mientras se sentaba al borde de su cama. Tendría más o menos su edad, la cara lisa y una expresión inquieta.

—Silas Hubbard —respondió el joven.

Marcus sacó un bisturí y una caja de latón. El soldado, al verlo, apenas pudo controlar el miedo.

—¿De dónde eres, Silas?

—De aquí y allá. Connecticut. Más o menos —confesó—. ¿Y tú?

—Nueva York. Más o menos. —Marcus levantó la tapa de la caja. En el interior había pedazos de hilo, todos ellos impregnados del fluido de las pústulas de otros pacientes inoculados de viruela.

—¿Esto me va a matar, Doc? —preguntó Hubbard.

—Es probable que no —respondió Marcus, antes de mostrarle la cicatriz de su brazo izquierdo—. Lo que voy a hacerte me lo hicieron a mí el verano pasado. Y aquí estoy apenas seis meses después, muriéndome de frío en el ejército de Washington.

Hubbard le dirigió una sonrisa vacilante.

—Dame el brazo y te daré a cambio un acceso leve de viruela. Así sobrevivirás al invierno y, llegada la primavera, podrás tener un acceso grave de sarna —bromeó Marcus para aligerar la atmósfera con el humor típico de los soldados.

—¿Y qué vas a hacer por mí cuando me atormenten los picores?

—Nada —respondió Marcus con una sonrisa—, a menos que Washington me dé órdenes de rascarte.

—Vi a Washington. En Princeton.

Hubbard se arrellanó contra las almohadas y cerró los ojos. Obediente, le tendió el brazo a Marcus mientras este buscaba un buen lugar en el que efectuar las incisiones superficiales. Encontró un lugar entre dos cicatrices antiguas, abultadas y retorcidas. Se preguntó cómo —o quién— se las habría hecho.

—Ojalá fuera mi padre —comento Silas con voz melancólica—. Dicen que es tan justo como arrojado.

—Es lo mismo que he oído yo —respondió Marcus, mientras cortaba la piel de Hubbard con el escalpelo. El muchacho ni siquiera pestañeó—. Dios no le dio hijos al general. Supongo que ese será el motivo por el que le ha dado un ejército: para que pueda ser el padre de todos nosotros.

En ese momento sintió una corriente de aire frío en los hombros. Se dio la vuelta, esperando ver al asistente que iba a relevarlo.

En su lugar, lo que vio le puso los pelos de punta.

Un hombre alto, con la cazadora y los pantalones de gamuza propios del Regimiento de Infantería de Virginia, se movía en silencio entre las camas. Sus pies no hacían ruido alguno a pesar de que Marcus sabía que los tablones mal encajados crujían a la menor presión en el suelo. Había algo en él que le resultaba familiar, por lo que buscó entre sus recuerdos, tratando de situarlo.

Entonces se acordó de dónde había visto antes aquella cara lobuna.

Era el tirador de New Hampshire caído en Bunker Hill. Solo que estaba vivo. Y vestía como si fuera de Virginia, no de Nueva Inglaterra.

Sus miradas se cruzaron.

—Vaya, vaya. Yo te conozco. —El hombre ladeó levemente la cabeza—. Me robaste el rifle. En Bunker Hill.

—¿Cole? —musitó Marcus.

Entonces parpadeó.

El hombre había desaparecido.

Pennsylvania Packet
26 de agosto de 1777
página 3

DIECISÉIS DÓLARES DE RECOMPENSA
Ha sido robado de los pastos del que suscribe, en North Milford Hundred, condado de Cecil, Maryland, la noche del pasado 3 de julio, una yegua parda, de unas catorce manos de alzada, con la cola y las crines negras, de trote natural, recién herrada, con una pequeña mancha en la frente y un notable mechón blanco en la coronilla que se extiende hasta la raíz de las orejas. Quienquiera que prenda a la yegua y al ladrón, de modo que el dueño recupere al animal y lleve al maleante ante la justicia, recibirá la recompensa arriba mencionada, y por la yegua sola se le recompensará con OCHO DÓLARES de parte de

PETER BAULDEN

VEINTE DÓLARES DE RECOMPENSA
Desertaron anoche del campamento de la compañía del capitán Rowland Maddison, 12.º Regimiento de Virginia, comandado por el coronel James Wood, en la brigada del general Scott, JOSEPH COMTON, de dieciocho o diecinueve años de edad, de cinco pies y ocho pulgadas de estatura, de complexión morena; y William Bassett, de la misma edad, de cinco pies y seis pulgadas de estatura, de complexión clara, tiene dos de los dientes delanteros. Lleváronse con ellos una manta y otras prendas habituales de los soldados, así como cierta cantidad de cartuchos. Quienquiera que prenda a los desertores y los traiga al cuartel general del campamento, o bien los encierre en cualesquiera de los calabozos de los estados y dé noticia de ello, recibirá la recompensa arriba mencionada y todos los gastos razonables, o bien DIEZ DÓLARES por cada uno de ellos.

ROWLAND MADDISON, capitán
Freehold, condado de Monmouth, New Jersey, 11 de agosto

DIEZ DÓLARES DE RECOMPENSA

Desertó de la compañía del capitán John Burrowes, en el regimiento de las tropas continentales del coronel David Forman, el pasado 6 de julio, un tal George Shade, de unos veinticuatro años de edad, de cinco pies y ocho pulgadas de estatura, con cabello claro y ojos azules, una de las piernas más gruesa que la otra debido a una fractura. Supuestamente se halla a bordo de uno de los navíos de guerra del río Delaware. Quienquiera que prenda a tal desertor y lo retenga, de modo que pueda ser atrapado, recibirá la recompensa arriba mencionada y todos los gastos razonables.

John Burrowes, capitán

16
Herido

AGOSTO-SEPTIEMBRE DE 1777

La taberna de Gerty estaba tranquila una vez que los comerciantes habían terminado con las transacciones de mediodía y todavía no habían vuelto de los muelles de Filadelfia al acabar la jornada para compartir un trago con los amigos. Hacía un calor asfixiante en el ajetreado cruce de Spruce Street y Front Street, y el sol implacable proyectaba sobre los embarcaderos la sombra de los mástiles de los navíos. Las temperaturas no alcanzarían el máximo hasta las tres. Para entonces, Marcus sospechaba que Gerty podría freír beicon a la puerta del establecimiento y la ciudad sería invivible por el hedor procedente de las curtidurías y la basura en las calles.

Se sentó en un rincón junto al vano profundo de la ventana abierta, junto al esqueleto articulado de un hombre que Gerty les había ganado a los estudiantes de medicina en una partida de cartas. Desde entonces decoraba el salón delantero, adornado con avisos y notas fijados a las costillas, una pipa calada entre los dientes y viejas entradas para las conferencias de anatomía atrapadas entre sus dedos huesudos.

Marcus leía el *Pennsylvania Packet*. Había tomado la costumbre de ojear los periódicos que Gerty tenía en el establecimiento en busca de noticias de Massachusetts. Al principio lo hacía por miedo, buscando menciones del asesinato de Obadiah. Pero había pasado casi un año y seguía sin aparecer acusación alguna contra un joven rubio que respondiera al nombre de MacNeil. En ese momento lo hacía movido por la nostalgia y las ganas de recibir noticias de casa. Pero había pocas. En los últimos tiempos, los periódicos estaban llenos de recompensas para quien prendiera a un desertor del ejército o devolviera un caballo perdido o robado, así como de noticias de las últimas maniobras de los británicos a lo largo de la costa.

—Buenas tardes, Doc. —Vanderslice se dejó caer en el banco de enfrente y apoyó los pies en el alféizar—. ¿Qué hay de nuevo por el mundo?

—La gente no hace más que huir —dijo Marcus, recorriendo con la mirada las columnas impresas.

—Si pudiera, yo también huiría de este calor. —Vanderslice se enjugó la frente con el faldón de la camisa de tejido basto. Había sido un verano exageradamente caluroso incluso para Filadelfia—. ¿Por qué el doctor Franklin no ha inventado una forma de pararlo? Tengo entendido que tiene soluciones para todo.

—Franklin sigue en París, probablemente comiendo fresas heladas con cuchara —respondió Marcus—. No creo que tenga tiempo para preocuparse de nosotros, Vanderslice.

—Fresas heladas. Me siento más fresco solo de imaginarlas. —Vanderslice sacó una tarjeta de la mano del esqueleto y se abanicó con ella—. Y es probable que la cuchara la sujete una elegante dama francesa.

Una mujer desaliñada de edad indeterminada, con la piel marcada de viruela y un cabello naranja que desafiaba a la naturaleza, llegó hasta la mesa. Llevaba un vestido verde cotorra, manchado de vino y prieto sobre el pecho.

—Será a ti a quien haya que alimentar con cuchara si no quitas tus sucias botas de mi pared —dijo Gerty, bajándole a Vanderslice los pies al suelo de un empujón.

—Ay, Gert. —El muchacho le dirigió una mirada lastimera—. Solo quería ver si se siente algo de brisa en las piernas.

—Dame un chelín y yo te las soplaré. —Gerty frunció los labios, lista para hacerlo, pero Vanderslice no aceptó la oferta—. ¿Cuándo te van a pagar, Claes? Me debes dinero.

—Y te lo daré —le prometió Vanderslice—. Ya sabes que cumplo mi palabra.

—Hum. —Gerty no lo tenía nada claro, pero le gustaba el joven holandés—. Necesito que me reparen algunas ventanas. Si no me pagas antes del viernes, no te quedará otra que trabajar para saldar la cerveza que te bebes.

—Gracias, Gert. —Vanderslice siguió abanicándose—. Eres una alhaja.

—Y gracias también de mi parte, Gerty. —Marcus dejó una moneda de cobre en la mesa—. Tengo que volver al hospital. ¿Conseguiste provisiones extra? ¿Agua y combustible? ¿Por si vienen los británicos?

—*Och*, te preocupas demasiado —respondió Gerty con un gesto desenvuelto—. Ahora que el general Washington tiene a todos esos franceses tan apuestos para ayudarlo, la guerra terminará antes de Navidad.

Todas las damas de Filadelfia andaban enamoradas del marqués de Lafayette, un joven de diecinueve años, larguirucho, de cabello rojizo y con escasos conocimientos de inglés.

—Tu marqués no ha traído más que a una docena de hombres con él —repuso Marcus, quien, por lo que había visto en el campo de batalla, no creía que bastasen para repeler a las tropas del rey.

—Pfff. —Esa era la respuesta de Gerty a cualquier comentario inoportunamente exacto—. El marqués es tan alto que podrían partirlo por la mitad y aún sería más apto para el combate que la mayoría de mis clientes.

—Tú acuérdate de lo que te he dicho. Guárdate las opiniones patrióticas si vienen los ingleses. Sirve a cualquiera que traiga dinero. Sobrevive.

Marcus llevaba intentando inculcarle a Gerty este mensaje desde que los barracones de Trenton se habían vaciado de soldados inoculados y el doctor Otto y su personal se habían trasladado a Filadelfia.

—Lo haré, lo haré. Ahora dale un beso a Gerty y márchate. —La mujer frunció los labios pintados de carmín y esperó. Marcus, no obstante, le dio un beso rápido en la mejilla—. Dile al doctor Otto que Gerty siempre está a su disposición si se siente solo —continuó, sin dejarse amedrentar por la falta de entusiasmo de Marcus—. Hablaremos en nuestro idioma y recordaremos los viejos tiempos.

Marcus había conocido a la señora Otto, una mujer de hechuras generosas que hablaba poco y dirigía a la familia y el personal médico a base de miradas adustas y fuertes pisadas por los pabellones. Antes que buscar consuelo en brazos de Gerty la Alemana, por mucho que lo necesitase, el doctor Otto se empalaría con una bayoneta.

—Le haré llegar el mensaje.

Marcus se caló el sombrero, se despidió de Vanderslice con un gesto y salió al sol estival.

El camino al hospital hizo que atravesara gran parte de la ciudad atestada y caótica. En pocos meses había aprendido a amar Filadelfia y a sus habitantes, a pesar de la inmundicia y del ruido. El mercado de abastos, construido en ladrillo, estaba repleto de productos de las granjas y ríos cercanos, aun en tiempos de guerra. En los cafés y tabernas se hablaban todas las lenguas y el mundo entero parecía pasar por sus muelles.

A pesar del calor de agosto (que parecía destinado a no marcharse nunca) y a la amenaza inminente de la invasión británica (que parecía no llegar nunca), Filadelfia prosperaba. Las calles estaban desbordadas de coches y caballos, cuyas ruedas y cascos traqueteaban estrepitosamente sobre los adoquines. Cada palmo de espacio que no fuera una residencia o una taberna se hallaba ocupado por alguien que fabricaba y vendía algún producto: sillas de montar, zapatos, medicinas, periódicos. En el aire resonaba el estruendo de los martillos y el ronroneo de los tornos.

Puso rumbo al oeste hasta adentrarse en las silenciosas calles residenciales donde vivían los comerciantes acaudalados. El aire pesado del verano amortiguaba el sonido de los criados que atendían a niños tras los jardines vallados, el zumbido de los insectos que libaban en las flores y la llamada ocasional de algún repartidor mientras dejaba sus mercancías. Marcus nunca había atravesado el umbral de una mansión semejante, pero le gustaba imaginar cómo serían: suelos pulidos en blanco y negro, una escalera curvada que daba a la planta superior, ventanas altas con cristales relucientes, velas blancas en apliques de latón para detener el crepúsculo, un cuarto lleno de libros que leer y un globo terráqueo para imaginar viajes alrededor del mundo.

«Algún día —se prometió Marcus—. Algún día tendré una casa así». Entonces volvería a Hadley a buscar a su madre y a su hermana y las llevaría a vivir en ella.

Hasta entonces, disfrutaría de los placeres asociados al simple hecho de tenerlas cerca. Respiraba el perfume dulce de los castaños y el aroma acre del café que escapaba por las ventanas de los elegantes salones. El doctor Otto le había invitado a una taza de aquel oscuro elixir en la City Tavern cuando llegaron a Filadelfia. Marcus nunca había degustado nada semejante, pues hasta entonces solamente había probado el té y el brebaje negro que servían en el ejército. La sensación exultante que acompañó a la minúscula taza lo había acompañado durante horas. Siempre asociaría el café con la conversación ingeniosa y el intercambio de noticias. Pasar una hora en la City Tavern con los comerciantes y hombres de negocios de Filadelfia era, a ojos de Marcus, lo más cercano al paraíso.

A medida que proseguía su camino, las mansiones elegantes fueron dando paso a los altos edificios de ladrillo en los que vivían y trabajaban los filadelfianos más corrientes. Algunas manzanas más allá aparecieron las siluetas de los dos hospitales de la ciudad, coronadas ambas de cúpulas. El Pennsylvania Hospital, que dependía de la universidad de la ciudad, era donde los médicos con formación oficial efectuaban disecciones y daban conferencias. El doctor Otto, su familia y su personal estaban a cargo del otro hospital: la Philadelphia Bettering House, destinado a los indigentes, los delincuentes y los locos.

Cuando Marcus llegó a la casa de beneficencia, la entrada estaba llena de cajas de todos los tamaños, varios aparadores de boticario de madera y más médicos apellidados Otto de los que ningún ejército debiera tener que soportar. Los cuatro hombres de la familia —Bodo; su primogénito, Frederick; su segundo hijo, que llevaba su nombre y al que llamaban «doctor Júnior», y el benjamín, John, a quien normalmente llamaban «chico»— se afanaban en comprobar el inventario. Enfermeras y asistentes se apresuraban a cumplir las órdenes de los médicos. Solo la señora Otto permanecía serena, enrollando tiras de venda hasta formar rollos prietos a pesar de la determinación de un gato del hospital por jugar con ellos.

—Por fin —dijo el doctor Otto, mirando a Marcus por encima de los anteojos—. ¿Dónde andaba, señor Doc?

—Ha estado en la taberna leyendo los periódicos —dijo el doctor Frederick—. Trae los dedos negros y apesta a cerveza. Al menos podrías haberte enjuagado la boca, Doc.

Marcus apretó los labios, ofendido. Sin decir una palabra, cogió una caja de botellas cerradas herméticamente y se la tendió al doctor Otto.

—¡Ah, el alcanfor! Te lo había pedido tres veces, chico. ¿Cómo es que no lo habías visto? Lo tenías al lado todo el tiempo —exclamó el doctor Otto.

John, que se había casado recientemente y a menudo tenía la cabeza en asuntos más agradables que los aparadores de boticario y la jalapa, volvió la cabeza confuso al oír su nombre.

El doctor Otto murmuró algo en alemán, claramente irritado. Los conocimientos de Marcus del idioma eran cada vez mayores. Entendió palabras como «idiota», «lascivia», «esposa» e «imposible». John, que también las oyó, se puso colorado.

—¿Adónde vas a ir primero, Bodo? —La señora Otto guardó la venda enrollada en una cesta y tomó otro pedazo de tela—. ¿Al hospital de Bethlehem a esperar a los heridos?

—Esas decisiones se las dejo al Gran Hombre, señora Otto —respondió el médico.

—Sin duda iremos directamente al campo de batalla —terció Júnior—. Se dice que el ejército británico entero se encuentra en la desembocadura del río Elk y que marcha hacia el norte.

—Se dicen muchas cosas, la mayoría de las cuales resultan ser falsas —observó Frederick.

—Hay una cosa cierta —dijo el doctor Otto con gravedad—: adonde quiera que vayamos, será pronto. La batalla es inminente. Lo noto, me hormiguean las plantas de los pies.

Todos los que se hallaban cerca se detuvieron a escuchar. El doctor Otto tenía una habilidad sobrenatural para anticipar las órdenes que iba a dar Washington. No obstante, nadie habría imaginado que el médico recibiera la información por los pies. La señora Otto dirigió una mirada llena de respeto a los zapatos de su esposo.

—¡No se quede ahí mirando, señor Chauncey! —Tras el vaticinio del médico, su mujer había quedado presa de la angustia y quería ser aún más eficaz—. Acaba de oír al doctor. Ya no está en el ejército: en los hospitales no hay tiempo para holgazanear.

Marcus soltó la caja de alcanfor y cogió otra. Había descubierto que no todos los tiranos eran hombres. Algunos llevaban faldas.

Cuando, por fin, la batalla tuvo lugar en un pueblo a las afueras de Filadelfia, a orillas del Brandywine, el caos era indescriptible.

Marcus había creído saber lo que le esperaba. Llevaba con el doctor Otto desde enero, había inoculado a cientos de hombres y había visto a soldados morir de viruela, tifus, fiebres, heridas recibidas durante expediciones en busca de víveres, hipotermia y malnutrición.

Sin embargo, nunca había seguido a un ejército en su avance con el hospital de campaña, a la espera de la llegada de las víctimas una vez dada la orden de atacar. Desde la retaguardia era imposible saber si el ejército continental rozaba la victoria o si los ingleses lo habían obligado a retroceder.

El cuerpo médico levantó el primer hospital en un establecimiento comercial lindante con las líneas de batalla, cuyo mostrador de ultramarinos fue convertido en mesa de operaciones por los asistentes de los cirujanos. Apilaban a los muertos en un cuartito donde antaño se almacenaban harina y azúcar. Quienes esperaban un tratamiento lo hacían tumbados sobre el suelo en filas que llenaban el vestíbulo y el porche exterior.

Cuando comenzaron los combates y aumentó el número de heridos y moribundos, el doctor Cochran y el doctor Otto decidieron que había que instalar un dispensario en el que evaluar a los heridos más cerca de la acción. El doctor Otto se llevó a Marcus al nuevo ambulatorio y dejó al doctor Cochran a cargo del establecimiento.

—Gasas. ¿Por qué no hay gasas? Necesito gasas —repetía entre dientes el doctor Otto mientras montaban las áreas de tratamiento.

Pero todas las gasas y vendas que la señora Otto había enrollado y empaquetado con tanta meticulosidad se habían acabado. Marcus y el doctor Otto se veían obligados a usar papel secante y vendas sucias de los fallecidos, escurriendo la sangre en baldes que atraían a las abundantes moscas negras.

—Sujételo —dijo el doctor Otto, señalando con la vista a un soldado que se retorcía de dolor bajo sus manos.

Marcus vio el hueso roto y el músculo en carne viva a través de la ropa desgarrada. Se le formó un nudo en el estómago.

—El paciente puede desmayarse, señor Doc, pero no el cirujano —le advirtió el médico con severidad—. Salga al porche, respire hondo seis veces y luego regrese. Así templará los nervios.

Marcus se volvió hacia la puerta, pero le impidió salir un desconocido que proyectaba una sombra alargada en el vestíbulo.

—Usted. —El desconocido lo apuntó con el dedo—. Venga conmigo.

—Sí, señor.

Marcus se limpió el sudor de los ojos y parpadeó. Acabó por distinguir al hombre, tan alto que rozaba el dintel. Llevaba una casaca azul oscuro de cuello alto con pocos botones y sin galones. «Francés», pensó Marcus al reconocer el corte y el estilo por los desfiles que había visto a lo largo de Market Street en Filadelfia.

—¿Es usted doctor? —El francés hablaba inglés perfectamente, cosa poco común. La mayoría de sus compatriotas se defendía a base de gestos y alguna palabra suelta.

—No. Cirujano. Voy a llamar...

—No hay tiempo. Usted servirá —afirmó el hombre al tiempo que extendía un brazo largo y agarraba a Marcus por el cuello de la camisa. Tenía las manos manchadas de sangre reseca y el calzón blanco salpicado de rojo.

—¿Está usted herido? —preguntó Marcus a su captor. El francés parecía bastante robusto, pero, si se derrumbaba, no estaba seguro de tener fuerza suficiente para levantarlo y acarrearlo a un lugar seguro.

—Soy el *chevalier* de Clermont... Y no soy su paciente —respondió entonces con tono acerbo. Volvió a extender el brazo, largo, y los dedos finos y aristocráticos—. Es él.

En una parihuela improvisada yacía otro soldado francés, casi tan alto como su amigo y cubierto de suficientes galones como para atraer la atención hasta de la doncella más altiva de Filadelfia. Un oficial francés, e importante, a juzgar por su aspecto. Marcus se precipitó a su lado.

—No es nada —protestó el oficial herido con un fuerte acento francés mientras trataba de incorporarse—. No es más que un rasguño, *une petite éraflure*. Primero debe atender a este hombre.

Un joven soldado de algún regimiento de Virginia permanecía inconsciente, sostenido por dos compañeros. Le brotaba sangre de las rodillas.

—Una bala de mosquete ha atravesado el gemelo izquierdo del marqués. No parece que haya tocado hueso —dijo el captor de Marcus—. Hay que cortarle la bota y limpiarle y vendarle la herida.

«Que Dios me asista —pensó, bajando la vista a la parihuela—. Es el marqués de Lafayette».

Si no llamaba al doctor Otto de inmediato, la señora Otto lo sujetaría mientras el doctor Frederick lo dejaba inconsciente de una paliza. El general Washington quería a Lafayette como a un hijo. Era demasiado importante para alguien como Marcus.

—Señor, yo no soy médico —protestó—. Permítame que vaya a buscar...

—¿Eres tú, Doc? Gracias a Dios. —Vanderslice sostenía al teniente Cuthbert, que avanzaba hacia él a saltitos. Tenía las cejas prácticamente chamuscadas y la cara del color de una langosta hervida, pero fueron sus pies descalzos y ensangrentados los que llamaron la atención de Marcus.

—¿Doc? —repitió el francés con los ojos entrecerrados.

—*In de benen!* —Vanderslice silbó mientras veía como una bala volaba por encima de sus cabezas. Calculó la trayectoria con la actitud crítica de un artillero aguerrido—. O se están acercando o está mejorando su puntería. Como no nos apartemos de la línea de fuego, ya no nos va a hacer falta la ayuda de Doc.

—Muy bien, *meneer Kaaskopper* —dijo el soldado francés con una reverencia burlona.

—¿«Quesero»? —respondió Vanderslice ofendido, soltando a Cuthbert—. Retíralo, *kakker*.

—Lleve al marqués al salón delantero. Ahora. —La voz de Marcus restalló como un disparo—. Tú deja a Cuthbert en el porche, Vanderslice. Iré a verlo en cuanto el doctor Otto examine al marqués. Y, por el amor de Dios, lleven a ese virginiano a la cocina. ¿Cómo se llama?

—Norman —gritó uno de sus compañeros en mitad del clamor creciente—. Will Norman.

—¿Puedes oírme, Will? —Marcus le levantó la barbilla al virginiano y se la apretó con suavidad, con la esperanza de reanimarlo. El doctor Otto no era partidario de despertar a golpes a los inconscientes.

—El marqués tiene prioridad.

El *chevalier* asió a Marcus del antebrazo con una fuerza descomunal.

—No, no conmigo. Estamos en América, *kakker* —replicó Marcus. No tenía ni idea de qué significaba, pero, si Vanderslice pensaba que el tipo merecía el sobrenombre, a él le bastaba.

—El virginiano —dijo el marqués, tratando de incorporarse de la parihuela—. Le prometí que no perdería las piernas, Matthew.

La cabeza de De Clermont se inclinó imperceptiblemente hacia uno de los portadores del marqués. El hombre se mostró consternado, pero asintió penosamente antes de propinarle un puñetazo en la barbilla a Lafayette que dejó al aristócrata fuera de combate.

—Gracias, Pierre. —De Clermont se dio la vuelta y se encaminó con paso decidido hacia la granja—. Haz lo que te diga el yanqui hasta que vuelva. Voy a buscar otro médico.

—*Was ist das?* —exigió saber el doctor Otto cuando el *chevalier* de Clermont lo arrancó de la cabecera de su paciente y lo arrastró hacia Lafayette.

—El marqués de Lafayette ha sido herido —dijo con brusquedad De Clermont—. Atiéndalo. Deprisa.

—Debería haberlo llevado al hospital de campaña —respondió el médico—. Esto es un dispensario. No tenemos...

En ese momento llegó el doctor Cochran con el doctor Frederick pisándole los talones.

—John. Gracias a Dios que estás aquí —dijo De Clermont con alivio evidente.

—Hemos venido en cuanto nos hemos enterado, Matthew —respondió Cochran. Tras ellos llegaron los doctores Shippen y Rush, seguidos de un tropel de asistentes, que normalmente no se alejaban del general Washington.

—¿Dónde está? —demandó el doctor Shippen presa del pánico, mientras recorría con la mirada la sala en penumbra. Había dos cosas en las que el médico jamás fallaba: siempre elegía el tratamiento más agresivo, aunque matase al paciente, y nunca llevaba los anteojos puestos.

—A sus pies —dijo De Clermont—, señor.

—Hay que amputarle las dos piernas a ese muchacho —anunció el doctor Rush, apuntando al virginiano—. ¿Tenemos una sierra?

—Existen alternativas menos bárbaras —respondió De Clermont, mientras su expresión se ensombrecía.

—Puede que este no sea el mejor momento para debatirlas —le advirtió el doctor Cochran, pero ya era demasiado tarde.

—¡Estamos en mitad de una batalla! —exclamó el doctor Rush—. O le amputamos las piernas ahora o esperamos a cortárselas después de que se hayan gangrenado y la carne esté putrefacta. En cualquier caso, es poco probable que el paciente sobreviva.

—¿Cómo lo sabe? ¡Ni siquiera lo ha examinado! —replicó De Clermont.

—¿Es usted cirujano, señor? —inquirió el doctor Shippen—. No tenía noticia de que monsieur el marqués viajara con su propio personal médico.

Marcus sabía que, cuando los doctores se ponían a debatir tratamientos, se olvidaban de los pacientes. Las piernas de Norman estaban seguras, al menos por el momento. Mientras los demás discutían, al menos podía descubrir la herida del marqués de Lafayette.

—Conozco de sobra el cuerpo humano —afirmó impasible De Clermont en su impecable inglés—. Y he leído a Hunter. La amputación en un hospital de campaña no constituye necesariamente el mejor tratamiento.

—¡¿Hunter?! ¡Se está extralimitando, caballero! —exclamó Stephen—. El doctor Otto es sumamente veloz. Puede que el virginiano sobreviva a la intervención.

Marcus examinó la bota del marqués. El cuero era blando y maleable, en absoluto endurecido por la intemperie. Aquello haría que resultase mucho más fácil de cortar, aunque sería una pena arruinar una prenda de semejante calidad en un ejército donde tantos hombres iban mal calzados.

—Aquí tiene. —El hombre llamado Pierre le tendió una navaja.

Marcus miró a su alrededor. Más allá del subordinado francés, nadie le prestaba atención. El doctor Cochran trataba de tranquilizar al doctor Shippen, que amenazaba con expulsar a De Clermont del dispensario por su insolencia. El *chevalier* se había puesto a hablar en latín —o al menos eso creía Marcus, dado que el doctor Otto y el doctor Cochran a menudo conversaban en esa lengua cuando no deseaban que los pacientes entendieran lo que decían— y era probable que siguiera apelando a la prevención de Hunter contra la amputación. Uno de los edecanes observaba al caballero con evidente admiración. El doctor Otto habló en voz baja al doctor Frederick, que desapareció camino de la cocina. Entretanto, los asistentes de los cirujanos hacían apuestas a hurtadillas sobre el resultado de la discusión entre De Clermont y Shippen.

Marcus cogió la navaja y cortó hábilmente la bota del extremo de la caña al talón antes de apartar el cuero y descubrir la herida. Los bordes eran limpios y no había señales de que el hueso sobresaliera. «No hay fractura abierta», pensó. En tal caso habría sido necesaria la amputación, independientemente de lo que el *chevalier* opinara o el doctor Hunter creyera.

A continuación palpó la herida con los dedos, en busca del abultamiento característico que delataría la presencia de la bala de mosquete en la herida o de un fragmento de hueso desprendido y alojado en el músculo. «No hay hinchazón ni resistencia». Eso quería decir que no había nada en la herida que pudiera dañar nervios, tendones o músculos, ni cuerpo extraño que pudiera provocar una infección.

El marqués se agitó. Marcus lo tocaba con delicadeza, pero el hombre había sufrido un disparo y el dolor debía de ser intenso.

—¿Quiere que le pegue otra vez, Doc? —susurró Pierre. Al igual que en el caso de De Clermont, su inglés era perfecto.

Marcus negó con la cabeza. Su examen había confirmado lo que ya sospechaba: lo único que garantizaba el tratamiento inmediato del marqués eran su sangre aristocrática y su elevado rango. Lafayette era un hombre afortunado, mucho más que Will Norman.

Al sentir una mirada vigilante sobre él, Marcus levantó la vista y sus ojos se encontraron con los de De Clermont. Shippen seguía perorando sobre métodos quirúrgicos y sus consecuencias para los pacientes —el hombre tenía una querencia malsana por el bisturí—, pero era Marcus, y no los estimados doctores, quien atraía la atención del *chevalier*.

—No. —El monosílabo que profirió De Clermont retumbó en la sala—. Usted no va a tratar al marqués de Lafayette, doctor Shippen. Si lo desea, puede arruinarle la vida con sus cuchillos y su sierra al hombre que está en la cocina, pero al marqués lo atenderá el doctor Cochran.

—Perdone, pero... —replicó Shippen con bravuconería.

—Es una herida menor, doctor Shippen —terció el doctor Otto—. Deje que el doctor Cochran y yo, unos pobres cirujanos, tratemos al marqués. Sus habilidades superiores son más necesarias en otra parte. Creo que el muchacho de las rodillas heridas fue reclutado en la propiedad del general Washington.

Aquello despertó el interés de Shippen.

—Mi hijo le está limpiando las heridas y está esperando para asistirlo —dijo el doctor Otto, apartándose a un lado con una leve reverencia.

—Desde luego. —Shippen se dio un tironcito al chaleco y se enderezó la peluca, que llevaba en campaña a pesar de la incomodidad—. ¿Ha dicho que era de Virginia?

—Es uno de los nuevos tiradores de élite —afirmó el doctor Otto, asintiendo—. Permítame acompañarlo.

En cuanto los médicos salieron de la sala, todo el mundo se puso manos a la obra. Cochran pidió que le trajeran borra, linimento y una sonda mientras examinaba la pierna del marqués.

—Sabes bien que no es prudente azuzar a un animal belicoso cuando está fuera de sí, Matthew —dijo Cochran—. Acércame la trementina, Doc.

—Así que es usted doctor, tal y como dijo el holandés —advirtió De Clermont, observando a Marcus sin parpadear.

—Podría serlo —repuso Cochran, mientras le limpiaba las heridas al marqués—, siempre y cuando tuviera educación, aprendiera latín y fuera a una facultad de Medicina. En lugar de eso, el señor Chauncey ha adquirido más conocimientos que la mayoría de los estudiantes del doctor Shippen por unas vías secretas que se niega a divulgar.

De Clermont miró a Marcus con semblante pensativo.

—Doc tiene fundamentos de anatomía y cirugía, y conoce bien los remedios básicos —prosiguió Cochran mientras limpiaba cuidadosamente el orificio en la pierna de Lafayette—. Su compañía de artilleros le dio el sobrenombre de «Doc» cuando el ejército se retiró de Nueva York. Bodo lo captó en Morristown y el señor Chauncey se realistó por tres años en el cuerpo médico.

—Así que es usted de Nueva York, señor Chauncey —dijo De Clermont.

—Soy un hombre de mundo —murmuró Marcus, tratando de no estornudar mientras Cochran aplicaba las hilas a la herida.

Conque hombre de mundo, claro que sí. Lo que tenía era siete vidas como los gatos, y nada más.

—Debemos llevar al marqués a un lugar seguro, John —dijo De Clermont—. Puede que el futuro de la guerra dependa de ello. Sin su apoyo a la causa americana, será difícil obtener las armas y las provisiones necesarias para vencer al ejército británico.

El trabajo de Marcus allí había terminado. Fuera había hombres enfermos y heridos. Y Vanderslice tenía razón: la batalla se acercaba peligrosamente. Se encaminó a la puerta.

—Quédese con el marqués, Chauncey —le ordenó De Clermont.

Marcus se detuvo al instante.

—Debo ocuparme del teniente Cuthbert —protestó. Este seguía esperando que lo trataran y Marcus no iba a abandonarlo aunque él mismo tuviera que cargar con él.

—El virginiano —dijo el marqués de Lafayette, volviendo en sí—. ¿Dónde está?

En ese momento aparecieron el doctor Otto y el doctor Frederick, portando otra parihuela con el soldado de Virginia herido, que aún conservaba las piernas y seguía inconsciente.

—No se preocupe, marqués —dijo con jovialidad el doctor Otto—. El doctor Shippen y el doctor Rush se han ido lejos de los cañones ingleses. Por el bien de nuestros heridos.

—Por el bien de nuestros heridos —repitió el doctor Frederick con solemnidad, aunque le temblaron los labios.

—Si nos quedamos aquí, nuestra próxima sala de operaciones estará en una prisión inglesa —advirtió Cochran—. Lleva a quienes puedan ser transportados hasta los carros, Doc. ¿En qué dirección partieron Shippen y Rush, Bodo?

—De vuelta a Filadelfia —respondió el doctor Otto.

Marcus se preguntó cuánto tiempo permanecerían allí.

Les Revenants, cartas y documentos de las Américas, N.º 2
Carta de Matthew de Clermont a Philippe de Clermont
Bethlehem, Pensilvania
23 de septiembre de 1777

Mi honorable padre:
Me hallo con nuestro amigo, a quien han disparado en la batalla. Me dice que ha sido el momento más glorioso de su vida, este en el que ha derramado sangre por la libertad. Le ruego que disculpe su entusiasmo. Si puede comunicarle a su esposa, madame la marquesa, que su marido se encuentra harto animado y que no sufre incomodidad alguna, sé que la tranquilizará. Habrá oído todo tipo de informaciones: que está mutilado, que está muerto, que pronto morirá por la infección. Asegúrele que ninguna es cierta.

La medicina es salvaje aquí, con pocas excepciones. Estoy supervisando personalmente los cuidados que se le prodigan a Lafayette para asegurarme de que estos doctores no lo matan con sus remedios.

Le he entregado sus cartas de usted al señor Hancock, quien se halla aquí en Bethlehem junto a la mayoría de los miembros del Congreso. Se vieron obligados a dejar Filadelfia cuando los británicos tomaron la ciudad. Washington necesita municiones, armas y caballos si desea concluir esta empresa con éxito. Pero sobre todo necesita soldados experimentados.

He de irme para mediar en una controversia. La gente de esta localidad es sumamente piadosa y no ha acogido de buen grado al ejército ni a sus soldados.

Se despide con premura su devoto hijo,

Matthew

17

Nombre

Septiembre de 1777

—No, señor Adams. No es posible —dijo el *chevalier* de Clermont, negando con la cabeza.

Marcus, al igual que el resto del personal médico, esperaba en un aparte a que los políticos tomasen una decisión sobre la expansión del hospital. El Congreso se había trasladado al norte, de Filadelfia a Bethlehem, para evitar que lo capturasen los británicos. Un grupo de mujeres con una capota blanca de volantes en la cabeza contemplaba el procedimiento con abierta hostilidad, al igual que el líder de Bethlehem y su comunidad de la Iglesia de Moravia, Johannes Ettwein.

—Debemos hacer sacrificios en nombre de la libertad, *chevalier*. Cada uno de nosotros según su condición. —John Adams era tan mordaz como Ettwein e igualmente presto a la cólera.

—Hay cuatrocientos soldados enfermos y heridos ocupando la casa de los hermanos solteros. —Ettwein estaba colorado de la irritación—. Habéis requisado nuestras carretas para transportar provisiones. Consumís la comida de nuestras mesas. ¿Qué más debemos hacer?

Parados como estaban en mitad del cruce de Main Street y Church Street, el doctor Otto profirió algo en alemán. A una de las mujeres se le escapó una carcajada, que disimuló rápidamente con una tos. Los labios de De Clermont temblaron.

Cuanto más tiempo pasaba Marcus con Lafayette, más lo fascinaba el *chevalier* de Clermont. No parecía haber idioma que no hablase —francés, inglés, latín, alemán, neerlandés— y nada que no pudiera llevar a cabo, desde cuidar de los caballos hasta examinar heridas, pasando por las labores diplomáticas. Pero era su aire de calmada autoridad lo que hacía que en ese momento resultase indispensable.

—No es posible desplazar a tantas mujeres, muchas de ellas mayores, señor Adams —afirmó De Clermont, como si la decisión dependiera de él y no del doctor Otto, de los oficiales médicos o de los miembros del Congreso—. Tendremos que encontrar otra manera de alojar a los enfermos y heridos.

—No parece caballeroso incomodar a las damas, señor Adams —terció el marqués de Lafayette desde la silla de ruedas que llamaban *La Brouette*. El *chevalier* de Clermont la había construido a partir de una silla de madera corriente que había encontrado en la casa de los hermanos solteros cuando se hizo necesario el traslado desde la posada del Sol. De Clermont había prescrito al marqués descanso y una buena dieta, que en ningún caso encontraría en la taberna, ocupada en su totalidad por el Congreso y los correos que llevaban y traían mensajes. El *chevalier* había encontrado todo lo que necesitaba el marqués unas puertas más allá de la posada, en casa de la familia Boeckel, incluyendo enfermeras cualificadas: la señora Boeckel y su hija Liesel. Cuando no estaba en uso, *La Brouette* permanecía estacionada junto a la chimenea en el cuarto de estar de los Boeckel, donde recibía más visitantes que el propio Lafayette.

—¡La caballerosidad ha muerto, señor! —declaró Adams.

—No mientras Gil siga vivo —murmuró el *chevalier* de Clermont.

—Estamos sumidos en una guerra para liberarnos de las garras de la tradición, no para que nos esclavicen aún más —continuó Adams, sin dejarse amedrentar—. Y, si los moravos de Bethlehem no luchan con nosotros, deberán demostrar su lealtad de otro modo.

—Pero es nuestro deber proteger a estas mujeres. Imagine que se tratase de su bienamada esposa, la señora Adams, o de mi Adrienne —advirtió Lafayette, con semblante verdaderamente afligido ante la idea. Le escribía como mínimo una carta diaria a su lejana esposa, quien, a pesar de no haber cumplido los dieciocho años, ya era madre de dos criaturas.

—¡La señora Adams no dudaría en acoger a cuatro mil soldados heridos si así se le pidiera! —A Adams, al igual que a Ettwein, no le gustaba que se lo interpelase.

El señor Hancock, cuya esposa era a todas luces igualmente formidable, parecía dudar.

—Si me lo permite —intervino el doctor Otto—. ¿No sería mejor para los cirujanos que los soldados permanecieran juntos? Nuestros recursos ya son muy escasos y nos pasamos el día corriendo en busca de provisiones. ¿Tal vez podríamos usar los jardines y levantar tiendas para los convalecientes, de modo que estuvieran al aire libre y lejos de las fiebres que ya van extendiéndose?

—¿Fiebres? —Un hombre con el acento distintivo de las colonias del sur frunció el ceño—. No será la viruela, claro.

—No, señor —se apresuró a responder el doctor Otto—. Las órdenes que impartió el invierno pasado el general nos salvaron. Pero las fiebres, el tifus... —Su voz se fue apagando.

Los miembros del Congreso se miraron con nerviosismo. Los ojos de Ettwein se encontraron con los de De Clermont en una expresión cargada de significado.

—Estas enfermedades habituales amenazan la salud de toda la comunidad —dijo De Clermont—. Los hermanos y las hermanas no deben padecer sin necesidad, desde luego. El propio hijo del hermano Ettwein corre riesgo al cuidar de los soldados. ¿Qué mayor forma de patriotismo puede existir que poner en riesgo la vida de un hijo?

Marcus observó al joven que estaba a su lado. El joven John Ettwein era mucho más afable que su padre, pero, por lo demás, se le parecía sobremanera, con la nariz respingona y los ojos separados. Aunque John era en verdad un enfermero habilidoso, Marcus sospechaba que el hijo de Ettwein había sido enviado al hospital para asegurarse de que la casa de los solteros no sufriera daños durante la ocupación por parte del ejército.

—Retirémonos a la posada —propuso Hancock— para seguir deliberando.

—Veo que eres igual de hábil con la azada que con el escalpelo —dijo John Ettwein.

Marcus levantó la vista de la hierba que segaban anticipándose a las tiendas que pronto salpicarían la ladera que daba al río. El hermano Eckhardt, el boticario, les había ordenado recolectar todas las plantas medicinales que encontrasen antes de que los soldados destruyeran los jardines.

—Y tu acento no suena de Filadelfia —continuó.

Marcus se entregó a su tarea sin responder. Sacó una mandrágora de la tierra y la depositó en la cesta junto a la ageratina.

—Así que ¿cuál es tu historia, hermano Chauncey? —En los ojos de John brillaban preguntas por responder—. Todos sabemos que no eres de por aquí.

No por primera vez, Marcus se alegró de haber nacido en la frontera y no en Boston. Todo el mundo sabía que era de otro lugar, pero nadie era capaz de situar su acento con precisión.

—No tienes por qué preocuparte. La mayoría de los habitantes de Bethlehem vienen de otro lugar —añadió John.

Pero la mayoría de la gente no había matado a su padre. Marcus apenas había pronunciado una palabra cerca de los delegados del Congreso por miedo a que alguien reconociese que era de Massachusetts y le hiciera alguna pregunta difícil.

—Ya veo que te ha comido la lengua el gato. —John se enjugó el sudor de la frente y volvió la vista a la carretera junto al río—. *Mein Gott*.

—Carretas. —Marcus se puso en pie. Los vehículos se extendían hasta donde alcanzaba la vista—. Vienen de Filadelfia.

—Hay cientos de ellas —dijo John, hincando la azada en la tierra—. Debemos encontrar a mi padre. Y al *chevalier*. Ahora mismo.

Marcus abandonó la cesta de raíces y hojas, y siguió a John hacia la casa de los solteros. Apenas habían caminado unas yardas cuando se toparon con De Clermont y el hermano Ettwein. Los dos hombres ya sabían de la invasión procedente de Filadelfia.

—¡Son demasiados! —le decía el hermano Ettwein a De Clermont, con los ojos desorbitados—. Ya hemos descargado setenta carretas en solo dos días. Los prisioneros escoceses están en una de las casas de nuestra familia. Sus guardianes se alojan en la casa de bombeo. El horno de cal y el depósito de aceites están llenos de las provisiones del ejército. Los hermanos solteros están desplazados. ¡Y ahora una nueva plaga de langostas desciende sobre nosotros! ¿Qué vamos a hacer?

Las carretas de Filadelfia se detuvieron en los campos a la orilla sur del río, una tras otra, aplastando el alforfón allí plantado. Las acompañaba una caballada.

—¡Es el fin de nuestra apacible ciudad! —continuó Ettwein con voz amarga—. Cuando nos escribió el doctor Shippen, dijo que el ejército sería una incomodidad, no que nos expulsaría de nuestros hogares.

Las carretas seguían llegando. Marcus nunca había visto tantas juntas. Los carreteros desenganchaban a los caballos y los conducían a beber al río. Los guardias que acompañaban el convoy saltaban de la silla y los dejaban pastar.

—¿Quieres que hable con ellos, Johannes? —preguntó el *chevalier* de Clermont con aire sombrío—. Es probable que no pueda hacer gran cosa, pero al menos conoceremos sus planes.

—Nos establecimos en Bethlehem para evitar la guerra. —La voz de Ettwein sonaba grave e intensa—. La hemos visto en demasía, hermano De Clermont. Guerra de religión. Guerra con los franceses. Guerra con los indios. Ahora guerra con los británicos. ¿Es que nunca os cansáis?

Por un momento, el *chevalier* de Clermont perdió su máscara de impasibilidad y se mostró tan abatido como Ettwein. En cuanto Marcus parpadeó, el rostro del francés se había tornado nuevamente inescrutable.

—Estoy más cansado de lo que imaginas de la guerra, Johannes —reconoció De Clermont—. Venga, Chauncey —llamó a Marcus.

Marcus bajaba a duras penas por la colina tras los pasos de De Clermont, tratando en vano de seguirle el ritmo para poder razonar con él.

—Señor —dijo Marcus, intentando no perder el equilibrio—. *Chevalier* de Clermont. ¿Está seguro...?

Este se dio la vuelta.

—¿Qué sucede, Chauncey?

—¿Está seguro de querer intervenir en esta cuestión? —preguntó Marcus, que se apresuró a añadir—: Señor.

—¿Cree que a los ciudadanos de Bethlehem les irá mejor si es John Adams quien los defiende? —El *chevalier* soltó una carcajada desdeñosa—. Ese hombre es una amenaza para las relaciones internacionales.

—No, señor. Es solo que... —Marcus se detuvo y se mordió el labio—. Son virginianos, señor. Se les nota por la ropa; llevan gamuza, ¿lo ve? A los de Virginia no les gusta que les digan qué hacer.

—A nadie le gusta que le digan qué hacer —contestó De Clermont, entrecerrando los ojos.

—Sí, pero tienen rifles. Rifles muy precisos, señor. Y espadas —prosiguió, resuelto a evitar el desastre—. Nosotros no estamos armados. Y el marqués se encuentra solo en casa del hermano Boeckel.

—La hermana Liesel está con Gil —respondió De Clermont lacónico, reanudando la veloz bajada por la colina—. Le está leyendo algo sobre las misiones moravas en Groenlandia. Gil dice que lo sosiega.

Marcus había visto las miradas vehementes que el marqués le dedicaba a la encantadora hija de los Boeckel y se alegraba de que Lafayette estuviera casado, y de que la hermana Liesel fuera un dechado de virtud.

—Aun así, señor...

—Por el amor de Dios, Chauncey, deje de llamarme «señor». No soy su superior al mando —replicó De Clermont, volviéndose a mirarlo una vez más—. Necesitamos saber por qué han llegado esas carretas. ¿Filadelfia ha caído ante los británicos? ¿Están aquí por orden de Washington? Sin información, no podemos decidir qué medidas tomar. ¿Va a ayudarme o a ser un obstáculo?

—A ayudarlo.

Marcus sabía que aquella era su única opción real, por lo que siguió a De Clermont en silencio el resto del camino. Cuando llegaron a la orilla sur, reinaba la confusión.

Un hombre con calzón de ante y casaca azul se les aproximó a lomos de un caballo que valdría tanto como la granja de los MacNeil. A un lado de la silla llevaba un largo rifle de Kentucky, del tipo utilizado por los guardabosques en la frontera, y portaba en la cabeza un casco ribeteado de piel. Marcus pensó que los sesos se le estarían cociendo en un día tan caluroso.

—Soy el *chevalier* de Clermont, al servicio del marqués de Lafayette. Declare sus intenciones —dijo este al tiempo que le hacía un gesto a Marcus para que se situase detrás de él.

—Vengo a ver al señor Hancock —respondió el hombre.

—Está en la posada. —De Clermont ladeó la cabeza en dirección al vado—. En la ciudad.

—¿Doc? —exclamó una voz desde el otro lado del claro—. ¿Eres tú?

Vanderslice se encontraba en una de las carretas, encaramado sobre una pila de heno. Lo saludó con la mano.

—¿Qué haces aquí? —preguntó Marcus, acercándose a la carreta.

—Hemos traído las campanas de Filadelfia para que los malnacidos de los británicos no las fundan y fabriquen balas con ellas —explicó el holandés al tiempo que se bajaba de un salto del montón de heno. Aterrizó sobre los pies, como un gato—. No esperaba encontrarte aquí. Veo que sigues con el *kakker* francés y su amigo.

—Washington ha mandado al marqués a recuperarse aquí y, por lo que parece, al resto del ejército con él —respondió Marcus. Desvió la vista hacia De Clermont, enfrascado en una conversación con un puñado de oficiales de caballería. El *chevalier* deseaba información y él se había comprometido a ayudarlo, por lo que al menos intentaría cumplir su palabra—. ¿Adónde os dirigís?

—A alguna localidad al oeste de aquí —respondió Vanderslice con vaguedad—. Nos hemos traído de Filadelfia todo lo que hemos podido. Hasta a Gerty. —Levantó la vista hacia Bethlehem y silbó—. ¿Qué tipo de lugar es este? Parece enorme para estar lleno de gentes religiosas. Tengo entendido que las mujeres están solteras y que todos los hombres viven juntos en un gran salón.

—No es como ningún lugar que yo haya visto —respondió Marcus con franqueza.

—¿La comida es buena? —preguntó Vanderslice—. ¿Las mozas son guapas?

—Sí —contestó Marcus riendo—, pero el Congreso nos ha ordenado no importunar a las mujeres, así que más te vale guardarte las manos en los bolsillos.

Aquella tarde, John Ettwein llevó a Marcus y a Vanderslice a visitar la ciudad. En lugar de empezar por los vastos e imponentes edificios de piedra del centro de Bethlehem, John fue directo al laberinto de estructuras construidas a lo largo del arroyo Monocacy.

—Aquí es donde se asentó inicialmente nuestra gente —explicó John delante de una pequeña estructura baja a base de troncos. El terreno descendía lentamente hasta el agua, ofreciendo una vista clara del oeste más allá de los talleres, las curtidurías, los mataderos y la estación de aguas. Ettwein señaló uno de los edificios—. Aquella es la casa del manantial. El agua no se congela, ni siquiera en invierno. Y mueve la rueda que bombea el agua colina arriba hasta llegar a la ciudad.

A Marcus lo había asombrado descubrir que el agua fluía hasta la destilería del boticario y que no tenía que ir colina arriba y abajo por agua limpia para las medicinas del marqués.

—Os mostraría el interior —prosiguió John—, pero vuestros guardias la han ocupado.

Algunos de los soldados coloniales alojados allí se habían congregado fuera y observaban cómo se descargaban las cajas de municiones para almacenarlas en el molino de aceite cercano.

En su lugar, John les enseñó las carpinterías. Conforme se acercaban al taller, otearon a una pareja negra que subía por la colina procedente del río. Tendrían la edad del hermano Ettwein e iban cogidos del brazo. Ambos llevaban la ropa oscura y sencilla de los hermanos moravos, y la mujer iba tocada con una de las impolutas capotas blancas, sin volantes y atada con una cinta azul, lo que indicaba que estaba casada. Marcus contempló a la pareja con curiosidad, al igual que Vanderslice.

—Buenas tardes, hermano Andrew y hermana Magdalene —los saludó John—. Estaba enseñándoles las carpinterías a nuestros visitantes.

—Dios nos envía demasiados visitantes —dijo la hermana Magdalene.

—Dios solo nos envía lo que podemos afrontar —replicó el hermano Andrew, dirigiéndole una sonrisa reconfortante—. Debéis perdonarnos. La hermana Magdalene lleva muchas horas afanándose en lavar la ropa de los soldados enfermos.

—Estaban infestadas de sabandijas —dijo la hermana Magdalene— y hechas jirones de tanto uso. No hay nada con que reemplazarlas. Si Dios quiere ayudarnos, que nos envíe calzones.

—Hemos de estar agradecidos por sus mercedes, esposa. —El hermano Andrew le dio una palmadita en la mano. Abrió la boca, pero, antes de poder hablar, se vio aquejado por una fuerte tos.

—Parece asma —dijo Marcus, frunciendo el ceño—. Sé de una infusión de saúco e hinojo que podría ayudarte a respirar.

—No es más que la colina —respondió el hermano Andrew, encorvado por el esfuerzo de limpiar sus pulmones—. Siempre me da tos. Eso y las mañanas frías.

—Doc puede ayudarte —afirmó categórico Vanderslice—. El invierno pasado, mientras luchábamos juntos, curó a todos los Voluntarios.

La hermana Magdalene miró a Marcus con interés.

—A mi Andrew le duele la espalda después de un acceso de tos. ¿Tiene algo que pudiera aliviarlo?

—Un linimento —asintió Marcus—, aplicado con las manos calientes. Todos los ingredientes se pueden encontrar sin problemas en una botica.

—No hay necesidad de que te preocupes por mí cuando ya tienes tantos pacientes —dijo el hermano Andrew—. Lo único que necesito es descanso.

El hermano Andrew y la hermana Magdalene entraron en las carpinterías delante de ellos. El olor de las virutas de madera llenaba el aire polvoriento y el hombre comenzó a toser de nuevo.

—No debería dormir aquí —protestó Marcus—. Este aire empeorará la tos.

—No tenemos donde ir —respondió la hermana Magdalene con preocupación—. Nos requisaron la casa para acomodar a los prisioneros. Podría irme a la casa de las hermanas, pero eso supondría dejar a Andrew y ya estamos acostumbrados a estar juntos.

—Magdalene no confía en los visitantes al otro lado del río ni en los guardias de la estación de aguas —explicó el hermano Andrew—. Teme que me saquen de la casa de los solteros y me vendan a un nuevo amo.

—No eres libre, Andrew —dijo la hermana Magdalene con vehemencia—. Recuerda lo que le pasó a Sarah. Los hermanos no tardaron nada en venderla.

—No era miembro de la congregación como yo —respondió Andrew, respirando con dificultad—. Su caso era distinto.

La hermana Magdalene no parecía convencida. Ayudó a su marido a sentarse en una silla junto a una estufa de azulejos. En un rincón por detrás, pulcramente cubierto con una manta limpia, descansaba un pequeño colchón. Alrededor yacían varios objetos personales: una taza, un par de cuencos, un libro.

—Yo cuidaré de mi esposo, hermano John —señaló la hermana Magdalene—. Vuélvete al hospital con los soldados enfermos.

—Rezaré por ti, hermano Andrew —dijo John.

—Yo ya estoy en manos de Dios, hermano John —respondió este—. Mejor reza por la paz.

Marcus trabajaba junto al boticario de Bethlehem, el hermano Eckhardt, en el pequeño laboratorio que tenía tras la tienda, que daba a la plaza de la localidad conocida como *der Platz*. Ese día, la caravana del ejército había levantado el campamento junto al río y atravesaba la ciudad camino de su próximo destino, convirtiendo una calle de por sí transitada en una carretera principal.

Cuando, la noche antes, regresó de los talleres, a Marcus le habían comunicado que se quedaría con los Ettwein y compartiría cuarto con John. De Clermont y el doctor Otto habían mantenido una larga negociación con el hermano Ettwein para sacar a Marcus de la casa de los solteros y alejarlo de los soldados, de modo que no transmitiese por accidente contagio alguno al marqués. Los anfitriones de Marcus eran una familia piadosa y el hermano Ettwein no solo era el principal intermediario entre los moravos y el ejército colonial, sino también el ministro de la ciudad. Eso significaba que entre sus paredes se oían igual oraciones que quejas. En comparación, a Marcus le resultaban tranquilizadoras la calma y la quietud de la casa del boticario.

Estaba de pie ante una mesa de madera limpia, cubierta de tarros de porcelana. Una etiqueta en cada uno de ellos indicaba el contenido: malva, aceite de almendras y sal amoniaco. A su lado había un frasco de alcohol de lavanda.

—Eso no es para el hermano Lafayette —comentó el hermano Eckhardt al ver las medicinas sobre la mesa.

Era un hombre mayor, alto y de piernas delgadas, de nariz ganchuda, coronada por unos anteojos, y hombros caídos, todo lo cual le confería el aspecto de una extraña ave de los pantanos.

—No, es para el hermano Andrew —respondió Marcus, mientras mezclaba algo más de aceite en el almirez—. Anoche tosía.

—Añádele un poco de belladona. —El hermano Eckhardt le tendió otro frasco—. Calma los espasmos.

Marcus lo cogió, agradecido por el consejo, que se guardó para futura referencia. Apenas le habían presentado al hombre hacía unas horas, pero no cabía duda de que poseía unos conocimientos prodigiosos sobre fármacos.

—Y un poco más de malva, diría yo —añadió el hermano Eckhardt tras olfatear el contenido del almirez de Marcus.

Este añadió unas pocas flores rosadas secas más y las majó con el macillo.

—Prepararé un ungüento para las manos a la hermana Magdalene y así podrás llevárselo al taller cuando vayas —dijo el hermano Eckhardt—. El jabón y la lejía que usa son muy fuertes y las manos se le agrietan y le sangran.

—Ya me he dado cuenta. —Marcus había visto las consecuencias del trabajo duro en la piel de la mujer—. La hermana Magdalene no parece feliz con tener que lavar para los soldados.

—La hermana Magdalene suele sentirse infeliz —respondió con suavidad el hermano Eckhardt—. Es así desde que llegó, por lo que tengo entendido. Entonces era una chiquilla; fue su amo quien la mandó desde Filadelfia y más tarde le concedió la libertad.

—¿Y el hermano Andrew? —preguntó Marcus, con la mente tan atareada como las manos.

—Andrew pertenece a los hermanos —respondió el hermano Eckhardt— y es miembro de nuestra congregación. La hermana Magdalene y él se casaron hace tiempo. Forman parte de la comunidad; viven y trabajan junto a nosotros bajo la mirada de Dios.

«Junto a vosotros —pensó Marcus, retomando la labor—, pero sin ser considerados de los vuestros».

A Marcus le inquietaba la brecha entre el discurso de fraternidad e igualdad de la comunidad y el hecho de que los hermanos poseyeran esclavos. Era algo que también lo había molestado tanto en Hadley como en el ejército: que los hombres pudieran abrazar los ideales de libertad e igualdad de *Sentido común* y, aun así, trataran a Zeb Pruitt o a la señora Dolly como si fueran seres inferiores.

El silencio en la rebotica se vio interrumpido por gritos y un fuerte estruendo.

—¿Qué ha sido eso? —preguntó el hermano Eckhardt, subiéndose los anteojos. Salió corriendo, seguido de Marcus.

Una carreta se había roto delante de la posada del Sol, donde la calle comenzaba a descender camino del arroyo. Los hermanos comenzaron a salir de las casas, talleres y granjas para ver a qué se debía el alboroto. Los últimos miembros del Congreso estaban a la puerta de la posada, supervisando los daños. Hasta el *chevalier* de

Clermont y el marqués de Lafayette eran testigos del espectáculo, gracias a *La Brouette*.

Mientras Marcus y el hermano Eckhardt se acercaban, se oyó una voz por encima del ruido de la multitud.

—¡Os dije que esto iba a pasar! —John Adams agitaba los brazos en el aire mientras se aproximaba a la carreta volcada—. ¿No os dije que haría falta una yunta de bueyes para trasladar con seguridad la campana del parlamento colina abajo y unas cadenas más fuertes para detener las ruedas? Nadie me escucha nunca.

—¿Quiere que lleve de vuelta al marqués con los Boeckel? —preguntó Marcus a De Clermont. Tanto ajetreo no podía ser beneficioso para el paciente.

—Me temo que ni siquiera Adams y sus bueyes podrían llevarse a Gil a rastras —respondió el *chevalier* con un suspiro—. Espere aquí. Voy a ver qué pasa con la carreta. Si se queda ahí, interrumpirá todo el tráfico.

De Clermont se unió a la muchedumbre apiñada alrededor de la rueda rota. Marcus veía la cadena que había provocado el daño, una parte enroscada alrededor de uno de los radios mientras el resto yacía en el camino.

—Me temo que es una mala señal —se lamentó Lafayette—. Primero la grieta y ahora esto. ¿Cree usted en augurios, Doc?

—Yo sí —se oyó decir a una voz suave. Marcus se volvió y encontró al hermano Andrew a su lado—. Me enseñaron a interpretarlos cuando mi nombre era Ofodobendo Wooma y vivía en la tierra de mis ancestros. El rayo, la lluvia y los vientos eran señal de que los dioses estaban enojados y debíamos aplacarlos. Más tarde, cuando me llamaba York y vivía con un amo judío en la isla de Manhattan, este decidió venderme y enviarme a Madeira a cambio de vino. Recé por la liberación y, en respuesta, uno de los hermanos me compró y me trajo aquí. Aquella también fue una señal: del amor de Dios.

Lafayette lo escuchaba fascinado.

—Pero no creo que esta rueda rota pueda contarse entre ellos, hermano Lafayette —añadió el hermano Andrew, negando con la cabeza—. Dios no necesita enviar a sus pobres siervos un mensaje para saber que no calculamos bien el peso de la campana. Basta con ver la cadena rota.

—Eso es lo que ha dicho Matthew —reflexionó el marqués mientras veía a su amigo discutir con John Adams. Los ánimos empezaban a sulfurarse en las inmediaciones de la carreta.

—Ve a buscar al hermano Ettwein —le murmuró el hermano Eckhardt al hermano Andrew—. Luego vuelve al taller. Te necesitarán antes de que acabe el día.

Había caído el crepúsculo antes de que Marcus hubiera tenido ocasión de llevarles las medicinas al hermano Andrew y a la hermana Magdalene. La zona junto al arroyo era un hervidero de actividad, incluso a una hora tan tardía, y la luz de las lámparas que se derramaba por las ventanas iluminaba sus pasos.

La puerta de las carpinterías estaba entornada y Marcus asomó la cabeza, esperando ver qué sucedía en el interior. La escena que se encontró era asombrosa.

De Clermont trabajaba codo con codo con el hermano Andrew. Las mangas subidas dejaban ver unos antebrazos musculosos y el calzón oscuro se hallaba cubierto de virutas de madera. La piel de De Clermont era pálida y suave, carente de las marcas habituales entre los soldados a quienes Marcus trataba. No por primera vez, el joven se preguntó exactamente qué tipo de caballero sería el *chevalier*, con sus habilidades de artesano y su preferencia por los talleres en lugar de las tabernas. Era un hombre difícil de descifrar y aún más difícil de comprender.

—Creo que está recto —dijo el *chevalier*, tendiéndole un radio de rueda al hermano Andrew—. ¿Qué opinas?

Este sopesó el radio en la mano y se lo puso a la altura de su ojo clínico para evaluarlo. El polvo de la carpintería hizo que tosiera una vez más al entrar en sus pulmones.

—Yo lo veo bien, hermano Matthew. ¿Quieres que se lo lleve al carretero?

—Deja que lo haga Doc. —El *chevalier* de Clermont se giró y le hizo un ademán a Marcus para que se acercase.

—Te he traído el linimento, hermano Andrew, y la tisana —dijo Marcus—. El hermano Eckhardt ha preparado un ungüento para tratar las manos de la hermana Magdalene.

—Aún sigue en la lavandería —respondió el hermano Andrew—. Le he dicho que no vuelva sola a casa. Iré a...

—No. Iré yo y acompañaré a la hermana Magdalene a casa —lo interrumpió De Clermont—. Ahora mismo la colina es demasiado para tus pulmones. Doc te preparará una de sus tisanas y luego volverá de ver al carretero y te aplicará un poco de linimento en la espalda. Para cuando estemos de regreso la hermana Magdalene y yo, te encontrarás tan sano y fuerte como el día de tu boda.

El hermano Andrew se rio, pero sus carcajadas pronto se convirtieron en un acceso de tos. Marcus y De Clermont esperaron en silencio hasta que se le pasaron los espasmos y el hombre pudo volver a respirar.

—Gracias, hermano Matthew, por tu amabilidad —dijo el hermano Andrew.

—No es nada, hermano Andrew. —El *chevalier* le hizo una reverencia—. Volveré enseguida.

Marcus atizó el fuego y colocó en el fogón la tetera desportillada para hervir agua. Una vez caliente, añadió algunas de las hierbas secas del paquete de la tisana y dejó que infusionaran. Se aseguró de que el hermano estaba cómodo y respiraba con algo más de facilidad antes de salir a toda prisa con el paquete de radios para ruedas. Se ahorró tener que llevarlas hasta la ciudad gracias a algunos hermanos solteros que iban en aquella dirección, haciendo rodar un aro de metal que, sin duda, colocarían alrededor de la nueva rueda que se llevaría la campana del parlamento fuera de Bethlehem.

Cuando regresó al taller, el hermano Andrew seguía tosiendo, pero los accesos no eran tan graves. Vertió un poco de la tisana en la taza que había visto antes. El hermano le dio un sorbo y su tos se redujo aún más.

—Sabe mejor que la mayoría de las que prepara el hermano Eckhardt —comentó el hermano Andrew.

—Le he puesto menta —explicó Marcus—, tal y como me enseñó Tom.

—Y ese Tom, ¿era hermano tuyo? —El hermano Andrew lo miró por encima del borde de la taza.

—Solo alguien a quien conocí una vez. —Marcus se dio la vuelta.

—Creo que has viajado desde muy lejos y has tenido muchos nombres —aventuró el hermano Andrew—, igual que yo. Igual que el hermano Matthew.

—¿El *chevalier* de Clermont? —Marcus se sorprendió—. Nunca he oído que lo llamasen de otra manera, salvo por su nombre de pila: Matthew.

—Y, sin embargo, hoy ha respondido al de Sebastien cuando uno de los soldados alemanes lo ha llamado. —El hermano Andrew le dio otro sorbo a la tisana—. ¿A qué otros nombres respondes tú, hermano Chauncey?

De alguna manera, el hermano Andrew había adivinado que Marcus no era quien parecía ser.

—Respondo a Doc —afirmó Marcus, camino de la puerta—. El linimento está encima de la mesa. Que la hermana Magdalene se caliente las manos antes de aplicarlo. Con hacerlo dos o tres veces al día te aliviará los espasmos, además de la opresión en el pecho.

—Hubo un tiempo en que mi esposa respondía al de Beulah. Antes de eso tuvo otro nombre, uno que le dieron su madre y su padre. —El hermano Andrew tenía la mirada perdida, como si hubiera olvidado que Marcus se hallaba en la estancia—. Cuando nos casamos se lo pregunté, pero me dijo que ya no lo recordaba. Me dijo que el único nombre que importaba era el que había adoptado cuando obtuvo la libertad.

Marcus pensó en todos los nombres que había tenido en su vida: Marcus y Galen, Chauncey y MacNeil, Doc y «muchacho», e incluso una vez «hijo». Si alguna vez se casaba y su esposa le preguntaba cuál era su verdadero nombre, ¿cuál compartiría con ella?

Al día siguiente, Bethlehem había recuperado cierta apariencia de su rutina habitual. El Congreso había abandonado la ciudad y las ventanas de la posada del Sol estaban abiertas de par en par para airear las habitaciones. Todas las carretas salvo una se habían marchado y, con ellas, la mayoría de los guardias y los seguidores del campamento; todos salvo Gerty, que había decidido quedarse. Marcus la había visto a la puerta de la panadería, hablando sin parar en su lengua materna. Algunos de los hermanos ya estaban trabajando en los campos al sur de la ciudad, sustituyendo los postes de las vallas que los soldados habían quemado en las hogueras y retirando con rastrillos el estiércol que habían dejado los caballos en sus campos de alforfón pisoteados.

En *der Platz*, un grupo reducido de hombres levantaba la campana de la carreta rota. Los radios en los que habían estado trabajando la víspera el hermano Andrew y el *chevalier* de Clermont no se colocaron en una rueda nueva, sino en una carreta nueva en su totalidad. Cómo los hermanos habían sido capaces de construirla tan rápido era todo un misterio. Descansaba junto a la vieja, esperando su carga.

Marcus observó cómo los hombres se esforzaban en manejar semejante peso. Solo uno de ellos parecía no verse afectado: el *chevalier* de Clermont. En ningún momento se aflojaban sus manos alrededor de la campana y no salía gruñido ni queja alguna de sus labios.

Pero no eran solo los hombres quienes participaban en los trabajos que tenían lugar en *der Platz*. Algunas de las hermanas contribuían al proceso, ajustando las sogas y corriendo de acá para allá para colocar una cuña bajo las ruedas de la carreta a fin de mantenerla en equilibrio. Un grupo de niños asistía al espectáculo mientras su maestro les explicaba lo que sucedía, subrayando las matemáticas y la ingeniería empleadas para determinar la mejor manera de trasladar la campana de una carreta a la otra.

El hermano Andrew no perdía de vista la nueva carreta mientras depositaban la campana y levantaban las cuñas para permitir su lento descenso por el camino que llevaba al arroyo. Los hermanos y las hermanas rompieron a aplaudir espontáneamente cuando la carreta echó a andar. Marcus se unió a los vítores.

—¿No te gustaría quedarte aquí, *Liebling*, y aprender alemán? —Gerty sonrió a Marcus, mostrando los huecos que habían dejado los dientes que le faltaban—. Creo que disfrutarías de la vida entre los hermanos solteros..., durante un tiempo. Luego tal vez podrías cortejar a la hermana Liesel y fundar una familia.

Por un momento, Marcus consideró cómo sería la vida si dejase el ejército y se quedase en Bethlehem a trabajar con el hermano Eckhardt en su laboratorio, pasar más tiempo con John Ettwein y leer los libros de la Gemeinhaus.

—Para unirse a los hermanos, debe contar la historia de su vida y cómo encontró a Dios —dijo el *chevalier* de Clermont, que se encontraba a tan solo unos pasos y los escuchaba con suma atención.

Marcus sintió un aire de peligro en torno al soldado francés, como si De Clermont conociera su verdadero nombre... y lo que había sucedido en Hadley.

—¡Pfff! —Gerty hizo un gesto de desdén con la mano—. Doc ya se inventará algo. Una historia tan llena de pecados que satisfará a la mismísima *Brüdergemeine*. Yo te ayudaré, Doc: te contaré parte de mi historia. —Gerty le guiñó el ojo con picardía antes de alejarse.

—Quédese con el doctor Otto y el ejército, Doc —le recomendó De Clermont—. Como familia, bastan.

«Por ahora —pensó Marcus—. Por ahora».

SEGUNDA PARTE

Es hora de separarse

Macho y hembra son distinciones de la naturaleza; el bien y el mal, distinciones del cielo; pero merece la pena examinar cómo llegó al mundo una clase de hombres tan por encima del resto y tan distinguida que pareciera una nueva especie y también si esta es un instrumento para la felicidad o la desdicha de la humanidad.

THOMAS PAINE

18
Quince

28 DE MAYO

Cuando Phoebe se despertó el decimoquinto día tras su conversión, descubrió que, de alguna manera, el mundo era más sensual que la víspera. El tacto de la seda sobre su piel se le hacía tan excitante, tan provocador, que, buscando refugio en la desnudez, se desprendió del camisón tan rápido que los tirantes se rompieron y las costuras se rasgaron.

Había sido un error.

El soplo de aire que le acariciaba la nuca desnuda le recordó a Marcus. La sensación de las sábanas frías la llevó de vuelta a su cama. No obstante, la suavidad de la almohada en la que apoyó la mejilla era un pobre sustituto de su cuerpo tan familiar.

Phoebe se había dado una ducha para aplacar sus pensamientos acalorados, pero no había hecho sino empeorar la palpitación que sentía entre las piernas. Sus dedos resbaladizos se habían insertado en la hendidura para aliviar la presión, pero su mente no logró tranquilizarse y las caricias no le aportaron alivio alguno. Frustrada e insatisfecha, agarró una pastilla de jabón y la arrojó contra la pared alicatada.

El día se le había hecho interminable.

Françoise le llevó una bandeja a su habitación poco antes de la medianoche. Contenía café, chocolate negro y vino tinto: las únicas sustancias que toleraba en ese momento de su desarrollo, además de la sangre.

—Pronto tendrás que alimentarte —dijo Françoise mientras presionaba lentamente el émbolo de malla de la cafetera francesa de cristal—. Y *no* de sangre de gato.

Phoebe se había quedado hipnotizada por el sugerente roce del metal contra el cristal. Le recordó súbita y vivamente a Marcus, y su cuerpo se vio sacudido por una oleada de deseo. Las remembranzas inundaron su mente.

Se encontraba en su apartamento de Spitalfields. Era la primera noche en que Marcus le había hecho el amor. Había sido sumamente delicado, sin dejar de mirarla a los ojos en ningún momento mientras la penetraba lenta, muy lentamente. La primera vez no les había dado tiempo a llegar a la cama; la segunda, tampoco.

Phoebe cerró los ojos, pero el aroma celestial del café volvió a sumergir su mente en una espiral de recuerdos.

Era una mañana cálida y lánguida en la casa de Marcus en Coliseum Street, en Nueva Orleans. El aroma de la achicoria y los granos de café ponía una nota amarga y oscura en el aire vivificante. Ransome los había dejado solos después de divertirlos con anécdotas de la noche anterior en el Domino Club. Marcus aún se reía por una de ellas, con una taza del líquido humeante ante sí y los dedos fríos a pesar del calor, uno de ellos por dentro de la cinturilla del pijama que Phoebe había encontrado en la cómoda. El pantalón estaba un poco usado y se había remangado las perneras para no tropezar. Marcus introdujo un segundo dedo y ambos se deslizaron sinuosos por su baja espalda; a continuación, posó en su nuca mojada un beso que prometía una tarde de futuros placeres.

A Phoebe se le hizo la boca agua. Tragó saliva, removiéndose en la silla.

—Necesitas sangre. —La voz brusca de Françoise rompió el hechizo del recuerdo.

—No es eso lo que quiero.

El cuerpo entero de Phoebe no era sino un dolor punzante que partía de su bajo vientre, de un lugar vacío que solo podría colmar otro ser.

Marcus.

—Estas sensaciones que experimentas son signo de que estás lista para beber sangre humana —dijo Françoise, levantando a Perséfone del nido que se había hecho con los jirones del camisón de Phoebe para depositarla en el sillón. Luego recogió la seda arruinada y la tiró al cesto de la colada escondido en el ropero.

«¿El deseo insaciable es señal de haber ascendido a la fase de alimentación bípeda?», se preguntó Phoebe con los ojos entrecerrados mientras reflexionaba sobre las palabras de Françoise, que normalmente escondían un significado oculto.

—Los vampiros no son sino deseo, ¿sabes? —Françoise volvió a la bandeja y sirvió una taza de café—. ¿Es que no sabes rascarte sola donde te pica? Al fin y al cabo, no siempre vas a tener a tu pareja cerca.

Pero Phoebe quería los dedos hábiles de Marcus, la suavidad de su boca al succionar su carne, el pellizco de sus dientes cuando quería atraer su atención, el modo en que la provocaba hasta volverla loca de deseo para, solo en ese momento, regalarle el clímax devastador que tanto anhelaba. Quería lo que Marcus le susurraba mientras la llevaba hasta ese precipicio, una y otra vez, hasta que perdía la cordura y le suplicaba... Esas palabras íntimas, oscuras y seductoras eran lo que más deseaba en el mundo.

—No —respondió lacónica, alzando la vista hasta lo alto del armario.

—Si lo llamas, será aún peor —la advirtió Françoise suspirando.

—¿Llamarlo? —Phoebe trató de poner mirada inocente.

—Sí. Con uno de los teléfonos que tienes escondidos en una bolsa encima del armario. —El semblante de Françoise mostraba desdén, comprensión y un toque de humor. Dio una fuerte palmada—. Milady Freyja cenará fuera esta noche, así que te sugiero que seas rápida.

—Creo que no estoy de humor.

Phoebe no tenía intención de susurrarle a Marcus palabras dulces, que siempre acababan desembocando en actos aún más dulces, según un horario impuesto por alguien más.

—Date unos minutos —concluyó Françoise mientras se dirigía a la puerta—. Verás como en nada volverás a estarlo.

Tenía razón. Apenas se había perdido el sonido de sus pasos cuando volvió a notar la palpitación entre las piernas. Antes de darse siquiera cuenta, corrió hasta el armario, dio un salto para agarrar el teléfono (con una enorme facilidad, advirtió) y pulsó el número de Marcus.

—¿Phoebe?

El efecto de la voz de Marcus en los nervios a flor de piel de Phoebe fue electrizante. Apretó una pierna contra la otra.

—No me lo contaste todo —dijo con voz áspera y ronca.

—Dame un minuto. —Se oyó una conversación amortiguada e indistinta, seguida de pasos. Luego volvió a oírse claramente la voz de Marcus por el auricular—. Intuyo que las hormonas vampíricas han comenzado a actuar.

—Deberías haberme avisado —le reprochó Phoebe, con irritación tan creciente como el deseo.

—Te advertí, de forma bastante explícita, de los placeres y los problemas asociados con el despertar sexual del vampiro —respondió Marcus, bajando la voz.

Phoebe se devanó los sesos en busca de los detalles de tal conversación. Le vino un recuerdo vago de algunos.

—Me dijiste que era peligroso, no que iba a sentir una necesidad insaciable de..., ya sabes...

—Dime.

—No puedo. —Las conversaciones de alcoba no eran lo suyo.

—Claro que puedes. ¿Qué es lo que quieres, Phoebe? —Marcus la provocaba, pero solo en parte. Otra parte de él hablaba completamente en serio.

—Necesito... Quiero...

Las palabras de Phoebe se perdieron en el silencio, sustituidas por imágenes asombrosamente claras de lo que le haría a Marcus si en ese momento atravesase la puerta. Un encuentro tenía lugar en la ducha, donde Marcus se introducía en su interior mientras el agua corría por sus cuerpos. En otro, lo empujaba contra la pared, se arrodillaba ante él y se apropiaba de él con la boca. Después tuvo una visión deslumbrante en la que Marcus la tomaba por detrás, totalmente vestida y boca abajo, el tronco apoyado en un extremo de la mesa del comedor, preparada para una cena romántica con flores y hasta un candelabro georgiano de plata.

—Te deseo de todas las formas imaginables —susurró Phoebe, las mejillas encendidas por la franqueza. No había nada de tierno en aquella primera oleada de fantasías vampíricas, solo un hambre brutal y sin paliativos.

—¿Y, entonces, qué? —preguntó Marcus con voz ronca.

—Entonces quiero hacer el amor, lentamente, durante horas, en una cama con sábanas blancas y cortinas mecidas por la brisa de ventanas abiertas. —La imaginación de Phoebe ahora estaba presa de una imagen completamente distinta de su unión, una imagen provocada no tanto por la pasión como por el anhelo—. Quiero que vayamos a nadar y hacer el amor en el océano. Y, de nuevo, en un jardín, bajo unas estrellas sin luna.

—¿En verano o en invierno?

Le agradó que le preguntara por los detalles. Demostraba que estaba prestando atención.

—En invierno —se apresuró a responder—. La nieve se deshace bajo nuestros cuerpos en movimiento.

—Nunca he hecho el amor en la nieve —dijo Marcus pensativo.

—¿Lo has hecho en el mar? —La ensoñación erótica de Phoebe fue barrida por una corriente de celos.

—Sí. Es divertido. Te gustará.

—Odio a tus amantes anteriores, a todas ellas. Y a ti también —siseó Phoebe.

—No, no me odias —replicó Marcus—. No de verdad.

—Dime sus nombres —exigió.

—¿Para qué? Están todas muertas.

—¡Veronique no!

—Ya conoces el nombre de Veronique, y su número de teléfono, y su dirección —señaló Marcus con dulzura.

—Odio que seas más experimentado que yo. No dejas de hablar de igualdad, pero en esto...

—Espero que no tengas intención de igualarme en todos los campos —dijo Marcus con acritud.

Phoebe se apaciguó un poco. No era la única en la relación que sentía una punzada de celos cuando los amantes, reales o imaginarios, surgían en la conversación.

—Me siento como una adolescente —confesó Phoebe.

—Recuerdo bien esa fase —respondió Marcus—. Tuve una erección que me duró una semana entera en noviembre de 1781. E iba a bordo de un navío lleno de hombres que se masturbaban por las noches creyendo que los demás dormíamos.

—Debió de ser horrible —bromeó Phoebe—, pero estar con tu tía y con Miriam tampoco es una bicoca, te lo aseguro. Cuéntame cómo será cuando estemos juntos.

Marcus soltó una carcajada.

—Ya te lo he contado.

—Pues cuéntamelo otra vez.

—Será como una larguísima luna de miel. Una vez que estés segura de que soy yo a quien quieres, tendremos derecho a irnos juntos.

—¿Adónde iremos?

—Adonde quieras —respondió Marcus al instante.

—A la India. No, a una isla. A algún lugar donde no nos molesten. A algún lugar donde no haya personas que nos importunen.

—Podríamos estar en el centro de Pekín, rodeados de millones de personas, que no me importaría. —Marcus sonaba muy seguro de sí mismo—. Es uno de los motivos por los que Ysabeau quería que esperásemos noventa días.

—Porque para los recién renacidos es fácil perderse en sus parejas.

Phoebe recordó la conversación que había tenido lugar en las butacas de respaldos rígidos de los aposentos de Ysabeau en Sept-Tours. La abuela de Marcus le había contado historias terroríficas de jóvenes amantes muertos de hambre en casa, tan absortos por los placeres de la carne que habían olvidado alimentarse. También se oían historias de celos desbocados en las que un miembro de la pareja mataba al otro por haber mirado con deseo a otra criatura que pasaba delante de la ventana o por mencionar a un amante pasado. En el estado tan emocional en que se encontraban los vampiros recién emparejados, hasta un simple «no» podía traer muerte y destrucción.

—Eso dicen —respondió Marcus. Era un recordatorio de que podía haber estado enamorado antes, pero de una manera muy distinta de lo que sucedería entre Phoebe y él una vez que volvieran a estar juntos.

Y así, sin más, el humor de Phoebe cambió.

—Desearía que fuera agosto —dijo con añoranza, su corazón un poco más emocionado que antes.

—El tiempo pasará rápido —le prometió Marcus—, mucho más que tus dos primeras semanas. Tendrás tanto que hacer que no habrá ocasión de pensar en mí.

—¿Hacer? —Phoebe frunció el ceño—. Françoise dice que tengo que alimentarme de un humano. No ha mencionado nada más.

—Estás creciendo como vampira. Te alimentarás de un humano, saldrás a cazar, conocerás a otros miembros de tu nueva familia, elegirás tus nombres, hasta pasarás algo de tiempo fuera del nido.

Miriam y Freyja habían invertido tanto tiempo en preparar a Phoebe para las primeras semanas de su vida como vampira que nunca habían ido más allá de ese punto. Era como si...

—¿Esperaban que muriese? —Phoebe jamás había considerado en serio tal posibilidad.

—No. En realidad no. Pero los infantes vampíricos pueden ser imprevisibles y a veces hay... complicaciones. —La breve pausa que hizo Marcus antes de aquella última palabra resultó de lo más elocuente—. Recuerdo lo enferma que se puso Becca al poco de nacer, cuando rechazaba toda comida que no fuera la sangre de Diana.

Rebecca había sido una criatura débil y quejosa. Mientras Philip prosperaba gracias a la leche materna, la hija de Diana había necesitado un alimento más rico.

—El mal de sangre es poco común, pero puede resultar fatal —continuó Marcus—. La mayoría de los vampiros desarrollan un paladar más variado al cabo de unas semanas, pero no todos.

—Conque ese es el motivo por el que me presentaron tantos tipos distintos de sangre. —En su momento, Phoebe había creído que Miriam tan solo se mostraba en exceso eficiente, como era su costumbre, pero ahora veía que su meticulosidad había sido un signo maternal.

—Todos queremos que el proceso sea lo más fluido e indoloro posible, Phoebe —afirmó Marcus con tono grave—. No todos nos criamos así, pero en tu caso quería que fuera distinto.

Phoebe sentía curiosidad por la vida de Marcus como ser de sangre caliente en el siglo XVIII y sus primeros años como vampiro. Pero también quería verlos desde la perspectiva vampírica, a través de los propios recuerdos de Marcus. Por eso, apretó los labios y no habló hasta estar segura de que no haría ninguna pregunta.

—No queda mucho —dijo con tono enérgico.

—No, no mucho —repitió Marcus, aunque sonó frustrado—. Solo lo suficiente para parecer una eternidad.

Entonces se despidieron. Antes de colgar, Phoebe se atrevió a formular una última pregunta.

—¿Cómo se llamaba tu madre, Marcus?

—¿Mi madre? —Marcus sonó sorprendido—. Catherine.

—Catherine. —A Phoebe le gustó. Era un nombre atemporal, tan común hoy en día como lo había sido cuando se lo pusieron a una niña en la primera mitad del siglo XVIII. Lo repitió, recreándose en la sensación en la lengua, imaginándose respondiendo a él—. Catherine.

—Es un nombre griego, significa «pura» —explicó Marcus.

Lo que era más importante, significaba algo para él. Eso era lo único que le importaba a Phoebe.

Después de colgar, Phoebe sacó una hoja de papel del cajón del escritorio.

«Phoebe Alice Catherine Taylor».

Observó el papel con ojo crítico. Su madre había elegido Phoebe cuando nació. Alice era el nombre de su abuela paterna. Catherine pertenecía a Marcus. Y quería conservar el Taylor en honor a su padre.

Satisfecha con la elección, Phoebe guardó de nuevo el papel en el cajón a buen recaudo.

Entonces volvió a acostarse para seguir fantaseando sobre su reencuentro con Marcus.

19

Veintiuno

2 DE JUNIO

Cuando Phoebe cumplió veintiún años como ser de sangre caliente, sus padres le regalaron un colgantito en forma de llave con minúsculos diamantes incrustados y una fiesta para cien invitados. La llave era para abrir su futuro, le explicó su madre, y Phoebe la llevaba a diario desde entonces. La fiesta, que incluyó una cena formal bajo una carpa y baile en el jardín, era para lanzarla a la vida adulta y ofrecerle un día memorable que recordar cuando fuera mayor.

Cuando cumplió los veintiún días como vampira, se encontró con otra llave y una cena mucho más íntima.

—Es la llave de tu cuarto —le explicó Freyja al entregarle el pequeño objeto de latón.

Al igual que muchos de los regalos que Phoebe había recibido de los vampiros hasta ese momento, era un símbolo, un signo de confianza más que una forma de garantizar su intimidad en una casa donde cada puerta podía echarse abajo de un solo empujón.

—Gracias, Freyja —respondió Phoebe, guardándosela en el bolsillo.

—Ahora, cuando cierres la puerta con llave, sabremos que deseas estar sola y no te molestaremos —dijo Freyja—; ni siquiera Françoise.

Esta había pillado a Phoebe en la bañera, pensando en Marcus y tratando de satisfacer uno de sus picores más persistentes. La sirvienta se había limitado a dejar la colada limpia y había desaparecido del cuarto sin decir una palabra. De ser posible, Phoebe prefería evitar más momentos como aquel.

—Miriam te espera abajo, en la cocina —continuó Freyja—. No te preocupes. Todo va a salir perfectamente bien.

Hasta ese momento, a Phoebe no le había preocupado lo que su hacedora hubiera planeado para su vigesimoprimer cumpledías, pero la combinación de las palabras de Freyja con el lugar del encuentro sugería que no iba a ser un regalo corriente.

El primer vistazo al regalo de Miriam confirmó sus sospechas. Sentada junto a la tabla de cortar, delante de una copa de champán, había una mujer caucásica de mediana edad. Miriam estaba con ella. Hablaban sobre la *Escherichia coli.*

—Verduras. No habría imaginado que fueran las culpables —dijo la mujer, mientras alcanzaba un bastoncito de zanahoria.

—Ya lo sé. Los casos de Burdeos se debieron a unas coles de Bruselas contaminadas —respondió Miriam.

—Tiempos interesantes para los epidemiólogos —afirmó la mujer—. Toxinas Shiga en una cepa de EAEC. ¿Quién lo habría imaginado?

—Ven, Phoebe, que te presento a Sonia —dijo Miriam mientras llenaba la otra copa de champán y se la tendía—. Es una colega de la Organización Mundial de la Salud. Se quedará contigo a cenar.

—Hola, Phoebe. He oído hablar mucho de ti. —La mujer sonrió y le dio un sorbo al champán.

Phoebe miró a Sonia, luego a Miriam y luego a Sonia otra vez. Sentía la boca más seca que el polvo.

—Sonia y yo nos conocemos desde hace más de veinte años —dijo Miriam.

—Veintitrés para ser exactos —añadió la mujer—. En Ginebra, ¿recuerdas? Nos presentó Daniel.

Sonia era lo bastante mayor para ser la madre de Phoebe.

—Había olvidado que llevabais juntos tanto tiempo. —Miriam se volvió a Phoebe—. Daniel Fischer es un vampiro suizo y un químico excelente.

—Me pagó los estudios —explicó Sonia—, a cambio de alimentarlo.

—Oh. —Phoebe no sabía adónde mirar. ¿Al champán? ¿A Sonia? ¿A Miriam? ¿Al suelo?

—No hay necesidad de sentirse incómoda. Es algo perfectamente normal..., al menos para mí. Miriam me dice que seré la primera para ti.

Phoebe asintió, incapaz de hablar.

—Bueno, estoy lista cuando tú lo estés. —Sonia dejó la copa y se subió una manga—. La anticipación es peor que el hecho de hacerlo. O eso me dicen. Una vez que agarras y succionas una vez, es puro instinto.

—No tengo hambre.

Phoebe se dio la vuelta para marcharse.

—Esa no es forma de tratar a tu invitada —señaló Miriam, impidiéndole el paso y dirigiéndole una mirada severa.

Phoebe se volvió hacia Sonia. Podía oler el pulso de la sangre de la mujer fluyendo cálida por sus venas, pero no le resultaba en absoluto apetecible. Aun así, probaría. Si no lo soportaba, lo intentaría en otro momento. Esperó a que Miriam se fuera.

—No me voy a ir a ninguna parte —la advirtió esta—. No vas a convertirte en uno de esos vampiros que vive solo y engulle la comida, avergonzado por que lo vean. Así es como empiezan los problemas.

—No irás a... *mirar*, ¿verdad? —preguntó Phoebe horrorizada.

—No de cerca. Tampoco hay gran cosa que ver, ¿no? Pero voy a quedarme aquí con Sonia hasta que acabes de cenar. La alimentación forma parte normal de la vida del vampiro. Además, es tu primera vez. No queremos que haya ningún accidente.

Phoebe había logrado alimentarse de Perséfone sin problemas, pero era imposible predecir qué sucedería una vez que se hubiera expuesto a la sangre de un humano, más nutritiva.

—Está bien —respondió Phoebe, que solo quería acabar con aquello lo más rápido posible.

En cuanto se acercó a Sonia, sin embargo, su autodominio se disolvió. Primero, el aroma y el sonido de la sangre de Sonia la distrajeron. Además, no lograba imaginar cómo podría realizarse el acto desde un punto de vista logístico. Sonia estaba sentada en un taburete alto. Phoebe era menuda, pero tendría que agacharse para llevarse su brazo desnudo a la boca. ¿Sonia debería levantarse? ¿O Phoebe debería sentarse? ¿O había alguna otra posición que resultase más cómoda?

—Lo más sencillo es que te reclines —dijo Miriam, adivinando sus pensamientos—. Pero no siempre es lo deseable ni lo más práctico. Tradicionalmente el vampiro se arrodillaba. Se consideraba un signo de respeto, así como de gratitud, hacia la persona que proporcionaba el alimento.

No sería la primera vez que Phoebe se arrodillaba como vampira. Algo le dijo que tampoco sería la última. Antes de que sus rodillas tocasen el suelo, sin embargo, Miriam había sacado de un puntapié un taburete bajo y cuadrado de debajo de la encimera. Françoise lo usaba para alcanzar objetos guardados en los anaqueles más altos. Por lo visto, no era el único uso que tenía en la cocina de un vampiro.

Una vez arrodillada, Phoebe se encontraba a la altura ideal para beber la sangre de la suave piel de la parte interior del codo de Sonia. Cerca de la superficie asomaban venas azules. A Phoebe se le hizo la boca agua.

Sonia apoyó una mano en la rodilla con la palma hacia arriba. Tomó la copa de champán con la otra.

—¿Te has enterado de lo último de Christophe? —le preguntó a Miriam.

Las adultas iban a continuar con su conversación mientras ella comía. Sintiéndose como una niña pequeña sobre el taburete, Phoebe esperó a que le hicieran algún gesto de permiso, de reconocimiento ante lo que estaba a punto de llevar a cabo.

No se produjo.

—Ha vuelto con Jette, ¡otra vez! —Sonia tomó un sorbo de champán—. ¿Te lo imaginas?

—¡No! —respondió Miriam, escandalizada—. Pero si Jette vendió su casa mientras estaba de viaje de negocios. No es algo que un vampiro olvide... ni perdone.

Phoebe oía el pulso ensordecedor de Sonia y olía el aroma acre y mineral de su sangre. No podía esperar más.

—Gracias —musitó antes de cerrar los ojos.

Se inclinó y mordió a ciegas. Sus dientes agudos atravesaron la piel de Sonia, haciendo escapar el líquido hacia su boca.

Phoebe gimió ante la intensidad de aquel sabor delicioso. No tenía nada que ver con beber sangre y vino de una copa. Alimentarse directamente de una vena resultaba embriagador. Succionó con toda la delicadeza de que era capaz, pero no era fácil resistirse. Sin duda alguien la detendría antes de beber demasiado.

—Y también sus bienes —observó Sonia—. Tal vez Phoebe podría ayudarlo a reclamar parte de lo que ha perdido. Baldwin le dijo a Daniel que es muy buena.

Normalmente, la perspectiva de tratar con obras de arte habría monopolizado su atención, pero Phoebe solo podía pensar en alimentarse.

—Llamaré a Christophe. Le dará a Phoebe algo con lo que matar el tiempo hasta que cumpla los noventa días —afirmó Miriam como si Phoebe no estuviera allí.

—Pobre. Es mucho tiempo. A Daniel le sorprendió que fuerais tan tradicionales. No es propio de Marcus hacer las cosas a la antigua usanza —comentó Sonia riendo.

A Phoebe se le erizó la piel. ¿Qué derecho tenía esa mujer a poner en duda sus planes?

—Fue decisión de Phoebe —precisó Miriam—, aunque Ysabeau tuvo mucho que ver en ello, claro.

—¿Sigue en Sept-Tours? —Sonia intentó quitarle importancia a la pregunta, pero fue incapaz de disimular la curiosidad.

—Sí. Tampoco es que sea asunto tuyo —espetó Phoebe mientras se lamía la sangre de los labios sin dejarse ni la última gota que le quedaba en la comisura. Se mordió el pulgar y lo pasó por el brazo de Sonia para ayudar a que le cicatrizaran las marcas de los dientes.

—No pretendía ofenderte —respondió Sonia con amabilidad.

—Sonia es de sangre caliente, Phoebe, no una vampira —le recordó Miriam—. Y es tu invitada. Las normas habituales sobre información personal no se aplican en este caso.

—E Ysabeau es la abuela de mi compañero —replicó Phoebe, cuyas venas palpitaban atronadoras de sangre fresca. Se encontraba algo achispada. Volvió la vista a la botella de champán. Estaba casi vacía.

—Veo que es leal además de cortés. —Sonia se bajó la manga—. Dio las gracias antes de morder. Y ha sido capaz de parar de alimentarse. Estoy impresionada.

Phoebe se puso en pie y se sirvió el champán restante en la copa que la esperaba. Una vez más, había aprobado una suerte de examen. Sentía que se merecía un trago.

Después, esperó de corazón que le ofrecieran algo de postre.

Dos botellas de champán más tarde, Miriam le pidió un taxi a Sonia. Había habido postre, gracias a la generosidad de Sonia, debida en gran parte a la excelencia de la bodega de Freyja.

Esta volvió a casa poco después de que la mujer se hubiera ido. Echó un vistazo a la tapicería de los sofás, constató que Perséfone ronroneaba cerca de la lumbre y dejó escapar un suspiro de alivio.

—Todo ha salido según lo previsto —le aseguró Miriam, levantando la vista por encima de la tapa del ordenador portátil.

—Justo como pensábamos. —Freyja sonrió—. ¿Y lo otro?

—¿Qué otro? —repitió Phoebe, todavía ahíta de beber sangre con champán.

—¿De verdad tienen que ser *cinco* nombres, Freyja? —preguntó Miriam—. Parece un poco excesivo.

—Es la costumbre entre los De Clermont —respondió esta—, por no hablar de su utilidad. Somos una familia longeva y así nos ahorramos problemas a la larga. De este modo, no hay que lanzarse a hacer tejemanejes jurídicos en el último minuto si un bien ha de cambiar de manos.

—Ya he elegido cuatro —dijo Phoebe mientras se metía la mano en el bolsillo para extraer la hoja de papel. Había previsto que aquella cuestión crucial de los nombres surgiría en cualquier momento—. Phoebe Alice Catherine Taylor. ¿Qué os parece?

—¿Alice? —Miriam frunció el ceño—. ¡Pero es un nombre alemán! ¿Qué te parece Yara?

—¿Taylor? —Freyja parecía estupefacta—. No creo que sea apropiado, Phoebe querida. La gente pensará que te dedicas al comercio. Me preguntaba si te convendría Maren. Tuve una buena amiga llamada así y me recuerdas a ella.

—Me gusta Taylor —respondió Phoebe.

Freyja y Miriam no le hicieron caso y siguieron debatiendo los méritos de Illi, Gudrum y Agnete.

—A decir verdad, me gustan todos mis nombres. Y a Baldwin también —terció Phoebe, alzando la voz ligeramente.

—¿Baldwin? —Miriam entrecerró los ojos.

—Le escribí la semana pasada.

—Pero él no tiene nada que decir —repuso Miriam, con voz ronroneante—. Eres *mi* hija. Lo de tus nombres es cosa *mía*.

Phoebe tuvo el buen criterio de guardar silencio. Pasaron unos instantes antes de que Miriam suspirara.

—Cualquier día la familia De Clermont acabará conmigo. Quédate con tus nombres entonces. Y añade Najima.

—Phoebe Alice Najima Catherine Taylor de Clermont. —Freyja se quedó pensando en la ristra de nombres—. Pues ya está decidido.

Phoebe apretó los labios para reprimir una sonrisa.

Había ganado la primera batalla contra su hacedora.

Ahora solo le quedaba contárselo a Baldwin por si Miriam sospechaba que había mentido y lo llamaba para comprobarlo. Phoebe estaba segura de que Baldwin la cubriría.

—¿Y cómo ha sido tu vigésimo primer día como vampira? —preguntó Freyja.

Para Phoebe, contar cómo se había desarrollado la jornada se había convertido en parte del ritual familiar, así como de su educación.

—Perfecto —respondió, sonriendo por fin abiertamente sin que supusiera una falta de respeto hacia su hacedora—. Absolutamente perfecto.

20

Cuando la rama se dobla

5 DE JUNIO

Quedaban diez días para el aniversario del renacimiento de Matthew y estábamos en la biblioteca revisando los preparativos de la fiesta de ese verano. Aunque le había prometido que no sería un gran acontecimiento, como el del año anterior, no podía dejar pasar la fecha sin algún tipo de celebración. Al final habíamos acordado celebrar una pequeña reunión familiar: Sarah y Agatha, Marcus, Ysabeau, Marthe con Alain y Victoire, y Jack y Fernando, además de los niños y yo.

—Eso son otras nueve personas —señaló Matthew con el ceño fruncido al ver la lista de invitados—. Me prometiste que sería algo pequeño.

—Diez, si incluyes a Baldwin.

Matthew gruñó.

—No podía dejarlo fuera —respondí.

—Está bien —se apresuró a conceder, tratando de impedir que añadiera nuevas invitaciones—. ¿Cuándo llegan?

Justo entonces entró un joven de cabello pajizo, piernas largas y flacuchas, y amplios hombros.

—Hola, mamá —dijo—. Hola, papá.

—¡Jack! —exclamé sorprendida—. ¡No te esperábamos tan pronto!

En muchos sentidos, Jack era nuestro primogénito. Matthew y yo lo habíamos acogido en el Londres isabelino con la esperanza de darle una vida que no estuviera llena de hambre, indigencia y terror. Cuando nos marchamos en 1591, lo dejé al cuidado de Andrew Hubbard, que mandaba entre los vampiros de Londres, entonces y ahora. No esperábamos volver a ver al muchacho, pero había elegido convertirse en vampiro antes que sucumbir a la peste.

—¿Pasa algo, Jack? —El semblante de Matthew se tornó intranquilo al captar señales mudas de angustia en él.

—Me he metido en un lío —confesó.

La última vez que Jack se había «metido en un lío», había acabado en los periódicos como el «vampiro asesino» que desangraba a sus víctimas antes de dejar los cadáveres abandonados.

—Nadie ha muerto —se apresuró a afirmar, al adivinar la dirección de mis pensamientos—. Me estaba alimentando... de Suki, papá, no de un desconocido cualquiera. Bebí demasiada sangre demasiado rápido y acabó en el hospital. El padre Hubbard me dijo que viniera aquí directamente.

Suki era la joven a quien empleaba la familia para cuidar de Jack en Londres y proporcionarle alimento cuando no le bastaba el sustento que ofrecían los animales y precisaba sangre humana. Los vampiros necesitaban cazar y había humanos dispuestos a hacer de presas..., por un precio. Era un negocio peligroso y que, en mi opinión, la Congregación debía regular. No obstante, mis propuestas al respecto habían encontrado cierta resistencia.

—¿Dónde está Suki ahora? —La boca de Matthew se frunció en una mueca sombría.

—En casa. Su hermana se ha quedado con ella. El padre Hubbard ha dicho que la visitará dos veces al día. —Jack sonaba y se veía abatido.

—Ay, Jack. —Habría querido abrazarlo y consolarlo, pero la tensión que flotaba en el aire entre Matthew y nuestro hijo hizo que me pensara dos veces inmiscuirme en algo que no terminaba de entender del todo.

—Suki es tu responsabilidad —le advirtió Matthew—. No deberías haberla dejado en ese estado.

—El padre Hubbard ha dicho...

—No me interesa demasiado lo que Andrew haya dicho —lo interrumpió—. Conoces las reglas. Si no eres capaz de anteponer el bienestar de Suki al tuyo, vuestra relación tendrá que acabar.

—Lo sé, papá. Pero no estaba..., todavía no estoy..., ni siquiera sé qué pasó. Estaba bien y de repente... —La frase quedó en el aire—. Cuando la dejé con el padre Hubbard, *creí* estar cuidando de ella.

—No hay segundas oportunidades, Jack. No con la rabia de sangre. —Matthew parecía apesadumbrado—. Saldaré las cuentas con Suki. No tendrás que volver a verla.

—¡Suki no ha hecho nada malo y yo tampoco! —Los ojos de Jack se oscurecieron y su tono adquirió un matiz defensivo en respuesta al gesto de desaprobación de Matthew—. No es justo.

—La vida no es justa —respondió Matthew con voz queda—, pero es nuestra obligación en tanto que vampiros hacer lo que podamos para cuidar de las criaturas que son más débiles que nosotros.

—¿Qué va a ser de ella? —preguntó Jack con tono lastimero.

—A Suki nunca le faltará de nada. Marcus y los Caballeros de Lázaro se encargarán de ello —le aseguró Matthew.

Era la primera vez que oía que parte de las cuentas de la hermandad cubrían pagos a humanos por servicios prestados. Sin duda resultaba escalofriante, pero explicaba por qué no salían a la luz aún más historias sensacionalistas sobre vampiros alimentándose de seres de sangre caliente.

—Ven, vamos a que comas algo —dijo Matthew, posando la mano en el hombro de Jack—. Y así conocerás a la última incorporación a la familia.

—¿Le has traído un perro a mamá? —El rostro de Jack se iluminó. Adoraba a su compañero de cuatro patas, de raza komondor, y creía firmemente que nunca se tenían suficientes perros.

—No. La diosa le ha dado a Philip un grifo —respondió Matthew—. Por lo visto es un tejedor, como su madre.

Jack no pestañeó ante tal anuncio y se limitó a seguir obediente a Matthew hasta la cocina. Después de beber algo y ponernos al día del resto de sus peripecias, todas ellas menos alarmantes, fuimos a buscar a Agatha, Sarah y los mellizos. Habían estado jugando fuera, en una tienda de colores chillones que Agatha había preparado tendiendo sábanas viejas sobre unas sillas. Los cuatro estaban metidos dentro, jugando con cada caballero, caballo o animal de peluche que hubieran encontrado.

Apolo también estaba con ellos, sin perder de vista al resto de la manada y reprochando de vez en cuando a uno de sus miembros alguna infracción imaginaria con un fuerte picotazo.

Una vez que todos se liberaron de la tienda (que se vino abajo con la emoción por la llegada de Jack), se intercambiaron los debidos saludos y se dieron mimos y besos a los niños hasta quedar enteramente satisfechos, Jack se agachó frente al grifo.

—Hola, Apolo —le dijo, tendiéndole la mano, sobre la que el animal posó su garra de inmediato.

Apolo sacó la lengua y tocó con ella el cabello de Jack, su oreja, nariz y mejilla, como si tratase de conocer mejor al nuevo miembro del grupo. Comenzó a cloquear y a mover la cabeza arriba y abajo con ademán aprobatorio.

—¡Jack! —Becca levantó su loro de peluche—. Mira. Pájaro. Mío.

—Qué bonito, Becca. Ahora mismo voy a jugar con él. —Jack esquivó por poco que el grifo le metiera la lengua por la nariz—. ¿Puede volar?

—Ay, sí —respondió Sarah—. Ysabeau lleva a Apolo de aquí para allá como si fuera un halcón y le ha enseñado a atrapar ratones en el aire.

Jack rio.

Becca, considerando que el grifo ya había acaparado atención suficiente, le lanzó el loro a Jack. Este se dio la vuelta, sorprendido, cuando le golpeó en el hombro. La niña gruñó, frunciendo el labio.

—Rebecca Arielle —dijo Matthew con voz firme. Se agachó y la tomó en brazos—. Ya hemos hablado de esto. Nada de lanzar objetos.

Becca abrió su minúscula boquita. Creí que iba a chillar; sin embargo, la bajó hacia la mano de su padre con la rapidez de una serpiente a punto de atacar. Entonces mordió. Con fuerza.

Se extendió un silencio sepulcral mientras todos mirábamos atónitos al padre y a la hija.

Matthew estaba blanco como el papel y sus ojos se habían ennegrecido.

El mordisco le había despertado la rabia de sangre.

—Y, desde luego, nada de morder. —Matthew miró a su hija con tal intensidad que Becca alzó los ojos azules y, en cuanto vio su semblante, abrió la boca y lo soltó—. Diana, llévate a Philip y a Apolo de vuelta a casa, por favor.

—Pero... —comencé a decir. Una mirada salvaje y desesperada de Matthew hizo que cogiese a Philip en brazos a toda velocidad. Me encaminé hacia la casa sin volver la vista atrás.

Al cabo de un momento, Matthew despidió al resto de la familia.

—¿Qué va a hacer Matthew? —preguntó Sarah al unirse a Philip y a mí en la cocina.

—Papá la va a dar de lado —dijo Jack, con voz disgustada.

—¿Huelo sangre? —preguntó Marcus, que en ese momento entraba en la cocina con Marthe.

—Becca ha mordido a Matthew —respondí.

A través del grueso vidrio ondulado, vi a Matthew decirle algo a la niña. Acto seguido, le dio la espalda de forma deliberada.

—Guau —exclamó Jack—. Qué tajante.

—Cuando un vampiro mayor y más poderoso te da la espalda, constituye un insulto y un rechazo; una señal de que has hecho algo mal —explicó Marcus—. No nos gusta estar mal avenidos con el líder de la manada.

—Ese es un mensaje demasiado sutil como para que una bebé lo entienda —observó Sarah.

No obstante, la expresión en el rostro de Becca sugería que lo había captado a la perfección. Parecía devastada.

—Milady Rebecca debe disculparse —señaló Marthe—. Entonces sieur la perdonará y todo volverá a estar bien —concluyó dándome una palmadita para reconfortarme.

—A Becca no se le dan bien las disculpas —respondí con inquietud—. Esto podría alargarse.

—Perdón —dijo Philip, al tiempo que los ojos se le anegaban. Nuestro hijo, en cambio, se disculpaba continuamente, incluso por aquello que no había hecho.

—Gracias a Dios —murmuró Marcus con voz aliviada—. Becca se ha disculpado.

Matthew cogió a la niña y le dio un beso en la coronilla. Luego la llevó en brazos hasta la cocina.

El semblante de Becca se veía preocupado por volver a reunirse con la familia después de lo ocurrido. Sabía que había hecho algo terrible y no estaba segura de cómo la recibiríamos.

—Hola, princesa —dijo Jack, dirigiéndole una sonrisa enorme.

—Hola, Jack —contestó Becca al tiempo que su ansiedad se evaporaba.

Sin saber muy bien qué hacer en mitad de todos aquellos vampiros y sus reglas no escritas, me puse en pie con Philip en brazos y esperé a que el resto del grupo acogiera a Becca de vuelta en el rebaño. Mi hijo se revolvió para que lo bajase y corrió hacia la despensa con Apolo, sin duda en busca de Cheerios con los que felicitar a su hermana.

Por último, Matthew depositó a Becca en mis brazos. La besé y la abracé con fuerza.

—Mi niña valiente —musité, cerrando los ojos un instante para dar gracias en silencio por que el incidente hubiera terminado.

Cuando los volví a abrir, Matthew se había ido.

Matthew corría por el bosque más allá del foso como si lo persiguieran los perros del infierno. Lo localicé con ayuda de Rakasa, que era casi tan veloz como él, y un dispositivo de seguimiento mágico en el que había estado trabajando para que me ayudara a vigilar a los niños. Lo llamaba «ojo de dragón» porque el orbe central, de un negro brillante, me recordaba a Corra, y las alas tornasoladas que brotaban a los lados evocaban las de una libélula. Era un pedacito de magia de lo más útil, inspirado en las ilustraciones de un ejemplar de *Historia Monstrorum*, de Ulisse Aldrovandi, que había encontrado entre los libros de Philippe.

No alcancé a Matthew hasta que se detuvo a recuperar el aliento bajo un amplio roble al otro lado del bosque que marcaba el punto en el que confluían cuatro campos. Antaño había proporcionado sombra a los caballos de tiro y a los granjeros de la propiedad cuando se tomaban su descanso de mediodía. En la actualidad ofrecía otro tipo de protección.

Los dedos de Matthew se aferraron a la corteza rugosa, sus pulmones más agitados de lo normal. Me bajé de Rakasa y até las riendas.

—¿Rebecca y tú estáis bien? —La voz le sonaba áspera en la garganta. Aun en semejante estado, su principal preocupación era por las criaturas a las que amaba.

—Estamos bien.

Apoyó la espalda en el árbol y se dejó caer con los ojos cerrados. Hundié el rostro entre las manos.

—Hasta los niños de sangre caliente muerden cuando están frustrados, Matthew —dije, tratando de reconfortarlo—. Se le pasará cuando crezca.

—No es así como lo verá un vampiro. Un mordisco es un acto de agresión. Nuestro instinto es devolver el mordisco, contraatacar. Si Rebecca muerde al vampiro que no debe y este reacciona tal y como le dicta la genética, la matará al instante, hará polvo sus huesecitos. —Los ojos de Matthew seguían oscurecidos por la rabia de sangre, a pesar de que el esfuerzo físico normalmente producía un alivio temporal de los síntomas—. Tuve que recurrir a todo mi autocontrol para no reaccionar. ¿Acaso otro vampiro, en mi lugar, ejercería el mismo grado de autodominio? ¿Lo haría Gerbert?

—No es más que una niña —protesté.

—Este es el motivo por el que está prohibido convertir a niños en vampiros —repuso Matthew—. Su comportamiento es impredecible y carecen de autocontrol suficiente. Los vampiros recién renacidos exhiben algunas de esas mismas tendencias, pero al menos tienen cuerpo de adulto y pueden sobrevivir al castigo.

Se aproximó un jinete. Era Marcus. Nunca lo había visto a caballo; montaba con la misma seguridad que da la práctica que el resto de la familia. En su caso, ni siquiera se había molestado en usar silla ni bridas. Simplemente había pasado una pierna por encima de la grupa del animal y había dejado la cuerda fijada a la cabezada.

—Solo quería comprobar que ambos estáis bien —nos avisó, acercándose al trote—. Jack estaba preocupado, así que le dije que me aseguraría de que os habíais encontrado.

Yo también estaba preocupada. La rabia de sangre de Matthew no había remitido tan rápido como lo hacía normalmente.

—Has manejado la situación mejor de lo que lo habría hecho la mayoría de los vampiros —comentó Marcus.

—Es mi hija. La quiero —replicó Matthew, alzando la vista a su hijo—. Pero he estado cerca, muy cerca, de arremeter contra ella. Como hice con Eleanor.

Y Eleanor había muerto. Había sucedido mucho tiempo atrás, en un mundo diferente y en circunstancias muy distintas, pero Matthew había descubierto en un instante horrendo que querer a alguien no siempre bastaba para proteger a esa persona.

—Igual que hice con Cecilia —musitó Matthew, volviendo a hundir el rostro entre las manos.

Marcus no era el único en casa que luchaba contra los recuerdos.

—No eres el mismo hombre que entonces —afirmé tajante.

—Sí, sí lo es. —La voz de Marcus sonó ronca.

—¡Marcus! —exclamé escandalizada—. ¿Cómo puedes...?

—Porque es la verdad.

—John Russell siempre decía que eras demasiado sincero para ser un De Clermont. —Matthew soltó una carcajada desabrida—. Me decía que estaba loco por haberte convertido en vampiro.

—Entonces, ¿por qué lo hiciste? —le preguntó Marcus a su padre.

—Me fascinabas —respondió Matthew—. Sabía que guardabas secretos, pero eras sincero y auténtico en muchos otros aspectos. No acertaba a comprender cómo lo hacías.

—Así que no fue por mi don para curar —dijo Marcus, sardónico.

—En parte, sí. —La rabia de sangre de Matthew se alejó arrastrada por una oleada de recuerdos. Acomodó su postura contra el árbol—. Pero la cuestión en realidad no sería por qué te convertí en vampiro, sino por qué aceptaste mi ofrecimiento.

Marcus se tomó su tiempo antes de responder.

—Porque no me quedaba nada importante que perder —afirmó—. Y porque pensé que podrías ser el padre que había estado buscando.

Palabras de dos sílabas
The New England Primer, 1762

Absent	abhor	apron	author
Babel	became	beguile	boldly
Capon	cellar	constant	cupboard
Daily	depend	divers	duty
Eagle	eager	enclose	even
Father	famous	female	future
Gather	garden	glory	gravy
Heinous	hateful	humane	husband
Infant	indeed	incense	island
Jacob	jealous	justice	julep
Labour	laden	lady	lazy
Many	mary	motive	musick

21

Padre

OCTUBRE DE 1781

El hospital de las afueras de Yorktown reverberaba con los sonidos quedos de la muerte. Las extremidades agitadas emitían un leve murmullo al bregar con sábanas y mantas gastadas. Cada pocos minutos, los suspiros flotaban en el aire, conforme el espíritu de algún soldado se liberaba y levantaba el vuelo.

Marcus yacía en el catre del rincón, los ojos cerrados para no ver los fantasmas, incapaz de responder a las llamadas de auxilio que otrora lo habrían hecho levantarse para atender y reconfortar a los enfermos. Aquella noche no era más que otro soldado lejos de casa, moribundo entre sus hermanos de armas.

Tragó saliva a pesar de la aspereza en la garganta. La tenía reseca y en carne viva por la fiebre, y habían pasado horas desde que nadie se acercara con el cubo y el cucharón. Eran numerosos los hombres del ejército de Washington enfermos de fiebres, demasiados para cuidarlos una vez que la guerra casi había acabado y los sanos emprendían el camino a casa para retomar su vida anterior.

Oyó voces bajas a la entrada del pabellón. Se aferró débilmente a las sábanas, con la esperanza de atraer la atención de la persona al cargo.

—¿Qué aspecto tiene este soldado francés, Matthew?

La luz de una lámpara titiló ante los párpados cerrados de Marcus.

—*Bon Dieu*, John, ¡cómo voy a saberlo! —La voz, familiar, despertó los recuerdos de Marcus—. Apenas lo conocía. Es Gil quien quiere que lo encuentre.

Marcus abrió los ojos legañosos. Su garganta se esforzó por emitir sonidos, pero de los labios apenas brotó un susurro demasiado bajo para que nadie lo oyera.

—*Chevalier* de Clermont.

Unas botas se detuvieron sobre el suelo de tierra batida.

—Alguien ha pronunciado mi nombre —dijo el *chevalier* de Clermont—. Hable, Le Brun. Hemos venido a sacarlo de aquí.

La lámpara se fue acercando cada vez más. Su brillo atravesaba la fina piel de los párpados de Marcus, haciendo que el dolor se irradiase por todo su cuerpo enfebrecido. Gimió.

—¿Doc? —Unas manos frías tocaron su frente, su cuello, apartaron las sábanas de sus manos agarrotadas—. A fe que está ardiendo.

—Se huele la muerte en su aliento —dijo el otro hombre. Su voz también sonaba familiar.

Se oyó el ruido del agua contra la madera. De Clermont posó sobre sus labios el borde desconchado de un cucharón, resbaladizo de saliva humana. Marcus estaba demasiado débil para tragar, por lo que la mayor parte del líquido se deslizó por las comisuras.

—Levántale la cabeza... con cuidado, Russell, y sostenlo ahí. Así, bien.

Marcus sintió cómo lo alzaban. El líquido penetró en su boca, fresco y dulce.

—Inclínale la cabeza hacia atrás. Solo un poco —ordenó De Clermont—. Venga, Doc. Traga.

Pero el agua volvió a derramarse. El cuerpo de Marcus se vio sacudido por un ataque de tos que le arrebató las pocas fuerzas que le quedaban

—¿Por qué no bebe? —preguntó el otro hombre.

—Su cuerpo se apaga —respondió De Clermont—. Rechaza su propia salvación.

—No seas tan condenadamente católico, Matthew. Y menos aquí, rodeado de todos estos puritanos remilgados.

Quienquiera que hablase (¿dónde había oído Marcus aquella voz antes?) intentaba aliviar la tensión del ambiente con humor soldadesco.

Marcus abrió los ojos y vio al tirador caído en Bunker Hill; Cole se llamaba, el mismo hombre a quien había reconocido en el hospital de Trenton cuando apareció vestido como un virginiano.

—Tú no eres Russell. —Contra todo pronóstico, la garganta de Marcus se movió lo suficiente para tragar y una gota de humedad se deslizó entre los tejidos resecos—. Eres Cole. Y estás muerto.

—Al igual que usted, señor, o poco le falta por el olor que emana —respondió el hombre.

—¿Conoces a Doc? —El tono de De Clermont dejó traslucir su sorpresa.

—¿Doc? No. Conocí a un chiquillo llamado Marcus MacNeil, un valiente mozalbete de la frontera con ojo de águila y un desprecio insensato por las órdenes —respondió el hombre de Bunker Hill.

—Me llamo Galen —lo corrigió Marcus con voz ronca—. Galen Chauncey.

El *chevalier* de Clermont volvió a verterle agua entre los labios. Esa vez, un hilo le descendió a Marcus por la garganta irritada hasta el estómago. El esfuerzo le cortó la respiración. No obstante, tal cual había bajado, el agua volvió a subir. Su cuerpo no la admitía.

Un paño húmedo y fresco le limpió los ojos antes de descender para retirarle los restos de bilis y agua de la boca y el mentón. Alguien aclaró el paño con agua fresca antes de pasárselo con dulzura por las mejillas y la frente.

—¿Madre? —preguntó Marcus. Nadie lo había tocado jamás con tanta ternura.

—No. Soy Matthew. —Su voz también era tierna. Aquel no podía ser el mismo *chevalier* de Clermont que había hecho plegarse al doctor Shippen y acallado a John Adams.

—¿Estoy muerto? —se preguntó Marcus en voz alta. Lo de esa noche tendría más sentido si todos se hallaran en el infierno. No recordaba que ninguna de las vívidas imágenes del más allá que el reverendo Hopkins describía desde el púlpito de Hadley los domingos incluyese un hospital del ejército, pero la creatividad del demonio era de sobra conocida.

—No, Doc. No estás muerto.

De Clermont le acercó el cucharón a la boca. Esta vez, Marcus bebió y tragó, y el agua aguantó en su cuerpo.

—¿Eres el demonio? —le preguntó Marcus a De Clermont.

—No, pero se llevan bien —respondió Russell.

Marcus vio que el compañero de De Clermont ya no llevaba cazadora ni pantalón de gamuza. En ese momento, el hombre vestía el elegante uniforme rojo del regimiento británico.

—Eres un espía —musitó Marcus, apuntándolo con un dedo tembloroso.

—Me temo que se equivoca de hombre. Es Matthew quien recopila información. Yo no soy más que un soldado. Me llamo John Russell, del Decimoséptimo Regimiento de Dragones Ligeros: los muchachos de la muerte y la gloria. Anteriormente fui John Cole, del Primer Regimiento de New Hampshire. —Russell se dio una palmadita en el pecho de la casaca, que emitió un crujido extraño como si el interior estuviera lleno de papeles—. Venga, Matthew. Hay una guerra que concluir.

—Ve. Tú tienes los términos de la capitulación —dijo De Clermont—. Yo me quedaré aquí con Doc.

—¿Por qué la hermandad ha esperado tanto antes de intervenir? Podíamos habernos ahorrado todo este verano de campañas, por no hablar de salvarle la vida a este muchacho.

—Pregúntale a mi padre. —De Clermont sonó tan apesadumbrado como Marcus se sentía —. O a Baldwin, si es que lo encuentras entre los *Jägers*.

—En fin, qué más da. Si no fuera por la guerra, ¿qué haríamos las criaturas como nosotros en primavera? —preguntó Russell con una carcajada triste.

—No lo sé, John. ¿Cultivar jardines? ¿Enamorarnos? ¿Construir algo? —dijo De Clermont con añoranza.

—Eres un viejo sentimental, Matthew. —Russell le tendió el brazo derecho. De Clermont se lo estrechó por el codo. Era una forma de despedida antigua, que parecía más apropiada para unos caballeros de armadura en Agincourt que para el campo de batalla de Yorktown—. Hasta la próxima.

Sin más, Russell desapareció.

Tras la partida de Russell, Marcus perdió aún más la noción del espacio y el tiempo. Sus sueños febriles estaban llenos de fragmentos inconexos de su vida pasada, por lo que cada vez le costaba más responder a las preguntas del *chevalier* de Clermont.

—¿Hay alguien a quien quieres que escriba? —le preguntó este—. ¿A tu familia? ¿A una amada que te espere en el hogar?

Marcus pasó revista a los fantasmas de Hadley que acechaban sus horas de vigilia: el amable Tom Buckland y su atenta esposa; Anna Porter, que para entonces ya estaría casada; la vieja Ellie Pruitt, probablemente muerta; Joshua Boston, que bastantes problemas tenía en el mundo como para cargar con Marcus; Zeb Pruitt, su héroe, que apenas sabía leer. Sus amigos de los Voluntarios de Filadelfia habían seguido adelante con sus vidas. Por un momento, Marcus se planteó escribir al doctor Otto, quien le había brindado la oportunidad de una vida mejor.

—No tengo familia —respondió—, ni hogar.

—Todo el mundo tiene una familia. —De Clermont parecía pensativo—. Eres un hombre peculiar, Marcus MacNeil. ¿Qué te hizo abandonar ese nombre? Cuando te conocí en Brandywine, ya eras Doc. Y Galen Chauncey es el nombre más inventado que jamás haya oído.

—Soy un Chauncey. —Hablar le resultaba agotador, pero se obligó a hacerlo para aclarar aquella cuestión fundamental—. Como mi madre.

—Tu madre. Entiendo. —La voz de De Clermont sonó como si lo entendiera.

—Estoy cansado.

Marcus volvió la cabeza a un lado. No obstante, el *chevalier* siguió haciéndole preguntas. Cuando el delirio de Marcus amainaba, las respondía.

—¿Qué hizo que te convirtieras en cirujano?

—Tom. Él me ayudó. Me enseñó cosas.

Marcus recordó las lecciones de anatomía y medicina que había aprendido en el consultorio de Buckland en Northampton.

—Tendrías que haber ido a la universidad y estudiado medicina como es debido —dijo De Clermont—. Ya eres un buen médico. Sospecho que habrías sido excelente si te hubieran dado la oportunidad.

—Harvard —susurró Marcus—. Madre dice que los Chauncey van a Harvard.

—Lejos de mí contradecir a tu madre, pero en estos días los mejores cirujanos van a Edimburgo —respondió De Clermont con una sonrisa—. Antes de eso iban a Montpellier o Bolonia. Y, antes aún, a Salamanca, Alejandría o Pérgamo.

Marcus suspiró de melancolía al pensar en tanto conocimiento que jamás estaría a su alcance.

—Ojalá.

—Y, si alguien pudiera concederte ese deseo, si alguien te diera una segunda oportunidad de vivir, ¿la aceptarías? —preguntó De Clermont con una expresión de extraña avidez.

Marcus asintió. A su madre le encantaría que fuera a la universidad, aunque no fuese Harvard.

—¿Y te importaría tener que esperar un tiempo antes de empezar los estudios: hacerte con un nuevo nombre, aprender un idioma, mejorar tu latín?

Marcus se encogió de hombros. Se estaba muriendo. En comparación, mejorar su latín parecía poca cosa.

—Entiendo. —Los ojos astutos de De Clermont se oscurecieron—. ¿Y si tuvieras que cazar, todos los días de tu vida, simplemente para sobrevivir?

—Soy buen cazador —respondió Marcus, pensando con orgullo en las ardillas, peces, pavos y ciervos a los que había atrapado para mantener a su familia. Demonios, una vez hasta había disparado a un lobo, aunque supuestamente se escapó y Noah Cook dijo que no era más que un perro viejo y sarnoso.

—¿Marcus? ¿Me oyes? —El rostro de De Clermont estaba muy cerca y sus ojos le recordaron al animal gris que había gemido antes de huir para no dejarse ver jamás—. No tienes mucho tiempo para decidirte.

Entonces sintió en los huesos que tenía todo el tiempo del mundo.

—Presta atención, Marcus. He preguntado si estarías dispuesto a matar a alguien por esta oportunidad de vivir y convertirte en médico. No a un animal..., a un hombre. —La voz de De Clermont poseía una nota de urgencia que atravesó la fiebre de Marcus y la neblina de dolor y desorientación que la acompañaban.

—Sí..., si lo mereciera.

Después de aquello, Marcus durmió un rato. Al despertar, el *chevalier* de Clermont se encontraba en mitad de una historia más fabulosa que los propios sueños de Marcus. Decía que había vivido más de mil años. Que había sido carpintero y albañil, soldado y espía, poeta, doctor, abogado.

De Clermont habló de algunos de los hombres a los que había matado. Unos en Jerusalén, otros en Francia, Alemania e Italia. También mencionó a una mujer llamada Eleanor.

La historia tenía partes aterradoras, elementos que hicieron pensar a Marcus que realmente se hallaba en el infierno. El *chevalier* hablaba de su gusto por la sangre y que la bebía de criaturas vivas, a las que intentaba no matar. Era imposible que algo así fuese verdad.

—¿Beberías de las venas de un hombre para sobrevivir? —Incluso en medio de su historia, el *chevalier* de Clermont seguía haciendo preguntas.

Marcus ardía de fiebre y se sentía confuso por el calor y la presión en las venas.

—Si lo hiciera, ¿acabaría el dolor?

—Sí.

—Entonces lo haría —confesó Marcus.

Marcus soñó que volaba alto y a toda velocidad por encima del hospital. El suelo a sus pies estaba manchado de vómito y cosas peores, mientras los ratones rebuscaban desperdicios que comer.

Entonces todo se volvió verde y la carpa del hospital se esfumó, el suelo sucio se tornó hierba y la hierba se tornó bosque. El bosque se fue haciendo más verde y profundo. Marcus volaba cada vez más rápido. Aunque no se elevó más, su veloz progreso hizo que el mundo entero se transformase en una mancha borrosa verde, marrón y negra. Marcus sintió el aire frío contra su cuerpo febril. Los dientes le castañeteaban como el esqueleto del salón delantero de Gerty en Filadelfia.

El día se volvió noche; volaba a lomos de un caballo. Alguien lo abofeteó. Con fuerza.

—No mueras. —Un hombre de ojos oscuros y piel pálida lo miraba—. Todavía no. Tienes que estar vivo cuando lo haga.

El *chevalier* de Clermont estaba dentro de su sueño, al igual que Russell. Se encontraban en un claro apartado, rodeados de árboles. Con ellos había un grupo de guerreros indios a las órdenes de De Clermont.

—¿Qué haces? —le preguntó Russell a De Clermont.

—Darle a este muchacho una segunda oportunidad.

—¡Tienes una guerra que acabar!

—Cornwallis no tendrá prisa alguna en aceptar los términos de la capitulación. Además, he de recoger el correo —dijo De Clermont.

Marcus por fin entendió por qué el servicio de correos era tan caro y poco fiable: estaba a cargo de demonios y muertos. Rio al pensar en Belcebú montado en un caballo negro, acarreando un saco de cartas. Pero la hilaridad pareció partirle el cráneo en dos como una manzana podrida y la boca se le llenó del gusto acre de la sangre.

Algo sangraba.

—Basta. —Para Marcus, esa palabra encapsulaba una vida entera de decepciones y promesas rotas.

—La guerra es un periodo extremadamente difícil para convertirse en *wearh*, Matthew —dijo Russell con preocupación—. ¿Estás seguro?

Ahora también era Russell quien hacía preguntas.

—Sí —respondieron Marcus y De Clermont al unísono.

Un dolor atroz y repentino en el cuello hizo saber a Marcus que su arteria carótida se había seccionado. Era demasiado tarde. Sin duda moriría en ese instante y no había nada ni nadie que pudiera hacer algo por él.

Con un suspiro largo y ronco, Marcus dejó escapar el espíritu atrapado en su cuerpo.

El infierno, descubrió, era un lugar extrañamente frío una vez que su alma había levantado el vuelo. No había rastro del fuego y azufre prometidos por el reverendo Hopkins; la fiebre también había desaparecido. Reinaba una calma gélida. No había gritos ni alaridos de dolor, solo el lento toque de un tambor.

Este también se fue perdiendo.

Marcus tragó saliva.

Al hacerlo, oyó una repentina algarabía de sonidos más altos que la banda de Washington. Los grillos cantaban, ululaban las lechuzas. Las ramas de los árboles producían un tableteo ensordecedor.

—Dios mío, no —murmuró De Clermont.

Marcus cayó desde cierta altura y aterrizó con un golpe seco. La piel se le puso de gallina por la sensación, el aire nocturno y el viento que soplaba le alborotaron los cabellos haciendo que cada uno de ellos, hasta la nuca, se erizara.

—¿Qué sucede, Matthew? ¿Qué has visto? —preguntó Russell.

El sonido de su voz hizo que desfilaran por la mente de Marcus una serie de imágenes como impresas en los naipes que Gerty barajaba a la velocidad del rayo. Parecía mirar el mundo a través de unos ojos distintos, unos ojos que lo veían todo, hasta el más ínfimo detalle. Al principio, las imágenes le mostraron a John Russell.

John Russell con una túnica oscura y semblante duro y amargo.

Una espada cercenando el cuello de John Russell, penetrando a través de dos placas de una armadura: un golpe mortal.

John Russell sentado, fuerte y sano, a una mesa en una caverna oscura con una mujer en el regazo.

John Russell bebiendo sangre del brazo de una mujer, succionándola, devorándola. Y a la mujer le gustaba. Chillaba de éxtasis, los dedos afanándose entre sus piernas mientras alimentaba a Russell.

—Su familia.

La voz de De Clermont sonó como cristales rotos, áspera a la nueva sensibilidad de los oídos de Marcus. Al oír la voz «familia», el torrente de imágenes tomó un nuevo rumbo.

Una mujer de cabellos dorados.

Un hombre grande como una montaña y de mirada severa.

Una criatura pálida y esbelta con un recién nacido en brazos.

La mirada oscura de una mujer de amarillo, sus ojos inquietos y veloces.

Un caballero tumbado reflejándose en los ojos de otro, apuesto y de tez oscura.

Una anciana de rostro redondo, surcado de arrugas, y expresión afable.

Familia.

—Su padre.

Unas manos sujetaron a Marcus por los brazos, aferrándolo con tanta fuerza que temió que los huesos se le fueran a partir.

Padre.

Esta vez la palabra dio forma a las imágenes, que se encadenaron en un relato.

Matthew de Clermont, con un cincel y un martillo en las manos, la ropa manchada de sudor y cubierta de polvo gris, de camino a casa una noche de verano y siendo abordado por la misma mujer que Marcus había visto antes, la que sostenía a un niño en brazos.

Matthew de Clermont, apoyado en el mango de una azada, el rostro húmedo por el esfuerzo o las lágrimas, el semblante sombrío, mirando hacia un hoyo que contiene dos cuerpos.

Matthew de Clermont derrumbándose sobre un suelo de piedra.

Matthew de Clermont, cubierto de sangre y vísceras, exhausto y arrodillado.

Matthew de Clermont, luchando con un joven de facciones duras y un aire de cruel malevolencia, no mucho mayor que Marcus.

—Ahora sé por qué MacNeil cambió de nombre —dijo De Clermont—. Mató a su propio padre.

A partir de aquel momento no cesaron de viajar, y siempre de noche. El delirio de Marcus dio paso a una sed desesperada que nada lograba aplacar. La fiebre amainó, pero su mente seguía confusa y agitada. Su vida se convirtió en una colcha de retales a base de impresiones inconexas y conversaciones hilvanadas con hilo rojo como la sangre. Russell los dejó para volver con los ejércitos de Yorktown. Los amigos indios de De Clermont guiaron a Marcus y a Matthew por senderos apenas más anchos que un paso de ciervos e imposibles de seguir a menos que uno conociese las señales sutiles que marcaban el camino.

—¿Y si nos perdemos? —preguntó Marcus—. ¿Cómo encontraremos el camino en la oscuridad?

—Ahora eres un *wearh* —respondió De Clermont con sequedad —. No tienes nada que temer de la noche.

Durante el día, Marcus y De Clermont se cobijaban en casas a lo largo del camino cuyas puertas se abrían sin preguntar en cuanto aparecía el *chevalier* o en cuevas escondidas en la ladera de las colinas. Los guerreros indios que viajaban con ellos se mantenían a distancia de las granjas, pero se les volvían a unir al ponerse el sol.

Marcus sentía cómo el cuerpo se le rebelaba, a la vez débil y extrañamente poderoso, ora lento, ora rápido. A veces se le caían las cosas de las manos y, otras, las aplastaba con solo tocarlas.

Mientras descansaban, De Clermont le ofreció una bebida fuerte de sabor medicinal, acre y metálico. Era densa y dulce, y le supo a gloria. Marcus se sintió vigorizado y más tranquilo, pero su apetito por la comida sólida no regresaba.

—Eres un *wearh* —le recordó De Clermont, como si aquella palabra significase algo para él—. ¿Te acuerdas de lo que te dije en Yorktown? Lo único que necesitas para sobrevivir es sangre; ni carne ni pan.

Marcus recordaba levemente que De Clermont se lo había dicho, igual que había mencionado que no volvería a enfermar y que sería difícil que muriera. También le había contado que llevaba vivo más de mil años, lo que resultaba absurdo. El hombre tenía la tez lisa y una densa cabellera de color azabache.

—¿Y usted también es un *wearh*?

—Sí, Marcus. ¿Cómo te habrías convertido en uno si no? Fui yo quien te engendró. ¿No te acuerdas de haber aceptado cuando te di a elegir entre vivir y morir?

—¿Y Cole..., Russell..., también lo es? ¿Es ese el motivo por el que no murió en Bunker Hill?

Marcus siguió esforzándose en poner orden en los hechos de la semana anterior para darles sentido. Por mucho que lo intentaba, el resultado siempre era algo más fantástico que *Robinson Crusoe*.

Habían llegado a la frontera entre Pensilvania y Nueva York cuando la fuerte sed de Marcus dio paso a otro tipo de necesidades. La primera fue la curiosidad. El mundo le parecía más luminoso e interesante que antes de Yorktown. Su vista era más aguda y los sonidos y aromas hacían que todo a su alrededor rebosase de vida y textura.

—¿Qué es este brebaje? —preguntó Marcus, bebiendo con ansia de la jarra que De Clermont le había tendido. Era como néctar, fortificante y satisfactorio a un tiempo.

—Sangre. Con un poco de miel —respondió este.

Marcus escupió con violencia un chorro rojizo. De Clermont le dio una palmadita en el hombro.

—No seas maleducado —le advirtió con voz ronroneante como la de un felino—. Me niego a que mi hijo se comporte como un patán desagradecido.

—Usted no es mi padre.

Marcus lanzó el brazo con intención de propinarle un golpe, pero De Clermont lo bloqueó con facilidad, agarrándole la mano con la suya como si no ejerciera fuerza alguna.

—Ahora lo soy, conque harás lo que te diga. —El rostro de De Clermont permaneció impasible; su voz, sosegada—. Jamás tendrás fuerza suficiente para batirte conmigo, Marcus. Ni lo intentes.

Sin embargo, este había crecido bajo otro puño de hierro y no tenía intención de ceder ante De Clermont cuando no se había plegado ante Obadiah. Durante los siguientes días, mientras proseguían rumbo al norte y se adentraban cada vez más en los bosques de Nueva York, Marcus riñó con De Clermont sobre todo lo imaginable porque sí, porque se sentía mejor enfrentándose a él que guardándoselo dentro. Lo dominaban tres deseos irreprimibles: beber, saber y pelear.

—Por mucho que lo desees, no puedes matarme —dijo De Clermont tras una pelea por un conejo que los había dejado a ambos ensangrentados, al animal hecho trizas y a Marcus con los dos brazos fracturados—. Te lo advertí la noche en que te convertí en *wearh*.

Marcus no se atrevió a confesar que no recordaba gran cosa de aquella noche y que lo que recordaba no tenía sentido.

De Clermont le recolocó la muñeca derecha con la habilidad propia de un médico o cirujano experimentado.

—El brazo se te curará en unos instantes. Mi sangre, que ahora es la tuya, no permitirá que ninguna enfermedad ni lesión arraigue en tu cuerpo —le explicó—. Ya está. Dame el otro.

—Puedo hacerlo solo.

Una vez restablecida la muñeca derecha, Marcus se reacomodó el antebrazo izquierdo. Sintió cómo se fusionaban los huesos, la sangre bullendo de energía. La sensación de que algo invadía su cuerpo y se apoderaba de él le recordó a la inoculación. Mientras cavilaba qué tendría la sangre de De Clermont para inmunizarlo contra daños y enfermedades, el *chevalier* lo interrumpió con la pregunta que llevaba en suspenso desde aquella noche en Yorktown.

—¿Mataste a tu padre porque te pegaba? —preguntó De Clermont—. Vi lo que hizo. Estaba en la sangre que bebí de ti en Yorktown. También pegaba a tu madre, aunque no a tu hermana.

Pero Marcus no quería pensar en su madre ni en Patience. No quería pensar en Hadley, en Obadiah ni en su vida anterior. Había matado a su padre, sí, pero siempre había albergado una mínima esperanza de volver a casa algún día. Ahora que bebía sangre, sabía que no sucedería jamás. No era mejor que un lobo hambriento.

—Hijo de puta —gruñó Marcus.

De Clermont se puso en pie sin una palabra y se perdió en la oscuridad. No regresó hasta el alba. Traía consigo un cervatillo y

Marcus se alimentó de él, más dispuesto a tolerar la sangre de una criatura de cuatro patas que la de una persona.

Al cabo, Marcus y De Clermont llegaron a las colinas y valles de una zona de Nueva York que Marcus jamás había visto: el extremo norte, casi en Canadá. Allí se refugiaron con los oneida. Marcus recordó la primavera de 1778, en Valley Forge, cuando había corrido por el campamento la noticia de que el marqués de Lafayette y sus compatriotas contaban con una tropa de aliados oneida en su lucha contra los británicos. Cuando los indios que los habían guiado fueron recibidos por familiares y amigos, Marcus se percató de que los oneida habían garantizado su seguridad.

En Nueva York, por fin tuvo permiso para cazar. Sintió alivio al correr tras los ciervos y los gamos, y placer al beber su sangre. De Clermont también lo animó a competir con los guerreros jóvenes. Si bien Marcus era rápido e insensible a las lesiones, tenía poco que hacer frente a los oneida a la hora de seguir animales por el bosque. A su lado, Marcus se notaba torpe y necio.

—Le queda mucho por aprender —se disculpó De Clermont ante uno de los ancianos curtidos por las batallas que contemplaban con desdén mal disimulado los vanos intentos de Marcus por atrapar un pato.

—Necesita tiempo —respondió el anciano—. Y es tu hijo, Dagoweyent, así que lo tiene de sobra.

Los castigos a los que Marcus se vio sometido junto a otros jóvenes de la tribu sí acabaron con parte de su espíritu combativo. Quería dormir, pero no encontraba la manera de cerrar los ojos y descansar. Aún no comprendía del todo lo que sucedía. ¿Cómo había sobrevivido a la fiebre? ¿Por qué de pronto era tan fuerte y rápido?

De Clermont no dejaba de repetirle la misma información una y otra vez: que sanaría de casi cualquier herida, que sería difícil matarlo, que nunca en la vida volvería a estar enfermo, que sus sentidos ahora iban más allá de lo que la mayoría de los humanos alcanzaban, que era un *wearh*... No obstante, en su relato faltaba algo, una perspectiva más amplia que explicase cómo todo aquello podía ser verdad.

Fue la caza —y no la lucha ni las dudas ni la ingesta de sangre— lo que acabó de convencer a Marcus de que ya no era humano. Cada día y cada noche, De Clermont lo llevaba de caza. Al principio ciervos, luego se pasaron a otras presas. Los patos y las aves silvestres eran difíciles de capturar y no contenían sino una ínfima cantidad de la preciosa sangre que mantenía a Marcus con vida. Los osos y los jabalíes escaseaban, y su tamaño y afán por sobrevivir los convertía en oponentes formidables.

De Clermont no le dejaba cazar con armas, ni siquiera un arco y flechas.

—Ahora eres un *wearh* —le dijo en cierta ocasión—. Debes perseguir a la presa, atraparla valiéndote de las manos y la inteligencia, vencerla y alimentarte de ella. Las armas y las flechas son para los seres de sangre caliente.

—¿Seres de sangre caliente? —Aquella era una noción desconocida para él.

—Humanos, brujos, daimones —explicó—: criaturas inferiores. Necesitarás sangre humana para sobrevivir, ahora que estás creciendo y desarrollándote, pero no tenemos tiempo para tomarla... todavía. En cuanto a los brujos y los daimones, su sangre está prohibida. La sangre de brujo te carcomerá las venas y la de daimón te agriará el cerebro.

—¿Brujos? —Pensó en Mary Webster. ¿Serían verdaderas después de todo aquellas viejas leyendas de Hadley?—. ¿Cómo se los reconoce?

—Por el olor. —De Clermont frunció la nariz con desagrado—. No te preocupes. Nos temen y permanecen alejados.

Una vez que Marcus fue capaz de abatir un ciervo con rapidez y alimentarse del animal sin despedazarlo, dejaron a los oneida y pusieron rumbo al este. A lo largo del camino se encontraron con soldados fugados, algunos heridos y otros perfectamente sanos. Unos eran soldados británicos que huían de la guerra. Otros, lealistas que trataban de escapar a Canadá y a la libertad una vez que comprendieron cómo terminaría la guerra. La gran mayoría eran soldados continentales que, cansados de esperar una declaración de paz formal, habían decidido volver a casa, a sus granjas y sus familias.

—¿A cuál quieres? —preguntó De Clermont.

Se hallaban acuclillados entre las altas hierbas que crecían junto a un arroyo serpenteante, observando a un grupo de soldados británicos en la otra orilla. Había cuatro hombres, uno de los cuales estaba herido.

—A ninguno. —Marcus se conformaba con los ciervos.

—Has de elegir, Marcus. Pero recuerda: deberás vivir largo tiempo con tu decisión.

—Aquel —dijo Marcus, apuntando al más menudo del grupo, un tipo enjuto que hablaba con un fuerte acento desconocido.

—No. —De Clermont señaló al hombre que gemía tumbado junto al agua—. Ese. Ve a por ese.

—¿Que vaya a por él? —Marcus frunció el ceño—. Se refiere a que me alimente de él.

—Te he visto alimentarte de un ciervo. Una vez que empieces a beber de un humano, no serás capaz de parar. —De Clermont olfateó la brisa—. Se está muriendo. Tiene la pierna gangrenada.

Marcus tomó una bocanada de aire. Algo dulce y podrido le asaltó los sentidos y le provocó una arcada que a duras penas pudo reprimir.

—¿Quiere que me alimente de *eso*?

—Por el momento, la infección está localizada. De lo contrario, olería peor —dijo De Clermont—. No será la sangre más dulce que pruebes jamás, pero no te matará.

De Clermont se esfumó. Una sombra se deslizó por encima del vado estrecho y cubierto de guijarros. Los soldados británicos alzaron la vista con sorpresa. Uno de ellos, el más grande y fornido, lanzó un grito asustado cuando lo agarró y le mordió el cuello. Sus dos camaradas echaron a correr, dejando atrás sus escasas posesiones. El soldado moribundo, el de la pierna gangrenada, comenzó a chillar.

El olor de la sangre hizo que Marcus saliera en pos de De Clermont. Alcanzó la otra orilla más rápido de lo que jamás habría soñado... antes.

—No vamos a matarlo. —Marcus se arrodilló junto al hombre—. Solo necesito tomar parte de su sangre.

La presa de De Clermont se iba desplomando lentamente sobre el suelo conforme se desangraba.

—Por Dios, no me mate —suplicó el soldado malherido—. Tengo esposa e hija. Solo he huido porque me dijeron que me meterían en un barco de prisioneros.

La pesadilla de todo soldado era que lo encerrasen en uno de esos repugnantes navíos anclados lejos de la orilla, sin comida, agua potable ni forma de sobrevivir a las condiciones de hacinamiento e insalubridad.

—Chis. —Marcus le dio una palmadita torpe en el hombro. Notaba cómo le temblaba el pulso en el cuello. Y la pierna, madre mía, John Russell había dicho la verdad en Yorktown. Los seres de sangre caliente apestaban cuando su carne se podría—. Si me permitiera sin más...

Unas fuertes manos blancas agarraron al soldado por el cuello de la casaca. El hombre comenzó a sollozar y a suplicar sin pausa ante lo que parecía una muerte segura.

—Deja de hablar. Muerde aquí. Con firmeza. Hay menos probabilidad de que lo mates si te agarras como una criatura al pecho de la madre. —De Clermont sujetó al soldado para que no se moviese—. Hazlo.

Marcus mordió, pero el hombre se debatía y se agitaba, despertándole aquella necesidad imperiosa de luchar que ya había sentido antes. Con un gruñido, hundió los dientes en el cuello del soldado, sacudiéndolo levemente para acallarlo. El hombre se desmayó y Marcus sintió una punzada de decepción. Quería que se resistiese. De alguna manera, sabía que la sangre sabría mejor si lo hacía.

Aun sin luchar, la sangre humana resultaba embriagadora. Marcus notó una acidez que imaginó debida a la gangrena o a alguna otra enfermedad que corriese por las venas del soldado. A pesar de ello, se sentía más fuerte y vigoroso con cada trago.

Cuando hubo acabado, había absorbido hasta la última gota del cuerpo del hombre. El soldado estaba muerto, su cuello abierto con una herida enorme, como si un animal lo hubiera atacado.

—Sus amigos —dijo Marcus, mirando alrededor—. ¿Dónde están?

—Por allí. —De Clermont señaló con la cabeza una arboleda en la distancia—. Han estado mirando.

—¿Esos cobardes se han quedado plantados mirando mientras nosotros nos alimentábamos de sus conocidos?

Él jamás habría permitido que De Clermont se alimentase de Vanderslice o de Cuthbert o del doctor Otto.

—Tú ve a por el pequeño —dijo De Clermont, dejando caer unas monedas junto a la cara de su soldado—. Yo me encargaré del otro.

Para cuando llegaron al río Connecticut, Marcus se había alimentado de viejos y jóvenes, enfermos y sanos, criminales y fugitivos, y hasta de un grueso posadero que ni siquiera se despertó de su siesta junto al fuego mientras Marcus le bebía la sangre. Hubo un par de trágicos accidentes cuando el hambre se apoderó de él y un ataque furioso a un violador que cometía sus crímenes por toda Nueva Inglaterra y de quien hasta De Clermont reconoció que merecía morir.

Marcus y Matthew subieron a un ferry para cruzar el río. Cuando arribaron a la otra orilla, el joven se dio cuenta de que se hallaban cerca de Hadley. Miró a De Clermont sin saber a ciencia cierta el motivo por el que su padre lo había conducido hasta allí.

—Deberías ver tu hogar otra vez —afirmó De Clermont— con nuevos ojos.

No obstante, fue la nariz de Marcus la primera en captar lo reconocible del lugar. Se llenó de los olores del otoño en el oeste de Massachusetts —mantillo y calabazas, prensas de sidra repletas de manzanas, humo de leña de las chimeneas— mucho antes de que apareciera ante su vista la granja de los MacNeil.

El lugar estaba en un estado mucho mejor que el día en que Marcus mató a su padre.

Una mujer reía. No era la risa de su madre, pues habría reconocido al instante aquel sonido argentino e infrecuente. Frenó a su caballo para ver quién vivía allí en ese momento y De Clermont se detuvo junto a él.

Una joven de unos veinte años salió del gallinero. Era rubia, fuerte y robusta, con un delantal blanco y rojo por encima de un vestido azul sencillo pero limpio. Llevaba una cesta de huevos colgada de un brazo y un cántaro de leche en el otro.

—¡Madre! —exclamó la muchacha—. ¡Las gallinas han puesto huevos! Tenemos suficientes para prepararle unas natillas a Oliver.

Era su hermana. Aquella joven... era su hermana.

—Patience.

Marcus espoleó a su caballo y comenzó a avanzar.

—Tú decides si deseas hablar con tu familia o no —dijo De Clermont—, pero recuerda: no puedes contarles en qué te has convertido. No lo entenderían. Y tampoco puedes quedarte aquí, Marcus. Hadley es demasiado pequeño para acoger a un *wearh*. La gente notará que eres distinto.

Entonces su madre apareció desde la parte trasera de la casa. Estaba mayor, con el cabello blanco, e incluso en la distancia Marcus podía ver las arrugas que le surcaban la piel. Aun así, no parecía tan cansada como la última vez que la había visto. Llevaba en los brazos a un niño envuelto en una mantita tejida a mano. Patience lo besó en la frente, hablándole con la arrebatada adoración que las madres primerizas prodigaban a los hijos.

«Mi sobrino —comprendió Marcus—. Oliver».

Catherine, Patience y Oliver formaron un pequeño trío familiar junto a la puerta. Estaban felices. Sanos. Reían. Marcus recordó la época en que el miedo y el dolor envolvía la casa en un velo oscuro. De alguna manera, la alegría había vuelto con la marcha de Obadiah y Marcus.

Se le paró el corazón en un espasmo al imaginar cómo podría haber sido su vida. Luego empezó a latir de nuevo.

Aquella ya no era su familia. Marcus ya no pertenecía a Hadley.

Sin embargo, había hecho posible que su madre y su hermana se labraran una nueva vida. Marcus esperaba que el marido de

Patience, si es que aún lo tenía y no había caído en la guerra, fuera bueno y cariñoso.

Marcus dio media vuelta con su montura y se alejó de la granja.

—¿Quién es aquel hombre?

La pregunta de Patience le llegó flotando en el aire. Si no hubiera sido un *wearh*, tal vez Marcus no habría sido capaz de oírla.

—Parece... —comenzó a responder su madre. Luego se detuvo, como preguntándose si los ojos la engañaban. Marcus siguió adelante, con la mirada fija en el horizonte—. No. Me he confundido —admitió Catherine, la voz teñida de tristeza.

—No va a volver, madre —dijo Patience—. Jamás.

El suspiro de Catherine fue lo último que Marcus oyó antes de dejar atrás todo lo que un día fue y todo lo que podría haber sido.

22
Niño

Noviembre de 1781

El puerto de Portsmouth estaba lleno de navíos que esperaban la carga y descarga de sus mercancías. Aunque era bien pasada la medianoche, los muelles seguían rebosantes de actividad.

—Mira a ver si encuentras un barco llamado *Aréthuse* —le dijo De Clermont a Marcus, tendiéndole las riendas del caballo—. Yo preguntaré en la taberna si alguien lo ha visto.

—¿De qué tamaño? —preguntó Marcus mientras contemplaba las balandras, las goletas, los bergantines y los balleneros.

—Suficiente para cruzar el Atlántico. —De Clermont señaló un navío atracado en un extremo del puerto—. Mira. Ahí está.

Marcus entrecerró los ojos en la oscuridad, tratando de vislumbrar el nombre. No obstante, fue la bandera francesa ondeando a popa lo que lo convenció de que De Clermont estaba en lo cierto.

Este se subió de un salto a un pequeño esquife y tiró de Marcus para que hiciera lo mismo. El marinero de guardia estaba borracho como una cuba y apenas se percató de que habían abordado la embarcación a su cargo. De Clermont no tardó en alcanzar el *Aréthuse*, manejando los remos con tal fuerza que la proa apuntada del esquife se elevaba sobre las olas con cada golpe.

Al llegar al barco, alguien les echó una escala por la borda.

—Sube —ordenó De Clermont, mientras mantenía el esquife inmóvil contra el casco.

Marcus consideró el flanco del navío con preocupación.

—¡Me caeré al mar! —protestó.

—La altura es considerable y el agua está fría. Más te vale arriesgarte con la escala —dijo una voz por encima de ellos. A continuación apareció por la barandilla un rostro cuadrado y lampiño, enmarcado por una melena dorada hasta los hombros bajo un bicornio inclinado hacia la coronilla—. Hola, tío.

—Gallowglass —respondió De Clermont, llevándose la mano al sombrero.

—¿A quién traes contigo? —preguntó Gallowglass mientras miraba a Marcus con desconfianza.

—Vamos a subirlo al barco antes de que empieces a interrogarlo.

De Clermont agarró a Marcus del cuello de la camisa y lo izó los dos primeros tramos de la escala mientras el esquife se mecía bajo sus pies.

Al llegar a lo alto, Marcus se dejó caer en cubierta como un fardo, presa del vértigo. Por lo visto, las alturas no le sentaban tan bien como antes. Cerró los ojos para dejar que el cielo y el mar volviesen a su posición normal. Cuando los abrió, se cernía sobre él un *wearh* gigantesco.

—¡Válgame el cielo! —exclamó Marcus al tiempo que se alejaba gateando, temeroso por su vida. Tal vez no fuese fácil matarlo, pero no tenía ninguna opción frente a aquel coloso.

—Por Cristo y por todos sus apóstoles, no seas necio, muchacho —se carcajeó Gallowglass—. ¡Cómo voy a atacar a mi propio primo!

—¿Primo?

El parentesco no contribuyó en nada a apaciguar los miedos de Marcus. Por experiencia, sabía que los parientes a menudo suponían el mayor peligro.

Un brazo del tamaño de un obús salió disparado hacia delante con la palma abierta, doblado por el codo. Marcus recordó cómo se habían saludado y despedido John Russell y De Clermont. Todos los *wearhs* debían de ser masones, pensó. ¿O tal vez se trataba de una costumbre francesa?

Marcus estrechó con cautela el brazo tendido, codo con codo, consciente de que su primo podría rompérselo como si fuese una ramita. Nervioso ante la perspectiva de una lesión mayor, Marcus apretó con los dedos el brazo musculoso de Gallowglass.

—Tranquilo, cachorro. —Los ojos de Gallowglass se entrecerraron a modo de advertencia al tiempo que ayudaba a Marcus a ponerse en pie.

—Lo siento. Parece que estos días no soy consciente de mi propia fuerza —murmuró Marcus, avergonzado por su inexperiencia.

—Hum. —Gallowglass frunció los labios mientras lo soltaba.

De Clermont saltó de la escala a la cubierta con la confianza de un tigre. El hombre al que llamaba Gallowglass se volvió y, en un torbellino de puños, asestó dos golpes en la mandíbula de De Clermont.

Primo o no, los instintos protectores de Marcus despertaron y se abalanzó como una fiera hacia el desconocido. Gallowglass lo sujetó con una facilidad perezosa y lo mantuvo a distancia con su enorme manaza.

—Será mejor que madures un poco más antes de enfrentarte conmigo —le aconsejó.

—Tranquilo, Marcus —dijo De Clermont una vez que se hubo recolocado la mandíbula y la hubo abierto y cerrado un par de veces.

—¿En qué demonios estabas pensando, tío, para ponerte a engendrar en mitad de una guerra? —preguntó Gallowglass a De Clermont.

—Las circunstancias de tu renacimiento no fueron tan diferentes, si no recuerdo mal. —Las aristocráticas cejas negras de De Clermont se dispararon hacia el cielo.

—Hugh me convirtió una vez pasado el fragor de la batalla, mientras recorría el campo en busca de sus amigos muertos —rebatió Gallowglass—. Este chico es demasiado joven para haber visto combate alguno. Juraría que lo encontraste merodeando por alguna esquina y lo rescataste como a un perro callejero.

—El muchacho ha visto más de lo que crees —replicó Matthew en un tono que no admitía más debate—. Además, la guerra casi ha terminado. Ambos ejércitos están diezmados por las fiebres y cansados de luchar.

—¿Y Gil? ¿No lo dejarías allí sin más? —Gallowglass lanzó un colorido improperio—. Tenías dos cosas que hacer, Matthew: asegurarte de que los colonos ganaran la guerra y llevar al marqués de Lafayette de vuelta a Francia de una sola pieza.

—Pierre está con él. Baldwin está entre los *Jägers*. Y John Russell se encuentra entre el personal de Cornwallis y lleva los términos de la capitulación en el bolsillo. Mi trabajo está hecho. —Matthew se atusó las costuras de los guantes—. La mañana se nos echa encima. En marcha, Gallowglass.

Este los condujo a un pequeño camarote bajo cubierta, con vistas al agua a través de una amplia ventana rectangular. El cuarto estaba escasamente amueblado con un escritorio, algunos taburetes, un pesado arcón y un coy suspendido entre dos postes.

—Tus cartas —dijo Gallowglass mientras abría el arcón para sacar una bolsita de piel encerada que arrojó a De Clermont.

Este aflojó las cintas y hojeó el contenido. Sacó algunas cartas y se las guardó en el bolsillo de la pechera de la casaca.

—Falta una. —Gallowglass sacó otra, sellada con un goterón de cera roja—. Mademoiselle Juliette te manda saludos. Y aquí está el correo del abuelo.

La segunda bolsa que Gallowglass sacó del arcón era considerablemente mayor que la primera y estaba llena de protuberancias y bultos interesantes, uno de los cuales parecía una botella de vino.

—Madeira. Para el general Washington —dijo Gallowglass, pendiente del movimiento de los ojos de Marcus—. El abuelo pensó que podría compartirla con su señora una vez de regreso en casa.

Marcus sabía que el marqués de Lafayette era querido por el general Washington, pero no tenía idea de que hubiera relación alguna entre el *chevalier* de Clermont y el comandante del ejército continental.

—Qué amable —musitó Marcus, guardándose la información para rumiarla más tarde.

—Oh, lo dudo —replicó Gallowglass con jovialidad—. Philippe quiere algo a cambio. Siempre es así.

—¿Cómo está Philippe? —preguntó De Clermont—. ¿Y mi madre?

—Davy dice que están mejor que bien —respondió Gallowglass.

—Ah, ¿sí? ¿Y esas son todas las noticias de Francia?

—No tengo tiempo para que nos reunamos alrededor de una taza de té, Matthew. Quiero aprovechar la marea —dijo Gallowglass, olfateando el viento como un sabueso.

—Eres incorregible. —De Clermont suspiró y le entregó un fajo de cartas y un saquito de seda—. Estas son para Juliette. No pierdas la sarta de cuentas.

—¿Cuándo he perdido yo nada? —Los ojos azules de Gallowglass se abrieron indignados—. He llegado a los confines de la tierra haciendo diligencias para esta familia; hasta llevé a aquel maldito leopardo de Constantinopla a Venecia para que la abuela no dejara atrás el regalo del sultán.

A Marcus le gustó aquel escocés descarado. Gallowglass le hizo preguntarse si su propio abuelo, también escocés, habría sido así de joven.

—Cierto. Estas son para Philippe. Las cartas del general Washington están arriba del todo. Asegúrate de que las lea primero. —De Clermont le entregó otro paquete de cartas. Señaló a Marcus—. Y, por supuesto, luego está él.

Gallowglass lo miró confundido. Al igual que Marcus.

—Ah, no. Ni en broma. —Gallowglass levantó las manos horrorizado.

—¿Yo? —Marcus giró la cabeza, mirando a Matthew, luego a Gallowglass y nuevamente a su hacedor—. No puedo ir a Francia. Yo me quedo con usted.

—Tengo que volver a Yorktown para supervisar la firma de la paz y tú no estás listo para moverte entre tanta gente —dijo De Clermont.

—¿Y qué hay de mi nave? ¡La vida en alta mar no es adecuada para un *wearh* recién convertido! —exclamó Gallowglass—. Se comerá a la tripulación antes de haber llegado a Francia.

—Estoy seguro de que alguien lo alimentará, por un precio adecuado —respondió De Clermont con despreocupación.

—Pero en la mar no hay donde cazar. ¿Has perdido el juicio, tío?

Marcus se preguntaba lo mismo.

—¿Acaso sabe alimentarse solo? —inquirió Gallowglass—. ¿O hay que darle biberón como a un niño de pecho?

—¡En Albany me alimenté de un hombre! —respondió Marcus indignado.

—Aaah, Albany. Muy bonito. ¿Probaste un bocadito de agricultor y un sorbito de cazador de pieles? —Gallowglass soltó una carcajada desdeñosa—. Aquí no hay más que cerveza rancia y ratas. Eso no basta para mantener con vida a un crío.

—¿Crío?

Los brazos de Marcus se agitaban como las aspas de un molino mientras se abalanzaba sobre Gallowglass a toda velocidad. Tristemente, jamás llegaron a entrar en contacto con su blanco. De Clermont lo agarró del cuello y lo arrojó a un rincón.

—Se acabaron las discusiones..., por parte de ambos —espetó De Clermont—. Vas a llevártelo a Francia, Gallowglass. Procura que llegue vivo. Le prometí instrucción.

—Necesitaremos más pollos —comentó este—. ¿Y qué haré con él una vez que lleguemos a Burdeos?

—Dejárselo a *maman* —respondió De Clermont, mientras enfilaba la puerta—. Ella sabrá qué hacer. *À bientôt*, Marcus. Obedece a Gallowglass. Estás a su cargo.

—¡Espera un minuto! —Gallowglass corrió tras De Clermont.

Marcus vio desde el alcázar a los dos hombres discutiendo acaloradamente. Cuando Gallowglass refunfuñó en silencio, De Clermont saltó sobre la barandilla y desapareció por la escala abajo.

Gallowglass observó su descenso. Negó con la cabeza y luego se volvió hacia Marcus y suspiró. Entonces el gigantesco *wearh* hizo bocina con las manos alrededor de la boca y lanzó un silbido ensordecedor.

—¡Zarpemos, muchachos!

Marcus contempló desde el alcázar cómo iba desapareciendo la costa y se preguntó si, después de todo, no sería mejor volver hasta ella a nado. El enorme marino se agachó junto a él.

—Todavía no nos han presentado debidamente. —Su brazo salió disparado hacia Marcus—. Soy Eric. La mayoría de la gente me llama simplemente Gallowglass.

—Marcus MacNeil —respondió el joven, aceptando nuevamente su brazo. Esta vez el gesto le resultó agradable, familiar—. La mayoría de la gente me llama Doc.

—Marcus, ¿eh? Un nombre romano. El abuelo estará encantado. —Los ojos de Gallowglass lucían unas arruguitas permanentes en las comisuras, como si estuviera a punto de estallar en carcajadas.

—El *chevalier* de Clermont no me dijo que tenía padre —respondió Marcus, atreviéndose a revelar su ignorancia.

—¿El *chevalier* de Clermont? —Gallowglass inclinó la cabeza hacia atrás y rugió de risa—. Por los huesos de Cristo, muchacho. ¡Es tu hacedor! Entiendo que te resistas a llamarlo papá porque Matthew tiene el instinto paternal de un puercoespín furioso, pero al menos podrías llamarlo por su nombre.

Marcus se quedó pensando, pero le pareció imposible considerar a aquel francés austero y misterioso como nada que no fuera el *chevalier* de Clermont.

—Tiempo al tiempo. —Gallowglass le dio una palmadita a Marcus en el hombro—. Tenemos semanas para compartir anécdotas sobre tu querido papá. Para cuando lleguemos a Francia, tendrás nombres mucho más creativos que Matthew con los que llamarlo. Y más apropiados.

Tal vez el viaje no iba a ser tan tedioso como Marcus se temía. Sintió los contornos delgados y familiares de *Sentido común* en el bolsillo de la casaca. Entre Thomas Paine y Gallowglass, Marcus podría pasarse todo el viaje leyendo y pensando qué iba a necesitar para sobrevivir como vampiro.

—Vi..., sentí... parte de la historia del *chevalier* —aventuró Marcus, sin saber a ciencia cierta si era algo que debiera abordar.

—La voz de la sangre es complicada. No sustituye a una historia bien contada. —Gallowglass se pasó un dedo enguantado bajo la nariz, que le moqueaba por el viento que se estaba levantando.

Aquel era otro concepto desconocido, como «*wearh*» y «hacedor». La curiosidad de Marcus debió de notársele.

—La voz de la sangre es el conocimiento acumulado en la sangre y los huesos de cada criatura. Es una de las cosas que anhelamos como *wearhs* —explicó Gallowglass.

Marcus ya había sentido aquella hambre de saber, además del impulso de cazar, beber sangre y luchar. Resultaba reconfortante advertir que su curiosidad voraz —una maldición, según la había calificado Obadiah— era ahora una parte normal y aceptable de su ser.

—¿Matthew no te explicó cómo es realmente el mundo y en qué estabas a punto de transformarte antes de que te convirtiera? —Gallowglass parecía preocupado.

—Puede que lo hiciera. No estoy seguro —confesó Marcus—. Tuve fiebres, graves. No recuerdo gran cosa. El *chevalier* me dijo que podría ir a la universidad y estudiar medicina.

Gallowglass profirió un juramento.

—Tengo algunas preguntas —dijo Marcus con vacilación.

—Me lo imagino, muchacho... Dispara.

—¿Qué es un *wearh*? —preguntó en voz baja por si había cerca algún miembro de la tripulación.

Marcus hundió el rostro entre las manos y gruñó.

—Empecemos por el principio —dijo, poniéndose en pie con la agilidad de un hombre que se había pasado la vida a bordo de un barco. Le tendió una mano a Marcus y lo ayudó a levantarse—. Tienes un largo viaje por delante, joven Marcus. Para cuando lleguemos a Francia, comprenderás lo que es un *wearh* y lo que has aceptado al convertirte en uno.

Una vez en mar abierto, Gallowglass arrió todas las banderas salvo una negra con una serpiente plateada que se mordía la cola. Aquello hizo que la mayoría de las embarcaciones se mantuvieran a una distancia respetuosa.

—El escudo de la familia —le explicó a Marcus, apuntando hacia el estandarte que tremolaba y ondeaba al viento—. El abuelo da más miedo que cualquier pirata. Ni Barbanegra quería llevarse mal con él.

Durante el viaje, Gallowglass le contó a Marcus una historia sobre lo que era ser un *wearh* que confirió sentido a las semanas transcurridas desde Yorktown. Por fin Marcus entendió la naturaleza no solo de los *wearhs*, sino también de los brujos, daimones y humanos. Echando la vista atrás, estaba casi seguro de que la curandera de Bunker Hill era una bruja. Y sabía a ciencia cierta que John Russell, a quien había conocido primero por el nombre de Cole, era un *wearh*. En cuanto a los daimones, Marcus no creía conocer a ninguno, aunque Vanderslice era el más probable.

Gallowglass también le hizo saber lo que suponía ser un De Clermont. Por lo visto, convertirse en un bípedo voluble y prácticamente inmortal que bebía sangre era, curiosamente, la parte sencilla. Ser un De Clermont parecía exigir conocer a un gran número de personajes irascibles y dominar una lista de reglas de una milla de largo. Basándose en la descripción que Gallowglass había hecho de la familia y su funcionamiento, no daba la impresión de que los De Clermont hubieran leído *Sentido común*. Desde luego, nada indicaba que hubieran adoptado las nuevas ideas de libertad que Paine había esbozado en su obra. Mientras Marcus yacía en su litera, leyendo y releyendo las páginas gastadas de su preciado libro, tuvo tiempo para preguntarse qué pensaría su nueva familia de la afirmación de Paine de que la virtud no era hereditaria.

Al cabo de más de un mes de bloqueos burlados, vientos fuertes y mares ásperos y gélidos, el *Aréthuse* arribó al puerto francés de Burdeos. Gallowglass había culminado la travesía en un plazo excelente gracias a una combinación de total intrepidez, conocimiento enciclopédico de las corrientes y el hecho de que el estandarte de los De Clermont asustara a todo corsario y contrabandista del Atlántico, tal y como había prometido.

Mientras descendían por la Gironda, Marcus contemplaba el paisaje francés con una mezcla de alivio y temor, una vez que sabía lo que les esperaba en tierra firme.

De pequeño, Marcus nunca había ido mucho más allá del río Connecticut y, aunque los variados orígenes de los Voluntarios de Filadelfia le habían servido de introducción al mundo más allá de las colonias, carecía de experiencia directa. El aire en Francia olía distinto, al igual que los sonidos procedentes de la orilla. Los campos estaban baldíos a excepción de las hileras de vides, sostenidas por soportes de madera, que darían el fruto para el vino que los *wearhs* bebían para apagar su sed cuando no había sangre disponible. Las hojas brillantes que los árboles aún lucían en Portsmouth no se veían por ninguna parte en Francia a finales de diciembre.

Marcus se había acostumbrado a no ver sino velas y agua, y a no tener cerca sino a Gallowglass y a la tripulación. Burdeos era un puerto tan bullicioso como Filadelfia, atestado de seres de todo tipo, incluidas mujeres. Una vez que hubieron atracado y cumplimentado el papeleo necesario para descargar la mercancía del *Aréthuse*, Gallowglass lo condujo a tierra. La mano de su primo lo asía con firmeza por el codo. Aun así, la opresión de los cálidos cuerpos, junto con los colores brillantes y los fuertes olores del puerto, dejaron a Marcus aturdido y algo confuso.

—Tranquilo —murmuró Gallowglass—. Detente y asimílalo todo. Recuerda lo que te dije. No has de ir todo el rato adonde la nariz te lleve, como un mozalbete tras las faldas de cualquier chica guapa.

Marcus sintió que las piernas le flaqueaban y el suelo se movía bajo sus pies; el estómago se le revolvió. Stefan, el rollizo cocinero del *Aréthuse*, lo había alimentado esa misma mañana mientras permanecían anclados junto a la boca del puerto, a la espera de que los aduaneros inspeccionaran la carga. El hombre no solo proporcionaba sustento a los seres de sangre caliente, en forma de galletas para marineros y licor, sino que también alimentaba a los *wearhs* con la sangre de sus venas.

—*À bientôt* —se despidió alegremente Stefan al pasar rampa abajo con el último pollo del barco, que no dejaba de cloquear y quejarse desde su jaula de mimbre.

—Hasta la próxima, Stefan. —Gallowglass le entregó una pesada bolsa que emitía un satisfactorio tintineo—. Por las molestias.

—*Non* —remoloneó este, aunque ya estaba sopesando las monedas y calculando cuánto podría comprar con ellas—. Me pagaron antes de zarpar, milord.

—Considéralo una prima, entonces —dijo Gallowglass—, por cuidar del joven monsieur Marcus.

Este se quedó boquiabierto. Nunca habría imaginado valer tanto dinero.

—Monsieur Marcus ha sido un verdadero caballero. Ha sido un placer servirle.

Stefan hizo una profunda reverencia, y el pollo lanzó un graznido de enojo al verse proyectado hacia delante.

Marcus le devolvió el gesto. El cocinero abrió los ojos como platos y, si hubiera sido un pollo, también habría graznado. Gallowglass enderezó a Marcus y se lo llevó.

—No te inclines ante los sirvientes, Marcus —murmuró—. Ahora eres un De Clermont. ¿Quieres que los chismosos se percaten de tus modales extraños?

Siendo como era un *wearh* que bebía para su sustento sangre de criaturas vivas, jamás dormía y podía hacer trizas un palo de mesana solo con las manos, Marcus estaba seguro de que inclinarse ante los sirvientes era lo que menos notarían los seres de sangre caliente.

—Supongo que podemos atribuir tus rarezas a que eres americano —reflexionó Gallowglass mientras observaba a los bordeleses en los muelles. Todos llevaban cintas con los colores rojo, blanco y azul. Los franceses eran visiblemente más patrióticos que la mayoría de los ciudadanos de Filadelfia.

—¡Por Dios y por la Virgen! ¿Este quién es?

Un *wearh* menudo, moreno y con un estrabismo pronunciado se abrió paso entre la multitud arrastrando dos caballos fogosos. Marcus era capaz de identificarlo por oler menos a caza y a sudor que los seres de sangre caliente. Tenía las piernas algo arqueadas, como si hubiera pasado demasiado tiempo a caballo.

—Este es el último proyecto de Matthew —respondió Gallowglass—. Marcus, te presento a Davy Gams. Lo llamamos Hancock.

—Es un placer conocerlo, señor. —Marcus hizo una reverencia. Los ojos de Davy casi se salieron de las órbitas.

—Es americano —se disculpó Gallowglass.

Davy lo miró de reojo.

—Vosotros, los americanos, habéis liado una buena y nos habéis costado una fortuna. Más os vale que merezca la pena.

Sin saber qué responder, Marcus adoptó la actitud silenciosa y atenta que había perfeccionado mientras trabajaba para los doctores Otto.

—¿Cuántos años tiene? —le preguntó Davy a Gallowglass, quien observaba los rostros de la gente que pasaba.

—*Bonjour!* —Gallowglass trató de llamar la atención de una joven particularmente atractiva que portaba una escarapela roja, blanca y azul en el corpiño y hacía la compra entre los puestos ambulantes del muelle. Luego se volvió a Davy—. Unos cincuenta, diría yo. Matthew no me dio datos y cifras concretos.

—Malditos gabachos. —Davy escupió en el suelo—. Te encandilan con su pico de oro, con sus insignias y su café, pero no se puede fiar uno de ellos. Ni siquiera de Matthew.

—Solo tengo veinticuatro años, Gallowglass. Nací en 1757 —terció Marcus, tragándose la punzada de deseo que le había atravesado las entrañas al ver aquellos senos bordeleses, blancos y cuajados de pecas.

—Gallowglass se refiere a los días, no a los años. Y no contradigas a tus mayores —replicó Davy, propinándole a Marcus un puñetazo en la barbilla. Antaño le habría roto la mandíbula; en ese momento apenas notó una reverberación desagradable—. En cualquier caso, no importa. Eres tan inútil como un pedo en un tarro de mermelada.

—Que te den. —Marcus le hizo un gesto grosero que había aprendido a bordo del *Aréthuse* de Faraj, el piloto. A esas alturas podía maldecir tanto en árabe como en neerlandés, francés, alemán e inglés.

—Supongo que tendremos que llevarlo a París. —Davy lanzó un silbido ensordecedor—. Para eso, necesitaremos un carruaje en lugar de caballos. No se puede viajar a caballo cuando se lleva un infante. Más gastos innecesarios.

—Lo sé, lo sé —repuso Gallowglass para congraciarse con el hombre al tiempo que le daba una palmadita en el hombro—. Traté de poner rumbo a Saint-Malo, pero la mar no me hizo caso.

—Este puñetero Matthew y sus ideas disparatadas. —El dedo de Davy se alzó con ademán de advertencia—. Cualquiera de estos días, Eric, voy a estrangular a ese jovenzuelo.

—Lo sujetaré mientras lo haces —aseguró Marcus, que aún no había digerido del todo lo que había descubierto sobre su nueva vida de boca de Gallowglass—. Tirano malnacido.

Davy y Gallowglass lo miraron con asombro. Entonces Davy rompió a reír con la suerte de jadeos y resuellos de quien no se ha divertido en mucho tiempo.

—No ha llegado a los sesenta y ya está enojado con su padre —dijo Davy, sin dejar de toser y resollar.

—Ya lo sé —contestó Gallowglass con afecto—. En verdad que el muchacho tiene potencial.

Hasta entonces, Marcus nunca había montado en carruaje, solo en carreta. Descubrió que no le gustaba. Apenas lograba apearse antes de ceder al mareo. Hancock no tardó en impacientarse con las frecuentes paradas y terminó por hacer que Marcus sacase la cabeza por la ventanilla abierta para que pudiera seguir vomitando mientras viajaban.

Con los ojos llorosos por el polvo del camino, Marcus apretó los dientes para reprimir la bilis que le subía por la garganta, pues llegados a ese punto tenía el estómago vacío de sangre y vino, y se esforzó en escuchar la conversación antes de que el viento se llevase las palabras.

—Al abuelo le dará un ataque —dijo Gallowglass.

—¿No tenía Matthew estrictamente prohibido...?

El resto de las palabras de Hancock fueron inaudibles.

—Tú espera a que Baldwin se entere. —Gallowglass sonaba tan alarmado como satisfecho ante la idea.

—... se desatará otra maldita guerra.

—Al menos la abuela...

—... lo mimará, como todas las viejas.

—Vigila esa lengua cerca de Marthe o te...

—... será mejor llevarlo allí cuando ella esté en la ciudad.

—La tía Fanny no estará en casa. Va a ser tremendo.

—... déjaselo a Françoise y ve a tomar algo.

—Es mucho lo que tiene que asimilar...

—... en un puñetero barco a su familia.

Aquellos nombres extraños —Marthe, Fanny, Françoise— comenzaron a danzar en la mente confusa de Marcus, que entendió de pronto que no solo tenía un abuelo, sino también una abuela. Tras años solo en el mundo, por fin formaba parte de una familia. Se sintió ligado por un compromiso que le colmó las venas de gratitud. Aun con la cabeza rebotando sobre el cuello como una calabaza colgando del tallo mientras recorrían el camino de Burdeos a París, Marcus era consciente de que esa tercera, o más bien cuarta, oportunidad de una nueva vida se la debía al *chevalier* de Clermont.

Una nueva vida que sería la última, se prometió Marcus.

—Recuerda, nada de reverencias ante nadie en esta casa. No les gustará. —Gallowglass le estiró la corbata flácida y manchada a Marcus—. Estoy seguro de que tu madre era una mujer encantadora, pero ahora estás en Francia.

Marcus se guardó aquella información en el compartimento de su mente, ya repleto, que reservaba para su estudio futuro.

—Pronto conocerás a una mujer llamada Françoise. Por apetitosa que huela, no es alguien con quien bromear. Charles te dará una paliza con el rodillo si tan solo la miras —prosiguió Gallowglass, tirando del abrigo de Marcus para colocárselo bien—. Y bajo ninguna circunstancia juegues a las cartas con tu tía Fanny.

Una llamativa combinación de aromas que incluían hojaldre, limones y almidón llenó el carruaje. Los tres *wearhs* olfatearon el aire como lobos tras el rastro de un nuevo y atrayente animal. Marcus miró por la ventana, ansioso por ver a la criatura que portaba tan irresistible aroma.

—*Oh, la vache!* —exclamó una mujer huesuda de altura tan impresionante como su capacidad pulmonar—. *Qu'est-ce que c'est?*

—Mademoiselle Françoise, no se alarme —dijo Hancock al tiempo que saltaba del carruaje y le tomaba la mano—. No es más que una criaturita; no le supondrá ningún peligro.

—¡Criaturita! —exclamó Marcus. Había matado a soldados británicos, salvado a docenas de patriotas americanos y franceses, asistido en varias amputaciones y se había alimentado de un ladrón despiadado antes de matarlo accidentalmente en Newburyport. No era ninguna criaturita.

No obstante, seguía siendo virgen. Miró con interés los labios trémulos de Françoise. Gruesos y húmedos, prometían toda clase de placeres. Y la mujer olía divinamente.

Los ojos de Françoise se estrecharon y sus exuberantes labios se fruncieron hasta formar una línea tenaz e intimidante.

—Este es Marcus. Pertenece a Matthew. Pensamos que podíamos dejarlo con Fanny —dijo Gallowglass, al tiempo que se apeaba del carruaje y le dedicaba a la mujer una sonrisa deslumbrante.

Podría haberle funcionado con una mujer de sangre caliente, pero no con una *wearh*. Françoise se cruzó de brazos, lo que hizo que pareciera el doble de corpulenta, y resopló.

—Aquí no puede dejarlo. Madame Fanny está fuera —respondió.

—Pues nada, se lo llevamos a Philippe. Entonces huiremos lo más lejos posible de París cuando estalle —dijo Davy, enjugándose la frente con el puño de la camisa.

—¿Dónde está Fanny? —Gallowglass atravesó con resolución las puertas delanteras. Françoise echó a correr tras él—. ¿En Dinamarca? ¿Sept-Tours? ¿Borgoña? ¿Londres?

—No, *milord*. Mademoiselle Fanny está en la casa del doctor Franklin. Ayudándolo con la correspondencia.

Françoise miró a Marcus como si, de alguna manera, tuviera la culpa de la ausencia de su señora.

—Conque correspondencia, ¿eh? Vaya, vaya con el viejo verde. —Hancock soltó una nueva carcajada jadeante.

—Si no te importa, Françoise, la esperaremos en el salón. Y tal vez Charles pueda prepararle algo al joven señor Marcus —dijo Gallowglass con jovialidad—. El pobrecito no puede más después de tantas emociones.

Françoise consideró a Marcus demasiado vulgar y mugriento para el salón de Fanny, por lo que lo desterró a la cocina.

Charles, el *wearh* que gobernaba aquella guarida subterránea, no era mujer ni su olor era tan apetecible como el de Françoise, pero, a los treinta minutos de conocerlo, Marcus no sentía nada más que amor por él. Le había bastado una mirada para poner a Marcus en un sillón orejero junto a la lumbre. Luego comenzó a revolver en bodegas, despensas y alacenas en busca de algo que tentara su apetito y calmara su estómago.

Marcus bebía a sorbitos una embriagadora mezcla de vino tinto de Borgoña —nunca había probado nada parecido— y sangre de torcaz de Normandía cuando entró a grandes zancadas en la estancia un ejemplar de *wearh* rubio y alto. Era una mezcla desconcertante de feminidad y virilidad, seducción y agresión, dulzura y arrogancia. Sus largos rizos de color pajizo y las faldas abullonadas indicaban que era mujer. La casaca militar de corte impecable, con botones de latón y galones, el tricornio adornado con una escarapela roja, blanca y azul, la pistola ceñida a la cadera, los calzones que asomaban bajo unas enaguas de encaje y los zapatos robustos sugerían lo contrario.

—*Bon sang*, ¿qué olor es ese? ¿Matthew ha vuelto de la guerra con el rabo entre las piernas?

La cálida voz de contralto inclinó la balanza: era una mujer.

Recordando sus modales, pero no que ahora era un *wearh*, Marcus se levantó de un salto para dedicarle las reverencias correspondientes a un miembro del bello sexo. El vino salió volando y uno de los reposabrazos acolchados del sillón emitió un crujido agudo.

—¡Pero si es un retoño! —canturreó, los ojos azules enormes de asombro.

«Definitivamente es una mujer», pensó Marcus antes de inclinarse.

—¿A santo de qué haces eso? —le preguntó en un inglés de acento extraño—. Detente de inmediato. Charles, ¿por qué hace reverencias?

—*Le bébé est américain* —respondió este, la boca fruncida como si hubiera mordido algo amargo.

—Qué útil —declaró—. En la familia no tenemos ninguno.

—Soy Mar..., Gale..., Chaun... —Marcus cayó en un silencio confuso antes de recomponerse—. Soy hijo de Matthew.

—Sí, lo sé. Todavía hiedes a él. —Extendió el brazo doblado en el codo con la palma abierta—. Soy Freyja de Clermont. Tu tía. Puedes llamarme Fanny.

Marcus tomó el codo de Fanny y ella tomó el suyo con una firmeza acerada. Marcus iba a necesitar algo de tiempo para digerir la idea —por no hablar de la realidad— de las *wearhs* femeninas. Se suponía que las mujeres eran dulces y sumisas, necesitadas de sustento y protección. Ni Fanny —Freyja le convenía mucho más, pensó Marcus— ni Françoise encajaban en tal descripción. Ahora que la había conocido, las órdenes estrictas de Gallowglass respecto a no jugar a las cartas con su tía de repente cobraron sentido.

—¿No está Matthew contigo? —preguntó Fanny.

—No. El *chevalier* se ha quedado en Yorktown para poner fin a la guerra —respondió Marcus. Todavía no se atrevía a llamar a De Clermont por su nombre de pila.

—Oh, la guerra ha terminado. Al menos eso es lo que dicen todos los periódicos —replicó Fanny al tiempo que depositaba su sombrero boca abajo sobre un montón de harina.

Marcus temió que aquello le valiese una aguda reprimenda de Charles, pero el chef no dejó de mirar a la mujer con adoración.

—¿Ha comido ya, mademoiselle Fanny? —preguntó Charles—. Debe de tener hambre, después de pasarse la mañana trabajando con monsieur Franklin. Antoine está en los establos. ¿Desea que se lo envíe a su habitación? ¿O a Guy, si lo prefiere?

—Desayunaré en la cama. —Freyja se detuvo un instante a considerar sus opciones—. Creo que me gustaría comer con Josette.

Charles se apresuró a organizarlo. Marcus trató desesperadamente de desentrañar el significado de las palabras de Fanny. Sin duda, no tendría pensado...

—A menudo me entran ganas de algo dulce a estas horas —le explicó Fanny.

Fanny iba a alimentarse de Josette. En la cama. El resto de lo que podría suceder allí agitó la imaginación de Marcus. Fanny olfateó el aire y sonrió.

—En cuanto termine yo y la moza haya tenido oportunidad de recuperarse, te la mando. Josette es harto generosa, una delicia. —Fanny se sentó en el sillón que Marcus acababa de desocupar y apoyó los pies calzados sobre el borde de piedra de la chimenea, lo que hizo que las faldas se le remangaran hacia las caderas y revelasen un par de piernas largas y torneadas—. Eres excesivamente joven para permanecer tan lejos de tu progenitor.

—Tengo poco más de sesenta, mademoiselle.

Marcus trataba de pensar en su edad en términos de días en lugar de años, pero aún le sonaba extraño. Se sentó cautelosamente en el borde del cajón en el que se guardaba la leña para la lumbre.

—No es de extrañar que tengas pensamientos licenciosos. Debes explorarlos —comentó Fanny— si esperas lograr el autodominio. Gracias a Dios que ya no estás con Matthew. Te criaría como a un monje y te prohibiría toda relación con mujeres.

Eso era precisamente lo que había sucedido en Pittsfield, donde Marcus había andado penando por catar una mujer joven, pero había tenido que conformarse con un tipo ebrio de ron.

—Matthew dice que no debo alimentarme de mujeres. Que es demasiado fácil confundir el deseo con el hambre. Que...

Fanny lo acalló con un gesto común entre los soldados de los Voluntarios de Filadelfia.

—En tal caso tienes mucha suerte de que Matthew no se encuentre aquí. Vivimos en otros tiempos y el mundo es otro. Debemos abrazar la carnalidad, no rehuirla.

Marcus estaba en ese momento tan duro que le dolía, su deseo espoleado por las ideas libertinas de Fanny. Su lujuria, al igual que sus demás apetitos, parecía no tener fin esos días. En el *Aréthuse*, hasta el tableteo de las velas le había inspirado pensamientos lascivos.

Charles le tendió una aromática taza de café negro a Fanny.

—Josette está preparándole el baño, mademoiselle.

—Haz que se ponga en remojo un buen rato y me espere. —Fanny le dio un sorbo al café y dejó escapar un suspiro sensual—. El agua caliente hará que toda la sangre fluya hasta la superficie de su piel y la dejará en un estado más relajado.

Marcus se guardó la sabia información de Fanny para usos futuros y se removió en el borde del cajón para aliviar la tensión en el calzón.

—Bueno, cuéntame. ¿Qué tal te ha ido con *Far*? —Fanny clavó sus gélidos ojos azules en Marcus.

Marcus no tenía ni idea de quién era *Far*, por lo que se encogió de hombros. La expresión de Fanny se tornó comprensiva.

—Dale tiempo a Philippe. —Fanny se acercó y le dio un golpecito en la rodilla—. Una vez que padre haya averiguado para qué puedes servirle y te haya dado tus nombres, se volverá más agradable. Hasta entonces, tú quédate conmigo. Te enseñaré a ser un *wearh*... y lo haré mucho mejor que Matthew. Hasta *Far* se sorprenderá de mis logros.

Marcus reprimió un suspiro de alivio. No estaba seguro de que Fanny fuese una progenitora mejor, pero confiaba en que haría de su educación una experiencia más interesante y, desde luego, más placentera.

Fanny abordó con entusiasmo el reto de la educación de Marcus, proveyéndole de maestros de baile y esgrima, profesores de francés y latín, un sastre y un fabricante de pelucas. Los días de Marcus estaban llenos de citas; las noches, de lectura y escritura.

No obstante, Fanny seguía preocupada por cómo podría desarrollarse y aspiraba a hacer todo lo posible para verlo convertirse en un orgullo para la familia.

—Debemos ocupar tu mente con nuevas experiencias, Marcus —le anunció una noche—. De lo contrario, podrías caer en el *ennui* y acabar hastiado, como mi hermana Stasia. No te preocupes. He enviado un mensaje a una amiga y a ella se le ocurrirán mil ideas maravillosas sobre cómo perfeccionarte.

Stéphanie Félicité du Crest de Saint-Aubin, *comtesse* de Genlis, recibió la llamada de socorro de Fanny y abandonó de inmediato la ópera para prestarle su auxilio. Llegó como una puesta de sol de primavera, envuelta en seda lavanda y azul orlada de brillante pasamanería y rematada con una peluca ahuecada que se asemejaba a las nubes. La *comtesse* miró a Marcus a través de unos impertinentes que llevaba pendiendo del cuello con una cinta azul cielo.

—Una criatura extraordinaria —pronunció en inglés perfecto en cuanto hubo concluido su examen.

—Sí, pero aún es un niño de pecho —replicó Freyja con tristeza—. No debemos escatimar esfuerzos en preparar a monsieur Marcus para conocer a su abuelo, Stéphanie. Te instalarás en nuestra casa de inmediato.

Juntas, Fanny y madame de Genlis lo tuvieron en un sinvivir, disparando a tal velocidad preguntas y comentarios en inglés (las preguntas) y francés (los comentarios) que Marcus no podía seguirles el ritmo. Así, dejó de intentar anticipar si el siguiente tema sería su experiencia con las mujeres (trágicamente limitada, ahí estuvieron de acuerdo), su educación (sorprendentemente pobre) o sus modales (anticuadamente pintorescos, aunque en verdad *era menester* que dejase de inclinarse ante los sirvientes).

—Es muy buena cosa que *le bébé* no necesite dormir —comentó madame de Genlis a Fanny—. Si nos afanamos día y noche, puede que esté listo para conocer a tu padre *le comte* a mediados de verano.

—No tenemos seis meses, Stéphanie —repuso Fanny.

—Tendrán suerte si llegan a los seis días —fue la predicción de Françoise.

—*Six jours!* —Madame de Genlis se mostró consternada—. ¡Françoise, tienes que hacer algo! Habla con madame Marthe. Ella sacará a Philippe e Ysabeau de París. ¿Tal vez podrían ir a la corte?

—Ysabeau odia Versalles. Además, las noticias viajan demasiado rápido entre París y palacio —respondió Fanny con nerviosismo.

—¿Seguro que no disfrutarían pasando los meses de invierno en Blois, o incluso en Sept-Tours? Podrías sugerírselo, Fanny —insistió madame de Genlis.

—Padre sabría que estamos tramando algo —dijo Fanny—. No, Stéphanie, hemos de ser valientes y despiadadas, y enseñarle *au bébé* todo lo que podamos con la mayor premura. El miedo al descubrimiento nos aguzará el seso y nos animará a hallar nuevas posibilidades. ¡La energía y la persistencia salvan todo obstáculo, como dice el doctor Franklin!

Los días y las noches de Marcus pasaron en un vertiginoso torbellino de actividad. No le importaban demasiado el latín, el francés ni las clases de baile. Las lecciones de esgrima le interesaban más. Sin embargo, sus momentos favoritos se dieron mientras discutía sobre política y filosofía en la opulenta biblioteca de Fanny. Marcus nunca había visto tantos libros en un solo lugar. Madame de Genlis era ingeniosa y cultivada, por lo que Marcus tenía que esforzarse para estar a la altura, aun cuando el tema de su conversación fuese Thomas Paine. No obstante, fueron sus salidas por las calles de la ciudad lo que Marcus disfrutó por encima de todo.

—París es el mejor maestro —proclamó madame de Genlis mientras cruzaban el Sena y zigzagueaban por las calles estrechas y serpenteantes de la isla de la Cité.

Juntos vieron cómo se sacrificaban las vacas y cómo llevaban a cabo sus abluciones vespertinas las prostitutas del burdel de madame Gourdan. Animado por el deseo insatisfecho por Françoise,

Marcus pasó una mañana gloriosa en mitad de los *bateaux-lavoirs* del Sena, deleitándose entre los embriagadores aromas a almidón y jabón, y ofreciéndoles a las lavanderas un poco de alcohol a cambio de una taza de su sangre. El siguiente trueque fue con pólvora, tras toparse con un tenso duelo mientras cazaba al amanecer por el Bois de Vincennes. Después se dedicaron a las imprentas, pues Marcus se sintió atraído por las páginas húmedas y el aroma acre de la tinta como las limaduras de hierro por un imán.

A pesar de que Marcus había visto salir varios noticiarios de las prensas de Filadelfia, los impresores de París funcionaban a una escala totalmente diferente. Libros en francés, latín, griego, inglés e idiomas que Marcus era incapaz de reconocer se componían en galeras de madera. A veces los tipos de metal todavía brillaban con la tinta de trabajos anteriores. Luego se llevaban a la prensa para la alineación, entintado e impresión. A regañadientes, Marcus le tendió su ejemplar de *Sentido común* a un librero para repararlo y que no se cayese a pedazos. Vio al hombre seleccionar el soporte rígido para la nueva cubierta de cuero y pegar papel nuevo para proteger los contenidos gastados. Cuando el encuadernador se lo devolvió, envuelto ahora y protegido por el cuero marrón estampado con oro, Marcus tuvo en sus manos un volumen que no luciría fuera de lugar en las bibliotecas más elegantes.

Marcus quedó fascinado de tal manera por el mundo de los libros que Fanny pagó a un grueso impresor con una hija necesitada de dote los ingresos de medio año por beber su sangre para que así comprendiera a fondo lo que suponía el comercio de libros.

—*Alors*. Era un experimento —dijo madame de Genlis con una puntita de decepción después de que Marcus confesara que la mayor parte de lo que había visto en la sangre del hombre afectaba a su esposa (una verdadera arpía, siendo brutalmente sinceros) y sus esfuerzos vanos por saldar sus deudas.

—Lo intentaremos de nuevo —aseguró Fanny, sin inmutarse ante tal fracaso.

En lo que se refería a Fanny y madame de Genlis, nada estaba prohibido para Marcus, a pesar de que su agudo sentido del olfato lo arrastraba por la nariz, tal y como ya se había temido Gallowglass. El aroma de las mujeres jóvenes le resultaba irresistible.

—Sé exactamente el lugar al que ir —le confió Fanny a madame de Genlis—. Un burdel donde las mujeres son jóvenes y entusiastas.

Entonces Marcus olió algo aún más tentador que una mujer.

—Un momento. ¿Qué es eso? —Marcus descubrió que podía detener los pasos de Fanny al plantar los pies con tal firmeza en el suelo que la tibia se le fisuró por la presión.

—El Hôtel-Dieu —dijo madame de Genlis señalando un vasto edificio con marcas de incendio que se extendía a orillas del Sena, bajo la sombra de la catedral de Notre Dame. Algunas partes se habían derrumbado. El resto amenazaba con caer al río en cualquier momento.

—¿Hotel?

—El hospital —aclaró ella.

—Quiero entrar —dijo Marcus.

—Igualito que su padre. —Fanny parecía decepcionada por la decisión de Marcus de dejar de perseguir a las mujeres en favor de la muerte y la enfermedad, pero su faz se iluminó enseguida—. ¿Quizá hay algo que aprender de tal similitud? ¿Qué opinas, Stéphanie?

Aromas de alcanfor, pelusa, café y especias asaltaron la nariz de Marcus al entrar, seguidos del olor dulzón de la podredumbre y las notas más oscuras del opio y la muerte. Todos ellos los inhaló, junto con efluvios cobrizos y regustos de hierro.

«Cuánta sangre», pensó, y la de cada persona sutilmente diferente.

Marcus recorrió las salas guiándose por la nariz—aquel poderoso órgano del cuerpo vampírico— en lugar de efectuar un examen manual para diagnosticar enfermedades y problemas en los pacientes.

El hospital era enorme, aún mayor que la casa de beneficencia de Filadelfia o el hospital que el ejército había ocupado en Williamsburg, y la noche había caído antes de que Marcus hubiera acabado de explorarlo. Para entonces tenía la casaca manchada de sangre y vómito, pues no había podido ignorar las súplicas de agua y atención de los pacientes. También estaba famélico y deseoso de ir a una taberna y pedir una pinta de cerveza y un pedazo de carne de res bien condimentada, aunque sabía que ya no satisfaría su hambre.

En su lugar, cenó con Josette.

A la mañana siguiente Marcus se hallaba en la biblioteca, conjugando verbos latinos, cuando se oyó un estrépito en el vestíbulo.

Una mujer menuda irrumpió en la estancia, seguida del lacayo de Fanny, un hombre de aspecto extraño llamado Ulf, con los brazos demasiado largos en comparación con el resto de su cuerpo. Pisándoles los talones llegó otra mujer menuda y elegante.

Una *wearh*.

—¡Ah! ¡Helo aquí! —exclamó, apretando contra el pecho un pedazo de papel doblado. Iba cubierta de yardas de seda a rayas rojas y blancas, y llevaba un redingote con un bicornio ridículamente pequeño encaramado graciosamente sobre una peluca empolvada. Sus rasgos eran tan leves que su apariencia resultaba infantil—. Es tal como lo describió mi Gilbert, ¿verdad? Lo reconocí en cuanto lo columbré desde mi carruaje entrando en el Hôtel-Dieu.

La *wearh* inspeccionó a Marcus a través de un delicado velo que pendía del borde de su sombrero y cubría sus penetrantes ojos verdes.

—Madame De Clermont, madame la *marquise*, permítanme llamar... —dijo Ulf, agitando sus manazas con consternación.

—¡Ysabeau!

Fanny entró como un torbellino de azul pálido y verde. La seguía a un ritmo más pausado madame de Genlis, que aún lucía los colores de la Revolución y ese día vestía de azul marino con alamares dorados. Una réplica de un navío con todas las velas desplegadas coronaba su peluca a guisa de sombrero.

—Y la marquesa de Lafayette. —Madame de Genlis se agarró las faldas con una mano y le hizo una reverencia—. ¿A qué se debe este honor?

Marcus miró fijamente a la esposa de su expaciente. No parecía lo bastante mayor como para *tener* marido, pero era cierto que Lafayette tampoco le había parecido lo bastante maduro como para *ser* marido.

—He venido a darle las gracias al salvador de mi esposo —dijo Adrienne al tiempo que corría hacia Marcus, los labios fruncidos para besarlo.

—Por favor, madame. No hay necesidad.

Las protestas de Marcus se vieron interrumpidas por un abrazo entusiasta.

—¿Cómo podré pagarle jamás su amabilidad? —preguntó entre sollozos Adrienne pegada a su casaca, aferrándose a él como si le fuera la vida en ello—. Sus habilidades como médico. Su...

—He venido a ver a mi nieto —la interrumpió la mujer velada, con evidente hartazgo ante la efusividad de Adrienne.

Cuando levantó el pedazo de tela, reveló un rostro perfectamente formado y exquisitamente hermoso, aunque había una ferocidad en sus facciones que pondría sobre aviso a cualquier ser de sangre caliente sensato.

—¿Abuela? —susurró Marcus, avanzando un paso hacia ella.

—Marcus aún no está listo —comenzó a decir Fanny.

Una mirada fría la cortó.

—Si insistes —añadió Fanny con calma, aunque Marcus oía que el corazón le latía más rápido de lo habitual—. Marcus, esta es Ysabeau de Clermont, la hacedora de Matthew... y tu abuela.

«Mi abuela». La sangre de Marcus repicó rítmicamente de puro orgullo y respeto. Dio un paso hacia ella; luego otro.

Al hacerlo la observó con atención, intrigado por la afinidad que sentía por aquella desconocida. Reparó en la belleza de su rostro y sus facciones, en la aguda delicadeza de su complexión y en el color azulado cual porcelana de su piel. Sus ojos eran del color del jade, tan penetrantes que parecían calar a Marcus hasta los huesos. Su vestido era una espuma de cremosa seda, pero las capas de tejido que envolvían y se hinchaban alrededor de su estructura esbelta no hacían nada por disminuir la rotunda presencia de aquella mujer. Ysabeau de Clermont era poderosa... y poderosamente inteligente.

Marcus no pudo resistirse y se inclinó en una reverencia. Su abuela era la dama más distinguida que jamás hubiera conocido. Adrienne lanzó un gritito y aplaudió encantada, enjugándose una lágrima del ojo ante la conmovedora escena doméstica que se desplegaba en el vestíbulo de Fanny.

Unas manos frías y delicadas lo tocaron en los hombros: una orden serena para que se alzara de nuevo.

—Sí. Eres hijo de Matthew —afirmó Ysabeau sosteniéndole la mirada—. Oigo el canto de su sangre en tus venas. Este se desvanecerá con el tiempo a medida que te conviertas en tu propio ser. Pero aún eres demasiado joven para tal independencia. Es importante que los vampiros entiendan quién eres hasta que puedas protegerte a ti mismo.

—¿Vampiros? —repitió Marcus confuso, volviendo la vista a Fanny.

—Aquí ya no empleamos esa antigua palabra, *wearh* —le explicó Fanny—. «Vampiro» es fresco, moderno.

—Importa poco cómo te llamen —dijo Ysabeau con desdén—. Lo único importante es lo que eres: el hijo de Matthew y un De Clermont.

23

Treinta

12 DE JUNIO

—¿Llevas el teléfono?

—Sí, Miriam. —Phoebe esperaba junto a la ventana, impaciente por distinguir un primer atisbo del visitante.

—¿Y dinero?

—En el bolsillo. —Phoebe se dio una palmadita en el tejano a la altura de la cadera, donde llevaba una mezcla de billetes de poco valor (para taxis) y de mucho (para chantajes) cuidadosamente doblados.

—¿Y nada de carnets? —preguntó Miriam.

A Phoebe le habían inculcado la necesidad de salir a cazar sin identificación alguna, por si sucedía lo inimaginable y alguien resultaba muerto.

—Nada. —Phoebe incluso se había quitado la llave de diamantes que sus padres le habían regalado al cumplir los veintiún años, en caso de que las piedras estuvieran registradas y de algún modo permitieran llegar hasta ella. No obstante, el anillo de esmeralda que Marcus había deslizado por su dedo cuando se comprometieron seguía donde este lo había puesto.

—Deja de mirar por la ventana —dijo Miriam, malhumorada.

Phoebe se apartó de la vista de la calle. En cualquier caso, pronto estaría allí abajo.

Iba a dar un paseo.

Por París.

De noche.

Con Jason.

Este era miembro de la familia de Miriam, que ahora era la familia de Phoebe, un vampiro hijo de su antigua pareja.

Esa noche constituía el siguiente paso para que Phoebe se convirtiera en una vampira independiente. Todos los miembros del hogar habían subrayado la importancia de dicho rito de iniciación, incluido el chófer de Freyja, que había llevado a Phoebe a dar una vuelta por las mismas calles que esa noche recorrería a pie. Miriam le había anunciado que, si todo salía según lo previsto, Phoebe podría salir a cazar con Jason, aunque no para alimentarse. Aún no estaba lo bastante madura.

Con semejante incentivo, Phoebe estaba resuelta a tener éxito. Había repasado a conciencia los preparativos, había ensayado cada momento de la salida a la ciudad en la intimidad de su cuarto, y se sentía preparada para cualquier eventualidad.

Alguien llamó a la puerta.

Phoebe prácticamente dio un salto de la emoción. Estaba a punto de conocer a un miembro de su nueva familia. Françoise le lanzó una mirada severa cuando pareció que iba a echarse a correr a la puerta para abrirla de golpe, por lo que refrenó sus pasos, enlazó las manos por delante y esperó en el salón de Freyja.

Este acto de autocontrol mereció un rápido asentimiento de aprobación por parte de Miriam y una leve sonrisa de Françoise antes de salir a recibir al visitante.

—Milord Jason —dijo Françoise. Una vaharada de olor desconocido inundó a Phoebe: abeto y el aroma oscuro de las moras—. *Serena* Miriam está en el salón.

—Gracias, Françoise. —La voz de Jason era grave y agradable, con un acento que Phoebe, a pesar de sus muchos viajes, no había oído hasta entonces.

Cuando entró en la estancia, Jason clavó sus ojos color avellana en Miriam. Ignoró por completo a Phoebe, pasando a su lado sin dirigirle la mirada. Jason era aproximadamente de la estatura de Marcus, quizá un par de centímetros más bajo, y presentaba una complexión similar: compacta y musculosa.

—Miriam. —Jason besó en ambas mejillas a la hacedora de Phoebe. El saludo mostraba respeto y afecto, pero carecía de toda calidez.

—Jason. —Miriam estudió al hijo de su pareja—. Tienes buen aspecto.

—Tú también. La maternidad te favorece —respondió Jason con sequedad.

—Había olvidado lo duro que es criar a un vampiro —repuso Miriam suspirando—. Phoebe, este es Jason, el hijo de Bertrand.

Jason se volvió a Phoebe como si hasta ese momento no se hubiera percatado de su presencia. Esta se quedó mirándolo con curiosidad, a pesar de que sabía que era el colmo de la descortesía. Reparó en su expresión franca y sincera, en la ligera protuberancia en el puente de su nariz, en los reflejos dorados de su cabello castaño.

—Discúlpala. Aún es una niña —dijo Miriam con tono reprobatorio.

Phoebe recordó que debía portarse bien y contuvo una respuesta a la defensiva. En su lugar, alargó la mano. Llevaba imaginando ese momento desde hacía días. Sabía que no sería posible caminar hacia él, pues con la emoción podría atropellarlo. Aun así, ¿sería capaz de comportarse como una humana y sencillamente estrecharle la mano sin aplastarle los dedos?

Jason se quedó parado ante ella, los ojos levemente entrecerrados mientras la evaluaba. Entonces silbó.

—Por una vez en su vida, Marcus no ha exagerado —dijo en voz baja—. Eres tan hermosa como me prometió.

Phoebe sonrió. Su mano seguía tendida, por lo que la alzó un poco.

—Encantada de conocerte.

Jason le tomó la mano, se la llevó a los labios y depositó un beso sobre los dedos.

Ella la retiró como si la hubiera abofeteado.

—Se supone que debes estrecharla, no besarla. —La voz de Phoebe temblaba de ira, aunque no entendía por qué aquel gesto inocente la había enfurecido de tal manera.

Jason dio un paso atrás con una sonrisa de oreja a oreja y las dos manos alzadas en ademán de rendición. Una vez que se disipó la tensión en la estancia, Jason habló.

—Bueno, Miriam, no ha aceptado mi acercamiento ni me ha golpeado, mordido o arrojado por la puerta. —Jason asintió con ademán aprobatorio—. Has hecho bien tu trabajo.

—Es Phoebe quien lo ha hecho bien —repuso Miriam, su voz teñida de algo que Phoebe hasta entonces no había oído: *orgullo*—. Yo solo he puesto la sangre; Freyja y Françoise se han ocupado del resto. Y la propia Phoebe, claro.

—Eso no es cierto. —Phoebe se asustó al oírse contradecir a Miriam—. No solo la sangre, también una historia. Un linaje. Un modo de comprender mi deber como vampira.

—Muy bien hecho, en efecto, Miriam —comentó Jason en voz queda—. ¿Estás segura de que solo tiene treinta y un días?

—Puede que las ideas de crianza modernas de Freyja no sean tan ridículas como parecen —reflexionó Miriam. Luego empujó a Phoebe y a Jason hacia la puerta delantera—. Marchaos. Fuera de mi vista. Volved dentro de una hora. Tal vez dos.

—Gracias, Miriam —dijo Phoebe mientras salía de la sala.

—Y, por el amor de Dios, no os metáis en líos —exclamó Miriam cuando ya se alejaban.

Las calles del distrito 8 no estaban en absoluto vacías a pesar de lo tarde que era. Las parejas volvían de cenar en sus restaurantes favoritos. Los enamorados paseaban del brazo por los amplios bulevares. A través de las ventanas iluminadas, Phoebe divisaba a los noctámbulos viendo la televisión; las risas enlatadas y los locutores melancólicos formaban un extraño coro. Retazos de conversaciones viajaban desde las ventanas abiertas de los dormitorios mientras los seres de sangre caliente disfrutaban de la brisa de junio.

Y por todas partes se oía un tamborileo grave y constante.

Latidos.

El sonido era tan embriagador que Phoebe apenas se dio cuenta cuando Jason se detuvo, las manos en los bolsillos. Le había estado hablando.

—¿Cómo? —dijo, centrando nuevamente su atención en su hermanastro.

—¿Te encuentras bien? —Los ojos de Jason eran más verdes que marrones, notó Phoebe al fijarse mejor. También tenía unas leves patas de gallo, aunque no parecía mayor que ella. Les había visto arrugas parecidas a amigos que navegaban y pasaban mucho tiempo en el agua.

—¿De dónde eres? —preguntó Phoebe.

—No deberías hacer esas preguntas —dijo Jason al tiempo que echaba a andar—. Nunca le preguntes a un vampiro su lugar de nacimiento, su edad ni su nombre real.

—Pero tú no eres un vampiro cualquiera. Eres de la familia. —Phoebe se situó a su altura con facilidad.

—Eso es cierto. —Jason rio—. Aun así, debes tener cuidado. La última criatura que le preguntó su edad a Miriam yace en el fondo del Bósforo. Tu hacedora es feroz. No la enfades.

Phoebe ya lo había hecho. En el comedor de Freyja.

—Oh, oh. Tu corazón acaba de acelerarse —observó Jason—. ¿Qué hiciste?

—La desafié.

—¿Acabaste deseando no haber nacido? —preguntó Jason con semblante comprensivo.

—Miriam no lo ha vuelto a mencionar. —Phoebe se mordió el labio—. ¿Crees que me habrá perdonado?

—De ninguna manera. —Jason sonrió jovial—. Miriam tiene memoria de elefante. No te preocupes. Ya hará que se las pagues. Algún día.

—Eso es lo que me da miedo.

—Esperará a que hayas bajado la guardia. No será agradable. Pero al menos entonces habrá acabado. —Jason se volvió a mirarla—. Si hay algo que todo el mundo sabe sobre Miriam, es que no es rencorosa. No como el padre de Marcus.

—Creo que todavía no entiendo a Matthew —confesó Phoebe—. Ysabeau, Baldwin, Freyja, incluso Verin..., de algún modo me siento unida a todos ellos, pero no a Matthew.

—Dudo que Matthew se entienda a sí mismo —musitó Jason.

Phoebe seguía rumiando esa información cuando giraron en la avenue George V y llegaron a orillas del Sena. Al otro lado, el Palais Bourbon estaba fuertemente iluminado, al igual que los puentes que cruzaban el río. Más allá del puente Alexandre III, los radios de la Roue de Paris resplandecían en azul y blanco.

Phoebe se encaminó hacia los vivos colores de la noria, como hipnotizada.

—Espera, Phoebe. —Jason le agarró el codo con la mano, su peso un ancla que la retenía.

Phoebe trató de desasirse, deslumbrada por la tentación de toda aquella luz. La mano de Jason la aferró con fuerza y sus dedos ejercieron una presión dolorosa.

—Demasiado rápido, Phoebe. La gente está mirando.

Aquello hizo que se detuviera de repente. Tenía la respiración entrecortada.

—Mi madre solía decirme eso mismo. —El pasado y el presente de Phoebe colisionaron—. Cuando íbamos al ballet. O al teatro. O cuando jugábamos en el parque. «La gente está mirando».

Jason dijo algo, pero su voz sonó lejana y amortiguada por el fuerte tamborileo de los corazones, anulada por los tonos vivos que la rodeaban. Le dio la vuelta a Phoebe. Esta gruñó mientras las luces y colores se fundían en una espiral abrumadora.

—Te ha dado un golpe de luz. —Los ojos de Jason eran molinillos de verde y oro. Soltó un improperio.

Las rodillas de Phoebe cedieron y esta se desplomó sobre la acera.

—¿Demasiado champán, querida? —Una mujer rio. Blanca. De mediana edad. Estadounidense, por el acento. Una turista.

Phoebe se abalanzó hacia ella.

Los ojos de la turista se abrieron como platos por el terror repentino. Chilló.

Los viandantes —los enamorados de paseo, aparentemente embelesados en su mutua adoración— se detuvieron y se giraron.

—*Qu'est-ce que c'est?* —Una agente de la Policía Nacional, con todo el equipamiento azul marino y blanco, patrullaba en solitario. Se plantó con las piernas abiertas y se llevó las manos al cinturón que alojaba su intercomunicador y sus armas.

Pero la pregunta llegaba demasiado tarde. Phoebe ya se cernía sobre la garganta de la turista, las manos aferradas a su jersey fino.

Una linterna apuntó directamente a los ojos de Phoebe. Esta hizo una mueca de dolor y soltó a la mujer, que trataba de desasirse.

—¿Se encuentra bien, madame? —le preguntó la agente a la turista.

—Sí, creo que sí —respondió la estadounidense con voz temblorosa.

—Esto es intolerable. Íbamos de vuelta a nuestro hotel cuando esa mujer nos ha atacado —dijo su acompañante. Una vez que había pasado el peligro, se mostraba todo ufano y arrogante.

Una oleada de desprecio se apoderó de Phoebe. «Patéticos seres de sangre caliente».

—Estará colocada con algo —dijo la mujer—. O borracha.

—Las dos cosas, probablemente —añadió su amigo, la voz teñida de maldad.

—¿Desean poner una denuncia? —preguntó la agente.

Se produjo una larga pausa mientras los turistas sopesaban su ofensa en comparación con la incomodidad de pasar el resto de la noche y gran parte de la mañana rellenando papeles y respondiendo a preguntas rutinarias.

—También pueden dejármelo a mí. —La agente bajó la voz—. Me encargaré de que no vuelva a molestar a nadie. Le daré tiempo para que se espabile.

La linterna había dejado de moverse frente a los ojos de Phoebe. En cambio, permanecía parada como un faro. Phoebe la miraba fijamente, sin desviar un ápice la atención.

—Enciérrela —recomendó el hombre—. Una noche en el calabozo le vendrá bien.

—Déjelo en mis manos, monsieur —respondió la agente de policía con una risita entre dientes—. Disfruten del resto de la velada.

—Lo siento. —Jason se disculpó con la pareja y le puso algo en la mano al hombre—. Por el jersey.

—Ate a su novia en corto —respondió el hombre mientras se guardaba el dinero—. En mi opinión, hacerlo mejora milagrosamente la disposición de las mujeres.

Phoebe gruñó al oír el insulto, pero la luz la mantenía inmovilizada. Si no hubiera sido por la linterna, le habría arrancado la lengua al hombre para que no pudiera volver a decir nada así de humillante.

—Soy su hermano —explicó Jason—. Ha venido de visita, de Londres.

—Vamos, Bill —dijo la mujer, arrastrando los pies por los adoquines—. La policía se encargará del resto.

La agente no apagó la linterna hasta que los pasos y la conversación de la pareja se hubieron perdido en el silencio.

—Por poco —dijo Jason.

—Por demasiado poco. Y demasiado pronto. A los treinta, es demasiado joven para andar por ahí de noche —dijo la agente.

—¿Freyja? —Phoebe parpadeó, por lo que consiguió enfocar mejor la vista.

Parada delante de ella estaba Freyja de Clermont, ataviada con un chaquetón azul marino y unos pantalones cargo metidos por dentro de unas pesadas botas negras, así como una gorra ladeada en la cabeza. Llevaba el cabello recogido en una tirante coleta de caballo.

—Le prometí a Marcus que cuidaría de ti. —Freyja se guardó la linterna en un compartimento del cinturón, cerca de una pistola de aspecto formidable.

—¿De dónde has sacado el disfraz? —A Phoebe le fascinaron las posibilidades de libertad y aventura que este brindaría.

—Ah, no es un disfraz —respondió—. Llevo en el cuerpo desde que en 1904 se permitió a las mujeres entrar en la Policía Nacional como asistentes.

—¿Y cómo se explica que nunca...? —Phoebe se distrajo con la sirena atronadora y las luces rojas intermitentes de una ambulancia que pasaba.

—Yo no explico nada. Soy una De Clermont. En París, todo el mundo que esté en posición de hacer preguntas sabe exactamente lo que eso significa —respondió Freyja.

—Pero se supone que somos un secreto. No lo entiendo. —Phoebe estaba cansada y hambrienta, y le ardían los ojos. De no haber sido una vampira, habría jurado que era el comienzo de una jaqueca.

—Y lo somos, Phoebe querida. —Freyja le posó una mano en el hombro—. Simplemente da la casualidad de que es un secreto que comparte mucha gente. Ven. Vámonos a casa. Has tenido emociones de sobra por una noche.

De vuelta en casa de Freyja, a Phoebe le dieron un par de gafas de sol Chanel extragrandes, un vaso de sangre caliente y unas zapatillas. Françoise la condujo a un asiento delante de la chimenea, apagada esa noche de junio.

Miriam estaba leyendo el correo electrónico. Levantó la vista del teléfono cuando Phoebe y su séquito entraron en la pieza.

—¿Y? —Miriam sonrió como un gato—. ¿Qué tal tu primer bocado de independencia?

24

La mano invisible

15 DE JUNIO

Recuérdame que no vuelva a celebrar una fiesta de cumpleaños.

Era el final de la tarde y me encontraba en la cocina decantando una botella de vino tinto. La familia estaba en el jardín, donde se habían dispuesto las mesas y las velas esperaban ser encendidas, sentados en sillas de madera de asiento bajo o recostados en divanes bajo sombrillas de vivos colores. Se nos había unido Fernando Gonçalves, el cuñado de Matthew. Había aparecido hasta Baldwin, el hermano de Matthew y cabeza de los De Clermont.

Fernando se hallaba conmigo en la cocina y ayudaba a Marthe a preparar las bandejas de comida. Como de costumbre, estaba descalzo. Sus tejanos y el cuello abierto de la camisa subrayaban la despreocupación con que encaraba la mayoría de las cosas en la vida, un planteamiento radicalmente distinto al de Baldwin, cuyas únicas concesiones a la celebración familiar habían sido quitarse la chaqueta y aflojarse la corbata.

—Su señoría desea más vino.

Marcus entró en la cocina con un decantador vacío en la mano y los ojos azules echando chispas de enojo. Normalmente se llevaba bien con Baldwin, pero las noticias procedentes de París habían agriado la relación. Los vampiros podían ser inmunes a todo tipo de enfermedades humanas, pero parecían verse afectados por otros males, incluidos la rabia de sangre y el *ennui*, así como la fotosensibilidad.

—Estoy en ello —respondí mientras lidiaba con el sacacorchos y la botella.

—Toma. Deja que lo haga yo. —Marcus alargó la mano.

—¿Cómo está Jack? —pregunté al tiempo que vaciaba una barqueta de tomates cherry en la bandeja de crudités. La había diseñado Agatha y era digna de un banquete de boda en el Ritz, adornada con col rizada, kale y hojas de morera, que proporcionaban un colorido fondo para las zanahorias cortadas, los tomates de un amarillo chillón, los pimientos en tiras, las rosetas de rábanos y los bastones de pepino. En el centro, los tallos coronados de hojas de un apionabo se asemejaban a un árbol.

—Pegado a Matthew. —Con un diestro giro de muñeca, Marcus descorchó la botella.

—¿Y Rebecca? —añadió Fernando, con una mirada aguda que desmentía su tono indolente.

—En el regazo de Baldwin, encantada de la vida. —Marcus negó con la cabeza, asombrado—. La adora.

—¿Y Apolo sigue en el cobertizo de las plantas? —Quería anunciar a Baldwin la existencia del espíritu familiar de Philip a mi manera y en el momento que me conviniese.

—Por ahora. —Marcus decantó el vino en una jarra—. Yo sacaría un poco de sangre, Marthe. De ciervo o humana, si tienes; por si acaso.

Con tan alegre conclusión, Marcus regresó al jardín. Marthe cogió la bandeja de verduras y lo siguió. Yo suspiré.

—Tal vez Matthew tenga razón. Tal vez estos cumpleaños en familia no sean una buena idea —dije.

—Por lo general, los vampiros no celebran los cumpleaños —advirtió Fernando.

—No todos en esta familia son vampiros —repliqué, incapaz de disimular la frustración—. Lo siento, Fernando. Las cosas han sido inusitadamente...

—¿Difíciles? —El vampiro sonrió—. ¿Ha pasado algo más entre los De Clermont?

Salimos airosos de los entremeses y la charla intrascendente. Fue al sentarnos a cenar cuando las costuras de nuestra unidad comenzaron a deshilacharse. Los roces empezaron a causa de Phoebe.

—Treinta días es demasiado pronto para andar callejeando por París después de anochecer —dijo Baldwin con desaprobación—. Por supuesto que Phoebe se metió en líos. La laxitud de Miriam no me sorprende, pero Freyja debería haber sido más prudente.

—Yo no lo llamaría «líos», exactamente —repuso Ysabeau, su tono afilado como una daga.

—Los hijos de Miriam se han enfrentado a situaciones terribles en el pasado. ¿Recuerdas el apareamiento de Layla, Ysabeau? Qué elección tan desafortunada —se lamentó Baldwin—. Y Miriam se lo permitió.

—Layla no hizo caso de las advertencias de su madre —terció Fernando—. No todos los hijos se sienten tan intimidados por sus hacedores como lo estuvisteis vosotros, Baldwin.

—Y que seas más viejo que el hambre no quiere decir que lo sepas todo. —Jack jugueteaba con el tallo de su copa, que aún contenía los restos de una fuerte mezcla de sangre y vino tinto.

—¿A qué te refieres, cachorrillo? —Baldwin entrecerró los ojos.

—Ya me has oído... —murmuró Jack—, tío.

La última palabra llegó un poco tarde como para poder considerarla un título de respeto.

—Estoy segura de que Miriam ponderó cuidadosamente la salida nocturna de Phoebe y llegó a la conclusión de que era lo mejor —dije, esperando verter aceite sobre el agua antes de que nos engulleran las olas.

Sarah, que estaba sentada al lado de Jack, le tomó la mano. A Baldwin no le pasó inadvertido el gesto. Mi cuñado abrigaba ciertas reservas sobre dejar a Matthew establecer su propia rama reconocida de la familia; una rama que no solo incluía brujas, sino también vampiros con rabia de sangre. Me había hecho prometerle que tomaría todas las medidas en mi poder para impedir que el resto de las criaturas descubrieran que los De Clermont albergaban miembros con dicha enfermedad. Hasta había prometido que, en caso necesario, hechizaría a Jack.

Este se sirvió otra buena cantidad de sangre de la jarra que tenía delante. Al igual que Matthew, Jack consideraba que la ingesta de sangre lo ayudaba a estabilizar su humor cuando le costaba reprimir los síntomas de la enfermedad.

—Esta noche le estás dando duro a la sangre, Jack.

El comentario de Baldwin provocó una fuerte reacción en los miembros más jóvenes de la familia. Marcus se echó hacia atrás en el asiento y puso los ojos en blanco. Jack continuó sirviéndose tanta sangre en la copa que el contenido llegó al borde y se derramó por un lado. Philip olió la intensidad de la sangre y alargó ambas manos hacia Jack.

—Zumo —dijo el niño, flexionando los deditos—. Favoooor.

—Aquí. Mejor toma un poco de esto. —Me apresuré a cortar un filete casi crudo en pedacitos y los puse en el mantel individual delante de mi hijo con la esperanza de distraerlo.

—Quiero zumo. —Philip frunció el ceño y empujó la carne, apartándola de él.

—Zumi zumo. —Becca, sentada junto a Baldwin, comenzó a cocear contra la silla. A su entender, en el mundo existían dos elixires maravillosos: zumo (leche mezclada con sangre) y zumi zumo (sangre mezclada con agua). Becca prefería ese último.

—¿Es que no te dan bastante de comer, *cara*? —preguntó Baldwin a Becca.

Esta lo miró con la frente arrugada, como si la idea de que hubiera suficiente comida en el mundo para satisfacer su apetito fuera completamente absurda.

Baldwin rio. El sonido era rico, cálido... y rarísimo. En los casi tres años desde que lo conocía, nunca lo había oído soltar más que alguna risita entre dientes, por no hablar de una carcajada franca.

—Mañana te atraparé un pichón —le prometió Baldwin a su sobrina—. Lo compartiremos. Hasta te dejaré jugar con él primero. ¿Te apetece?

Matthew pareció poco convencido ante la idea de que Baldwin y Becca salieran a cazar juntos.

—Toma, *cara*. Bebe de esto —añadió Baldwin mientras le acercaba a los labios su copa de sangre con vino.

—Lleva demasiado vino —protesté—. No es bueno...

—Tonterías —me contradijo con un bufido—. Yo me crie bebiendo vino para desayunar, comer y cenar. Y eso antes de que Philippe me convirtiera. No le hará daño.

—Baldwin. —La voz de Matthew se abrió paso entre la tensión creciente en el aire—. Diana no quiere que Rebecca lo beba.

Baldwin se encogió de hombros y dejó la copa en la mesa.

—Le mezclaré un poco de sangre y leche. Puede tomársela antes de irse a la cama —dije.

—Suena asqueroso. —Baldwin se estremeció.

—Por el amor de Dios, déjalo ya. —Marcus lanzó las manos al aire—. Siempre andas metiéndote en todo. Igual que Philippe.

—Basta, vosotros dos. —Ysabeau se encontraba en una posición poco envidiable, sentada entre dos vampiros enfrentados. Yo ya le había advertido que le había tocado la peor suerte y tendría que ocupar el lugar entre Marcus y Baldwin, pero ni el protocolo ni la prudencia permitían otra distribución.

—¡Tío! —gritó Philip con todas sus fuerzas, al sentirse ignorado.

—No tienes que gritar para que te haga caso, Philip —dijo Baldwin, frunciendo el ceño. Era evidente que no veía igual al niño que a su sobrina, con quien había pasado la mayor parte de la tarde haciendo ruido—. También comerás pichón mañana. ¿O la caza está prohibida igual que el vino, hermana?

Todo el mundo aguantó la respiración al oír a Baldwin desafiarme. Jack se removió en la silla, incapaz de soportar el peso de la tensión en el ambiente. Sus ojos se veían enormes y oscuros como la tinta.

—Agatha, cuéntales tus planes para visitar la Provenza —sugirió Sarah, sin soltarle la mano a Jack. Me lanzó una mirada desde el otro lado de la mesa, como diciendo: «Voy a hacer lo que pueda por salvar la fiesta, pero no prometo nada».

—¡Jack! —Philip ahora trató de llamar la atención de Jack gritando su nombre como si fuera una bocina.

—Estoy bien, murcielaguillo —respondió este, tratando de calmar la agitación del niño empleando su apelativo cariñoso—. ¿Puedes disculparme, mamá?

—Por supuesto, Jack. —Lo quería lo más lejos posible de la tormenta que se avecinaba.

—Tienes que conseguir que esté más controlado, Matthew. —Baldwin miró con ojo crítico a Jack mientras este se ponía en pie.

—No voy a permitir que le extirpen las garras a mi nieto —siseó Ysabeau. Por un momento pensé que iba a estrangular a Baldwin..., lo que no me pareció mala idea.

—Sed. —La voz de Philip sonó aguda, penetrante y muy muy alta—. ¡Socorro!

—Por Dios bendito, ¡que alguien le dé de beber! —gruñó Jack—. No soporto oírle rogar por comida.

Marcus no era el único a quien le costaba lidiar con el pasado. Los gritos de Philip también le despertaban a Jack los recuerdos del hambre que había padecido por las calles de Londres.

—Tranquilízate, Jack. —En un abrir y cerrar de ojos, Matthew tenía agarrado a Jack por el cuello de la camisa.

Pero Jack no era el único a quien había angustiado la petición de auxilio de Philip. Un animal trigueño se dirigía hacia nosotros con el marco de la ventana del cobertizo rodeándole el cuello como un collar.

—Oh, no. —Agatha le tiró a Sarah de la manga—. Mira.

Apolo sentía la tensión que rodeaba a su pequeño protegido. Chilló antes de precipitarse hacia Philip para poder defenderlo de todo mal.

Sarah arrojó un puñado de semillas al aire, que cayeron sobre el grifo y lo frenaron a medio camino. Acto seguido se quitó una larga cadena que llevaba al cuello. De ella colgaba una piedra dorada casi del mismo color que el pelaje y las plumas de Apolo.

Este sacudió la cabeza, confuso, impregnando el aire de aroma a alcaravea. Sarah le puso la cadena al cuello. La piedra quedó a la altura del pecho del grifo, que se calmó de inmediato.

—Ámbar —explicó Sarah—. Se supone que amansa a los tigres. Las semillas de alcaravea impiden que mis pollos se escapen. Pensé que merecía la pena probar... y que el Agua de Paz dejaría manchas en la mesa.

—Bien pensado, Sarah. —Estaba impresionada por su creatividad.

Pero, por desgracia, Baldwin no lo estaba.

—¿Cuándo ha adquirido mi sobrino un grifo? —le preguntó a Matthew.

—Apolo llegó cuando *mi hijo* conjuró su primer hechizo —respondió este, subrayando su ascendencia sobre Philip.

—Así que sale a la madre. —Baldwin suspiró—. Esperaba que fuese más vampiro que brujo, como Rebecca. Supongo que no debemos perder la esperanza de que cambie con el tiempo.

Esta, que sabía reconocer una buena oportunidad de hacer trastadas cuando se le presentaba, aprovechó que los adultos estaban distraídos para echar mano a la copa de sangre de Baldwin.

—No —dijo este, quitándosela del alcance. Becca frunció la boquita y su labio inferior tembló. Pero las lágrimas no disuadieron a su tío—. He dicho que no y es que no —le advirtió, sacudiendo el dedo—. Y, si sigues con hambre, échale la culpa a tu madre.

Ni siquiera en el mejor de los momentos, y desde luego ese no lo era, a Becca le interesaban las complicaciones que suponía atribuir responsabilidades y culpas. En lo que a ella se refería, Baldwin había traicionado su confianza y merecía un castigo por ello.

Sus ojos se entrecerraron.

—Rebecca —la avisé, esperándome una rabieta.

Sin embargo, Becca se abalanzó y hundió sus dientes afilados en el dedo de Baldwin.

El dedo de su tío. El hombre que encabezaba su clan vampírico. La criatura que esperaba de ella total obediencia y respeto.

Baldwin bajó la vista a su sobrina, atónito. Esta respondió con un gruñido.

—¿Aún lamentas que Philip salga a la familia de su madre? —le preguntó Sarah a Baldwin con dulzura.

—Becca no tenía intención de hacerlo —le aseguré a Baldwin.

—Por supuesto que sí la tenía —murmuró Ysabeau impresionada y con una puntita de envidia.

Nos habíamos retirado a la sala. Los niños estaban dormidos, agotados ambos por las emociones del día y las copiosas lágrimas vertidas tras el comportamiento de Rebecca. Los adultos estaban bebiendo lo que necesitaran para calmar los nervios, ya fuera sangre, vino, bourbon o café.

—Toma. —Sarah terminó de colocar una tirita de superhéroes en la herida ya sanada de Baldwin—. Sé que no la necesitas, pero ayudará a Becca a asociar acciones y consecuencias cuando te la vea puesta.

—Esto es lo que me temía que sucediera cuando anunciasteis vuestra intención de ir por vuestra cuenta, Matthew —dijo Baldwin—. Gracias a Dios que soy la primera criatura a la que Rebecca muerde.

Aparté la mirada. Y, solo con eso, Baldwin lo supo.

—No soy el primero... —Mi cuñado miró a Matthew—. ¿Los análisis que pedí indican rabia de sangre?

—¿Análisis? —Me quedé mirando a mi marido. Seguro que no habría hecho analizar la sangre de los niños en busca de anomalías genéticas; no sin decírmelo.

—No acepto órdenes de nadie en lo que respecta a mis hijos. —La voz de Matthew sonó fría; su rostro permaneció impertérrito—. Son demasiado pequeños para andar molestándolos, pinchándolos y etiquetándolos.

—Tenemos que saber si la niña ha heredado la enfermedad de tu madre, Matthew, igual que tú. Si así fuera, las consecuencias podrían ser fatales. Entretanto, quiero mantenerla alejada de Jack por si sus síntomas agudizan los de ella.

Lancé una mirada a Ysabeau, que parecía peligrosamente serena, y a Jack, cuya desolación saltaba a la vista.

—¿Es culpa mía que se esté portando mal? —preguntó este.

—No estoy hablando contigo, Jack. —Baldwin se volvió hacia mí—. ¿Acaso hace falta recordarte la promesa que hiciste, hermana?

—No, *hermano*.

Estaba atrapada en una telaraña que yo misma había tejido. Le había prometido que hechizaría a cualquier miembro de nuestra familia cuya rabia de sangre amenazara el bienestar y la reputación del clan De Clermont. Jamás se me había pasado por la cabeza que podría verme obligada a hacérselo a mi propia hija.

—Quiero que hechices a Jack y a Rebecca —anunció Baldwin— hasta que su comportamiento se estabilice.

—No es más que un bebé —repuse, abrumada por las implicaciones que esto podría tener para ella—. Y Jack...

—Lo prohíbo. —La voz de Matthew sonó baja, pero el tono de advertencia era inconfundible.

—No mientras yo esté al cargo. —Marcus se cruzó de brazos—. Los Caballeros de Lázaro no lo permitirán.

—Ya empezamos. —Baldwin se puso en pie de un salto—. Los Caballeros de Lázaro no son nada, *nada*, sin el apoyo de la familia De Clermont.

—¿Quieres poner a prueba esa teoría? —La pregunta de Marcus suponía un desafío callado.

La duda titiló en los ojos de Baldwin.

—Podrías, por supuesto, decir lo mismo sobre los De Clermont: no serían nada sin la hermandad —prosiguió Marcus.

—No se puede educar a un vampiro sin disciplina y estructura —afirmó Baldwin.

—La forma en que nos educaron a nosotros no funcionará con Rebecca y Philip. —Matthew, adoptando el difícil papel de conciliador, se interpuso entre su hijo y su hermano—. Este es un mundo diferente, Baldwin.

—¿Has olvidado cómo los métodos modernos de crianza fallaron con Marcus? —contraatacó su hermano—. No puedo creer que quieras que sufran como sufrió Marcus en Nueva Orleans. Cuando los vampiros jóvenes determinan el curso de su propia vida, dejan a su paso el caos y la muerte.

—Me preguntaba cuándo sacarías a relucir Nueva Orleans —ironizó Marcus.

—Philippe no te habría permitido comprometer el futuro de Rebecca, y yo tampoco lo haré —continuó Baldwin, centrando su atención en Matthew.

—No eres Philippe, Baldwin —afirmó Marcus con voz queda—. Te queda mucho para estar a su altura.

Todas las criaturas presentes se quedaron boquiabiertas. Baldwin reaccionó únicamente curvando los labios en una sonrisa que prometía represalias. El hijo de Philippe no había sobrevivido al ejército romano, las Cruzadas, dos guerras mundiales y los altibajos de Wall Street apresurándose cuando de vengarse se trataba.

—Voy a volver a Berlín. Tienes dos semanas para hacerles los análisis, Matthew. Si no, obligaré a Diana a que cumpla su promesa —le advirtió—. O pones orden en tu familia... o lo pondré yo.

—¿Por qué diantres Philippe lo eligió como hijo? —preguntó Sarah una vez que Baldwin se hubo marchado.

—Nunca entendí la atracción —admitió Ysabeau. Marthe le dirigió una sonrisa de comprensión.

—¿Qué vas a hacer, Matthew? —preguntó Fernando sin alzar la voz. Tabitha estaba sentada en su regazo, ronroneando como un fueraborda según le rascaba las orejas.

—No estoy seguro —dijo mi marido—. Ojalá Philippe estuviera entre nosotros. Él sabría cómo lidiar con Baldwin... y con Rebecca.

—¡No me jodas! —exclamó Marcus—. ¿Cuándo vamos a dejar de considerar a Philippe el padre perfecto en esta familia?

Sarah ahogó un grito. A mí también me sorprendió su arranque. Era difícil considerar a Philippe otra cosa que un héroe.

—Marcus. —Matthew lanzó a su hijo una mirada de advertencia, antes de desviarla hacia Ysabeau. Pero este no se calló.

—Si Philippe estuviera entre nosotros, ahora mismo ya habría fijado el curso del futuro entero de Becca y poco importaría lo que tú o Diana o su propia nieta hubieran querido —señaló Marcus—. Y haría lo mismo con Phoebe, interfiriendo en cada decisión que tomásemos y manipulando cada aspecto de su vida.

Philippe se materializó en un rincón, sus contornos difusos. No obstante, era lo bastante sustancial para que pudiera verle el semblante y el respeto con el que observaba a su nieto.

Siempre ha sido incorregiblemente sincero, dijo, asintiendo con aprobación ante las palabras de Marcus.

—Philippe era un viejo entrometido que trataba de controlar todo y a todos —prosiguió Marcus, su voz cada vez más alta conforme aumentaba su ira—. La mano invisible. ¿No es así como lo llamaba Rousseau? Madre mía, cómo le gustaba el *Emilio* al abuelo. Si lo dejabas, se pasaba el día citando pasajes.

—Tu abuelo era igual en lo que se refería a las nociones de Musonio Rufo sobre cómo educar niños virtuosos —dijo Fernando antes de tomar un sorbo de vino—. Lo único que había que hacer era mencionar el nombre del tipo para que Hugh se largara refunfuñando de la habitación.

—Pensaba que había cambiado una vida de indefensión por otra de libertad al convertirme en vampiro —continuó Marcus—, pero me equivocaba. Simplemente cambié un patriarca por otro.

25
Dependencia

Enero de 1782

¡Espadas listas! —El maestro Arrigo se alejó de Marcus y Fanny—. *En garde!*

Fanny blandió el florete, cortando el aire tan limpiamente que la hoja cantó. Marcus trató de imitarla, pero lo único que consiguió fue estar a punto de herir al espadachín italiano y rajar la manga de su propia camisa del codo a la muñeca.

Hacía una tarde de enero inusualmente calurosa en la rue de Saint-Antoine, por lo que Fanny había trasladado la lección de esgrima de Marcus del gran salón de baile de la mansión, con su resbaladizo suelo de parquet, al patio de adoquines tambaleantes. Madame de Genlis estaba sentada fuera de todo peligro en una butaca tapizada que le habían bajado del comedor y tomaba el débil sol invernal.

—*Pret!* —exclamó el maestro Arrigo.

Marcus asió con fuerza el florete y se puso en guardia.

—No, no, no —dijo el maestro de esgrima, deteniéndolo con ademán frenético—. Recuerde, monsieur Marcus. No agarre la empuñadura como si fuera un palo. Debe sostenerla ligera pero firmemente..., como si fuera su propio falo. Demuéstrele quién es el que manda, pero sin estrujarlo hasta morir.

Marcus le lanzó una mirada de horror a madame de Genlis. Esta asintió con entusiasmo ante la colorida analogía.

—*Exactement.* —Madame se levantó del asiento—. ¿Desea que haga una demostración, *maître*?

—Por Dios, señora mía —protestó Marcus, agitando el florete con la esperanza de persuadirla para que no se acercara más. La punta tembló y se agitó—. Permanezca donde está, se lo ruego.

—A Stéphanie no se le da un ardite tu moral puritana, Marcus —dijo Fanny—. A diferencia de ti y de Matthew, ella no le teme a la carne.

Marcus respiró hondo y se preparó una vez más para atacar a su tía con aquella hoja letal.

—*Pret!* —bramó el maestro Arrigo, añadiendo—: Con tino, monsieur, con tino.

Marcus intentó con todas sus fuerzas imaginar que el florete era su miembro para manejarlo con la combinación perfecta de disciplina y tacto.

Un atisbo de conciencia le recorrió toda la columna vertebral, distrayéndolo de la lección de esgrima. Alguien lo observaba. Recorrió con la mirada las ventanas que daban al patio. Una sombra se movió al otro lado del cristal en una de las habitaciones superiores.

—*Allez!* —exclamó el maestro de esgrima.

Alguien movió las cortinas. Marcus se esforzó por ver quién era. Sintió un leve pinchazo en el hombro, no más molesto que la picadura de una abeja. Marcus quiso alejarla de un manotazo.

—¡*Touché*, mademoiselle Fanny! —Arrigo de Sant'Angelo aplaudió.

—*Zut*. Apenas lo ha notado. —Fanny sacó la punta del florete del hombro de Marcus, disgustada—. ¿De qué sirve batirse hoja contra hoja si ni siquiera te mueves cuando perforo tu carne, Marcus? Le quitas toda la alegría al combate.

—Intentémoslo de nuevo —dijo el maestro Arrigo, haciendo gala de paciencia una vez más—. *En garde!*

Pero Marcus ya estaba cruzando el patio camino de las escaleras, en busca de su presa. Al llegar a las plantas superiores de la mansión, había un ligero aroma a pimienta y cera, pero nada más que indicara que nadie había pasado por allí. ¿Serían imaginaciones suyas?

No obstante, la extraña sensación que había experimentado en el patio no lo abandonó durante los días siguientes. Lo acompañó a la ópera cuando escoltó a madame de Genlis a una representación de *Colinette à la cour*. Tomó prestados sus gemelos de ópera y miró por ellos a los miembros del público asistente, al igual que Marcus más interesados en el resto de la concurrencia que en la última obra maestra de monsieur Grétry.

—¡Por supuesto que te están pasando revista! —replicó madame de Genlis cuando Marcus se quejó de sentirse escudriñado durante una explosión de aplausos—. Eres un De Clermont. Además, ¿para qué si no se va a la ópera, sino para ver y ser visto?

El instinto de supervivencia de Marcus, bien aguzado durante los años en que había vivido bajo el régimen tiránico de Obadiah, se había perfeccionado aún más desde que se convirtiera en vampiro. Le habría gustado preguntarle a su abuela por la sensación de hormigueo que se apoderaba de él en el mercado, mientras contemplaba con Charles los tipos de aves acuáticas que podrían tentar su apetito, o fuera del Hôtel-Dieu, en el que no se había atrevido a entrar de nuevo por si el olor a sangre lo volvía loco, o en las librerías donde leía fragmentos de periódicos mientras esperaba a que Fanny comprara las últimas novelas y ejemplares importados de las *Transactions* de la Royal Society de Londres.

—Tal vez la música sea demasiado apasionada para un vampiro tan joven —comentó madame de Genlis la mañana después de su desastrosa segunda salida a la ópera, con los pies cruzados sobre un taburete bajo y acolchado, y una taza de chocolate en la mano. Marcus se había sentido sumamente incómodo y tan convencido de que alguien los estaba espiando que se marcharon al acabar el primer acto.

—Tonterías —protestó Fanny—. Yo me hallaba en el campo de batalla, hacha en mano, a las siete horas de mi transformación. Fue un bautismo a sangre y fuego, os lo aseguro.

Marcus se inclinó hacia delante en el asiento, más interesado en escuchar la historia de Fanny que en retirarse a la biblioteca a conjugar más verbos latinos, que era su tarea para ese día.

Sin embargo, antes de que Fanny pudiera comenzar a narrar la anécdota, llegó Ulf con el rostro ceniciento y una bandeja de plata con una carta. Ulf la había dispuesto de modo que mirase hacia arriba el sello de cera, de una característica mezcla de rojo y negro. En mitad del remolino de color nadaba una moneda de plata pequeña y gastada.

—*Merde*. —Fanny cogió la carta.

—No es para usted, mademoiselle Fanny —dijo Ulf con un bisbiseo sepulcral, su larga cara sombría—. Es para *le bébé*.

—Ah. —Fanny le hizo un gesto a Ulf en dirección hacia Marcus—. Guárdatela en el bolsillo.

—Pero no sé lo que dice. —Marcus estudió la dirección del exterior. Estaba escrita con trazos oscuros y peculiares—: «Al señor Marcus *L'Américain*, que estuvo en el Hôtel-Dieu y en el establecimiento del señor Neveu, y que ahora reside en casa de mademoiselle De Clermont, lector de periódicos y alumno del *signore* Arrigo».

Quienquiera que hubiera escrito aquella misiva parecía saber mucho sobre los asuntos de Marcus, por no hablar de su rutina diaria.

—Sí. —Fanny suspiró—. Dice: «Ven a verme de una vez».

—Era solo cuestión de tiempo, *ma chérie* —trató de consolar a su amiga madame de Genlis.

Marcus rompió el sello y soltó la moneda, que cayó hacia el suelo. Fanny la atrapó en el aire y la depositó en la mesa junto a él.

—No la pierdas. La querrá de vuelta —le advirtió.

—¿Quién?

Marcus desplegó el papel. Como Fanny había adivinado, la carta contenía una única línea, breve, y con las palabras que había predicho.

—Mi padre. —Fanny se levantó—. Ven, Marcus. Nos vamos a Auteuil. Es hora de conocer a tu *farfar*.

Fanny y madame de Genlis metieron a Marcus, que no dejó de protestar durante todo el camino, en un carruaje. Estaba equipado con mejores amortiguadores que el que lo había traído de Burdeos a París, pero las calles de la ciudad no eran propicias para un paseo sosegado. Luego llegaron al escarpado camino de tierra que se extendía hacia los campos al oeste, y Marcus sabía que se pondría sumamente enfermo si no paraban de botar y balancearse. Había cruzado el Atlántico con poco más que un leve mareo, pero los carruajes, al parecer, eran superiores a sus fuerzas.

—Por favor, dejadme ir andando —rogó Marcus, que se iba poniendo tan verde como la chaqueta de caza de lana que habían encontrado en un armario del piso de arriba, descartada por uno de los amantes de Fanny después de descubrir que era una vampira y huir de la mansión en mitad de la noche. La prenda casi era de su talla, aunque le iba justa en los hombros y larga en los brazos, por lo que Marcus se sentía oprimido y ahogado. No obstante, había arruinado la única casaca que le quedaba bien en el hospital y se había visto obligado a arreglárselas con aquella prenda de segunda mano.

—Eres demasiado joven y estamos a plena luz del día —respondió Fanny enérgicamente, mientras las plumas de su sombrero se mecían con el balanceo del carruaje—. Tardarías demasiado caminando a velocidad humana y a *Far* no le gusta que lo hagan esperar.

—Además —añadió madame de Genlis—, ¿qué sucedería si te cruzas con una doncella, o una vaca, y el hambre se adueña de ti?

El estómago de Marcus saltó como un pez.

—*Non.* —Madame de Genlis negó con un decidido movimiento de cabeza—. Has de alejar tus pensamientos del malestar y elevarte por encima de ellos. ¿Quizá podrías preparar lo que vas a decirle al *comte* Philippe?

—Ay, Dios mío.

Marcus se cubrió la boca con la mano. Se esperaba que actuara para su abuelo como el mono amaestrado a las puertas de la ópera, que hacía cabriolas y bailaba por unas monedas. Le recordó su infancia, cuando lo arrastraban hasta la casa de la señora Porter.

—Deberías empezar, creo yo, con unos versos —le aconsejó madame de Genlis—. El *comte* Philippe admira mucho la poesía ¡y tiene una memoria excepcional para ella!

Pero Marcus, quien se había criado en los campos y bosques del oeste de Massachusetts, donde cualquier verso que no figurase en la Biblia levantaba sospechas, no conocía poesía alguna. Madame de Genlis hizo todo lo posible por enseñarle un fragmento de un poema titulado *Le mondain*, pero las palabras francesas se negaron a grabarse en su memoria y las náuseas incesantes no hacían sino interrumpir la lección.

—Repite conmigo —le ordenó madame de Genlis—: «*Regrettera qui veut le bon vieux temps, / Et l'âge d'or, et le règne d'Astrée, / Et les beaux jours de Saturne et de Rhée, / Et le jardin de nos premiers parents*».

Marcus lo hizo, obediente, una y otra vez hasta que madame de Genlis quedó satisfecha con su pronunciación.

—¿Y luego? —exigió saber su despiadada maestra.

—«*Moi, je rends grâce à la nature sage*» —logró declamar Marcus entre regüeldos. Su comprensión del significado del poema era, en el mejor de los casos, vaga, pero Fanny le aseguró que era perfectamente apropiado para la ocasión. Ulf, que los acompañaba a Auteuil, no parecía convencido—. «*Qui, pour mon bien, m'a fait naître en cet âge / Tant décrié par nos tristes frondeurs*».

—¡Y no te olvides del último verso! Debes declamarlo como si lo creyeses, Marcus, con convicción —le advirtió Fanny—. «*Ce temps profane est tout fait pour mes mœurs*». Ah, cómo extraño a nuestro bienamado Voltaire. ¿Recuerdas nuestra última noche con él, Stéphanie?

Por fin el carruaje bajó el ritmo para atravesar las amplias compuertas de una mansión que se extendía sobre una colina. Era enorme y estaba construida en piedra pálida, rodeada por los jardines más impresionantes que Marcus jamás hubiera visto. Aunque en esa época del año estaban en gran parte yermos, podía imaginar cómo lucirían en verano. Marcus miró a Fanny maravillado.

—Son de Marthe —dijo esta—. Es una apasionada de la jardinería. Ya la conocerás, sin duda.

Pero no era una mujer quien los esperaba a los pies de la amplia escalinata ante la explanada de entrada, sino un vampiro de aspecto digno, con el cabello plateado. Al igual que el resto de la casa, la explanada delantera era de gran tamaño y pulcra como una patena. Había un leve ruido de trasiego procedente de las cocinas, acompañado de apetitosos aromas. Los palafreneros sacaban de los establos caballos de fina estampa. Sirvientes y comerciantes entraban y salían de un laberinto de oficinas y cuartos en los edificios de servicio, escondidos tras un muro de piedra.

—Milady Freyja. —El hombre se inclinó—. Monsieur Marcus.

—Alain.

Era la primera vez que Marcus veía perder a Fanny parte de su seguridad.

—Pimienta. —Marcus reconoció el olor del vampiro—. Tú eres quien me ha estado espiando.

—Bienvenidos al Hôtel de Clermont. Sieur Philippe los espera —dijo Alain, haciéndose a un lado para que pudieran entrar bajo el arco de la puerta principal en el vestíbulo.

Marcus atravesó el umbral y accedió a una mansión mucho más grandiosa que la que se había prometido poseer un día. Los suelos de mármol blanco y negro del vestíbulo estaban pulidos hasta brillar tanto que reflejaban la luz, haciendo que la estancia refulgiese. Una escalera de piedra se curvaba hasta un amplio rellano antes de ascender en espiral a otra planta y luego a otra más. Un bosque de pilastras blancas añadía sustancia y estilo al amplio espacio, creando una arcada entre las puertas por las que Marcus había entrado y las puertas al lado opuesto, que conducían a una amplia terraza que proporcionaba una panorámica del río y más allá.

Marcus volvió a tener la sensación de que lo observaban, aún más fuerte que antes. Un aroma a hojas de laurel, cera para lacre y una fruta cuyo nombre Marcus desconocía se mezclaba con el olor a pimienta de Alain, el almizclado de madame de Genlis y el dulce toque de rosas que siempre envolvía a Fanny. También captó otras notas, más débiles. Lana. Piel. Y algo ligeramente fermentado que Marcus ya había detectado en algunos de los pacientes mayores en el Hôtel-Dieu. Suponía que era el olor de la carne al envejecer.

Tomó nota cuidadosamente de todo lo que percibía su nariz, pero no cesaba de regresar al laurel y al lacre. Quien los exhalara constituía el centro de gravedad de aquella casa. Y se encontraba a espaldas de Marcus, donde era más vulnerable.

«Mi abuelo». El hombre a quien Fanny llamaba *Far*; madame de Genlis, *comte* Philippe, y Alain, sieur. Marcus habría deseado que Gallowglass —o incluso el austero Hancock— estuviera allí para aconsejarle sobre lo que se esperaba de él. Había aprendido mucho acerca de cómo lavar la ropa, elaborar medicamentos y manejar caballos desde su llegada a Francia, pero no tenía ni idea de cómo saludar adecuadamente a un vampiro, excepto por aquel agarre de mano a codo que Gallowglass y Fanny usaban.

Y así fue como Marcus recayó en los modos aprendidos en Massachusetts. Primero efectuó la más cortés de las reverencias. Una vez convertido en vampiro, toda torpeza y brusquedad habían desaparecido hasta desembocar en un movimiento tan gracioso como perfecto, que habría enorgullecido a su madre. Luego sondeó las profundidades de su conciencia en busca de aquella honestidad que se le había inculcado desde el púlpito y la cartilla.

—Abuelo, le ruego que me perdone, pero no sé cómo he de comportarme.

Marcus se incorporó y esperó a que alguien acudiese en su rescate.

—El hijo ya eclipsa al padre.

Aquella voz era de terciopelo y piedra, tan controlada como clara. Marcus se figuró que pertenecía a un hombre que había hecho de la música toda su vida. El dominio del inglés de su abuelo era perfecto, aunque resultaba imposible identificar el acento que teñía sus palabras.

—No tienes de qué preocuparte. No hay agresividad alguna en él, *Far* —dijo Fanny, que en ese momento surgió de una de las muchas puertas del vestíbulo, acompañada de madame de Genlis. Portaba dos pistolas, ambas armadas y listas para disparar a Marcus.

—No es más que curiosidad, *comte* Philippe —confirmó madame de Genlis antes de dirigirle una sonrisa de aliento a Marcus—. Ha preparado un poema para usted.

Lamentablemente, Marcus no fue capaz de recordar una sola palabra de *Le mondain*. Una vez más recurrió en busca de refuerzos a sus recuerdos de Hadley.

—«Corona de los viejos son los hijos de los hijos; y la honra de los hijos, sus padres» —recitó con toda la convicción que madame de Genlis hubiera deseado.

—Oh, muy bien. —La voz que lo alabó era ronca y nasal, con un leve resuello al final que podría haber sido una risa contenida. Había otro hombre en las escaleras—. Los Proverbios. Siempre adecuados..., especialmente cuando el sentimiento es sincero. Una elección de lo más acertada.

El hombre que bajaba las escaleras tenía la cabeza calva y algo grande para su cuerpo, y una cintura que rivalizaría con la del coronel Woodbridge. El aroma dulce se intensificó, acompañado de las notas acres de la tinta negra. Miró a Marcus por encima de un par de anteojos. Había algo familiar en él, aunque Marcus estaba seguro de que nunca se habían visto.

—¿A ti qué te parece, Marthe?

Su abuelo estaba ahora lo suficientemente cerca para ver cómo Marcus sucumbía a los nervios y le temblaban las extremidades. Este cerró los puños y respiró profundamente.

Una mujer mayor, menuda y enjuta, de ojillos brillantes y aire maternal, salió de entre las sombras. Ahí estaba la mujer que Fanny le había prometido conocer: Marthe.

—Señora. —Marcus se inclinó—. Mi madre habría envidiado sus jardines. Incluso en invierno, resultan impresionantes.

—Un hombre de fe... y de encantos —afirmó el hombre de las escaleras con una nueva carcajada jadeante—. Y parece saber algo de *jardins* y de *potagers*; no solo en lo relacionado con la medicina.

—Su corazón es sincero, pero veo una sombra en él —declaró Marthe, escudriñando a Marcus de cerca.

—Si no fuera así, Matthew no se habría sentido atraído por el muchacho.

El silencioso suspiro de su abuelo flotó alrededor de Marcus.

—Ponga fin a su suplicio, mi querido *comte* —le aconsejó el hombre de las escaleras—. El pobre me recuerda a un pez atrapado entre gatos. Está seguro de que lo comerán, pero aún no sabe cuál de nosotros tendrá el honor de roer las espinas.

Unas manos pesadas se posaron sobre los hombros de Marcus y lo giraron. Philippe de Clermont era un hombre colosal, tan musculoso como su viejo amigo era blando y rechoncho. Poseía una cabellera espesa de un dorado bruñido y unos ojos castaño claro que todo lo veían. O eso sospechó Marcus.

—Soy Philippe, el compañero de tu abuela —dijo su abuelo con voz dulce. Esperó lo que dura un latido humano antes de agregar—. Es un signo de respeto, entre nosotros, apartar los ojos del cabeza de familia.

—El respeto se gana, señor.

Marcus le sostuvo la mirada a su abuelo. Mirar a los ojos de un hombre tan anciano y poderoso no era tarea fácil, pero se obligó a hacerlo. Obadiah le había enseñado a no apartar nunca los ojos de alguien más viejo y más fuerte que uno.

—Así es. —Las comisuras de los ojos de Philippe se fruncieron con algo que, en un ser inferior, podría haber sido hilaridad—. En cuanto a esta oscuridad que todos sentimos, ya me lo contarás algún día. No te arrebataré ese conocimiento.

A Marcus jamás se le había ocurrido que alguien que no fuera Matthew pudiera descubrir su pasado por medio de la voz de la sangre. Las palabras de Philippe, que parecían tiernas y paternales, le provocaron un escalofrío que le caló hasta los huesos.

—Lo has hecho bien con él, hija. Estoy contento —dijo Philippe, dirigiéndose a Fanny—. ¿Cómo lo llamaremos?

—Se llama Marcus, aunque intentó que lo llamara Galen y Gallowglass lo llamó Doc —respondió Fanny—. El otro día se quedó traspuesto un momento y exigió a gritos noticias de Catherine Chauncey.

Así que Fanny también lo espiaba. Los ojos de Marcus se entrecerraron ante la traición.

—Marcus. Hijo de la guerra. Y Galen, un sanador. No acierto a imaginar de dónde procede el nombre Chauncey o qué podría significar —reconoció Philippe—, pero ha de ser precioso para él.

—Chauncey es un nombre de Boston. —El hombre de los anteojos estudió a Marcus con atención—. Tiene razón, *comte* Philippe. Este joven no es de Filadelfia, sino de Nueva Inglaterra.

La mención de Filadelfia hizo que Marcus se fijase bien en su rostro, por lo que se percató de quién era.

—Usted es el doctor Franklin.

Marcus contempló al anciano caballero, de hombros encorvados y vientre amplio, con algo parecido a la reverencia.

—Y tú eres un yanqui. Me sorprende que los Voluntarios te aceptasen —respondió Benjamin Franklin con una sonrisa lenta—. Funcionan por clanes y no suelen acoger en sus filas a nadie nacido al norte de Market Street.

—¿Cómo se llamaba tu padre, Marcus? —preguntó Philippe.

—Thomas —respondió este, pensando en Tom Buckland.

—No me mientas jamás —le advirtió su abuelo con tono amable, aunque el brillo desafiante en sus ojos advirtió a Marcus que el asunto era serio.

—El hombre cuya sangre antaño llevé en mis venas se llamaba Obadiah: Obadiah MacNeil. Pero no queda nada de él en mí. —Marcus alzó la barbilla—. Thomas Buckland me enseñó a ser cirujano. Y un hombre. Él es mi verdadero padre.

—Alguien ha estado leyendo a Rousseau —murmuró Franklin.

Philippe se quedó mirando a Marcus un largo instante. Luego asintió.

—Muy bien, Marcus Raphael Galen Thomas Chauncey de Clermont —anunció al fin su abuelo—. Te acepto en la familia. Serás conocido como Marcus de Clermont..., por el momento.

Fanny parecía aliviada.

—No te decepcionará, *Far*, aunque Marcus todavía tiene mucho que aprender. Su latín es abominable; su francés, deplorable, y es torpe con la espada.

—Puedo disparar un arma —espetó Marcus—. ¿Qué necesidad tengo de espadas?

—Un caballero debe al menos *portar* una espada —terció madame de Genlis.

—Danos a Stéphanie y a mí otro mes, dos a lo sumo, y lo tendremos listo para Versalles —prometió Fanny.

—Tal vez ese sea un asunto que deba decidir Ysabeau —comentó Philippe, mirando con cariño a su hija.

—¡Ysabeau! Pero yo... —Fanny, indignada, apartó la vista de su padre—. Por supuesto, *Far*.

—¿Y cómo he de referirme a usted, señor? —preguntó Marcus. No había querido sonar insolente, aunque la mirada horrorizada de Fanny le dijo que bien podría haberlo sido.

Philippe simplemente sonrió.

—Puedes llamarme abuelo —respondió—. O Philippe. Mis otros nombres no sabrías pronunciarlos con tu lengua americana.

—Philippe —probó Marcus. Habían pasado meses, pero aún no era capaz de pensar en el *chevalier* de Clermont como Matthew, y mucho menos como «padre». Definitivamente era demasiado pronto para llamar abuelo a aquel hombre aterrador.

—Ahora que eres parte de la familia, hay algunas reglas que debes obedecer —dijo Philippe.

—¿Reglas? —repitió Marcus, entrecerrando los ojos.

—En primer lugar, nada de engendrar descendencia sin mi permiso —advirtió Philippe alzando un dedo amenazador. Conocer a más miembros de la familia De Clermont le había quitado a Marcus cualquier deseo de incrementarla, por lo que asintió—. Segundo, si recibes una moneda mía como la que aparecía en la carta que te envié a casa de Fanny, debes devolvérmela. Personalmente. Si no lo haces, iré a buscarte yo mismo. ¿Comprendido?

Una vez más, Marcus asintió. Al igual que en lo relativo a añadir miembros a la familia De Clermont, no tenía ningún deseo de que Philippe se presentara ante su puerta sin previo aviso.

—Y una cosa más: nada de hospitales hasta que considere que estás listo. —La mirada firme de Philippe fue de Marcus a Fanny—. ¿Está claro?

—Como el agua, *Far*. —Fanny rodeó el cuello de Philippe con los brazos y se volvió hacia Franklin—. Stéphanie y yo habíamos sopesado todos los riesgos posibles, doctor Franklin, así como las ventajas. No creímos que nadie corriese peligro de verdad. Y mucho menos *le bébé*.

—Cuéntame cómo se os ocurrió dejarle tocar las campanas de Notre Dame. ¡Qué golpe maestro! Es algo que yo mismo he deseado hacer —terció Franklin, guiando a Fanny hacia las puertas de la terraza exterior. Madame de Genlis se fue con ellos.

Marcus se quedó a solas con Philippe.

—Tu abuela te está esperando en el salón —dijo el anciano—. Está deseando verte de nuevo.

—¿Ya sabía de nuestra reunión? —preguntó Marcus con la garganta seca.

Philippe sonrió una vez más.

—Yo lo sé casi todo.

—¡Marcus! —Su abuela alzó la mejilla para que se la besara—. Es un placer verte por aquí.

Ysabeau se hallaba sentada en una butaca junto al fuego, encendido a pesar de que las ventanas estaban abiertas.

—Abuela —dijo Marcus, apretando los labios contra su fría piel.

Permaneció en silencio en el salón de Ysabeau, escuchando las bromas de Fanny, madame de Genlis y el doctor Franklin, que se les habían unido. Apenas entendió una cuarta parte de lo que se decía. Sin el americano, que periódicamente le traducía lo dicho en un esfuerzo por incluirlo en la conversación, habría sido mucho menos.

Sin embargo, Marcus se conformaba con permanecer callado. Eso le permitió tratar de asimilar su situación actual, que era a la vez emocionante y desconcertante. Observó el ambiente que lo rodeaba, más lujoso y elegante que nada que hubiera atisbado a través de las ventanas en Filadelfia. Había libros sobre las mesas, alfombras mullidas bajo los pies y el aroma del café y el té flotaba en el aire. La lumbre ardía con fuerza y por doquier se veían velas encendidas.

Philippe se sentó a la vera de Ysabeau, en la única silla de la habitación que no estaba tapizada. Era de madera, estaba pintada de azul y tenía el respaldo curvado, con el asiento cóncavo común entre el mobiliario de Filadelfia. Marcus sintió una punzada de nostalgia. La lengua extranjera, que antes le había parecido agradable y musical, se volvió fuerte y disonante. Sintió que le faltaba el aire.

—Veo que has reparado en mi silla —dijo Philippe, atrayendo la atención de Marcus.

Este sintió que su pánico amainaba un poco. Luego un poco más. De pronto se sintió capaz de respirar de nuevo.

—Me la regaló el doctor Franklin —explicó Philippe—. ¿Te recuerda todo lo que has dejado atrás?

Marcus asintió.

—En mi caso son los olores —observó el hombre con voz queda—. Cuando el sol cae sobre los pinares, calentando la resina, de inmediato regreso a mi infancia. Los momentos de desorientación, en que uno se siente fuera de tiempo y de lugar, nos suceden a todos los renacidos.

Davy Hancock casi había tirado a Marcus al suelo cuando le preguntó por su juventud y cuánto tiempo llevaba siendo vampiro. Por eso, Marcus sabía que era mejor no preguntar a ningún De Clermont su edad o su verdadero nombre. Con todo y con eso, no podía dejar de preguntarse qué edad tendrían Philippe e Ysabeau.

De repente, el aire a su alrededor adoptó cierta pesadez y Marcus advirtió que Ysabeau lo observaba. La expresión en su rostro sugería que sabía exactamente lo que estaba pensando. Su poder era muy diferente del de su marido. Philippe era todo civilización, como una espada afilada enfundada en una vaina elegante. Ysabeau, por su parte, tenía un aire salvaje e indomable que el satén no conseguía ocultar ni el encaje suavizar. Había algo fiero y peligroso en su abuela, algo que quedó atrapado en la garganta de Marcus e hizo que su corazón se estremeciera, como poniéndolo en guardia.

—Estás muy callado, Marcus —dijo Ysabeau—. ¿Pasa algo?

—No, señora —respondió Marcus.

—Te acostumbrarás a nosotros, ya verás —le aseguró Ysabeau—. Y nosotros también nos acostumbraremos a ti. Creo que conocer a toda la familia de una vez es mucho. Debes volver, solo.

Philippe observaba atentamente a su esposa.

—Has de hacerlo pronto —prosiguió Ysabeau—. Y, cuando vuelvas, puedes traernos noticias sobre Matthew. A Philippe y a mí nos gustaría. Mucho.

—A mí también me gustaría, señora.

Tal vez Ysabeau y él pudieran organizar una suerte de trueque: alguna anécdota sobre Matthew y lo que estaba sucediendo en las colonias a cambio de información sobre las costumbres de los vampiros y la historia de los De Clermont.

Sería útil tener un árbol genealógico, para empezar.

26

Babel

Octubre de 1789-enero de 1790

Veronique arrojó su cofia blanca, adornada con las cintas rojas, blancas y azules de la revolución, sobre la mesa junto a la cama. Luego se dejó caer sobre las sábanas arrugadas y estuvo a punto de volcar el puchero de café que había sobre una pila de libros. Acalorada por la victoria y el triunfo, compartió la noticia:

—La marcha en Versalles ha sido un éxito. Había miles de mujeres. El rey Luis y su progenie están en París —dijo—. Marat es un genio.

Marcus levantó la vista de su ejemplar de *L'ami du peuple*.

—Marat es un daimón.

—Eso también. —Veronique deslizó un dedo por el contorno de la pierna de Marcus—. Que las criaturas tengan voz es lo justo. Hasta tu Lafayette lo cree así.

—Ya sabes que eso va en contra del acuerdo. —Marcus dejó el periódico a un lado—. Mi abuelo dice...

—No quiero hablar de tu familia. —Veronique se incorporó apoyada en un hombro. La camisola se le escurrió y dejó expuesta la suave curva de su seno.

Marcus apartó el café y los libros. Su sangre se aceleró ante el aroma de Veronique, una embriagadora mezcla de vino y mujer de la que no parecía capaz de saciarse.

Veronique rodó sobre las páginas esparcidas del último número del periódico de Marat. Marcus le levantó el dobladillo de la camisola, dejando al aire sus piernas torneadas. Veronique suspiró al tiempo que su cuerpo se abría a sus caricias.

—Lafayette trajo consigo a la guardia, aunque esperó lo suficiente antes de hacerlo —dijo mientras Marcus recorría su pecho con la boca.

Este alzó levemente la cabeza.

—No quiero hablar del marqués.

—Para variar —respondió Veronique con una risita, al tiempo que arqueaba su cuerpo hacia él.

—Qué traviesa —dijo Marcus.

Veronique le mordió el hombro con sus dientes afilados e hizo que brotaran dos gotas de sangre. Marcus la oprimió contra la cama con su cuerpo, entrando en ella de un empellón tal que le provocó un grito de placer. Se movió en su interior lenta, deliberadamente, en embestidas cada vez más profundas.

Veronique expuso los dientes, listos para morder de nuevo. Marcus le posó los labios en la garganta con suavidad.

—Siempre me dices que vaya despacio —dijo, excitando su carne con los dientes y la lengua.

Veronique era mucho más experimentada y gozaba guiándolo mientras Marcus exploraba su cuerpo y descubría las mejores maneras de complacerla.

—Hoy no —respondió, acercándose a su boca—. Hoy quiero que me tomes. Como a la Bastilla. Que me derroques. Como al rey y a sus ministros. Que...

Marcus le impidió compartir más sentimientos revolucionarios con un beso feroz y se aplicó a satisfacer cada uno de sus deseos.

Fuera ya estaba oscuro cuando emergieron de su buhardilla en la orilla izquierda del Sena. El cabello rojo y rizado de Veronique le caía libre sobre los hombros, mientras las cintas patrióticas de su cofia blanca ondeaban con la brisa. Llevaba las faldas a rayas recogidas en un lateral, mostrando unas enaguas lisas y un atisbo de tobillo, además de los robustos zuecos que protegían sus pies tanto de los duros adoquines como del profundo lodo parisino. Se estaba abotonando la chaquetilla azul bajo el pecho, lo que acentuaba sus curvas de un modo que hizo que Marcus anhelase volver al dormitorio.

Veronique, sin embargo, tenía intención de ponerse a trabajar. Era propietaria de una taberna que Marcus todavía frecuentaba junto a su amigo y colega médico Jean-Paul Marat. Allí, ambos hablaban de política y filosofía mientras Veronique servía vino y cerveza a los estudiantes de la cercana universidad. Llevaba siglos haciéndolo.

Veronique era la más extraña de las criaturas: una vampira sin familia. Su hacedora había sido una formidable mujer llamada Ombeline que se estableció por su cuenta cuando la familia a la que servía no regresó de las cruzadas a Tierra Santa. Ombeline convirtió a Veronique un siglo después, durante el caos de la primera epidemia de peste en 1348, sacándola de una hospedería infectada cerca del Sacré-Coeur. Los clanes de vampiros de París habían visto que la enfermedad les ofrecía la oportunidad de aumentar drásticamente su número; los humanos desesperados se agarraban enseguida a cualquier esperanza de supervivencia que se les ofreciera.

Ombeline había encontrado su final en agosto de 1572, cuando una muchedumbre católica la tomó por una protestante durante el tumulto que se produjo en París con ocasión de las nupcias de la princesa Margarita con Enrique de Navarra. Así pues, Veronique no era una creyente devota de ninguna religión. Algo que tenía en común con Marat.

Aunque muchos de los clanes vampíricos de la ciudad habían tratado de incorporar a Veronique a sus filas —primero mediante la persuasión y después coaccionándola—, se había resistido a todos los esfuerzos de subyugación. Veronique se conformaba con su taberna, sus apartamentos en una buhardilla lejos de la calle, su clientela fiel y su disfrute de la vida misma, que, incluso después de más de cuatro siglos, seguía pareciéndole un milagro precioso.

—Quedémonos esta noche —propuso Marcus, tomándole la mano y tirando de ella de vuelta hacia la puerta.

—Alevín insaciable. —Veronique le dio un beso profundo—. Debo asegurarme de que todo va bien. No soy una De Clermont, no puedo quedarme todo el día en la cama.

Marcus no conocía a un solo miembro de su familia que lo hiciera, pero había aprendido a desviar la conversación del tema espinoso del privilegio aristocrático.

Lamentablemente, era lo único de lo que se hablaba en París, por lo que los perseguía en forma de fragmentos de conversación que llegaban hasta la rue des Cordeliers, donde los esperaba la desvencijada taberna de Veronique, con el tejado inclinado por la edad y cada ventana a su manera. La luz se derramaba hacia la calle en ángulos agudos, refractados por los paneles de vidrio como si formasen parte de alguno de los experimentos ópticos del doctor Franklin. Una vieja señal de metal chirriaba sobre un mástil por encima de las cabezas. La silueta de metal recortada de una colmena daba nombre al lugar: La Ruche.

En el interior, la algazara resultaba ensordecedora. La llegada de Veronique fue recibida con vítores, que se convirtieron en abucheos en cuanto Marcus apareció tras ella.

—Llegas tarde a trabajar, ¿eh, ciudadano? —se burlaron los clientes—. ¿Despiertos en cuanto cantó el gallo, Veronique?

—¿Qué es lo que te pasa, muchacho? —exclamó alguien desde la penumbra de la sala—. ¿Por qué la has sacado de la cama, que es donde tiene que estar?

Veronique se abrió paso por la estancia, repartiendo besos en las mejillas entre sus favoritos y aceptando la enhorabuena por el éxito de la marcha en Versalles que había contribuido a organizar.

—¡Libertad! —exclamó una mujer desde el mostrador mientras servía bebidas.

—¡Fraternidad! —añadió el hombre que estaba a su lado, lo que le valió un empujoncito amistoso de su vecino, que estuvo a punto de derramar el café por el borde de la taza.

Veronique servía todo tipo de refrigerio líquido que una criatura pudiera desear: vino, café, té, cerveza, chocolate y hasta sangre. Lo único que se negaba a servir era agua.

Los clientes comenzaron a dar golpes contra lo que tuvieran en las manos: hojalata abollada o peltre más pesado, fino cristal o cobre bruñido, barro sencillo o porcelana delicada; o bien contra mesas, alféizares, el mostrador, las paredes, los respaldos de las sillas, los taburetes y hasta la cabeza del vecino.

Marcus sonrió de oreja a oreja. No era el único que se sentía atraído por el fuego y la pasión de Veronique.

—¡Igualdad! —exclamó Veronique, alzando el puño al aire.

Marcus observó a la muchedumbre aprestarse a beberse sus palabras, ávida de oír lo que había visto en el palacio y cómo había reaccionado la familia real, y si era verdad que Veronique le había hablado a la reina.

Marcus ya no se asustaba cuando la piel le hormigueaba y se le erizaba el vello al detectar la presencia de otro depredador. Convertido en vampiro hacía casi ocho años, ya era un alevín, capaz de alimentarse solo y de moverse como un ser de sangre caliente. Las horas sin dormir ya no le pesaban. Hablaba francés como un nativo, podía conversar con su abuelo e Ysabeau en griego y debatía sobre filosofía con su padre en latín.

—Hola, Matthew.

Esa noche, sin embargo, habló en inglés, idioma que su padre y él compartían pero que no hablaba ninguno de los parisinos corrientes que atestaban La Ruche. Matthew se dio la vuelta.

Estaba sentado en un rincón oscuro, como siempre, bebiendo vino de una de las copas más elegantes de Veronique. Lucía un chaleco de color ceniza, bordado con hilos gris claro y plateado. La sencilla camisa blanca que llevaba debajo estaba inmaculada, así como las medias de seda que bajaban de la rodilla hasta los zapatos lustrados. Marcus se preguntó cuánto habría costado aquel conjunto y se figuró que bastaría para alimentar a una familia de ocho miembros durante un año o más en aquella parte de la ciudad.

—Vas demasiado elegante —dijo con prudencia mientras se acercaba al banco en el que estaba sentado su padre—. Si querías pasar desapercibido, deberías haberte puesto el mandil de cuero y traer un martillo y un cincel.

El hombre sentado al lado de Matthew se giró y dejó ver un rostro torcido de manera extraña, los ángulos de las mejillas y la boca formando una réplica en carne y hueso de las ventanas de la taberna. Unos ojos oscuros y hundidos, a la sombra de un mechón de cabello negro, examinaron a Marcus. Al igual que este, el hombre no llevaba peluca y su atuendo era sencillo, confeccionado en tela basta y cómoda.

—¡Jean-Paul!

Marcus se sorprendió al ver a Marat compartiendo un trago con su padre. No sabía que se conociesen.

—Marcus. —Marat se deslizó por el banco, haciéndole sitio—. Hablábamos sobre la muerte. ¿Conoces al doctor Guillotin?

Este inclinó la cabeza a modo de saludo. Iba vestido de negro, aunque el material era caro y el corte de la casaca, de calidad. Las cejas oscuras y la sombra de barba en el mentón sugerían que la peluca empolvada de Guillotin escondía una cabellera morena.

—Solo de oídas. —Marcus se arrepintió de no haber pedido primero algo de beber—. El doctor Franklin ha hablado maravillas de usted, señor.

Guillotin le tendió la mano a Marcus. Marat los miró a ambos con desconfianza, antes de hundir la nariz en el vaso de latón.

Al estrecharle la mano al médico, Marcus sintió una presión cambiante que le confirmó lo que Marat suponía: Guillotin era francmasón, al igual que Marcus y que Matthew. Y al igual que Franklin. Eso significaba que Guillotin conocía la existencia de las criaturas, en particular la de los vampiros.

—Marcus ha asistido con frecuencia al doctor Franklin en su laboratorio —dijo Matthew—. Es cirujano y se interesa por las cuestiones médicas.

—De tal palo, tal astilla —respondió Guillotin—. Tengo entendido que usted también es médico, doctor Marat. Qué afortunada coincidencia que me haya topado con mi viejo amigo el *chevalier*.

Nadie se topaba con Matthew de Clermont por casualidad. Marcus se preguntó qué constelación de influencias había puesto a Matthew en el camino de Guillotin.

—El doctor está tratando de reformar la medicina. —La voz de Marat reverberaba de manera extraña en las cavidades de su nariz torcida—. Ha elegido empezar por el extremo más peculiar. Desea ofrecer a los criminales una muerte más rápida y humana.

Marcus se apartó los faldones de la casaca y se sentó en el banco. Dios, cuánto necesitaba remojarse el gaznate. Las horas deliciosas que acababa de pasar con Veronique se esfumaron de su memoria mientras se preparaba para navegar por las aguas traicioneras de aquella conversación.

—Tal vez, doctor, podríamos librarnos de la muerte por completo. El *chevalier* de Clermont podría volvernos a todos inmortales si así lo deseara. —Marat, que en tanto que daimón debía saber que no era buena idea provocar a Matthew, prosiguió—: Sin embargo, la verdadera igualdad no les conviene a los vampiros. ¿Quiénes serían entonces sus *serviteurs de sang*?

—Oh, siempre podríamos tener a mano a unos cuantos daimones, para divertirnos si no para alimentarnos —respondió Matthew con toda tranquilidad—. Como los enanos y los bufones de antaño.

Marat enrojeció. Era muy susceptible en lo que a su baja estatura y a su apariencia se refería. Se rascó el cuello, donde apareció un sarpullido rosado rojizo.

—Como ya sabe, monsieur Marat, me opongo a la pena capital —dijo Guillotin—. Pero, si nos vemos obligados a dar muerte a los criminales, esta ha de ser rápida e indolora. Y debe hacerse de una manera eficiente y fiable.

—No estoy seguro de que Dios quiera que la muerte sea indolora —terció Marcus mientras buscaba con la vista a alguien que pudiera traerle de beber. Su mirada se cruzó con la de Veronique, quien se quedó boquiabierta al ver quién lo acompañaba. Marcus se encogió de hombros.

—Hay que introducir mejoras en los métodos de ejecución —continuó Guillotin como si Marcus no hubiera hablado. Su audiencia real era Matthew, que lo escuchaba con atención—. En Inglaterra y Escocia hay máquinas de la muerte, pero las hachas son toscas: destrozan la columna vertebral y desgarran la cabeza al separarla del cuerpo.

Marat se hundió los dedos aún más en la carne, tratando en vano de aliviarse el picor. A Matthew se le dilataron las aletas de la nariz cuando la sangre subió a la superficie y Marcus vio como su padre reprimía los apetitos que afligían a todos los vampiros. El *chevalier* de Clermont era bien conocido por su autocontrol. Marcus lo envidiaba. Aunque Marat fuera uno de sus amigos y, además, un daimón, el aroma metálico de su sangre lo hizo salivar.

—Tengo que hablar contigo —dijo Matthew, quien de repente se encontraba al lado de Marcus, con los labios pegados a su oído.

Este dejó a Marat y a Guillotin a regañadientes. No era la conversación lo que hacía que quisiera quedarse, sino la perspectiva de calmar aquella sed repentina. Matthew lo condujo hasta el mostrador de madera manchada, donde Veronique rebajaba la sangre con vino. Le tendió un vaso alto.

—Bebe —le dijo, con aire inquieto.

Marcus aún era demasiado joven como para ser de fiar en mitad de una multitud de seres de sangre caliente. Matthew esperó a que se hubiera bebido la mitad del vaso antes de retomar la palabra.

—Creo que deberías alejarte de Marat —le aconsejó—. Ese hombre te traerá problemas.

—En tal caso, yo también, pues compartimos las mismas opiniones —replicó Marcus, irritado—. Puedes darme órdenes, obligarme a estudiar leyes, cortarme los fondos y prohibirme tener un oficio, pero no puedes escoger a mis amigos.

—Si persistes, acabarás siendo convocado por Philippe —respondió Matthew, que una vez más se había pasado al inglés. Cambiar de idioma era una práctica común entre los De Clermont cuando querían hablar en privado.

—Al abuelo no le importa lo que haga. —Marcus dio un sorbo al vaso—. Tiene peces más grandes que pescar que Jean-Paul o yo.

—En tiempos de revolución no hay pez pequeño —contestó Matthew—. Cualquier criatura que remueva las aguas, por insignificante que parezca, puede cambiar el curso de la historia. Y lo sabes, Marcus.

Quizá, pero no tenía la más mínima intención de acceder a las exigencias de su padre. Aquella ciudad era ahora su hogar. Entre los trabajadores pobres de París, Marcus se sentía mucho más cómodo que en las butacas tapizadas de seda del salón de Ysabeau o en los bailes aristocráticos a los que acompañaba a Fanny.

—Vuélvete a tu isla de la Cité —le dijo—. Estoy seguro de que Juliette te espera. —A Marcus no le gustaba la compañera de Matthew, cuya boca suave y generosa decía una cosa mientras sus ojos duros y amenazadores decían otra. Cuando su padre entrecerró los ojos, sintió cierta satisfacción al constatar que había dado en el blanco—. Puedo cuidar de mí mismo —insistió, volviendo su atención al vaso.

—Es lo que hemos pensado todos en alguna ocasión —respondió Matthew sin perder la calma. Deslizó por encima del mostrador una carta sellada. Incrustada en el lacre rojo y negro había una moneda antigua—. Que no se diga que no lo he intentado. Espero que hayas disfrutado de la libertad, la igualdad y la fraternidad, Marcus. En la familia De Clermont, nunca duran demasiado.

En la trastienda de La Ruche, con la ropa sucia y hecha jirones, Marcus se curaba las heridas. Era un gélido día de finales de enero y se había pasado la mayor parte de él huyendo para salvar el pellejo.

—¿Has olvidado lo que significa? —preguntó Philippe al tiempo que lanzaba al aire la moneda antigua y gastada para atraparla nuevamente al bajar.

Marcus negó con la cabeza. La moneda era una llamada; lo sabía, todos los De Clermont lo sabían. Había que responder o atenerse a las consecuencias. Hasta entonces, Marcus siempre había obedecido las órdenes de su abuelo. En ese momento iba a descubrir lo que sucedía cuando uno hacía caso omiso durante meses.

—Estamos ganando, abuelo. Hemos ocupado el antiguo convento —respondió, tratando de desviar el tema.

No obstante, Philippe era un general curtido en mil batallas y no se iba a dejar distraer por algo tan nimio como la conquista de un viejo edificio religioso medio derruido en un barrio sórdido de París. Con una mano le rodeó el cuello a Marcus mientras con la otra seguía sosteniendo la moneda.

—¿Dónde está Marat? —exigió saber.

—Me sorprende que no lo sepas ya.

Incluso en aquel instante, Marcus no pudo evitar provocar a su abuelo, aunque este tuviera más rapidez, fuerza y edad que él, y pudiera aplastarlo como a una mosca.

—En tal caso, es probable que esté en el primer lugar donde lo busquen. —Philippe profirió un juramento—. La buhardilla encima de la panadería de monsieur Boulanger, donde os alojáis Veronique y tú.

Marcus tragó saliva. Como de costumbre, Philippe estaba en lo cierto.

—Me decepcionas, Marcus. Creía que tenías más imaginación.

Se dio la vuelta y se alejó a grandes zancadas.

—¿Adónde vas? —preguntó Marcus, echando a correr tras él. Philippe no respondió—. Haré que salga de París y se vaya al campo —le aseguró a su abuelo, mientras se esforzaba por seguirle el ritmo sin salirse de los límites de la velocidad humana, cosa harto difícil, dado que las piernas de Philippe eran mucho más largas que las suyas.

Philippe seguía sin responder.

El estrépito ensordecedor que los recibió en la rue des Cordeliers golpeó a Marcus. Aunque era invierno, las calles estaban atestadas de vendedores ambulantes y puestos del mercado. Las gaviotas chillaban por encima de sus cabezas antes de lanzarse en picado en busca de comida. La gente se saludaba a grandes voces, anunciaba la mercancía a la venta, gritaba los precios y compartía los últimos chismes y cotilleos.

—Te lo juro, Philippe, por mi honor —dijo Marcus, apresurándose en pos de su abuelo.

—En los últimos tiempos, tu honor no vale gran cosa —respondió este, dándose la vuelta—. Harás lo que te ordeno y llevarás a monsieur Marat a Londres. Gallowglass se os unirá en Calais. Lleva esperando allí desde Navidades y se alegrará de poder salir de Francia.

—¿A Londres? —Marcus se detuvo—. No puedo ir a Londres. Soy americano.

—Si un vampiro se abstuviera de viajar a los lugares ocupados por sus antiguos enemigos, no quedaría lugar al que ir —repuso

Philippe, volviendo a encaminarse a toda prisa hacia la panadería de Boulanger—. Monsieur Marat conoce el lugar, al igual que Veronique. Puedes llevarla contigo si lo deseas.

—Jean-Paul no querrá ir —señaló Marcus—. Tiene trabajo que hacer aquí.

—Creo que monsieur Marat ya ha hecho bastante —contestó Philippe—. Nada de inmiscuirse en la política ni en la religión de los humanos. Son las normas.

—Pero no para ti, por lo visto —replicó Marcus furioso: su abuelo dirigía los asuntos franceses como si de una orquesta se tratara y tenía un espía apostado en cada esquina de París.

Philippe no se dignó a responder. No obstante, Marcus y él comenzaron a atraer miradas de soslayo de los humanos que llenaban plazas y calles. Marcus quería creer que lo que llamaba la atención era la presencia de un aristócrata en aquel barrio revolucionario, pero mucho se temía que se debiese a que eran vampiros.

—El *comte* de Clermont —le susurró una mujer a su amiga. El comentario flotó en el aire, pasando de boca en boca.

—Adentro —dijo Philippe, haciendo entrar a Marcus de un empujón en el despacho de monsieur Boulanger.

Al atravesarlo, saludó con un gesto de la cabeza a los panaderos, casi todos con torsos musculosos y piernas arqueadas de tanto acarrear las enormes hogazas a los hornos.

—Ahí estás —lo saludó Veronique con alivio mientras abría la puerta de par en par, haciendo que del piso inferior ascendiera una vaharada cálida con olor a levadura y azúcar.

Entonces vio a Philippe.

—*Merde* —musitó.

—En efecto, *madame* —respondió este—. He venido a ver a su invitado.

—Marat no... Bah, está bien. —Veronique se hizo a un lado para dejarlos pasar, fulminando con la mirada a Marcus. «Esto es culpa tuya», decía su expresión.

Marat, recostado en una butaca junto a la ventana, se puso en pie de un salto. La vida de fugitivo no le sentaba bien, por lo que se había quedado en los huesos. Las preocupaciones y la continua necesidad de trasladarse de un escondrijo al siguiente habían quebrantado su salud. Marcus, que aún recordaba cómo era estar huido, mirar sin cesar a la espalda y ser incapaz de cerrar los ojos por miedo a que lo descubrieran a uno, sintió una súbita oleada de cólera y de compasión por el infortunio de su amigo.

—Monsieur Marat. Me alegro de haberlo encontrado antes que la guardia. Los sabios de la universidad no hablan de otra cosa que de usted y de que ha tomado refugio con la bella Veronique y *le bébé américain* —dijo Philip al tiempo que arrojaba los guantes sobre la mesa, que tenía las patas cojas, por lo que el peso del suave cuero bastó para que se inclinase peligrosamente.

—No tienes nada que temer, Jean-Paul —le aseguró Marcus a su amigo—. Philippe ha venido a ayudarte.

—No quiero su ayuda —replicó Marat, escupiendo al suelo en un gesto de bravuconería.

—Y, sin embargo, la aceptará —respondió con jovialidad Philippe—. Va a exiliarse, caballero.

—Voy a quedarme aquí. No soy un campesino sometido a los deseos de su amo —respondió Marat con desdén—. París me necesita.

—Por desgracia, sus acciones hacen imposible que permanezca en la ciudad; ni siquiera en Francia, monsieur. —Philippe se fijó en los restos de vino que quedaban en una jarra, pero se abstuvo—. Irá a Londres. Tendrá que seguir escondiéndose, por descontado, pero no lo matarán a la primera oportunidad, como sucederá si sale por esa puerta.

—¿Londres? —preguntó Veronique, cuya mirada pasó de Marat a Marcus y luego a Philippe antes de volver a posarse sobre su amante.

—Para empezar —respondió Philippe—. Allí Marcus se encontrará con su padre. Matthew llevará a monsieur Marat a casa de la señora Graham, una amiga del doctor Franklin que simpatiza con sus pasiones revolucionarias.

—Imposible —replicó Veronique, con los ojos echando chispas de indignación—. Jean-Paul debe quedarse en París. Dependemos de su visión de futuro y de su buen juicio.

—Monsieur Marat no verá gran cosa desde una celda, que es donde acabará si persistís en esta locura —vaticinó Philippe.

—Esto es cosa de Lafayette —gruñó Marat con una mueca de desprecio—. Es un traidor al pueblo.

De pronto se encontró con una espada al cuello. Era Philippe quien la empuñaba por el otro extremo.

—Tranquilo, Marat, tranquilo. Lo único que lo protege de una muerte segura es su amistad con Marcus. Ese es el motivo por el que el marqués ha decidido no prenderlo hoy mismo. Lafayette ha mandado a la guardia a la otra punta de París aunque sabía dónde se encontraba y habría podido soltarle a los perros.

Marat respiró ruidosamente y bajó la vista hasta la punta de la espada. Entonces asintió. Al cabo de un momento, Philippe apartó la hoja.

—A partir de ahora os abstendréis de implicaros en ningún asunto humano —dijo Philippe, envainando la espada—. Si persistís, dejaré que la Congregación se ocupe de vosotros. Sus castigos son mucho menos civilizados que los métodos del doctor Guillotin, tenedlo por seguro.

Marcus apenas conocía a la Congregación y sus métodos. La organización se hallaba muy lejos, en Venecia, pero de su experiencia con Philippe había aprendido que no era necesario que una criatura estuviera cerca para entrometerse en los planes de uno.

—Las normas de la Congregación apenas rigen entre las criaturas de París —dijo Veronique—. ¿Por qué no vamos a tener voz en las asambleas? ¿Acaso no habremos de vivir en este mundo que los humanos están construyendo?

—Pierre y Alain os acompañarán hasta la costa —prosiguió Philippe como si Veronique no hubiera hablado—. Dentro de una hora habréis de estar listos.

—¿Una hora? —Marat lo miró con estupor—. Pero debo escribir a la gente. Hay asuntos...

—¿Va a irse con ellos, madame, o se quedará aquí? —Philippe estaba perdiendo la paciencia, aunque nadie que no lo conociera bien habría detectado las señales: un ligero encogimiento del hombro derecho, un temblor en el meñique de la mano izquierda, una arruga profunda en la comisura de la boca—. No estoy seguro de poder mantenerla a salvo si permanece en París, pero haré todo lo que esté en mi mano.

—¿Siempre y cuando me comporte como una niña buena? —Veronique soltó una carcajada ante lo absurdo de la idea.

—Soy pragmático —murmuró Philippe—. Jamás sería tan necio como para pedir la luna.

—Ven con nosotros, Veronique —la urgió Marcus—. No será por mucho tiempo.

—No, Marcus. Puede que tú tengas que obedecer a Philippe, pero yo no soy una De Clermont. —La mirada despectiva que dirigió a su abuelo dejó claro lo que pensaba sobre aquella familia—. París es mi hogar. Su ascenso y caída serán los míos. Mi corazón late con la ciudad. No iré con vosotros a Londres.

—Piensa lo que puede sucederte si te quedas —trató de hacerle razonar Marcus.

—Si me quisieras, Marcus, te preocuparía más lo que me sucedería si me fuera —respondió Veronique con tristeza.

27
Furia

ABRIL-JULIO DE 1790

Hallarse en Inglaterra cuando el invierno daba paso a la primavera, Marcus descubrió, era como oscilar cual péndulo entre los polos opuestos que constituyen el sufrimiento y el placer. Gallowglass les había hecho atravesar el canal de la Mancha en enero y los había llevado sanos y salvos hasta Londres, una ciudad monstruosa, mayor que París y más sucia. La basura que discurría por las calles y flotaba sobre el Támesis estaba congelada, pero seguía emanando un olor que le revolvía el estómago a Marcus.

Lo mismo le sucedía al ver a tantos casacas rojas desfilando por los alrededores del palacio de Saint James y el parque cercano. Una noche, Marcus se había alimentado de un oficial borracho, que le había resultado tan insulso como miserable. La experiencia no había hecho nada por mejorar la opinión que Marcus ya tenía del ejército británico.

A diferencia de Marat, que adoraba Londres y poseía numerosos amigos allí, Marcus tenía prisa por huir del lugar y se alegró cuando dejó la ciudad por los campos de Berkshire, donde el señor y la señora Graham les ofrecieron refugio. De camino, había contemplado con la boca abierta como un palurdo la inmensidad del castillo de Windsor. La antigua fortaleza le había parecido más imponente que Versalles. También había admirado las agujas de Eton, que se recortaban con toda claridad, coronadas por las últimas nieves, en el azul del cielo invernal.

Mientras que Londres no consiguió conquistar su corazón, los zigzagueantes caminos de Berkshire, los pequeños terrenos, cuadrados como retales y cubiertos de escarcha y las extensas granjas le evocaban su hogar en Hadley. Aquellas vistas familiares le despertaron el recuerdo de cuando vivía según los ciclos de la naturaleza, sin medir el paso del tiempo según el tictac del reloj o el cambio de fecha en los periódicos.

Matthew acompañó a Marat y a Marcus a casa de la señora Graham, quien resultó ser una de las mujeres de peor reputación de Inglaterra, además de una de las más inteligentes. Catharine Sawbridge Macaulay Graham tenía casi tantos nombres como los De Clermont y el mismo grado de confianza en sí misma. Era una dama autocrática de casi sesenta años, de frente alta y despejada, la nariz como un botón, mejillas arreboladas y lengua viperina, que había escandalizado a la sociedad biempensante casándose con un cirujano al que prácticamente doblaba en edad tras la muerte de su primer marido. William Graham era joven, bajito, robusto y escocés. Adoraba a su esposa y se deleitaba tanto con sus opiniones radicales como con sus tendencias intelectuales.

—¿Te apetece dar un paseo, Marcus? —preguntó William, asomando la cabeza a la biblioteca donde este hacía buen uso de su impresionante colección de libros de medicina—. Vamos, que el aire del campo te irá bien. Los libros seguirán ahí cuando regreses.

—Me encantaría —respondió Marcus al tiempo que cerraba el volumen de anatomía ilustrado.

Ahora que estaban en abril, oía y olía cómo la tierra despertaba tras su sueño invernal. Le gustaba escuchar a las ranas del arroyo y contemplar cómo los árboles se iban cubriendo lentamente de hojas.

—Siempre podríamos... —William levantó el codo en un ademán que sugería compartir unos tragos.

Marcus rio.

—Si quieres...

Se pusieron en marcha por el que se había convertido en su camino habitual, dejando Binfield House a su espalda y poniendo rumbo al sur, hacia el pueblo. Ante ellos se levantaba la cancela de una residencia más antigua y grandiosa que la casa de ladrillo rojo, más moderna, que habitaban los Graham.

—Matthew recuerda haberse alojado aquí el siglo pasado —comentó Marcus al pasar ante el edificio en forma de E, con sus altas ventanas de cristales emplomados y sus chimeneas retorcidas.

Los Graham estaban perfectamente al corriente de cómo era en realidad el mundo y Catharine cultivaba una amistad de años con Fanny e Ysabeau, por lo que Marcus podía hablar libremente de aquellas cosas con sus anfitriones.

—La mansión estaba hecha una ruina por la podredumbre y la carcoma, y los pájaros anidaban en las vigas. —William resopló—. Me alegro de vivir en una casa moderna, con ventanas y puertas seguras, y una chimenea que no se prenderá fuego.

Marcus emitió un sonido de aquiescencia, aunque en verdad le gustaba la vieja y encantadora construcción, con sus tejados irregulares y su entramado de madera vista. Su padre le había explicado cómo se había construido combinando traviesas de madera y ladrillos estrechos, con jambajes de piedra para las ventanas. Una de las ventajas imprevistas de aquel exilio forzado era que Matthew se encontraba bastante más relajado en Inglaterra que en América o en París.

Marcus y William la rodearon hacia el oeste, en dirección a Tippen's Wood. Era el terreno de caza preferido por los vampiros, a pesar de que la fauna escaseaba en esa época del año y las ramas desnudas no ofrecían demasiado refugio de la mirada curiosa de los humanos. En consecuencia, Marcus se alimentaba principalmente de vino tinto y alguna pieza de caza cruda, complementados con sangre del carnicero. Se había acostumbrado a una dieta más variada —y sabrosa— en París.

—¿Cómo está la señora Graham esta mañana? —le preguntó Marcus a William.

Catharine padecía un resfriado que se le había agarrado el pecho. William y Marcus habían debatido una posible cura y la habían mandado a la cama con una de las recetas de tisanas de Tom Buckland y un emplasto para el pecho a base de mostaza y hierbas para aliviarle la congestión.

—Mejor, gracias —respondió William—. Ojalá me hubieran enseñado en Edimburgo algo la mitad de útil de lo que Tom te enseñó a ti en América. Si así hubiera sido, a estas alturas sería un cirujano próspero.

Tal vez William hubiera asistido a la mejor facultad de Medicina de Europa, pero carecía de los contactos y los recursos para establecer su propia consulta. Su hermano mayor, James, lo había eclipsado completamente con sus controvertidos tratamientos en Londres y Bath, el más famoso de los cuales era la «cama celestial». Creada para las parejas casadas que no conseguían concebir —lo que, según James, constituía su deber patriótico—, el artilugio de Graham, que incluía tórtolas, ropa de cama aromatizada y un colchón inclinado para que marido y mujer se encontrasen en el ángulo más propicio mientras hacían el amor, renovaba sus esperanzas de procrear. James había amasado una fortuna a costa de las parejas desesperadas, pero las perspectivas médicas de William se habían visto perjudicadas por ello. Por fortuna, Catharine Macaulay había sido una de sus pacientes sin hijos y, cuando ambos se enamoraron y se casaron, el futuro de William se vio asegurado.

—¿Cómo es Edimburgo? —preguntó Marcus, pues Matthew seguía prometiéndole enviarlo allí en cuanto estuviera lo bastante maduro como para soportar las lecciones de anatomía.

—Gris y húmedo —respondió William con una carcajada.

—Me refiero a la universidad, no a la ciudad —aclaró Marcus con una amplia sonrisa.

Había echado de menos tener a alguien de su edad con quien bromear e intercambiar insultos. Tanto Marcus como William habían nacido en 1757. William tenía poco más de treinta años. Siempre que Marcus lo miraba, se preguntaba qué aspecto habría tenido en ese momento si Matthew no lo hubiera convertido en vampiro.

—Aburrida e ilusionante, como todos los centros de estudios —respondió William, uniendo las manos a la espalda—. Cuando vayas, que espero que sea pronto, debes asegurarte de asistir a las clases de química del doctor Black, aunque el doctor Gregory querrá que veas a los pacientes en sala.

—¿Y las clases de anatomía? —Marcus sabía que debía dominar una amplia variedad de conocimientos médicos, pero la cirugía seguía siendo su primer amor.

—El doctor Monro posee una curiosidad y un atrevimiento sin límites en lo que a experimentación quirúrgica se refiere. Deberías pegarte a él y aprender todo lo que puedas de sus métodos y descubrimientos —le aconsejó William.

Ante la perspectiva de hacerlo, Marcus casi deseaba poder quedarse en Inglaterra, aunque, por supuesto, debía volver a Francia y a la revolución en cuanto tuviera la oportunidad. Y también debía pensar en Veronique.

Marcus y William salieron del bosque y atravesaron los campos a lo largo de Monk's Alley hacia el este. Antaño, el camino flanqueado de árboles conducía a un monasterio propiedad de la abadía de Reading, pero solo quedaban ruinas desmoronadas. Basándose en los recuerdos de Matthew, William había pintado una acuarela de cuál había sido su aspecto en otros tiempos, cuando, escondido en mitad de los pastos verdes, ofrecía un bucólico retiro a los religiosos de la ciudad cercana.

—Sospecho que tus profesores estarán todos muertos y enterrados para cuando yo vaya —dijo Marcus, dándole un codazo a William—. ¿Quién sabe? Puede que para entonces tú seas miembro del claustro.

—Mi lugar está al lado de Catharine —respondió este—. Su trabajo es mucho más importante de lo que jamás será el mío.

En aquel momento, la mujer estaba escribiendo la historia de la exitosa revolución americana y la incipiente revolución francesa. Desde la llegada de Marat, dividía su tiempo entre hacerle preguntas sobre lo que estaba sucediendo en París y estudiar los documentos que le había entregado el general Washington cuando William y ella visitaron Mount Vernon en 1785. Incluso había entrevistado a Matthew y Marcus para entender mejor los acontecimientos de 1777 y 1781, y había quedado fascinada por la información que este último le había proporcionado sobre Bunker Hill.

—¿Cómo supiste que la señora Graham era...? —Marcus no terminó la frase, cohibido por su propio atrevimiento.

—¿La única? —William sonrió—. Fue rápido..., instantáneo, incluso. La gente cree que Catharine es una vieja vanidosa y que yo soy un cazafortunas, pero, desde el momento en que nos conocimos, jamás he querido estar en un lugar que no fuera junto a ella.

Marcus pensó en la facultad de Medicina de Edimburgo y en Veronique en París. Tal vez no le importara trasladar su negocio a Escocia.

—Te he oído hablar sobre la mujer que dejaste en París: madame Veronique —continuó William—. ¿Crees que podría ser tu alma gemela?

—Eso creía —respondió Marcus con vacilación—. Eso creo.

—Para alguien tan longevo como un vampiro, debe de ser difícil tomar una decisión de tanto calado —dijo William—. Es mucho tiempo para permanecer fiel.

—Eso es lo que dice Matthew —admitió Marcus—. Juliette y él llevan décadas juntos, pero mi padre no se ha apareado con ella. Aún.

Marcus temía que Juliette pudiera convencer a Matthew para dar aquel paso irrevocable, aunque Ysabeau le había asegurado que, si hubieran querido aparearse, ya lo habrían hecho.

—Monsieur Marat dice que madame Veronique es toda una revolucionaria —dijo William mientras se acercaban al Kicking Donkey, su última parada antes de volver a casa —. Al menos tenéis eso en común.

—Sí que lo es —respondió Marcus con orgullo—. Veronique y la señora Graham se llevarían de maravilla.

—Los demás no tendríamos la menor oportunidad de meter baza en las conversaciones, sin duda —bromeó William mientras le sostenía la puerta.

Los recibió un aire cálido y preñado de olor a lúpulo y vino agrio.

Marcus bajó la cabeza para entrar en aquel lugar de techo bajo. Era sombrío y estaba lleno de humo y de granjeros que murmuraban en voz baja sobre el precio del trigo e intercambiaban consejos sobre el mejor ganado que en breve saldría a subasta. Marcus se relajó entre los sonidos y los olores familiares de la taberna rural, algo que jamás había sido capaz de hacer en el establecimiento de Veronique en París, donde el estruendo de las voces y la opresión de los cuerpos le resultaban apabullantes.

William pidió dos pintas de cerveza espumosa y las llevó hasta el último rincón de la sala. Ambos se acomodaron en sillas de madera de respaldo alto y brazos recios en los que reposar las jarras entre trago y trago. Marcus suspiró satisfecho e hizo chocar su jarra contra la de William.

—A tu salud —dijo Marcus antes de darle un trago. A diferencia del vino, la cerveza a veces le daba acidez de estómago, pero merecía la pena por el sabor, que, como todo lo demás en Binfield, le recordaba a su hogar.

—Y a la tuya —respondió William, devolviéndole el brindis—. Aunque, si seguimos dando nuestros paseos cotidianos, tendremos que inventarnos algo más que desearte: ¿seguridad, quizá?

La escalada del conflicto en Francia era el tema de conversación a la hora de la cena.

—Mi padre se preocupa demasiado —afirmó Marcus.

—Monsieur de Clermont ha vivido muchas guerras y enfrentamientos a lo largo de su vida —respondió William—. Y monsieur Marat proclama la muerte de todos los aristócratas, hasta de tu amigo el marqués de Lafayette. No es de extrañar que a tu padre le preocupe adónde podría llevar todo esto.

La noche anterior, Catharine había pedido a Marcus y a Matthew su opinión sobre la situación en Francia y las diferencias con lo que habían visto en las colonias. Marat se había entrometido en la conversación, agitando los brazos y exigiendo a grandes voces una mayor igualdad y el fin de las distinciones sociales. Matthew había preferido excusarse y retirarse de la mesa antes de dejarse atacar por Jean-Paul o mostrarse descortés con su anfitriona.

—¿Estás de acuerdo con tu padre en que la revolución de Francia será harto más sangrienta y destructiva que la de América?

—¿Cómo podría serlo? —respondió Marcus, pensando en los campos manchados de sangre de Brandywine y en el invierno en

Valley Forge, en las tiendas del hospital de campaña, con sus sierras de amputación y los alaridos de los moribundos, el hambre y la suciedad, y los horrores de los barcos británicos de prisioneros anclados frente a las costas de Nueva York.

—Oh, la humanidad es maravillosamente creativa en lo que concierne a la muerte y el sufrimiento —advirtió William—. Algo se nos ocurrirá, amigo mío. Ya verás.

Marcus y Marat volvieron a París en mayo. Matthew había tenido que abandonar Binfield House para ocuparse de unos asuntos para Philippe y, al quedar sin vigilancia, Marat había concebido un plan de evasión. Era costoso y complicado, pero entre la pensión de Marcus (que había aumentado gracias a su buena conducta en Inglaterra), el ingenio de Marat (que era ilimitado) y la complicidad de Catharine en lo relativo a la logística, el plan había tenido éxito. Marcus volvió a introducirse en la vida de Veronique y en sus nuevos apartamentos, en el corazón de un barrio cada vez más radical. Veronique había renunciado a la buhardilla sobre la panadería de monsieur Boulanger para que un hombre del pueblo llamado Georges Danton y sus camaradas pudieran usarlo como cuartel general de su nueva sociedad política: el Club de los Cordeliers.

Su padre, que al volver a Binfield se había encontrado los aposentos vacíos y a la señora Graham pletórica por su triunfo, escribió una carta iracunda exigiéndole a Marcus que regresase a Inglaterra cuanto antes. Este hizo caso omiso. Ysabeau envió una cesta de fresas y huevos de codorniz a los Cordeliers, junto a la petición de que fuera de visita a Auteuil. Marcus también hizo caso omiso, aunque le habría encantado ver a su abuela y contarle todo sobre Catharine y William. Cuando Veronique se quejó de que los De Clermont trataban de interferir en sus vidas, Marcus le prometió que solo respondería a una convocatoria directa de Philippe. Pero esta nunca llegó.

Marat se había embarcado en la peligrosa vida de la clandestinidad, una vida que cada día lo hundía más en el delirio y las crisis demoniacas. Volvió a publicar su periódico, *L'ami du peuple*, poco después de su llegada, instalándose en un taller de la rue de l'Ancienne-Comédie. Durante el día se ocultaba a plena vista, protegido por Danton y los matones del barrio, mientras toda una red de impresores, libreros y gaceteros ponían su vida en riesgo para hacer llegar el periódico a manos de sus ávidos lectores. Por la noche, Marat se escondía en los sótanos, graneros y almacenes de sus amigos, poniendo en peligro tanto su seguridad como la de ellos.

La falta de domicilio fijo, unida a la angustia causada por los esfuerzos conjuntos de la policía, la Guardia Nacional y la Asamblea Nacional por capturarlo, no contribuían precisamente a su frágil estado mental y físico. Su piel, que había mejorado durante la estancia en Inglaterra, sufrió una nueva y dolorosa erupción de rojeces y comezones. Marcus le prescribió enjuagues con vinagre para calmar la inflamación y prevenir infecciones. Escocía como un diablo, pero hasta tal punto aliviaba a Marat que empezó a envolverse la cabeza en una tela impregnada de vinagre. El fuerte olor anunciaba su presencia mucho antes de su llegada. Veronique, que comenzó a llamarlo Le Vinaigrier, aireaba el cuarto trasero siempre que Marat dormía allí para evitar las sospechas de las autoridades.

Mientras Marat se escondía, Marcus pasó finales de mayo y junio cavando en el Campo de Marte y arrastrando carretillas de tierra hasta los límites de una gran plaza oval para que, llegado julio, París pudiera celebrar como debía el primer aniversario de la toma de la Bastilla. Marat era la única criatura que conocía que no participó en la obra, arguyendo un dolor de espalda y de manos debido a las numerosas horas que pasaba inclinado leyendo los artículos para el periódico y redactando interminables panfletos contra sus rivales políticos.

Con Marat cada vez más convencido de que se estaban urdiendo vastas conspiraciones para acabar con la revolución y Veronique ocupada en reclutar nuevos miembros para el Club de los Cordeliers de Danton, Marcus se encontró pasando cada vez más tiempo con Lafayette. En tanto que jefe de la Guardia Nacional y autor de un nuevo proyecto de Constitución para Francia, el marqués se hallaba completamente inmerso en los preparativos de la conmemoración de julio. Había ordenado a las tropas de todo el país que se reagrupasen en París —según una de las conspiraciones de Marat, con la intención de autoproclamarse rey— y ahora tenía que encontrar alojamiento, comida y diversión para los soldados. Al mismo tiempo, debía recibir a los visitantes que llegaban a la ciudad para unirse a las festividades. Hasta la familia real iba a asistir.

Dada la presencia del rey, la reina y el delfín, así como de cientos de miles de parisinos enfervorecidos, dignatarios extranjeros y soldados en armas, era comprensible que Lafayette se preocupase sobremanera por la seguridad. Su inquietud creció cuando Marat anunció su oposición al espectáculo previsto, haciendo que la animosidad latente entre los dos amigos de Marcus llegase al punto de ebullición.

—«Ciudadanos ciegos a quienes no llegan a conmover mis gritos de sufrimiento, seguid durmiendo al borde del abismo» —leyó en voz alta Lafayette en el periódico antes de soltar un gruñido—. ¿Marat tiene intención de provocar un altercado?

—Jean-Paul no cree que la gente esté escuchando sus llamadas a la igualdad —respondió Marcus, tratando de explicar la postura de su amigo.

—No cesa de publicar sus estridentes exhortaciones para dividir a la sociedad. No nos queda más remedio que escucharlo —se quejó Lafayette mientras arrojaba *L'ami du peuple* sobre su escritorio.

Estaban sentados en el gabinete privado de Lafayette, con las puertas del pequeño balcón abiertas al pesado aire de julio. La casa del marqués era lujosa, aunque no tan grande como el Hôtel de Clermont, pues este había elegido deliberadamente una residencia menos ostentosa que la de la mayoría de los aristócratas y la había decorado con sencilla elegancia neoclásica. Adrienne y él, junto con sus hijos Anastasie y Georges, se habían alegrado de abandonar Versalles para disfrutar de la vida familiar en la rue de Bourbon.

Un lacayo entró con una tarjeta en la mano.

—Monsieur Thomas Paine —anunció—. Está esperándolo en el salón.

—No hay necesidad de tanta ceremonia —respondió Lafayette—. Lo recibiremos aquí.

Marcus se levantó como un resorte.

—¿El célebre Thomas Paine?

—Me temo que no hay otro —dijo Lafayette, enderezándose el chaleco y la peluca mientras su criado iba a buscar al visitante americano.

Al cabo de lo que a Marcus le pareció una eternidad, regresó el lacayo. Lo acompañaba un hombre que tenía el aspecto de un párroco inglés de provincias, vestido de negro de la cabeza a los pies. Una sencilla corbata blanca era lo único que ofrecía un toque de contraste más allá de su cabello, gris como el acero. Paine tenía la nariz larga y prominente, con la punta ligeramente desviada a la derecha. La comisura izquierda de su boca estaba un poco caída, lo que le confería la extraña apariencia de alguien cuyo rostro hubiera sido modelado en arcilla blanda.

—Ah, señor Paine. Nos ha encontrado. Adrienne se entristecerá de no haberlo visto. En estos momentos se halla con su familia.

—Monsieur —dijo Paine con una reverencia.

—Pero tengo conmigo un consuelo, además de refrigerios —prosiguió Lafayette. En ese momento aparecieron varios criados más con un servicio de té y volvieron a esfumarse sin articular palabra—. Este es mi querido Doc, que me trató en Brandywine. Es un gran admirador de su trabajo y podría recitar de memoria *Sentido común* de la primera a la última página. Marcus de Clermont, te presento a mi amigo Thomas Paine.

—Señor. —Marcus, cortés, le devolvió la reverencia, pero estaba abrumado por la emoción, por lo que se acercó a Paine con la mano extendida—. Permítame expresarle mi agradecimiento por todo lo que ha hecho por llevar la libertad a Estados Unidos. Durante la guerra, sus palabras fueron para mí el mayor de los consuelos.

—No he hecho nada salvo arrojar luz sobre verdades de por sí evidentes —respondió Paine, tomando la mano de Marcus en la suya. Para sorpresa del joven, se la estrechó con total normalidad. Sin embargo, había imaginado que Paine era francmasón, como todos los demás—. ¿Marcus de Clermont dice? Creo que conoció usted al doctor Franklin.

—Marcus y el doctor Franklin pasaron numerosas horas felices experimentando juntos —dijo Lafayette, mientras acompañaba a Paine a una butaca—. Su muerte ha sido un duro golpe para todos los que creen en la libertad, especialmente para sus amigos, que habrían precisado de su consejo en estos tiempos tan conflictivos.

Marcus se había enterado del fallecimiento de Benjamin Franklin días después de llegar con Marat a Francia. Su amigo había muerto de pleuresía, pues la infección había provocado un acceso que le impedía respirar. Marcus nunca había dudado que viviría para siempre, de tan formidable como era su personalidad.

—Una pérdida irreparable, en verdad. Y, si estuviera aquí, ¿qué le preguntaría al doctor Franklin? —preguntó con amabilidad a Lafayette, aceptando con agradecimiento la taza de té que le ofrecía.

Este caviló sobre la cuestión, pues le costaba dar una respuesta, mientras manipulaba con torpeza la tetera y el colador. Personalmente prefería el café y no estaba demasiado familiarizado con los utensilios. Marcus, que había aprendido a manejarlos correctamente de su madre, rescató al marqués de un desastre seguro y se sirvió su propia taza de té.

—Al marqués le preocupa monsieur Marat —explicó Marcus mientras vertía la infusión—. A Jean-Paul no le gusta la hipocresía y considera que la celebración de la Bastilla es una frivolidad.

—¡Hipocresía! ¿Cómo se atreve? —exclamó Lafayette, dejando ruidosamente la taza en el platillo—. Se me puede acusar de muchas cosas, Doc, pero no de falta de devoción por la libertad.

—En tal caso no tienes nada que temer —terció Paine, antes de soplar el té para enfriarlo y poder darle un sorbo—. Tengo entendido que se opone a todo intento de reconciliación entre aquellos que apoyan sus tesis y los más moderados.

—Marat es una amenaza —sentenció Lafayette—. No me fío de él.

—Quizá ese sea el motivo por el que él no se fía de usted —respondió Paine.

En ese momento los interrumpió otro criado, que le murmuró algo a su señor al oído.

—Ha llegado madame de Clermont —anunció Lafayette con una sonrisa amplia—. Qué maravilla. No querrá té. Tráele vino, rápido. Madame vendrá agotada; el trayecto desde Auteuil es largo.

Marcus llevaba sin ver a su abuela desde su regreso de Londres y no sabía qué esperar del encuentro, dado el gran número de invitaciones que había rechazado para congraciarse con Veronique. Nervioso, se puso de pie en el momento en que Ysabeau de Clermont entró en la estancia, envuelta en lazos y volantes. Llevaba un vestido rosa a rayas blancas, adornado con ramilletes de nomeolvides. Lucía el cabello levemente empolvado, lo que hacía que resaltasen sus ojos verdes y el toque de rubor en sus mejillas. La inclinación de su sombrero de ala ancha resultaba decididamente pícara y de lo más favorecedora.

—¡Madame! —Lafayette fue al encuentro de Ysabeau, ante quien se inclinó antes de besarla en las mejillas con familiaridad—. Trae con usted los jardines de verano. Qué grata sorpresa tener la cultura aquí. Marcus y yo estábamos hablando con monsieur Paine sobre la fiesta. ¿Querrá unirse a nosotros?

—Mi querido marqués. —Ysabeau le dedicó una sonrisa radiante—. No he podido resistirme a hacerle una visita en cuanto Adrienne me ha dicho que estaba usted solo en casa. Vengo ahora mismo del Hôtel de Noailles. Cuánto han crecido los niños. Anastasie cada día se parece más a su madre. Y Georges... está hecho un pilluelo.

—Hola, *grand-mère*. —La voz de Marcus sonó tan extraña como se sentía él mismo. Trató de ocultar su nerviosismo tomándole la mano y besándosela. La había echado de menos más de lo que creía.

—Marcus. —El tono de Ysabeau era frío, como si una brisa recia hubiera atravesado el Sena. Por suerte, nadie más que él lo percibió. Luego se volvió a Paine—. Señor Paine, bienvenido otra vez a París. ¿Cómo está de su pierna? ¿Todavía se le hincha por las mañanas?

—Mucho mejor, madame —respondió este—. ¿Y cómo se encuentra nuestro querido *comte*?

—Ocupado con sus asuntos, como de costumbre. Como ya sabe, está muy interesado por los primeros pasos de nuestra joven América —dijo Ysabeau mirando de soslayo a Marcus.

—Dele las gracias de mi parte por enviarme una copia de la carta del señor Burke a monsieur Depont —le pidió Paine.

—Philippe estaba seguro de que le gustaría saber lo que se decía por los clubes de Londres.

Ysabeau se acomodó en una butaca de asiento profundo, cómo habían de ser las sillas para acoger los tontillos que las mujeres se colocaban a la cintura, por no hablar de toda la seda y el satén que las envolvía. Veronique podría haberse conformado con una silla de respaldo recto y un cojín, pero no Ysabeau.

—Ahora mismo estoy preparando mi respuesta a Burke, madame —dijo Paine, volviendo el tronco hacia ella—.Va a publicar la carta, por lo que deseo tener una respuesta lista. No hay motivo para que Francia no se convierta en una república al igual que América. ¿Le importaría si importuno al *comte* un poco más y visito su casa para discutirlo en persona? No hay hombre cuya opinión valore más.

Marcus saltaba con la mirada de uno al otro.

—Por supuesto, señor Paine. Las puertas del Hôtel de Clermont están abiertas a todas las personas con opiniones políticas serias. —Los ojos verdes de Ysabeau se clavaron en Paine como si fuera un cuervo gordo que se plantease cenar esa noche—. ¿Qué opinión le merece la celebración del marqués?

—La celebración no es mía, madame —protestó Lafayette—. Pertenece a la nación.

Ysabeau alzó la mano para interrumpir sus palabras.

—Eres demasiado modesto, Gilbert. Sin ti no habría nación. Seguiríamos viviendo en el reino de Francia y los campesinos seguirían pagando el diezmo a la Iglesia, ¿verdad, Marcus?

Este vaciló antes de asentir. Veronique y Marat no estarían de acuerdo, pero, después de todo, Lafayette había redactado la nueva Constitución.

—Creo que la gente necesita ver aquello en lo que se le pide que crea: la democracia, en el caso presente —dijo Paine—. ¿Qué daño puede haber en un desfile?

—¡En efecto! —exclamó Lafayette, asintiendo con entusiasmo—. No es un «espectáculo vano», como afirma monsieur Marat. Es una ceremonia de armonía, un ritual de fraternidad.

El reloj de la repisa de la chimenea dio las cuatro. Marcus se puso en pie de súbito, sorprendido por todo el tiempo que había pasado. Se le había hecho tarde.

—He de irme —anunció—. Estoy citado con unos amigos.

—Puedes llevarte mi carruaje —dijo Lafayette, haciendo sonar una campanilla que tenía al lado.

—La cita es al final de la calle, conque tardaré menos a pie. —Marcus se sentía extrañamente renuente a dejar a Thomas Paine y, por un momento, se planteó cambiar de planes, pero su lealtad se lo impidió—. Adiós, señor Paine.

—Espero que nuestros caminos vuelvan a cruzarse, monsieur de Clermont —se despidió este—. En la celebración del marqués, si no antes.

—Sería un placer, señor Paine. *Grand-mère* —dijo Marcus, haciéndole una reverencia a Ysabeau.

—No te comportes como un desconocido —repuso su abuela, las comisuras de su boca esbozando el remedo de una sonrisa.

Marcus se encaminó hacia la puerta lo más rápido que podía sin alarmar al señor Paine.

—¿Marcus? —lo llamó Ysabeau.

Este se dio la vuelta. Su abuela había recogido el gorro de lana que, con las prisas por marcharse, se había dejado en el asiento. Aquella suerte de capucha roja era un signo visible de la fidelidad de Marcus a los ideales de la revolución.

—No te olvides de tu gorro.

El café Procope estaba atestado de cuerpos sudorosos y calientes. Apenas había espacio para estar de pie y Marcus se sintió como un salmón nadando contra corriente al intentar abrirse paso desde la puerta hasta el rincón del fondo, donde sus amigos lo esperaban.

—¿Marcus? ¿Eres tú?

Fanny agitó la mano para saludarlo. Llevaba un sencillo vestido de seda blanco revolucionario. El cabello, sin empolvar, le caía sobre los hombros según la nueva moda adoptada por todas las damas elegantes y estaba coronado con una versión del distintivo gorro rojo que también llevaba Marcus, aunque el suyo había sido confeccionado por uno de los artesanos más caros de la ciudad.

—¡Fanny! —Después de haber evitado con éxito a su familia durante casi dos meses, ese día Marcus no parecía capaz de librarse de ellos—. Estás lejos de casa.

—Esto es el Barrio Latino, no África —repuso ella mientras caminaba rápidamente hacia Marcus en una serie de hábiles maniobras que incluían pisarle los pies a los presentes, propinarles codazos en las costillas y mirar a los hombres haciendo aletear las pestañas—. El tráfico en la ciudad está imposible, por supuesto, así que he dejado mi carruaje en el Pont Neuf y he venido andando el resto del camino. ¿Qué te trae por aquí?

—Yo vivo aquí —respondió Marcus, buscando con la mirada a Veronique.

—¿Con Danton y su banda de asesinos y ladrones? —Negó con la cabeza—. Charles me dijo que Veronique y tú vivíais hacinados en una buhardilla minúscula con otras seis criaturas. Me pareció espeluznante. Deberías volver a mi casa. Es mucho más cómoda.

—Veronique y yo nos hemos ido de la buhardilla. —Marcus dejó de buscarla con la vista y trató de aguzar el oído y el olfato—. Ahora vivimos en un apartamento en una segunda planta. Estamos más cerca de la Sorbona.

—¿Quién es tu sastre últimamente? —preguntó Fanny, mirándolo de arriba abajo—. A juzgar por el corte de tu casaca, se diría que frecuentas el salón de Lafayette, no el Club de los Cordeliers. Salvo por el gorro, claro.

Marcus entrecerró los ojos ante la mención del marqués.

—¿Qué es lo que tramáis Ysabeau y tú, Fanny?

—¿Ysabeau? —Fanny se encogió de hombros—. Pasas demasiado tiempo con Marat: ahora crees que hay conspiradores tras cada puerta. Sabes perfectamente que no nos llevamos bien.

Era cierto que su abuela y su tía solían lanzarse pullas durante las cenas familiares, pero Marcus no podía evitar sentir que lo estaban manipulando.

—*Liberté! Égalité! Fraternité!*

El lema del Club de los Cordeliers retumbó en la sala. Había partido del rincón del fondo, donde Marcus había acordado encontrarse con Marat.

La muchedumbre se apartó y de entre ella surgió Jean-Paul con un puñado de hojas de papel en la mano y el borde flexible del gorro frigio cayéndole sobre un ojo. Lo seguía Georges Danton, listo para acompañar al daimón a la madriguera subterránea que pensase ocupar esa noche. Veronique iba con ellos.

—¡Marcus! —Tenía las mejillas encendidas. Llevaba el vestido revolucionario auténtico que había inspirado la versión elegante de Fanny—. Hace horas que te esperamos.

—Me he retrasado —se disculpó Marcus mientras se acercaba a darle un beso.

Veronique olfateó su casaca.

—Has estado con Ysabeau —dijo—. Me prometiste que...

—Ysabeau ha ido a visitar a Lafayette —replicó él, interrumpiéndola para asegurarle que no había faltado a su palabra—. No tenía ni idea de que estaría allí.

—¡Lafayette! ¿Ves? Ya decía yo que no podíamos confiar en él —le murmuró Marat a Danton—. Es un De Clermont y, como todos los aristócratas, preferiría rajarle el vientre a tu mujer y arrancarle el corazón a tu hijo antes que renunciar a ninguno de sus privilegios.

—Sabes que eso no es verdad, Jean-Paul. —Marcus no se podía creer lo que estaba diciendo su amigo.

—Vámonos —murmuró Fanny, tirándole de la manga—. No tiene sentido discutir con él.

A su alrededor se había apiñado un grupo de espectadores, mal vestidos y con alguna copa de más. La mayoría estaban sucios y llevaban un trapo anudado alrededor del cuello para absorber el sudor y la mugre, como si hubieran venido directamente de hacer algún trabajo menor en las obras del Campo de Marte.

—Despierta, Marcus —le exhortó Marat con tono desagradable—. Esa gente no es tu verdadera familia. Lafayette no es tu amigo. Solo quieren usarte para sus propios fines, para hacer avanzar sus planes. Eres una marioneta de los De Clermont: te mueves cada vez que uno de ellos tira de los hilos.

Marcus miró en silencio a Veronique, esperando que lo defendiera, pero esta no salió en su rescate, como sí hizo Fanny.

—Eres muy valiente, Marat, siempre que estés escondido en las alcantarillas, detrás de tu periódico o rodeado de tus amigos —dijo con calma, enlazando su brazo con el de Marcus—. Pero me apuesto algo a que, cuando estás solo, te cagas de miedo en cuanto un escarabajo se tira un pedo.

Se elevaron carcajadas entre el público. Pero Marat no se rio. Veronique tampoco.

—Sois todos unos traidores —siseó Marat con los ojos desorbitados. En ese momento se mostraba como el daimón que era y los humanos comenzaron a apartarse como si advirtiesen en él algo extraño—. Pronto os veréis obligados a huir como ratas.

—Es posible, Jean-Paul. —Fanny se encogió de hombros—. Pero, al igual que las ratas, Marcus y yo seguiremos vivos mucho después de que tú no seas más que polvo y huesos. Recuérdalo antes de volver a insultar a mi familia.

Semanas después de la discusión en el café Procope, Marcus volvía a casa de la gran ceremonia de aniversario del marqués de Lafayette cubierto de barro y con la ropa completamente calada. Había caído un diluvio de proporciones bíblicas sobre el desfile, sobre los ejercicios militares, sobre la familia real y sobre los parisinos reunidos en el Campo de Marte.

A pesar del mal tiempo, había constituido todo un triunfo. Nadie había muerto por una bala perdida. El rey se había comportado y, lo que era más importante, la reina María Antonieta, conocida por no morderse la lengua, había desempeñado su papel a la perfección, llevando al delfín y prometiendo honrar los ideales de la revolución. Todo París la había vitoreado, aunque los únicos asistentes que habían podido oír todo lo que se decía eran los vampiros como Marcus.

Casi todos los parisinos estaban de acuerdo en que la fiesta de Lafayette había convencido a la nación de que lo peor había quedado atrás y se estaba avanzando. Por desgracia para Marcus, Veronique y Marat no se contaban entre ellos. Se habían negado a asistir al acontecimiento.

—Estoy en huelga —declaró Veronique. Aquellas palabras sembraban el terror en el corazón de todo parisino, pues sugerían una interrupción en las rutinas normales que podría prolongarse indefinidamente.

—¡Fuera de aquí! Tengo un periódico que imprimir —vociferó Marat cuando Marcus fue a convencerlo de salir a celebrar una revolución que él había contribuido a poner en marcha—. Eres como un crío que ha crecido demasiado rápido, Marcus, un chiquillo entretenido con sus juguetes en lugar de hacer algo útil con su tiempo. Todo estará perdido para nosotros si dejamos al cargo a las criaturas como tú. Déjame en paz.

Marcus había decidido no insistirle; de nada servía cuando Jean-Paul estaba de ese talante. Así que se fue solo a la celebración y disfrutó al escuchar a hurtadillas una conversación entre Paine y el rey sobre lo que constituía la libertad y lo que, por el contrario, era un signo de anarquía.

Cuando Marcus abrió con dificultad la puerta de su apartamento, ya que uno de los lados estaba seco y agrietado, mientras que el otro estaba hinchado por la humedad debido a la gotera de un balcón, se encontró a Veronique esperándolo.

También lo esperaba su abuelo.

—Philippe —dijo, al tiempo que se quedaba petrificado en el umbral.

La presencia del patriarca de los De Clermont en su pequeño apartamento no hizo sino subrayar su desaliño e incomodidad. Su estatura hacía que sobresaliese por encima de la mayoría y se diría que ocupaba más espacio en el cuarto del que cualquier persona debería. En ese momento, se hallaba sentado en el borde de un taburete bajo, con las piernas estiradas cruzadas por los tobillos. En lugar de su habitual atuendo elegante, llevaba ropa de lino marrón y, de no haber sido por su tamaño, podría haberse confundido con un *sans-culotte*. Con las manos entrelazadas tras la nuca, contemplaba las llamas que ardían en la chimenea como si esperase la aparición de un oráculo.

Veronique se plantó delante de la ventana y comenzó a morderse las uñas, colérica, antes de darse la vuelta y encarar a Marcus.

—¿Dónde has estado?

—En el Campo de Marte. —Era obvio—. ¿Le ha pasado algo a Ysabeau? —No se le ocurría otro motivo por el que Philippe fuera a presentarse allí solo y sin avisar.

—Tienes que elegir, Marcus. —Veronique se puso en jarras, con actitud desafiante—. O ellos o yo.

—¿Podemos discutirlo más tarde? —Marcus estaba cansado y empapado, y quería comer algo—. Dime qué quieres, Philippe, y luego vete. Estás poniendo nerviosa a Veronique.

—Madame Veronique lo ha resumido a la perfección, creo. —Philippe apoyó las manos en el regazo antes de sacarse un fajo de papeles del bolsillo—. Tu amigo Marat está incumpliendo el acuerdo al fomentar la rebelión entre el pueblo de París. Eso sería motivo suficiente de preocupación. Ahora, sin embargo, tiene previsto imprimir una llamada al asesinato de cientos de aristócratas para purgar la nación de posibles traidores. Planea fijar carteles en cada muro y en cada puerta de la ciudad.

Marcus le arrancó de las manos los papeles. Recorrió con la mirada las páginas, cubiertas por la inconfundible letra garrapateada de Marat, tachonada de correcciones y modificaciones entre líneas y en los márgenes.

—¿De dónde has sacado esto? —le preguntó estupefacto a Philippe.

—Y te haces llamar defensor de la libertad... —respondió Philippe con calma—. Acabas de leer el texto en el que Marat exige que decapitemos a *quinientos o seiscientos* aristócratas en nombre de la paz y de la felicidad, y lo único que se te ocurre es preguntarme de dónde lo he sacado. Al menos no me has insultado insinuando que es una falsificación.

Marcus, al igual que Philippe y Veronique, sabía que era auténtico.

—Marat quiere ejecutar a tu amigo Lafayette, un hombre de honor, que ha luchado y ha derramado su sangre por la libertad de tu país natal. Ejecutaría al rey y al delfín, a pesar de que no es más que un niño. Nos mataría a mí y a tu abuela y a Fanny. —Philippe hizo una pausa para que Marcus digiriese sus palabras antes de continuar—: ¿Es que no tienes lealtad ni orgullo? ¿Cómo puedes defender a una persona así? ¿Cómo podéis defenderla?

—Usted no es mi padre y no le debo lealtad alguna, sieur. —Veronique empleó el antiguo vocablo con que se distinguía a los cabezas de familia vampírica. Que hiciera uso de tal cortesía indicaba hasta qué punto la situación era grave... y potencialmente mortal—. No tiene ningún derecho a venir a mi casa e interrogarme.

—Ah, pero es que sí que lo tengo, madame. —Philippe le dirigió una sonrisa agradable—. No olvide que soy la Congregación. Tengo todo el derecho del mundo a interrogarla si considero que representa un peligro para los nuestros.

—Querrá decir que es *uno* de los representantes de la Congregación —replicó Veronique, aunque su voz sonaba insegura.

—Por supuesto —respondió Philippe con una sonrisa que hizo brillar sus dientes blancos a la luz vespertina—. Me habré equivocado.

Pero Philippe de Clermont no cometía errores. Era una de las cosas en las que Fanny más le había insistido a Marcus cuando era más joven y aún debía aprender a conocer a la familia y su funcionamiento.

—Creo que ya estás listo para ir a la universidad en Edimburgo, Marcus. La sed de sangre que podrían provocarte las lecciones de anatomía no puede ser peor que la que demuestran las compañías que frecuentas en París. Matthew está en Londres y te espera. —Philippe le tendió una llave bellamente tallada, que Marcus miró con desconfianza—. Esta es la llave de tu casa. Está cerca del palacio de Saint James, extramuros, donde el aire está menos contaminado y puedes disfrutar de mayor privacidad que aquí. Hay un parque cercano en el que cazar —prosiguió, sin dejar de tenderle la llave—. La señora Graham y su marido tienen una casa en las proximidades. Ella no se encuentra bien, por lo que podrás brindarle consuelo a William cuando fallezca. Una vez que se reanuden las clases, viajarás al norte, a Escocia. Allí me serás de utilidad.

Marcus seguía sin coger la llave. Estaba seguro de que habría de pagar por aquel regalo con mucho más que hacerle compañía a William durante las horas postreras de Catharine.

Philippe lanzó la llave al aire, la atrapó de nuevo y la dejó en la esquina de una caja cercana, que servía de silla o de mesa según exigiera la ocasión.

—Confío en que eres lo bastante mayor como para llegar a Londres por tus medios. Llévate contigo a Fanny y asegúrate de mantenerla alejada de París. La ciudad ya no es segura. —Philippe se puso en pie, rozando con el cabello el techo bajo—. No te olvides de escribir a tu abuela. Se preocupará si no recibe noticias tuyas. Gracias por su hospitalidad, madame Veronique.

Una vez expuestos los términos de la capitulación de Marcus, Philippe se esfumó en una nube marrón y dorada.

—¿Tú sabías de esto, Veronique? —preguntó Marcus, mostrándole los papeles. El silencio de su amante fue de lo más elocuente—. ¡Jean-Paul va a provocar una masacre! —exclamó. Esa no era la idea que Marcus tenía de la libertad.

—Son enemigos de la revolución —respondió la vampira. En su voz inexpresiva y su mirada enfebrecida había un punto de fanatismo.

—¿Cómo puedes decir algo así? Ni siquiera sabes a quién quiere matar.

—Qué más da —replicó ella resuelta—. Son aristócratas. Tanto vale uno como otro.

—Lafayette tenía razón —se lamentó Marcus—. Marat solo quiere causar problemas. Nunca habrá suficiente igualdad para él. Su revolución no puede triunfar.

—*Marat* sí que tenía razón —replicó Veronique con furia—. Eres un traidor, igual que los demás. No puedo creer que te dejase poseerme y que confiara en ti.

Algo oscuro y terrible se había desencadenado en el interior de la mujer de tanto hablar de muerte y revolución. Marcus debía alejarla también de París.

—Recoge tus cosas —le dijo al tiempo que arrojaba a la lumbre el escrito de Marat—. Te vienes a Londres conmigo y con Fanny.

—¡No! —gritó Veronique, abalanzándose sobre las llamas para rescatar las páginas con las manos desnudas.

Las sacó combadas y ennegrecidas, aunque no habían quedado completamente destruidas. Sus manos, en cambio —sus bellos dedos, esbeltos y ágiles; sus suaves palmas— eran una masa achicharrada y cubierta de ampollas. Marcus se acercó a ella, horrorizado.

—Déjame ver —le dijo, extendiendo las manos para tomar las suyas.

—No. —Veronique las apartó de golpe—. Lo diga donde lo diga, ya sea en mi cama, en mi taberna, en mi casa o en mi ciudad, esa es mi última palabra y has de respetarla, Marcus.

—Veronique, por favor. —Marcus le tendió la mano.

—A mí nadie me dice qué hacer, ni tú, ni tu abuelo ni ningún hombre. —Veronique temblaba, consumida por la agitación y la cólera. Marcus veía que sus manos comenzaban a sanar conforme el poder de su sangre reparaba los daños causados por el fuego—. Vete, Marcus. Márchate.

—No me iré sin ti —respondió él. No podía dejarla allí, donde Marat la tendría a su alcance para seguir embaucándola—. Nos pertenecemos el uno al otro, Veronique.

—Has elegido a los De Clermont —concluyó ella con amargura—. Ahora le perteneces a Philippe.

28

Cuarenta y cinco

26 DE JUNIO

Una mujer rolliza de cincuenta y tantos años caminaba por el paseo junto al Sena. Llevaba calzado resistente, un jersey amplio y un pañuelo de colores fuertes atado al cuello. De su hombro colgaba un bolso pesado. A cada pocos pasos, extraía una hoja de papel y la alejaba todo cuanto le daba el brazo para descifrar las palabras; a continuación contemplaba los monumentos cercanos y avanzaba algunos pasos más.

—Necesita gafas —observó Phoebe.

—Lo importante no es que ella te vea *a ti* —replicó Jason—, sino que tú la veas *a ella*.

—¿Cómo se me iba a pasar con ese pañuelo?

El lento crepúsculo de junio ofrecía iluminación suficiente para que los sentidos vampíricos de Phoebe captaran cada detalle del atuendo de la mujer: los pendientes largos de plata con turquesas, el reloj extragrande, las mallas negras y la camisa de un blanco inmaculado.

—Recuerda que el pañuelo formaba parte del acuerdo —añadió Jason, tratando de mostrarse paciente.

Phoebe se mordió el labio. El acuerdo había tardado más de una semana en materializarse. Freyja había realizado las entrevistas en el salón y media docena de mujeres blancas de mediana edad habían atravesado la casa en tropel, admirando la decoración y preguntando por los jardines.

Al final, Freyja había seleccionado a la que hizo menos preguntas y menos interesada parecía por la casa. La curiosidad, señaló la vampira, no era una cualidad que afectase al alimento de forma sustancial.

—Toma nota de sus hábitos —le aconsejó Jason—. ¿A qué velocidad camina la mujer? ¿Habla por teléfono? ¿Está distraída con un mapa o una lista de la compra? ¿Lleva bolsas y, por lo tanto, es un objetivo fácil? ¿Está fumando?

—¿Los fumadores saben mal? —le preguntó Phoebe.

—No tienen por qué; depende de tu paladar. Pero los fumadores a menudo buscan fuego o están dispuestos a compartirlo contigo. Lleva siempre cigarrillos —le recomendó—. Hace que resulte perfectamente aceptable acercarse a completos desconocidos.

Phoebe los añadió a la lista mental de todas las cosas que debía llevar encima: toallitas húmedas, dinero para chantajes, una lista de los hospitales cercanos; y todas las cosas que no debía: tarjetas de crédito, teléfono móvil o cualquier tipo de identificación.

Durante unos minutos, Phoebe y Jason observaron a la mujer en silencio. Cada vez que miraba sus notas y luego entrecerraba los ojos para orientarse, se tropezaba con alguien o trastabillaba con una piedra desigual. En una ocasión hizo las dos cosas a la vez y estuvo a punto de acabar en el río.

—Es terriblemente torpe —señaló Phoebe.

—Lo sé. De verdad que Freyja sabe cómo escogerlas —respondió Jason, complacido—. Pero recuerda, puede que la mujer sepa que vas a cazarla, pero no sabe ni dónde ni cómo ni cuándo atacarás. Margot estará sorprendida y asustada; lo oirás en los latidos de su corazón y lo olerás en su sangre. La respuesta de lucha o huida se activa en cualquier caso. Es instintiva.

La mujer volvió a detenerse, en apariencia para contemplar la luz que se iba apagando sobre el agua y las piedras.

—Vale, este es el momento —dijo Jason, dándole un leve codazo a Phoebe—. La tendremos justo delante dentro de sesenta segundos. Baja y ve a por ella.

Phoebe se quedó pegada al muro de piedra, que les ofrecía un asiento improvisado.

—Phoebe... —Jason suspiró—. Es hora de que empieces a alimentarte sola. Estás lista, te lo prometo. Y esa mujer sabe muy bien lo que hace. Freyja ya se ha alimentado de ella y su currículo es realmente impresionante.

La mujer —que se llamaba Margot y era aries, recordó Phoebe— había alimentado a la mitad de los vampiros de París, a tenor de las referencias que había proporcionado durante la entrevista. Su aspecto modesto disimulaba el hecho de que vivía en un espléndido apartamento en el distrito 5 y poseía numerosas inversiones inmobiliarias por toda la ciudad.

—¿Puedes hacerlo tú? —preguntó Phoebe—. Me gustaría verte para asegurarme de que tengo todos los movimientos controlados en mi cabeza.

Había descubierto que la única forma de abordar la alimentación a partir de un humano era planteándola como si se tratase de un tipo de ballet. Había pasos específicos, posiciones de los pies, expresiones faciales e incluso consideraciones en cuanto al atuendo.

—No. Ya me has visto cazar a tres humanos —respondió Jason.

Los dos se habían aventurado al exterior varias veces juntos desde la noche desastrosa en que Phoebe había atacado a una turista. La primera vez, Miriam salió con ellos y se dedicó a vigilarla mientras Jason abatía a un corredor atractivo y en buena forma en los Jardines de Luxemburgo. Aquello había despertado su apetito, por no hablar de un sorprendente deseo de correr y perseguir algo. A una hora tan temprana de la mañana, las únicas criaturas disponibles salvo los corredores eran ardillas y pichones, pero Miriam dejó a Phoebe entretenerse con ellos hasta que salió el sol. Jason la retó a alimentarse de una ardilla, que resultó tan nauseabunda como había imaginado.

Como en aquella ocasión Phoebe no había avergonzado a su hacedora, le dieron permiso para salir sola con Jason. El alba y el crepúsculo se consideraban momentos seguros para ir de caza, ya que las sombras se alargaban, pero había poca probabilidad de que las brillantes luces de la noche parisina deslumbraran los ojos fotosensibles de Phoebe.

—Phoebe. —Esa vez, Jason la empujó.

Si Phoebe hubiera seguido siendo un ser de sangre caliente, habría rodado más de cuatro metros por el sendero a sus pies. Como era una vampira, simplemente se molestó y le devolvió el empujón.

—Margot va a pasar de largo —la urgió Jason.

—Tal vez espere y la muerda por detrás —mintió Phoebe.

—No, eso no es seguro, no siendo tan joven. Si echase a correr y salieras tras ella, cosa que no podrías resistirte a hacer, los humanos lo notarían. —Jason vio a Margot desaparecer tras un recodo del río—. Maldita sea.

—Freyja va a enfadarse, ¿verdad? —Phoebe no quería decepcionar a la tía de Marcus..., ni a Miriam, pero no se sentía lista para alimentarse de una *persona*—. Lo siento, Jason. Es que no tengo apetito.

En realidad, se moría de hambre. Necesitaba compartir tiempo de calidad con Perséfone y una botella de borgoña.

Un grupo de mujeres se adentró por el sendero, cogidas del brazo. Reían y era evidente que aquella tarde habían salido a pasárselo bien, a juzgar por sus pasos alegres y el número de bolsas que acarreaban.

Phoebe olfateó el aire.

—No, Phoebe —la reprendió Jason—. Esas mujeres no son apropiadas. Para empezar, no se les ha pagado. No puedes coger y...

—¿Phoebe? —Stella se quedó mirándola con asombro.

—¡Stella! —Phoebe se quitó las gafas oscuras y parpadeó en la penumbra como si fuera mediodía y brillase el sol. Se bajó de un salto para saludar a su hermana, pero Jason la detuvo.

—Demasiado rápido. Demasiado pronto —susurró.

Freyja le había advertido día sí y día no que debía refrenarse. Pero se trataba de su hermana y Phoebe llevaba casi dos meses sin verla ni hablar con ella.

—Casi no te había reconocido. —Stella dio un paso atrás cuando Phoebe se le acercó—. Te veo...

—¡Fantástica! —exclamó una de las amigas de Stella—. ¿Esa chaqueta es de Seraphin?

Phoebe bajó la vista a la prenda de cuero que había tomado prestada de Freyja y se encogió de hombros.

—No lo sé. Es de una amiga.

—Tu voz... —Stella recordó que no estaban solas y se cortó.

—¿Cómo están mamá y papá? —Phoebe ardía en deseos de recibir noticias de su familia. Echaba de menos las cenas informales de los fines de semana y el intercambio de anécdotas sobre todo lo sucedido durante los últimos siete días.

—Papá lleva un tiempo cansado y mamá está preocupada porque no duerme. Pero ¿cómo va a estar desde que..., ya sabes? —La voz de Stella se perdió.

—¿Quién es tu amigo? —preguntó una de las mujeres, lanzándole una mirada seductora a Jason, que se encontraba a varios metros de distancia.

—Ah, es mi hermanastro. Jason. —Phoebe lo llamó con un gesto y este se acercó al grupo con una sonrisa afable.

—No nos habías dicho que tenías un hermano —le murmuró la otra mujer a Stella—, y menos aún uno así.

—No es..., es más bien un amigo íntimo de la familia —respondió Stella con voz alegre antes de fulminar a Phoebe con los ojos.

Normalmente, aquella mirada indignada y acusatoria habría hecho que se apresurase a disculparse y reparar el daño. Phoebe era la niña buena de la familia, la que indefectiblemente cedía, concedía y retrocedía para conservar la paz.

Sin embargo, ahora era una vampira y los sentimientos de su hermana le preocupaban menos que antes de que la sangre de Miriam entrara en sus venas. Frunció los labios y enarcó las cejas. Le devolvió la mirada a Stella con el mismo grado de indignación, aunque reemplazando la acusación por el desdén.

«No es mi problema», le dijo sin palabras.

A juzgar por su expresión atónita, Stella captó el mensaje. Y no era que Phoebe la estuviera retando, pero su hermana, poco acostumbrada a rendirse con tanta facilidad, contraatacó.

—¿Qué ha pasado con Marcus? —le preguntó—. ¿Sabe que andas por ahí con otro hombre?

Phoebe reaccionó como si la hubiera mordido una serpiente venenosa. Dio un paso atrás, horrorizada por la insinuación de infidelidad.

—Vámonos, Phoebe. —Jason la agarró del brazo.

—Ah, ya veo. —Stella la miró con aire triunfante—. ¿No podías soportar la separación, así que te propusiste echar una canita al aire?

Las amigas de Stella rieron con algo de nerviosismo.

—Llama a papá y mamá cada pocos días, ¿sabes? —añadió—. Pregunta por ellos y por ti. Hasta por mí. Le haré saber que estás estupendamente..., sin él.

—Ni se te ocurra. —Phoebe se encontraba a pocos centímetros de Stella, pero no recordaba cómo había llegado hasta allí. Aquello no estaba bien. Significaba que se había olvidado de moverse como un ser de sangre caliente.

—¿Qué vas a hacer? —preguntó Stella en voz baja—. ¿Morderme?

Phoebe quería hacerlo. También quería borrarle de la cara aquella expresión de superioridad y meterles el miedo en el cuerpo a sus amigas.

—No eres mi tipo —replicó Phoebe. Los ojos de Stella se abrieron como platos—. No me toques las narices, Stella —le advirtió, bajando la voz—. Como puedes ver, ya no soy la mosquita muerta de antes.

Phoebe le dio la espalda a su hermana. Le resultó liberador, como si se despidiera así de las costumbres del pasado en favor de un futuro nuevo y prometedor.

Al alejarse, los tacones altísimos de sus botas repiquetearon sobre la acera. Jason se puso a su altura y Phoebe aflojó el paso hasta lo que le pareció una velocidad de tortuga.

—Tranquila, Phoebe —le dijo.

Caminaron en silencio durante horas, hasta que la luna hubo salido del todo y las luces de París se encendieron por completo, obligándola a ponerse de nuevo las gafas de sol.

—La noche no ha ido demasiado bien, ¿verdad? —le preguntó a Jason.

—Se suponía que ibas a alimentarte de un humano vivo —respondió—. En cambio, te has peleado con tu hermana de sangre caliente delante de sus amigas. En conjunto, diría que ha sido moderadamente desastrosa.

—Miriam se va a poner hecha una furia.

—Sí —convino Jason.

Phoebe se mordió el labio, preocupada.

—Y yo sigo con hambre.

—Deberías haberte alimentado de Margot cuando tuviste la oportunidad.

En ese momento pasó una mujer blanca de mediana edad, escribiendo mensajes a toda velocidad en el teléfono. Se detuvo e introdujo la mano en el bolso.

—¿Tenéis fuego? —preguntó, casi sin apartar la vista de la pantalla.

—Claro —respondió Jason, tendiéndole a Phoebe su mechero con una sonrisa.

29

Su parte de libertad

1 DE JULIO

La crisis comenzó a desencadenarse pocos días después de la fiesta de cumpleaños de Matthew. Como suele suceder en estos casos, no reparé en las señales de advertencia. Hasta el 1 de julio no me di cuenta de que tenía un problema.

El día comenzó bastante bien.

—¡Buenos días, equipo! —le dije con alegría a Matthew una vez hube terminado de ducharme y vestirme. Me puse las zapatillas—. ¡Hora de levantarse!

Matthew frunció el ceño y tiró de mí para meterme de nuevo en la cama.

Nuestro último proyecto familiar —lidiar con dos nacidos iluminados que se adentraban en los terribles dos un poco antes de lo previsto, el uno con un grifo y la otra con cierto gusto por los mordiscos— había resultado ser mucho más difícil que encontrar el Ashmole 782 y sus páginas misteriosas o enfrentarnos a la Congregación y a sus viejos prejuicios. Los dos estábamos completamente exhaustos.

Tras un energizante revolcón bajo el dosel, Matthew y yo fuimos al cuarto de los gemelos para despertarlos. Aunque el sol apenas había salido, el resto del equipo Bishop-Clairmont estaba despierto y listo para la acción.

—Hambre. —A Becca le temblaba el labio inferior.

—Duerme. —Philip señaló a Apolo—. Shhh.

El grifo había abandonado su lugar junto a la chimenea y, de alguna manera, había conseguido subirse a la cuna de Philip. Su peso hacía que esta se inclinara de forma alarmante y su larga cola caía por un lado. La cuna se mecía con suavidad al ritmo de sus ronquidos.

—Creo que deberíamos plantearnos pasar de la cuna a la cama —dijo Matthew al tiempo que sacaba a Philip de debajo de su manta y las alas del grifo.

Apolo abrió un ojo. Se estiró y a continuación saltó en el aire. Cuando ya creía que iba a caer al suelo con un golpe sordo, abrió las alas y descendió suavemente. Se picoteó las plumas del pecho y sacudió las alas para recomponerse. Luego se pasó la lengua por los ojos y la boca como para desperezarse.

—Ay, Apolo —dije, incapaz de reprimir una carcajada ante el equivalente en versión grifo de la rutina mañanera de los mellizos: atusarse el pelo, estirar el pijama y lavarse la cara.

El animal emitió un sonido quejoso y se encaminó a saltitos hacia las escaleras. Estaba listo para el segundo acto: el desayuno.

Becca charlaba amigablemente con su cuchara mientras se metía los arándanos en la boca con los dedos cuando Philip empezó a alborotar.

—No. Abajo. —Se agitaba y se revolvía en la trona mientras Matthew trataba de abrocharle el arnés.

—Si te estuvieras quieto mientras comes, no haría falta atarte a la silla —se quejó Matthew.

Al pronunciar esas palabras, algo despertó en mi interior.

Había permanecido bien escondido, agazapado en una parte oscura de mi alma a la que había decidido no prestar atención.

El cuenco de cerámica que contenía los cereales con frutas de mi desayuno se me cayó de las manos. Se hizo añicos al estrellarse contra el duro suelo de baldosas y estos salieron volando junto con los frutos rojos.

Una silla. Pequeña. Rosa. Con un corazón violeta pintado en el respaldo.

—¿Diana? —El rostro de Matthew se contrajo por la preocupación.

Marthe entró en la cocina, alerta como siempre a cualquier cambio en el hogar. Localizó a Becca, sentada en su trona con la cuchara en alto y los ojos como platos. Philip dejó de enredar y se quedó mirándome.

—Oh, oh —dijo el niño.

Un estremecimiento me ascendió por los brazos. Mis hombros temblaban.

Algo pasó en esa silla. Algo que no me gustó. Algo que quería olvidar.

—Siéntate, *mon cœur* —susurró Matthew con dulzura, posando sus manos en mi espalda.

—No me toques —espeté, revolviéndome para zafarme como había hecho Philip.

Matthew dio un paso atrás con las manos alzadas en un ademán de rendición.

—Marthe, ve a buscar a Sarah —ordenó, sin apartar la vista de mí.

Fernando apareció en la puerta de la cocina en el instante en que la mujer se alejaba.

—Pasa algo —dije, mientras los ojos se me anegaban—. Lo siento, Matthew. No era mi intención...

No era mi intención volar.

—La casa del árbol —musité—. Fue después de que papá construyera aquella casa en un árbol del jardín trasero.

Me puse en pie sobre la plataforma que se extendía entre las ramas sólidas. Era otoño y las hojas tenían el color del fuego y estaban cubiertas por una capa de escarcha. Estiré los brazos, sintiendo el tacto del aire a mi alrededor, susurrante. Sabía que no debía estar allí arriba sin un adulto. Me lo habían repetido una y otra vez.

—¿Qué ha pasado? —le preguntó Fernando a Matthew.

—No lo sé. Algo se lo ha provocado —respondió este.

Mis brazos se elevaron.

—Ay, mierda. —Sarah acababa de llegar, envolviéndose en su quimono—. Me pareció haber olido poder.

No me mientas, Diana. Puedo oler cuando haces magia.

—¿A qué huele? —me pregunté, entonces y ahora.

La estancia estaba llenándose de criaturas: Marcus y Agatha, Marthe y Sarah, Fernando y Jack. Becca y Philip. Apolo. Matthew. Todos me observaban.

No me importaba si mi madre podía oler mi magia o no. Quería jugar con el aire. Me lancé de cabeza. Algo tiró de mi brazo. El miedo se me agarró al vientre, me sujetó y me dio la vuelta.

—¡Fuera! —grité—. Dejadme sola. Dejad de mirarme.

Philip rompió a llorar, confuso por mi arrebato.

—No llores —le supliqué—. No llores, mi niño. No estoy enfadada. Mamá no está enfadada.

Becca se le sumó, llorando con su hermano en cuanto la sorpresa dio paso a algo más.

Miedo.

El pasado y el presente me inundaron en oleadas dolorosas y aterradoras. Lo único en lo que podía pensar era en escapar.

Me elevé en el aire y salí volando escaleras arriba y hasta lo más alto de la torre, desde donde me zambullí de cabeza en el aire susurrante.

Esa vez nadie trató de impedirme volar.

Esa vez no choqué contra el suelo.

Esa vez usé mi magia.

Esa vez, alcé el vuelo.

Cuando regresé de mi vuelo imprevisto, Matthew esperaba en las almenas. Aunque hacía un día claro y soleado, había encendido una lumbre y la había alimentado con leña verde para crear una columna de humo, como si quisiera asegurarse de que encontrase el camino de regreso. A medida que me acercaba, vi un grueso penacho gris que se alzaba por el cielo azul.

Incluso después de que mis pies se posaran sobre el suelo de madera, Matthew no se me acercó, su cuerpo tenso como un muelle por la angustia y la preocupación. Cuando me aproximé a él, lentamente al principio y luego a toda prisa, me envolvió entre aquellos brazos fuertes y delicados como las alas de un ángel.

Suspiré contra su pecho, mi cuerpo pegado al suyo. Exhausta, confusa y agotada emocionalmente, dejé que me estrechara unos instantes. Luego me aparté y lo miré a los ojos.

—Mis padres no me hechizaron una vez, Matthew —le dije—. Lo hicieron repetidamente, poco a poco, mes a mes. Empezaron con algo pequeño, minúsculas correas y pesos que me sujetaran, me impidieran volar, me impidieran prender fuegos. Para cuando Knox vino a casa, no les había quedado más remedio que atarme con tantos nudos que no pudiera escapar de ellos.

—Al tratar de atar a Philip a la silla, he despertado tus recuerdos. —Matthew parecía destrozado.

—Solo ha sido la última gota —expliqué—. Creo que las historias de Marcus sobre Philippe y la mano invisible que guiaba cada una de sus acciones rompieron los muros que había alzado ante esos recuerdos.

Abajo, sobre la hierba, los niños parloteaban mientras jugaban con Apolo. Un suave golpe en el agua indicó que Marcus pescaba en el foso. Las conversaciones quedas de los adultos brindaban una melodía de fondo callada y continua. Pero entre ellos había vampiros, viejos y jóvenes, y no deseaba que me oyeran.

—Los recuerdos no son lo peor. Es el miedo, y no solo mío, también de mis padres. Aunque sé que sucedió hace mucho, *siento* que estuviera pasando ahora mismo —confesé sin alzar la voz—. Tengo esta horrorosa sensación de que está a punto de suceder algo terrible. Es como si los ataques de ansiedad hubieran vuelto, pero peores.

—Así es como afloran los recuerdos traumáticos —dijo Matthew en voz igualmente baja.

—¿Traumáticos? —Aquella palabra evocaba imágenes de crueldad y violencia—. No, Matthew, no es eso. Yo quería a mis padres y ellos a mí. Intentaban protegerme.

—Por supuesto que querían ayudarte, protegerte y guiarte —admitió Matthew—. Pero cuando un niño descubre más tarde que sus padres ya habían elegido su camino en la vida por él, es imposible que no se sienta traicionado.

—Como Marcus. —Nunca habría creído que mis padres tuvieran nada en común con Philippe de Clermont. Habían sido tan distintos y, en esto, tan parecidos.

Matthew asintió.

—Esta tradición familiar se acaba aquí y ahora —afirmé con voz áspera—. No ataré a mis hijos. No me importa si Becca muerde a cada vampiro de Francia y Philip reúne un escuadrón de grifos. Se acabaron las ataduras. Baldwin tendrá que aguantarse.

La sonrisa que Matthew esbozó fue lenta pero amplia.

—¿Así que no vas a enfadarte conmigo cuando te diga que destruí todas las muestras de sangre y cabello de los niños sin hacerles los análisis? —me preguntó.

—¿Cuándo?

—Justo antes de Navidad. Cuando estábamos en Old Lodge. Pensé que el mejor regalo que podía hacerles a Rebecca y Philip era la incertidumbre.

Rodeé a mi marido con los brazos y lo estreché contra mí.

—Gracias —le susurré al oído.

Por primera vez en mi vida, estaba absolutamente encantada de no conocer todas las respuestas.

Más tarde ese mismo día, veía dormir a los niños sobre la alfombra de la biblioteca. Desde que había regresado de mi vuelo imprevisto, se habían mostrado muy apegados y no querían separarse de mí. Yo también quería estar cerca de ellos.

Observé cómo los hilos que los rodeaban titilaban y resplandecían con cada una de sus hondas inspiraciones. Los dos habían pasado meses juntos en mi vientre e incluso en ese momento había hilos que parecían unirlos. Me pregunté si siempre sería así con los gemelos y si habría algo lo bastante fuerte como para cortar esos lazos o si simplemente se aflojarían y se estirarían con el paso del tiempo.

Becca levantó el brazo por encima de la cabeza. Un mechón de hilos de plata tornasolada le brotaba del codo. Lo seguí con la vista: serpenteaba por los laterales de la cuna, se le enroscaba por la pierna y continuaba por el suelo hasta...

El dedo gordo de mi pie.

Agité el pie y el brazo de Becca se movió levemente antes de volver a relajarse.

Una mirada fría se posó sobre mí. Sintiéndome culpable por que Matthew me hubiera descubierto interfiriendo en la autonomía de nuestra hija, me giré.

Pero era Fernando quien me observaba, no mi marido. Me levanté y salí de la estancia, aunque dejé la puerta entornada para poder echar un vistazo a los gemelos.

—Fernando —dije, apartándolo de la puerta—. ¿Necesitas algo? ¿Jack está bien?

—Todos los demás están bien —me respondió—. ¿Y tú? Sé lo mucho que admiras a Philippe.

Una sombra verde recorrió el pasillo. Aun muerto, mi suegro no podía dejar las cosas estar.

—Sabía que Philippe me observaba en el pasado y que siguió haciéndolo hasta el día de su muerte. Nada de lo que ha dicho Marcus me ha sorprendido. Simplemente no lo había asociado con lo que hicieron mis padres.

—Creer que te manipulan y tener pruebas de ello son cosas muy distintas —señaló Fernando.

—Yo no lo llamaría «manipulación» exactamente. —Al igual que «trauma», «manipulación» sonaba demasiado negativo y malicioso.

—Hay que reconocer que a Philippe se le daba extremadamente bien —prosiguió Fernando—. Cuando lo conocí, pensé que debía de ser en parte brujo para poder predecir las acciones que llevarían a cabo los demás con tanta precisión. Ahora sé que simplemente juzgaba a la perfección la ética de las criaturas; y no me refiero solo a su sentido moral, sino a los hábitos de cuerpo y mente que dan forma a cada acción.

Incluso ahora, a pesar de que Philippe era un fantasma, podía sentir sus ojos sobre mí. Miré al otro lado del rellano.

Allí estaba, vestido con las túnicas oscuras de un príncipe medieval, cruzado de brazos y con una leve sonrisa en el rostro.

Observando.

—Sé que está aquí. Yo también puedo sentirlo. —Fernando volvió la cabeza hacia el rincón—. Puede que Ysabeau alejara a su espíritu con su necesidad de él, pero yo no. Me habría gustado que Philippe me aceptara, por supuesto, pero nunca lo necesité. Hugh siempre fue su favorito, ¿sabes? Eso nunca cambió, ni siquiera cuando se apareó con un hombre de piel demasiado oscura para parecer blanco, un hombre que no sería útil a la familia salvo como sirviente o esclavo. Jamás pude sentarme a la mesa junto a Hugh ni acompañarlo por los centros de poder en los que Philippe se sentía como en casa.

Cualquier daño que Philippe hubiera infligido a Fernando se había visto atemperado por la amargura con el paso de tantos siglos, por lo que su voz permanecía firme y serena.

—¿Sabes por qué Hugh era tan especial para su padre? —preguntó Fernando. Negué con la cabeza—. Porque Philippe no era capaz de desentrañarlo. Ninguno de nosotros lo era. Ni siquiera yo, a pesar de beber de la vena de su corazón. Había en él algo misterioso y puro que nada ni nadie podría tocar ni conocer. No obstante, uno lo sentía, siempre a la espera de su descubrimiento. Al no poseer esa parte secreta de Hugh, Philippe no pudo estar nunca seguro de él ni de lo que haría.

Pensé en la decisión de Matthew de no analizar el ADN de los gemelos en busca de marcadores genéticos de magia o rabia de sangre. La historia de Fernando me convenció aún más de que había hecho lo correcto.

—Tú me recuerdas a Hugh: tenéis la misma aura de guardar un secreto que aún no estáis dispuestos a compartir —reflexionó Fernando—. Creo que Philippe lo habría pasado mal tratando de lidiar contigo. Puede que ese sea el motivo por el que te convirtió en su hija.

—¿Me estás diciendo que Philippe me hizo su hija por juramento de sangre porque se aburría? —pregunté con una puntita de diversión.

—No; fue por el desafío. A Philippe le encantaban los desafíos y no había nadie a quien admirase más que a quien le plantaba cara —respondió Fernando—. Es el mismo motivo por el que le gustaba tanto Marcus, pese a que en menos que canta un gallo descubrió cómo enardecer al hijo de Matthew. Ya lo demostró en 1790, y después también.

—Nueva Orleans —dije, pensando en las revelaciones que aún estaban por llegar.

Fernando asintió.

—Pero esa historia solo puede contarla Marcus.

La habitación de Marcus en Les Revenants, como la mayoría de los dormitorios, se encontraba en una de las torres redondas. Como quería que toda la familia de Matthew se sintiera bienvenida y cómoda, había consultado a cada uno de sus miembros qué podía hacer para que el espacio le resultara confortable y lo sintiera como propio. Marcus no deseaba más que una cama con un montón de almohadas para leer en ella, una butaca junto a la ventana para ver pasar el mundo, alfombras gruesas para que reinara el silencio y un televisor. Ese día, la puerta estaba entreabierta, lo que interpreté como una señal de que admitía visitas.

Antes de poder llamar para pedir permiso, Marcus la abrió.

—Diana. —Marcus me invitó a entrar—. Imaginaba que vendrías.

Matthew e Ysabeau lo acompañaban.

—Estás ocupado —dije, retrocediendo ligeramente—. Volveré más tarde.

—Quédate —insistió—. Estábamos hablando de herejías y traiciones. Los temas alegres tan típicos de la familia De Clermont.

—Marcus nos estaba contando cómo se sintió cuando Philippe lo mandó lejos. —Ysabeau observaba a su nieto con atención.

—Nada de paños calientes, *grand-mère*. El abuelo me desterró. —Marcus tenía su ejemplar de *Sentido común* en la mano. Lo levantó—. Solo me llevé este libro, a Fanny y un saquito de cartas para Matthew. Y no se me pidió que volviera en medio siglo.

—Dejaste claro que no querías que interfiriéramos en tu vida —replicó Ysabeau con semblante impertérrito.

—Pero lo hicisteis. —Marcus caminaba junto a las paredes del cuarto como un animal enjaulado—. Philippe siguió dirigiendo mi vida. El abuelo se pasó la mayoría de los cien años siguientes vigilando mis pasos. Edimburgo, Londres, Filadelfia, Nueva York, Nueva Orleans. Daba igual dónde estuviera o lo que hiciera, siempre había algo que me recordaba que él seguía observándome. Juzgándome.

—No me percaté de que lo sabías —repuso Ysabeau.

—No imaginaríais que era tan tonto. No después de aquellos últimos días en París, cuando llegaste a casa de Gil, y nada menos que con Tom Paine. Luego Fanny apareció en el café Procope. Por último, Philippe se presentó en el piso de Veronique. Todo se notaba un poco orquestado.

—No fue el momento más sutil de Philippe —reconoció Ysabeau, con un brillo extraño en los ojos. Parecían velados por una película roja.

Ysabeau lloraba.

—Ya basta, Marcus —lo interrumpió Matthew, preocupado por el bienestar de su madre. Aún no se había recuperado completamente de la muerte de Philippe ni había dejado de lamentar su pérdida.

—¿En qué momento decidió esta familia que la verdad era inaceptable? —quiso saber Marcus.

—La sinceridad nunca ha formado parte de las normas de nuestra familia —convino Ysabeau—. Desde el principio hemos tenido mucho que ocultar.

—Que yo contrajera rabia de sangre no hizo que los De Clermont nos mostrásemos más abiertos —reconoció Matthew, admitiendo parte de la culpa—. A menudo pienso lo distintas que serían las cosas si yo no hubiera sucumbido a la enfermedad.

Sonaba melancólico.

—Para empezar, no habrías tenido a Becca y a Philip —repuso Marcus—. Debes dejar de lamentarte, Matthew, o les harás a tus hijos un daño que no serás capaz de reparar, como hiciste conmigo en Nueva Orleans.

Matthew lo miró con asombro.

—Lo sabía, Matthew —admitió Marcus con tristeza—. Sabía que Philippe te envió y que, si hubiera dependido de ti, habrías dejado que solucionara las cosas a mi manera. Sé que te ordenó matarnos a todos; Philippe no habría hecho una excepción conmigo, ni con nadie, no cuando nuestra existencia hacía que Ysabeau corriera peligro. Desobedeciste las órdenes del abuelo a pesar de que tenías a Juliette al lado, espoleándote para que hicieras lo correcto y acabases con mi vida.

Había querido saber qué había sucedido en Nueva Orleans y creía que sería difícil hacer que Marcus hablara sobre aquella época terrible. Pero parecía listo para rememorar lo sucedido.

—Philippe siempre se mostró más despiadado con aquellos a quienes quería que con aquellos a quienes tenía lástima —confesó Ysabeau. Algo en su semblante me dijo que lo sabía de primera mano.

—Mi padre no era perfecto, tienes razón —concedió Matthew—. Ni lo sabía ni lo veía todo. Para empezar, jamás imaginó que volverías a América. Philippe hizo todo lo posible para que Inglaterra te resultara atractiva: Edimburgo, la casa de Londres, William Graham. Pero había dos cosas que simplemente no podía controlar.

—¿Cuáles? —inquirió Marcus con curiosidad genuina.

—La impredecibilidad de las epidemias y tus dotes de sanador —respondió Matthew—. Philippe estaba tan ocupado tratando de mantenerte alejado de Veronique y del Terror en Francia que olvidó los lazos que tenías con Filadelfia. Tras el asesinato de Marat, dio aviso a todos los capitanes de barco para que bajo ninguna circunstancia te trasladasen al otro lado del canal. Si lo hubieran hecho, sus negocios se habrían visto arruinados.

—¿En serio? —Marcus parecía impresionado—. Bueno, siendo justos, solo un demente habría elegido ir a Filadelfia en 1793. La guillotina era menos terrorífica que la fiebre amarilla. Y más rápida.

—Yo nunca tuve dudas del camino que elegirías. —Matthew dirigió una mirada de afecto y orgullo a su hijo—. Cumpliste con tu deber como médico y ayudaste a los demás. Es lo que siempre has hecho.

***Morning Chronicle*, Londres**
24 de octubre de 1793
página 2

La ejecución tuvo lugar el miércoles 16.

[...]

El destino de la reina no suscitó pesar ni piedad alguna en el pueblo, que abarrotaba las calles por las que habría de pasar. A su llegada a la Place de la Révolution, la ayudaron a apearse del carruaje y subió al cadalso con aparente compostura. Se hallaba acompañada de un sacerdote, quien desempeñó el oficio de confesor. Portaba un vestido de alivio de luto y era evidente que no había prestado demasiada atención al ataviarse con él. Con las manos atadas a la espalda, miró a su alrededor sin miedo; una vez su cuerpo se hubo doblado junto a la máquina, la hoja descendió y separó limpiamente la cabeza. Al cabo, esta fue exhibida por el verdugo y se vio a tres mujeres mojar sus pañuelos en la sangre que brotaba de la difunta reina.

30

Deber

Octubre de 1793-diciembre de 1799

Marcus llevaba años viviendo en Inglaterra, por lo que se había acostumbrado a buscar en el periódico las noticias del extranjero. La primera plana siempre estaba dominada por anuncios, publicidad de tratamientos médicos, ofertas inmobiliarias y venta de billetes de lotería. Las noticias de América solían aparecer en la tercera página. El asesinato de Marat, que había tenido lugar en julio, no había merecido una mención hasta la página dos.

Aun así, le sorprendió encontrar la crónica del juicio y la ejecución de la reina María Antonieta relegada a la misma posición que Marat había ocupado en la segunda página, ambos convertidos en extraños compañeros a la hora de su muerte.

—Han ejecutado a la reina —le dijo Marcus a Fanny en voz baja. Sentarse a tomar un café y leer los periódicos era una de sus costumbres matutinas—. La han llamado vampiresa.

Fanny levantó la vista de su ejemplar de *The Lady's Magazine*.

—No literalmente —se apresuró a corregirse Marcus—: «María Antonieta, viuda de Luis Capeto, ha sido desde el momento de su llegada a Francia el azote y la chupasangre de los franceses».

—Conque «viuda de Capeto». —Fanny suspiró—. ¿Cómo ha podido terminar así Francia?

Cada noticia que llegaba de allí contaba una nueva y horripilante historia de muerte, terror y traición. Philippe e Ysabeau habían huido de París hacía meses, refugiándose en Sept-Tours, el *château* de la familia. Lo habían hecho para evitar la violencia cada vez mayor. Los jacobinos prometían enviar una guillotina montada en una carreta a cada regimiento del ejército para que pudieran ejecutar aristócratas a medida que se extendían por Francia.

«No te preocupes. La familia ha capeado tormentas peores entre estos muros —le había escrito Ysabeau en una de las últimas cartas que Marcus había recibido de su abuela—. Sin duda también sobreviviremos a esta».

Pero no eran solo sus abuelos quienes estaban en peligro. También lo estaban Lafayette y su familia. El marqués se encontraba prisionero en Austria; su esposa y sus hijos, bajo arresto domiciliario en el campo. Thomas Paine se hallaba de vuelta en París, enfrentándose a Robespierre y al resto de los radicales en la Convención Nacional.

Y luego estaba Veronique, de quien Marcus no había logrado averiguar nada.

—Deberíamos regresar —le dijo a Fanny, que se encontraba en el otro extremo de la amplia mesa de ébano que dominaba el comedor de Pickering Place.

—*Far* no quiere que regresemos —señaló ella.

—Necesito saber que Veronique está a salvo. Es como si hubiera desaparecido por completo.

—Así es como sobrevivimos los vampiros, Marcus. Aparecemos, desaparecemos, nos transformamos en algo distinto y luego reemergemos cual fénix de entre las cenizas de nuestras vidas pasadas.

John Russell entró en la estancia como una exhalación. Vestía una extraordinaria cuera que había adquirido de un comerciante en Canadá, adornada con cuentas de cristal y púas de puercoespín teñidas de vivos colores. La prenda cubría casi por completo sus largos pantalones de lino ceñidos en la pantorrilla, que lo identificaban como un hombre que había abandonado toda decencia y tradición.

—¿Te has enterado? Al final han matado a la muchacha austriaca aquella. Sabía que acabarían haciéndolo —dijo, blandiendo un periódico en la mano. Se detuvo un momento y miró a su alrededor—. Buenos días, Fanny.

—Siéntate, John, y toma un poco de café —lo invitó Fanny, haciendo un gesto hacia la superficie brillante de la mesa.

Desde que Marcus había dejado Edimburgo y había vuelto a Londres convertido en doctor, Fanny había asumido *de facto* el papel de señora de la casa de Pickering Place, donde celebraba fiestas y recibía a las visitas por las tardes.

—Te lo agradezco —respondió este antes de darle un beso amistoso en la mejilla al pasar y darle un tironcito de un mechón de pelo pajizo que había escapado del intrincado recogido de su cabeza.

—Galanteador... —le dijo ella, volviendo a su lectura.

—Descarada —le respondió John con cariño. Al mirar a Marcus reparó de inmediato en que algo no iba bien—. ¿Sigue sin haber noticias de Veronique?

—Ninguna.

Cada día, Marcus esperaba recibir carta. Cuando esta no llegaba, buscaba en el periódico alguna noticia de su muerte y se complacía al no encontrarla, a pesar de que el destino de una mujer como ella no sería digno de interés para nadie más que él.

—Veronique ha sobrevivido a la peste, al hambre, a la guerra, a las masacres y a las atenciones inoportunas de los hombres —señaló Fanny—. Sobrevivirá a Robespierre.

Marcus ya había estado involucrado en revoluciones y sabía que el camino a la libertad podía presentar giros tan repentinos como desastrosos. En Francia, la situación era aún más complicada debido a la lucha que hombres vanidosos y pagados de sí mismos como Danton y Robespierre libraban por hacerse con el alma de la nación.

—Voy a salir —dijo Marcus. Se terminó el café—. ¿Vienes, John?

—¿De caza o por negocios? —preguntó Russell, prudente.

—Un poco ambas cosas.

Marcus y John abandonaron los barrios residenciales y elegantes rumbo al este, atravesaron los burdeles y los teatros de Covent Garden, y se adentraron en las callejuelas tortuosas de la vieja City de Londres.

Al llegar a Ludgate, Marcus dio un golpecito en el techo del carruaje para recordarle al cochero que pagase el portazgo al mendigo que se encontraba allí a toda hora del día y de la noche. El jefe de aquella parte de Londres insistía en que todas las criaturas que penetrasen en la milla cuadrada que ocupaba su territorio pagasen un tributo a fin de asegurarse el paso franco. No obstante, nunca había visto al hombre, conocido como el padre Hubbard y que parecía ocupar en la imaginación de los londinenses un lugar similar al de Gog y Magog, los antiguos gigantes que guardaban la ciudad de sus enemigos.

Una vez pagado el portazgo, se vieron detenidos por el tráfico (uno de los principales inconvenientes de la vida londinense) y hubieron de continuar a pie hasta Sweetings Alley. El callejón, estrecho y húmedo, olía a orinal. Encontraron a Baldwin en New Jonathan, negociando operaciones a futuros y embolsándose pingües ganancias con el resto de los banqueros y agentes de bolsa.

—Baldwin —lo saludó Marcus quitándose el sombrero. Había dejado de hacer reverencias, pero, cuando se encontraba con uno de los miembros más antiguos del clan De Clermont, le resultaba imposible no mostrar algún signo de respeto.

—Aquí estás. ¿Por qué has tardado tanto? —respondió su tío.

Baldwin Montclair era el último hijo purasangre de Philippe de Clermont. Con la cabellera de un rojo vivo y un carácter a la altura, bajo el traje verde bosque de corredor de bolsa se escondía el físico atlético y musculoso de un soldado. Ya fuera abriéndose paso por Europa o entre cuentas bancarias, constituía un adversario formidable. Fanny había advertido a Marcus que nunca subestimara a su tío... y no tenía intención de ignorar tal consejo.

—Siempre es un placer verte, Baldwin —dijo John, sin molestarse en parecer sincero.

Este lo miró de la punta del gorro ribeteado de piel hasta la punta de las botas sin ofrecerle respuesta. Luego volvió la atención a su mesa, cubierta de jarras de vino vacías, tinteros, libros de contabilidad y pedazos de papel.

—Nos hemos enterado de la ejecución de la reina —dijo Marcus en un esfuerzo por atraer la atención de su tío—. ¿Tienes más noticias de Francia?

—No —respondió Baldwin escuetamente—. Debes concentrarte en el trabajo por hacer aquí. Las propiedades de la hermandad en Hertfordshire precisan de atención. Hay dos cuestiones sucesorias que resolver y los registros de propiedad están obsoletos desde hace años. Irás de inmediato a echar un vistazo.

—No entiendo por qué Philippe se molestó en mandarme a estudiar medicina a Edimburgo —farfulló Marcus—. Lo único que hago es escribir informes y redactar mandatos y declaraciones juradas.

—Padre te está dando forma —respondió Baldwin—, igual que a un caballo en la doma o un zapato en la horma. Un De Clermont debe ser capaz de adaptarse a cualquier necesidad que surja al momento.

Russell hizo un gesto grosero que, por suerte, Baldwin no vio, pues tenía hundida la nariz en un libro de contabilidad. Lo que sí le llamó la atención fue un asiento en concreto.

—Ah, ojalá hubiera visto esto antes de que Gallowglass partiera a Francia.

—¿Gallowglass ha estado aquí? —preguntó John.

—Sí, no os habéis cruzado por muy poco. —Baldwin suspiró y garabateó unas notas en su libro—. Llegó anoche de América. Es una verdadera lástima que se haya ido tan pronto. Matthew podría haber hecho uso de esta deuda en sus intentos de chantajear a Robespierre.

—Matthew está en los Países Bajos —dijo Marcus.

—No, está en París. Padre necesitaba otro par de ojos en Francia.

—¡Por los clavos de Cristo! —exclamó John—. París es el último lugar del planeta que querría ver ahora mismo. ¿Cuántas muertes puede presenciar uno antes de volverse loco?

—No todos podemos enterrar la cabeza en la arena y fingir que el mundo no se está desmoronando, Russell —le espetó Baldwin, que no era de los que se andaban por las ramas—. Como de costumbre, eso significa que los De Clermont han de dar un paso al frente y tomar las riendas. Es nuestro deber.

—Es admirable que tu familia siempre piense en los demás antes que en ella misma.

A John le disgustaba el tono moralizante de Baldwin tanto como a Marcus, pero mientras que este debía callar y obedecer, John era libre de decir lo que pensaba. Por desgracia, Baldwin era absolutamente insensible al sarcasmo y se tomó sus palabras como un cumplido sincero.

—En efecto —respondió—. Tu correo está en la mesa, Marcus. Gallowglass te ha traído unos periódicos, además de una carta que parece escrita por un demente.

Marcus cogió un ejemplar del *Federal Gazette* de finales de agosto.

—Gallowglass no suele tardar tanto cuando vuelve de Filadelfia —señaló mientras echaba un vistazo.

—De camino hizo una parada de reavituallamiento en Providence —respondió Baldwin—, por la fiebre.

Marcus continuó hojeando las páginas.

«... servicios en este periodo alarmante y crítico...».

Las palabras le saltaron a la vista desde la página manchada de tinta.

«Nada como el disparo del cañón para detener el avance de la fiebre amarilla».

—Por Dios, no —musitó Marcus.

La fiebre amarilla era una enfermedad terrible. Se extendía por la ciudad como el fuego por el bosque, especialmente en verano. La tez se volvía amarillenta y la gente empezaba a escupir y a vomitar una masa negra y sanguinolenta a medida que la fiebre les envenenaba el vientre.

«El Colegio de Médicos ha declarado que considera las hogueras un medio inútil, si no peligroso para contener el avance de la fiebre, que actualmente asola...».

Marcus buscó entre el resto de su correo algún periódico de Filadelfia más reciente, pero aquel era el único. No obstante, localizó un ejemplar del *United States Chronicle*, de Providence, de fecha posterior y lo ojeó en busca de noticias sobre la situación en el sur.

—«Nos hallamos alarmados sobremanera por la premura con que una fiebre pútrida se extiende por esta ciudad —leyó Marcus en voz alta—. Nadie se lo explica».

Marcus se había criado a la sombra de la viruela, había combatido el cólera y el tifus en el ejército, y se había acostumbrado a los peligros de las fiebres en urbes como Edimburgo y Londres. En tanto que vampiro, era inmune a las enfermedades humanas, lo que le permitía tratar a los enfermos y observar el avance de las epidemias aun cuando sus colegas de sangre caliente hubieran enfermado, abandonado el cargo o muerto. Aquellas crónicas de los periódicos americanos marcaban el comienzo de un ciclo mortal con el que Marcus ya estaba familiarizado. Había pocas probabilidades de que las cosas hubieran mejorado en Filadelfia. La ciudad se habría visto diezmada por la fiebre amarilla entre agosto y ese momento.

Cogió la carta. «Para Doc, en Inglaterra o Francia». Las letras danzaban arriba y abajo como las olas.

Era de Adam Swift y se limitaba a una línea.

«Te he dejado mis libros; no permitas que esos cabrones se los queden a modo de impuestos».

—¿Adónde se ha ido Gallowglass? —preguntó Marcus, mientras recogía los periódicos y la carta.

—A Dover, por supuesto. Toma, llévate estos también. —Baldwin le tendió unos libros de cuentas—. Te harán falta en Hertfordshire.

—No voy al maldito Hertfordshire —respondió Marcus, ya de camino a la puerta—. Me voy a Filadelfia.

Las calles de Filadelfia estaban silenciosas cuando Marcus llegó a principios de noviembre. Como de costumbre, el trayecto hacia el oeste duró mucho más que el viaje de América a Inglaterra. Marcus había vuelto locos a Gallowglass y a su tripulación con constantes preguntas sobre la velocidad, la distancia recorrida y cuánto faltaba para llegar.

Una vez arribados, Gallowglass ordenó a todos los seres de sangre caliente que permanecieran a bordo y dejó el navío anclado lejos del puerto. Hacía meses que no pisaba Filadelfia; no había forma de saber en qué estado encontraría la ciudad, por lo que cubrió remando la distancia desde donde había echado el ancla hasta el Old Ferry Slip, entre Arch Street y Market Street. Los muelles estaban desiertos y los pocos barcos, sin tripulación ni velas.

—Esto tiene mala pinta —le dijo a Marcus con voz sombría mientras amarraba el esquife. Como precaución, cogió uno de los remos y se lo echó al hombro. Marcus portaba una pistola y un maletín con material médico—. ¡Por todos los santos! —exclamó, tapándose la nariz al doblar la esquina de Front Street—. Qué peste.

Era la primera vez que Marcus volvía a Filadelfia desde su conversión. La ciudad siempre había olido mal, pero en ese momento...

—Es la muerte —repuso Marcus, reprimiendo una arcada.

El hedor de la carne putrefacta era ubicuo y sustituía el tufo más familiar de las curtidurías y los desechos cotidianos de la vida urbana. Además, flotaba en el aire un olor extraño y acre.

—Y salitre —añadió Gallowglass.

En ese momento se les acercó una criaturita vestida únicamente con un delantal y un zapato. Era imposible determinar si se trataba de un niño o una niña.

—Por caridad. Comida. Tengo hambre.

—No llevamos nada —respondió Gallowglass con amabilidad.

—¿Cómo te llamas? —preguntó Marcus.

—Betsy.

Los ojos de la chiquilla eran enormes en mitad de un rostro milagrosamente rosado, sin el menor signo de fiebre amarilla. Marcus se enfundó la pistola en el cinturón y la cogió en brazos. No exhalaba el más mínimo olor a muerte.

—Yo te la conseguiré —le dijo, encaminándose hacia el arroyo Dock.

Al igual que en los alrededores de los muelles, las calles, por lo normal atestadas, se encontraban extrañamente desiertas. Vieron perros vagabundos y oyeron el gruñido de algún que otro cerdo. Montones de basura se pudrían por las esquinas y los puestos de los mercados se hallaban abandonados. En la ciudad reinaba hasta tal punto el silencio que Marcus oía el crujido de los palos de los navíos en la distancia. De pronto se sintieron cascos de caballos golpeando los adoquines y apareció una carreta. El conductor llevaba el sombrero calado y un pañuelo cubriéndole la nariz y la boca. Parecía un forajido.

La carreta transportaba cadáveres.

Marcus apartó a la niña para que no los viera, aunque sospechaba que habría presenciado cosas peores.

Conforme el carretero se acercaba, Marcus vio que tenía la piel negra y los ojos cansados.

—¿Están ustedes enfermos? —preguntó el hombre, con la voz amortiguada por el pañuelo.

—No. Acabamos de llegar —contestó Marcus—. Betsy necesita comida.

—Como todos —respondió el carretero—. La llevaré al orfanato. Allí la alimentarán.

La niña se aferró a Marcus.

—Mejor la llevo donde Gerty la Alemana —dijo Marcus.

—Gert se marchó hace años. —El carretero entrecerró los ojos—. Parece usted saber mucho sobre Filadelfia para ser un recién llegado. ¿Cómo ha dicho que se llamaba?

—No lo ha dicho —respondió Gallowglass—. Yo soy Eric Reynold, capitán del *Aréthuse*. Este es mi primo, Marcus Chauncey.

—Absalom Jones —dijo el carretero, llevándose la mano al sombrero.

—¿Ha desaparecido la fiebre? —preguntó Marcus.

—Eso creíamos. Hace unos días heló, pero, en cuanto subieron las temperaturas, se recrudeció. Las tiendas estaban abriendo y la gente regresaba a sus casas. Incluso izaron la bandera en Bush Hill para mostrar que ya no quedaban enfermos. Pero ahora los vuelve a haber.

—¿La propiedad de Hamilton? —Marcus recordaba vagamente el nombre de la mansión a las afueras de la ciudad.

—Llevaba años vacía —respondió Jones—. El señor Girard la ocupó cuando apareció la fiebre. Esta es una de sus carretas. Pero esta gente no va al hospital; nos dirigimos a la fosa común.

Marcus y Gallowglass dejaron que el hombre reanudara la marcha. Depositaron a Betsy en el suelo y, agarrándola cada uno de una de sus manitas, se encaminaron calle abajo. La pequeña empezó a dar saltitos y a canturrear, demostrando hasta qué punto los niños se adaptan a todo.

La taberna que Marcus había conocido a nombre de Gerty la Alemana aún se alzaba en la esquina de Front con Spruce Street. Sin embargo, el arroyo Dock había sido tapado y pavimentado, formando una callejuela serpenteante que desentonaba en el patrón regular de las calles de Filadelfia.

La puerta estaba abierta.

Gallowglass le hizo un gesto a Marcus para que no se moviese y, blandiendo el remo ante él, se introdujo en el interior oscuro.

—Todo bajo control —anunció, asomando la cabeza por una ventana—. No hay nadie, solo unas ratas y alguien que murió mucho antes de agosto.

Para asombro de Marcus, el esqueleto seguía sentado ante la ventana delantera, aunque había perdido el cúbito y el radio derechos. Tenía la mano izquierda posada con insolencia sobre la coronilla.

Buscaron comida por todas partes, pero no encontraron nada. A Betsy le empezaron a temblar los labios. La niña se moría de hambre.

Marcus oyó un pequeño chasquido.

—Quietos.

Se dio la vuelta con las manos levantadas.

—No hemos venido a robarte —dijo—. Lo único que necesitamos es comida para la niña.

—¿Doc?

El hombre que tenían delante, sujetando un mosquete con manos trémulas, parecía salido de una caricatura, con la tez amarillenta, los labios ennegrecidos y los ojos orlados de rojo.

—¿Vanderslice? —Marcus bajó las manos—. Hombre, por Dios. Deberías estar en la cama.

—Has venido. Adam dijo que lo harías.

Vanderslice dejó caer el arma y rompió a sollozar.

Llevaron al holandés al piso superior, donde encontraron pan reseco al que todavía no le había salido moho, un poco de queso y algo de cerveza. Dejaron a Betsy en un rincón, lo más lejos posible de su cama, cubierta de vómito y moscas. Marcus quitó las sábanas y la manta y las tiró por la ventana.

—Estaría mejor en el suelo —afirmó lacónico cuando Gallowglass estaba a punto de depositar a Vanderslice sobre el colchón.

Los dos vampiros le hicieron un lecho con las casacas y Marcus limpió a su amigo como buenamente pudo.

—Tienes buen aspecto, Doc —le dijo Vanderslice, con los ojos agitados por la fiebre—. La muerte te sienta bien.

—No estoy muerto y tú tampoco —respondió, mientras le acercaba un poco de cerveza a los labios—. Bebe. Te ayudará con la fiebre.

Vanderslice volvió la cabeza.

—No puedo. Me arde al bajar por la garganta y aún más al volver a subir.

Gallowglass miró a Marcus y negó con la cabeza, como diciendo: «No sirve de nada».

Sin embargo, Vanderslice había sido el primero en hacer sitio a Marcus junto a la hoguera del campamento cuando se moría de frío y de hambre, en la época en la que trataba de escapar de sus fantasmas. Había sido él quien, en Trenton, había compartido comida y manta. Quien silbaba canciones de Navidad mientras patrullaban, sin importarle la fecha, y quien contaba chistes picantes si Marcus se sentía abatido. Cuando este se vio aterrorizado y completamente solo en el mundo, Vanderslice lo había aceptado como un miembro de su familia.

Puede que Marcus hubiera matado a su propio padre, pero no tenía intención de perder a su camarada. Bastante había perdido ya: su hogar, a su madre y su hermana, a innumerables pacientes, al doctor Otto y, ahora, a Veronique.

Marcus quería tener nuevamente a alguien cercano. Alguien que restituyera su fe en la familia después de que Obadiah y los De

Clermont le hubieran hecho dudar tanto de los lazos de sangre como de la fidelidad.

—Puedo hacer desaparecer ese ardor —dijo Marcus, acuclillándose junto a su amigo..., su hermano.

—No, Marcus —le advirtió Gallowglass.

—Al principio dolerá como un demonio, pero después no será para tanto —prosiguió, como si su primo no hubiera abierto la boca—. Tardarás algún tiempo en acostumbrarte, pero tendrás que beber sangre para sobrevivir. También tendrás que aprender a cazar. Nunca supiste poner cebo en un anzuelo y mucho menos abatir un ciervo, pero yo te enseñaré.

—¿Es que has perdido el puto juicio? —Gallowglass agarró a Marcus del cuello de la camisa y tiró de él hasta ponerlo en pie—. Eres demasiado joven para fundar una familia.

—Suéltame, Gallowglass —respondió Marcus con voz serena, a pesar de que estaba preparado para estrangular a su primo si se negaba. Cuanto más tiempo pasaba, más evidente le resultaba la elección y más seguro estaba de querer salvarle la vida a Vanderslice—. He madurado, ¿sabes?, y puede que no te iguale en estatura, fuerza ni edad, pero eso ha sido así toda mi vida.

Las intenciones de Marcus se le debían de leer con claridad en el semblante. Gallowglass lo soltó con un fuerte improperio que hizo silbar de admiración a Vanderslice.

—Me recuerda a aquel *kakker* francés —dijo Vanderslice—. ¿Cómo se llamaba? Beauclere, Du Lac o algo por el estilo.

—De Clermont —respondieron Marcus y Gallowglass al unísono.

—Eso es: De Clermont. Me pregunto qué habrá sido de él... Es probable que le cortaran la cabeza en Francia, y a su amigo también.

—De hecho, siguen vivos los dos —respondió Marcus—. El *chevalier* de Clermont me salvó en Yorktown. Tenía fiebres, como tú.

Vanderslice miró a Marcus con escepticismo.

—Ni siquiera tú puedes salvarme, Doc. Estoy demasiado enfermo.

—Sí que puedo.

—¿Qué te apuestas? —preguntó Vanderslice, siempre dispuesto a jugar.

—No lo hagas, Marcus —le advirtió Gallowglass—. Por el amor de Dios, escúchame. Se suponía que Matthew jamás iba a tener hijos y tú prometiste que tampoco lo harías. El abuelo dijo...

—Vete al diablo, Gallowglass —dijo Marcus con voz amable. Miró a Vanderslice de cerca y, aunque en ese momento estaba lúcido, su corazón latía más rápido que el de Betsy camino de la taberna y tenía la respiración entrecortada—. Llévate a la niña.

—Si rompes la palabra dada a Philippe, lo lamentarás.

—Primero tendrá que encontrarme —respondió Marcus—. Nadie es todopoderoso, Gallowglass.

—Eso creía yo antes. Todos lo hemos creído en algún momento —repuso Gallowglass—. Y luego hemos aprendido que no era así.

—Gracias por traerme a Filadelfia. Por favor, dile a Ysabeau dónde estoy.

Marcus sabía que, siempre que su abuela estuviera al tanto de dónde se encontraba, Matthew lo averiguaría. Y, si Matthew estaba informado, se lo comunicaría a Veronique... si es que seguía viva. Marcus no podía hacer nada por salvarla, pero sí podía salvar a Vanderslice.

—¿Así, sin más: «Gracias y cuidado con que la puerta no te dé en el trasero al salir»? —se burló Gallowglass. Luego le hizo un gesto a Betsy, que escuchaba la conversación con interés—. Vamos, pequeña. Dejemos a estos dos cocinarse el desastre y que con su pan se lo coman, mientras tú y yo nos damos un paseo y buscamos a tu madre.

—Mamá está durmiendo —respondió.

—Pues veamos si podemos despertarla —replicó Gallowglass, tomándole la mano—. Y tú también deberías despertar, Marcus. No puedes andar convirtiendo a todo el que amas en *wearh*. No es así como funciona el mundo.

—Adiós, Gallowglass —se despidió Marcus mirando a sus espaldas—. Y lo digo en serio: gracias por haberme traído a Filadelfia.

Con fiebre amarilla o sin ella, aquel era el lugar en el que Marcus debía estar. Allí, en aquel país familiar en el que había salvado vidas y en el que a él lo habían salvado la fe del doctor Otto y la amistad de los Voluntarios. Allí, en Filadelfia, donde se había emborrachado del espíritu de la libertad en el embriagador verano de 1777.

Cuando el sonido de las fuertes pisadas de Gallowglass y de la aguda vocecita de Betsy se hubo perdido, Marcus bajó la vista y encontró a Vanderslice observándolo.

—Tienes exactamente el mismo aspecto que hace quince años —dijo este—. ¿Qué eres, Marcus?

—Un vampiro. —Se apoyó en el borde de la cama mugrienta—. Bebo sangre: de animales y humana también. Impide que envejezca. Impide que muera.

Una chispa de miedo brilló en los ojos de Vanderslice.

—No te preocupes. No voy a beber de la tuya, a menos que quieras que la beba toda y luego te dé a cambio parte de la mía. —Marcus estaba resuelto a explicarle lo que iba a suceder mejor de como se lo había explicado Matthew en su día, por lo que recurrió a lo que Gallowglass le había contado a bordo del *Aréthuse*—. Los humanos no son las únicas criaturas que existen en el mundo, ¿sabes? Están los vampiros, como yo, que beben sangre. También hay brujos, que poseen un poder inconmensurable; sin embargo, pueden morir, al igual que los humanos. Y lo mismo sucede con los daimones. Estos son verdaderamente inteligentes. Pensaba que tal vez tú fueras uno, pero no hueles como ellos.

Marat olía a aire fresco y a electricidad, como si uno de los experimentos del doctor Franklin hubiera cobrado vida.

—¿Un daimón? —preguntó Vanderslice con voz débil.

—Me gustan los daimones —reconoció Marcus con ternura, pensando en Marat—. A ti también te gustarían. Es imposible aburrirse cuando ellos están cerca. Los vampiros pueden ser poco imaginativos.

Vanderslice se limpió la boca con el dorso de la mano, que quedó manchado de sangre negruzca. Se quedó contemplándola un momento y luego se encogió de hombros.

—¿Qué tengo que perder?

—Poca cosa —admitió Marcus—. En cualquier caso, vas a morir. La única diferencia es que, si te arrebato la vida yo antes de que lo haga la fiebre, podrás ver mi sangre y probablemente sobrevivir. Aunque tampoco hay garantías: es la primera vez que lo hago.

—Es lo que le dijiste a Cuthbert cuando le quitaste el hilo de alambre que tenía clavado en el pulgar —repuso Vanderslice—. Que yo recuerde, salió bien.

—Si sales vivo de esta, tendrás que hablarme de Cuthbert y de los últimos días de Adam, y hasta del capitán Moulder —contestó Marcus—. ¿Trato hecho?

—Trato hecho —respondió Vanderslice con un atisbo de su antigua sonrisa pícara—. Pero solo si me devuelves el favor y me cuentas historias de Francia.

—Conocí a Franklin, ¿sabes?

—¡No!

Vanderslice rompió a reír de nuevo, pero las carcajadas pronto se convirtieron en toses y estas en vómito, un vómito rojizo oscuro.

—¿Estás seguro, Claes? —Marcus nunca había llamado a Vanderslice por su nombre de pila, pero aquel parecía el momento apropiado para hacerlo.

—¿Por qué no?

—Primero he de morderte para que brote tu sangre —le explicó Marcus, igual que antaño les había explicado la inoculación a los soldados en Trenton—. Luego me beberé hasta la última gota.

—Al hacerlo, ¿no te contagiarás de fiebre amarilla?

Marcus negó con la cabeza.

—No. Los vampiros no enfermamos.

—Suena bien —comentó Vanderslice con pesadumbre.

—Puede que, cuando te muerda, te entre miedo, pero no trates de zafarte. Habré acabado antes de que te des cuenta —dijo Marcus con el tono tranquilizador de un médico—. Luego te pediré que tomes mi sangre. Bebe toda lo que puedas. Verás cosas, todo tipo de cosas: a Betsy y a Gallowglass, mi viaje en barco hasta aquí, al *chevalier* de Clermont. No dejes que eso te detenga. Tú sigue bebiendo.

—¿Alguna chica guapa? —preguntó Vanderslice.

—Alguna —respondió Marcus—, pero una de las más guapas es tu bisabuela, así que nada de pensamientos libidinosos.

Vanderslice se hizo una cruz sobre el pecho con dedos temblorosos.

—¿Y luego?

—Luego averiguaremos cómo vamos a sobrevivir en una ciudad llena de muertos hasta que podamos trasladarnos a otro lugar sin riesgo para ti. —Marcus había llegado a la conclusión de que no tenía sentido ocultarle nada—. ¿Estás listo?

Vanderslice asintió.

Marcus lo tomó entre sus brazos y lo estrechó como a una amante. Como a un niño. Entonces dudó. ¿Y si Gallowglass tenía razón? ¿Y si luego se arrepentía?

Vanderslice alzó la vista y lo miró en silencio, confiado.

Marcus mordió a su amigo en el cuello. Tenía un sabor ácido y sucio, amargo por la fiebre y dulzón por la inminencia de la muerte. Hubo de sacar fuerzas de flaqueza para continuar, para seguir succionando y tragando la sangre de Vanderslice.

Aun así, continuó. Se lo debía a su amigo.

Cuando no quedaba más que beber; cuando las venas de Vanderslice estaban secas y su corazón a punto de detenerse, Marcus se mordió la muñeca y se la acercó a la boca.

—Bebe —dijo con el mismo tono de serena preocupación con que hablaba a sus pacientes o trabajaba en el hospital. «Confía en mí» era el mensaje tácito que transmitía.

Vanderslice obedeció. Se agarró a su muñeca con los dientes y la lengua, presa de una sed instintiva por aquello que le devolvería la vida.

Marcus tuvo que parar a su amigo —a su hijo, se recordó— antes de acabar desmayándose por la pérdida de sangre. No podría ocuparse de un recién nacido si perdía la consciencia, por lo que retiró la mano con dulzura. Vanderslice le gruñó.

—Luego podrás tomar más —le aseguró—. Espera un momento a digerir la que has bebido.

Vanderslice se tapó los oídos.

—¿Por qué gritas? —musitó.

—No grito. Tus sentidos se han aguzado, eso es todo.

—Tengo sed —se quejó Vanderslice.

—La tendrás durante algunas semanas —le avisó Marcus—. También te sentirás cansado, pero no podrás dormir. Yo me pasé casi dos años en vela después de que Matthew me convirtiera en vampiro. Túmbate y cierra los ojos. Es mejor si no intentas hacer demasiadas cosas demasiado rápido.

Esa era una de las lecciones que Marcus había aprendido cuando Matthew y él abandonaron Yorktown y fueron a Pensilvania y luego a Nueva York y a Massachusetts. Se alegró de poder compartir con alguien aquellos conocimientos adquiridos por las malas, en lugar de ser quien asaetaba a preguntas a los vampiros mayores y más experimentados. Por el momento, a Marcus le gustaba la paternidad.

—Mientras descansas, te voy a hablar de Francia. De tu nueva familia.

Después de todo aquel esfuerzo, Marcus también se sentía algo agitado por el delirio. Cerró los ojos, satisfecho por lo bien que había ido todo.

—Te dije que no lo hicieras —se quejó Gallowglass mientras sacaba a Vanderslice del agua.

—Tenía que hacerlo. Merecía una segunda oportunidad —se defendió Marcus—. Era mi deber...

—No. Salvar el mundo *no* es tu deber. Sé que es lo que pretende Matthew, pero cualquier día vamos a acabar todos muertos por su culpa. —Gallowglass sacudió a Vanderslice—. Tu deber es escuchar a Philippe y hacer exactamente lo que te diga; nada más. Deberías estar en Hertfordshire contando ovejas y no en Filadelfia teniendo críos.

—No soy un crío —gruñó Vanderslice, lanzándole un amago de mordisco a Gallowglass.

—¿Alguna vez has visto a un vampiro sin dientes? —le preguntó este.

—No.

—¡Pues hay un buen motivo! —prácticamente rugió—. Como intentes morderme otra vez, comprobarás cómo es la experiencia.

—¿Por qué es tan...?

Marcus agitó las manos en el aire, incapaz de explicar con palabras el comportamiento de Vanderslice. No era fácil ser un recién renacido, pero Vanderslice se comportaba como un loco, corría detrás de los perros por la calle y les robaba carne a los carniceros del mercado de abastos. Como no tuviera cuidado, acabarían matándolo o, lo que era peor, arrestándolo.

—Porque eres demasiado joven para ser padre, Marcus. Ya te lo advertí —le explicó Gallowglass—. Philippe tenía buenos motivos para prohibírtelo.

—¿Cuáles? —inquirió Marcus.

—No te los puedo decir. —Gallowglass dejó caer a Vanderslice sobre los adoquines resbaladizos de Front Street. Estaban cubiertos de restos de pescado podrido, algas y estiércol—. Tendrás que preguntarle a Matthew.

—¡Matthew no está aquí! —vociferó Marcus, perdida la paciencia.

—Y puedes dar gracias a las estrellas por ello, muchacho —respondió Gallowglass—. Sigue mi consejo: marchaos de Filadelfia en cuanto el joven Claes se haya secado. Aquí lo conocen. Y a ti a lo mejor también. Id a Nueva York. La ciudad os tragará a ambos sin que nadie se entere.

—¿Qué voy a hacer en Nueva York? —preguntó Marcus.

Gallowglass lo miró con pena.

—Lo que te apetezca. Y más te vale divertirte, porque será la última vez que disfrutarás de independencia antes de que Matthew y Philippe descubran lo que has hecho.

Marcus y Vanderslice llegaron a Nueva York el mes de enero siguiente. Comenzaron a trabajar en los muelles y los almacenes al sur de Manhattan, ganándose a duras penas la vida con la estiba y desestiba de navíos de carga. El entorno les resultaba familiar, como Filadelfia, pero a menor escala. No obstante, lo que a Nueva York le faltaba de tamaño lo compensaba con violencia. Bandas de humanos merodeaban por las calles, al tiempo que florecía un mercado negro de artículos robados y de contrabando. Marcus y su hijo participaban de esta economía marginal apropiándose de mercancía sin vigilancia para luego revenderla. Poco a poco comenzaron a amasar cierto caudal y a gozar de reputación por sobrevivir a la mayoría de sus competidores. Vanderslice se ganó el sobrenombre de Lucky Claes por su buena suerte, aunque la mayoría de la gente lo llamaba simplemente Lucky, igual que la mayoría llamaba a Marcus simplemente Doc.

Era solo una cuestión de tiempo que este acabara cansándose de aquella vida de robos y borracheras que tanto gustaba a Claes y, en su lugar, comenzase a consagrar cada vez más tiempo a su trabajo de médico. Al igual que Filadelfia, Nueva York también estaba sufriendo numerosos brotes de fiebre amarilla, y Marcus descubrió que curar a los enfermos le satisfacía más que ganar una fortuna. Entre epidemia y epidemia, se ocupaba de los pobres y luchaba contra el azote incesante del tifus, el cólera y las lombrices.

Vanderslice no era de la misma opinión. Prefería los placeres que le procuraba el dinero. Cuando Marcus lo animó a emprender su propio negocio, eligió a unos socios poco convenientes: un par de vampiros recién llegados de Ámsterdam con tanto dinero como pocos escrúpulos. Los holandeses destruyeron a sus rivales sin pensárselo dos veces ni sentir el más mínimo remordimiento, convencidos de que la supervivencia era la única prueba de valor. Rápidamente, Vanderslice se encontró pasando más tiempo con ellos que con Marcus, por lo que ambos se fueron distanciando.

Este, que no tenía la menor idea de cómo educar a un niño y mucho menos a un adulto, fue incapaz de frenar a Vanderslice en su loca carrera hacia una catástrofe anunciada. Marcus practicaba un tipo de paternidad que nada tenía de la violencia de Obadiah ni la vigilancia de Philippe, sino que se basaba en el apoyo incondicional de Tom Buckland, la alegría del doctor Otto y la benévola desatención de Matthew. Así, aquella amable combinación brindaba a Vanderslice libertad suficiente para participar de las peores francachelas con prostitutas borrachas y de las timbas más arriesgadas sin tener que enfrentarse a ninguna consecuencia de gravedad.

Una mañana de marzo de 1797, pocos días después de que John Adams jurase el cargo de presidente, Marcus encontró a Vanderslice al pie de las escaleras que conducían a sus habitaciones de alquiler, en mitad de un charco de sangre y con un tajo en la garganta de oreja a oreja, víctima de una partida arriesgada o un negocio que había acabado mal. Marcus le cerró la herida con su propia sangre e intentó hacérsela beber para revivirlo, pero era demasiado tarde. Su hijo, su familia, había desaparecido. No había sangre vampírica capaz de resucitar un cuerpo sin vida.

Marcus abrazó a Vanderslice y rompió a llorar. Era la primera vez que lo hacía desde que era niño y, esa vez, lo que brotó de sus ojos no fue agua salada, sino sangre. Había quedado demostrado que Gallowglass tenía razón: Marcus se arrepentía de haber convertido a Claes en vampiro. Lo enterró, erigió sobre su tumba una lápida de piedra y juró que cumpliría la promesa que le había hecho a Philippe. No volvería a tener ningún hijo sin su permiso.

Tras la muerte de Vanderslice, se consagró por entero a la medicina, trabajando en los hospitales de Belle Vue y de la Segunda Avenida. La práctica médica evolucionaba casi a diario: la inoculación se vio sustituida por la vacunación y se abandonaron las sangrías en favor de otros tratamientos. Los estudios de Marcus en Edimburgo le fueron útiles, pues constituían una base sólida sobre la cual construir nuevas competencias. Con el escalpelo en una mano y el maletín en la otra, Marcus se concentró en su profesión, dejando de lado su vida privada.

Se encontraba solo en Nueva York cuando George Washington murió en diciembre de 1799. Pocas semanas después concluyó el siglo que lo había visto nacer. Los acontecimientos de la guerra de la Independencia iban borrándose de la memoria de la mayoría de los americanos. Marcus se preguntó dónde estaría Veronique, si Patience habría tenido más hijos y si su madre seguiría viva. Pensó en Gallowglass y lamentó que su primo no estuviera en Nueva York para celebrar las fiestas con él. Le escribió una carta a Lafayette, pero no sabía adónde enviársela, por lo que la echó a la chimenea para que el viento llevase sus buenos deseos hasta su amigo ausente. Marcus recordó a su único hijo, Vanderslice, y sintió remordimientos por el modo en que le había fallado.

En la localidad de Greenwich, en las afueras de la ciudad, los juerguistas daban la bienvenida al nuevo siglo con gritos entusiastas y baile. En el interior de su apartamento, Marcus se sirvió una copa de vino, abrió la cubierta ajada de su ejemplar de *Sentido común* y rememoró su juventud.

«El nacimiento de un nuevo mundo está al alcance de nuestra mano». Marcus leyó una y otra vez las palabras ya conocidas como si de una oración se tratase y deseó con todas sus fuerzas que los pronósticos de Paine resultasen ciertos.

31

El verdadero padre

4 DE JULIO

No solíamos celebrar el Día de la Independencia. Pero ese año teníamos en casa un veterano de la guerra; o dos, si contábamos la participación de Matthew. Le pregunté a Sarah qué creía que podíamos hacer en honor a tal fecha.

—¿Estás segura de que Marcus querrá recordar la guerra y todo lo sucedido antes y después? —Sarah parecía dudosa—. Ni siquiera puede comer nuestra tarta de la bandera. ¿Para qué molestarnos?

La contribución de las Bishop a la venta de dulces en Madison había sido una tarta de bizcocho de vainilla con cobertura blanca, filas de fresas formando las barras y arándanos para el campo azul de estrellas.

—Ha pasado unos días difíciles, es cierto —reconocí.

Todos teníamos en mente lo que Marcus nos había contado de Filadelfia y lo allí sucedido. Daba igual de qué empezásemos a hablar ese verano, siempre acabábamos con la historia de algún renacimiento y las complicaciones posteriores.

En consecuencia, parecía que Phoebe se hallaba siempre con nosotros y, al mismo tiempo, muy lejos. No podía ni imaginar lo duro que esa extraña tensión entre pasado, presente y futuro le estaba resultando a Marcus.

Al final, fue él quien abordó la cuestión de la festividad.

—He estado pensando —dijo la mañana del 4 de julio—: ¿qué te parece si tú y yo montamos un espectáculo de fuegos artificiales esta noche?

—Ay, no sé... —No podía imaginar cómo reaccionarían Hector y Fallon a todo el estruendo y las explosiones, por no hablar de Apolo y los gemelos.

—Venga, será divertido. Hace un tiempo perfecto —insistió.

Ese era el Marcus que recordaba de Oxford: irrefrenable y enérgico, encantador y entusiasta. Con cada vivencia compartida, y conforme el paso de los días lo acercaba a su reencuentro con Phoebe, que tendría lugar en agosto, recobraba un poco más de su esperanza y optimismo. Marcus se hallaba menos enredado en los hilos del tiempo que lo rodeaban. Quedaban hebras rojas en una maraña de dolor y remordimiento, pero asomaba el verde del equilibrio y la sanación, así como retazos de negro y blanco de la valentía y el optimismo, junto al color propio de Marcus: el azul de la sinceridad.

—¿Qué tienes en mente? —le pregunté con una carcajada.

—Algo con mucho color. Algo chispeante, claro, o a Becca no le gustará. —Marcus sonrió con franqueza—. Podemos usar el reflejo del foso para que parezca que hay fuegos artificiales en el suelo, además de en el cielo.

—Esto empieza a sonar a un espectáculo en Versalles —respondí—. Me sorprende que no quieras fuentes iluminadas y arcos de agua, acompañados de algo de Händel.

—Si te parece, por mí no hay problema. —Marcus me observó por encima de la taza de café con ojos pícaros—. Aunque, a decir verdad, nunca me han interesado demasiado los boatos de la monarquía y, desde luego, eso incluye a Händel.

—Ay, no. —Lo disuadí con un gesto de las manos—. Si tenemos fuegos artificiales, serán de los normales y corrientes, de los que se compran en un quiosco de la calle. Nada de magia ni de brujería.

—¿Por qué?

Nos quedamos callados un instante. Los ojos azules de Marcus mostraban una clara nota de desafío.

—No veo la gracia de hacer algo común cuando podría ser fuera de lo común —señaló—. Sé que ha sido un verano muy loco y muy jodido. Para empezar, no esperabas que me quedase con vosotros todo el tiempo. Ni que tendrías que revivir conmigo los acontecimientos de mi pasado.

—Pero si eso ha sido lo mejor —lo interrumpí—. Mucho mejor que calificar exámenes o lidiar con la Congregación, o incluso que mi investigación.

—Me alegro de que mi presencia constante palidezca en comparación con Gerbert y Domenico —bromeó Marcus—. Aun así, estaría bien añadir un poco de levadura para que fermente la masa. Hasta el momento, este verano no ha sido precisamente como unas vacaciones.

—¡Qué expresión! —exclamé riendo—. ¿De dónde la has sacado? Suena a algo que podría haber dicho Em.

—La Biblia. —Marcus cogió una mora del frutero que Marthe había dejado en la encimera y se la metió en la boca—. No está usted muy puesta en proverbios y parábolas, profesora Bishop.

—Me declaro culpable de paganismo, señoría —respondí, levantando la mano—. Pero me apuesto algo a que tú tampoco conoces el nombre y la fecha de todas las fiestas de guardar en el calendario de las brujas.

—Cierto. —Marcus me tendió la mano—. Entonces, ¿trato hecho?

—Ni siquiera sé en qué consiste —repliqué, alargando la mía.

Marcus apartó la suya un poco.

—Una vez que estrechemos las manos, no hay forma de echarse atrás. Un trato es un trato.

—Trato hecho —dije, dándole un apretón a Marcus.

—No te preocupes —concluyó—. ¿Qué podría salir mal?

—¡Dios santo! —exclamó Matthew boquiabierto al contemplar nuestro trabajo con admiración.

Marcus colgaba de la rama de un árbol como una zarigüeya, sujetando con los dientes una ristra de luces. Yo estaba empapada y quemada por el sol, y tenía ligeramente chamuscada una de las cejas. El campo al otro lado del foso estaba tachonado de balas de paja.

Habíamos rodeado el cobertizo de los botes con dos de las barcas de fondo ancho y las habíamos amarrado al muelle poco profundo que Marcus y Matthew usaban para pescar. Las había decorado con guirnaldas de flores rojas y blancas para que resultasen más festivas.

Rodeé a Matthew con los brazos y le di un beso.

—Increíble, ¿verdad?

—No tenía ni idea de que fuéramos a montar un espectáculo tan fastuoso —respondió, sonriéndome—. Unas cuantas bengalas, quizá, pero ¿esto?

—Espera a ver los fuegos artificiales —le aseguré—. Marcus ha ido a Limoges y ha comprado todo lo que sobró de las Fêtes des Ponts de junio.

—Hemos planeado algo especial para después —añadió este mientras enrollaba las luces al extremo de la rama. Dejó caer las piernas, se balanceó un instante sujetándose por una mano como un mono y descendió en picado los nueve metros que lo separaban del suelo.

—¿Y todo esto cuándo va a empezar? —preguntó Matthew.

—A las diez y media, en punto —respondió Marcus—. ¿Los gemelos están echándose la siesta?

—Los he dejado con Apolo, durmiendo como angelitos.

—Bien, porque no quiero que se pierdan esto. —Marcus se despidió de mí con la mano y se marchó con una sonrisa. Conforme se alejaba, esta se convirtió en silbidos.

—Llevaba meses sin verlo así —reconoció Matthew.

—Ni yo.

—Acabamos de rebasar el ecuador de su separación de Phoebe. ¿Tal vez darse cuenta de todo el tiempo que ha pasado ya contribuya a su cambio de humor?

—Puede ser. Contar su historia también lo ha ayudado. —Alcé la vista a Matthew—. ¿Crees que pronto estará listo para tratar lo de Nueva Orleans?

Una sombra atravesó su semblante. Se encogió de hombros.

—Ya que mencionamos el tiempo —dijo, cambiando deliberadamente de tema—. ¿Has oído algo de Baldwin? Su plazo de dos semanas ha pasado sin que dijera nada.

—No, no he hablado con él.

Ni siquiera tuve que cruzar los dedos. Era la verdad pura y dura.

Eso no significaba que Baldwin no me hubiera dejado una docena de mensajes, tanto de voz como por correo electrónico. También me había escrito una carta, con matasellos de Japón. La había dejado caer al foso sin abrirla, consolándome al pensar que se encontraba en la otra punta del planeta.

—Qué raro. Baldwin no es de los que dejaría pasar algo así —reflexionó Matthew.

—Tal vez haya cambiado de opinión. —Le tomé la mano—. Voy a tejer un hechizo alrededor de Apolo. ¿Quieres venir a verlo?

Matthew rio.

—Espera, tengo una idea mejor. Atrápame si quieres averiguarla. —Curvé el dedo mirándolo y, acto seguido, eché a correr.

—Esa es la mejor invitación que me han hecho en mucho tiempo —respondió, caminando con parsimonia tras de mí.

Continué corriendo, sabedora de que aquello solo formaba parte de la persecución, segura de que Matthew me atraparía, igualmente sorprendida cuando me derribó, sus brazos rodeándome para protegerme del impacto, a pocos metros de nuestro escondite secreto.

En algún momento del siglo XIX, Philippe había construido un pequeño cobertizo para botes en un recodo del foso que daba a los campos abiertos y bosques de la propiedad. La estructura era típica de su época, en madera y no en piedra como el castillo, y estaba decorado con todo tipo de molduras de estilo pan de jengibre.

Había caído a un estado de ruina romántica, con la pintura amarilla original del exterior desvaída y desconchada, y el interior polvoriento por la falta de uso. Matthew había reparado el tejado para que volviera a ser estanco y tenía grandes planes de restaurarlo a su gloria pasada. Ahora que había ampliado y hecho más profundo el foso, y lo había llenado de peces, dichos planes no parecían tan ridículos como antes. Podía imaginarnos a todos disfrutando al remar por sus aguas una vez que los niños crecieran un poco, a pesar de que el foso jamás me ofrecería espacio suficiente para manejar los remos de un bote de competición.

Matthew y yo solíamos huir al cobertizo cuando necesitábamos privacidad. Dentro había un diván sólido y acogedor, al que habíamos cogido cariño durante los momentos que les robábamos a los gemelos. Ese verano, con todo lo sucedido con Marcus, por no hablar de la visita de Agatha y Sarah, no habíamos pasado tanto tiempo allí como habríamos deseado.

Nos acomodamos en el diván y nos dedicamos a ver las nubes atravesar el cielo. Los retazos blancos aparecían a nuestra vista destacados sobre el fondo azul claro, cambiaban de forma y se deslizaban en un desfile interminable.

Nos quedamos en el cobertizo todo lo posible antes de que nadie fuera en nuestra busca. Cuando no pudimos posponerlo más, Matthew me ayudó a levantarme y regresamos a casa cogidos de la mano, relajados y felices.

Sin embargo, sentí la tensión en cuanto puse el pie en la cocina.

—¿Qué pasa? —pregunté, recorriendo la estancia con la mirada en busca de signos de incendio, inundación u otros desastres naturales.

—Tienes un visitante —respondió Sarah, mientras comía palomitas de un cuenco—. Marcus le ha dicho que se marche; bueno, le ha dicho que se vaya a tomar por saco, pero, para el caso, es lo mismo.

Del piso superior nos llegó un chillido que helaba la sangre.

—A Apolo no le cae bien tu hermano, Matthew —dijo Sarah—. Anda volando por el hueco de la escalera, dando vueltas como si fuera el fin del mundo.

Matthew olisqueó y se volvió hacia mí con mirada acusadora.

—Dijiste que no habías tenido noticias de Baldwin.

—No; dije que no había hablado con él —repliqué, con la sensación de que era importante hacer la distinción—. No es lo mismo en absoluto.

—¿Dónde están los niños? —exigió saber Matthew.

—Jack y Marthe están con ellos. Marcus y Agatha están con Fernando en el salón principal, tratando de calmar a Baldwin —explicó Sarah entre bocado y bocado de palomitas—. Me ofrecí voluntaria a montar guardia. Baldwin me pone nerviosa.

Matthew salió disparado en dirección al salón.

—¿No deberías llamar a Ysabeau? —preguntó Sarah.

—Viene de camino —respondí—. La hemos invitado a ver los fuegos artificiales.

—Imagino que al final no tendremos que esperar a que oscurezca para que empiece el espectáculo. —Sarah se sacudió la sal de las manos y se levantó del taburete de un salto—. Venga. No quiero perderme nada.

Cuando llegamos al salón, Matthew y Baldwin se fulminaban con la mirada desde ambos extremos de la alfombra mientras Marcus y Fernando los urgían a entrar en razón. La contribución de Agatha a las negociaciones consistía en señalar que todo el drama familiar apestaba a privilegio masculino.

—Debéis respirar hondo y comprender que no todo tiene que ver con vosotros —decía—. Os estáis comportando como si los niños fueran un objeto.

—Dios, cómo quiero a esta mujer —exclamó Sarah, con una sonrisa radiante—. Abajo con el patriarcado. Dales duro, Agatha.

Yo también estaba cansada. Levanté las manos hacia el cielo y las abrí. Aparecieron hilos de colores brillantes enroscados alrededor de cada dedo, atravesando las palmas y rodeando las muñecas.

—Con el nudo de uno empiezo el conjuro —dije.

—¡Esto es lo que pasa cuando no respondes al correo electrónico! —exclamó Baldwin, apuntándome con el dedo y agitándolo.

—Con el nudo par, el conjuro se hace realidad. —Uní las puntas del pulgar y el índice. Una estrella de plata emergió del lugar en el que se tocaban.

—No hables así a Diana, Baldwin —le advirtió Matthew.

—Con el nudo de tres, el conjuro libre es —proseguí, liberando la estrella en el cielo.

—Qué guay —musitó Sarah, observando cada uno de mis movimientos.

—Con el nudo de cuatro, el poder queda asegurado. —En el interior de mi anular brilló una luz dorada y la estrella de plata aumentó de tamaño, flotando hacia el grupo de hombres parados en el salón.

—¿A alguien más le huele a quemado? —preguntó Marcus, arrugando la nariz.

—Con el nudo de cinco, el conjuro crecerá con ahínco. —Toqué el dedo corazón con el pulgar verde de mi mano derecha, uniendo la energía de la diosa como madre con el espíritu de la justicia.

—Vaya, vaya —dijo Fernando al contemplar la estrella plateada de cinco puntas que se cernía sobre él—. Creo que es la primera vez que alguien me lanza un hechizo.

—Con el nudo de seis, el conjuro afianzaréis.

La estrella descendió con un silbido, enredando a Matthew, a un asombrado Baldwin, a Marcus y a Fernando, que parecía divertirse, en una maraña de bucles y espirales. Con un chasquido de dedos, apreté la estrella para que los sujetase. Entonces tiré un poco más para que, cuanto más intentaran zafarse, más se ciñese a su alrededor.

—¡Nos has atrapado en un lazo! —exclamó Marcus.

—Diana estuvo de campamento en Montana un verano —explicó Sarah—. Quería ser vaquera. No tenía ni idea de que les enseñaran a hacer *algo así*.

—¿Querías hablar conmigo, Baldwin? —me dirigí a mi cuñado, avanzando lentamente hacia el grupo—. Soy toda oídos.

—Suéltame —exigió este apretando los dientes.

—¿A que no es divertido que te aten?

—Tu argumento ha quedado claro.

—Venga, hombre —dije—. ¿Desde cuándo es tan fácil hacerte cambiar de opinión? Como ves, Baldwin, no estoy en contra de atar a la gente cuando lo merece. Pero en esta rama de la familia se acabó lo de convertir a los niños en títeres y tenerlos ataditos.

—Si Rebecca tuviera rabia de sangre...

—Si Rebecca tuviera rabia de sangre. Si Philip fuera tejedor. Si esto, si lo otro, si lo de más allá... —lo interrumpí—. Tendremos que esperar y ver.

—Te dije que les hicieras análisis. —Baldwin trató de agarrar a Matthew. El movimiento hizo que los hilos lo amarrasen con más fuerza, justo como había sido mi intención.

Ysabeau llegó con una cesta de paja llena de botellas; contempló la escena y sonrió.

—Cómo echaba de menos las reuniones familiares —dijo—. ¿Qué has hecho esta vez, Baldwin?

—Lo único que intento es evitar que esta familia se autodestruya —gritó este—. ¿Por qué resulta absolutamente imposible que veáis los problemas que podría causar Rebecca? Esa niña no puede ir por ahí mordiendo a la gente. Si tiene rabia de sangre, se la podría pegar a los demás.

Jack entró en la sala con Becca en brazos. La niña tenía los ojos enrojecidos y le rodeaba fuertemente el cuello con los bracitos. Había estado llorando.

—Parad. Parad todos de una vez —exigió Jack con vehemencia—. Estáis disgustando a Becca.

Su voz sonaba ronca por la emoción, pero milagrosamente no se veía signo alguno de rabia de sangre en sus ojos. Los niños a menudo constituían una influencia estabilizadora en el muchacho, como si la responsabilidad por su bienestar se impusiera a cualquier otro sentimiento o preocupación posible.

—Becca es un *bebé* —prosiguió Jack—. No puede hacer daño a nadie. Es dulce, cariñosa y confiada. ¿Cómo puedes pensar que se la deba castigar por ser quien es?

—Bien dicho, Jack. —Agatha estaba henchida de orgullo.

—Papá no deja de decirme que lo que me pasó de pequeño no fue culpa mía. Que el hombre que supuestamente debía cuidarme no me hizo daño porque fuera malo o cruel, o el hijo de una prostituta, o ninguna de las cosas que me decía —continuó.

Becca levantó la vista hacia Jack como si entendiera cada palabra que pronunciaba. Levantó uno de sus frágiles deditos y le tocó los labios con suavidad.

Jack le dirigió una sonrisa tranquilizadora antes de proseguir.

—Mamá y papá *confían* en mí. Eso significa que, por primera vez en mi vida, siento que puedo confiar en mí mismo. Eso es lo que las familias deben hacer, no mandar unas personas sobre otras y hacer promesas que nadie debería tener que cumplir.

Las palabras de Jack me conmovieron de tal manera que me olvidé de sujetar el hechizo. Este se cayó al suelo, formando una estrella clara y brillante a los pies de los hombres de la familia De Clermont.

El miembro masculino más joven de la familia, sobre cuyos minúsculos hombros ya descansaban tantas esperanzas y expectativas, llegó dando pasitos vacilantes por las escaleras, agarrando a Marthe con una mano y la cola de Apolo con la otra. Los tres formaban un grupo pequeño pero unido.

—¡Tío! —exclamó Philip, encantado de ver a Baldwin.

—Tenemos prevista una celebración por el Día de la Independencia —dije—. ¿Vas a quedarte para los fuegos artificiales, Baldwin?

Este titubeó.

—Tú y yo podríamos salir a montar mientras esperamos a que empiece la fiesta —le propuso Matthew a su hermanastro—. Sería como en los viejos tiempos.

Becca se revolvió para que la dejasen en el suelo. Una vez que Jack lo hizo, echó a correr hacia Baldwin con pasos seguros y semblante determinado mientras pisaba los restos de mi hechizo, que ya se estaban desvaneciendo.

—¿Caballito? —preguntó, mirando a su tío con una sonrisa irresistible.

Baldwin le asió la mano.

—Por supuesto, *cara*. Lo que desees.

Baldwin había sido derrotado y lo sabía, pero la mirada que me lanzó prometía que nuestros enfrentamientos por los niños aún no habían acabado.

A las 22.37 —porque resultó que nuestros fuegos artificiales, como sucedía con todos los demás, no estaban listos a la hora exacta— empezó la fiesta.

Marcus y yo nos habíamos repartido el trabajo a la perfección. Yo aportaba el fuego y él, la mano de obra.

Mientras la familia se subía a los botes que los esperaban para poder desplazarse por el foso y disfrutar del espectáculo desde todos los ángulos, Marcus corría por el campo para asegurarse de que todos los fuegos artificiales de fabricación humana estaban listos. Enchufó la ristra de luces al alargador que llegaba hasta la casa. Una vez encendidas, los árboles brillaron como si cientos de luciérnagas se hubieran posado en sus ramas. Luego puso la música. Era una enardecedora combinación de Händel y melodías militares de las revoluciones estadounidense y francesa.

—¿Lista? —preguntó Marcus, colocándose detrás de mí.

—Como nunca —respondí.

Me subí a una pila de balas de heno y adopté la pose de un arquero, erguida cuan alta era. Extendí el brazo izquierdo hacia delante y doblé el derecho hacia atrás. Entonces apareció un arco centelleante junto a una flecha con la punta de plata.

Desde el foso, solo aquellos con visión vampírica serían capaces de distinguir mi contorno en la oscuridad. El resto solo vería un arco y una flecha iluminados contra el cielo nocturno.

Abrí los dedos y la flecha salió disparada, trazando un arco de luz hasta el primero de los fuegos artificiales de Marcus: un conjunto de girándulas en movimiento, montadas sobre largos postes fijados al suelo. La flecha las atravesó limpiamente, encendiendo cada una de ellas. Comenzaron a girar y a escupir fuego con colores alegres y brillantes.

Las exclamaciones de gozo y las palmas entusiastas de los mellizos sirvieron de fondo mientras Marcus se apresuraba entre las candelas romanas. Cada una de ellas salió disparada y formó mil estrellas al estallar con un leve ruido sordo que no pareció molestar a Apolo ni a los niños. Yo les había lanzado un hechizo de silencio para que no hicieran ruido y que los animales no se estresaran.

Al cabo llegó el momento de la traca final. Marcus y yo habíamos decidido usar mi poder sobre el fuego y el agua para crear algo que no solo asombrara a los niños, sino también a los adultos. Coloqué una nueva bola de fuego en el arco y apunté directamente por encima de mí hacia el cielo.

El bólido se elevó cada vez más. Mientras atravesaba el aire apareció una llameante cola verde, que se fue extendiendo y creciendo, al tiempo que la bola adoptaba la forma de un dragón escupefuego.

Inserté una flecha de fuego de brujos y la disparé al aire. Era dorada y bruñida, y se retorció hasta formar un joven grifo, que empezó a perseguir al dragón a través del firmamento.

Con mi magia casi agotada, cargué una última flecha ardiente y la envié hacia el foso. La superficie siseó y burbujeó a medida que las llamas mágicas se extendieron por el agua, más allá de los dos botes llenos de espectadores atónitos. Peces, bestias marinas, sirenas y tritones se elevaron como pompas de jabón esculpidas, danzando refulgentes antes de explotar y desaparecer como un sueño.

El dragón escupefuego y el grifo se desvanecieron hasta esfumarse. Las girándulas dejaron de dar vueltas.

Matthew rompió el silencio que se había extendido con un añadido fuera de guion a nuestro espectáculo pirotécnico.

—«Somos / de la misma materia que los sueños —recitó Matthew con voz queda— y el sueño / envuelve nuestra breve vida».

Una vez que los niños estuvieron acostados, los adultos se reunieron en la cocina.

—No recuerdo haber pasado tanto tiempo en la cocina hasta ahora —admitió Baldwin, mirando a su alrededor como si el espacio le resultase poco familiar—. He de reconocer que es una estancia agradable.

Sarah y yo intercambiamos una sonrisa. La domesticación de Baldwin había comenzado.

—Mañana deberías dormir hasta tarde, *mon cœur* —dijo Matthew, acariciándome la parte baja de la espalda—. Esta noche has gastado mucha energía.

—Ha merecido la pena. —Alcé la copa de champán. Ysabeau tenía razón: el suyo era mucho mejor que el que bebíamos normalmente—. Por la vida, la libertad y la búsqueda de la felicidad.*

Toda la familia se unió al brindis e incluso vi a Fernando entrechocar su copa con la de Baldwin, señal inequívoca de que los De Clermont podrían algún día formar una unión más perfecta.**

—Me pregunto qué estarán haciendo en Hadley para celebrarlo —dijo Marcus—. Es curioso. Me paso décadas sin pensar siquiera en mi hogar y, de repente, algo me lo trae a la memoria. Esta noche han sido el aroma de las balas de heno y la luz titilante de los fuegos artificiales.

—¿Cuándo fue la última vez que estuviste en Hadley? —preguntó Sarah.

—Cuando salí de Estados Unidos en 1781. Estuve a punto de volver una vez, pero en su lugar me dirigí a Nueva Orleans —respondió—. Sin embargo, desde que conocí a Phoebe, pienso en regresar. Me imagino llevándola allí una vez que sepa lo de Obadiah. Si es que aún me quiere después de contárselo.

—Aún te querrá. —Estaba segura de ello.

—En cuanto a Hadley, puedes volver siempre que quieras —añadió Matthew—. La casa es tuya.

—¿Cómo? —Marcus parecía confuso.

—Es evidente que no has repasado todas las transacciones inmobiliarias de los Caballeros de Lázaro —respondió Matthew con sequedad—. Se la compré a tu madre justo antes de que ella y el resto de la familia se trasladaran a Pensilvania. El marido de Patience recibió una pensión de excombatiente en forma de una concesión de tierra.

—No lo entiendo —musitó Marcus aturdido—. ¿Cómo ibas a saber entonces que alguna vez querría regresar?

—Porque es tu hogar, la tierra donde naciste. Allí te sucedieron cosas terribles y sufriste como ningún niño debería haber sufrido.

* Mención a la Declaración de Independencia de Estados Unidos de 1776 en la que la vida, la libertad y la búsqueda de la felicidad se consideran derechos inalienables. *(N. de la T.)*.

** Estas palabras («a more perfect Union») forman parte del preámbulo de la Constitución de Estados Unidos de septiembre de 1787. *(N. de la T.)*.

Pensé en Matthew, quien, al igual que Marcus, había elegido acabar con la vida de Philippe antes que permitir que su padre viviera como un hombre roto. Aquellas no eran palabras vacías para él. Hablaba desde el corazón... y desde la experiencia.

—El tiempo es capaz de curar estas viejas heridas —continuó Matthew—. Luego llega el día en que ya no nos duelen como lo hicieron en el pasado. Esperaba que este fuera tu caso. Vi lo mucho que amabas Hadley en 1781, a pesar de que los recuerdos de tu padre seguían frescos y penetrantes.

—Así que compraste la granja —dijo Marcus con cautela— y la conservaste.

—Y cuidé de ella —añadió Matthew—. Desde entonces se ha trabajado la tierra. Se la arrendé a los Pruitt mientras pude.

—¿La familia de Zeb?

Matthew asintió.

Marcus hundió el rostro entre las manos, embargado de emoción.

—La mano invisible no siempre ha de ser una mano de hierro —terció Ysabeau dulcemente, mirando a Matthew con amor—. Lo que de jóvenes nos parece un freno puede traernos consuelo con el pasar de la vida.

—Todos nos sentíamos oprimidos bajo las normas de Philippe, Marcus —dijo Baldwin—, pero nunca se nos ocurrió que las cosas debieran, o pudieran, ser de otra manera.

Marcus reflexionó un momento sobre las palabras de su tío.

—Al principio culpé a Matthew de lo sucedido. Me parecía que era el último en una larga línea de patriarcas que intentaban arrebatarme mi libertad —admitió Marcus—. Tardé mucho en ver que se hallaba atrapado en la misma red de lealtades y obediencias que a mí me ataba en Hadley. Y tardé aún más en admitir que Matthew tuvo razón al ir a Nueva Orleans y poner fin a lo que estaba haciendo.

Vi en la expresión de Matthew que aquello era nuevo para él.

—Era demasiado joven para tener hijos. Debería haber aprendido la lección con Vanderslice, pero seguí convirtiendo a más personas. Si no hubieras venido a Nueva Orleans cuando lo hiciste,

Matthew, es imposible saber lo que podría haber pasado. Pero el derramamiento de sangre habría sido mayor; de eso estoy seguro.

Se apoyó en la isla de cocina y fue recorriendo con los dedos las marcas y surcos de la madera.

—Siempre que pienso en aquel momento de mi vida, lo que recuerdo son los funerales. Mi viaje a Nueva Orleans empezó con uno y dejé la ciudad después de otros cien —musitó—. A otras personas, Nueva Orleans les evoca colores vivos, risas y desfiles. Pero la ciudad tiene un lado más oscuro, tanto ahora como antes.

32

Futuro

ENERO DE 1805-SEPTIEMBRE DE 1817

Marcus volvía a casa a primera hora de una gélida mañana de enero cuando se topó con un anciano marchito, que trataba de huir de una pandilla de muchachos en la intersección, normalmente tranquila, de Herring Street y Christopher Street. Las casas y tiendas de madera estaban cerradas y no había viandantes que pudieran intervenir. El largo abrigo del hombre estaba cubierto de barro, como si lo hubieran derribado y luego lo hubieran vuelto a poner de pie para derribarlo nuevamente.

—Dejadme —dijo el hombre, agitando una jarra de cerámica ante los muchachos. Su habla arrastrada indicaba que había estado bebiendo, y mucho.

—Venga, abuelo, ¿dónde está tu patriotismo? —lo jaleó uno de los chicos—. Todos tenemos derecho a algo de felicidad, ¿no?

La caterva se unió con sus abucheos y el círculo se fue cerrando alrededor del anciano.

Marcus apartó a los jóvenes a empellones, abriéndose paso rápidamente mientras repartía codazos a derecha e izquierda. El grupo se alejó. El hombre estaba agazapado contra un muro de ladrillos, vacilante y con los ojos desenfocados. El olor acre del miedo y el orín lo envolvía. Levantó las manos en el aire con ademán de rendición.

—No me haga daño —dijo.

—¿Señor Paine?

Marcus se quedó mirándolo. Bajo las manchas de suciedad y el cabello gris desordenado y sucio, distinguió un rostro conocido. Paine observó a Marcus con los ojos entrecerrados, tratando de adivinar si era amigo o enemigo.

—Soy Marcus..., Marcus de Clermont. —Le tendió la mano con gesto amistoso—. De París.

—Oiga usted, tendrá que esperar su turno —dijo uno de los muchachos. Tenía los puños ensangrentados y de la nariz le colgaba un hilo de moquillo por el frío.

Marcus se volvió hacia él y le enseñó los dientes. El chico dio un paso atrás con los ojos como platos.

—Buscaos otra diversión —gruñó Marcus.

Los chicos se quedaron inmóviles, sin saber qué hacer. El líder de la manada, un corpulento matón adolescente con mala cara y sin incisivos, decidió enfrentarse a Marcus. Dio un paso adelante con los puños en alto.

De un solo golpe, quedó fuera de combate. Los amigos del muchacho se lo llevaron a rastras, lanzando miradas temerosas a sus espaldas.

—Gracias, amigo mío. —Thomas Paine estaba temblando, las manos trémulas por la exposición a los elementos y a las bebidas fuertes—. ¿Cómo ha dicho que se llamaba?

—Marcus de Clermont. Usted conocía mis abuelos —le explicó Marcus, al tiempo que le quitaba la jarra de ron de la mano—. Lo llevaré a su casa.

Paine emanaba un olor distintivo de alcohol, tinta y carne salada. Marcus siguió su olfato y la combinación lo llevó hasta el origen: una casa de huéspedes de madera en mitad de una manzana en Herring Street, al sur. En el interior, la luz de las velas iluminaba las lamas de las persianas.

Marcus llamó a la puerta. Una mujer atractiva de entre treinta y cinco y cuarenta años, con ojos del color del brandy y rizos castaños veteados de gris abrió la puerta de golpe. La flanqueaban dos chicos, uno de ellos con el atizador de la lumbre en la mano.

—¡Monsieur Paine! ¡Estábamos muy preocupados!

—¿Me permite meterlo en casa? —preguntó Marcus. Paine yacía inerte en sus brazos. Se había desmayado en mitad del breve trayecto—. ¿Madame...?

—Madame Bonneville, soy amiga de monsieur Paine —explicó la mujer en inglés con un fuerte acento extranjero—. Por favor, entre.

En el momento en que Marcus atravesó el umbral de la casa de huéspedes de Herring Street, cambió su vida de aislamiento y trabajo por una de animados debates y preocupación familiar. Los Bonneville no solo cuidaron de Paine, alcohólico y propenso a la apoplejía, sino también de Marcus. Se acostumbró a volver a Herring Street después de trabajar en el hospital o al cabo de una jornada extenuante atendiendo a pacientes privados en su casa de la cercana Stuyvesant Street. Francia había rechazado a Paine y los compatriotas americanos de Marcus ridiculizaban las ideas radicales sobre la religión del anciano estadista. Sin embargo, nada le gustaba tanto a Marcus como sentarse con Paine al pie de la ventana que daba al sur en la planta principal, con la persiana subida para que ambos pudieran escuchar las conversaciones de la calle, y discutir las reacciones a las noticias del día. En la mesa que tenían delante siempre había libros, así como los anteojos de Paine y un decantador lleno de líquido oscuro. Una vez que habían agotado los temas de actualidad, rememoraban sus tiempos en París y recordaban a sus conocidos en común, como el doctor Franklin.

Marcus llevaba consigo su ejemplar de *Sentido común*, tan usado que el papel se había ablandado y estaba suave al tacto, y en ocasiones leía pasajes en voz alta. Paine y él hablaban de los fracasos de las dos revoluciones, así como de sus éxitos. La independencia de las colonias del rey no había desembocado en una mayor igualdad, como el anciano había esperado. En Estados Unidos, los privilegios y las fortunas seguían siendo hereditarios, como antes de la revolución. Y seguía siendo posible esclavizar a los negros, a pesar de lo que afirmaba el segundo párrafo de la Declaración de Independencia.

—Mi amigo Joshua Boston me dijo que era un necio por creer que Thomas Jefferson pensaba en personas como él o como los Pruitt cuando escribió lo de que todos los hombres son creados iguales —le confesó a Paine.

—Bueno, no debemos cejar hasta que América esté a la altura de sus ideales —respondió este. Marcus y él a menudo debatían sobre los males de la esclavitud y la necesidad de abolirla—. ¿Es que no somos todos hermanos?

—Eso creo —reconoció el vampiro—. Quizá por eso siempre llevo conmigo sus palabras y no la Declaración de Independencia.

Conforme pasaron las semanas, Marcus fue conociendo mejor a la acompañante de Paine. Marguerite Bonneville y su marido, Nicholas, habían conocido al escritor en París. Bonneville había publicado las obras de Paine y, cuando las autoridades trataron de cerrar su imprenta, el hombre huyó. Cuando Paine volvió a América en otoño de 1802, llevó consigo a madame Bonneville y a sus hijos. La amistad de Marcus con la mujer se fue estrechando en cuanto ambos comenzaron a conversar entre ellos en francés. Poco después se convirtieron en amantes. Aun así, madame Bonneville siguió consagrándose a Paine, ocupándose de su granja en el campo y de sus asuntos en la ciudad, así como de sus compromisos, su correspondencia y su salud menguante.

Marguerite y Marcus se encontraban al pie de la cama de Paine cuando el hombre que había dado voz a una revolución dejó este mundo un día cálido y húmedo de junio de 1809.

—Se ha ido —dijo Marcus, cruzando con dulzura las manos de Paine sobre su corazón.

El año que había pasado en París en 1794, encarcelado en la prisión de Luxemburgo, lo había dejado debilitado, y Marcus sabía que la querencia de su amigo por el alcohol aceleraría su fin.

—Monsieur Paine era un hombre de bien, además de una gran persona —dijo madame Bonneville, con los ojos hinchados por las lágrimas—. No sé qué habría sido de nosotros si no nos hubiera traído a América.

—¿Qué sería de ninguno de nosotros sin él?

Marcus cerró el estuche de madera donde guardaba las medicinas. El tiempo de los bálsamos y elixires había acabado.

—Quería que lo enterrase en New Rochelle, entre los cuáqueros —dijo madame Bonneville.

Ambos sabían dónde guardaba Paine su último testamento: tras un delgado panel de madera en la parte trasera del aparador de la cocina.

—Lo llevaré hasta allí —dijo Marcus. Se hallaban a más de veinte millas, pero estaba dispuesto a honrar los últimos deseos de su amigo sin reparar en gastos ni distancias—. Espera con él mientras busco una carreta.

—Iremos contigo —repuso Marguerite, posando una mano en el brazo de Marcus—. Los niños y yo no lo abandonaremos, y a ti tampoco.

Llegaron a New Rochelle durante el largo crepúsculo estival. Habían tardado en llegar todo el día. Dos hombres negros conducían la carreta que portaba el cuerpo de Paine. Eran los únicos que Marcus había encontrado dispuestos a llevar a un difunto hasta Connecticut bajo el calor estival. Los tres primeros a quienes Marcus había abordado se le habían reído en la cara en cuanto les explicó el trayecto. Tenían trabajo de sobra en la ciudad, ¿para qué iban a llevar un cuerpo en descomposición hasta la costa?

Marcus cabalgaba junto a la carreta, mientras que Marguerite y sus hijos, Benjamin y Thomas, los acompañaban en un carruaje. Una vez llegados a New Rochelle, alquilaron una habitación en una posada, pues era demasiado tarde para enterrar a Paine. Marcus y los Bonneville compartieron una habitación, mientras que los carreteros, Aaron y Edward, durmieron con los caballos en el granero.

A la mañana siguiente, Marcus y Marguerite fueron rechazados en el cementerio cuáquero.

—No era hermano nuestro —dijo el anciano que les impidió franquear los muros bajos de piedra.

Marcus trató de argumentar con el hombre y, cuando no funcionó, apeló a su patriotismo. También fracasó, al igual que sus intentos de despertar su piedad y hacerlo sentir culpable.

—Pues menuda hermandad —protestó airado Marcus, cerrando de golpe la portezuela del carro.

—Y ahora ¿qué hacemos? —preguntó Marguerite. Estaba blanca como el papel de puro agotamiento y tenía unas ojeras profundas por el pesar—. No estoy segura de cuánto tiempo más podremos retener a los carreteros.

—Lo enterraremos en la granja —dijo Marcus, apretándole la mano para transmitirle confianza.

Él mismo cavó la tumba, bajo el avellano donde Paine solía sentarse aquellos días de verano tan lejanos, la sombra de la densa copa protegiéndolo del sol. Era la segunda vez que Marcus cavaba una tumba entre las raíces de un árbol antiguo. Esta vez, su fuerza vampírica y su amor por Paine agilizaron sobremanera la tarea.

No había un ministro presente, nadie que pronunciara las palabras de Dios sobre el cuerpo mientras Aaron, Edward, Marcus y Benjamin Bonneville bajaban a Paine al hoyo. Marguerite sostenía un ramillete de flores que había recogido del jardín y lo depositó sobre el cuerpo amortajado. Los carreteros se marcharon en cuanto hubieron terminado su trabajo y regresaron a Nueva York.

Marcus y Marguerite se quedaron junto a la tumba hasta que la luz comenzó a declinar, con sus hijos, Benjamin y Thomas, de pie y en silencio entre ellos.

—Él habría querido que pronunciaras unas palabras, Marcus —dijo Marguerite, con una mirada de ánimo.

No obstante, no se le ocurría nada apropiado que decir ante el cuerpo de un hombre que no creía en Dios, en la Iglesia ni en el más allá. Thomas Paine había llegado a la conclusión de que la religión era la peor forma de tiranía, ya que lo perseguía a uno más allá de la muerte, hasta la eternidad, cosa que ningún rey ni déspota había logrado.

Al cabo, Marcus decidió repetir algo que el propio Thomas había escrito:

—«Mi patria es el mundo y mi religión hacer el bien». —Agarró un puñado de tierra y lo vertió sobre la tumba—. Ve en paz, amigo mío. Es hora de que otros continúen tu trabajo.

La muerte de Thomas Paine cortó los últimos lazos que Marcus mantenía con su vida anterior de un modo más radical que el cambio del siglo, por simbólico que este hubiera sido. Llevaba recorriendo el mundo más de cinco décadas y, durante todo ese tiempo, siempre había sentido la llamada de Hadley, de su familia y de la guerra de Independencia, que lo anclaban al pasado. Una vez muerto Paine, no quedaba nada sobre lo que echar la vista atrás salvo una crónica de pérdidas y decepciones. Marcus necesitaba encontrar un futuro que no estuviera tan lastrado por el pasado y se preguntaba cuánto tardaría en hacerlo.

Marcus encontró su futuro en la frontera sur de Estados Unidos, en la sensual Nueva Orleans.

—¿Cuánto hace que llegó? —le preguntó a su paciente, un joven de dieciocho años procedente de Santo Domingo. Los refugiados continuaban arribando a la ciudad desde la isla que antaño habían considerado su hogar, expulsados por la guerra entre España y Francia.

—El martes —respondió. Estaban a viernes.

—¿Está vacunado de viruela? —preguntó Marcus, mientras le palpaba el cuello y examinaba el interior de los ojos en busca de signos de ictericia.

El nuevo método de Jenner para prevenir la viruela empleando una cepa de viruela bovina, más seguro, había revolucionado la medicina. Marcus estaba seguro de que se hallaban en los albores de una nueva era para los pacientes, con remedios más eficaces basados en la estimulación de las respuestas fisiológicas a las enfermedades.

—No, monsieur.

Tras haberlo examinado, no creía que el hombre tuviera viruela, fiebre amarilla ni ninguna de las otras enfermedades altamente contagiosas que sembraban el terror por toda la ciudad. Lo que la diarrea líquida y los vómitos que sufría sugerían era que padecía cólera. Esta era endémica en Nueva Orleans debido al alcantarillado deficiente y al hacinamiento en las viviendas.

—Me complace confirmarle, señor, que se trata de cólera y no de viruela —le comunicó, apuntando el diagnóstico en su libro. Estaba realizando un seguimiento de sus pacientes por edad, barco del que procedían, lugar de residencia y si se hallaban inoculados o vacunados. En Nueva York, registros médicos como aquellos habían ayudado a Marcus a reaccionar con presteza cuando se habían producido nuevos brotes de fiebres y allí, en Nueva Orleans, ya constituían un recurso de utilidad para las autoridades municipales.

—¿Cólera? ¿Voy a morir? —preguntó el joven con temor.

—No lo creo —respondió.

El muchacho parecía joven y sano. Eran los niños y los ancianos quienes parecían verse especialmente afectados por la enfermedad, aunque Marcus tendría que esperar y ver si ese patrón también se confirmaba en Nueva Orleans.

Mientras recogía las hierbas y las tinturas que necesitaba para preparar un remedio para su nuevo paciente, tuvo la extraña y desagradable sensación de que lo espiaban. Levantó la vista de su formulario médico, donde apuntaba las curas y su efectividad. Había un hombre al otro lado de la calle donde Marcus tenía su pequeña botica. De estatura y complexión normales, vestía un traje bien confeccionado, pero que le quedaba mal. Observaba cada movimiento de Marcus mientras barajaba cartas. A pesar de la distancia, le llamaron la atención sus cautivadores ojos verdes.

—Aquí tiene, le he preparado un par de medicamentos. —Marcus había mezclado menta verde, alcanfor y unas semillas de amapola para aliviar las náuseas y los calambres—. Añada una cucharada en agua hirviendo y tómelo cuando esté templado, no caliente. No lo beba todo dc una vez o no le aguantará en el estómago. Traté de descansar. Debería sentirse mejor de aquí a una semana aproximadamente.

Una vez que el paciente hubo pagado por sus servicios, Marcus salió a la calle.

Estaba seguro de que el tipo que lo observaba no era un vampiro, pero era imposible saber de lo que su abuelo era capaz para tenerlo vigilado, tal vez hasta emplear a un espía de sangre caliente. Marcus había imaginado que los De Clermont tardarían años en encontrarlo en Nueva Orleans, pero quizá Philippe era más poderoso de lo que sabía.

—¿Qué puedo hacer por usted? —le preguntó Marcus.

—Eres muy joven para ser médico, ¿no?

El hombre tenía la pronunciación lenta y despreocupada de las colonias del sur, con un toque de acento francés y un atisbo de dialecto local, demasiado forzado para resultar natural. Quienquiera que fuese, ocultaba algo.

—¿De dónde es? Usted no es de aquí. Diría que viene de Virginia —aventuró Marcus, haciendo que una chispa brillara en los ojos del hombre—. ¿Necesita asistencia médica?

—No, yanqui, no la necesito —respondió este antes de escupir un salivazo de tabaco que cayó sobre una cáscara de huevo que flotaba en el agua sucia de la alcantarilla.

Marcus se apoyó en la jamba de la puerta, cuya pintura se estaba descascarillando. Aquel hombre tenía algo que lo intrigaba. Le recordaba un poco a Vanderslice con su combinación de falsedad insolente y encanto sincero. Aunque habían pasado casi dos décadas, Marcus seguía echando de menos a su viejo amigo.

—Me llamo Chauncey —dijo.

—Ya lo sé. El joven doctor Chauncey es la comidilla de la ciudad. Todas las mujeres andan enamoradas de ti y los hombres juran sentirse más sanos y viriles que nunca después de haber ido a verte. Eres toda una sensación, a mi entender. —El hombre mostró una sonrisa encantadora—. Ransome Fayreweather, a tu servicio.

—Baraja usted las cartas como un verdadero tahúr —dijo Marcus. Sus dedos rápidos le recordaron el modo en que Fanny manejaba los naipes.

—No se me da mal —respondió el hombre sin dejar de barajar, los naipes moviéndose con habilidad y rapidez entre sus manos.

—Quizá podríamos jugar algún día —sugirió Marcus, que había aprendido algún que otro truco con Fanny y sentía que podría estar a la altura del tal Fayreweather.

—Ya veremos. —El hombre se levantó el sombrero con cortesía exagerada—. Que tengas buen día, Doc Chauncey.

Marcus estaba seguro de que volvería a ver a Fayreweather, y acertó. Al cabo de dos semanas lo encontró en la Place d'Armes, vendiendo medicamentos desde una mesita cubierta por un paño negro que sujetaba una calavera humana. Los ciudadanos de Nueva Orleans —tostados, negros, cobrizos, blancos y de todos los colores intermedios— se apiñaban alrededor del puesto hablando en francés, español, inglés y lenguas desconocidas para él.

—¿Está usted vacunada? —preguntó Fayreweather imitando con habilidad a Marcus.

—Sí, señor —preguntó su potencial paciente—. Al menos, creo que fue una vacuna. Una de las brujas me rascó el brazo con una pata de pollo y escupió sobre el rasguño.

Marcus se quedó horrorizado.

—Me complace confirmarle, madame, que tiene usted cólera. Y yo tengo el tratamiento perfecto: el Elixir de Chauncey. Mi receta exclusiva —anunció Fayreweather, mostrándole un frasco verde.

Marcus continuó observando a Fayreweather representar el papel de Doc Chauncey, el genio de la medicina venido del norte y recién llegado a Nueva Orleans. Al cabo de unos pocos pacientes más, el charlatán se percató de su presencia. Cuando alzó la vista, Marcus se llevó la mano a la chistera.

Fayreweather comenzó a recoger sus bártulos. No parecía apresurado, pero Marcus notó en él el olor del miedo y oyó que se le aceleraba el corazón.

—¡Qué ven mis ojos, pero si es el doctor Chauncey! —dijo Marcus, caminando en dirección hacia Fayreweather—. ¿Qué lo ha llevado a dejar su establecimiento y echarse a la calle?

—El olor del dinero —respondió—. Aquí hay más que en Chartres Street.

—Enhorabuena por haber aprobado el examen del Cabildo y haber obtenido el certificado para dispensar medicamentos. —Marcus cogió el pedazo de papel que sujetaba la calavera. Se parecía al documento que colgaba en la pared de su establecimiento, mostrando que se trataba de un médico irrefutable y no de un curandero. Volvió la vista hacia un pelotón de la Garde de Ville que había en las proximidades. Fayreweather tenía arrestos para ponerse a embaucar a la gente a tiro de piedra de las fuerzas del orden municipales—. Tengo entendido que la prueba dura tres horas.

—En efecto —respondió el charlatán, arrebatándole de las manos el papel.

—Escuche —dijo Marcus bajando la voz—. No tengo intención de privarlo de su libertad y de su medio de vida, pero le ruego que se haga pasar por otra persona. —Entonces se llevó la mano al sombrero y se alejó.

Apenas había avanzado unos pasos cuando lo detuvo la voz de Fayreweather.

—¿A qué juegas, amigo?

Marcus se dio la vuelta.

—¿Que a qué juego?

—Sé de sobra cómo reconocer a un farsante.

—No sé de qué habla —respondió Marcus sin perder la calma.

—Si no quieres contármelo, por mí bien. —Fayreweather sonrió—. Pero descubriré tu secreto, tenlo por seguro.

Tras su encuentro en la Place d'Armes, Fayreweather siguió haciendo su agosto por la ciudad superpoblada. Marcus lo atisbó jugando a las cartas en la parte trasera de su café favorito. Lo oyó mientras trataba de seducir con voz acaramelada a una joven viuda en Chartres Street. Poseía un violín y lo tocaba por las esquinas, atrayendo a muchedumbres de oyentes fascinados. Allá donde iba, había vida y risas. Marcus no tardó en envidiarlo.

Empezó a buscarlo durante la jornada y se llevaba una decepción si no se topaba con sus ojos verdes de mirada sardónica o no tenía ocasión de saludarlo en el mercado. Un día, compartió mesa con él en su establecimiento de bebidas favorito, el Café des Réfugiés, en la rue de Saint Philip.

—Creo que deberías llamarme Ransome —sugirió Fayreweather tras brindar—, y creo que deberías divertirte un poco, Doc. De lo contrario, te vas a hacer viejo antes de tiempo.

Marcus se dejó arrastrar por el universo seductor de Ransome, con sus jugadores y sus putas, rodeados de hombres y de mujeres que trataban de labrarse una nueva vida en el puerto desbordante de actividad que acogía al mundo entero. Los navíos llegaban a la desembocadura del Mississippi desde todos los países imaginables; unos cargados de pasajeros, otros, de mercancías.

Poco a poco, comenzó a desprenderse de las capas de sufrimiento que lo envolvían desde la niñez y la revolución, reforzadas por la guerra y la adversidad. Rodeado de los amigos de Ransome, Marcus se acordaba a menudo de los tiempos que había pasado con los seguidores de la Iglesia de Moravia —por extraño que resultase pensar en el hermano Ettwein o en la hermana Magdalene en un tugurio o un burdel— y en la comunidad que formaban aquellas alianzas improbables. Marcus comenzó a reír con los chistes de Ransome y a compartir chismes y noticias políticas cuando se sentaba con su taza de café en la taberna de Lafitte.

Fue en uno de esos momentos de camaradería cuando Ransome acabó por sonsacarle su secreto.

Estaban fumando cigarros puros y bebiendo vino en un salón de juego de Saint Charles Avenue. Los gruesos cortinones de terciopelo rojo bañaban el lugar de una luz siniestra, y la atmósfera preñada de nerviosismo de los jugadores y de humo del tabaco era tan densa que resultaba sofocante.

—Arriba esas cartas, Doc —dijo Ransome, arrojando un puñado de fichas al centro de la mesa.

—Me temo que me has pillado en mal momento.

Esa noche Marcus no tenía dinero ni fichas ni suerte.

—Siempre puedes contarme tu secreto y quedamos en paz —dijo Fayreweather, que no perdía ocasión de abordar el tema cada vez que Marcus perdía una partida.

—Nunca te rindes, ¿eh, Ransome? —repuso Marcus riendo.

—Ni aunque la muerte me estuviera mirando a la cara —respondió Fayreweather con jovialidad—. Le propondría una partida de monte y le sacaría el dinero como a todos los demás.

Fayreweather había estado enseñando a Marcus algunos de los trucos que empleaba con los visitantes acaudalados de Nueva Orleans.

Fanny adoraría a Ransome, pensó Marcus con melancolía, al acordarse del bullicioso hogar y el espíritu entusiasta de su tía. A cada año que pasaba, Marcus se sentía más solo y nostálgico.

—Con ese aspecto, nadie diría que eres todo un hombre de éxito. —Como todos los tahúres profesionales, Ransome era un excelente observador—. Pareces sumamente melancólico, Doc. ¿No puedes prescribirte nada que te cure el abatimiento?

—Solo estaba pensando en la gente que he dejado atrás.

—Entiendo lo que quieres decir. —Sus ojos centellearon—. Todos hemos perdido a alguien por el camino hasta aquí.

—Yo perdí mi vida antes de volver a recuperarla —reconoció Marcus, con la mirada fija en la copa de vino—. Dejé mi hogar, regresé y volví a irme. Surqué los mares, conocí a Ben Franklin y enterré a Thomas Paine. Estudié en la universidad, pero aprendí más en las calles de París en una noche que en un año en Edimburgo. Amé a dos mujeres y tuve un hijo, pero aquí estoy, solo en Nueva Orleans, bebiendo vino añejo y perdiendo dinero a espuertas.

—¿Has dicho Ben Franklin? —preguntó Ransome, mordisqueando pensativo el cigarro.

—Pues sí —respondió Marcus, antes de darle otro trago al vino.

—Creo, hijo mío, que murió antes de que tú nacieras. —Fayreweather dejó las cartas sobre la mesa: una escalera—. Si quieres pasar por quien no eres, debes tener más cuidado con tus embustes. Por un momento, he estado a punto de creerte. Pero al mencionar a Franklin...

—Nací hace más de cincuenta años —afirmó Marcus—. Soy un vampiro.

—¿Uno de esos chupasangres de los que siempre hablan madame D'Arcantel y sus amigas?

—Son brujas. No se puede creer una palabra de lo que dicen.

—Cierto —concedió Ransome, entrecerrando los ojos—, así que ¿por qué voy a creerte a ti?

Marcus se encogió de hombros.

—¿Porque te estoy diciendo la verdad?

—Sí, así lo creo... y es la primera vez que lo haces.

Después de aquella noche, Marcus le contó a Ransome más cosas sobre cómo era ser un vampiro de las que probablemente convenía. Lo llevó a cazar a los pantanos y le demostró cómo a veces aplicaba unas gotas de sangre vampírica a una herida para salvar una vida, aunque no debería hacerlo. Una vez más, Marcus había encontrado un hermano en quien menos lo esperaba, alguien como Vanderslice, que lo aceptaba por quien era y como era.

—¿Por qué no nos conviertes a todos en vampiros como tú? —preguntó Ransome.

—No es tan fácil como suena —le explicó Marcus—. Una vez engendré un hijo, pero se juntó con malas compañías y acabó muerto.

—Debes elegir hijos más inteligentes —replicó Ransome, mirándolo sin dejar de cavilar.

—Entiendo. ¿Y crees que tú tienes lo que hace falta para ser un vampiro? —contestó Marcus riendo.

—Desde luego. —En los ojos de Ransome asomó un destello de deseo repentino antes de volver a la normalidad—. Juntos, podríamos formar una familia que gobernaría la ciudad por los siglos venideros.

—No si mi abuelo se entera.

Pero aquello no hizo desistir a Ransome. Primero se ofreció a pagarle por que lo transformara en vampiro. Luego lo amenazó con exponerlo a las autoridades a menos que lo hiciera inmortal. Finalmente, cuando se estaba muriendo de malaria, el azote de la ciudad debido a su situación fluvial, ofreció a Marcus su garito de apuestas, su sustancial fortuna y un establecimiento privado cuya existencia Marcus desconocía a cambio de su sangre. A base de engaños y estafas, Fayreweather había amasado caudal suficiente para abrir en la parte vieja de la ciudad su propio establecimiento dedicado a la bebida, las apuestas, la prostitución y otros placeres de la carne. En los peores días, Ransome ingresaba una pequeña fortuna. En los buenos, ganaba más dinero que el mismísimo Creso. Cuando le mostró a Marcus un libro de contabilidad en el que constaban sus propiedades e inversiones, este se quedó estupefacto... y admirado.

A sabiendas de que era una mala idea, Marcus decidió probar por segunda vez la paternidad. No quería volver a la vida que llevaba antes de la llegada de Ransome: una vida discreta y productiva, con pocas ocasiones para reír y muchas para leer *Sentido común*. Al contrario, Marcus quería participar en sus planes de ampliar el bar conocido como Domino Club y codearse con los animados ciudadanos de Nueva Orleans en las mesas a la hora de cenar y en las salas de espectáculos para celebrar los placeres de la juventud.

Administró su sangre a su amigo moribundo en el opulento dormitorio de la planta superior de su nueva mansión en Coliseum Street.

A diferencia de Vanderslice, Ransome se hizo a la vida de vampiro como si chuparles la sangre a los humanos formara parte de su naturaleza. Por su lado, Marcus descubrió en la voz de su sangre que llevaba engañando a la gente desde que tenía ocho años, cuando empezó a timar a los incautos moviendo tres cáscaras de nuez con un grano de maíz escondido en una de ellas sobre una puerta de granero.

Las actividades médicas de Marcus continuaron prosperando tras la transformación de Ransome. La ciudad había crecido considerablemente gracias a la continua llegada de refugiados del Caribe, a los tratantes de esclavos que descargaban a sus cautivos en los muelles y a los especuladores y promotores que arribaban en busca de fortuna. Desde luego, era un plan que le había funcionado a Ransome, quien se había convertido en uno de los hombres más ricos de Nueva Orleans y contaba con permanecer en tan envidiable posición el resto de sus días.

Su futuro dependía de los hijos que pudiera tener por sí mismo. Comenzó por un mulato llamado Malachi Smith, un tipo menudo y ágil que trepaba por las fachadas de las casas y se introducía en los dormitorios a robarles las joyas a las damas. Marcus se convirtió en abuelo y, con el título, aumentaron las preocupaciones por la notoriedad creciente de su familia.

Luego Ransome adoptó a Crispin Jones, un joven británico recién llegado a Nueva Orleans, con buena cabeza para los negocios y buen gusto para los jovencitos.

—No puedes continuar convirtiendo a vampiros, Ransome. De seguir así, van a descubrirnos —le advirtió Marcus una noche mientras cazaban en los pantanos de las afueras de la ciudad algo con lo que alimentar a su último proyecto: una prostituta criolla llamada Suzette Boudrot, atropellada por una carreta cerca de la catedral.

—¿Y qué? —replicó—. ¿Qué van a hacer si descubren que somos vampiros: dispararnos?

—Vampiro o no, una bala entre ceja y ceja te mata igual —afirmó Marcus—. Y lo mismo sucede con la horca.

—En la Place d'Armes solo se ahorca a los esclavos huidos y a los felones. En el peor de los casos pasaría un día en la picota con un cartel colgado del cuello. Además, no tendríamos ningún problema con la ley si me dejases convertir a unos cuantos policías en vampiros.

—Eres demasiado joven.

—Soy mayor que tú.

—En términos humanos sí, pero aún no estás listo para tener más hijos —dijo Marcus, que se contuvo antes de continuar repitiendo los argumentos de los De Clermont—. De todas formas, es demasiado arriesgado. No debemos reunirnos en manada. Cuando lo hacemos, los humanos lo notan. Los ponemos nerviosos, ¿sabes?, y en cuanto algo sale mal...

—Y siempre hay algo que sale mal —observó Ransome con la voz de la experiencia.

—En efecto —confirmó Marcus—. Ahí es cuando los humanos empiezan a buscar alrededor a quién culpar de sus problemas. Y nosotros llamamos la atención, igual que las brujas.

—¿En esta ciudad? —Ransome soltó una carcajada —. Por Dios, Marcus, con tanta gente rara en Nueva Orleans, unos pocos vampiros más o menos no constituyen ninguna diferencia. Además, ¿no te cansas de decirles adiós a tus amigos?

La ciudad se veía continuamente asolada por las enfermedades y todos los meses Marcus parecía perder a alguien a causa de la última epidemia desatada. Asintió a regañadientes.

—Eso creía. Además, lo único que voy a hacer es cumplir las promesas de la revolución por la que luchaste: libertad y fraternidad. En cuanto a la igualdad, ¿no es precisamente de lo que se trata?

Convencido por Ransome de que nadie se daría cuenta y animado por su propio deseo de pertenencia, Marcus comenzó a fijarse en jóvenes que parecían destinados a algo mayor que lo que su triste vida les había deparado. Uno a uno, comenzó a salvarlos.

Empezó por Molly, una nativa choctaw que trabajaba en una de las habitaciones superiores de Ransome y tenía voz de ángel. ¿Acaso era justo que una joven tan bonita perdiera la vida, por no hablar de su belleza, debido a que uno de sus clientes le había contagiado la sífilis? Marcus pensaba que tener una hija dotaría de respetabilidad a la familia, les proporcionaría a Ransome y a él una señora para su mansión y acallaría las habladurías de los vecinos. Ninguno de aquellos sueños se hizo realidad.

Volvió a intentarlo con Jack el Tuerto, que formaba parte de la banda de Lafitte hasta el día en que, borracho, cayó sobre el remate en forma de flor de lis de una valla de hierro forjado. La punta le entró justo por el ojo. Marcus fue capaz de sacársela, al igual que toda su sangre, pero no pudo salvarle el globo ocular. A continuación le dio cantidad suficiente de la suya para devolverle la vida, aunque el ojo nunca curó, sino que el iris se volvió de un negro mate que daba la impresión de tener la pupila permanentemente dilatada y quedó ciego.

Después de Jack el Tuerto llegó Geraldine, la acróbata francesa capaz de saltar de un balcón a otro en Bourbon Street aun antes de convertirse en vampira, y Waldo, crupier en el nuevo salón de Ransome y capaz de detectar una trampa antes que nadie en Nueva Orleans. Myrna, la vecina de Ransome, que tenía demasiados gatos y donaba su ropa a los pobres —aunque eso supusiera desnudarse en la rue Royale y darle los pololos a alguna mendiga—, tenía un corazón de oro y un espíritu quijotesco que a todos servía de diversión, incluso cuando los esclavos se rebelaron y los británicos amenazaron con invadir la ciudad. Marcus no podía dejarla morir, aunque su frágil estado mental no mejoró una vez que empezó a beber sangre.

Poco a poco, la familia de Marcus se fue volviendo más numerosa y notoria. El cambio había sido tan progresivo que este ni se dio cuenta, aunque quienes sí se percataron fueron Marguerite d'Arcantel y su aquelarre, al igual que las autoridades municipales.

Para cuando la fiebre amarilla golpeó con fuerza la ciudad en el verano de 1817, la familia de Marcus contaba con dos docenas de hombres y mujeres de todos los orígenes, religiones, colores y lenguas maternas, y poseía tres destilerías, dos burdeles y el Domino Club de Ransome, que había sido clausurado varias veces y otras tantas había vuelto a la vida, cual vampiro, en forma de restaurante privado. Como el alcalde fue el primero en hacerse miembro, parecía poco probable que las partidas de cartas y las actividades sexuales que tenían lugar tras las comidas fueran a traerles problemas.

Hasta el momento álgido de la epidemia, los ciudadanos de Nueva Orleans no comenzaron a hacerse preguntas sobre Marcus y su familia. ¿Por qué ninguno caía enfermo jamás? ¿Qué era lo que les permitía conservar la salud cuando todos los demás sucumbían a la fiebre? Corrieron rumores de vudú, a los que Marcus respondió con carcajadas. Por fin se sentía cómodo en Nueva Orleans. Le gustaban la ciudad y sus habitantes. Se alimentaba bien, estaba contento con su trabajo y disfrutaba de su familia y de su vida ajetreada. A veces temía que Ransome y él estuvieran llamando demasiado la atención, pero era fácil dejar a un lado las preocupaciones para centrarse en una nueva partida de cartas o una nueva mujer en su cama.

Ambos se encontraban en el Domino Club, contando los ingresos de la noche mientras Geraldine consignaba las sumas en el libro de contabilidad, cuando una mujer llegó a su puerta. Era bellísima, no solo guapa, sino de una perfección que cortaba el aliento. Su herencia de origen mixto se traslucía en su cabello suavemente rizado —recogido en lo alto de la cabeza, aunque dejaba caer algunos mechones que se le pegaban al cuello en el aire húmedo—, la piel café con leche y los pómulos altos.

—Marcus de Clermont —dijo la mujer, sonriendo como una gata.

Ransome sacó una pistola del cajón del escritorio.

—Juliette. —Marcus sintió que el corazón le daba un vuelco.

Geraldine miró a la mujer de la puerta con curiosidad, tratando de entender el efecto que había provocado en él.

—Hola, Marcus. —Matthew de Clermont, su hacedor, apareció al lado de la mujer—. Te dije que se acordaría de ti, Juliette.

—¿Qué haces aquí? —le preguntó Marcus a Matthew, anonadado por la súbita intrusión del pasado en el presente.

—He venido a conocer a mis nietos. No se habla de otra cosa en la ciudad. —Su voz sonaba tranquila, pero era evidente que Matthew estaba furioso—. ¿Vas a presentarme o me presento yo?

—Supongo que conocerá a mi hijo.

Matthew sirvió una copa de vino al aristocrático vampiro sentado al otro lado de la mesa. Esta estaba tan pulida que su superficie de caoba reflejaba los contornos oscuros de De Clermont.

—Todo el mundo lo conoce.

El vampiro, al igual que Matthew, hablaba en francés. El francés de Marcus era excelente gracias a Fanny y Stéphanie, y vivir en Nueva Orleans le había permitido no perder fluidez.

—Lo lamento. —La voz de Matthew sonó sincera.

—Louis.

Juliette entró en la estancia con paso ligero. Iba tocada con un turbante de seda que dejaba escapar algunos bucles, enmarcando así su rostro y su cuello delicados. El vestido, también de seda, se fruncía bajo el pecho de un modo que acentuaba su figura esbelta y la curva de los hombros y los senos.

—Juliette —dijo Louis al tiempo que se ponía en pie y le hacía una reverencia. Le besó ambas mejillas a la manera francesa y le sacó una silla.

—Veo que has conocido al hijo de Matthew, que tantos problemas le trae. —Juliette hizo un seductor puchero con el labio inferior—. Por lo que tengo entendido, se ha portado muy mal. ¿Qué deberíamos hacer con él?

Matthew miró con cariño a Juliette y le sirvió una copa de vino.

—Gracias, mi amor, pero preferiría sangre —dijo—. ¿Te apetece un esclavo, Louis, o te basta con el vino?

—Por el momento tengo todo lo que necesito —respondió este.

—Aquí no tenemos esclavos.

A Marcus le habían dicho que no hablase a menos que uno de sus mayores se dirigiera a él, pero detestaba a Juliette Durand.

—Ahora sí.

Juliette chasqueó los dedos y una chiquilla negra de mirada perdida entró en la estancia. Trastabilló y estuvo a punto de caerse.

—Juliette, aquí no —dijo Matthew con tono de advertencia.

La mujer no le hizo caso.

—Te tengo dicho que no seas tan torpe. —Juliette apuntó al suelo delante de ella—. Arrodíllate. Ofrécete a mí.

La muchacha obedeció. Una sombra de pánico atravesó sus ojos, que cerró de inmediato. Inclinó la cabeza a un lado y, una vez más, le faltó poco para caer al suelo.

—¿Cuánta sangre le has sacado?

Marcus se levantó de un salto y apartó a la chica de un tirón, antes de examinarle los ojos y tomarle el pulso en la muñeca. Lo tenía débil e irregular.

—No toques lo que es mío. —Las uñas de Juliette se clavaron en el cuero cabelludo de Marcus cuando lo agarró del pelo—. Este es el problema de tu *hijo*, Matthew. No tiene respeto por la edad ni el poder.

—Suéltalo, Juliette —dijo Matthew—. En cuanto a ti, Marcus, no interfieras en sus asuntos.

—¡Esta es mi casa! —vociferó Marcus, sin soltar a la muchacha—. No permitiré que nadie maltrate a una niña, ni por comida ni por diversión.

—Cada cual tiene sus gustos —terció Louis con calma—. Con el tiempo aprenderás a aceptarlo.

—Jamás. —Marcus miró con asco a Matthew—. Esperaba más de ti.

—Yo jamás he tocado a un niño —respondió este mientras sus ojos se oscurecían.

—No, pero te has quedado de brazos cruzados mientras lo hacía tu ramera.

Juliette, sacando las uñas, se abalanzó sobre Marcus.

La niña, que se encontraba entre los dos, lanzó un grito de terror. Su corazón debilitado perdió el ritmo, se ralentizó y acabó por detenerse. La chiquilla se desplomó, muerta.

Myrna irrumpió en la estancia, ataviada únicamente con un corsé y un par de babuchas con tacón. Llevaba el cabello desordenado y blandía un cuchillo de cocina en una mano.

—¡La niña! ¡La niña! —sollozaba con los ojos fuera de las órbitas.

Comenzó a asestar cuchilladas a diestro y siniestro, tratando de acabar con los fantasmas que la hubieran acompañado hasta allí.

—Tranquila, Myrna. Estás a salvo. Nadie te hará daño —dijo Marcus, interponiéndose entre ella y el resto de los vampiros. Luego se quitó el abrigo y cubrió sus hombros trémulos.

—Fuera de esta casa. Todos.

En ese momento apareció Ransome con una pistola en la mano. Uno de sus amigos había modificado el cañón, por lo que albergaba una bala y una carga de pólvora tan grande que podría volarle media cabeza a un vampiro. Ransome la llamaba «mi ángel».

—Creo, monsieur de Clermont, que es hora de hacer algo más que hablar —comentó Louis con una mueca de superioridad.

Las muertes comenzaron con Molly. Su cuerpo apareció en los pantanos, con el cuello desgarrado salvajemente.

—Caimanes —confirmó el forense municipal.

Juliette sonrió, mostrando sus dientes de un blanco brillante.

Al cabo de unos días, Marcus comprendió que no eran los caimanes quienes se estaban deshaciendo de sus descendientes uno a uno. Todos morían en circunstancias extrañas que hacían pensar que la familia Chauncey de Coliseum Street estaba pasando por una racha tremenda de mala suerte.

Marcus sabía que no era la diosa Fortuna quien estaba llevando a cabo aquel trabajo cruel. Era Juliette. Y Matthew.

Podía distinguir en los asesinatos la mano de cada uno. Juliette siempre mostraba cierto grado de ferocidad, con heridas abiertas y signos de resistencia. Matthew tenía un estilo preciso, quirúrgico. Un tajo rápido en la garganta, de oreja a oreja.

Igual que Vanderslice.

—No habrá más hijos —le dijo Matthew, cuando apenas quedaba un puñado, incluido Ransome. Todos se habían escondido, la mayoría fuera de la ciudad—. Philippe te dio órdenes estrictas al respecto.

—Dile al abuelo que he recibido su mensaje.

Marcus, con la cabeza entre las manos, estaba sentado a la misma mesa en la que se reunía con su familia a contar historias e intercambiar insultos hasta altas horas de la noche de Nueva Orleans.

—Una tragedia —dijo Juliette—. Cuántas vidas sacrificadas inútilmente.

Marcus le dirigió un gruñido, desafiándola a continuar. Ella, prudente, se dio la vuelta. De no haberlo hecho, le habría arrancado el corazón y habría dejado que Matthew en castigo le royera hasta los huesos si quería.

—Jamás te lo perdonaré —le prometió a su padre.

—No lo dudo —respondió este—, pero había que hacerlo.

33

Sesenta

11 DE JULIO

Por fin, después de dos meses, la sangre vampírica de Miriam empezó a arraigar en el cuerpo de Phoebe. Algunos de los cambios físicos y emocionales eran sutiles, hasta el punto de que ni siquiera ella era capaz de percibirlos siempre de inmediato. Pero luego había momentos, como la noche en que se encontró con Stella junto al Sena, en que resultaba evidente la alteración de su sangre. La mayoría de los días, no obstante, Phoebe se miraba al espejo y veía reflejada la misma cara de siempre.

Sin embargo, conforme se acercaba a la fase de alevín en su desarrollo como vampira, iba teniendo más claro que ya no era un ser de sangre caliente. Sus cinco sentidos eran ahora agudísimos y ultraprecisos. Por ejemplo, para los vampiros no existía el ruido de fondo. Oía a un simple grillo tan fuerte como si se tratara de una banda de metales. Las conversaciones de móvil, que parecían producirse al volumen máximo, la sacaban de sus casillas hasta el punto de necesitar reprimirse para no quitarle a la gente el teléfono de las manos y pisotearlo. La música, en cambio, ay..., la música era una delicia. Nadie le había dicho que la música se convertiría en algo realmente cautivador. Cuando Phoebe oía una canción de cualquier estilo —música clásica, pop, daba igual—, se sentía como si las notas hubieran reemplazado la sangre de sus venas.

Ahora podía clasificar la información que recibía a través de la nariz en las mismas cinco categorías que los seres de sangre caliente usaban para los sabores: dulce, salado, ácido, amargo y umami. Le bastaba oler un animal o una persona para saber cuál sería su sabor y si disfrutaría alimentándose de él. Olfatear era mucho más humano que morder y eran muchas menos las cejas que se enarcaban.

Las brujas, Phoebe había descubierto paseando por la rue Maître Albert con Jason, olían casi a sacarina. A pesar de que le gustaba el dulce y aún disfrutaba oliendo los *macarons* y contemplando sus bellos colores delante del escaparate de Ladurée, el olor de las brujas le revolvía el estómago. No estaba segura de cómo iba a aguantar la presencia de Diana. ¿Quizá una se volvía menos sensible a un olor tan potente o más consciente de sus notas de entrada y salida, como con los perfumes de calidad...?

Al igual que sus sentidos, la memoria de Phoebe también había cambiado. Sin embargo, en lugar de aguzarse, se había vuelto más confusa y fragmentada. Anteriormente era capaz de recordar con exactitud de qué color vestía por su cumpleaños diez años atrás, cuánto le había costado cada uno de sus bolsos y los títulos (en el orden cronológico aceptado) de todos los lienzos que había pintado Renoir. Ahora olvidaba cuál era el móvil de Freyja en menos de una hora.

—¿Qué me pasa? —le preguntó a Françoise una vez en que no lograba encontrar las gafas—. Quiero sacar a Perséfone al jardín, pero hay demasiada luz fuera.

Eran las ocho de la mañana y estaba encapotado, pero a Phoebe la luminosidad seguía haciéndole daño a los ojos.

Encontró las gafas con ayuda de Françoise, pero entonces perdió a Perséfone. La descubrió en el cuarto de la colada, donde la gata sesteaba en un cesto lleno de ropa sucia de Miriam.

—Todos los *manjasang* tienen problemas de memoria —repuso Françoise—. ¿Qué esperabas? Tienes demasiados recuerdos para que el cerebro los guarde todos. Y cuanto más tiempo vivas, peor.

—¿En serio? —Eso no se lo había contado nadie—. ¿Cómo voy a volver a trabajar así?

Tener buena memoria era crucial para trabajar con obras de arte. Una tenía que ser capaz de recordar diferencias de estilo, cambios en las técnicas y materiales, y mucho más.

Françoise la miró con lástima.

—Pues claro que voy a volver a trabajar —aseveró Phoebe.

—Eso dices ahora —respondió Françoise mientras tapaba a Perséfone con una de las camisetas de Miriam como si fuera una mantita. En el delantero ponía «La alta costura es una actitud», un sentimiento que Freyja no compartía.

Phoebe estaba descubriendo que ser una vampira, como la mayoría de las cosas de la vida, constituía un delicado equilibrio entre pérdidas y ganancias. Cada pérdida, ya fuera temporal como su trabajo o permanente como el sabor del helado, venía acompañada de ganancias.

Un día, Françoise encontró a Phoebe examinando la última marca que había hecho en el marco de la puerta. Para alivio de la recién renacida, había crecido casi tres centímetros.

—Ha llegado tu profesora —le dijo al tiempo que le entregaba un par de medias de ballet y un maillot.

—Bajaré dentro de un minuto —respondió Phoebe, apuntando la fecha en el marco con tinta roja. Freyja le había pedido que dejase de raspar la madera y le había dado un rotulador que olía a cereza y a sustancias químicas irreconocibles—. He crecido, Françoise.

—Aún te queda mucho camino que recorrer —replicó esta.

—Ya lo sé, ya —reconoció Phoebe con una carcajada. Françoise no se refería a su estatura. Aun así, sus críticas ya no le dolían como antes.

—¿Necesitas ayuda?

—No. —Phoebe ya era capaz de vestirse sola sin arrancar todos los botones de sus blusas y romper las cremalleras.

Se quitó el pijama y la bata. Eran de seda, por lo que ya no se despertaba en mitad de la noche con picores y rozaduras. Phoebe seguía teniendo una sensibilidad fuera de lo común, incluso en comparación con otros vampiros jóvenes. Los tejidos, luces, sonidos...: todo podía llegar a irritarla, aunque ahora era consciente de tales desencadenantes y la mayoría de los días podía hacerles frente.

Deslizó por sus piernas las medias de color rosa con cuidado de no enganchar con las uñas las partes remendadas, que le recordaban intentos anteriores de lidiar con el tacto resbaladizo del nailon y la licra. Esta vez consiguió ponérselas sin hacer ninguna carrera, agujero o desgarro. A continuación se puso el maillot negro de tirantes finos, que se habían roto y vuelto a coser varias veces. Phoebe los colocó de modo que el escote le quedase perfectamente ajustado. Luego comprobó su silueta en el espejo y recogió las medias puntas.

Llevaba semanas recibiendo clases de una minúscula vampira rusa de piernas largas y ojos grandes. Phoebe y madame Elena practicaban en el salón de baile forrado de espejos, que tenía una acústica excepcional y un parquet resistente. Los acompañaba el hijo de madame Elena, Dimitri, un vampiro de aspecto apocado y apariencia de treinta y pocos que aporreaba con decisión las teclas del piano de cola de Freyja.

El ballet había sido importante para Phoebe durante su infancia, pero llevaba más de una década sin tocar un tutú. Aunque adoraba la música y el plácido ritual de prepararse y calentar en la barra, seguido de la emoción de los saltos y piruetas, sus profesores siempre habían pensado que no era una bailarina demasiado prometedora. Tanto Phoebe como Stella buscaban la excelencia en todas las actividades, por lo que había cambiado la danza por el tenis. En aquel momento, le había parecido que no merecía la pena perder tanto tiempo en algo que nunca se le daría bien. Ahora tenía todo el tiempo del mundo.

Tras el incidente con Stella, Freyja había pensado que Phoebe necesitaba ampliar su círculo social y más ejercicio para aplacar su humor volátil. Para sorpresa de todos, madame Elena había conocido a la profesora de ballet de Phoebe, madame Olga.

—Buenos brazos, pies terribles —había reconocido la maestra con cierta pena.

En el salón de baile de Freyja, mientras describía delicados círculos con la punta del pie y estiraba las extremidades, Phoebe podía trabajar su cuerpo de vampira hasta tener la impresión de que casi había hecho algo de ejercicio. Tras noventa minutos seguidos de movimientos controlados en combinación con grandiosos *jetés* y una serie de vivificantes *fouettés*, Phoebe estaba agradablemente relajada y dolorida, aunque sabía que los dolores y las agujetas se le pasarían en pocos minutos.

—Está progresando, mademoiselle —le dijo madame Elena—. El *tempo* sigue siendo abominable y, además, debe acordarse de girar desde la cadera, no con las rodillas, o acabará rompiéndose las piernas.

—Sí, madame.

Dijera lo que dijera madame Elena, Phoebe siempre le daba la razón para que la mujer volviese.

Se despidió de ella y de Dimitri sin salir de los confines en penumbra del vestíbulo, de modo que no le diera la luz. El tiempo que había pasado con la mujer entre los espejos le había levantado dolor de cabeza, por lo que volvió a ponerse las gafas de sol.

—¿Qué tal la clase? —preguntó Freyja.

—Maravillosa —respondió Phoebe mientras echaba un vistazo al correo que había sobre la mesa: no había carta para ella. No le llegaría nada hasta que hubieran pasado noventa días; aun así, tenía la costumbre de comprobarlo—. ¿Dónde está Miriam?

—En la Sorbona. No sé qué conferencia —respondió Freyja, con cierto desdén.

Tomando a Phoebe del brazo, la acompañó hasta la parte trasera de la mansión, donde Phoebe había tomado posesión de un cuarto que daba al jardín.

Freyja era de la opinión de que toda vampira debía tener un espacio propio en casa independiente del *boudoir*, donde dormía, se bañaba y recibía a las visitas íntimas. Con veinticuatro horas que ocupar, era importante desarrollar rutinas que la hicieran moverse a una y le proporcionaran estructura y sustancia a la jornada. A insistencia de Freyja, Phoebe había reunido algunos de sus objetos favoritos de la mansión y se los había llevado a la antigua salita de estar, que ahora todos llamaban «el estudio de Phoebe». Allí estaba el jarrón romano que solía presidir el vestíbulo, así como un Renoir particularmente bonito, que le recordaba cómo se sentía cuando estaba con Marcus. Era dulce y sensual, y la mujer de cabello oscuro que recogía rosas se le parecía un poco.

—¡Has terminado el cuadro! —exclamó Freyja, contemplando el lienzo dispuesto en el caballete.

—No del todo —respondió Phoebe mientras observaba la obra con ojo experto y crítico—. Hay que retocar el fondo, y creo que la luz sigue siendo demasiado fuerte.

—Tú crees que toda luz es demasiado fuerte, Phoebe, y, sin embargo, te sientes atraída por ella, tanto en el arte como en la vida. —Freyja examinó la pintura de cerca—. Realmente es muy buena, ¿sabes?

Al igual que el ballet, la pintura era una actividad que Phoebe había retomado con placer.

—Lo que estoy aprendiendo me será muy útil cuando vuelva al trabajo. A Sotheby's —afirmó al tiempo que inclinaba la cabeza a un lado y a otro para cambiar de perspectiva.

—Ay, Phoebe. —Freyja parecía triste—. Ya sabes que no volverás a trabajar en Sotheby's.

—Eso decís todos. Pero algo tendré que hacer que no sea pintar o bailar, o me volveré loca. Puede que tú hayas sido una princesa, Freyja, pero yo no.

—Te encontraremos alguna buena causa —dijo esta—. Así ocuparás el tiempo. Puedes construir escuelas, trabajar en la policía, atender a las viudas. Yo hago todo eso y me da la sensación de ser útil.

—Creo que la policía no es para mí, Freyja —bromeó Phoebe, cuyo afecto por la tía de Marcus crecía de día en día.

—Tampoco creías que te acordarías de cómo hacer un *plié*. Nunca se sabe por dónde la llevará a una la vida.

—Supongo que podría catalogar la colección de Baldwin —admitió Phoebe—. Por no hablar del inventario de Pickering Place. Y de Sept-Tours.

—Puedes hacer una lista de todo lo que hay en mi casa cuando acabes allí. Y no te olvides de echarle un vistazo a la casa de Matthew en Ámsterdam. Los desvanes están atestados de lienzos gigantescos llenos de hombres blancos con gorgueras.

Después de haber visto algunos de los lugares en los que Matthew guardaba sus obras de arte, que incluían el baño de la planta inferior en Old Lodge, a Phoebe no le extrañaría.

—Pero no tienes por qué conformarte con la caza del tesoro, Phoebe querida —le advirtió Freyja—. No puedes salvar al mundo ni a todos sus habitantes, pero has de encontrar una forma de cambiarlo. Mi padre siempre decía que ese era el motivo de nuestra presencia sobre la faz la tierra.

34

La vida es un soplo

16 DE JULIO

Acabábamos de bañar a los mellizos cuando Marcus entró echando chispas en la habitación. Marthe venía pisándole los talones con semblante preocupado.

—Edward Taylor está en el hospital —le dijo Marcus a Matthew—. Freyja dice que es un ataque al corazón. Se niega a revelarme dónde está o su gravedad.

Matthew le tendió a Marcus la toalla de Philip antes de sacar el móvil.

—¿Miriam? —preguntó Matthew en cuanto descolgaron y activó el altavoz para que todos pudiéramos escuchar.

—Freyja no debería haberte llamado, Marcus —dijo esta con acritud.

—¿Dónde está Edward? —preguntó Matthew.

—En el hospital de la Salpêtrière. Era el más cercano al apartamento.

—¿En qué estado se encuentra? —inquirió Matthew.

Miriam se quedó callada.

—¿En qué estado se encuentra, Miriam? —repitió.

—Es demasiado pronto para saberlo. Ha sido un episodio grave. En cuanto sepamos más, decidiremos si se lo decimos o no a Phoebe.

—¡Phoebe tiene derecho a saber que su padre está grave! —exclamó Marcus.

—No, Marcus. Phoebe no tiene derecho a nada en lo que respecta a su familia humana y yo tengo la responsabilidad de garantizar que no correrá peligro ni pondrá en peligro a otros. ¿Llevarla a un hospital? ¡Pero si no tiene más de sesenta días! —replicó Miriam—. Y sigue sufriendo de fotosensibilidad. La Salpêtrière está más iluminado que un árbol de Navidad a cualquier hora del día y de la noche. Allí no estaría segura.

—¿Sería posible trasladar a Edward?

Matthew ya estaba pensando más allá de las opciones médicas habituales de los seres de sangre caliente. Dado el caso, estaba dispuesto a convertir la casa de Freyja en una clínica, equiparla con el material más avanzado, contratar los servicios del mejor cirujano cardiaco del mundo y hacer de Edward su único paciente.

—No sin matarlo —respondió Miriam sin andarse por las ramas—. Padma ya ha preguntado. Quería llevárselo a Londres. Los médicos se han negado.

—Me voy a París.

Marcus tiró la toalla de Philip, dejando al pequeño desnudo y rosado tras el baño, de pie con un patito de goma en la mano. Marthe corrió hacia él y lo ayudó a ponerse el pijama.

—Aquí no eres bienvenido, Marcus.

—Es la historia de mi vida —respondió este—. Pero Edward es el padre de Phoebe, así que puedes imaginarte lo poco que me importa en este momento si me recibes con los brazos abiertos.

—Llegaremos dentro de cuatro horas —dijo Matthew.

—¿Cómo que «llegaréis»? —Miriam soltó un exabrupto—. No, Matthew. No es...

Matthew colgó y me miró.

—¿Vienes, *mon cœur*? Podríamos necesitar tu ayuda.

Acababa de ponerle el pijama a Becca y se la pasé a Marthe.

—Vamos —dije, tomándole la mano a Matthew.

La preocupación de Marcus por Phoebe y el pie firme de Matthew en el acelerador hizo que llegásemos a las afueras de París en poco más de tres horas. Una vez allí, Matthew se adentró por calles que ningún turista habría encontrado jamás, tomando todo atajo posible hasta arribar al antiguo barrio universitario cercano a la Sorbona y al hospital de la Salpêtrière. Apagó el motor y, dándose la vuelta, miró a su hijo, sentado en el asiento trasero.

—¿Cuál es el plan?

Hasta ese momento no habían ideado ninguno salvo llegar a París lo más rápido posible. Marcus lo miró estupefacto.

—No lo sé. ¿Qué crees que deberíamos hacer?

Matthew negó con la cabeza.

—Phoebe es tu pareja, no la mía. Tú decides.

Quería a Matthew con todo mi corazón y a menudo me enorgullecía la silenciosa perseverancia con que encaraba los numerosos retos que le salían al paso. Pero nunca me había sentido tan henchida de orgullo como en ese momento, parados en una calle parisina del distrito 13, esperando a que su hijo tomase su propia decisión.

—Freyja me llamó porque soy médico —dijo Marcus, con la mirada fija en la silueta del hospital—, igual que tú. Uno de nosotros debería ir a ver a Edward para asegurarse de que está recibiendo una atención adecuada.

Pensé que era poco probable que un diplomático británico, al que habían llevado en ambulancia a uno de los mejores hospitales del mundo, estuviese recibiendo una atención *inadecuada*, pero no dije nada.

—Y me importa un bledo la opinión de Miriam. Phoebe tiene que saber lo que ha pasado y venir aquí, al lado de su padre —prosiguió—, por si acaso.

Aun así, Matthew siguió esperando.

—Tú ocúpate de los médicos —concluyó Marcus, que ya se apeaba de un salto del asiento trasero—. Diana y yo iremos a avisar a Phoebe.

—Sabia decisión —respondió Matthew, cediéndole el volante a su hijo.

Matthew rodeó el coche. Yo pulsé el botón de la ventanilla, que se bajó.

—Cuida de él —murmuró Matthew antes de presionar sus labios contra los míos.

Miriam nos estaba esperando en el escalón delantero cuando llegamos a la casa de Freyja. Yo nunca había estado allí y me quedé asombrada por su grandeza y discreción.

—¿Dónde está Phoebe? —preguntó Marcus, sin andarse con rodeos.

—Esto rompe todas las reglas, Marcus —respondió Miriam sin moverse de la puerta—. Teníamos un acuerdo.

—Que Edward enfermara no formaba parte del plan.

—Los seres de sangre caliente enferman y mueren. Phoebe necesita aprender que no puede salir corriendo al hospital cada vez que suceda.

—Edward es su *padre* —señaló Marcus, visiblemente encolerizado—. No es un ser de sangre caliente cualquiera.

—Es demasiado pronto para exponerla a ese tipo de pérdida. —Los ojos de Miriam estaban cargados de advertencias que yo no comprendía—. Lo sabes.

—Sí —respondió Marcus—. Déjame entrar, Miriam, o echaré abajo la puta puerta.

—Bien. Pero, si es un desastre, pesará sobre tu conciencia, no la mía —dijo Miriam, echándose a un lado.

Françoise, a quien no había vuelto a ver desde el siglo XVI en Londres, abrió la puerta e hizo una reverencia.

Phoebe esperaba en el vestíbulo, con Freyja a su lado, rodeándola con un brazo en ademán protector. Parecía pálida y tenía el rostro surcado de rosa por las lágrimas de sangre.

Ya sabía lo de su padre. No había hecho falta que nos apresurásemos a llegar a París para decírselo. Las prisas solo habían servido para que los dos amantes se reunieran lo más rápido posible.

—Sabías que Marcus vendría —le dije a Miriam con voz suave.

Esta asintió.

—¿Cómo no iba a hacerlo?

Marcus corrió hacia Phoebe antes de pararse en seco al recordar que era la mujer quien debía elegir, y no el hombre. Guardó la compostura.

—Phoebe, no sabes cuánto lo siento —comenzó a decir con la voz áspera por la emoción—. Matthew está ahora mismo con Edward...

Phoebe se arrojó entre los brazos de Marcus a una velocidad que demostraba lo joven e inexperta que era. Sus brazos lo estrecharon mientras compartía entre sollozos su miedo y su preocupación.

Era la primera vez que veía a una vampira tan joven y la imagen resultaba deslumbrante. Era como una moneda recién acuñada, fuerte y brillante. Ya habría sido imposible que un humano no se detuviera a contemplarla caminando por una pasarela parisina, no digamos por el pasillo de un hospital. ¿Cómo íbamos a llevarla hasta la habitación de Edward cuando refulgía de pura vitalidad?

—Si muere, no sé qué voy a hacer —dijo Phoebe. Las lágrimas de sangre corrían una vez más.

—Lo sé, cariño. Lo sé —murmuró Marcus, envolviéndola con su cuerpo y hundiendo los dedos en su larga cabellera.

—Freyja dice que puedo ir a verlo, pero Miriam no cree que sea una buena idea. —Phoebe se enjugó las lágrimas. Solo entonces pareció darse cuenta de que yo estaba allí—. Hola, Diana.

—Hola, Phoebe —respondí—. Siento lo de Edward.

—Gracias, Diana. Estoy segura de que hay algo que debería hacer o decir ahora que nos vemos por primera vez desde que me convertí en vampira, pero no lo sé. —Phoebe resopló y rompió a llorar otra vez.

—No pasa nada; desahógate —dijo Marcus, meciéndola con dulzura entre sus brazos, el rostro asolado por la preocupación—. Olvídate del protocolo. A Diana no le importa.

A mí no, pero estaba bastante segura de que al personal del hospital sí le importaría que apareciera alguien con sangre brotándole de los ojos.

—Ya ves por qué Phoebe no puede ir a la Salpêtrière y sentarse al pie de la cama de su padre —dijo Miriam con su brusquedad habitual.

—Eso depende de ella —respondió Marcus en un tono cortante de advertencia.

—No, depende de *mí*. Soy su hacedora —replicó Miriam—. Phoebe aún no es de fiar entre seres de sangre caliente.

¿Qué creían que iba a hacer: chuparle la sangre a su padre por la vía y roerle los huesos? Me preocupaba mucho más la reacción que tendrían los seres de sangre caliente al verla aparecer.

—Phoebe —tercié en la conversación—, ¿te importaría que te aplicase un poco de magia?

—Gracias a Dios —dijo Françoise—. Ya sabía yo que algo se le ocurriría, madame.

—Estaba pensando en un hechizo de camuflaje, del tipo que yo llevaba cuando se revelaron mis poderes —expliqué, observando a Phoebe como si fuera a confeccionarle un traje nuevo—. Y creo que, si no te importa, deberías ir con ella al hospital, Françoise.

—*Bien sûr*. No pensaría que iba a dejar ir sola a mademoiselle Phoebe, ¿no? Pero necesitará algo muy aburrido —respondió Françoise, tomando las riendas— si quiere que parezca humana. Era mucho más fácil hacer que usted pareciese una persona normal. Al fin y al cabo, seguía siendo un ser de sangre caliente.

Françoise había impedido que cometiera cientos de errores de todo tipo y magnitud durante mi estancia en el siglo XVI. Si había sido capaz de evitar que una feminista del siglo XXI provocase un alboroto en el Londres isabelino y en Praga, sin duda podría manejar a una joven vampira en un hospital. Con solo pensar en su firme presencia me sentí más optimista, así que me puse manos a la obra.

—Todo el mundo estará ocupado con Edward —señalé—. Quizá nos baste con algo fácil de llevar, más como un velo que como un saco de arpillera.

Al final elaboré un tejido pesado, más parecido a una mortaja. No solo atenuaba la apariencia de Phoebe, también la ralentizaba. Seguía sin parecer normal, pero ya no atraía toda la atención.

—Una última cosa —dije, tocándole con suavidad la cara. Phoebe se encogió como si mi tacto la abrasase—. ¿Te he hecho daño?

—Aparté las manos de inmediato—. Solo quería asegurarme de que, si lloras, las lágrimas sean transparentes y no rojas.

—Phoebe es bastante sensible —explicó Freyja.

—Y aún no le hemos hecho todas las pruebas para determinar a qué presenta sensibilidad. —Miriam negó con la cabeza—. Esta no es una buena idea, Marcus.

—¿Me prohíbes llevarla al hospital? —preguntó este.

—Parece que no me conocieras —replicó Miriam antes de volverse hacia Phoebe—. La decisión es tuya.

Al instante la joven había cruzado el umbral, seguida de cerca por Françoise.

—Estaremos en contacto —dijo Marcus antes de marcharse tras ella.

Matthew se encontraba en el pasillo, con el historial de Edward en la mano, cuando llegamos al hospital. Un grupo de médicos y enfermeros discutía cerca. A través de la puerta pude ver a Padma y a Stella sentadas junto a Edward, conectado a una serie de máquinas que vigilaban su corazón y lo ayudaban a respirar.

—¿Cómo está? —pregunté, posando la mano en el brazo de Matthew.

—Su estado es crítico, pero estable —respondió este, cerrando el historial—. Están haciendo todo lo posible. ¿Dónde está Phoebe?

—De camino, con Marcus y Françoise —respondí—. He pensado que sería mejor si me adelantaba, por si...

Matthew asintió.

—Ahora mismo están debatiendo las opciones de cirugía.

En ese momento se abrieron las puertas del ascensor. Phoebe iba dentro, con Marcus a la derecha y Françoise a la izquierda. Llevaba gafas de sol y el cabello mate, sin brillo alguno, y parecía envuelta en un abrigo de un verde oliva apagado y muy poco favorecedor.

—Un hechizo de camuflaje —le susurré a Matthew—. De los fuertes.

—Phoebe —dijo Matthew mientras se acercaban.

—¿Dónde está mi padre? —preguntó ella con los ojos arrasados de lágrimas. Por suerte, no le dejaban más que marcas de humedad en las mejillas.

—Ahí. Tu madre y tu hermana están con él.

—¿Está...? —Phoebe trató de leer el rostro de Matthew, incapaz de acabar la frase.

—Se encuentra en estado crítico, pero estable —respondió—. Su corazón ha sufrido un daño importante. Ahora mismo están planteándose operarlo.

Phoebe emitió un suspiro profundo y entrecortado.

—¿Estás lista para entrar? —le preguntó Marcus con dulzura.

—No lo sé. —Phoebe, que le agarraba la mano con tal fuerza que se le estaba cubriendo de verdugones que iban del azul al verde, pasando por el morado, lo miró con expresión de pánico—. ¿Y si Miriam tiene razón? ¿Y si no soy capaz de soportar la situación?

—Yo estaré a tu lado —respondió Marcus, tratando de infundirle fuerzas—, igual que Françoise y Diana. Y Matthew también está aquí.

Phoebe asintió temblorosa.

—No me dejes.

—Nunca —le prometió Marcus.

Padma levantó la cara cubierta de lágrimas cuando entraron. Stella echó a correr hacia su hermana.

—¡Se está muriendo! —exclamó, con los ojos enrojecidos e hinchados por el llanto—. ¡Haz algo!

—Basta, Stella —dijo Padma con voz temblorosa.

—No. Ella puede curarlo. ¡Cúralo, Phoebe! —gritó Stella angustiada—. Es demasiado joven para morir.

El rápido acercamiento de un ser de sangre caliente, hermana o no, era demasiado para una vampira tan joven. Phoebe curvó los labios y le enseñó los dientes.

Matthew se apresuró a sacar a Stella al pasillo, mientras seguía suplicando que alguien, quien fuera, hiciera algo por su padre.

Con su hermana lejos, Phoebe consiguió recuperar el control. Contempló a su padre entre las máquinas que lo mantenían con vida.

—Oh, mamá.

—Ya lo sé, Phoebe. —Padma dio una palmadita en el asiento a su lado—. Ven y siéntate conmigo. Háblale. Te ha echado mucho de menos estos últimos meses.

Marcus condujo a Phoebe hasta la silla y se quedó mirando a Padma como si quisiera asegurarse de que soportaría la situación a pesar de la tensión reinante.

—Ha sido por mi culpa, ¿no? —musitó Phoebe—. Yo sabía que no se encontraba bien, pero quería casarme antes de..., antes de...

—Hace años que tu padre sufre problemas cardiacos, Phoebe —dijo Padma, mientras se le saltaban las lágrimas—. Esto no ha tenido nada que ver con tu decisión.

—Pero el estrés... —insistió Phoebe, volviéndose hacia su madre—. Él nunca quiso que me convirtiera en vampira. No hacíamos más que discutir sobre el tema.

—De nada sirve que dudes de ti ni te dediques a fantasear pensando que, si no hubiéramos ido a Bombay de vacaciones, tu padre no habría cogido aquel virus o que debería haberse jubilado antes para poder descansar tal y como le recomendaba el médico —respondió Padma.

—Tu madre tiene razón, Phoebe. En cuanto lo conocí, supe que el corazón de Edward era frágil y que no se estaba cuidando lo suficiente. ¿Te acuerdas? Hablamos de ello.

Marcus esperó a que su pareja respondiera. Phoebe asintió con renuencia.

—No eres en absoluto responsable de las decisiones que tu padre ha tomado en su vida —dijo Padma—. Ahora estás aquí; no pierdas este tiempo precioso. Dile que lo quieres.

Phoebe se inclinó y tomó la mano de su padre.

—Hola, papá —susurró, reprimiendo las lágrimas—. Soy yo, Phoebe. Marcus también está aquí. —Su padre permanecía inmóvil e inconsciente, y su madre le apretó la mano para animarla a seguir—. Miriam y Freyja piensan que me estoy adaptando bien al..., ya sabes..., cambio. —Phoebe se enjugó los ojos y soltó una carcajada nerviosa—. He crecido casi tres centímetros. Ya sabes lo mucho que esperaba poder aumentar de estatura. He empezado a bailar de nuevo. Y a pintar.

El padre de Phoebe siempre había querido que volviera a dibujar y pintar. Todavía conservaba una de sus tentativas de juventud, un retrato de su madre en el jardín, colgado en la pared del despacho de casa.

—Eso es maravilloso, Phoebe —dijo Padma—. Me alegro por ti.

—Aún no se me da muy bien —reconoció, pues no quería que su madre se hiciera ilusiones—. Solo soy una vampira, no Van Gogh.

—Seguro que te estás subestimando —señaló Padma.

—Quizá —convino Phoebe. Normalmente era Stella quien se arrogaba todos los méritos—. No creo que tengas que preocuparte por si me aburro durante las reuniones familiares de los De Clermont, papá —prosiguió. Su padre no respondía a su charla, pero Phoebe tenía la impresión de que la escuchaba y disfrutaba al recibir noticias de su vida. Siempre había sido así, por muy insignificantes que fueran sus anécdotas o inquietudes—. Freyja y Miriam cuentan las historias más asombrosas. Es como vivir con un par de Scheherezades.

Antes de poder decir nada más, Phoebe se distrajo al oír la conversación de Stella con los médicos en el pasillo.

—¿Qué quieren decir con que hay que operarlo? —exigía saber la joven.

—¿Pasa algo? —le preguntó Padma a Phoebe al notar su falta de atención.

—Ellos pueden salvarlo —les decía Stella a los médicos. A través de la ventanita de la puerta, Phoebe vio que los señalaba a Marcus y a ella—. Si le dan de su sangre, se curará.

—Su padre no necesita sangre —respondió uno de los doctores—. Aunque, claro, si lo operamos...

—No, no lo entienden —gritó—. ¡Su sangre puede salvarlo!

—Permítanme hablar con ella. Está en estado de shock —terció Matthew al tiempo que agarraba a Stella del codo y, alejándola de los médicos, la conducía a la habitación de su padre—. Yo no puedo salvar a Edward. Lo siento, Stella, pero no es así como funciona.

—¿Por qué no? —exigió saber ella, antes de volverse hacia Phoebe—. Entonces hazlo tú. ¿O eres demasiado egoísta para compartir tu buena fortuna con el resto de tu familia?

Una de las máquinas de Edward emitió un pitido agudo y, a continuación, otro. La habitación se llenó de personal médico que empezó a consultar las pantallas, a discutir con urgencia y a examinar las constantes vitales de su paciente. Marcus se llevó a Phoebe a un rincón para que no estorbase.

—Deja que los médicos hagan su trabajo —le dijo cuando esta protestó.

—¿Va a...? —Phoebe se detuvo, incapaz de pronunciar las palabras.

Padma dejó que Matthew la apartase de la cama. Temblaba, por lo que el vampiro posó la mano en su hombro para brindarle el poco consuelo que podía. Padma se refugió entre sus brazos, sacudida por los sollozos.

—Si dejas que muera, jamás te lo perdonaré, Phoebe —dijo Stella con la voz llena de furia—. Nunca. Su muerte será culpa tuya.

Sin embargo, Edward no murió. Los médicos consiguieron salvarlo gracias a una operación larga y complicada, a pesar de que su corazón había sufrido grandes daños y su pronóstico continuaba siendo reservado. Con cierto esfuerzo conseguimos convencer a las Taylor de que dejasen el hospital una vez que Edward salió del quirófano y entró en cuidados intensivos cardiológicos. En lugar de acompañarlas a su hotel, las llevamos a casa de Freyja para que pudieran estar todas juntas. Matthew le había prescrito un sedante leve a Padma, quien llevaba días sin dormir.

Freyja alojó a madre e hija en un aposento con vistas a los jardines. Miriam mandó a Phoebe a su habitación a descansar. Había mirado largamente a su hija, había olfateado bien a Marcus y había informado a Phoebe de que no era una petición ni aceptaba discusión alguna. Esta, exhausta tras todo lo sucedido, hizo amago de protestar, pero al final Françoise la convenció.

Entretanto, Charles dedicaba sus atenciones a Marcus, pero este rechazó la sangre y el vino. Matthew aceptó ambos.

—Siempre pasa lo mismo —dijo—. Todos los seres de sangre caliente piensan que una segunda oportunidad en la vida es la respuesta a sus oraciones.

—Por supuesto que no lo es —respondió Miriam—. No es más que otra oportunidad para hacerlo todo mal de nuevo.

—Eso lo aprendí yo por las malas, en Nueva Orleans —admitió Marcus, de pie junto a la chimenea apagada, mientras miraba la puerta por la que había salido Phoebe.

—Y ahora ¿qué? —le preguntó Miriam a Matthew—. No tiene sentido seguir fingiendo que estamos cumpliendo las normas. Marcus bien podría quedarse.

—Phoebe no va a permanecer aquí —afirmó simplemente Marcus—. La quiero en casa. Lejos de Stella. Edward está estable. Los médicos nos avisarán si se produce algún cambio.

—Pickering Place es demasiado pequeño —advirtió Freyja— y no hay donde cazar, ni siquiera un jardín, a menos que estés dispuesto a llevar a Phoebe a deambular por Piccadilly Circus.

—Marcus está pensando en Sept-Tours, Freyja. —Matthew sacó el teléfono—. Voy a llamar a *maman*. ¿Te parece bien, Miriam?

Miriam consideró las opciones. Yo estaba acostumbrada a que reaccionase con rapidez, por lo que esa faceta pensativa me resultó inesperada... y bienvenida.

—Si Phoebe quiere irse contigo, no me opondré —terminó por decir.

Viajamos a Sept-Tours esa misma noche, esperando que la oscuridad le hiciera el trayecto más tolerable a Phoebe. Marcus y ella iban sentados en el asiento trasero, su cabeza apoyada en el hombro de él y las manos entrelazadas. Françoise estaba sentada a su lado, cual carabina victoriana, aunque pasó la mayor parte del tiempo mirando por la ventanilla y no a sus protegidos.

Tal y como imaginábamos, Ysabeau nos estaba esperando. Había oído llegar el coche; no le hacía falta más sistema de alarma que el sonido del motor y el crujido de los neumáticos sobre la grava.

Ayudó a Phoebe a descender del vehículo.

—Debes de estar cansada —le dijo mientras le besaba las mejillas—. Nos sentaremos en silencio y oiremos el canto de los pájaros al despertar. Es algo que siempre me sosiega en situaciones como esta. Pero primero Françoise va a prepararte un baño.

Marcus rodeó el coche con una pequeña maleta que contenía la ropa de Phoebe.

—Te ayudaré a instalarte.

—No. —La mirada de Ysabeau no admitía réplica—. Phoebe ha venido a verme a mí, no a ti.

—Pero... —Marcus miró a Phoebe con los ojos muy abiertos—. Pensaba que...

—¿Pensabas que ibas a quedarte aquí? —Ysabeau se rio—. Phoebe no necesita que un hombre la importune. Vuelve a Les Revenants... y quédate allí.

—Ven —dijo Françoise, mientras conducía a Phoebe con dulzura escaleras arriba—. Ya has oído a madame Ysabeau.

La joven parecía indecisa entre su deseo de estar con Marcus y su respeto por la matriarca de los De Clermont.

—Ya no nos falta mucho —le susurró a Marcus antes de dejar que Françoise se la llevara.

—No estaré lejos —respondió él. Phoebe asintió—. Eso no ha sido justo, *grand-mère*. Es demasiado pronto para que Phoebe tenga que tomar una decisión como esta, sobre todo después del comportamiento de Stella.

—¿Demasiado pronto? Nunca es demasiado pronto —respondió Ysabeau—. A todos se nos exige que crezcamos demasiado rápido. Es así como los dioses nos recuerdan que la vida, por larga que sea, no es sino un soplo.

35

Setenta y cinco

26 DE JULIO

Phoebe se encontraba a cuatro patas, cavando en la tierra blanda del jardín. El sol apenas había asomado por las colinas de los alrededores. No obstante, llevaba un sombrero de ala ancha para protegerse de sus rayos, así como unas gafas de sol de estilo Jackie O. que se habían convertido en parte esencial de su vestuario.

Marthe se afanaba en el bancal de al lado, arrancando las malas hierbas alrededor de las hojas de las zanahorias y los tallos verde pálido del apio. Había acudido desde Les Revenants, donde había estado ayudando a Diana y a Matthew con los niños. Sarah y Agatha seguían allí, junto con Marcus y Jack, por lo que ya no necesitaban su asistencia tanto como al llegar de Estados Unidos, agotados y con los horarios cambiados.

Phoebe se frotó la mejilla con la mano sucia. Había una pequeña mosca que la estaba volviendo loca. Luego continuó cavando.

El sol le calentaba la espalda y la tierra bajo sus manos olía fresca, a vida. Phoebe hundió el trasplantador en el suelo, abriendo un hueco en el que introducir las plántulas que Marthe quería que sacasen del invernadero.

Phoebe estaba segura de que había alguna lección que aprender de su trabajo con Marthe, igual que había lecciones que aprender de Françoise e Ysabeau. En Sept-Tours, toda actividad llevaba entretejida una enseñanza.

Desde que habían hospitalizado a su padre, todo alrededor de Phoebe había cambiado. Miriam había regresado a Oxford, dejándola por entero bajo la tutela de Ysabeau. Freyja no había querido pasar en casa de su madrastra las semanas antes de que Phoebe tomase la decisión de aceptar a Marcus, aunque tenía previsto bajar el día de marras. Dentro de dos semanas Baldwin estaría allí y comenzaría la siguiente fase de la vida de Phoebe. Se convertiría entonces en una vampira alevín.

En el hogar de Ysabeau, las cuatro mujeres cohabitaban sin apenas incidentes ni problemas. Ese no había sido el caso en casa de los Taylor, donde las tres mujeres siempre habían rivalizado por ostentar la posición de privilegio y control. Françoise y Marthe constituían un dúo formidable, pues ambas eran una fuerza de la naturaleza; se negaban a ceder el más mínimo ápice de poder y respetaban mutuamente la esfera de influencia perfectamente delimitada de la otra. Aún no comprendía cómo se dividían sus responsabilidades, pero notaba cómo iban adaptándose cada vez que Marthe aparecía en los apartamentos de la familia para ocuparse de Ysabeau o cuando Françoise entraba de sopetón en la cocina para reparar una camisa.

Autoridad. Poder. Estatus. Esas eran las variables que daban forma a la existencia de los vampiros. Algún día Phoebe lo entendería. Hasta entonces, se conformaba con observar y aprender de dos mujeres que sin duda sabían no solo cómo sobrevivir, sino cómo sacar partido de la vida.

Sin embargo, era de la señora del castillo de quien Phoebe estaba aprendiendo más sobre cómo ser una vampira. A decir de Françoise, Ysabeau era la vampira más antigua y sabia que quedaba sobre la faz de la tierra. Fuera o no verdad, hacía que Freyja e incluso Miriam pareciesen jóvenes e inexpertas en comparación. En cuanto a Phoebe, se sentía una recién nacida siempre que se hallaba en su presencia.

—Ahí estas. —Ysabeau atravesó el jardín sin que sus pies hicieran ruido sobre la grava, sus movimientos aún más suaves y elegantes que los de madame Elena—. Sabéis que no es posible cavar hasta llegar a China, como esperaban los antiguos, ¿verdad?

Phoebe rio.

—En tal caso, mi plan para hoy acaba de fastidiarse.

—¿Por qué no vienes a dar un paseo conmigo? —sugirió Ysabeau.

Phoebe clavó la pala en el suelo y se puso en pie de un salto. Le encantaba dar paseos con Ysabeau. Cada uno las llevaba por una parte distinta del castillo o sus terrenos. La mujer le contaba historias de la familia mientras recorrían los patios o la casa, señalando qué lugar habían ocupado las lavanderías, la candelería o la forja.

Phoebe ya había estado en Sept-Tours, en la época en que Matthew y Diana viajaron en el tiempo y Marcus la quería cerca. Había vuelto una vez cuando la pareja ya había regresado y un par de veces después, cuando los bebés ya habían nacido. Pero algo había cambiado en su relación con la casa. Algo más que el ser una vampira. Ahora era una verdadera De Clermont, o eso era lo que afirmaba Ysabeau, segura de que Phoebe no cambiaría de opinión en lo relativo a Marcus.

—Hoy el sol se está levantando rápido —observó la matriarca, alzando la vista al cielo— y no hay nubes. ¿Por qué no vamos dentro para que puedas quitarte el sombrero y las gafas?

Phoebe enlazó su brazo con el de Ysabeau cuando emprendieron el camino de vuelta al castillo. Esta pareció pasmarse ante tal acto de familiaridad. Cuando Phoebe trató de apartarse por miedo a haber roto alguna norma, la vampira la atrajo hacia sí. Las dos entraron despacio, embebiéndose de los aromas matinales.

—Monsieur Roux ha quemado los cruasanes —dijo Ysabeau, olfateando el aire—. Y desearía que el cura dejase de cambiar de detergente para la colada. En cuanto me acostumbro a uno, compra otro.

Phoebe aguzó el olfato. El fuerte aroma floral no olía a «frescor de primavera», sino a sustancias químicas. Arrugó la nariz.

—¿Oíste anoche la pelea entre Adele y su nuevo novio? —preguntó Phoebe.

—¿Cómo no? Estaban al otro lado de nuestra pared y gritaban a pleno pulmón. —Ysabeau negó con la cabeza.

—¿Cómo está madame Lefebvre?

La anciana ya pasaba de los noventa años y seguía saliendo de tiendas a diario, tirando de un carrito de metal en el que guardaba las compras. La semana anterior se había caído y se había roto la cadera.

—Mal —respondió Ysabeau—. El cura fue a verla ayer. No esperan que pase de esta semana. Iré a visitarla esta tarde. Tal vez quieras venir.

—¿Puedo? —preguntó Phoebe.

—Por supuesto. Estoy segura de que a madame Lefebvre le gustará verte.

Ya se encontraban en el interior del castillo y caminaban a paso lento por las estancias de la planta baja: el salón de Ysabeau, con sus muebles dorados y sus porcelanas de Sèvres; el comedor formal, con las estatuas que flanqueaban la puerta; la biblioteca familiar, con sus sofás desgastados y sus pilas de periódicos, revistas y libros en rústica; el salón de desayuno de Ysabeau, decorado con colores cálidos y que siempre daba la impresión de hallarse inundado de sol, hasta los días más nublados; el salón principal, con su techo alto de vigas vistas y sus paredes pintadas. En cada habitación, Ysabeau le revelaba algo que había sucedido allí en el pasado.

—La dragona escupefuego de Diana rompió uno de esos —dijo, señalando un jarrón enorme con cabeza de león—. Philippe encargó dos a juego; he de reconocer que nunca me gustaron demasiado. Con suerte, Apolo romperá el otro y así podremos buscar algo con que sustituirlos.

Un nuevo recuerdo de Philippe afloró en el comedor formal, con su larga mesa pulida y sus filas de sillas.

—Philippe siempre se sentaba aquí y yo en el otro extremo. De ese modo podíamos controlar todas las conversaciones y procurar que no estallase la guerra entre los invitados. —Ysabeau recorrió con los dedos el respaldo tallado de una silla—. Dimos numerosas cenas en esta sala. Sophie rompió aguas en este sofá el día antes de que naciera Margaret —prosiguió al entrar en la biblioteca familiar, donde ahuecó uno de los cojines. Aunque el resto del sofá estaba tapizado en marrón claro, aquel era de color rosa—. No hizo falta sustituir el mueble entero, como se temía Sophie, solo uno de los cojines. ¿Ves? Este no hace juego con el resto. Le dije a Marthe que ni lo intentase, que usase algo que siempre nos recordara el nacimiento de Margaret.

»Aquí traté de asustar a Diana para que se alejase de Matthew —dijo con una sonrisa asomando en las comisuras cuando entraron en la sala de desayuno—, pero era más valiente de lo que creía. —Ysabeau entró lentamente en el salón principal del castillo e invitó a Phoebe a hacer lo mismo—. Aquí es donde Diana y Matthew celebraron su boda. —Recorrió con la mirada la enorme estancia, con sus armaduras, armas y falsas decoraciones medievales—. Yo no asistí, claro, y Philippe no me contó nada al respecto. No me enteré hasta que Diana y Matthew regresaron del pasado. Tal vez Marcus y tú queráis celebrarla aquí también y volver a llenar el salón de risas y bailes.

Ysabeau condujo a Phoebe hasta una escalera de piedra que ascendía a las alturas almenadas de la torre del homenaje. En lugar de subir, como habrían hecho normalmente, señaló a la joven una puerta baja en arco que siempre permanecía cerrada.

Se sacó del bolsillo una llave de hierro gastada y la introdujo en la cerradura. Tras girarla, le hizo un gesto a Phoebe para que entrase.

Esta tardó unos minutos en adaptarse al cambio de luz. La pieza no contenía más que unas pocas ventanas con vidrieras. Phoebe se quitó las gafas de sol y se frotó los ojos para ver mejor.

—¿Es otro almacén? —inquirió mientras se preguntaba qué tesoros contendría.

Sin embargo, el olor a cerrado y el leve aroma a cera le hizo entender que su propósito era completamente distinto. Se trataba de la capilla de los De Clermont... y de su cripta.

Un gran sarcófago de piedra ocupaba el centro de la pequeña estancia. Las alcobas de las paredes albergaban un puñado de ataúdes. También había otros objetos: escudos, espadas, armaduras.

—Los humanos piensan que vivimos en lugares oscuros como este —dijo Ysabeau—. Tienen más razón de la que creen. Mi Philippe descansa aquí, en el centro de la cripta igual que antaño fue el centro de nuestra familia y de mi mundo. Algún día me enterrarán a su lado.

Phoebe miró sorprendida a Ysabeau.

—Ninguno de nosotros es inmune a la muerte, Phoebe —añadió Ysabeau, como si pudiera oír sus pensamientos.

—Eso es lo que cree Stella. No entendió por qué nadie quería salvar a papá. Ni siquiera yo estoy segura de entenderlo bien. Simplemente supe que a él no le habría gustado..., que habría estado mal.

—No se puede convertir a cada persona amada en un vampiro —repuso Ysabeau—. Marcus lo intentó y eso estuvo a punto de destruirlo.

Phoebe sabía lo de Nueva Orleans y había conocido a los hijos de Marcus que habían sobrevivido.

—Puede que Stella sea el primer ser humano en pedirte que le salves la vida alguien, pero no será el último. Debes estar preparada para decir no, una y otra vez, como hiciste anoche. Decir no exige valentía, mucha más que decir sí. —Ysabeau volvió a tomar a Phoebe del brazo y reanudó el paseo—. La gente se pregunta qué hace falta para convertirse en vampiro. ¿Sabes lo que les digo? —Miró de soslayo a Phoebe, que negó con la cabeza—. Para ser un vampiro, uno debe elegir la vida, y la vida propia, no la ajena, una y otra vez, día tras día. Hay que elegir vivir por encima de dormir, de la paz, del pesar, de la muerte. Al final, es nuestro deseo implacable de vivir lo que nos define. Sin él, no somos más que una pesadilla o un fantasma: una sombra del ser humano que una vez fuimos.

36

Noventa

10 DE AGOSTO

Phoebe estaba sentada en el salón de Ysabeau, entre la porcelana azul y blanca, las sillas doradas, las tapicerías de seda y las obras de arte de valor incalculable, esperando, una vez más, a que el tiempo la encontrara.

Baldwin entró con paso firme, su traje azul marino a juego con el esquema cromático de la estancia. Phoebe, en cambio, había elegido su vestido para que llamase la atención más que para pasar desapercibida. Era de un vivo tono aguamarina, color que simbolizaba la lealtad y la paciencia. Le recordaba al atuendo de novia de su madre, a los ojos de Marcus y al mar cuando regresaba a la orilla.

—Baldwin —lo saludó Phoebe. En cuanto pensó en levantarse ya estaba de pie, ofreciéndole una mejilla al cabeza de la familia de su marido.

—Te veo bien, Phoebe —comentó Baldwin después de darle un beso, mientras la miraba de la cabeza a los pies—. Veo que Ysabeau no te ha tratado mal.

Phoebe no ofreció respuesta alguna a su comentario. Después de las últimas semanas, sería capaz de cruzar desiertos por Ysabeau y guardaba un registro silencioso de cada desaire pronunciado contra la matriarca del clan De Clermont.

Algún día saldaría las cuentas uno por uno.

—¿Dónde están tus gafas? —le preguntó Baldwin.

—He decidido no ponérmelas hoy.

Phoebe luchaba contra una migraña y se estremecía cada vez que el viento hacía mecerse las cortinas, pero estaba resuelta a que nada interfiriera al mirar por primera vez a Marcus. Cuando lo vio en la Salpêtrière, estaba demasiado distraída por el estado de su padre para prestar atención a su compañero.

—Hola, Phoebe.

Miriam entró en la pieza. No llevaba las botas y la cazadora de cuero negro habituales, sino una falda de vuelo. La melena le caía alrededor de los hombros y llevaba el cuello, los brazos y los dedos cubiertos de pesadas alhajas.

—Excelente. Podemos empezar —dijo Baldwin—. Miriam, ¿das tu consentimiento a la decisión de tu hija de aparearse con Marcus, miembro de mi familia y del vástago Bishop-Clairmont, hijo de Matthew de Clermont?

—¿De verdad vas a llevar a cabo la totalidad de la ceremonia de compromiso? —preguntó Miriam.

—Esa es mi intención, sí. —Baldwin la fulminó con la mirada—. Eras tú quien quería que fuese oficial.

—Un momento. ¿No es necesario que Marcus esté aquí antes de que continuemos? —preguntó Phoebe—. ¿Dónde está? —Su ansiedad se disparó. ¿Y si Marcus había cambiado de idea? ¿Y si había decidido que ya no la quería?

—Estoy aquí.

Marcus se encontraba en el umbral. Llevaba camisa azul, tejanos y unas zapatillas con un agujero en un dedo. Atractivo y con aire travieso, como siempre. Y olía de maravilla. Freyja lo acompañaba, aunque Phoebe tuvo que hacer un esfuerzo por apartar sus ojos de él para saludar a su tía como era debido.

—Hola, Phoebe —exclamó Freyja con una sonrisa radiante—. Te dije que lo conseguiríamos.

—Sí —respondió la joven, con la mirada fija en Marcus. La garganta se le había quedado seca, por lo que tuvo que hacer un esfuerzo para pronunciar aquel monosílabo.

Marcus sonrió. En respuesta, a Phoebe le dio un vuelco el corazón.

Los sentidos se le embalaron. Lo único que oía era el latido del corazón de Marcus. Lo único que podía oler era su aroma distintivo. Solo podía pensar en él. Su piel anhelaba el contacto de sus manos.

Y en un abrir y cerrar de ojos se vio entre sus brazos, sus labios pegados a los suyos, envuelta por su olor limpio a regaliz, monarda, pino y otras cien notas que en ese momento no sabía reconocer ni nombrar.

—Te quiero, mi amor —le murmuró al oído—. Y ni se te ocurra cambiar de idea. Es demasiado tarde. Ya eres mía. Para siempre.

El champán, las risas y los buenos deseos se multiplicaron en cuanto Phoebe eligió formalmente a Marcus como su compañero. No obstante, nada de aquello la impresionó demasiado. Llevaba esperando noventa largos días para anunciar su intención de unirse irrevocablemente a otra criatura; pero, cuando llegó el momento de hacerlo, solo fue capaz de quedarse mirándolo con fascinación.

—Tu cabello tiene reflejos pelirrojos —dijo Phoebe, apartando un mechón de los hombros de Marcus—. Hasta ahora no me había dado cuenta.

Él le tomó la mano y depositó un beso electrizante. A Phoebe el corazón se le paró un instante, después pensó que iba a estallar. Marcus sonrió.

Aquel pequeño pliegue junto a la comisura de la boca..., tampoco se había percatado de él hasta ese momento. No era una arruga exactamente, sino una leve depresión en la piel, como si esta recordase exactamente cómo sonreía Marcus.

—Phoebe, ¿me has oído? —La voz de Miriam se abrió paso hasta su conciencia.

—No. Quiero decir... Lo siento. —Phoebe trató de concentrarse—. ¿Qué decías?

—He dicho que es hora de que nos marchemos —respondió Miriam—. He decidido volver a New Haven. Marcus no va a ser de gran ayuda como investigador durante los próximos meses. Así que tendré que echar una mano yo.

—Oh. —Phoebe no supo qué responder. Una idea horrible pasó por su mente—. No tendré que ir contigo, ¿verdad?

—No, Phoebe. Aunque no estaría mal que sonases un poquito menos angustiada ante la idea de pasar tiempo con tu hacedora. —Miriam se volvió hacia Ysabeau—. Te confío a mi hija.

Contemplar a Miriam e Ysabeau cara a cara, una luminosa y la otra oscura, era como observar dos fuerzas de la naturaleza, indomables y opuestas, tratando de encontrar el equilibrio.

—Siempre he cuidado de ella: es la compañera de mi nieto —le aseguró Ysabeau—. Ahora Phoebe es una De Clermont.

—Sí, pero siempre será *mi* hija —respondió Miriam con un atisbo de ferocidad.

—Por supuesto —la aplacó Ysabeau.

Finalmente, Miriam y Baldwin se marcharon. Con las manos enlazadas, Phoebe y Marcus los acompañaron a sus vehículos.

—¿Cuánto tiempo tengo que seguir esperando a que nos quedemos a solas? —musitó Marcus, acariciando con sus labios la piel sensible por detrás de la oreja de Phoebe.

—Tu abuela sigue aquí —dijo esta, tratando de mantener la compostura a pesar de que las rodillas le flaqueaban y de que, tras su separación, lo único que deseaba era pasar los próximos noventa días en la cama con Marcus. Si un simple beso en el cuello era tan agradable, ¿cómo sería hacer el amor?

—He pagado a Freyja para que se lleve a Ysabeau y a Marthe a comer a Saint-Lucien.

Phoebe rio entre dientes.

—Veo que te parece bien.

Las risitas de Phoebe se convirtieron en francas carcajadas.

—Si sigues riéndote así, van a sospechar que nos traemos algo entre manos —le advirtió Marcus antes de acallar sus carcajadas con un beso que la dejó sin aliento.

Después de aquello, a Phoebe no le cupo duda de que Ysabeau y Marthe habían comprendido de sobra lo que sucedería en cuanto bajaran la colina camino del restaurante de madame Laurence.

Para cuando Marcus y ella se vieron completamente solos, Phoebe había tenido tiempo para ponerse nerviosa por lo que estaba a punto de acontecer.

—Aún no se me da muy bien morder —le confesó a Marcus mientras este tiraba de ella hacia su cuarto.

Marcus le dio un beso que la dejó medio mareada.

—¿Intercambiamos sangre antes o después de hacer el amor? —le preguntó Phoebe una vez que se hallaron dentro y la puerta estuvo cerrada con llave. La cerradura era de lo más sólida, probablemente del siglo xv—. No quiero hacerlo mal.

Marcus hincó una rodilla delante de ella y le bajó la braguita por debajo del vestido.

—Cómo me alegro de que no lleves pantalones —dijo al tiempo que levantaba la tela aguamarina para exponer su piel desnuda—. Ay, Dios mío, hueles aún mejor que antes.

—¿Sí?

Phoebe dejó de preocuparse por lo que *debía hacer* para disfrutar plenamente de lo que Marcus *estaba haciendo* con su boca y su lengua. Ahogó un grito.

Marcus levantó la vista y la miró con aquella expresión pícara que solo ella conocía.

—Sí. Lo cual es completamente imposible, porque ya eras perfecta antes. ¿Cómo puedes ser aún más perfecta ahora?

—¿Tengo un... gusto... diferente? —preguntó Phoebe, enredando los dedos entre su cabello y dándole un leve tirón.

—Tendré que seguir investigando para asegurarme —respondió Marcus, dedicándole una sonrisa de oreja a oreja antes de volver a sumergirse en ella.

Phoebe descubrió que, como en la mayoría de las cosas, los vampiros no tenían necesidad de precipitarse en lo relativo al placer. Podía consagrar todo su ser a cada instante del acto, sin preocuparse del tiempo, sin preguntarse si tardaba demasiado o si era su turno de proporcionarle placer a Marcus.

El tiempo simplemente se había... detenido. No había un *antes* ni un *después*, solo un eterno y delicioso *ahora*.

Al cabo de lo que podían ser segundos, minutos u horas, cada nervio de su cuerpo vibraba cuando Marcus hubo terminado de redescubrirlo y ella hubo explorado el de él con el tacto, el gusto, el olfato, el oído y la vista exacerbados que ahora poseía. Jamás habría imaginado poder *sentir* con tal profundidad ni poder sentirse tan completamente unida a otro ser.

Cuando Phoebe se hallaba a unos instantes de alcanzar el clímax, Marcus rodó moviéndola con él de manera que ella quedó encima. Aún estaba dentro. Con dulzura, él le rodeó el rostro con las manos. Lo escrutó como si buscase algo. En cuanto lo encontró, Marcus acercó la boca de Phoebe a su pecho.

Phoebe percibió un aroma... esquivo, misterioso. Distinto de todo lo que hubiera olido hasta entonces.

Marcus se movió lentamente. Phoebe gimió conforme aquel aroma abrumador se tornaba más potente. Él la agarró de las caderas y la apretó contra sí, acentuando la fricción entre sus cuerpos.

Phoebe sintió cómo su cuerpo iba acercándose al clímax. Tenía la mejilla apoyada en el pecho de Marcus y oyó latir su corazón. Una vez.

Phoebe mordió su carne y la boca se le llenó del gusto perfumado del paraíso, del hombre al que amaba y al que siempre amaría. La sangre de Marcus cantó en el interior de Phoebe y en las notas resonó la lenta cadencia de su corazón.

Para siempre.

Los pensamientos y los sentimientos de Marcus corrían por sus venas como mercurio, como un destello de luz y de fuego que contuviera todo un calidoscopio de imágenes. Eran demasiado numerosas como para que Phoebe las distinguiera y menos aún las absorbiera. Tardaría siglos en entender las historias que le contaba la sangre de su compañero.

Para siempre, cantó el corazón de Marcus.

Pero había una constante en la avalancha siempre cambiante de información: la propia Phoebe. Su voz, tal y como Marcus la oía. Sus ojos, tal y como Marcus los veía. Su tacto, tal y como Marcus lo sentía.

Oyó cómo su propio corazón respondía al de él en perfecta armonía.

Para siempre.

Phoebe levantó la cabeza y miró a Marcus a los ojos, sabedora de que él se vería reflejado en los suyos.

Para siempre.

37

Una defensa contra el mundo

13 DE AGOSTO

—¡Madre mía, pero si es un grifo! —exclamó Chris Roberts, parado con una tarta de cumpleaños en la puerta de la cocina de New Haven, al ver a Apolo.

—Sí —respondí, mientras sacaba una bandeja de verdura asada del horno—. Se llama Apolo.

—¿Muerde? —preguntó.

—Sí, pero, si se pone nervioso, tenemos el Agua de Paz de Sarah. —El frasco que llevaba en el bolsillo estaba lleno de líquidos en distintos tonos de azul. Lo saqué y lo agité con fuerza—. Ven, Apolo —lo llamé. El grifo, obediente, se posó delante de mí—. Buen chico.

Saqué el cuentagotas y dejé caer un par en la frente y el pecho del grifo.

En ese momento entró Ardwinna con un hueso. Tras olfatear un instante a Chris, se tumbó en un rincón a roerlo.

—¿Y qué demonios es eso?

—Una perra. Es el regalo que me ha hecho Matthew por mi cumpleaños: una lebrel escocesa. Se llama Ardwinna.

—Ard... ¿qué? ¿Willa? —Chris negó con la cabeza y observó a la cachorra desgarbada, que en ese momento no era más que patas y ojos con mechones desordenados de pelaje gris—. ¿Qué le pasa? Se diría que está muerta de hambre.

—Hola, Chris. Veo que ya has conocido a Ardwinna y a Apolo.

Matthew entró en la cocina con Philip de la mano. En cuanto este vio a Chris, empezó a bailotear a su alrededor, balbuciendo a mil por hora. Una de cada tres palabras era inteligible. Por lo que pude entender, le estaba contando a Chris cómo había sido el verano.

—Bloques. Abu. Barca. Marcus —decía Philip, deteniéndose en los puntos álgidos sin dejar de dar saltitos—. Jack. Grifo. Ela. Aggie.

—Ese es el aspecto que deben tener los lebreles —señalé, tratando de responder a la pregunta de Chris—. Y ni se te ocurra ponerle un apodo. Ardwinna es un nombre perfecto, igual que ella.

La perra levantó la vista del hueso en cuanto mencioné su nombre y dio varios golpes con el rabo en el suelo antes de volver su atención a la golosina.

—¡Chris! —gritó Becca, que entró en tropel, cual demonio de Tasmania, y se abalanzó sobre las piernas de nuestro amigo.

—Ey, tranquila. Hola, Becca. ¿Me has echado de menos?

—Sí —respondió la niña, mientras lo apretaba con tanta fuerza que temí que fuera a cortarle la circulación.

—Yo también —añadió Philip, que no dejaba de botar como una pelota de tenis. Para su inmenso placer, Chris le chocó los cinco.

Matthew le cogió a Chris la tarta, convirtiéndolo en un objetivo aún más fácil para las atenciones de la niña.

—¡Arriba! —exigió, levantando los brazos en el aire para que Chris pudiera acceder a su petición.

—Por favor —añadió Matthew automáticamente, mientras agarraba la botella de vino que estaba en la mesa.

—Favoooooor —canturreó Becca con tono mimoso.

Como no parase, iba a volverme completamente loca. Sin embargo, antes de que pudiera decir nada, Matthew me dio un beso.

—Por esta noche, vamos a permitir la cortesía exagerada, ¿vale? —me dijo al terminar—. ¿Cerveza, Chris?

—Suena bien. —Nuestro amigo recorrió nuestra nueva casa con la mirada—. Bonito lugar, aunque un poco sombrío. Podríais pintar las carpinterías y alegrar un poco el ambiente.

—Tendríamos que preguntarle primero a nuestro casero. Es de Marcus —respondí—. Pensó que sería un buen lugar para los gemelos ahora que son un poco mayores.

Desde la llegada de Apolo, estaba claro que nuestra familia no cabría en mi vieja casa de Court Street. Necesitábamos un jardín trasero, por no hablar de mejor equipamiento para la colada. Marcus había insistido en que usásemos la mansión que poseía cerca del campus mientras buscábamos un lugar un poco más apartado del bullicio de New Haven, un lugar en el que pudieran corretear los niños y los animales. No era precisamente de nuestro estilo. Marcus la había comprado en el siglo XIX, cuando estaba de moda el aire distinguido. Allá donde uno miraba se encontraba madera tallada y había más salas de recepción en la planta inferior que finalidades pudiera idear yo para ellas, pero por el momento nos servía.

—Miriam odia esta casa, ¿sabes?

Los labios de Chris se curvaron al mencionar a la hacedora de Phoebe. La naturaleza exacta de su relación era algo sobre lo que Matthew y yo especulábamos sin cesar.

—Entonces no tiene por qué vivir aquí —respondí con aspereza, un poco a la defensiva ante la crítica de nuestro nuevo hogar.

—Eso es cierto. Si vuelve al laboratorio, Miriam puede quedarse en mi casa. Tengo espacio de sobra —dijo Chris, tomando un sorbo de cerveza.

Miré a mi marido con aire triunfal. Matthew me debía diez dólares y un masaje en los pies. Iba a cobrármelos en cuanto Chris se marchara.

—¿Alguien ha visto la caja de los cubiertos? —Me puse a revolver entre las cajas apiladas junto al fregadero—. Estoy segura de que le puse una etiqueta.

Chris echó mano de la caja que tenía más cerca y sacó una cuchara.

—¡Tachán!

—¡Bien! ¡Magia! —exclamó Philip dando saltitos.

—No, colega, es un simple truco de boy scout: abres las cajas, miras en las cajas y encuentras cosas. Fácil. —Chris le entregó a Philip la cuchara y nos miró a Matthew y a mí—. ¿No es un poco joven para conocer esa palabra?

—Ya no nos lo parece —respondí, mientras añadía unos pedazos de carne cruda al puré de remolacha de Philip.

—Salvo que los hechicemos, no hay forma de alejar a los gemelos de la magia ni a la magia de los gemelos —explicó Matthew—. Philip y Becca aún no entienden del todo qué es la magia ni las responsabilidades que conlleva, pero ya lo entenderán. Con el tiempo.

—¿Hechizarlos? Por encima de mi cadáver —dijo Chris con dureza—. Y soy uno de sus padrinos, así que podéis interpretarlo como una amenaza en toda regla.

—El único que creyó que sería una buena idea era Baldwin —le aseguré.

—Ese tipo tiene que aprender a relajarse. Ahora que soy un caballero y tengo que hablar con él de vez en cuando, me he dado cuenta de que cree que no hay vida más allá de lo que considera su deber para con la memoria de su padre.

—Este verano hemos hablado mucho sobre padres e hijos, y también sobre madres e hijas. Al final, hasta Baldwin ha entendido lo de no hechizar a los gemelos. En cuanto a la magia, bueno, digamos que la hora de los cuentos es realmente divertida en nuestra casa —dije al tiempo que agitaba los dedos en el aire imitando el modo en que los humanos creían que hacíamos magia.

—¿Quieres decir que... haces magia delante de ellos? —Chris pareció pasmado, pero enseguida sonrió—. Qué guay. Así que ¿el grifo es tuyo? ¿Lo invocaste para que los niños jugaran con él?

—No, es de Philip. —Miré a mi hijo con orgullo—. En lo que a magia se refiere, parece que nos ha salido precoz. También es un brujo prometedor.

—¿Y cómo trajiste a Apolo a Estados Unidos? —preguntó Chris, preocupado únicamente por los detalles prácticos y no por la cuestión fundamental de cómo era posible que una criatura mitológica hubiera venido a vivir a New Haven—. ¿Tiene su propio pasaporte?

—Da la casualidad de que no se puede subir un grifo a un avión comercial —repuse, indignada—. Marqué tanto gato como pájaro en el formulario correspondiente y me lo devolvieron diciéndome que corrigiera los errores.

—El tema todavía le duele —le murmuró Matthew a Chris, que asintió, comprensivo.

—Para subir a Ardwinna al avión no hubo problemas y es el doble de grande. No veo por qué no podíamos meterlo también a él en un transportín —farfullé.

—¿Porque es un grifo? —replicó Chris, lo que le valió que lo fulminase con la mirada—. No era más que una sugerencia.

—Tuve que usar un hechizo de camuflaje, claro.

Subí a Philip a la trona y le puse delante la remolacha con ternera. El niño se abalanzó sobre la comida con entusiasmo. Becca solo quería sangre y agua, así que dejé que la tomase de un vaso infantil en el suelo. Se sentó a beberla al lado de Ardwinna, mientras veía cómo la perra mascaba su hueso.

—Claro —repitió Chris con una sonrisa de oreja a oreja.

—Que sepas que Apolo da una imagen de labrador de lo más convincente —dije—. Se porta muy bien en el parque de perros cuando lo llevamos con Ardwinna.

Chris se atragantó con la cerveza, pero no tardó nada en recuperarse.

—Me imagino que, con esa envergadura, dará buenos saltos. Seguro que le gusta jugar al frisbi. —Como siempre, Chris aceptaba sin pestañear las extravagancias de nuestra familia—. Si estáis demasiado ocupados, yo encantado de jugar con él.

Matthew sacó una bandeja de filetes del frigorífico. Al pasar a mi lado, me dio un beso, esta vez en la nuca.

—Me voy fuera a asar todo esto. ¿Cómo vas a querer la carne, Chris?

—Basta con darle un paseíto por una habitación templada, amigo mío —respondió este.

—Bravo —dijo Matthew—. Justo como a mí me gusta.

—Para el mío, que el paseíto sea un poco más lento —le recordé.

—Salvaje... —dijo Matthew con una sonrisa.

—Así que Phoebe y Marcus consiguieron llegar al gran día —comentó Chris.

—La reunión oficial tuvo lugar hace tres días —le expliqué—; aunque, por supuesto, ya se habían visto.

—La situación se complicó un poco con lo de la enfermedad de su padre, ¿no?

—Todos estábamos seguros de que acabaría bien.

—A vosotros parece que también os va bien —dijo Chris, señalando con la cerveza en dirección a Matthew.

—En general, ha sido un verano estupendo —reconocí, pensando en todo lo que había sucedido—. Aunque, por descontado, no he hecho nada de trabajo.

—Bueno, es lo normal —dijo Chris con una carcajada.

—Por lo demás, ha sido perfecto.

Para mi sorpresa, era verdad.

—Y eres feliz —observó Chris—. Lo que me hace feliz a mí también.

—Sí —respondí, recorriendo con la mirada el caos de cajas por desembalar y remolachas en puré, niños, animales, pilas de cartas sin abrir que llevaban acumulándose todo el verano, libros y ordenadores portátiles, juguetes que chiflaban y juguetes que no chiflaban—. La verdad es que lo soy.

Aquella noche, una vez que Chris se hubo ido y los niños estaban en la cama, Matthew y yo nos sentamos en el amplio porche que rodeaba la esquina de la casa y daba al jardín vallado. El cielo estaba repleto de estrellas y el aire de la noche poseía un agradable frescor que compensaba el calor del día.

—Aquí una se siente protegida —dije, mirando hacia el jardín—. En nuestro paraíso privado, escondidos del mundo, donde nada malo puede suceder.

La luz de la luna baja se reflejaba en las facciones de Matthew, tiñendo de plata su cabello y añadiendo líneas y sombras a su rostro. Por un momento, solo un momento, lo imaginé anciano y me imaginé anciana, cogidos de la mano en una noche de finales de verano, recordando los viejos tiempos en que nuestros hijos dormían seguros en el interior y el amor llenaba cada rincón de nuestra vida.

—Sé que esto no puede durar para siempre —dije, pensando en los acontecimientos del verano anterior—. No podemos quedarnos en el jardín por toda la eternidad.

—No. Y la única defensa contra el mundo y todos sus peligros es un conocimiento perfecto de él —respondió Matthew mientras nos mecíamos en silencio, juntos.

38
Cien

20 DE AGOSTO

Marcus atravesó el centro de Hadley, dejando a un lado el jardín comunitario que aún conservaba el diseño de la época colonial. El espacio verde estaba rodeado de mansiones imponentes, con sus entradas de madera tallada y su actitud de eterna persistencia.

Introdujo el coche en una calle que llevaba hacia el oeste. Ralentizó un poco al pasar junto a un cementerio, antes de estacionar delante de una casita de madera. Era mucho más modesta que las del centro del pueblo, sin ampliaciones ni añadidos que alterasen el plano original: dos habitaciones en el piso inferior y otras dos en el superior, dispuestas alrededor de una chimenea central de ladrillo. En la fachada brillaban las ventanas de cristales plomados de ambas plantas, por lo que Phoebe hubo de ponerse las gafas de sol para no quedar cegada. Un sencillo escalón de piedra daba a la puerta de entrada. Fuera había un jardincillo lleno de girasoles que destacaban contra los tablones pintados de blanco como una tela de lunares. Al igual que la casa, la valla exterior había sido pintada hacía poco y la madera se encontraba en un sorprendente buen estado. Un rosal trepador antiguo llenaba el espacio bajo las ventanas a un lado de la puerta, y un arbusto alto de hojas oscuras en forma de corazón ocupaba el otro. La casa estaba rodeada por campos en todas las direcciones y dos graneros destartalados aportaban un toque romántico.

—Es precioso. —Phoebe se volvió hacia Marcus—. ¿Es así como lo recordabas?

—La valla no era tan robusta cuando vivíamos aquí, eso está claro. —Puso el vehículo en posición de estacionamiento y apagó el encendido. Parecía confuso y vulnerable—. Matthew ha estado entretenido.

Phoebe alargó la mano y tomó la suya.

—¿Quieres salir? —preguntó en voz baja—. Si no, podemos seguir y quedarnos en otro sitio.

No sería de extrañar que Marcus quisiera esperar un poco más. Volver al hogar de su infancia era un gran paso.

—Ha llegado el momento.

Abrió su puerta y rodeó el vehículo para abrir la de Phoebe. Esta rebuscó en el bolso hasta encontrar el teléfono móvil. Tomó una fotografía de la casa y se la envió a Diana, tal y como le había prometido. Luego le asió la mano con fuerza mientras atravesaban la cancela del jardín. Marcus la cerró tras ellos. Phoebe frunció el ceño.

—Es la costumbre —le explicó él con una sonrisa—. Para que el cerdo de los Kellogg no se cuele en el jardín de madre.

En cuanto regresó, Phoebe lo envolvió entre sus brazos y lo besó. Se quedaron parados, los brazos rodeando el cuerpo del otro y las narices tocándose. Marcus respiró hondo.

—Enséñame nuestra casa —dijo Phoebe, besándolo de nuevo.

La condujo por el corto sendero de grava hasta el escalón de entrada. Era un bloque macizo de piedra, áspero e irregular, gastado por la intemperie y con una depresión en el centro por las pisadas de cientos de pies. La puerta tenía un corte en el panel superior y la pintura rojo oscuro se estaba descascarillando. Phoebe la rascó, pero la capa inferior era del mismo color, al igual que la que había debajo.

—Es como si el tiempo se hubiera detenido y todo siguiera tal y como lo dejé —comentó Marcus—. Excepto la cerradura, claro. El señor Seguridad ataca de nuevo.

Cuando giraron la moderna llave de latón en el sólido mecanismo y abrieron la puerta, el aire del interior olía a viejo y a cerrado. También había un poco de humedad y un leve aroma a moho.

Phoebe buscó un interruptor de la luz. Para su sorpresa, no encontró ninguno.

—No creo que haya electricidad —dijo Marcus—. Matthew se negó a cablear Pickering Place hasta hace unos veinte años.

La vista de Phoebe se fue adaptando a la tenue luz que entraba por las viejas ventanas plomadas. Poco a poco apareció ante sus ojos el interior de la casa.

Todo estaba cubierto de polvo, los suelos de anchos tablones de pino, la viga biselada portante que atravesaba la casa de extremo a extremo, los estrechos alféizares que sostenían los rombos de vidrio de las ventanas plomadas, el poste redondo con que terminaba la barandilla de la escalera.

—Dios... —La voz de Marcus temblaba—. Casi espero que mi madre salga de la cocina, limpiándose las manos en el mandil, para preguntarme si tengo hambre.

Recorrieron juntos las cuatro habitaciones de la infancia de Marcus. Primero la cocina, con paredes de gruesos tablones dispuestos horizontalmente alrededor de la pieza. Estaban pintados de un amarillo mostaza que se veía ennegrecido alrededor del fogón donde Catherine Chauncey cocinaba para la familia. Un largo gancho era lo único que quedaba de la estufa de hierro que antaño ocupara el hueco de ladrillos con sus trébedes, bandejas y ollas. Las vigas que sostenían las habitaciones superiores estaban expuestas y de ellas colgaban telas de araña en las esquinas. Había varios clavos fijados en las paredes y una silla destartalada en un rincón. Una mancha amarilla más fuerte en la pared indicaba dónde hubo apoyado un armario.

Atravesaron el recibidor hasta el salón, donde otra chimenea compartía pared con la de la cocina. La estancia era más elegante, con paredes toscamente enlucidas que habían sido encaladas. Aquí y allá se había caído algún pedazo de escayola, y el polvo se distinguía flotando en el aire gracias a los rayos oblicuos del sol de media tarde. En el centro había una mesa larga, su superficie de madera oscura agrietada y partida. Tenía encima una sillita con una serie de agujeros en la tabla del respaldo.

Marcus tocó los ganchos dispuestos por encima de la chimenea.

—Aquí es donde guardábamos el arma de mi padre —dijo Marcus, apoyando las manos en la repisa—. Y aquí estaba el reloj de mi madre. Probablemente la enterraron con él, o puede que se lo dejase a Patience.

Phoebe rodeó con sus brazos la cintura de Marcus por detrás y apoyó la frente en su espalda. Sentía el dolor de su compañero, pero también podía oír una nota agridulce en su voz al recordar cada vez más detalles. Le dio un beso en la columna.

Marcus dejó sobre la repisa un libro viejo, delgado y encuadernado en cuero marrón. Durante un instante, sus dedos acariciaron las cubiertas. Se dio la vuelta para mirar a Phoebe, pero se vio distraído por algo que descubrió en un rincón cercano.

—La silla de Philippe —dijo con incredulidad.

Phoebe reconoció la vieja silla pintada de azul, con las curvadas volutas vegetales en los extremos del respaldo, las patas grácilmente redondeadas y el sólido asiento en forma de montura. Siempre había ocupado el mismo lugar del despacho de Philippe en Sept-Tours y jamás había visto a nadie sentarse en ella, a pesar de su robusta construcción. La pintura de los reposabrazos estaba tan gastada que la madera había quedado expuesta, señal de que en algún momento había sido usada constantemente.

Entre los barrotes finamente tallados había un sobre dirigido a Marcus. Con el ceño fruncido, este cogió la carta, la abrió introduciendo el dedo y extrajo una única hoja.

—«Philippe habría querido que tuvieras esta silla —leyó en voz alta—, al igual que el doctor Franklin. Recuerda que, si nos necesitas, no estamos lejos. Tu padre, Matthew».

Diana se había asegurado de que Phoebe supiera exactamente cómo llegar a su casa de New Haven, qué tramos del trayecto podían presentar dificultades si nevaba y en que números de teléfono podían contactar con Matthew y con ella..., por si acaso.

—No estoy seguro de si me atreveré a usarla —dijo Marcus, con un toque de asombro en la voz ante su nueva posesión.

—Si no lo haces tú, lo haré yo —repuso Phoebe con una carcajada—. Ysabeau me contó que Philippe creía que era la silla más cómoda del mundo.

Marcus sonrió y acarició el reposabrazos con un dedo.

—Hay que reconocer que pega más en esta casa que en Sept-Tours.

Phoebe pensó que también le pegaba a Marcus.

Cuando volvieron al recibidor, Marcus se quedó mirando la bola que coronaba el poste al pie de las escaleras, donde un trazo desvaído de tinta negra mostraba el contorno zigzagueante de un litoral. Subieron por la escalera estrecha, que se combó ligeramente bajo su peso. Las dos habitaciones superiores estaban sin acabar, con tablones sencillos extendidos sobre las vigas para formar el suelo y las paredes expuestas, sin enlucido ni paneles de madera. Entre los listones se distinguía algún rayo de sol.

—¿Cuál era tu habitación? —preguntó Phoebe.

—Esta —respondió Marcus, señalando el cuarto por encima de la cocina—. Madre insistía en que durmiéramos aquí, pues era más cálida.

La habitación estaba vacía salvo por un viejo gallo de latón que, por su aspecto, debía de haber coronado una veleta.

—Es todo mucho más pequeño de lo que recordaba —reconoció Marcus, de pie junto a la ventana.

—¿Es que necesitamos más?

Phoebe ya se imaginaba la casa recién pintada por dentro, los paneles de cristal limpios y relucientes, la lumbre crepitando en el fogón de la cocina y la casa llena de aromas y sonidos hogareños.

—Ninguna de estas habitaciones tiene puertas. —Marcus recorrió el cuarto con la vista—. Ni siquiera sé si podríamos subir una cama aquí arriba.

—¿Qué más da? —Phoebe rio—. No dormimos, ¿recuerdas?

—No es lo único para lo que sirven las camas —replicó Marcus, su voz más baja e intensa de lo normal.

Atrajo a Phoebe hacia sí y le dio un beso profundo y posesivo. Si aún hubiera tenido la sangre caliente, la habría dejado sin aliento.

Sin embargo, no había prisa por hacer el amor. Tenían horas y horas por delante; no había necesidad de buscar comida, abrigo, calor o luz. Se tenían el uno al otro y ya era suficiente.

—Echemos un vistazo al granero —propuso Phoebe, antes de apartarse y tirar de él hacia las escaleras.

Salieron por la puerta de la cocina, que daba a la parte trasera; Phoebe tomó nota mental de que habría que cepillar el borde inferior para que abriera y cerrase con mayor facilidad. Y menos mal que, en tanto que vampiros, eran insensibles al frío, porque la madera no era lo bastante espesa como para protegerlos de la intemperie. ¿Cómo había sobrevivido la familia de Marcus al invierno en Massachusetts con la única protección de aquella puerta tan delgada contra el viento y la nieve?

Marcus se quedó petrificado.

Phoebe se dio la vuelta. Reconoció el lugar. Estaba grabado en la sangre de Marcus con la misma claridad que la costa norteamericana en el poste de la barandilla de las escaleras.

—Tomaste la única decisión posible —dijo Phoebe, poniéndose a su lado—. Había que hacerlo.

—¡Eh! —les llamó la atención una mujer desde la calle. Tenía el pelo gris acero y llevaba una camisa de color melocotón y unos pantalones pirata blancos, como si estuviera a punto de irse de vacaciones al Caribe—. Esa es una propiedad privada. Salgan de ahí o llamaré a la policía.

—Soy Marcus MacNeil, el propietario.

Su nombre real había brotado de sus labios de manera instintiva. Phoebe parpadeó, acostumbrada a pensar en él como Marcus Whitmore.

—Ya iba siendo hora de que apareciera. Todos los años viene gente a retirar la nieve y a segar el heno y a asegurarse de que el tejado no se haya hundido, pero a la casa no le gusta estar vacía. —La mujer los miró por encima de las gafas de montura metálica—. Soy su vecina, la señora Judd. ¿Esta quién es?

—Soy la prometida de Marcus —respondió Phoebe, al tiempo que enlazaba la mano por el hueco de su codo.

—¿Y ahora tienen previsto vivir aquí? —La señora Judd se los quedó mirando—. Les va a costar un montón arreglar la casa para que esté habitable. Para empezar, no está conectada al alcantarillado ni a la red eléctrica. Claro que nada de lo que merece la pena en esta vida es fácil.

—Tiene usted razón —dijo Marcus.

—¿Saben? Se cuentan un montón de historias sobre este lugar. Alguien encontró un cráneo bajo aquel árbol. —La señora Judd señaló el gran olmo—. Y se dice que la hendidura de la puerta se produjo durante una de las últimas escaramuzas de los indios. Y, desde luego, la bodega está embrujada.

—Oh, qué suerte —dijo Phoebe con tono desenvuelto, aunque habría preferido que aquella metomentodo dejara las historias de fantasmas hasta que se conocieran un poco mejor.

—Usted tiene acento extranjero —le espetó la mujer con desconfianza.

—Soy inglesa —respondió Phoebe.

—Ya había notado yo algo raro. —Y con este comentario ambiguo, la señora Judd decidió que la visita ya había durado lo suficiente—. Voy a pasar el Día del Trabajo en Cape con los niños. Si van a quedarse aquí, ¿podrían recogerme el correo? Ah, y, si le dan de comer a la gata, se lo agradeceré. Basta con que dejen la comida en el porche trasero. Ya la encontrará ella si tiene hambre.

Sin esperar respuesta, la señora Judd se alejó en dirección a su casa.

Marcus envolvió a Phoebe entre sus brazos y la estrechó. El corazón le latía con cierta rapidez, lo que hizo que el canto de su sangre se descompasara con el de ella.

—No estoy seguro de que esto sea una buena idea.

—Yo sí. —Phoebe suspiró con satisfacción—. Te elijo a ti, Marcus MacNeil. Elijo este lugar. Elijo despertar aquí mañana, a tu lado, rodeada de recuerdos y de fantasmas, sin electricidad y con un granero medio derruido.

Abrazó a Marcus hasta que su sangre se calmó y sus corazones volvieron a latir al mismo ritmo.

Para siempre.

—Seguro que jamás soñaste que acabaríamos aquí —dijo Marcus—. No es exactamente una playa en la India.

—No —confesó Phoebe, pensando en Pickering Place, con su mobiliario elegante, y en la grandeza de Sept-Tours. Luego volvió la vista hacia la casa de los MacNeil y pensó en todas las pérdidas que habían tenido lugar entre sus paredes y en todas las alegrías que podrían encontrar.

—No era consciente de lo mucho que este lugar todavía me importaba.

De pie, con las manos enlazadas, contemplaron la granja en la que Marcus había vivido tantos años atrás y que ahora era de él. De ella. De los dos.

—Bienvenido a casa —dijo Phoebe.

Para siempre, cantaron sus corazones al unísono.

Para siempre.

AGRADECIMIENTOS

No sé por dónde empezar, por lo que seguiré el consejo de Hamish Osborne y comenzaré por el final.

A Laura Tisdel y a todo el equipo de Viking: gracias por la enorme amabilidad que habéis mostrado con esta autora y por los conocimientos expertos que habéis brindado a este proyecto en todos los aspectos y en cada etapa de su producción.

A mis defensores incondicionales, Sam Stoloff, de Frances Goldin Literary Agency, y Rich Green, de ICM Partners: sin vosotros no podría haber hecho nada de esto.

A mi publicista, Siobhan Olson, de Feisty PR: gracias por encargarte de la saga de *El descubrimiento de las brujas* y por recordarme que debía divertirme.

A mi directora de operaciones, brazo derecho y cómplice, Jill Hough: estoy muy agradecida por haberte tenido a mi lado cada día y por haberme facilitado las cosas de todas las formas posibles.

A mis amables lectoras, Candy, Fran, Karen, Karin, Lisa y Jill: gracias por decir siempre «sí» cuando os preguntaba si podía importunaros con una nueva versión del borrador.

A mis expertas en historia, Karen Halttunen, Lynn Hunt, Margaret Jacob y Karin Wulf: gracias por vuestra enorme paciencia con una especialista en la Edad Moderna que decidió adentrarse en el largo siglo XVIII. Os acribillé a preguntas, os martiricé con mis opiniones sobre la época y, en general, fui pesadísima. Respondisteis con generosidad y me brindasteis vuestros inconmensurables conocimientos cada vez que os pedía ayuda con el libro. ¡Sabéis mejor que nadie que solo yo soy responsable de todos los errores que hayan quedado!

A mi familia y amigos (bípedos y cuadrúpedos), quienes me levantan, me recomponen y me sostienen, vosotros sabéis quiénes sois: gracias por formar parte de mi circo. Mi madre, Olive, puede verse incluida en la experiencia y ha sido una fuente de alegría y de inspiración. Gracias, mamá, por ser siempre mi mayor fan.

A mi querida Karen: no es posible expresar con palabras hasta qué punto tu apoyo y tu cariño han hecho posible que todo esto saliera adelante.

Para concluir, y por encima de todo, este libro está dedicado a la memoria de mi amado padre, John Campbell Harkness (1936-2015), cuyas raíces se extendían hasta las tierras de Pelham y Hadley, quien vivió gran parte de su vida en Filadelfia y quien compartió conmigo su amor por la historia.

«Para viajar lejos no hay mejor nave que un libro».

Emily Dickinson

Gracias por tu lectura de este libro.

En **penguinlibros.club** encontrarás las mejores recomendaciones de lectura.

Únete a nuestra comunidad y viaja con nosotros.

penguinlibros.club